世界主义的人文视景

王德威　季进——主编

江苏高校品牌专业建设工程资助项目

江苏大学出版社
JIANGSU UNIVERSITY PRESS
镇　江

图书在版编目（CIP）数据

世界主义的人文视景／王德威，季进主编．—镇江：江苏大学出版社，2019. 10
ISBN 978-7-5684-1214-8

Ⅰ. ①世… Ⅱ. ①王… ②季… Ⅲ. ①中国文学－当代文学－文学研究－文集 Ⅳ. ①I206. 7-53

中国版本图书馆 CIP 数据核字（2019）第 209416 号

世界主义的人文视景
Shijie Zhuyi de Renwen Shijing

主　　编/王德威　季　进
责任编辑/顾正彤
出版发行/江苏大学出版社
地　　址/江苏省镇江市梦溪园巷 30 号(邮编:212003)
电　　话/0511-84446464(传真)
网　　址/http://press. ujs. edu. cn
排　　版/镇江文苑制版印刷有限责任公司
印　　刷/句容市排印厂
开　　本/710 mm×1 000 mm　1/16
印　　张/28. 5
字　　数/485 千字
版　　次/2019 年 10 月第 1 版　2019 年 10 月第 1 次印刷
书　　号/ISBN 978-7-5684-1214-8
定　　价/78. 00 元

序

王德威

李欧梵总也不老。这几十年来的现代中国文学研究潮来潮往，各路学者你唱罢来我登场，有的独沽一味，有的婀娜多姿，从现实主义到现代主义，从新左到新自由论说，从国学到后学，无不喧哗一时。不管人事怎么变迁，李欧梵永远是李欧梵。在上海、在香港、在波士顿、在圣彼得堡，面对不同的立场和声音，他总是一派从容，悠然倾听回应，一径那么浅浅地笑着。他是学界的前辈，但与时俱进、日新又新。任何年高德劭、老当益壮这类的形容词似乎都与他无关。

李欧梵是当代学界少见的世界主义（cosmopolitanism）实践者。他在哈佛大学的博士训练是历史，但他的兴趣包罗广阔，终以文学研究者见重领域内外。论鲁迅专书《铁屋中的呐喊》（*Voices from the iron house*：*A study of Lu Xun*，1987）是学界的一件大事。这本书一反官方说法，勾勒现代中国文学之父极其复杂的面貌，影响深远，早已成为鲁迅研究的经典之一。但在本行以外，他对西方人文领域的浸润，从文学、古典音乐、歌剧到电影，以及文化现象无不兴致勃勃。李欧梵和欧洲有缘，甚至他的名字就透露端倪。更重要的，面对变化多端的现代世界，他总以兼容并蓄的姿态，观察各种不同文化的异同，并感受其中的历史、政治和人文脉动。

李欧梵不是传统定义的世界主义者。对新奇的文化、多变的世事，他不愿维持浅尝辄止的审美距离，而每每展现舍我其谁的投入感。他对西方古典音乐的钻研犹如做学问，对电影的热爱曾一度让他有了不如归去的冲动。而他的世界主义也代表一种政治的信念和抉择。李欧梵任教芝加哥大学时，尽力为同事、学生排难解危。那段时日，他的辛苦可想而知，日后成为文学史的一段佳话。多年以后，这些学者各有发展，有的改变甚至判若两人——不变的是李欧梵。

李欧梵的中英著作极多。英语世界中的四部专书各有开拓先河的意义。《中国作家的浪漫一代》（*The Romantic generation of modern Chinese writers*，1973）描写“五四”以后作家从郁达夫到萧红等的歌哭行止、革命恋爱，夹议夹叙，极为可读，堪称欧美学生进入现代中国文学领域的重要指南。《铁屋中的呐喊》将鲁迅请下神坛，以30年代的文化政治为背景，纵观大师的所为与所不为，有史识，也有洞见，更多同情的理解。《上海摩登》（*Shanghai Modern*：*The Flowering of a New Urban Culture in China*，1930—1945，1999）同样是脍炙人口的作品。全书介绍上海风情与前卫文艺，是当代“上海学”大盛的关键著作之一，李个人对这座城市的着迷自不待言。《东西之间：我的香港》（*City between worlds*：*my Hong Kong*，2008）则处理李欧梵另外一座他钟爱的城市，对香港的过去和现在有深入浅出的描写，深情自在其中。

从学院的大传统来看，李欧梵在台湾大学受教于夏济安先生，来美以后私淑夏志清先生；夏氏兄弟所代表的英美人文主义的精神可谓由他发扬光大。他论鲁迅的方式不妨看作是与业师济安先生名著《黑暗的闸门》（*Gate of Darkness*，1967）的精彩对话。但李欧梵在哈佛求学时也曾师承捷克汉学大师普实克（Jaroslav Průšek），普氏的左翼方法及波西米亚式的浪漫主义风格也因此有了华裔传人。普氏日后在英美汉学圈占有一席之地，必须归功于李欧梵为其编纂的专书《抒情与史诗》（*The Lyrical and the Epic*，1981）。而李欧梵个人治学的风格也在在反映东西、左右兼容的特色。

然而，李欧梵应该更享受游走学院门墙内外的身份。与其作为道貌岸然的大师，他毋宁更希望拍电影，演电影，写乐评，写小说。他是浪漫的，立志做“东方猎手”，或是张爱玲小说《倾城之恋》里男主角范柳原的弟子 Leo Fan。像李欧梵这样热爱城市文明、学贯中西的知识人，走遍世界之后，宜乎选择香港作为他的根据地。李欧梵以香港为家，香港也因为他的“倾城之恋”有了传奇又一章。近年香港多事，李欧梵对这座城市的一往情深尤其弥足珍贵，也凸现了世界主义和国家主义的拉锯，无时或已。

李欧梵以浪漫主义研究起家，个人的浪漫履历似乎和笔下研究的对象每有呼应之处。他过去的爱情故事经他自己娓娓道来，让不少读者唏嘘不已。值得高兴的是，多年的寻寻觅觅，蓦然回首，他的至爱李子玉竟然就在眼前。两人的结合相当传奇，也经历过不足为外人道的病厄。

所幸香港是他们的本命所在，周游世界，看尽千帆后，他们在香港安顿下来，“过平常日子”。

值此李欧梵八十华诞之际，我们编辑了《世界主义的人文视景》一书，共收有28篇文字，由李欧梵的好友、同事、门生执笔，所论内容涵盖他的学术关怀及历史视野。全书共分为六辑。“铁屋中的呐喊”反思鲁迅诗学——尤其是摩罗诗人的恶声——对不同世代学者文人的启发；“‘五四’后的喧哗”探讨“五四”之后的文学批评方向，以及左、右派浪漫主义或唯情，或革命的表现；“上海摩登”延续李欧梵开山之作的精神，继续发掘上海现代性的多重意义；“我城香港”则聚焦李欧梵念兹在兹的东方之珠今昔种种面貌；“跨界对话”突显声音、影像、文字等媒介在不同时空、地域的交汇试验；“写在世界之中”从比较文学、文化角度，点出世界主义的基本精神。

现当代中国文学界中，论知识之宽阔、关怀之深远、人脉之丰沛、问学之认真，李欧梵教授堪称首屈一指。我们谨以此书向李欧梵教授致敬，并期望就他所给予我们的启发，继续探讨世界文学里的中国文学。李欧梵总也不老，因为在世界主义者的眼光里，没有一时一地的局限，有的是对知识和生活无限的观照和追寻。

目录

辑四　我城香港

辑五　跨界对话

辑六　写在世界之中

Humanistic Vistas of Cosmopolitanism

辑一

铁屋中的呐喊

声的偏至

——鲁迅留日时期的主体性思想研究笔记

黄子平

“新声”（“别求新声于异邦”），“心声”（“贤者”的“心声内曜”），“雄声”（“精神界之战士”的“雄声”），“恶声”（“破恶声论”和“真的恶声”）——“声”的主题或意象贯穿于鲁迅留日时期的文字活动，构成了他彼时之主体性思想（“立人”）中的“声的政治学”或“声的伦理学”。①

“残清之季”的声境是噪音盈耳的“扰攘世”和“万籁齐喑”的“寂寞境”的一体两面。“治世之音安以乐，其政和；乱世之音怨以怒，其政乖”，以“声音”来象征一个文明乃至国族的整体命运，固然是中国传统的思考方式。然而，“本根剥丧，神气旁皇”，将文明的总体性沦亡归结为内部“真的人”（或“新的人”）失语消音的结果，则是鲁迅留日时期汲汲求证的思考。“声”是主体“心性”或“自性”的表征，亦可与一民族的命运相关联。

鲁迅的思考有两个“偏至”的分支：一是引介欧洲“二十世纪文明”“根柢在人”的“神髓”，推崇“争天抗俗”、声动世人的“精神”；二是批判甚嚣尘上的“恶声”，既有“重物质”的富国强兵论和“尊众数”的立宪国会论，也有“汝为国民”“汝为世界人”的泯灭人之“自性”的“齐一”说。寄大希望于前者，其主体是拜伦以降直到裴多菲的“摩罗诗人”，以及齐克果、施蒂纳及尼采一路的“神思新宗”哲人；当务之急是“去”后者，其主体是那些自以为真理在握其

① 鲁迅1902年3月留学日本（21岁），1909年8月回国。期间的文字活动如下：1903年《中国地质略论》《斯巴达之魂》《说鈤》《月界旅行》（科幻小说翻译），1906年《地底旅行》（科幻小说翻译）、《中国矿产志》，1907年《人之历史》《科学史教篇》《文化偏至论》《摩罗诗力说》，1908年《裴多菲诗论》《破恶声论》，1909年《域外小说集（上、下）》。

实“无信”的“伪士”。“声的伦理学”（善恶）或“政治学”图景于焉凸显。

一、寂寞境与扰攘世

鲁迅在《摩罗诗力说》和《破恶声论》的开篇都使用了“萧条”“枯槁”“寂寞”等词，勾勒了一个“古文明”崩坏的、“无声”的“华国”：

> 人有读古国文化史者，循代而下，至于卷末，必凄以有所觉，如脱春温而入于秋肃，勾萌绝朕，枯槁在前，吾无以名，姑谓之萧条而止。（《摩罗诗力说》）①
>
> 本根剥丧，神气旁皇，华国将自槁于子孙之攻伐，而举天下无违言，寂漠为政，天地闭矣。狂蛊中于人心，妄行者日昌炽，进毒操刀，若惟恐宗邦之不蚤崩裂，而举天下无违言，寂漠为政，天地闭矣。（《破恶声论》）②

“天地闭”典出《周易·坤》：“天地变化，草木蕃，天地闭，贤人隐。”孔颖达正义曰：“此一节明六四爻辞。‘天地变化’，谓二气交通，生养万物，故草木蕃滋。‘天地闭，贤人隐’者，谓二气不相交通，天地否闭，贤人潜隐。天地通则草木蕃，明天地闭草木不蕃；‘天地闭，贤人隐’，明天地通则贤人出，互而相通。”“天地闭，贤人隐”也常被引申为世间无道而贤人隐退之意。鲁迅用“寂漠为政”界定“天地闭”，暗示了“人”的世界得以展开的前提，就是有“贤人”出来打破无声的状态。

鲁迅列数了一系列古文明沉寂的历史：天竺的史诗《吠陀》和《罗摩衍那》；歌德“崇为两间绝唱”，“降及种人失力，而文事亦共零夷，至大之声，渐不生于彼国民之灵府”；希伯来“文章以幽邃庄严

① 鲁迅：《坟·摩罗诗力说》，《鲁迅全集（第1卷）》，人民文学出版社，2005年，第65页。

② 鲁迅：《集外集拾遗补编·破恶声论》，《鲁迅全集（第8卷）》，人民文学出版社，2005年，第25页。

胜”，“特在以色列族，则止耶利米（Jeremiah）之声；列王荒矣，帝怒以赫，耶路撒冷遂隳，而种人之舌亦默。当彼流离异地，虽不遽忘其宗邦，方言正信，拳拳未释，然《哀歌》而下，无赓响矣”；伊朗、埃及“皆中道废弛，有如断绠，灿烂于古，萧瑟于今”。回首“宗邦古国”，虽有屈原“灵均将逝，脑海波起，通于汨罗，返顾高丘，哀其无女，则抽写哀怨，郁为奇文。茫洋在前，顾忌皆去，怼世俗之浑浊，颂己身之修能，怀疑自遂古之初，直至百物之琐末，放言无惮，为前人所不敢言。然中亦多芳菲凄恻之音，而反抗挑战，则终其篇未能见，感动后世，为力非强”。连屈原都不够“反抗挑战”，后世更不用说了，吾人“上下求索”，找不到哪个“诗宗词客，能宣彼妙音，传其灵觉，以美善吾人之性情，崇大吾人之思理者”，“无古民之朴野，有末世之浇漓”，“无有为沉痛著大之声，撄其后人，使之兴起”！

木山英雄认为，鲁迅对“萧条”和“寂寞”的深刻感受，“第一，这是面对具有数千年历史的一大文明从根本上走向衰落和崩溃，生活于其内部，预感乃至窥见其衰亡征兆的青年所感到的深沉悲哀；第二，……这是伴随着上述认识而来的对于‘诗人’‘知者’‘不和众嚣独具我见之士’所发‘心声’的倾心与向往。……所谓‘寂寞’与‘萧条’，表达了青年鲁迅对于伟大民族衰亡的悲哀及由精神觉醒而来的反抗意识”。① 而这种意识并未经过理论的或主义的“逻辑演绎”，是直接化成呼号的场域，也是“行动的诗”（“心声”）直接诞生的场域。“所谓诗，有两层含义：一层是身处封闭状态当中所发出的叫喊的高音调与尖锐性，另一层是其本质上的朴素性。”② 前者足以振聋发聩，“以觉大群”；后者则先天地出于“白心”（“纯白之心”），“去诈伪”而“诚”。

在“华国”的一派萧条和寂寞中，只能“别求新声于异邦”——论者多意识到鲁迅的用词，在“新声”与“新学”之间有微妙的区别。鲁迅赞美“新声”，批判“新学”。鲁迅本是去东瀛“求新学”的，早年著作如《人之历史》即是对德国人海克尔《宇宙之谜》第五章的

①② 木山英雄：《文学复古与文学革命》，赵京华译，北京大学出版社，2004 年，第 21 页、第 22 页。

"译述"，而《科学史教篇》的"材源"也已经被学者一一考出。[①] 然而，《科学史教篇》的题旨并非赞美"科学之进步"，而是总结趋于"实利"而"偏倚"的教训，突出"精神渐失"的问题。在他看来，"尊实利可，摹方术亦可"，倘若眩目于实利之"末"而忽视"精神"这"根本之要"，就会发生"末虽亦能灿烂于一时，然所宅不坚，顷刻可以蕉萃"的危机——"盖使举世惟知识之崇，人生必大归于枯寂，如是既久，则美上之感情漓，明敏之思想失，所谓科学，亦同趣于无有矣"。[②]

鲁迅指出，"新声"源于"心声"的主体自觉感应，而"新学"往往只是"引文明之语"的"耳食"之谈，"近不知中国之情，远复不察欧美之实"，[③] 缺乏主体的比较意识，结果是旧体偏枯，又染新症："往者为本体自发之偏枯，今则获以交通传来之新疫，二患交伐，而中国之沉沦遂以益速矣。"[④]"新学"只是外在的"知识"，"新声"才是内蕴于知识的"人"的"灵明"或"精神"。鲁迅借助一些神秘、象征性概念诸如"根""白心""内曜""源"来为科学精神提供一个更高级的源泉："盖科学的发见，常受超科学之力，易语以释之，亦可曰非科学的理想之感动，古今知名之士，概如是矣。"这"非科学的理想之感动"就直接关联到"信仰""诗力"和"诗人"。

"古文明"的枯槁，原因在于"中国之治，理想在不撄……有人撄人，或有人得撄者，为帝大禁，其意在保位，使子孙王千万世，无有底止，故性解（Genius）之出，必竭全力死之；有人撄我，或有能撄人者，为民大禁，其意在安生，宁蜷伏堕落而恶进取，故性解之出，亦必

---

① "《科学史教篇》出现的三个西方学者的名字，他们的著作也是鲁迅编译之对象。第一是赫胥黎，鲁迅对他非常熟悉，严复《天演论》译的就是他的《进化与伦理》一文。周作人曾说此书部分章节鲁迅是熟到能背诵的。《科学史教篇》根据的核心文献是赫胥黎的《科学之进步》一文。但如果细加考究，鲁迅对赫胥黎这篇文章的兴趣完全不是其进化学说，而是其文涉及的科学教育问题。故此文命名为《科学史教篇》；第二是丁达尔，他是爱尔兰人，著名的物理学家，也是英国科普教育的主要推动者，赫胥黎的好友。他的论文有两篇被鲁迅部分编译：一是《贝尔法斯特就职演说》，二是《科学的片断：写给不懂科学的人们》；第三是英国著名的自然哲学家华惠尔，他的巨著《归纳科学的历史》中的某些观点被鲁迅讨论。"见蒋晖《维多利亚时代与中国现代性问题的诞生：重考鲁迅〈科学史教篇〉的资料来源、结构和历史哲学的命题》，《西北大学学报（哲学社会科学版）》，2012 年第 1 期，第 32 页。

② 鲁迅：《坟·科学史教篇》，《鲁迅全集（第 1 卷）》，第 35 页。

③④ 鲁迅：《坟·文化偏至论》，《鲁迅全集（第 1 卷）》，第 45 页、第 57 页。

竭全力死之”。能够“撄人心”的天才诗人，被“帝”（保位）和“民”（安生）两者所禁、所扼杀，“盖诗人者，撄人心者也。凡人之心，无不有诗，如诗人作诗，诗不为诗人独有，凡一读其诗，心即会解者，即无不自有诗人之诗。无之何以能解？惟有而未能言，诗人为之语，则握拨一弹，心弦立应，其声澈于灵府，令有情皆举其首，如睹晓日，益为之美伟强力高尚发扬，而汙浊之平和，以之将破。平和之破，人道蒸也”。① 这是冲决荒凉人界、追求理想的“人”的诗人的歌声。在“天地闭”的一片萧索之中，鲁迅召唤“摩罗诗派”（“撒旦派”）诗人的出场。

鲁迅排比了一系列的“声象”来形容“摩罗诗派”，他们乃“力足以振人，且语之较有深趣者”，“立意在反抗，指归在动作”，“大都不为顺世和乐之音，动吭一呼，闻者兴起，争天拒俗，而精神复深感后世人心，绵延至于无已”，“固声之最雄桀伟美者矣”。

鲁迅从他读到的日本“材源”中基本上继承了两个重点：一是反抗权威的立场，一是自由、进步、正义等价值观。与其说鲁迅接受了拜伦、雪莱的诗，毋宁说是接受了他们充满传奇的一生。吸引他的，不是诗的形式、风格、技巧，而是诗人反抗强权、鼓吹文明的姿态、立场与行动。但在另一方面，鲁迅也做了创造性的修正或偏移。他把尼采的“超人”观念与浪漫主义的“摩罗诗人”结合起来，展现了独特的体验。拜伦式的英雄，具有激昂勃发的浪漫诗情与革命行动；尼采的超人，则是天才之人透过驾驭自身而获得力量，其中充盈着一种蔑视庸众的思维。鲁迅实际上是把恶魔诗人给“超人化”了，使其具有更深远的思想资源，从而将“诗人—战士”形象由社会面扩展到精神界。②

二、东亚的抵抗

生在 19 世纪末，身处 20 世纪初，在异国为国人写作的青年鲁迅，他所看到的文明的偏至运动，构成了一个“时代错乱”的连续系列。

在 20 世纪初年，作为一个中国人，鲁迅承受着一个历史的事实：

---

① 鲁迅：《坟·摩罗诗力说》，《鲁迅全集（第 1 卷）》，第 70 页。

② 刘正忠：《摩罗，志怪，民俗：鲁迅诗学的非理性视域》，台湾《清华学报》，2007 年第 3 期，第 438 页。

欧洲的“十九世纪文明”早已经“度越前古，凌驾亚东”，以武力的方式批判了中国的传统文明；作为一个思想者，鲁迅观察到一个思想的事实：在19世纪末叶的欧洲产生了对于“十九世纪文明”的批判，而这种批判为即将到来的“二十世纪文明”提供了理论与精神的基础。因此，在鲁迅那里，传统文明、“十九世纪文明”与“二十世纪文明”分别作为“古文明”“旧文明”与“新文明”，在不断递进的批判关系中，在不断递进的时间关系中，构成了一个类型学序列。①

> 顾新者虽作，旧亦未僵，方遍满欧洲，冥通其地人民之呼吸，余力流衍，乃扰远东，使中国之人，由旧梦而入于新梦，冲决嚣叫，状犹狂酲。夫方贱古尊新，而所得既非新，又至偏而至伪，且复横决，浩乎难收，则一国之悲哀亦大矣。②

旧梦新梦的纷至沓来，旧调新声的冲决嚣叫，借由“十九世纪文明”内部时间刻度的细分，鲁迅指出“异邦新声”的多元分裂和偏至冲突。到了“十九世纪末叶”，你以为看到的是理想的“人”的形象，在尼采一路的“神思新宗”眼中却已经是“末人”了。起源于西方的现代文明，它们的“技术体系”连同其“语言”（“声”）已经征服了整个世界。欧美文明不是“拿来”的，而是“送来”的。最要命的是，送来的“新声”在人家那里已有先觉者指出其为“老调”。竹内好指出，应声而起，东亚产生了两种不同的“近代”及其主体性：以鲁迅为线索的经由“抵抗”而产生的中国的“回心式的近代”“自主性的近代”，以及日本的“什么也不是”的“转向式的近代”。③

从“度越前古，凌驾亚东”和“余力流衍，乃扰远东”这仅有的两句，很难听出鲁迅当年的“文明观”里有无写作时所在国日本的“新声”。鲁迅大量的阅读和翻译关注的是欧洲的文化与文学，不像周作人那样倾心认同日本，日本似乎被安置在鲁迅的“沉默”里了。但

---

① 朱康：《早期鲁迅的文明观与现代观》，《杭州师范大学学报（社会科学版）》，2011年第5期，第47－54页。

② 鲁迅：《坟·文化偏至论》，《鲁迅全集（第1卷）》，第51页。

③ 竹内好：《近代的超克》，孙歌编，李冬木、赵京华、孙歌译，生活·读书·新知三联书店，2005年，第196页。

有学者指出，这种“默杀”里的例外是夏目漱石（1867—1916）。[①] 从英国归来的夏目漱石的《我是猫》和《草枕》，其中激烈的“文明批评”发表于鲁迅写作《文化偏至论》等文本的同一时期。据周作人回忆，鲁迅对夏目漱石的作品是有出必看，还常跟别人议论，共鸣于夏目漱石对现代文明的强烈质疑和批判。不仅如此，“文明批评”这个概念本身恰恰是鲁迅留日时期日本文坛的流行概念之一。明治三十四年（1901）一月，知名评论家高山樗牛（1871—1902）发表名文《作为文明批评家的文学家》，介绍尼采等个人主义、天才主义“文明批评家”，对当时的日本文坛、日本思想界产生了很大影响。伊藤虎丸指出：贯穿于鲁迅留日时期文章中的文明批评性态度，“同明治三十年代那个被称为‘诗和评论的时代’的日本文学的整体倾向不无关系，同主张‘作为文明批评家的文学者’的高山樗牛及其同僚登张竹风以及叫喊着‘何以未出现大文学乎?’的内村鉴三等人的文明批评性态度不无关系”。[②]

三、“立人”：“掊物质而张灵明，任个人而排众数”

鲁迅看到，欧美19世纪文明呈现出来的“经济人”（“市民”）和“自由人”（“公民”），既是“人道”的非凡进展，却又已经构成了“人道”发展的障碍和桎梏。一方面，当19世纪的物质文明以其巨大的成就，使“物质”成为作为市民的“人”生活的尺度——

> 诸凡事物，无不质化，灵明日以亏蚀，旨趣流于平庸，人惟客观之物质世界是趋，而主观之内面精神，乃舍置不之一省。重其

---

① “默杀”现代日本的鲁迅，对日本作家夏目漱石却情有独钟。周作人在《鲁迅的故家》第十六节“画谱”中谈及留日时期的鲁迅，说：“他对于日本文学不感什么兴趣，只佩服一个夏目漱石，把他的小说《我是猫》《漾虚集》《鹑笼》《永日小品》，以至枯燥的《文学论》都买了来，又为读他的新作《虞美人草》定阅《朝日新闻》，随后单行本出版时又去买了一册。”见董炳月《鲁迅留日时期的文明观》，中国社会科学网。1907年9月，夏目漱石因房租贵搬离了东京大学附近西片町十番地吕字七号屋，周氏兄弟连同许寿裳、钱均夫、朱谋宣五人迁入合住，名其宅“伍舍”。日本学者藤井省三认为这里“擦肩而过”的偶然性具有“某种象征意义”。

② 伊藤虎丸：《鲁迅与日本人——亚洲的近代与“个”的思想》，李冬木译，河北教育出版社，2001年，第20－21页。日文原著于1983年由朝日出版社出版。

> 外，放其内，取其质，遗其神，林林众生，物欲来蔽，社会憔悴，进步以停，于是一切诈伪罪恶，蔑弗乘之而萌，使性灵之光，愈益就于黯淡；十九世纪文明一面之通弊，盖如此矣。①

同时，另一方面，“人”凭借“公民”的身份在“众数”之治中把社会塑造成平等的秩序——

> 将使文化之纯粹者，精神益趋于固陋，颓波日逝，纤屑靡存焉。盖所谓平社会者，大都夷峻而不湮卑，若信至程度大同，必在前此进步水平以下。况人群内，明哲非多，伧俗横流，浩不可御，风潮剥蚀，全体以沦于凡庸。②

带着“公民”面具的“市民”仍然不是“真的人”。鲁迅的“立人”思想就建立在对“物质”和“众数”的批判上，“立人”的“术”，即方法就是：“掊物质而张灵明，任个人而排众数。”

鲁迅追溯了西方物质和众数产生的历史渊源。他指出，一方面，自罗马统一欧洲以来，西方中世纪教皇统治“梏亡人心，思想之自由几绝”；路德改革宗教，影响遍及世俗社会，君主与教皇对抗，而思想的解放导致哲学与科学的发展、地理发现和工商业的兴起，并“进而求政治之更张”。但君主上升为绝对权力后，越加压制人民而不受牵制，“而物反于穷，民意遂动，革命于是见于英，继起于美，复次则大起于法朗西，扫荡门第，平一尊卑，政治之权，主以百姓，平等自由之念，社会民主之思，弥漫于人心”。另一方面，在这场大革命中立下了汗马功劳的是一大批科学家：“其时学者，无不尽其心力，竭其智能，见兵士不足，则补以发明，武具不足，则补以发明，当防守之际，即知有科学在，而后之战胜必矣。”自此，西人对于科学“信乃弥坚，渐而奉为圭臬，视若一切存在之本根”。于是，这两种思潮，即民主思潮和科学思潮，各自构成了“十九世纪大潮之一派，且曼衍入今而未有既者”。但两者的弊病或“偏至”之处也就暴露出来了：前者导致“同是者是，独是者非，以多数临天下而暴独特者”；后者导致科学“将以之范围精神界所有事，现实生活，胶不可移，惟此是尊，惟此是尚”。但在鲁迅

①② 鲁迅：《坟·文化偏至论》，《鲁迅全集（第1卷）》，第51页。

看来，众庶并不足以“极是非之端”，物质亦不足以“尽人生之本”，这种时代潮流不过是西方文明发展的矫枉过正的偏向而已，且已为19世纪末叶西方哲人（如尼采等）所察觉，遂“掊击扫荡”，“以反动破坏充其精神，以获新生为其希望”。后一思潮植根于19世纪初的德国唯心论（即“神思宗”），对当时的文化偏至进行纠偏，被鲁迅称为20世纪“新生活之先驱”，并从中拈出两大核心思想：“非物质”和“重个人”，命名为“神思新宗”。①

鲁迅对他所说的这两大核心思想展开了辩护和鼓吹。他首先把“个人”概念与通常的“害人利己”区别开来，而限定为“入于自识，趣于我执，刚愎主己，于庸俗无所顾忌”，认为这是法国大革命以来“渐悟人类之尊严”“顿识个性之价值”的结果。但与此同时，“社会民主之倾向，势亦大张”，“此其为理想诚美矣，顾于个人殊特之性，视之蔑如，既不加之别分，且欲致之灭绝”，必将导致“全体沦于凡庸”。此时，西方有一批“先觉善斗之士”起来反抗这一流弊，鲁迅举出了斯蒂纳、叔本华、克尔凯廓尔、易卜生、尼采诸人为楷模，鼓吹“立我性为绝对之自由者”及“不若用庸众为牺牲，以冀一二天才之出世”的“超人”之说。又举古代苏格拉底、耶稣、刺杀凯撒的布鲁多，都遭大众迫害之事，说明众数之“变易反复”而“无特操”。结论是：“多数之说，谬不中经，个性之尊，所当张大。”至于“非物质”，他认为也是为了“抗俗”。物质文明固然是“现实生活之大本”，但强调过度必将“失文明之神旨”，即丧失“主观之内面精神”，物欲横流，性灵黯淡。所以19世纪“神思新宗”崇奉的“意力主义”和主观主义，一是用主观去规范客观物质，一是视主观心灵比客观物质更高贵，而后一含义更是此一思潮的内在原因。由是而“骛外者渐转而趣内”，“知精神现象实人类生活之极颠，非发挥其辉光，于人生为无当；而张大个人之人格，又人生之第一义也”。这种人格与古典哲学（黑格尔）及浪漫派（莎夫茨伯利、卢梭和席勒等）所主张的和谐人格均大不相同，具有某种偏激性，体现为一些“意力轶众”的“勇猛奋斗之才”。鲁迅

① “神思”一词典出刘勰的《文心雕龙》：“古人云：形在江海之上，心存魏阙之下，神思之谓也。文之思也，其神远矣。故寂然凝虑，思接千载；悄焉动容，视通万里。吟咏之间，吐纳珠玉之声；眉睫之前，卷舒风云之色：其思理之致乎！故思理为妙，神与物游。神居胸臆，而志气统其关键；物沿耳目，而辞令管其枢机。枢机方通，则物无隐貌；关键将塞，则神有遁心。”陆侃如、牟世金：《文心雕龙译注（下）》，齐鲁书社，1982年，第85页。

认为，这些特立独行的“精神界之战士”，方能发出“雄桀伟美”之声，激发（不是“启发”）“个”的“自觉”，增强其“内部之生活”而达至“群之大觉”。

凭着“意力主义”开辟向上之路，鲁迅“未绝大冀于方来”，对“二十世纪新精神”有大希望：“此所为明哲之士，必洞达世界之大势，权衡校量，去其偏颇，得其神明，施之国中，翕合无间。外之既不后于世界之思潮，内之仍弗失固有之血脉，取今复古，别立新宗。”“意者文化常进于幽深，人心不安于固定，二十世纪之文明，当必沉邃庄严，至与十九世纪之文明异趣。”鲁迅深情设问：“新生一作，虚伪道消，内部之生活，其将愈深且强欤？精神生活之光耀，将愈兴起而发扬欤？成然以觉，出客观梦幻之世界，而主观与自觉之生活，将由是而益张欤？”于是，“内部之生活强，则人生之意义亦愈邃，个人尊严之旨趣亦愈明，二十世纪之新精神，殆将立狂风怒浪之间，恃意力以辟生路者也”。①

四、声之诚与伪

然而，“不破不立”，受章太炎的“佛音”（《四惑论》《五无论》）的影响，② 鲁迅发现，所谓“立人”方略的实施，还须得廓清当下中国这个吵吵闹闹的“扰攘世”：“故病中国今日之扰攘者，则患志士英雄之多而患人之少。志士英雄，非不祥也，顾蒙帼面而不能白心，则神气恶浊，每感人而令之病。”这些“伪士”“诈伪不诚”，鼓吹一些他们自己也不信的主张。如此“侵扰远东”的嚣叫之声早已非新，“又至偏而至伪”，是亟须为文“破”之的“恶声”。鲁迅注重的还不是这些主张的是与非，而是其道德层面的善与恶，它们缺少朴素的“白心”，在“信”的层面出了问题。“灵府荒秽，徒炫耀耳食以罔当时”；“故纵唱

---

① 鲁迅：《坟·摩罗诗力说》，《鲁迅全集（第1卷）》，第55－56页。

② 鲁迅曾师从章太炎。鲁迅迁到东京是在1906年春，而章氏出西牢后也于那年夏天抵达东京。1907—1908年，鲁迅发表的几篇文章在很多方面都受到了章氏作品的启发。1908年12月，鲁迅发表了《破恶声论》，此时正值章太炎发表《四惑论》五个月之后。鲁迅的《破恶声论》很可能模仿了章氏的《四惑论》。章太炎在这篇文章中批判了进化、唯物、公理和自然。鲁迅的文章呈现了章氏的批判要点，尤其在将“个人”从众治中“解放”出来方面更是如此。

者万千，和者亿兆，亦绝不足破人界之荒凉；而鸩毒日投，适益以速中国之隳败，则其增悲，不较寂漠且愈甚与。故今之所贵所望，在有不和众嚣，独具我见之士，洞瞩幽隐，评骘文明，弗与妄惑者同其是非，惟向所信是诣”。① 修辞立其诚，聆声知其伪，鲁迅所展开的是“声的伦理学”或“声的政治学”的辩证商兑。

根据声音是源自心性还是发自外部，《破恶声论》谈到了各种声音的差异。总之，恶声缺乏心性和生命，是抽象地从外部强加而来的。在鲁迅看来，当一个人要执行一个抽象的不考虑特殊性的理想时，他就会抹平并消灭各种差异。心性是差异的场所，但这个场所的范围却并不固定。它连接着个人，但同时也能是民族的。鲁迅将民族的命运同一种独特的声音联系起来，这种声音能为新事物的到来扫除道路。②

“物质”和“众数”都是西方 19 世纪文明迁流所导致的一种“偏至”，在西方是有其“不得已”，但“横取而施之中国则非也”。晚清的“辁才小慧之徒”把这一套横移“华国”，产生了对“人”的两种设计：一是被“慑以不如是则亡中国”的“国民说”，鲁迅以“破迷信”“崇侵略”“尽义务”三者概括其问题，是晚清“立宪派”或“革命派”的主张；一是被“慑以不如是则畔文明”的“世界人说”，鲁迅以“同文字”“弃祖国”“尚齐一”三者概括其问题，它代表早期中国无政府主义者的主张。二者合起来共六种“恶声”，扰攘而又恶浊，表面看来对立的主张其实是一致的：“寻其立意，虽都无条贯主的，而皆灭人之自我，使之混然不敢自别异，泯于大群，如掩诸色以晦黑，假不随驸，乃即以大群为鞭棰，攻击迫拶，俾之靡骋。”以一个“大”的社会组织（国家、世界）来抹平多元文化的差异性，用“大群”来灭“人之自我”，使得“万号不同”的“天籁”归于沉寂。

但鲁迅的《破恶声论》并没有写完，只完成了对前两种即“破迷信”和“崇侵略”的批判。在这两部分中，鲁迅力主“伪士当去，迷信可存”，维护“向上之民”渴仰“完全”的精神需求；对“崇侵略”的批判则提出了克制和消灭“兽性爱国”和“奴子之性”，把“立人”的主体化构造发展为包括“群之大觉”“立国”在内的“相互主体性”

---

① 鲁迅：《破恶声论》，《鲁迅全集（第 8 卷）》，第 26 页。

② 慕维仁：《章太炎的政治哲学：反抗的意识》，见“东方哲学论文—学术堂”（https//：www.lunwenstudy.com），2018 年 10 月 7 日。

格局。①

那些"破迷信"的伪士的要害是"不先语人以正信；正信不立，又乌从比较而知其迷妄也"。鲁迅说："虽中国志士谓之迷，而吾则谓此乃向上之民，欲离是有限相对之现世，以趣无限绝对之至上者也。人心必有所冯依，非信无以立，宗教之作，不可已矣。"换句话说，人有超越的需求，寻找凭依的需要，人的有限性产生了宗教性的需求。"宗教由来，本向上之民所自建，纵对象有多一虚实之别，而足充人心向上之需要则同然。"② 鲁迅颂扬了充满生机的民众活动，并在民间信仰仪式及其体现的生命力中设想了"上征之路"的可能。他在当下寻求一种批判性的视角，肯定民间文化和信仰的存在，凸显出它们遭受社会排斥的困境。鲁迅接受了传统的宗教概念，将宗教看作是对超越性的追求。宗教体现了一种超脱物质世界的渴望，这种渴望是与对未来的追求密切相关的。由于将注意力放在主体的渴望上，鲁迅认为迷信和宗教是与各种客观运动，如受公理、进步和文明驱使的运动截然对立的。

鲁迅认为迷信与宗教信仰不但是超越性的产物，也是想象力的源泉。他说："顾瞻百昌，审谛万物，若无不有灵觉妙义焉，此即诗歌也，即美妙也，今世冥通神秘之士所归也，而中国已于四千载前有之矣；斥此谓之迷，则正信为物将奈何矣。"宗教信仰跟"诗歌"和"美妙"之间到底是什么关系？他提了一个非常关键的词"神思"："夫神话之作，本于古民，睹天物之奇觚，则逞神思而施以人化，想出古异，諔诡可观，虽信之失当，而嘲之则大惑也。太古之民，神思如是，为后人者，当若何惊异瑰大之；矧欧西艺文，多蒙其泽，思想文术，赖是而庄严美妙者，不知几何。倘欲究西国人文，治此则其首事，盖不知神话，即莫由解其艺文，暗艺文者，于内部文明何获焉。"③ "神思"这个关键词，就把《摩罗诗力说》里的诗人、《文化偏至论》里的哲人，以及鲁迅自己正在从事的"文艺活动"，全都贯连起来了。

"崇侵略"论者是身处"主奴结构"中的"奴隶"，结构性地认同"奴隶主"的意识形态（"彼可取而代之也"），"崇侵略者类有机，兽性其上也，最有奴子性"，兽性和奴隶性是其一体两面。鲁迅以 19 世纪

---

① 高远东：《现代如何"拿来"》，复旦大学出版社，2009 年，第 67 - 68 页。

②③ 鲁迅：《破恶声论》，《鲁迅全集（第 8 卷）》，第 29 页、第 30 页。

侵略扩张最野蛮的“泛斯拉夫主义”为例，剖析其“不以艺文思理，足为人类荣华者是尚，惟援甲兵剑戟之精锐，获地杀人之众多，喋喋为宗国晖光”的要害，批判不少中国人、亚洲人也认同的“嗜杀戮攻夺，思廓其国威于天下者”的“兽性之爱国”：

> 盖兽性爱国之士，必生于强大之邦，势力盛强，威足以凌天下，则孤尊自国，蔑视异方，执进化留良之言，攻小弱以逞欲，非混一寰宇，异种悉为其臣仆不慊也。①

而中国的“志士英雄”还比“兽性爱国之士”多二事：“二事云何？则一曰崇强国，次曰侮胜民。”——“举世滔滔，颂美侵略，暴俄强德，向往之如慕乐园，至受厄无告如印度波兰之民，则以冰寒之言嘲其陨落。”鲁迅以为，“波兰印度，乃华土同病之邦”，中国志士本该本着“人不乐为皂隶”之心而“眷慕悲悼之”——可表现的却是相反的“艳羡强暴之心”，何以故？他想到了汉民“两度为奴”的文化后果问题：

> 岂其屡蒙兵火，久匍伏于强暴者之足下，则旧性失，同情漓，灵台之中，满以势利，因迷谬亡识而为此与！故总度今日佳兵之士，自屈于强暴久，因渐成奴子之性，忘本来而崇侵略者最下；人云亦云，不持自见者上也。②

为了终止这种“主奴结构”的再生产，终止“兽性”和“奴子性”的恶性循环，鲁迅提出，必须将心比心，有“反诸己”的“自省”。高远东认为，所谓“反诸己”的“自省”，意味着主体进入与他人、与异己者的关系再返回自身而产生的某种觉悟。这是在相互关系中的主体的精神“再自觉”，其触角不仅指向自我，而且指向社会、国家，指向一切相互关系。也正因如此，它才可以克服单向主体化方案的弊端，通过执着相互性而给人以消灭主奴关系的希望。③

---

①② 鲁迅：《破恶声论》，《鲁迅全集（第8卷）》，第31页。
③ 高远东：《现代如何“拿来”》，第71页。

五、余声：声发自心，朕归于我

在《摩罗诗力说》的结尾，鲁迅转述了一篇俄国小说《末光》里的故事："记老人教童子读书于鲜卑者，曰，书中述樱花黄鸟，而鲜卑冱寒，不有此也。翁则解之曰，此鸟即止于樱木，引吭为好音者耳。少年乃沉思。"① 鲁迅说，少年身处萧条之地，诚然听不到黄鸟好音，至少还有"先觉者"为之"诠解"。接着，鲁迅发出了20世纪初最悲凉的感慨："而先觉之声，乃又不来破中国之萧条也，然则吾人，其亦沉思而已夫，其亦惟沉思而已夫！"

但是，当鲁迅使用了诸如"天下"和"人间世"这样的词汇，这表明，在唤醒民族之外，他还涉及一种"世界—历史"的开端。鲁迅不再强调特定的地理边界，而是试图阐明作为新型共同体基础的那些原则。为了对抗这种闭塞和寂寞，一个人必须依靠一种与主体性及心紧密相连的独特的声音。这些声音同人类的情感相连，而且能够冲破未发自内心的浅薄语言造成的寂寞之境。它们正是同激进变革相关的声音，是带来解放信息的"春温"和"曙色"。而这种变革的前提是个人从群体中解放出来。②

"言为心声"（扬雄《法言》），鲁迅追随章太炎强调心性或意识的自主性，以及个人反抗群体的道德性，将内在性和主体性作为反抗外部力量的立足点。尽管人情随时而迁，但由心而生的语言却不会为任何外在事务所动摇。鲁迅断言，心性为一个人提供了反抗整个世界的基础。这位先觉者的声音是世界历史之力。他预示了一个时代的开始，在那个时代里，人们自己创造自己的历史，而不是被诸如人为的"群体一致性"这样的抽象力量所战胜。只有通过这种唤醒，人才会成为个体，进而成为另外一种共同体认同的前提。自相矛盾的是，据鲁迅所言，为了唤醒民族，似乎就必须先打破群体回到个人："盖惟声发自心，朕归于我，而人始自有己；人各有己，而群之大觉近矣。"鲁迅把这种"能动自由的主体"重构而成的共同体，叫作"沙聚之邦，转成人国"。

附记：李欧梵先生的《铁屋中的呐喊》是我进入"鲁迅研究"的

---

① 鲁迅：《坟·摩罗诗力说》，《鲁迅全集（第1卷）》，第55－56页。

② 慕维仁：《章太炎的政治哲学：反抗的意识》。

启蒙之作，“鲁迅是一位高度思想性的作家，在一次次的挫折、失败和心理危机中，他把自己的思想和心绪（内心的鬼）转化为艺术的意义结构”，这种深入文本又高屋建瓴的分析，启发了一代研究鲁迅的青年学者。后来又多次亲聆先生的教诲，每有如沐春风之感，获益良多。在我和家人一生最艰困的日子里，欧梵先生的相助，更是一直无法言谢——仅以此谫陋之文，铭记为寿。

（作者单位：香港浸会大学）

李长之与“批判”之含义：伊曼努尔·康德如何激发对鲁迅的开创性研究

苏文瑜（Susan Daruvala）

李长之（1910—1978）在中国现代文学和思想史研究领域算不得名家，无疑因其观点不适合标准话语。本文试图展示李长之如何通过运用哲学家伊曼努尔·康德的思想形成自己的观点，从而来看待艺术创作在人类生活中的位置，看待个人价值。

1910 年，李长之出生于山东。书香门第，少年成名，12 岁就在郑振铎主编的《儿童世界》发表了诗作和散文。① 他在济南读中学时接触到鲁迅和歌德，并产生兴趣。② 19 岁进入北京大学预科学习，1931 年开始在清华大学学习自然科学并开始撰写文学批评。1933 年，转系到哲学系后开始接触德国古典哲学，尤其对康德表现出浓厚兴趣。女儿李书曾写道，他对康德由衷敬佩。康德于 1781 年至 1790 年先后完成三部作品，这三部彼此关联的作品是表达康德主要哲学观点的核心著作，称为“（三大）批判”（*Critiques*）。③ “（三大）批判”探究人类如何了解世界，构成了康德哲学体系。《纯粹理性批判》（*Critique of Pure Reason*，1781，1787 年再版）研究认知功能，《实践理性批判》（*Critique of Practical Reason*，1788）寻求道德原则，《判断力批判》（*Critique of the Power of Judgment*，1790）关注审美判断力。

在第二大批判《实践理性批判》的结尾，康德说有两样东西震撼着他的心灵，使其充满敬畏，“头顶的星空和内心崇高的道德法则”。正如一位著名学者所说，这句名言几乎贯穿了康德所有作品，他希望建

---

① 于天池：《忆长之老师》，《李长之文集（第 1 卷）》，河北教育出版社，2006 年，第 23 页。

② 司马长风：《中国新文学史》，骆驼出版社，1976 年，第 259 页。

③ 李书：“序”，郜元宝、李书主编：《李长之批评文集》，珠海出版社，1998 年，第 3 页。

立一套世界科学知识永恒的基本原则（星空），同时试图表明：人类自由是道德法则所服务和发展的终极价值，它与现代科学真理是兼容的。①

自然科学的发现促使康德思考心智（mind）本身的运作方式。知识来源于某些外部力量，比如上帝吗？仅靠纯粹思维和心智能够理解事物吗？他得出的结论是，人类的认知是可能的，因为心智包含不同能力，包括感性能力（sensibility）和知性能力（understanding）。心智对空间和时间有根本直觉，这种直觉不依赖经验，但它通过感性（senses）、感性直觉（sensible intuitions）接受信息，感性直觉能够通过范畴及其概念有序整合经验，使经验在空间和时间中得到秩序与排列。因此，知识取决于经验，如果知性的概念应用超出感官经验之外，认识就是无效的。我们的知识能够通过判断，积极自发地接受经验并根据我们的认知能力对它进行整合。知识并非来自上帝或自然，而是来自我们自身的努力。

康德在《纯粹理性批判》第二版中提出，科学进步不是纯粹逻辑推理的结果，因为逻辑只是证明了思维的正式规则，但却没有勇气提出问题，无法证明假设的真伪。他以哥白尼（Copernicus）为例进行说明。哥白尼试图证明“地心说”无果，便改变假设，提出“日心说”。康德仿照哥白尼提出“日心说”的方法，② 他没有试图通过纯粹理性发现真理，而是改变了研究方法，发现了心智本身的运作方式。康德把对认知的理解用来理解道德（morality）。如果人类认知的运作方式意味着人类能够自由地寻求对科学的理解，那么应该有一种方法来建立人类对道德的理解。这就是康德在他的第二大批判《实践理性批判》中探讨的问题。他区分了两种不同的原则：准则（maxims），是我们行动所遵循的个人主观原则；法则（law），是我们行动所遵循的理性命令原则。因此，理性赋予道德至高无上的原则，包括不能把人性当作手段，人作为理性存在有预设自由。

《实践理性批判》出版后不久，《判断力批判》问世，主要关注品

---

① Guyer, Paul. “Introduction”. Immanuel Kant, *Critique of Pure Reason*, Cambridge: Cambridge University Press, 1998, pp. 1 – 2.

② Kant, Immanuel. *Critique of Pure Reason*. Cambridge: Cambridge University Press, 1998, pp. 106 – 110.

味和美。康德关注的重点不是美是什么，而是如何判断美。判断一些东西是否美，如一朵花，并非一种认知判断，而是我们坚信我们的这种判断将会引发普遍性认同。（“美”不同于“看起来非常可爱”。）康德还讨论了人类对环境的另一种反应：当面对雷暴或山脉等自然现象时我们的感受。这种感觉就是壮美（sublime，通译“崇高”）：我们最初可能会感到无法抗拒，但也会激发与他人的团结感。①

《判断力批判》的一个重大发展是赋予了知性（understanding）与想象力（imagination）更大的作用。反思的愉快来自于知性和想象力的自由协调活动。所以问题是，美的经验以何种方式和在多大程度上是一种认知反应？保罗·盖耶尔（Paul Guyer）建议我们在认知上理解经验，因为当自由和谐超越认知的必须，便能获得美的经验。② 我们也觉得经验似乎既符合我们的情感又符合自然，也使得我们感到自己属于自然。康德称这种品质为“合目的性”（purposiveness）。《判断力批判》与其他两大批判一样，其专技式（technical）的论证方式仍然受到哲学家们的质疑。事实上，在20世纪的大部分时间里，《判断力批判》被认为不如其他两大批判，但在20世纪70年代，人们的态度发生转变，对《判断力批判》的认识论和认知维度兴趣大增。

1933年，23岁的李长之加入郑振铎主编的《文学季刊》编委会，并在创刊号发表了《王国维文艺批评著作批判》。他称赞王国维是中国最伟大的评论家，因其“继承了传统的中国式的批评的方式，颇又接受了点西洋的思潮，有他独到的见地，而作了文学革命的先驱”。③ 李长之非常看重王国维有自己独到的见地，这和康德的观点颇为一致，都体现了人类能够运用理性，并应该形成自己的判断。

1936年，25岁的李长之出版了《鲁迅批判》，也为此遭了一辈子罪。“鲁迅批判”也可以翻译成“鲁迅批评研究”。李长之之谓“批判”，是分析、评论之意，但常被误解为政治意义上的“批评否定”。

---

① Wenzel, Christian Helmut. *An Introduction to Kant's Aesthetics: Core Concepts and Problems.* Oxford: Blackwell Publishing, 2005, pp. 142 – 144.

② Guyer, Paul. “The Harmony of the Faculties Revisited”. in *Aesthetics and Cognition in Kant's Critical Philosophy* ed. Rebecca Kukla. Cambridge: Cambridge University Press, 2006, p. 183.

③ 李长之：《王国维文艺批评著作批判》，《李长之文集（第7卷）》，第226页。

具有讽刺性的是，鲁迅曾亲自看过稿件，还赠送一张照片刊印在封面上。① 事实上，在1935年11月17日该书后记中，李长之还感谢鲁迅订正其中著作时日，并称“他不像一般人所以为的猜忌刻薄，从他的文章就可以看出，他反而是并不世故”。②

本文通过研究李长之1943年出版的《德国的古典精神》和《鲁迅批判》，旨在将李长之对康德和更广泛的德国理想主义的兴趣，以及他对鲁迅和对五四运动的研究相结合。

虽然《鲁迅批判》的出版日期比《德国的古典精神》早了七年，但是后者大部章节写于1933年至1937年，③ 所以我们假设李长之在对鲁迅的研究中借鉴了他对康德思想的思考。在《鲁迅批判》再版的序言中，李长之写道：“我的用意是简单的，只在尽力之所能，写出我一点自信的负责的观察，像科学上的研究似的，报告一个求真的结果而已，我信这是批评者的唯一的态度。”④ 这句话与上述康德寻求真理的思想相呼应。

李长之在《德国的古典精神》中集中研究了六位德国哲学家，并认为他们是德国理想主义哲学思想的代表。约翰·温克耳曼（Johann Winckelmann）是德国古典主义（以启蒙思想为中心的文学和文化运动）的建立者，被置于卷首；然后是伊曼纽尔·康德（Immanuel Kant）、约翰·歌德（Johann Goethe）、约翰·席勒（Johann Schiller）、宏保耳特（通译“洪堡”，Wilhelm von Humbold）和薛德林（通译“荷尔德林”，Friedrich Hölderlin）。李长之在引言中说，他有三个向往的时代：古代的希腊、中国的周秦和德国的古典时代。因为这三个时代的正统思想都是理想主义，关注作为理想主义基础的人生的价值。这三个时代都企求完人，都提高了人的地位，同时思想家本人都是一些有生气的治人。李长之对比提出了自己不能妥协的三种思想：唯物主义、宿命主义和虚无主义。用他的话来说，“唯物主义的毛病是不承认（至少是低估了）人的价值，宿命主义的毛病是放弃了自己的责任，虚无主义是关闭了理想的通路，所以我都不能妥协”。⑤

---

①④ 李长之：《鲁迅批判　三版题记》，《李长之文集（第2卷）》，第3-4页、第2-3页。

② 李长之：《鲁迅批判》，《李长之文集（第2卷）》，第115页。

③ 张蕴艳：《李长之学术心路历程》，北京大学出版社，2006年，第140页。

⑤ 李长之：《德国的古典精神》，《李长之文集（第10卷）》，第184页。

其中，康德一章包括译者导言和两篇译文，两篇译文选自康德1763年出版的《关于优美感与壮美感的考察》（*Observations on the Feeling of the Beautiful and the Sublime*）前两章。1781年《纯粹理性批判》出版之前的著作都被学界归类为康德"批判前期的著作"，但事实上，如李长之所言，康德在其教授就职论文（Inaugural Dissertation，1770）中就已提出关于第一大批判的大体框架，此后10年为酝酿期，并未发表任何成果。因此，1770年应该被视为批判前期和批判后期的分水岭。学界对康德批判前期著作的重视程度远不如其具有开创性的纯哲学著作。《关于优美感与壮美感的考察》尽管属于"批判前期著作"，但其对于道德哲学的形成具有重要作用。而且，"批判前期著作"和"批判时期著作"的划分并不意味作者的哲学态度或观点存在根本差异。艾伦·伍德（Allen Wood）认为："更准确地说，康德经历了长时间的探索和准备，最终取得了批判系列的成果。"①

康德这本著作语言通俗易懂，李长之用来作为介绍康德的入门读本很恰当。他选择前两章而没选择后两章来翻译也是明智之举。前两章探讨了人类性情的不同种类（如乐观、冷漠）、人类对彼此的不同反应，以及人类一般的"美"的品质；后两章讨论了女性及不同民族的特性。这两种观点现在看来分别表达了性别歧视和种族主义观点，很难被接受。正如李长之评论的那样："不过眼见得他的了解很不充分。"②

李长之指出，倘若读者要在《关于优美感与壮美感的考察》中寻找和《批判力批判》中相关的观点，将是徒劳的。尽管康德很早就对人类对优美与壮美的反应感兴趣，但直到他完成了前两大批判之后，他才突然意识到如何考察优美与壮美，并将其纳入批判理论体系。康德试图在《批判力批判》中"探索自然与道德之间的关系"，这将表明他如何"将自然美、艺术美及人的合目的性置于自然组织中，从而证明人是一种道德实体，人与自然有机统一"。③ 如前所述，目前学界对康德哲学的认识论和认知维度的兴趣大增，并引发持续的讨论和争论。这说明，不能把康德作品的意义和含义看作既定的、无可争议的。因此，在

---

① Wood，Allen W. "General Introduction". Immanuel Kant，*Practical Philosophy*. Cambridge，Cambridge University Press，1996，p. xvi.

② 李长之：《德国的古典精神》，《李长之文集（第10卷）》，第184页。

③ Guyer，Paul. "Editor's Introduction". Immanuel Kant，*Critique of the Power of Judgment*. Cambridge：Cambridge University Press，2000，p. xxii.

阅读李长之作品时，如果只是判断他是否理解康德就过于简单化了。最好尝试理解他在康德哲学话语中的立场。事实上，康德的审美哲学的伦理维度和他的道德哲学的审美维度（即情感与道德之联系）都得到了进一步研究。如果李长之还在世，那他可能会对一些讨论兴致盎然。

李长之翻译《关于优美感与壮美感的考察》不是为了给读者展示一个过世已久哲学家的早期遗物，而是把它作为一个工具，介绍他所发现的康德最有价值之处。在“译者导言”开头部分，他引用了德国哲学史家弗里德里希·尤伯维格（Friedrich Ueberweg）对康德这部著作的介绍。尤伯维格指出，康德的见地是美学的、道德的、心理的，杂然并存。壮美与优美的分别是在心理上，“壮美在感动着，优美在摄引着”。尤伯维格指出，很令人注目的是道德之审美性的基础，即“对人性之优美性与尊严性的感觉”。①

李长之虽然赞同尤伯维格的观点，也认为该书与《批判力批判》中的观点不能直接关联，但他坚持认为该书的的确确是康德的东西，因为它包含了康德思想的两个要点：立法性（Gesetzlichkeit）和主观性（Subjektivität）。②

立法性是康德在提到自然法则或道德法则时使用的术语。③ 在《道德形而上学基础》（*Groundwork of the Metaphysics of Morals*，1785）中，康德开始发现“道德的最高原则（supreme principle of morality）”。他最后提出，人是属于理性的和自主的个体，能够自主行动，因此才有人的尊严。作为人类，承认和尊重他人的尊严就是我们给自己设定的最高法则。

李长之强调，对于康德来说，立法性的概念至关重要：

> 他的知识论，他的伦理学，他的美学，都是如此。他不讲什么是真，什么是善，什么是美，但却讲如果是真，如果是善，如果是美，都是什么法则。而这些法则是在客观上吗？不是的，乃是在主观上。关于这一点，他认为很重要……这和一般的常识的想法相

①② 李长之：《德国的古典精神》，《李长之文集（第10卷）》，第182页、第183页。

③ Boniolo, G. “Laws of Nature: The Kantian Approach”. In *Constituting Objectivity: Transcendental Perspectives on Modern Physics* ed. Michel Bitbol et al. Dordecht: Springer, 2009, p. 186.

反，但是却是康德的绝大贡献，有些人认为康德是经验派，根据他在《纯粹理性批判》中劈头第一句话，就是知识与经验俱始。①

李长之进而提出，经验是主观的，但应该注意到康德讲的是经验的法则："所以我说他的哲学，是以主观性与立法性为要点。分而观之，是主观性与立法性，合而观之，则是主观之立法性。"②

李长之如此强调将"合法性"与"主观性"相联系，是因为康德曾明确表示，经验必须有一个统一的经验主体：个人必须通过他所谓的"统觉的先验统一性"（the transcendental unity of apperception）。③"统觉"的意思是"意识到事物的意识"，这意味着经验属于个人。

李长之将"主观之立法性"描述为康德哲学的核心，认为康德处处要找法则，只要他的思想所到处，无一处他不运用其一以贯之的精神。李长之敏感地意识到康德处处要寻法则的习惯来自于牛顿的影响，其早期作品受牛顿自然科学方法影响较大，后来则受到卢梭（Rousseau）思想的影响。值得注意的是，康德撰写《关于优美感与壮美感的考察》时，正在阅读卢梭的《社会契约论》（*Social Contract*）。他后来曾写到，他自以为爱好探求真理，鄙夷那班一无所知的芸芸众生，是"卢骚纠正了我"。他开始看到所有理性的人都是平等的，所有社会不平等从根本上是不公正的。④ 用李长之的话说："对于自己，对于别人，对于整个人类的尊严性的认识，这是卢骚思想的基础。"⑤

盖耶尔指出，从《关于优美感与壮美感的考察》可以看出康德道德理论形成的萌芽，因为康德期待看到是人们对事物/事情的感应最终如何来解释道德。他的中心观点是"虽然出于爱或同情的行为是优美的，但出于原则的行为是壮美的"。⑥ 因此，尽管优美和壮美最终都是一个"精细美妙的感觉"的两个方面，但壮美对我们提出了更高的

---

①②⑤ 李长之：《德国的古典精神》，《李长之文集（第10卷）》，第183页。

③ Guyer, Paul. "Introduction". Immanuel Kant, *Critique of Pure Reason*, Cambridge: Cambridge University Press, 1998, p. 9.

④ Wood, Allen W. "General Introduction". Immanuel Kant, *Practical Philosophy*. Cambridge, Cambridge University Press, 1996, p. xix.

⑥ Guyer, Paul. "Translator's Introduction to *Observations on the Feeling of the Beautiful and the Sublime*". In Immanuel Kant, *Anthropology*, *History and Education*. Cambridge: Cambridge University Press, 2007, p. 19.

要求。

康德在第一部分举了一些例子，让人很容易分辨壮美和优美的不同对象：雪山是壮美的，充满鲜花的草地是优美的；夜是壮美的，白昼是优美的。壮美的东西必须总是大的，优美的东西却可以很小。第二部分讨论人性之一般的壮美性与优美性，也采用了同样的对比模式：理解是壮美的，聪慧是优美的；友谊是壮美的，性爱是优美的。因同情而给乞丐捐钱是优美的，但是如果是因把对人类的博爱放在第一位，那就是壮美的。

同样地，取悦人和同情心可能是优美的，但如果没有某种更高的原则，它可以堕落成诸如说谎和酗酒之类的恶习。结论是："真正的德行是只有在根本原则上拔枝而生的……这个原则不是悬想的许多规条，却是在人人的心胸中所生有的一种感觉之觉醒，这远比同情啦……广阔得多，概括得多……这是对人性之优美性及其尊严性的感觉。"①

康德在阐明观点之后，开始比较人类的性情，以及不同情景和不同行为方式中壮美感和优美感的不同表现。气质和行为没有高低之分，都有各自积极和消极的方面。（例如，没有太多人按照原则行事也并非坏事，因为如果一个人确信自己的原则是唯一正确的原则，就容易犯错；有很多善良的人，也有很多自我为中心的人，但这也不一定是坏事，因为通常这样的人更勤劳，更有秩序，更严谨，可以为社会做出巨大贡献。）康德最终认为，这些不同的各组便可以在一幅辉煌光明的表现下而合一了，"这是在各种变化中而豁然开朗，或为一种统一体的，于是道德性之总体乃标明优美与尊严"。② 我们能明显从李长之的导言中看出，他认为选取翻译的两章之所以有价值是因为，它们体现了对每个人的美与尊严性的认识，展示了个人作为社会存在，社会成员和社群成员的各种图景。然而，对康德的审美哲学一直有质疑的声音，如《判断力批判》所表达的那样，不少学者认为康德的审美哲学远离社群。

伽达默尔（Gadamer）在《真理与方法》（*Truth and Method*）中有一个非常有趣的景象，描述了与社群相关的品味概念的演变。他追溯了共通感（sensus communis）在欧洲人文主义传统中的概念，并指出它

---

①② Kant, Immanuel. *Observations on the feeling of the Beautiful and the Sublime*. In Kant, *Anthropology, History and Education*, 2007, p. 31, p. 39.

李长之：《德国的古典精神》，《李长之文集（第10卷）》，第192页、第197页。

“显然不仅仅意味着‘常识’，而且还意味着‘创造社群的感觉’”。[①] 共通感对维柯（Vico）[②] 来说是“一种感觉，它从生活的社群中习得，由社群结构和目标决定”。[③] 18 世纪的哲学家们（如沙夫茨伯里 Shaftesbury）从“对社群的爱”的意义上进一步发展了共通感的概念。但是，伽达默尔认为康德忽视了共通感，康德认为品味由理性赋予，从而移除了道德哲学的社会基础。[④] 因此，品味是纯美学概念，社群感被从品味中移除。(32) 对于伽达默尔来说，理解社会背景对于哲学和社会科学的自我理解至关重要，因此他对康德这一举动颇感失望。但有人可能会争辩说，伽达默尔的品味观主要来自社会学视角，即认为品味造成了社会差异和区隔化，所以他会认为康德的品味观缺乏社群感。

比阿特丽斯·隆格内斯（Béatrice Longuenesse）以对康德三大批判进行详尽细致的分析而著名，对此，她提供了另一种视角。隆格内斯提醒我们，当我们做出诸如“这朵玫瑰是美丽的”之类的判断时，我们所感受到的审美愉悦就是康德提出的“生命感”（a feeling of life），但她没有把这种感觉与生物界相连，而是将其与心智相连。也就是说，这种判断使人愉悦，因为它是普遍可传播（universally communicable）的，或者坚信将会被所有人共享。[⑤] 康德实际上指的就是“常识”（或者更确切地说，“一种共同感”），他的意思可以被理解为：（1）判断某种东西美感的“普遍的可传递性”（universal communicability）；（2）一种使我们呼吁自己和他人实现这种感觉的心情，这种心情就“像一种责任”。[⑥] 隆格内斯的结论是：“艺术美服务于我们倾向于亲和力的自然兴趣，……根植于人类作为自然物种的人性中。”[⑦] 如果这样理解，那么我们可以看到，尽管如伽达默尔所说，康德确实将真正的社区意义置于品味之中，但我们或许不应该简单地将其视为对社群感的移除，因为品味感实际上就是，按隆格内斯的观点，“根植于人类作为自然物种的人性中”。

经过前文铺垫，我们现在可以继续回到李长之的《鲁迅批判》。该

---

①③④ Gadamer, Hans-Georg. rev. ed. *Truth and Method*. London: Bloomsbury Academic, 2004, p. 19, p. 21, p. 32.

② 乔瓦尼·巴蒂斯塔·维柯（Giovanni Battista Vico），意大利哲学家、修辞学家。

⑤⑥⑦ Longuenesse, Beatrice. “Kant’s Leading Thread in the Analytic of the Beautiful.” In Kukla ed. *Aesthetics and Cognition in Kant’s Critical Philosophy*. Cambridge: CUP, 2006, p. 200, p. 214 – 216, p. 218.

书于1935年完成，1936年出版，出版后数月，鲁迅便去世了。李长之在开头简“序”中解释了他与《文学季刊》的过往，但这并非本文研究的重点，否则我们还需要参考布迪厄（Bourdieu）的观点。

李长之在“后记”中提到，有三个人对其影响至深，鲁迅便是其中之一，另外两个是孟轲和歌德。他在中学时期读过《呐喊》，虽然不喜欢《阿Q正传》，但已然受到鲁迅很深的影响。他强调鲁迅对青年一代影响深远：有两个朋友因为经常读鲁迅的《杂感》，对社会愈发不满。但李长之觉得，鲁迅为这些中学生注入了活气，比他们当木偶要强。① 鲁迅的观感是中国急需科学，而李长之最钦佩的是他永不妥协的精神。他在1929年曾写道，年轻人读了鲁迅的《热风》，便觉得浑身充满力量。② 在20世纪20年代，对于李长之及其同学们来说，鲁迅的文字直击内心、颠覆旧制、反叛当权。

李长之在简“序”中说明了自己试图解决的核心问题是：鲁迅的思想、性格和环境之间的关系是什么？如同康德、歌德和高尔基一样，鲁迅作品反映社会需求，为平民发声。但究竟是什么让他们成为这样的呢？李长之得出的两个结论是，学医经历使鲁迅充分接受了进化论的生物学思想，以及资本主义制度中发展起来的西方科学精神。鲁迅生长在农村，故事也往往以鲁镇为代表的农村为背景，他完全理解中国农民执拗的本性，也在作品中有深刻体现。③

李长之在“后记”中说到，自从读了宏保耳特的文章《论席勒及其精神进展之过程》（*On Schiller and the Course of his Spiritual Development*），他开始认识到要了解一个作家，当抓住他的本质，并且需看出他的进展过程。他于是便以此方法，开始尝试写批评文章。先写了一篇关于茅盾的文章，种种原因未能发表，后来写了一系列批评鲁迅的文章陆续发表于天津《益世报》，便成了《鲁迅批判》的基础。④ 换句话说，他试图以康德式的方法来看待鲁迅作为知识分子的发展路径并研究其写作特点。

宏保耳特在文章开始便试图指出伟大精神的“神奇影响”，它给人以鼓舞，导致几代人思想的种子生根发芽。换句话说，他同时代的杰出人物如何“使个人特色蔓延至时代思想”。他指出，席勒对历史和哲学

---

①②③④ 李长之：《鲁迅批判》，《李长之文集（第2卷）》，第105页、第107页、第7页、第110页。

有着浓厚的兴趣，语言功底深厚，他写作剧本和写诗会根据不同情况使用不同语言表达方式。然而，虽然席勒非常钦佩康德，但他仍然忠于自己，并且“让自己受到康德思想的刺激”，而不仅仅是一个追随者。作为一名作家，席勒能够调动想象力和感觉，使之独立于思想内容，从而激发读者共鸣。①

虽然宏保耳特的文章对李长之产生了影响，提供了一种构建鲁迅研究的方法，但必须强调的是，李长之对鲁迅的研究建立在分析大量出版材料的基础上，是一项大胆而独创的探索，即使在今天看来，仍然令人耳目一新、受益良多。他将鲁迅的生活分为六个阶段：

第一阶段：1881 年—1917 年，成长和准备时期，奠定了其以文艺改造国民性的志愿。

第二阶段：1918 年—1924 年，作为“精神界战士”实践时期，开始向封建文化猛烈攻击。

第三阶段：1925 年—1926 年 8 月，以“五卅运动”和“三一八惨案”为时代背景。

第四阶段：1926 年 9 月—1927 年 9 月，赴厦门、广州；“爱情问题”得到解决。

第五阶段：1927 年—1931 年 9 月，精神进展达到顶点时期。

第六阶段：1931 年—1936 年，重又攻击国民性，但比以前有更深刻的理解。不过有些地方已显示出困乏，不知道是一个衰歇的结束，还是一个更新的酝酿。②

李长之只是一名大学生，与鲁迅并无私交（虽然他认识周作人），但他的著作却向我们展示了能够公开获取的有关鲁迅的所有资料。鲁迅的自述，如《呐喊》“自序”和其中的故事为其提供了丰富的素材；1933 年结集出版的《两地书》收录了鲁迅与徐广平的往来信件，也是一个来源。另外，李长之非常熟悉鲁迅的出版作品和他的许多杂感集。他也了解一些文学事件，如鲁迅与创造社的公开论战。

有趣的是，虽然李长之认为鲁迅肩负着时代使命，表现了时代精神，一如他在“引言”中所写的那样，但动笔之时，他感到中国已经

---

① Humboldt, W von. “On Schiller and the Course of his Spiritual Development”. Accessed athttps://archive.schillerinstitute.com/transl/humboldt_ on_ schiller.html, 1830.

② 李长之：《鲁迅批判》，《李长之文集（第 2 卷）》，第 11 - 13 页。

发生许多变化，且可能会进一步深化。他认为鲁迅可能会欢迎这种变化，但鲁迅具体会如何回应还不清楚。因此，相比成果丰硕的第五阶段，李长之视第六阶段为鲁迅一个休息期，开始翻译俄罗斯文学理论。

李长之不善奉承，对鲁迅的精神进展能直言判断和推测。例如，他说，“‘三一八’事件警醒了鲁迅对于私人的攻击，他渐渐放弃了这种较小的目标”。[①] 他称鲁迅为“小资产阶级”，“一个诚实无伪的小资产阶级知识分子”。[②] 李长之在写到鲁迅与创造社 1928 年至 1929 年的论战时，指出钱杏邨在《死去了的阿 Q 时代》中的攻击颇能一针见血。他认为鲁迅受了这些话的影响，文字较以往爽朗开拓了些，并开始研究唯物史观，而在此前，鲁迅是自称门外汉的。他也指出鲁迅签名左翼作家联盟，表现出了知识分子的独立性，而在中国，敢于公开承认自己是左翼，又坚持自己的立场的，恐怕很少很少。[③]

第三章“鲁迅作品之艺术的考察”篇幅最长。李长之认为，相比内容，自己特别被鲁迅作品的审美方面所吸引。其实，他认为鲁迅在思想上不够一个思想家，“只是一个战士，对旧制度旧文明施以猛烈攻击的战士”。[④] 鲁迅抒情的文章写得极好，但即使在他的杂感里抒情文章也少之又少，这多半由于鲁迅要攻击的对象太多了。李长之提到，鲁迅写有 10 部杂感集，却只有两部小说集，因其像许多年轻作家一样，感到文学“无用”，但他没有意识到，艺术的审美价值恰恰来自于“无用”。和实际生活有一点距离，确乎是一切艺术的审美的性质和审美的价值所在。然而，当时中国为时局所困，学者们希望以艺术为武器，又认为艺术创作必须不受束缚，冲突就出现了。

鲁迅是最早以写社会底层的人的生活为艺术对象的作家之一，这样的写作体现了他的艺术天分。鲁迅写关于社会底层人们的不幸，展现他们的悲惨生活，可能因为他自己也是孤独的（正如他在《呐喊》“自序”中所表达的）。这意味着，鲁迅与自己的写作主题之间存在有机的联系，他的取材是主动的。他没有用理智创作，写下的是自己的感受。能把这种感受原封不动地传递给读者，鲁迅就是天才。李长之在这里直接引用了康德“天才是天生的”的天才观。[⑤]

---

①②③④⑤ 李长之：《鲁迅批判》，《李长之文集（第 2 卷）》，第 21 页、第 99 页、第 29 页、第 36 页、第 38 页。

康德认为，天才是天生的，是一种自然禀赋，天才为艺术立法。①盖耶尔解释说，这意味着天才的自然禀赋，允许艺术家“超越”艺术形式规则的束缚，但要创作美的作品成为典范，创作又必须符合标准/限制，还必须产生“自由驰骋的想象力和理解力，而非仅仅满足这些约束”。② 天才的作品不能是模仿的产物，它的美不能只体现在形式或主题。事实上，康德说艺术能把自然中本来丑陋不堪，或令人不快的事情加以美的描写，如战争和破坏。康德还列出了天才应该具备想象力、知性、精神和鉴赏力四个方面的能力。③

李长之对鲁迅小说给予高度评价，认为25篇创作的两个集子里，有八篇堪称完美的创作：《孔乙己》《风波》《故乡》《阿Q正传》《社戏》《祝福》《伤逝》和《离婚》。这八篇文章透露了作者对于农村社会深切的了解，对愚昧、执拗、冷酷、奴性的农民之极大的厌恶和同情。因此，他笔下的农民在引起读者哄笑和奚落的同时，也引发了读者的同情。

李长之在第三章辟出一节专门阐述《阿Q正传》，赞扬其闲散、从容的写作风格。“鲁迅那种冷冷的，漠不关心的，从容的笔，却是传达了他那最热烈，最愤慨，最激昂，而同情心到了极点的感情。”自然，尽管鲁迅不是没有奚落阿Q之意的，但他抚爱他，放心不下他。事实上，阿Q的“聪明、才智、意志、情感、人格……是被压迫得一无所有了”，除了鲁迅，没人关心他。《阿Q正传》似乎已经达到了康德天才作品的所有标准，因此虽然鲁迅自己可能没有意识到作品中隆重的艺术的和社会的意义，“但恰恰因此这篇作品的永久价值才确立了，因为：真”。④

李长之对阿Q故事快要结局的一幕进行了探讨，阿Q是文盲，不会写字，试图画一个圆圈却也没能画得圆。一个人愚昧或学识不够并不重要，那是环境因素，但“人在灵魂的深处，终有相同而且相通的所在。阿Q一定要画圆，可是画不圆，别人又不许他有余裕可以画圆，甚而也没看见他有要画圆之心，这是大可哀的，在一切匆促的、机械

---

①③ Kant, Immanuel. *Critique of the Power of Judgment*. Cambridge: Cambridge University Press, 2000, p. 186, p. 187－195.

② Guyer, Paul. “The Harmony of the Faculties Revisited”. in *Aesthetics and Cognition in Kant's Critical Philosophy* ed. Rebecca Kukla. Cambridge: Cambridge University Press, 2006, p. 191.

④ 李长之：《鲁迅批判》，《李长之文集（第2卷）》，第46－47页。

的、灰色的人生里，人不知有多少愿望是这样地被摧残和抹杀了，因为有一种普遍感，所以人能够在其中仿佛吸取一点自己的安慰，而被感动着”。①

在这里，李长之借鉴了康德的观点。康德在《判断力批判》第一部分结束时提出，一切美的艺术的入门，在它意图达成完满性的最高程度的范围内，似乎不在于设定的规范，而是在于心的诸力的陶冶通过人们所称的古典学科的预备知识：大概因为人文主义一方面意味着共同感，另一方面意味着能够普通地传达自己的内心。这些特质集合起来构成了适合于人类的社交性，以便将人类和兽类的局限性区别开来。② 李长之在该章节结尾处说，往常读《阿Q正传》注意的是鲁迅对于一般国民性的攻击，现在他认为这并非作者主要想表达的。虽然李长之并没有明确说明，但正是在《阿Q正传》中，鲁迅鲜活地刻画出了人性尊严和人性美。

李长之对鲁迅其他故事中人物的“真”钦佩不已，但有时其阅读也有偏颇。例如，他在《伤逝》里只看到对心胸狭隘的女性形象的刻画，而看不到叙述者的讽刺。李长之还用一节探讨鲁迅在文艺创作上的失败之作，其中包括《一件小事》《在酒楼上》和《肥皂》。他认为这些文章写得特别坏，坏到不可原谅的地步。

有一章专写鲁迅杂感文，李长之提出，一个人的作品在某一方面最多的，就往往证明是一个人的天才所在，所以鲁迅应该被称为杂感家。而且，当时作家之中写杂感这样好的，除了鲁迅没有第二个。③想要找鲁迅杂文的导读，这是一个非常有用的章节。他论及13册杂感集，并详细分析了其中的58篇，他提供了许多引文，比较了文章风格和内容的不同，并给出了自己的结论。他指出，鲁迅文字的进展，先是平铺直叙，后转入曲折、细微的刻画，再后则进而为通畅，有了活力。④

李长之在文章最后对鲁迅进行评价：称鲁迅为思想家和杂感家都不确切，因为他没有一个思想家所应有的清晰及理论上建设的能力，他的

---

①③④ 李长之：《鲁迅批判》，《李长之文集（第2卷）》，第50页、第67－68页、第85页。

② 译文参考《判断力批判》第60节，附录“关于鉴赏的方法论”，宗白华译，商务印书馆，1964年。Kant，Immanuel. *Critique of the Power of Judgment*. Cambridge：Cambridge University Press，2000，p. 229.

作品也不局限于杂感。鲁迅在文艺上是一个诗人，在思想上是一个战士。[1] 虽然不是文学理论家，但他却可以创作出美的文艺，超越天才，绝世独立。他的《狂人日记》就像歌德的《少年维特之烦恼》(*Sorrows of Young Werther*)，横空出世，回音不绝。

从《两地书》的通信可以看出鲁迅是孤独且内向的，他不理解世界运转的方式，也不善与人相处。这也成为他不能写出长篇小说的根由，因为写小说得客观些，将各样的社会情状写进去，又要一个冷然的关照的态度。因此，《彷徨》就没有《呐喊》写得好，《彷徨》写的是都市知识分子，《呐喊》是写农村，那是他早年的印象。[2] 情感上，鲁迅是病态的（多疑、善怒和脆弱），但他仍是一个永恒的诗人和时代的战士。理智上，鲁迅是健康的。李长之认为，"健康的"就是"一种长大发扬的，开拓的，前进的意味"。健康是指个人或人类在生存上是有利的。道德不然，是撇开这种现实的、功利的立场，而争一个永久的真理。鲁迅在情感上的病态无碍于他的人格的全然无缺，他在理智上是健康的，就道德的意义上说，依然是道德的。因此，鲁迅永远对受压迫者同情，永远与强暴者抗战（……他反对卑怯……因为卑怯是反生存的）。他攻击国民性，因为那是反生存的。鲁迅给人的是鼓励，是勇气，是不妥协的反抗的韧性，这也是鲁迅思想方面的价值源泉。[3]

李长之又再次列举了鲁迅的一些负面品质，但他认为正是这些看似负面的品质促使他成为一个战士："因为他不深邃，恰恰可以触着目前切急的问题；因为他虚无，恰恰可以发挥他那反抗性，而一无顾虑；因为一偏，他往往给时代思想以补充或纠正。"于是，"他成了一个国民性的监督人，青年的益友，新文化运动的保护者，这是我们每一思念及我们的时代，所不能忘却的"！[4]

李长之于1943年完成了《迎中国的文艺复兴》，可以看出，其对鲁迅的评价在某种程度上与他对"五四新文化运动"的评价相一致。他承认五四运动在某种程度上是积极的，但认为它没有走得足够远。这并非指责，只因中国承载了各种压力，中国启蒙运动的清浅是个不可避免的结果。1942年9月的序言中，他提到1938年11月终于在重庆定居后，开始觉得抗战胜利在望，他的思想便转向战后国家重建，"政治上

①②③④　李长之：《鲁迅批判》，《李长之文集（第2卷）》，第88页、第90－92页、第102－103页、第104页。

的压迫解除了以后”，文化上会蓬勃发展。他认为中国需要的是一个真正的文艺复兴。“五四”并不够，“它只是启蒙。那是太清浅，太低级的理智，太移植，太没有深度，太没有远景，而且和民族的根本精神太漠然了”！①

李长之引用德国历史学家爱德华·迈耶（Eduard Meyer）的观点，认为欧洲文艺复兴始于13世纪，当时欧洲学者开始意识到古希腊及其遗产。在18世纪，当温克尔曼写下他的《古代艺术史》（*History of Ancient Art*，1764）时，他们探知了希腊古典文化最内在、最永久的部分，人性之调和，自然与理性之合二为一，就是人文主义。② 李长之在这里强调文艺复兴概念要包括“新世界与新人类的觉醒”，新世界的觉醒需有新的天文学发现，如哥白尼的天文学成就。

另一方面，五四运动不但对于中国自己的古典文化没有了解，对于西方古典文化也没有认识。它拒绝孔子思想和柏拉图观点，推动机械的、功利的世界观，未能复兴古老的生活方式、思想和艺术。与文艺复兴相比，中国的五四运动仅仅是一种启蒙运动，他引用汉斯·吕耳（Hans Rol）的原文，称之为“在一切人生问题和思想问题上要求明白清楚的一种精神运动”。③ 法国哲学家笛卡儿（Descartes）是启蒙运动代表人物，他是一位理性主义者。罗尔认为理性主义太看重目的实效。李长之认为陈独秀、胡适、顾颉刚对传统文化开火和鲁迅在经书中所看到的吃人的礼教，都是启蒙的色彩，远离复兴的本质。

在李长之看来，“五四”的“明白清楚”意味着缺乏深度。“五四”时代没有深奥的哲学，柏拉图、康德和黑格尔很少被提及，而杜威、达尔文和马克思则广受欢迎。人们不仅不讨论深奥的哲学，而且有着反感，最明显的表现是人生观与科学的论战，充分表现了对形而上学格格不入、深恶痛绝的态度（即1923年张君劢与丁文江之间的争论）。④

李长之在本章结尾处提出，由于缺乏民族自觉和自信，“五四”是一个移植的文化运动。这种移植的西方文化就是现代资本主义的文化，对于西方古典文化和中国古典文化吸收甚浅。他认为，五四运动在文化上的最大成就是自然科学（中国科学社1914年6月就已成立），而1931年9月18日中日战争爆发标志了五四文化运动精神的结束。他为

---

①②③④ 李长之：《迎中国的文艺复兴》，《李长之文集（第1卷）》，第5页、第18－19页、第20页、第20页。

中国学术进步感到欢欣鼓舞：一是梁思成（等）运用现代建筑知识发现中国的传统精神；二是冯友兰的《新理学》展示了可视为“五四”精神结晶的理性主义，但冯友兰在该书“绪论”处提到，该书是接着宋明以来的理学讲的，而不是照着宋明以来的理学讲的。这一点对李长之来说，非常重要。①

李长之对“五四”的批评并不意味着拒绝“五四”所带来的东西，仅仅是因为他认为“五四”对于西洋文化还吸收得不够彻底，对于中国文化还把握得不够核心，主要原因是中华民族遭受的压迫。然而，他认为现在中国已经走上民族解放之路，随之应该是文化的解放，从而实现真正的文学和文化复兴。他对“五四”的评论可以看作是其“批判”实践的一部分，这是评价和讨论，而不是“否定批评”。他认为自己是批评家，而批评是评论家的任务。

1957 年，李长之写了《为专业的批评家呼吁》，欢迎“百花运动”为专业文学评论家提供的机会，这样的机会可以促进中国文学和艺术的发展。这是一个长期项目。他建议那些有能力、有兴趣的人应该在大学阶段学习中外文学史、文艺理论，以及他们觉得有用的社会科学学科和历史学科。他们也应该多多接触文学艺术作品，多多了解社会现实。②

当然，情况并非如此，李长之在未来几年中为他的观点付出了沉重的代价。但是，他并没有放弃批评的基本观点。1976 年，也就是他去世前两年，某出版商曾找李长之接洽再版《鲁迅批判》事宜，条件是将其书名“批判”改成“评论”或“分析”，李长之坚持不改，他说，批判其实就是分析评论的意思，他宁愿为《鲁迅批判》遭一辈子罪。③

这种态度可以从他对康德的兴趣中找到蛛丝马迹，“主体自我立法”（subjectivity legislating for itself）的观点便是康德哲学的核心。通过提出有关掌控各种人类活动的基本原则问题，人们可以走出归责于其自身的未成熟的状态。人类道德的最高原则——人是理性的生物，人有自主性，有自由行事的能力。作为人类，我们赋予自己的最高法则是承认和尊重人的尊严。批评家和学者必须积极参与学习，能够自由思考，改

① 李长之：《迎中国的文艺复兴》，《李长之文集（第 1 卷）》，第 25 页。

② 李长之：《为专业的批评家呼吁》，《李长之文集（第 3 卷）》，第 554 - 556 页。

③ 纪维周：《李长之为〈鲁迅批判〉遭一辈子罪》，《世界》，2004 年 7 月，http：//www. people. com. cn/BIG5/14738/14759/21866/2909177. html.

进自己的观点，最后得到成长。这种理想是李长之自我理解和希望的核心。虽然受历史环境影响，他没能实现自己的理想，但我们仍然钦佩他对自己原则的坚持。

（作者单位：英国剑桥大学）

（华媛媛　译）

- 参考文献 -

Pinkard, Terry. *German Philosophy: The Legacy of Idealism*. Cambridge: Cambridge University Press, 2002.

Wood, Allen W. "The Supreme Principle of Morality". In *The Cambridge Companion to Kant and Modern Philosophy*. Ed. Paul Guyer. Cambridge: Cambridge University Press, 2006.

郜元宝、李书主编：《李长之批评文集》，珠海出版社，1998 年。

李长之：《李长之文集》，河北教育出版社，2006 年。

陈世骧论文学之光与摩罗诗力

陈国球

一、前言：抒情传统论

“中国抒情传统”的论述与李欧梵教授的多声部著述有相当密切的关系。李教授虽然不是大张旗鼓地推动这已连绵半个世纪以上的论述，然而从学术史的角度而言，可以清晰地见到其间的学术关联。李欧梵教授的师承包括曾在美国哈佛大学客座的捷克斯洛伐克汉学家普实克（Jaroslav Průšek），以及台湾大学的文学教授夏济安。李教授在由博士论文修订出版的《中国现代作家的浪漫一代》卷前鸣谢，表示此书不少意念受到普实克老师的启发，尤其后者对中国现代文学主观精神的开创性研究更为关键。① 后来李欧梵教授更搜罗收集普实克有关现代中国文学的研究论文，编成《抒情的与史诗的》一书。李教授在书的“前言”特别标举普实克的“‘抒情的’传统”（“lyrical”tradition）与“‘史诗的’传统”（“epic”tradition），认为普实克于个人性向上较贴近“抒情”一脉，而理智上则二者并重。② 最近李欧梵教授又发表《普实克“抒情”观的阐释》，更全面地考析普实克对中国文学“抒情精神”的体会。③ 由是观之，近年再度开发的“中国抒情传统论”，由普实克到李欧梵的一路非常值得重视。

然而本文的重点仍然以李欧梵教授的另一位老师夏济安的好朋友陈

① Leo Ou-fan Lee, *The Romantic Generation of Modern Chinese Writers*, Cambridge, Mass.: Harvard University Press, 1973, pp. xi – xii.

② Leo Ou-fan Lee, “Forward” to Jaroslav Průšek, *The Lyrical and the Epic: Studies of Modern Chinese Literature*, Bloomington: Indiana University Press, 1980, pp. viii – x.

③ Leo Ou-fan Lee, “Unpacking Průšek's Conception of the ‘Lyrical’: A Tribute and Some Intercultural Reflections”, *Acta Universitatis Carolinae: Philologica*, 2017 (4), pp. 151 – 166.

世骧（1912—1971）为主，这样说来有点迂回，不过，如果我们要做学术史的联系，并不勉强。本文讨论到陈世骧对鲁迅的阅读，他的鲁迅诠释既与发展中的“抒情传统论”有关，也跟夏济安在柏克莱完成的鲁迅论述可以相互印证；而夏济安的鲁迅论又与李欧梵教授的名著《铁屋中的呐喊》有传承关系。① 这种研究网络与谱系的寻绎与梳理，绝对有学术史意义，但本文不暇及此，先就陈世骧的其中一个论述方向做出考析。

陈世骧是“中国抒情传统论”最重要的推手。1971 年，他在美国亚洲研究学会年会的比较文学小组致开幕词，讲稿被译成中文，题作“中国的抒情传统”。文章刊出后传诵一时，再经几代学者发扬，几乎成为中国古典文学研究者的共识。过去学界对他的认知主要依靠他的弟子王靖献（杨牧）所编的《陈世骧文存》一小册，于 1972 年由台北志文出版社刊行。及至 2015 年，生活·读书·新知三联书店出版由张晖新编的《中国文学的抒情传统：陈世骧古典文学论集》，增补不少文章。经过多年的累积，现今学界大抵对陈世骧的生平以至学术发展有了更多的了解。不过由于陈世骧仍有不少重要文章未及著录与流播，以致大家对他的学术成就及他的“抒情传统论”未能准确评估。笔者曾就陈世骧的早期文学论述做过初步整理与分析，至今发觉疏漏还多。本文继续这个方向的探索，盼能为现代的文学研究史照隅补白。

二、《文赋》：作为对抗黑暗之光

1948 年 9 月，在美国加州大学柏克莱校区任教的陈世骧，写完陆机《文赋》撰年考证及英译文稿，起标题作“文学作为对抗黑暗之光”，邮寄到北京大学，以应校长胡适征集文稿庆祝母校创立 50 周年。这一套《国立北京大学五十周年纪念论文集》分理、文、法、医、农、工等学院分册，其中文学院的作者包括孟森、唐兰、房兆楹、陈寅恪、容肇祖、李田意、朱光潜、钱学熙、夏济安、汤用彤、王重民，以至燕

---

① 参考 Tsi-an Hsia, *The Gate of Darkness: Studies on the Leftist Literary Movement*, Seattle: University of Washington Press, 1968; Leo Ou-fan Lee, *The Voices from the Iron House: A Study of Lu Xun*, Bloomington: Indiana University Press, 1987.

卜荪（William Empson）等32人。陈世骧交出的这篇文稿连译文共71页，绝对是他的用心之作。这是他去国之后第一篇正式的古典文学研究论文，也标记了他日后主要的研究专业。① 北大论文集在排印出版之时，四海鼎沸，时局纷乱，流通非常不易。到了1953年，陈世骧将其中《文赋》的译文重新出版，但删去了1948年本的长篇导论《陆机生平与〈文赋〉之撰定时间考》（Lu Chi's Life and the Correct Date of His "Essay on Literature"），以及《谈译文部分概念和用语》（Some Discussion of the Translation）两节，重新写了篇幅较短的导言（Introduction）。② 当中再没有原本的文献细读、分析与发挥，然而论点却更明晰，意念更突显，有助于我们了解陈世骧在生命历程的这一阶段如何与文化传统对话。

1953年本"导言"前先有题词两段，首先是引述"法国诗人马拉美"（Stéphane Mallarmé）的话："诗是在危机关头的语言。"（Poetry is the language of a state of crisis.）③ 再而是美国惠特曼（Walt Whitman）之言："批评，其所至高处，是馆阁，或者艺术，或甚至是圣殿。"（Criticism，carried to the height worthy of it，is a majestic office，perhaps an art，perhaps even a church.）④

这两段题词，一论诗，一论批评。陈世骧应用到陆机《文赋》的诠释之上，别有其深义。《文赋》一般被视为中国古代文学批评史上的经典文本，例如现代最早出版的陈钟凡《中国文学批评史》论《文赋》时说："备言运思、命笔、立意、遣辞之要，属于修辞学者居多。中间惟论体制数语，为后之论文者所矜式。……兼论骈散，语至精核。"⑤ 关注点在于知识层面上所能供应的资讯。当然，论者也注意《文赋》

---

① 陈世骧毕业于北京大学外文系，早年与老师艾克敦合作英译现代诗，在报刊上发表新诗评论，从现存文献看来，他是以现代文学的批评为务的。请参考陈国球《"抒情传统论"以前——陈世骧早期文学论初探》，《淡江中文学报》，2008年第18期，第225-252页。

② Shih-Hsiang Chen，trans.，*Essay on Literature*，Portland：Anthoensen Press，1953. 译文省去"导言"后，又编入 Cyril Birch，ed.，*Anthology of Chinese Literature*，Volume I，New York：Grove Press，Inc.，1965，成为西方汉学界研究中古文学时的重要参考。

③ 这是诗评家经常引述的马拉美金句，但很有可能不是他的原话。

④ Walt Whitman，*Notebooks and Unpublished Prose Manuscripts*，Volume 4，ed.，Edward F. Grier，New York：New York University Press，2007，p. 1492.

⑤ 陈钟凡：《中国文学批评史》，台北龙泉书屋，1978年（1927年初版），第24-25页。

的文体形式，如陈钟凡又评说："以其为赋体，势难如散文之条贯毕具也。"① 以"赋体"论文，看作是其缺点。然而，陈世骧却首先视《文赋》为文学作品，在"导言"中一再致意说："我把《文赋》译成韵文，因为我相信……陆机在公元300年是把它当作诗在写的；唯有如此，才可能充分掌握与体会这篇作品的视野、语言与真义。"② 继后又说："我一直希望将这作品首先展现为诗。"③

将"赋"体的作品看作"诗"，自是有传统的"赋者，古诗之流"（班固《两都赋序》）为根据，然而陈世骧的切入方式重点在于不仅仅把《文赋》视为文学技术（例如修辞学或者创作论）的探讨，而且将之与他认为是陆机同时期的作品如《咏德赋》《述思赋》《感逝赋》《扇赋》《漏赋》等，放在同一层次，视为抒情文学以进行阅读。"在心为志，发言为诗，情动于中而形于言"是陈世骧的阅读框架。《文赋》变成一种心灵内省后的抒发，这与相对智性的"后设"思维其实不尽相同。陈世骧认为《文赋》就如一首宗教圣诗："将新的觉醒意识，以及这意识与天人的关涉，透过唱诵融入那创作的心灵之中。"④

陈世骧引用"诗是在危机关头的语言"一语，扣合了《文赋》创作的时代脉络。陆机认为，当世是一个政局时势混乱不堪的黑暗时代，至永康元年（公元300年），他更自觉身陷险境，敏感的心灵与危机四伏的时事互动激烈，忽然爆发连篇创作。陈世骧由是解释陆云《与兄平原书》所讲的："兄顿作尔多文，而新奇乃尔，真令人怖，不当复道作文。"⑤ 在这些连篇作品中，《文赋》尤其重要，因为它既是文学创作，更在心灵活动中兼有文学批评的内省意识，其高处正在于"为创造性文学树立起新的价值标准"。⑥

按照陈世骧的诠释，《文赋》是"诗"，是"在世局紊乱与晦暗得所超脱之崇高臻至的时刻沉思创生"，它也是"文学批评"，因为这首诗是以巧构形似、动人心魄的意象以吟咏的，是"文学之为永生之体"（literature as an ever-living thing），⑦ 其深明通达与精到，不负惠特曼的"圣殿"称誉。

---

① 陈钟凡：《中国文学批评史》，第24－25页。

②③④⑥ Shih-Hsiang Chen, trans., *Essay on Literature*, Portland: Anthoensen Press, 1953, p. vii, p. xiii, p. ix, p. ix.

⑤ 陆云：《陆云集》，中华书局，1988年，第137页。

⑦ Shih-Hsiang Chen, trans., *Essay on Literature*, p. xiii.

值得注意的是，陈世骧对于“超脱”（detachment）的理解。《晋书》本传说，陆机“少有异才，文章冠世，伏膺儒术，非礼不动”。陈世骧据此认为陆机是儒门中人，他不同于当时不少文人。在这个“存在变得绝顶荒谬”的历史时刻，他们不是遁入道家的逃避主义，就是匡济以佛家的宗教彼岸。陆机却是这个时代的“最后的儒者”（the last Confucianist of his age），他的“现世关怀”（this-worldliness）也就是他的悲剧缺憾（tragic flaw），然而他最终缘此得到救赎，因为他对人文力量有坚毅的信念。挫折即或令人气馁于一时，在人文精神的感召下，不懈的追索终会让一己得到升华，从而进入历史与文艺的永恒，得以不朽。故此，陈世骧心目中的“超脱”并非脱离人世的逃遁，而是人文精神的升华。他认为，《文赋》正是人文精神的恰如其分的宣示。① 陈世骧之所以有“文学作为抵抗黑暗之光”的信念，正因为他相信文学充盈人文精神，在黑暗中发挥抗衡的力量。例如，他翻译陆机《文赋》中的以下几句：“其致也，情曈昽而弥鲜，物昭晰而互进”，就选用了具体指明“光”的字词，如“glimmer”“luminosity”“lit up glow”“light reflects”等。② 陈世骧在《导言》中引用雪莱《致玛丽亚·吉斯庞的信》一诗，借以说明英国文学的上佳诗篇也可以是精彩的批评，所选用的诗句中就有“流星”（meteor）意象，比喻诗心的亮光（inner light），以对照“黑暗与沮丧”（darkness and despair）。③ 我们也不应忽略 1948 年版《文赋》英译导言的结尾部分，陈世骧引用米尔顿《失乐园》的两句：

> 到它第二次发言时，黑暗就逃走了，
> 光明闪亮了，从混乱中产生了秩序。④

---

① Shih-Hsiang Chen, trans., *Essay on Literature*, p. xi.

② 陈世骧的译文是：“When the search succeeds, / Feeling at first but a glimmer, will gradually gather into full luminosity, / Whence all objects thus lit up glow as if each the other's light reflects.” Shih-Hsiang Chen, trans., *Essay on Literature*, p. viii.

③ “Flags wearily through darkness and despair—/ A cloud-encircled meteor of the air, / A hooded eagle among blinking owls.” Percy Bysshe Shelley, “Letter to Maria Gisborne”, *The Poems of Shelley*: *Volume Three*: 1819—1820, ed., Jack Donovan, Cian Duffy, Kelvin Everest, Michael Rossington, London: Routledge, 2011, p. 452.

④ “Till at his second bidding darkness fled, / Light shone, and order from disorder sprung.” John Milton, *Paradise Lost*, eds. David Scott Kastan, Indianapolis/Cambridge: Hackett Publishing Company, 2005, p. 106.

"光明"是陈世骧的信念，赖此驱走"黑暗"，从"混乱"之中得以产生"秩序"，于他来说，应该就是陆机《文赋》所彰显的儒家思想的表现，他所认同的人文精神的纯境。①

自1948年《文赋》初刊到1953年在美国出版删节本这一期间，陈世骧还发表了几篇重要论述，包括：1951年的《探求中国文学批评的起源》（*In Search of The Beginnings of Chinese Literary Criticism*），1952年为《美国大百科全书》撰写"中国文学"专题（China—Literature），1953年应联合国教育科学与文化组织（UNESCO）之邀写成《中国文学的文化本质》（*The Cultural Essence of Chinese Literature*）。《探求中国文学批评的起源》一文承接《文赋》结合文学与文学批评的思路，试图从"诗"字之"得形成义"所显示的文化行为与心理活动，以至"诗言志"与"诗缘情"的发展，考索中国文学批评观念与文学传统形态的关系。②《中国文学的文化本质》则探讨"文"在中国传统中的意义，指出文化能够在政治（包括国家、法制等组织性的限囿）以外发挥整合的力量。③

这几篇文稿可说是陈世骧赴美以后显示出新发于硎的思维，他对文学及其所承载之人文精神于艰难时势发挥作用有所期盼，也预示了他将论述"中国抒情传统"的方向。紧接这几篇探讨中国文学的文章，陈世骧又撰写了一篇讨论中国文学与西方文学关联的长文：《波兰文学在中国与作为"摩罗诗人"的密茨凯维奇》。

三、陈世骧与鲁迅的"摩罗诗人"

《波兰文学在中国与作为"摩罗诗人"的密茨凯维奇》（Polish Literature in China and Mickiewicz as "Mara Poet"）一文刊于1956年出版

---

① 陈世骧认为《文赋》所揭示的"秩序"非常重要。参考陈国球《陈世骧论中国文学——通向抒情传统之路》，《汉学研究》，2011年第2期，第230页。

② "In Search of the Beginnings of Chinese Literary Criticism", in Walter J. Fischel, ed., *Semitic and Oriental Studies: A Volume Presented to Professor William Popper*, Berkeley: University of California Press, 1951, pp. 45 – 63.

③ Chen Shih-hsiang, "The Cultural Essence of Chinese Literature", in C. C. Berg et al., eds., *Interrelations of Cultures: Their Contributions to International Understanding*, Paris: UNESCO, 1953, pp. 43 – 85.

的《世界文学中的阿当·密茨凯维奇》(*Adam Mickiewicz in World Literature*),可说是陈世骧对鲁迅在半个世纪以前发表的《摩罗诗力说》的阅读与诠释。①

鲁迅的《摩罗诗力说》写于1907年,发表于1908年2、3月,②即光绪三十三年到三十四年(1907—1908),清王朝日薄西山的时候。当时鲁迅留学日本,在异域读古国文化史,想到印度、希伯来、伊朗、埃及等古文明,“灿烂于古,萧瑟于今”,由是感怀故国,思量如何发扬“国民精神”:“意者欲扬宗邦之真大,首在审己,亦必知人,比较既周,爰生自觉。自觉之声发,每响必中于人心,清晰昭明,不同凡响。”③

鲁迅认为有必要透过比较的视野,审察外国的经验,以反思本邦未来的取向。观察与比较的目光,于鲁迅来说,就放在寄寓“心声”的诗歌之上:“盖人文之留遗后世者,最有力莫如心声。古民神思,接天然之閟宫,冥契万有,与之灵会,道其能道,爰为诗歌。其声度时劫而入人心,不与缄口同绝;且益曼衍,视其种人。”④ 而异邦诗歌中:“力足以振人,且语之较有深趣者,实莫如摩罗诗派。”⑤

至于何谓“摩罗诗派”?鲁迅做出如下的界定:“凡立意在反抗,指归在动作,而为世所不甚愉悦者悉入之。……凡是群人,外状至异,各禀自国之特色,发为光华;而要其大归,则趣于一:大都不为顺世和乐之音,动吭一呼,闻者兴起,争天拒俗,而精神复深感后世人心,绵延至于无已。”⑥ 这个定义重点在于“反抗”“挑战”“争天拒俗”,要求诗歌能刺激、震动人心,而其基本观点是诗的作用与人的本能是相通的:“盖诗人者,撄人心者也。凡人之心,无不有诗,如诗人作诗,诗不为诗人独有,凡一读其诗,心即会解者,即无不自有诗人之诗。无之何以能解?惟有而未能言,诗人为之语,则握拨一弹,心弦立应。其声澈于灵府,令有情皆举其首,如睹晓日,益为之美伟强力高尚发扬,而污浊之平和,以之将破。”⑦

鲁迅一方面说“摩罗诗派”是异邦新声,但另一面却指出这新声

---

① Shih-Hsiang Chen, “Polish Literature in China and Mickiewicz as ‘Mara Poet’”, in Waclaw Lednicki, ed., *Adam Mickiewicz in World Literature*, Berkeley: University of California Press, 1956, pp. 569 - 588.

②③④⑤⑥⑦ 鲁迅:《摩罗诗力说》,《坟》,人民出版社,1988年,第56-108页、第58页、第56页、第59页、第59页、第61页。

其实也源自“凡人之心无不有诗”的普遍真理。① 传统诗学的“在心为志，发言为诗，情动于中而形于言”，也是“摩罗诗力”的基础，只因本邦“后贤”尽力“设范以囚之”，才有“持人性情”“诗无邪”等违反人性的主张。② 所以，异邦的“摩罗诗派”其实是在普遍原理之上发扬其动态的面向，而为诗的目标仍是“发为光华”“令有情者皆举其首如睹晓日”；也唯有在这种体认和主张之下，“别求新声于异邦”才有可能、才有意义。

陈世骧这篇讨论波兰文学与密茨凯维奇的文章，写在《摩罗诗力说》之后差不多50年，他非常用心体会鲁迅的早年论述，提出了一些重要观察点，例如：

（一）相对于清朝末年知识界追求西方科技物质上之富强、沦为口号的“众治”，青年鲁迅的思想绝对超前，他接引尼采、齐克果（Søren Kierkegaard）等的哲学思想，以人为本，认同“个人主义”。③

（二）鲁迅对大众争相讴歌西欧及美国之财富物力不以为然，他关心苦难中被压迫的民众，支持“革命理想主义”（revolutionary idealism），重视弱势的斯拉夫民族——尤其波兰的文化与艺术。④

（三）鲁迅早期的文言文论述标志了他个人的思想史历程，尤其这篇以典雅而充满诗意的古文写的《摩罗诗力说》，从视野到文体都贯注

---

① 鲁迅又说：“由纯文学上言之，则以一切美术之本质，皆在使观听之人，为之兴感怡悦。文章为美术之一，质当亦然。”《摩罗诗力说》，《坟》，第64页。

② 鲁迅：《摩罗诗力说》，《坟》，第61页。

③ Shih-Hsiang Chen，“Polish Literature in China and Mickiewicz as ‘Mara Poet’，” p. 573. 鲁迅《破恶声论》也提到：“故今之所贵所望，在有不和众嚣，独具我见之士，洞瞩幽隐，评骘文明，弗与妄惑者同其是非，惟向所信是诣。”鲁迅《集外集拾遗补编》，人民出版社，1993年，第22页。后来，汪晖对此有深入的探讨，见《汪晖读鲁迅》，香港中文大学出版社，2013年，第31－36页。又参考 Kwee-Kian Low. “The Individualism of Lu Xun”，M. A. Thesis，University of Wisconsin-Madison，1991.

④ Shih-Hsiang Chen，“Polish Literature in China and Mickiewicz as ‘Mara Poet’”，pp. 573－574. 鲁迅在不少文章中提及对波兰的好感，例如《破恶声论》中说：“波兰虽素不相往来，顾其民多情愫，爱自繇，凡人之有情愫宝自繇者，胥爱其国为二事征象，盖人不乐为皂隶，则孰能不眷慕悲悼之。”《题未定草·三》中又说：“绍介波兰诗人，还在三十年前，始于我的《摩罗诗力说》。那时满清宰华，汉民受制，中国境遇，颇类波兰，读其诗歌，即易于心心相印。”见鲁迅《集外集拾遗补编》，第30页；《且介亭杂文二集》，人民文学出版社，1958年，第111页。

了鲁迅对本邦文化传统的关怀。①

陈世骧这些半个世纪以前的洞见，多年后才有其他鲁迅研究者陆续注意而加以探究。

鲁迅在《摩罗诗力说》中分别讨论了裴伦（G. Byron，现今通译拜伦）、修黎（P. Shelley，雪莱）、普式庚（A. Pushkin，普希金）、来尔孟多夫（M. Lermontov，莱蒙托夫）、密克威支（A. Michiewicz，密茨凯维奇）、斯洛伐支奇（J. Slowacki，斯洛伐斯基）、克立旬斯奇（S. Krasinski，克拉辛斯基）、裴象飞（A. Petöfi，裴多菲）等“摩罗诗人”，陈世骧则只聚焦于波兰诗人密茨凯维奇。这个选择固然是因为陈氏文章就是要配合论文集的稿约要求，② 但重点还是20世纪中叶在美国的陈世骧如何阅读与诠释20世纪初在日本的鲁迅对密茨凯维奇的诠释。正如上文所述，鲁迅的确对波兰文学有所偏爱，而陈世骧也细心地从相关的传记资料中取证，③ 他认为：“在此时，即便有着语言隔阂且地理位置相距遥远，波兰文学中一道伟大的光芒，早已深深触动鲁迅的想象力。或许不能说是出人意表，但确实也如奇迹一般，这道照亮鲁迅这颗伟大的中国文学心灵的光芒，就是早已享富盛名近半世纪的密茨凯维奇。”④

---

① Shih-Hsiang Chen, “Polish Literature in China and Mickiewicz as ‘Mara Poet’,” p. 574. 鲁迅在《坟》的《题记》中说：“因为那编辑先生有一种怪脾气，文章要长，愈长，稿费便愈多。所以如《摩罗诗力说》那样，简直是生凑。……又喜欢做怪句子和写古字，这是受了当时的《民报》的影响。”《坟·题记》，第1页。汪晖指出，鲁迅这种文体“显示了一种对于古文形式的自觉。……我将这些论文称之为古文论文，而不是文言文论文。……要说清楚这两种古文之间的意识形态对立，我们还要回到章太炎和《民报》的国粹主义主张中理解”。见《汪晖读鲁迅》，香港中文大学出版社，2013年，第14－20页。林少阳曾讨论“清季革命时期鲁迅的文章与章太炎”，见林少阳《鼎革以文——清季革命与章太炎‘复古’的新文化运动》，上海人民出版社，2018年，第381－386页，第412－417页。又参见 Jon Eugene von Kowallis, “Lu Xun's Han Linguistic Project: The Use of *Wenyan* to Create an ‘Authentic’ Han Vocabulary for Literary Terminology in His Early Essays”，载卢国屏主编《与世界接轨——汉语文化学》，台北学生书局，2002年，第289－312页。

② 《世界文学中的密茨凯维奇》由美国波兰文理学院（Polish Institute of Arts and Sciences in America）为纪念密茨凯维奇逝世100周年而编。

③ 文中，陈世骧借助小田岳夫《鲁迅传》及周遐寿《鲁迅的故家》的说明，见 Shih-Hsiang Chen, “Polish Literature in China and Mickiewicz as ‘Mara Poet’”, pp. 574, 577；又可参考李坚怀、贾中华《异域盗火——论鲁迅与波兰文学》，《赣南师范学院学报》，2007年第4期，第55－59页。

④ Shih-Hsiang Chen, “Polish Literature in China and Mickiewicz as ‘Mara Poet’”, p. 574.

为陆机《文赋》中闪耀的光芒所撼动的陈世骧，想象到鲁迅心灵也曾触动于密茨凯维奇在半个世纪前开始照亮人心的文学之光。他认为鲁迅的《摩罗诗力说》摆脱当时中国知识界的庸众流俗，彰显了“文学的尊严与功效”（the dignity and efficacy of literature），启迪了诸多新一代的中国作家。① 陈世骧认为，鲁迅这篇文章开首关于拜伦以至雪莱的论述，较多宗教神学意义的联想；到了中段谈论斯拉夫诗人时，就转入人间世，所感应的尽是民族感情以至人格德行等人世事。正如上文提到，陈世骧留心陆机作为儒家中人的人世关怀，他对鲁迅的阅读，也在于后者如何感应密茨凯维奇诗篇中的人情。②

他明白由于当时书册匮乏，加上语言的隔阂，鲁迅其实未必能直接阅读密茨凯维奇的作品，只能透过勃兰兑思（Georg Brandes）的间接述说。③ 有关《摩罗诗力说》的取材所据，日本学者北冈正子做了很细密的查考对照，从中我们更加清楚地见到鲁迅论述与材源之间的异同和依违所在。④ 陈世骧未有机会看到这些考证，但还是能够从细读中忖度鲁迅如何理解密茨凯维奇。

陈世骧认为，鲁迅在阅读密茨凯维奇的过程中，添加了许多中国传统的想象，例如，几乎所有传记都提到密茨凯维奇初恋失败对后来的浪漫诗风有重要影响。⑤ 鲁迅的描述是：“初尝受邻女马理维来苏萨加，而马理他去，密克威支不欢。后渐读裴伦诗，又作诗曰《死人之祭》（Dziady）。……中有失爱自杀之人，已经冥判，每届是日，必更历苦如前此。”⑥

事实上，这位密茨凯维奇的初恋情人马理维来苏萨加（Maryla

---

① Shih-Hsiang Chen, “Polish Literature in China and Mickiewicz as ‘Mara Poet’”, p. 575.

② 鲁迅的确关心的是人世，但实质上，密茨凯维奇的生涯中，宗教神学甚至非正统的神秘教义对他都有重要影响，参考 Jan Parandowski, “Introduction to the Life and Work of Adam Mickiewicz”, Jan Parandowski, et al., *Adam Mickiewicz* 1798—1855: *In Commemoration of the Centenary of His Death*, Paris: UNECO, 1955, pp. 11 - 35; Wiktor Weintraub, “Adam Mickiewicz, 1798—1855: A Biographical Sketch”, *Adam Mickiewicz in World Literature*, pp. 589 - 601.

③ George Brandes, *Poland: A Study of the Land, People, and Literature*, London: William Heinemann, 1903.

④ 北冈正子：《摩罗诗力说材源考》，何乃英译，北京师范大学出版社，1983 年。

⑤ 参考 Wiktor Weintraub, “Adam Mickiewicz, 1798—1855: A Biographical Sketch”, *Adam Mickiewicz in World Literature*, p. 591.

⑥ 鲁迅：《摩罗诗力说》，《坟》，第 85 页。

Wereszczaka）出身名门，并非密茨凯维奇的邻居。① 陈世骧认为，鲁迅有意无意的误读而得出“邻女”的意象，在中国人的生活习惯中特别容易产生感应。因为中国社会习俗并无自由恋爱，少年人爱恋意识萌芽的情景，往往是在书斋窗前窥见邻家女。因此，读者接着读到鲁迅下文阐述《死人之祭》（*Forefathers' Eve*，现今通译作《先人祭》）的情感冲击力（emotional impact）时，就会因为自身的已有经验而投入这卷作品的“维特式精神”（Wertherism）。而鲁迅所叙说的“每届是日必更历苦如前此”，令数千年来无恋爱自由的国人，更感受到这永恒的伤痛。陈世骧以为鲁迅笔下的密茨凯维奇，直是传来禁果的“摩罗诗人”。②

另外一个有关密茨凯维奇生平和作品的事例，是他与俄罗斯诗人普希金的交往。在鲁迅笔下，两人相识见面，互相以诗赠答：“当二人相见时，普式庚有《铜马》一诗，密克威支则有《大彼得像》一诗为其记念。盖千八百二十九年顷，二人尝避雨像次，密克威支因赋诗纪所语。……波阑破后，二人遂不相见，普式庚有诗怀之；普式庚伤死，密克威支亦念之至切。”③

陈世骧指出实情并非如此，二诗的写作时间并非两人初见之时。陈世骧并无补充解释两诗的创作时间，但后来研究者对此二诗的来龙去脉与相互的关联已有不少考论。密茨凯维奇的《偏离：彼得大帝像》（*Digression*：*The Monument of Peter the Great*）写于 1832 年；普希金的《铜马人：一个彼得堡的故事》（*The Bronze Horseman*：*A Petersburg Tale*）写于 1833 年，普希金死后才出版。二诗并非惺惺相惜的交谊诗，反而隐含嘲讽与抗辩的意味。④ 鲁迅参照中国文学史上文人无论初交故旧都

---

① 参考 Wiktor Weintraub，“Adam Mickiewicz，1798—1855：A Biographical Sketch”，*Adam Mickiewicz in World Literature*，p. 591；George Brandes，*Poland*：*A Study of the Land*，*People*，*and Literature*，pp. 232 – 233.

② Shih-Hsiang Chen，“Polish Literature in China and Mickiewicz as ‘Mara Poet’”，pp. 577 – 578.

③ 鲁迅：《摩罗诗力说》，《坟》，第 87 页。

④ 参考 Brandes，*Poland*：*A Study of the Land*，*People*，*and Literature*，pp. 235 – 238；Czeslaw Milosz. *The History of Polish Literature*. Berkeley：University of California Press，1983，pp. 224 – 225；Waclaw Lednicki，*Pushkin's Bronze Horseman*：*The Story of a Masterpiece*，Berkeley：University of California Publications：Slavic Studies，Vol I，1955，pp. 25 – 28；Waclaw Lednicki，“Mickiewicz's Stay in Russia and His Friendship with Pushkin”，*Adam Mickiewicz in World Literature*，pp. 59 – 66.

喜欢以诗赠答，就用这种中国方式向读者交代两人的情谊。这些例子值得注意的地方不在于研究上的纠正讹误，而是陈世骧的阅读，显然是“抒情式”的思路，尝试了解鲁迅为文时的用心。

陈世骧读《摩罗诗力说》，还特别研究鲁迅的文体。例如鲁迅介绍《佗兑支氏》（*Pan Tadeusz*，今译《塔杜施先生》）诗的“描绘物色，为世所称”的笔墨，陈世骧认为是阿诺德（Mathew Arnold）所谓“高华文体”（grand style）。①

事实上，鲁迅重视诗的作用力，每当写到感通召唤之处，都可以见到他所下的功夫，例如写到诗中的声音：“有名华伊斯奇者吹角，起自微声，以至洪响，自榆度榆，自槲至槲，渐乃如千万角声，合于一角；正如密克威支所为诗，有今昔国人之声，寄于是焉。”② 由叙事到描写，再想象而发挥，自然与人事得以融通。鲁迅接着写：“诸凡诗中之声，清澈弘厉，万感悉至，直至波阑一角之天，悉满歌声，虽至今日，而影响于波阑人之心者，力犹无限。令人忆诗中所云，听者当华伊斯奇吹角久已，而尚疑其方吹未已也。”③ 号角声、诗声、心声，在这个融通之境，萦绕不息，甚而超越时间空间，鼓动广大读者的心灵，从而发挥其行动力。这也是鲁迅所说的：“握拨一弹，心弦立应。其声澈于灵府，令有情皆举其首，如睹晓日，益为之美伟强力高尚发扬。”④ 陈世骧提醒读者注意鲁迅在述说《塔杜施先生》这一场景的田园牧歌式的笔触，他认为此处人与自然相通共鸣，正是中国心灵最能感应的境界。鲁迅所谓“描绘物色”大概有《文心雕龙·物色》篇中“物色之动，心亦摇焉”的意念存乎其中。除了音声上的共振，陈世骧也留心光影的象征意味。他特别关注鲁迅叙述密茨凯维奇被俄国官吏拘禁，“居囚室十阅月，窗牖皆木制，莫辨昼夜”。⑤ 他以为这些刻画虽是实写，但当时在中国反对清政府统治的人士被幽囚者多，在黑暗处境中“光”的渴望绝对有其象征意义。④

---

① 《摩罗诗力说》第三节提到阿诺德的“大文”：“昔爱诺尔特（M. Arnold）氏以诗为人生评骘，……故人若读鄂谟（Homeros）以降大文，则不徒近诗，且自与人生会，历历见其优胜缺陷之所存，更力自就于圆满。”鲁迅：《摩罗诗力说》，《坟》，第 65 页。

②④ 鲁迅：《摩罗诗力说》，《坟》，第 86 页、第 61 页。

③⑤ 鲁迅：《摩罗诗力说》，《坟》，第 86 页、第 85 页。参考 Brandes，*Poland：A Study of the Land*，*People*，*and Literature*，pp. 293 – 294，p. 233.

④ Shih-Hsiang Chen，“Polish Literature in China and Mickiewicz as ‘Mara Poet’”，p. 578.

陈世骧也注意到鲁迅论密茨凯维奇之为“摩罗诗人”，其要紧处在于“复仇”之声。他说这声音并非源自“摩罗”与“上帝”之争，而是人间的抗争英雄与压迫者的对垒。鲁迅引录《先人祭》中三个囚犯分别唱的歌，然后作总结说：“报复诗华，盖萃于是；使神之不直，则彼助自报之耳。”① 陈世骧的判断是鲁迅正当辛亥革命前夕，密茨凯维奇那借来的声音正四处回荡。② 不过，鲁迅复仇之念可能有更具体事由：《摩罗诗力说》撰写于1907年，该年7月，鲁迅同乡徐锡麟、陈伯平、马宗汉，以及秋瑾等因“安庆起义”失败，相继被清政府杀害。消息传到日本，鲁迅当时内心的怨愤，可以推知。③

然而，无论鲁迅或者陈世骧都意识到他们自身不是行动者，其使命是文化批判或者省察。鲁迅在《摩罗诗力说》最后一节追问：“今索诸中国，为精神界之战士者安在？有作至诚之声，致吾人于善美刚健者乎？有作温煦之声，援吾人出于荒寒者乎？”④

鲁迅在往后的日子，的确以“精神界之战士”自任。陈世骧指出鲁迅日后的革命文学就是以“摩罗诗人”为前驱，《摩罗诗力说》所宣示的反抗精神是1917年文学革命的先导。“新文学运动”要对抗古老落后的社会制度、道德陋习与顽固偏执，必须有强大的战斗力，鲁迅以《狂人日记》《阿Q正传》等小说冲击旧中国，继而以杂文作匕首投枪，批判时弊，在陈世骧眼中，他已然化身为中国的“摩罗诗人”。⑤

四、结语：抒情精神与摩罗诗力

《摩罗诗力说》结尾引述俄国作家凯罗连珂（V. Korolenko，通译柯罗连科）短篇小说《最后的光芒》（*The Last Ray*）中的一段故事：“俄文人凯罗连珂作《末光》一书，有记老人教童子读书于鲜卑者，曰，

---

① 鲁迅：《摩罗诗力说》，《坟》，第88页。参考Brandes，*Poland*：*A Study of the Land*，*People*，*and Literature*，pp. 260－261.

②⑤ Shih-Hsiang Chen，“Polish Literature in China and Mickiewicz as ‘Mara Poet’”，pp. 580－581、p. 581.

③ 参考Jon Kowallis，“Lu Xun and Terronrism：A Reading of Revenge and Violence in *Mara* and Beyond”，in Peter Zarrow，ed.，*Creating Chinese Modernity*：*Knowledge and Everyday Life*，1900—1940，New York：Peter Lang，2006，pp. 83－97.

④ 鲁迅：《摩罗诗力说》，《坟》，第93页。

书中述樱花黄鸟，而鲜卑冱寒，不有此也。翁则解之曰，此鸟即止于樱木，引吭为好音者耳。少年乃沉思。然夫，少年处萧条之中，即不诚闻其好音，亦当得先觉之诠解；而先觉之声，乃又不来破中国之萧条也。然则吾人，其亦沉思而已夫，其亦惟沉思而已夫！”①

故事中的少年身处一个严寒而贫瘠的土地上，书本上许多名物，他没有知见的机会，然而老人逐一为他诠解，于是少年可以沉思默会。他是否会从此了悟？这里没有交代的情节，但老人作为“先觉”，即是他已有觉悟。这“先觉”应可为后来者作启导。从异邦回顾本邦，中国也处于“萧条”的境况，可是，这里有“先觉”之声吗？若没有，则只剩下“沉思”，“沉思”可以带来什么呢？

这段小故事中，感应活动中的音声意象再次出现。同时，小说题作“末光”，“光”的意象也是《摩罗诗力说》所指向的希望，甚至力量。“末”字当然为这力量加了限制，究竟这“末”是否“没有未来”的明示？还是暗示“幸得末光来临”，属于未来的“少年”，才有“沉思”的机会，还有“默会”的可能？而（辛亥革命前夕、文学革命前夕的）中国，则“先觉”不来，还是未至？鲁迅留下了这个不肯定的境况让读者沉思。

《摩罗诗力说》面世半个世纪以后的20世纪中叶，是一个大断裂年代。陈世骧的生命历程也遭逢不可逆转的大转折，他离开故土，决定留在美国去延续个人的文化生命，过程中一定有许多焦虑与彷徨。② 然而，他在《文赋》找到“光”，在文学上得见生命的庄严，体认到只要人心中有诗的存在，就可能超越乱世而进入更高境界的秩序。这是人生的升华、精神的不朽。③ 从这个体认出发，他继续探索中国文学与文化的要义，发见其中的“抒情精神”，他的关注点就在于个体之心情与外在的情境互动，而艺术媒体，例如言志缘情的诗，就是这繁复互动的见证。

---

① 鲁迅：《摩罗诗力说》，《坟》，第93－94页。

② 1948年冬，身在美国的陈世骧与在南京“中央研究院”的逯钦立通信，讨论《文赋》的撰年。12月，陈世骧给逯钦立的信说：“国内大杌陧，而兄能静心澄思，钩寻典籍，益见修养之深，不胜佩慰。”可以推见他当时的心境并不平静。陈、逯二人通信有四封，原由逯钦立送到南京出版的《学原》发表，但这些信件也历尽沧桑，十年后在香港才能面世，见陈世骧、逯钦立《关于文赋疑年的四封讨论信》，《民主评论》，1958年第13期，第360－362页。

③ 陈世骧与老师艾克敦于战后在美国重遇。艾克敦后来在他的回忆录中对陈世骧这时的学术与心境有深刻的观察和体会，见 Harold Acton，*More Memoirs of an Aesthete*，London：Methuen，1970，pp. 263－265.

基于《文赋》撰年考订所得的经验和教训，陈世骧继续在“抒情精神”启导下进行学术研究。适逢波兰诗人密茨凯维奇逝世100周年被邀约供稿，他就以50年前青年鲁迅的一篇重要文章进行“抒情式”的阅读。陈世骧尝试诠释鲁迅从“摩罗精神”出发的诠释观点，看到鲁迅之论“摩罗诗人”，主要是在人心到文心的体位感应时局与政治，可以说是政治与诗学的一种精神结合：外在情境之“萧条”与否既是人心所感，其改变也有赖足以推动人心的力，而“摩罗诗力”正是这一种力量。

由此观之，《摩罗诗力说》讲述的虽然是异邦新声，但鲁迅的理解中往往有中国传统的渗透。“诗人者，撄人心者也”的观点就其大者而言，实在可与“言志”“缘情”，以至“发愤以抒情”的“抒情传统论”相通。当然，“摩罗诗力说”的着眼点在过程、在动作，其动感更强、更烈。至于陈世骧由《文赋》诠释开出的抒情之路，则以文之秩序与人之升华的境界为目标，其最终点倾向平静与和谐。事实上，中国文学以至文化当中，所谓“抒情精神”本就有其动与静的两面性。陈世骧对鲁迅的革命文学理论亦有同情的理解，尝试从具体语境作诠释。这些阅读经验对他往后通往更成熟的“抒情传统论”，有重要的帮助。

（作者单位：香港教育大学）

从摩罗到诺贝尔：现代文学与公民论述

王德威

1908年2月，在日本东京发行的中国留学生杂志《河南》刊出文章《摩罗诗力说》，作者署名“令飞”。在这篇文章里，令飞感叹中国文明的崩坏，企求“精神战士”① 发挥“撄人心”的力量，挽狂澜于既倒。对令飞而言，这样的“精神战士”唯有诗人得堪重任。

“令飞”是周树人的笔名，也就是日后大名鼎鼎的鲁迅（1881—1936）。《摩罗诗力说》是鲁迅留学日本期间所作的系列文章之一。这些文章思考中国前途兴废、辩证文化复苏之道，成为鲁迅文学与革命事业的滥觞。其中《摩罗诗力说》纵论今昔、中外诗歌的社会功能，尤其与新文学的发展息息相关。因为鲁迅的提倡，“摩罗”自此进入中国现代诗人——甚至知识分子——的想象闳域。

鲁迅对新文学的思考只是清末众声喧哗的一端。早在1899年，梁启超已经提出“诗界革命”，1902年，更继之以“文界革命”“小说革命”。尤其小说革命的观念肇始了“新小说”的崛起，扭转了一代知识分子看待小说的方式。与此同时，梁启超开始发表《新民说》，② 甚至将“新小说”与“新民”画上因果关系：所谓“欲新一国之民，不可不新国之小说”。同在一年，梁的业师康有为在《新民丛报》发表《公民自治篇》，与梁唱和：“人人有议政之权，人人有忧国之责，故曰之为公民。”③

不论“摩罗”或是“新民”，都凸显彼时文人与知识分子在思考个

---

① 鲁迅《摩罗诗力说》：“今索诸中国，为精神界之战士者安在？有作至诚之声，致吾人于善美刚健者乎？有作温煦之声，援吾人出于荒寒者乎？”《鲁迅全集（卷一）》，人民文学出版社，2005年，第102页。

② 梁启超于1902年至1906年以“中国之新民”为笔名，发表《新民说》，刊于《新民丛报》，共20篇文章。

③ 康有为《公民自治篇》原发表于《新民丛报》5－7号，1902年3月和4月，见王晓明、周展安编《中国现代思想史文选》，上海书店，2013年，第388页。

人与家国的关系时，文学所扮演的关键角色。的确，作为一种新兴的学科知识、一种审美实践、一种政治方法，或是一种历久弥新的教化典范，“文学”的崛起是20世纪初中国现代化的现象之一。① 也因此，以后百年“文学”的消长也洞见观瞻，甚至成为历史转折的指标。然而，到了21世纪的今天，“文学”似乎已经失去了晚清、“五四”所赋予的光环，成为一种大众传播形式。能够“撄人心”的摩罗诗人如今安在？我们又如何思考百年来“文学”与“新民”的转变？

本文企图大题小做，以鲁迅的《摩罗诗力说》作为切入点，重新看待文学介入社会与政治的可能与不可能。除了“摩罗诗人”外，本文还将介绍“人造人”（homunculus）和“诺贝尔”（Alfred Nobel）。“人造人”是20世纪中期诗人冯至从歌德（Johann Wolfgang von Goethe）剧作《浮士德》（*Faust*）中得到的启发；“诺贝尔”是世界文学圣宠的象征。这些形象都可以在鲁迅的文学论述中找到关联。反思这些象征之余，本文文末重新检讨文学与“新民”的意义，并就莫言与大江健三郎两位诺贝尔奖得主讨论如何视当代作家为“报信的人”。

一、摩罗

鲁迅在《摩罗诗力说》里开宗明义指出，近世中国文明发展每况愈下，已经到了无力回天的地步。传统资源抱残守缺，无非调教伪士乡愿者流；他们粉饰太平、蝇营狗苟，难以应付变局。当务之急在于“别求新声于异邦”，这样的新声非摩罗诗人莫属：

> 新声之别，不可究详；至力足以振人，且语之较有深趣者，实莫如摩罗诗派。摩罗之言，假自天竺，此云天魔，欧人谓之撒旦，拜伦（G. Byron）。今则举一切诗人中，凡立意在反抗，指归在动作，而为世所不甚愉悦者悉入之，为传其言行思维，流别影响，始宗主裴伦，终以摩迦（匈加利）文士。②

---

① 见陈国球的讨论，《文学如何成为知识？——文学批评、文学研究与文学教育》，香港教育学院，2013年。

② 鲁迅：《摩罗诗力说》，《鲁迅全集（卷一）》，第68页。

如鲁迅所言，摩罗始自印度，原意为天魔，传至西方，即成为魔鬼，为撒旦。而在当代的诗人里，摩罗的代表首推浪漫诗人拜伦。拜伦之外，有雪莱、普希金、莱蒙托夫、裴多菲等人。摩罗诗派里又有“复仇诗人”“爱国诗人”“异族压迫之下的时代的诗人”之分，“无不刚健不挠，抱诚守真，不取媚于群，以随顺旧俗”。① 摩罗诗人最重要的能量即在于“撄人心”：撩拨人心、鼓动民气。

学者已经指出，摩罗源出于印度，经过日本及西欧而影响了鲁迅，此处略而不论。② 引起我们兴趣的是，他如何将这一摩罗谱系嫁接到中国传统里。众所周知，“诗”在中国文明体系里从来不能化约为（现代定义下的）一种文类。“诗”指涉了政教愿景、知识体系、情感表征、历史隐喻。循此，“诗人”也成为一种时代精神的体现。鲁迅认为，中国的诗学以温柔敦厚是尚，少有怨詈之声。诗人如屈原虽作不平之鸣，但缺乏刚健雄奇之气，难以成为撄人心者。诚如摩罗原意暗示，鲁迅所期望的不再只是局部的文学改良，而是对以“诗教”为名的中国传统的撒旦式背叛。相对兴观群怨，鲁迅要发出“真的恶声”。③

以往论述对鲁迅的摩罗诗力大加赞美之余，每每快速转换为革命精神。这样的诠释其实忽略了鲁迅寄托于摩罗的力量其摧枯拉朽处。摩罗之力是历史的力量，也具有本体论式的动能。尤其引人深思的是，这一动能与其说只来自印度或西方文论的影响，不如说也来自中国诗学辩证的内爆（implosion）。《摩罗诗力说》的三个关键词汇——志、情、心——其实都源出古老的诗学传统，此处仅试言其略。鲁迅的摩罗挑战中国诗学最重要的教诲——“诗言志”“思无邪”：

> 如中国之诗，舜云言志；而后贤立说，乃云持人性情，三百之旨，无邪所蔽。夫既言志矣，何持之云？强以无邪，即非人志。

鲁迅强调诗言志的“志”是个人真实意向、性情的发皇。他认为，如果大人先生强调“诗三百”只能以“思无邪”一言以蔽之，你我又何

① 鲁迅：《摩罗诗力说》，《鲁迅全集（卷一）》，第68页。

② 北冈正子：《摩罗诗力说材源考》，何乃英译，北京师范大学出版社，1983年。

③ 鲁迅：“只要一叫而人们大抵震悚的怪鸱的真的恶声在那里!?”《“音乐”》，《集外集》，《鲁迅全集（卷七）》，第56页。

能“盍各言尔志”？诗人之志、之思，必须“有邪”。然而摩罗对志、情的颠覆并不带来想当然尔的革命式的典范转移。恰恰相反，《摩罗诗力说》又频频对传统致意，因此形成巨大的张力。最根本的，他一再暗示诗人苟若无志，则无从发动任何诗力，这其实是对“志”的底线的肯定。

既然诗人思必须有邪方能彰显其志，传统诗学“志”“情”并论的“情”也必须重新理解。这里的“情”无关温柔敦厚或曲折婉转，而是浪漫主义式的激情和撒旦式的叛逆，如此产生的力量才能“撄人心”。但他对“情”的去来，也与《文心雕龙》以降的论述若即若离：

> 其神思之澡雪，既至异于常人，则旷观天然，自感神秘，凡万汇之当其前，皆若有情而至可念也。故心弦之动，自与天籁合调，发为抒情之什，品悉至神，莫可方物。①

然而，对鲁迅而言，诗人“抒情”不是礼乐交融、旷观天然，而是“释愤抒情”，这是躁郁不安的情，激发创作者与读者奋起革命的情。

最重要的，撄人心的心到底意味着什么？

> 盖诗人者，撄人心者也。凡人之心，无不有诗，如诗人作诗，诗不为诗人独有，凡一读其诗，心即会解者，即无不自有诗人之诗。无之何以能解？惟有而未能言，诗人为之语，则握拨一弹，心弦立应，其声澈于灵府，令有情皆举其首，如睹晓日，益为之美伟强力高尚发扬，而污浊之平和，以之将破。②

“凡人之心，无不有诗。”这样的“诗心”必须寄托在传统或更广义的“文心”，“谓天地立心”的脉络里，才能得其三昧。如果没有这样根本的诗“心”，诗人又如何撄人心？郜元宝教授论鲁迅，直指鲁迅对“心”的创造性诠释，而非否定，才是他对现代文学的真正贡献。③

摩罗诗人从否定中找寻肯定，从洞见中还原不见。他在“思无邪”的训诲中得出思必有邪的结论，在证成诗心的前提下呼唤撄人心者的出

---

①② 鲁迅：《摩罗诗力说》，《鲁迅全集（卷一）》，第 88 页、第 70 页。

③ 郜元宝：《鲁迅六讲》，北京大学出版社，2007 年。

现，在无情摧毁文明基石后找寻有情的资源。摩罗辩证性地揭发，却又同时延续传统史学观念内蕴的矛盾。在这个层次上，《摩罗诗力说》成为现代文学论述彼端一个激进的文本，而摩罗也成为中国社会现代化进程里的危险分子。但潘多拉的盒子一旦打开，神魔共舞的场面恐怕鲁迅也始料未及。1926 年，鲁迅出版的《野草》题词，仿佛摩罗迟来的自白：

> 地火在地下运行、奔突，熔岩一旦喷出，将烧尽一切野草，以及乔木，于是并且无可朽腐……
>
> 但我坦然，欣然。我将大笑，我将歌唱。①

汲汲于革命、启蒙的知识分子，无论过去与现在，均无从了解摩罗诗力潜在的巨大张力。他们只能就着诗人"解放一切"的号召，投射一种简单的、目的论式的指标。如此，诗与社会的关系仍然停留在传统的对应逻辑里，或是感时忧国，或是抒情言志，并不能超出"诗教"已有的辩证格局。而诗人作为社会的一分子，也难以显现独特的现代意义。

对于彼时刚刚萌芽的新民论述，《摩罗诗力说》的特异处恰恰在于鲁迅不仅从传统底层翻转传统，甚至跨越天演、进化、民主、民族、国家这些时新理想，来到理性疆界的彼岸，一个隐晦幽暗的所在。在摩罗诗论最隐秘的部分，诗人的创造/毁灭的力量及于自身。

而当历史狂飙过后，一切喧嚣激情散尽，诗人终于必须直面生命的"无物之阵"。在这里，神魔退位，满目荒寒，四下弥漫无尽的虚空。"我梦见自己正和墓碣对立，读着上面的刻辞。"

> ……有一游魂，化为长蛇，口有毒牙。不以啮人，自啮其身，终以陨颠。……
>
> "……离开！……"
>
> 我绕到碣后，才见孤坟，上无草木，且已颓坏。即从大阙口中，窥见死尸，胸腹俱破，中无心肝。而脸上却绝不显哀乐之状，但蒙蒙如烟然。

---

① 鲁迅：《〈野草〉题记》，《鲁迅全集（卷二）》，第 163 页。

我在疑惧中不及回身，然而已看见墓碣阴面的残存的文句——
“……抉心自食，欲知本味。创痛酷烈，本味何能知？……
“……痛定之后，徐徐食之。然其心已陈旧，本味又何知？……①

这是摩罗诗人最后的归宿么？熟悉鲁迅的读者当然知道这段描写出自《野草》《墓碣文》，时为 1925 年。距离《摩罗诗力说》发表的 1908 年已有 17 年，诗人已经从“撄人心者”的魔鬼成为“抉心自食”的活尸。这些年间，启蒙风云数变，革命的号召依然方兴未艾。诗人摧毁了什么？成就了什么？他不仅扪心自问，更抉心自食，但“其心已陈旧，本味又何能知”？

鲁迅逝于 1936 年，很快被左翼奉为革命精神领袖。以后这些年，摩罗诗人虽然不再，但他义无反顾、冲决网罗的形象却被广为转化。而当“文革”到来，无数狂热分子假打倒一切之名，肆行斗争，我们见证摩罗最残酷的诅咒。而在当今时代里，摩罗的幽灵依然徘徊不去。重读《摩罗诗力说》，我们感怀曾有一个时代，文学与反叛、与革命如此紧紧关联，也同时必须警觉：何以摩罗诗心如此快速“陈旧”，“本味”尽失？新一代的摩罗们共撄人心之际，又有多少抉心自食的反省？

二、人造人

1946 年 10 月 27 日，天津《大公报》刊载冯至的长文《论〈浮士德〉里的人造人：略论歌德的自然哲学》。文中讨论《浮士德》第二部出现的人物 Homunculus，这是一个在实验室里制造的小人，冯至径称为“人造人”。人造人状若精灵，没有实体，必须生存在密闭的瓶中。但“人造人以觉醒就有求生的意志，就要工作，要发现‘i’字母上的一点。这意志与浮士德追求的意志相似，它好像是浮士德的一个象征，引导浮士德到古典的世界”。②

---

① 鲁迅：《墓碣文》，《野草》，《鲁迅全集（卷二）》，第 207 页。

② 冯至：《论〈浮士德〉里的人造人：略论歌德的自然哲学》，《冯至全集（卷 6）》，河北教育出版社，1999 年，第 48 页。

冯至曾被鲁迅喻为“现代中国最杰出的抒情诗人”,[①] 同时也是德国文学专家，尤其以歌德、里尔克（René Rilke）的研究见长。抗战期间，冯至任教于昆明西南联大，同时潜心思考世变之际，诗的作用何在。1946 年所发表“人造人”的文章是他系列歌德研究的成果之一。如上所述，人造人晶莹剔透、聪明无比，他有求生奋起的意志，却没有血肉之躯，这带来他的困境：

> 由于求生的意志产生了人造人的追求，这追求虽然在他“引导浮士德”的任务之外，但如果没有这个追求，他也就不会完成那个任务了。他引导浮士德到希腊后……独自彷徨于古典的瓦尔普尔基思之夜，寻求实体的生命。这里接触到歌德自然哲学里两个重要的问题：一个是地球怎样形成，一个是生命怎样形成。[②]

人造人并不是《浮士德》剧中的重要角色，何以如此吸引冯至？比起浮士德这样的凡夫俗子，人造人洞明世事，能够引领浮士德接触希腊诸神。但人造人毕竟不够完美，还需要继续被打造。在剧中，他被设定由火所创造，必须与水结合才能获得真正的新生。他历尽辛苦来到海上，与驾贝车而来的海神女儿迎面撞上，连人带瓶碎入水中，“瓶中的火焰与水中的元素相爱地结合在一起。水上的精灵用合唱歌颂爱的神秘，水与火的婚礼”。[③]

“造人”作为一种现代中国文学或文化想象主体，其实其来有自，肇始人之一正是鲁迅。1905 年，上海《女子世界》杂志第四、五合刊上，鲁迅署名“索子”发表小说译文《造人术》。小说介绍世纪初期对试管婴儿的想象，俨然科幻奇谈。[④] 其时鲁迅正转入仙台医校，对小说

---

① 鲁迅在《中小学说大系·小说二集·序》中写道：“连后来是中国最杰出的抒情诗人，也曾发表他幽婉的名篇。”见赵家璧主编《中小学说大系（卷 5）》，上海良友图书公司，1935 年，第 4 页。

②③ 冯至：《论〈浮士德〉里的人造人：略论歌德的自然哲学》，《冯至全集（卷 6）》，第 48 页、第 49 页。

④ 1903 年 2 月，美国作家刘易斯·斯特朗（Louise J. Strong）发表《一个不科学的故事》（An Unscientific Story），其中描写试管婴儿的诞生过程。同年日本抱一庵主人将其翻译为日文，改题为“造人术”，先后刊登在东京《朝日新闻》；同年 9 月，又将该文收入《小说泰西奇闻》。1905 年，刚刚进入仙台医学专门学校的鲁迅从日文转译了这篇小说。鲁迅只翻译了日译文的第一部分。

内容发生兴趣并不令人意外。但鲁迅翻译小说的动机显然超过介绍泰西科技或挑战上帝造人的神学观念，他毋宁希望借此表达对中国国民主体重生的热切渴望。重新造人的幻想又出现在1905年徐念慈的小说《新法螺先生谭》。在其中，新法螺先生巧入星球吸力冲击之交点，将灵魂之身炼成一种“不可思议之发光原动力”展开冒险。

鲁迅之弟周作人在《造人术》发表时曾以“萍云”为名，在文末附加按语，指出鲁迅翻译的动机是“世事之皆恶，而民德之日堕，必得有大造鼓洪炉而铸冶之，而后乃可行其择种留良之术，以求人治之进化”。①此一进化即《进化论》所谓“优胜劣败”。次年，鲁迅弃医从文，在东京筹办文学杂志，命名《新生》，显然意有所指：造人术的秘密在于文学。

当冯至讨论歌德《浮士德》人造人时，现代文学已然进入另外一个关键时期，而国民与国家的改造仍然遥遥无期。作为诗人，他将何去何从？冯至在北大本科已经显露才华。他早期的作品幽静婉约，对生命的暗流每有不能自已的忧思。他的成名作《绿衣人》（1921）以邮差的意象写下死亡的威胁：

> 但是在这满目疮痍的时代，
> 他手里拿着多少人不幸的消息？
> 当他正在敲人家的门时，
> 谁又留神或想——
> “这个人可怕的时候到了！”②

或许正怀着这难以言传的寂寞和悚惧，冯至努力找寻沟通的方式。他发现了德国诗人里尔克，深为后者的生命情怀所倾倒：③ 面对生命的寂寞

① 周作人：《〈造人术〉跋语》，《周作人散文全集（卷一）》，广西师范大学出版社，2009年，第43页。见Andrew Jones的讨论，*Developmental Fairy Tales: Evolutionary Thinking and Modern Chinese Culture*, Cambridge, MA: Harvard University Press, 2011, chapter 1.

② 这首诗写于1921年。冯至日后对诗内关键词句做了更改，最明显的是最后一行“这个人”改为“这家人”。见《冯至全集（卷1）》，河北教育出版社，1999年，第5页。引自张辉《冯至：未完成的自我》，文津出版社，2005年，第26页。

③ 冯至1924年初识里尔克的作品，1931年赴德后开始有系统地钻研里尔克，深为倾倒。里尔克对他的影响一直持续到战争期间。有关里尔克对冯至影响的研究极多，最近的讨论见Xiaojue Wang（王晓珏），“Crossing 1949: The Schizophrenic Politics in Literature, History, and Society of Cold War China, 1940s—1950s”, Ph. D. dissertation, Columbia University, 2006, chapter 5.

和悚惧，因应之道不是逃避，而是承担。“人到世上来，是艰难而孤单……人每每为了无谓的喧哗忘却生命的根蒂……谁若是要真实的生活，就必须脱离开现成的习俗，自己独立成为一个生存者，担当生活上种种的问题。”① 更重要的，冯至从歌德那里学得“决断”与“割舍”的考验。“担当”不再是传统天降于斯人的重责大任，而是个体面对日常世界一草一木无分轩轾的接纳。不断奋进和死生蜕变的积极意义才是人生的根本。

抗战带来现代中华民族文化政治的大变动。当一切价值秩序松动，生存或死亡、大我或小我的难题浮上台面，甚至成为日常生活的挑战。这使冯至将他的形上思考落实到历史境况中。1941 年，冯至推出 27 首十四行诗。这些诗描写死生的无常、山川岁月的流变、历史的暴虐，写来却充满静定的姿态。

> 我们赞颂那些小昆虫，
> 它们经过了一次交媾
> 或是抵御了一次危险，
>
> 便结束它们美妙的一生。
> 我们整个的生命在承受
> 狂风乍起，彗星的出现。②

歌德的蜕变和重生的主题呼之欲出：

> 你生长在平凡的市民的家庭，
> 你为过去许多平凡的事物感叹，
> 你却写出许多不平凡的诗篇，
> 你八十年的岁月是那样平静，
>
> 好像宇宙在那儿寂寞地运行，

---

① 冯至：《里尔克〈给一个青年诗人的十封信〉译序》，《冯至全集》，引自解志熙的讨论，《生命的沉思与存在的决断：论冯至的创作与存在主义的关系》，《冯至与他的世界》，第 353 – 355 页。

② 冯至：《十四行诗》第 1 首，第 217 页。

但是不曾有一分一秒的停息，
随时随处都演化出新的生机，
不管风风雨雨或是日朗天晴。

从沉重的病中换来新的健康，
从绝望的爱里换来新的营养，
你知道飞蛾为什么投向火焰，

蛇为什么脱去旧皮才能生长，
万物都在享用你的那句名言，
它道破一切生的意义，“死和变”。①

战后冯至来到北京大学，但每下愈况的政局让他深深不安。他“看见了无数的死亡与杀戮”，“依然/等待着新的眺望”。歌德“肯定精神，蜕变论，和思与行的结合”变得愈益迫切。② 就在此时，冯至发表《浮士德》人造人的讨论，应非巧合。

1948 年，冯至加入中国社会经济研究会，向往左右之外“新第三方面”政治力量的可能。但他很快明白在当前的危机里，他的决断还不够彻底，他决定选择共产党。1949 年 2 月 3 日解放军入北平，冯至是走在北大欢迎队伍前面的教授之一。③ 7 月第一次文学艺术工作者代表大会上，冯至声称“‘人民的需要!’……如果需要的是更多的水，就把自己当作极小的一滴，投入水里”。④ 回顾过去象牙塔里的日子，冯至深感不值。他必须投身人民的大海，才能成为一个“新人”。⑤

新中国成立以后，冯至在北大任教，但也积极加入国家大业。用评者张辉的话说，在研究歌德的同时，“冯至完成了从一个孤独沉思

---

① 冯至：《十四行诗》第 13 首，第 228 页。

② 冯至：《在联邦德国语言文学科学院宫多尔夫外国日耳曼学奖颁奖仪式上的答词》，《冯至全集（卷 5）》，第 220 页。

③ 周棉：《冯至传》，江苏文艺出版社，1993 年，第 270 页。

④ 冯至：《写在文代会开会前》，《冯至全集（卷 5）》，第 341 页。

⑤ 冯至：《歌德与人的教育》，《冯至全集（卷 8）》，第 86 页。

的诗人，到新政权中的社会活动家、教育家和主流作家的转变”。①他立志成为共和国公民的典型。1951 年，改造知识分子运动如火如荼地展开，冯至感谢之余，赋诗如下：

你让祖国的山川
变得这样美丽，清晰，
你让人人都恢复了青春
你让我，一个知识分子
又有了良心……
你是我们的再生父母
你是我们永远的恩人。②

或许 20 世纪的诗人在历史荆棘中流浪得太久，迫切需要归宿，而又有什么比祖国山川、人民更能让人心动？又或许冯至的改变不如我们以为的剧烈。从早期的《绿衣人》到《十四行诗》再到杜甫、歌德研究，他诗文中的抒情主体不断找寻超越的经验。40 年代中期以后，冯至越来越意识到超越经验不必存在宇宙星空中，而在时代不分你我，“求生意志的表现”：“诗是时代的声音……现代社会的腐朽使我们很自然共同走上追求真，追求信仰的道路。”③

三、诺贝尔

2012 年 10 月 11 日，诺贝尔文学奖宣布该年得主为中国小说家莫言。消息传来，举国欢腾。莫言是 80 年代中国寻根、先锋写作的代表人物，90 年代以来持续推出重要作品，如《酒国》《丰乳肥臀》《生死疲劳》等。

但华人作家获得诺贝尔奖并非始自莫言。2000 年的得主是同有大

① 张辉：《冯至：未完成的自我》，第 129 页。冯至在新中国成立前 17 年拥有众多头衔，并曾七次出访国外。他的转变可见贺桂梅精辟的讨论，《转折的时代——40－50 年代作家研究》，山东教育出版社，2003 年，第 137 页。

② 冯至：《我的感谢》，《冯至全集（卷 2）》，第 50 页。

③ 冯至：《从前和现在》，引自周棉的讨论，《冯至传》，第 269 页。他似乎以一种简化的诗学逻辑响应他在海德堡的恩师亚斯贝尔的教诲。

陆背景的高行健。许多中国人未必听说过莫言、苏童、阎连科的名字，但对诺贝尔的大名却堪称耳熟能详。当“中国作家什么时候才能得个诺贝尔奖?”成为全民话题时，一个吊诡的逻辑油然而生：是诺贝尔，而不是任何中国作家，代表了“中国”和“文学”。诺贝尔既是空洞的符号，也是动机满溢的图腾，或罗兰·巴特（Roland Barthes）所谓的现代“神话”。套用雅克·拉岗（Jacques Lacan）式修辞，诺贝尔是全民欲望的“小他者”（petite object à）。

我们关切的是，这一现象如何呈现了中国现代文学作为世界“文学公民”的变化。历史告诉我们，早在上世纪20年代，“诺贝尔”已经来到中国。当事者不是别人，正是鲁迅。1927年春，瑞典学者斯文·赫定（Sven Anders Hedin）访华，辗转透过刘半农、台静农联络鲁迅，拟提名为诺贝尔文学奖候选人。鲁迅答复如下：

> 我很抱歉，我不愿意如此“被提名”。诺贝尔赏金，梁启超自然不配，我也不配，要拿这钱，还欠努力……我觉得大陆实在还没有可得诺贝尔赏金的人，瑞典最好是不要理我们，谁也不给。倘因为黄色脸皮人，格外优待从宽，反足以长大陆人的虚荣心，以为真可与别国大作家比肩了，结果将很坏。我眼前所见的依然黑暗，有些疲倦，有些颓唐，此后能否创作，尚在不可知之数。倘这事成功，从此不再动笔，对不起人；倘再写，也许变了翰林文字，一无可观了。还是照旧的没有名誉而穷之为好罢。①

鲁迅的文字充满对中国文学的鄙夷，似乎有长他人威风之嫌。但有鉴于他自《摩罗诗力说》以来对中国文明传统的批判，他的姿态并不令我们意外。值得注意的是，他同时暗示诺贝尔奖评审诸公不必刻意降尊纡贵，给予中国作家特别待遇，否则，这不仅暴露西方文学界的伪善，甚至可能是假“世界”之名的收编。鲁迅不愿意“被”诺贝尔代表。另一方面，他也担心得奖者的创作质量与“奖”的肯定，其实充满高度不确定性。要之，鲁迅的回应指出三重问题：第一，国家文学与世界文学如何相互定义？尤其在西方列强激烈竞争、欧亚关系高度不平等的时代里，文学如何“被”代表，又代表什么——国家/传统特色？

---

① http://www.nownews.com/n/2012/10/22/345363.

世界文学共通的经典性？——成为深刻问题。第二，作家与“国际”“文学”“奖”之间的交换关系，如何构成创作本身的资产还是负债？一旦“奇货”变成“期货”可居，显然涉及文化资本的流动，也因此改变文学的市场意义。第三，更重要的，作家如何看待自己的写作，以及安顿自己的位置与立场。当“奖”将作者与作品定位并形成国家/国际图腾后，如何打破这一“纪念碑”化的空间局限，将创作活动还原到历史流变中（鲁迅所谓“此后能否创作，尚在不可知之数”。）成为作家最大的挑战。

鲁迅拒绝了诺贝尔奖提名，但后继者并不乏人，以至钱锺书在40年代的小说《灵感》中，就对有志于诺贝尔奖的同行大加嘲讽。同样值得注意的是，左翼世界里也自有一套以文学奖为坐标的“文化资本”体系。1951年，丁玲的《太阳照在桑干河上》、周立波的《暴风骤雨》分别获得斯大林文学奖的二等奖和三等奖，在当时被誉为殊荣。然而论“文学奖”之成为一种文化工业，则是新时期以来的怪现状。奉鲁郭茅、巴老曹之名的奖项不在话下，各种因地区、文类、题材、群体而设的奖如雨后春笋般地出现。

鲁迅如果再世，面对当代中国文学“奖”的文化会有什么看法？看来当今最能“撄人心”的，不是摩罗，而是诺贝尔。英国学者蓝诗玲（Julia Lovell）早已指出，这个奖本身就是一个全球文化资本流动的证据，中国的狂热恰与90年代市场化经济亦步亦趋。① 汉学家如顾彬（Wolfgang Kubin）则认为当代中国作家风格粗糙，毫无国际文学知识。② 但事实果真如此么？鲁迅对诺贝尔的评论到今天依然发人深省，但我们无从，也不必回到鲁迅时代。我们可以依循政治正确路线，不妨对高行健和莫言得奖的反应上，思考“诺贝尔奖”效应如何能形成一种公共论坛，对中国（与世界文学）的定位做出新的一轮对话。

高行健出身学院背景，是新时期最早介绍西方现代主义的学者兼作家。他提倡“没有主义”“冷的文学”。莫言来自农村，小学辍学，因为从军才得以看到世界。他认为创作的目的于他无非找寻沟通管道，他

---

① Julia Lovell, *The Politics of Cultural Capital: China's Quest for a Nobel Prize in Literature*, Honolulu: University of Hawaii Press, 2006.

② 顾彬：《高行健与莫言：再论中国文学和世界文学的危机》，《文学》，2014年第3期，第125－133页；李敬泽：《中国人和中国人的文学》，《致理想读者》，中国人民大学出版社，2014年，第23页。

立志作为一个说故事的人。高行健和莫言的背景、论述机制、美学信条大异其趣，但他们对文学与社会的反思可能有某些互通之处。

高行健和莫言成长的年代是社会主义“人造人”的年代，而他们居然在制式写作里重新发现语言的可能与想象力的必要。两位作者都谈到文学带来的“自由”向度。“自由”的哲学意义，我们在此无从辩证，但苏珊·桑塔格（Susan Sontag）的名言“文学就是自由”可以作为参照。① 小说凭虚构游戏创造解放和变化的空间。一个世纪以前，新小说开始的动力便来自解放国家和个人主体的禁锢。

高行健谈“自由与文学”，认为“真正的问题最后也还归于个人的选择：是选择自由还是利益。而对自由的选择又首先来自是否觉悟到自由的必要，因此，对自由的认识先于选择。从这个意义上说，自由乃是人的意识对存在的挑战”。② 高行健的思维不只来自西方启蒙思潮，也包含禅宗公案随立随扫的自由。大陆学者则赞美莫言是当代中国极少数能够听任想象驰骋，挥洒自如的作家：他的小说代表“一种完全没有任何束缚和拘束的，随心所欲的自由境界”，③ 或纯任自然的民间情怀。④ 事实上，莫言自己很少讲自由，而讲自在。《生死疲劳》卷首所录的偈语——“少欲无为，身心自在”——尤其耐人寻味。⑤

据此，高行健与莫言对语言的自由与自在的向度投以相似的瞩目。高行健发展戏剧性的三声部叙事，让你我他的声音不断合纵连横，因此解放了意义辩证的归属性。莫言则上承乡野奇谈和《聊斋》传统，好言鬼怪神魔；他又杂糅拉丁美洲魔幻现实主义，并以此形成众声喧哗的场面。这样对语言解放身体、社会束缚的渴望当然有政治寓意，却更有伦理寄托。

---

① Susan Sontag，*Literature is Freedom*：*The Friedenspreis Acceptance Speech*，Berkeley：Small Press Distribution，2004.

② 高行健：《自由与文学》，德国爱尔兰根大学国际人文中心高行健学术研讨会发言稿，2011 年 9 月 24 日，http://www.21ccom.net/articles/sxpl/sx/article_2011111648835.html。另见《自由与文学》，台北联经出版公司，2014 年，第 53 页。刘再复：《高行健的自由原理》，http://blog.sina.com.cn/s/blog_4cd081e90102dtcw.html。

③ 吴义勤、刘进军：《“自由”的小说评莫言的长篇小说〈生死疲劳〉》，《当代作家评论》，2006 年第 6 期，第 125 页。

④ 陈思和：《“历史—家族”民间叙事模式的创新尝试——试论〈生死疲劳〉的民间叙事》，未发表论文。

⑤ 莫言：《后记》，《生死疲劳》，台北麦田出版公司，2007 年，第 611 页。

同样重要的是，回顾一个世纪以来中国追寻现代性所经过的生死疲劳，高行健和莫言不约而同地表达文学"悲悯"的能量。悲悯不是听祥林嫂说故事，因为"苦难"太容易成为煽情奇观；悲悯也不必是替天行道，以致形成以暴易暴的诡圈。只有对生命的复杂性有了敬畏之心，文学的复杂性于焉展开。高行健有言：

> 作家并不承担道德教化的使命，既将大千世界各色人等悉尽展示，同时也将自我袒裎无遗，连人内心的隐秘也如是呈现，真实之于文学，对作家来说，几乎等同于伦理，而且是文学至高无上的伦理。①

莫言则强调"只有正视人类之恶，只有认识到自我之丑，只有描写了人类不可克服的弱点和病态人格导致的悲惨命运"，才能真正产生惊心动魄的"大悲悯"：②

> 小说家是社会中人，他自然有自己的立场和观点，但小说家在写作时，必须站在人的立场上，把所有的人都当做人来写……只有这样，文学才能发端事件但超越事件，关心政治但大于政治。可能是因为我经历过长期的艰难生活，使我对人性有较为深刻的了解。我知道真正的勇敢是什么，也明白真正的悲悯是什么。③

自由与悲悯似乎是老生常谈，但是两位作家立意发掘其中的激进层面，在此时此地当然有其意义：前者强调文学"依自不依他"；后者强调文学对"他者"无所不与的包容。两者并列，其实是辩证关系的开始。两位作家了解一旦跨越简单的人格、道德界线，典型论、现实论的公式就此瓦解。高行健的创作出虚入实，与其说是荒谬剧场的后现代版本，不如说是"劫"后归来的见证：从历史经验的"劫"转为时空幻化的"劫"。莫言则认为文学虚构之必要，正在于它有其他媒介所不及的救赎力量。长篇小说如此兼容并蓄、繁复纠缠，绝不化繁为简，就是一种悲悯的形式。

---

① 高行健：《文学的理由：诺贝尔奖致词》，http://www.takungpao.com/fk/content/2012-09/08/content_1071283.htm.

②③ 莫言：《生死疲劳》，第611页。

四、报信的人

1902 年，梁启超在横滨创办杂志《新小说》，并在发刊词《论小说与群治之关系》中写下这段有名的宣言：

> 欲新一国之民，不可不先新一国之小说。故欲新道德，必新小说；欲新宗教，必新小说；欲新政治，必新小说；欲新风俗，必新小说；欲新学义，必新小说；乃至欲新人心，欲新人格，必新小说。何以故？小说有不可思议之力支配人道故。①

回望彼时年轻的革新者对小说——以及广义的文学——所投注的信心和期望，的确有如明日黄花。因为梁启超的登高一呼，新小说风起云涌，造就了日后新文学风起云涌的盛况。我们有理由想象青年鲁迅也是在相似的思路下，写下《摩罗诗力说》。相形之下，“五四”时代陈独秀、胡适等的文学改良、革命论述反而瞠乎其后。

从比较文学的角度来看，跨越历史时空，梁启超的论点可以引发对话。汉纳·阿伦特（Hannah Arendt）在针对现代革命的经典研究中指出，“革命”之所以能够鼓舞民众去努力改变社会政治的现状，主要因为它可以激发出一种“创新性的感召力”。② 这种“创新性的感召力”正是叙述或最广义的文学的动能之所在。在另一巨著《论人的条件》一书中，阿伦特通过对公共领域里故事展演的研究推溯城邦制度的起源。在她看来，言说/叙事不仅是一种艺术形式，也是一种有组织的追忆活动，它强化了城邦民众对过去和未来的历史性感知，进一步凝聚了讲述者与公众的关系，从而也为国家政体的开放性提供了合法性依据。因此，讲述故事——叙事——不再只是一种叙述性娱乐方式，而是一种

---

① 梁启超：《论小说与群治之关系》，《饮冰室文集点校（第二卷）》，云南大学出版社，2001 年，第 758－760 页。

② 汉纳·阿伦特：《论革命》，陈周旺译，译林出版社，2011 年，第 35 页。参见 James Miller，“The Pathos of Novelty：Hannah Arendt's Image of Freedom in the Modern World” in *Hannah Arendt：The Recovery of the Public World*，ed.，Melvyn Hill，New York：St. Martin's Press，1979，pp. 177－208。

能够培养自我表现能力的言语活动。① 城邦并非地理意义上的国家，而是伴随这样一种言语活动出现的政治组织形式，对故事的重塑也因之与对历史的重塑密切相关。阿伦特从言说/叙事所具有的感召力中得以想见现实革命所具有的爆发力。

一个世纪以来，我们见证学者文人倾向将一般论述里的“大说”嫁接到文学的阅读、实践上，却往往忽略了文学的独有特征，就是它的虚构、创造性。环顾这些年文学批评界——尤其当代海外中国文学研究界——与社会的互动，我们看到如下的吊诡：从“中国往何处去?”谈到帝国批判、天下大业，从国家主权谈到机器人的潜意识，都能言之成理，却往往忽略言说者自己的专业位置是语言/修辞的诠释者，是“虚构”的辩证者。②

在讨论文学及公众领域的过程里，除了流行的帝国、国家、主权等问题之外，我们必须顾及一个更广层次的公民伦理问题。这意味着将文学——不论生产的情境或是内部的情节、结构——真正当作一个不同社会价值、关系、声音（话语）交错碰撞的界面，从人与人、人与物的互动里，分梳人间境况的种种条件，碰触图腾与禁忌，投射集体或个人的欲望。如此，古老的问题仍然带给我们新意，诸如什么是抵抗与宽容、真诚与背叛、自由与妥协、意图与责任、介入与超越、暴虐与慈悲？我们如何从文学过程介入实在的公民领域，或者我们借由文学这个媒介抽离出来，采取有距离的方式看待现实人生?

这让我们重新思考本文开始有关新民与摩罗的论述。我认为在世纪之初，梁启超和鲁迅感时忧国之余，已经在探问文学伦理版图中最幽微的一面：伦理的底层，甚至对立面。如前所述，鲁迅的摩罗诗人切切要释放真的“恶声”，以期振聋发聩。梁启超则指出，小说有不可思议的改变世道民心的力量——可以作为“新民”的起点。比起鲁迅，梁的

---

① 汉纳·阿伦特：《人的条件》，竺干威等译，上海人民出版社，1999 年，第 160－192 页。

② 必须立刻厘清的是，在中国传统文论里，虚和实的分界和西方柏拉图以来的真实和模拟的二分观点颇有差距。我们也不必重拾新批评的牙慧，只在文本以内做文章。恰恰因为我认为“文学”是现代中国重要的文化建构甚至政治动因，我们才必须正视“文学”与社会的关系不应化约成为因果关系或对应机制。“现代文学”的崛起，从晚明冯梦龙所谓“法统散而小说兴”，到梁启超论小说“不可思议”的力量、“五四”诸子的文学革命论，以迄毛泽东的延安讲话，不论形式理念，都有相当复杂的动线。奇妙的是，文学研究者每每买椟还珠，就着文学进入“大说”的殿堂后，反而对文学不再关心，甚至视为小道。

立论看起来四平八稳，却有“不可思议”之处。梁的预设是，如果传统的诗是高尚的、纯净的、无所不包的文类，小说则是堕落的、颓废的、诲淫诲盗的文类。然而小说的渲染力不容忽视。在革命时代来临的前夕，梁启超恰恰希望利用小说这样驳杂的能量，用“以毒攻毒”的方式，先“复健”小说，再以小说提振民心。①

传统“文”的宏大视野仍然是现代文学思想的底蕴，但解决之道何其不同。“真的恶声”“以毒攻毒”不是传统文论会碰触的话题，而作者和读者是否能遂梁启超所愿，也一样引人疑窦。但梁反其道而行，扭转了文类秩序的高下，也投射了一种新的文与人——“新民”——的伦理关系，这是他对现代文学的贡献。从今天的角度来看，现代文学真正动人的时刻不在于给出了什么惊人的答案或完成了什么使命——这是一般文学史的看法，而在于呈现了答案的可望而不可即，或者是呈现了答案的并不存在，或者是呈现了在找寻答案中所经历的紧张过程。

新世纪里的高行健指出，作家既非革命者也非预言家，更非造物主：

> 作家的工作就在于发现并开拓这语言蕴藏的潜能。他既铲除不了这个世界，哪怕这世界已如此陈旧。他也无力建立什么新的理想的世界，哪怕这现实世界如此怪诞而非人的智力可以理解，但他确实可以多多少少作出些新鲜的表述，在前人说过的地方还有可说的，或是在前人说完了的地方才开始说。②

高行健认为，我们总在现实世界的语言牢笼里。作家就必须另辟蹊径，为看来眼前已经无路的话题找出路，对似乎言不尽意的表述“接着讲”，而又翻出柳暗花明的可能。“如同咒语与祝福，‘文学’语言拥有令人身心震荡的力量，语言的艺术便在于陈述者能把自己的感受传达给他人，而不仅仅是一种符号系统、一种语义建构。”但他也提醒我们：“如果忘了语言背后那说话的活人，对语义的演绎很容易变成智力

① 参阅梁启超：《论小说与群治之关系》，夏晓虹编《梁启超文选》，中国广播电视出版社，1992年，第3－8页。

② 高行健：《文学的理由：诺贝尔致词》。

游戏。”①

不论是马克思还是诺贝尔，后现代还是后革命，新世纪作家在社会的语境里定义自由向度，在无可承受之轻的后现代经验里描述悲悯的底线。他们也许失去了宁鸣而死的抱负，但思考“文学何为”的心意未尝稍息。高行健如是说：“文学并不旨在颠覆，而贵在发现和揭示鲜为人知或知之不多，或以为知道而其实不甚了了的这人世的真相。”② 莫言面对重重褒贬，则以《圣经》、麦尔维尔（Herman Melville，《白鲸记》），还有大江健三郎的话自况：“我是惟一一个逃出来向你报信的人。”③

我们要问，报信的人是从哪里逃出来的？报的是什么信？谁是收信的人？更重要的，报信的人是否能有勇气，像《白鲸记》的石破天惊的开端那样——“Call me Ishmael”——先报出自己的名字来历，启动叙述的意义？④“报信的人”也令我们回想冯至的少作《绿衣人》的寓意。邮差、信使、作家，或是报信的人，行走在“满目疮痍”的时代，“手里拿着多少人不幸的消息”？这是舍我其谁的承担，或者日复一日，成为无可奈何的负担？

摩罗诗人远矣，作为文化资本的“诺贝尔”方兴未艾。如何作为“惟一一个逃出来向你报信的人”——这大约是我们这个时代应该重新思考的了。

（作者单位：美国哈佛大学）

---

①② 高行健：《文学的理由：诺贝尔致词》。

③ 毛丹青记录：《莫言与大江健三郎对话：我不赞成作家要为老百姓创作》，《南方周末》，2012年，10月11日。http://culture.ifeng.com/huodong/special/2012nuobeierwenxuejiang/content-4/detail_2012_10/11/18165970_0.shtml.

④ 感谢蔡建鑫教授的建议。

Humanistic Vistas of Cosmopolitanism

辑二

“五四”后的喧哗

“五四”以来文学批评的类型及变化*

许子东

“五四”以来，中国以白话文为主的新文学中的文学批评至少有四类：作家流派批评、社团组织批评、学院研究型的文学批评、网络时代的泛商业批评。本文主要讨论前三种文学批评类型的写作动机和文体特点，同时也观察这几种文学批评类型之间的转化演变关系。至于这些文学批评类型形成的历史原因和文学、文化及政治思潮背景，则不在本文的研讨范围之内。

一

第一类是作家、社团、风格流派之间的文学批评。这类文学批评最兴盛的时期，也是中国文学社团流派风格发展最繁荣的时期，即20世纪20年代。仅从流派风格的多样性来讲，中国的新文学一起步就是高峰。当时在文学研究会、创造社、语丝、浅草、沉钟、新月及现代评论派、后期创造社、太阳社之间，互相都有文学批评。一般说来，一个文学社团之所以能够形成文学史上所谓的风格流派，通常要具备四个条件：一是有几个志同道合的作家文人，二是有一批比较出名且风格接近的作品，三是有自己的阵地、刊物或出版社，四是有“自己”的评论家，有与众不同的文学主张，比方“为人生的艺术”“为艺术的艺术”等。这最后一点，就是所谓“作家流派类文学批评”的关键。很多这类文学批评是作家自己写的，如郭沫若、郁达夫、梁实秋等都在创作之外写评论。但有时文学社团有几乎没有创作只写评论（或评论比他的创

* 本文曾以“现代文学批评的不同类型”为题，发表于《文艺理论研究》2016年第3期，第6－13页。

作更有名）的“专职”评论家，如创造社的成仿吾、文学研究会的沈雁冰（早期）、“现代评论派”的陈西滢等。这些作家流派间的批评可以很刻薄尖锐，如徐志摩曾讽刺“创造社的人就和街头的乞丐一样，故意在自己身上造些血脓糜烂的创伤来吸引路人的同情”；① 钱杏邨骂鲁迅“醉眼朦胧”；② 郭沫若则化名“杜荃”指责鲁迅“是一位不得志的法西斯蒂”；③ 等等。但也有些作家圈的评论能够超越流派立场，不只是互相批判。如1936年11月18日，鲁迅去世一个月，“新月派”女作家苏雪林写给胡适一封长信，称鲁迅为“刻毒残酷的刀笔吏，阴险无比、人格卑污又无比的小人”。④ 12月14日，胡适回信：“……凡论一人，总须持平。爱而知其恶，恶而知其美，方是持平。鲁迅自有他的长处。如他的早年文学作品，如他的小说史研究，皆是上等工作。”⑤ 另一位曾和鲁迅激烈论战的陈西滢，在他的《新文学运动以来的十部著作》⑥ 中也评论了鲁迅的小说。陈西滢认为《孔乙己》《风波》《故乡》是鲁迅“描写他回忆中的故乡的人们风物，都是好作品”。⑦ 但小说里的“乡下人”，“虽然口吻举止，惟妙惟肖，还是一种外表的观察，皮毛的描写”。陈西滢认为《阿Q正传》要高出一筹，阿Q是同李逵、鲁智深、刘姥姥等“同样生动，同样有趣的人物，将来大约会同样的不朽的”。对鲁迅杂文，陈西滢说：“我不能因为我不尊敬鲁迅先生的人格，就不说他的小说好，我也不能因为佩服他的小说，就称赞他其余的文

---

① 引自郭沫若《论郁达夫》，原载《人物杂志》，1946年第3期，收入《沫若文集（第12卷）》，人民文学出版社，1957年。

② 钱杏邨：《死去了的阿Q时代》，原载《太阳月刊》3月号（1928年3月1日），收入钱杏邨《现代中国文学作家》，上海泰东图书局，1928年。

③ “鲁迅先生他的时代和阶级性已经完全决定了，他是资本主义以前的一个封建余孽，资本主义对于社会主义是反革命，封建余孽对社会主义是二重反革命，鲁迅是二重的反革命人物，以前说鲁迅是新建过渡期的反革命分子，说他是人道主义者，这完全错了，他是一位不得志的法西斯蒂。”杜荃：《文艺战线上的封建余孽》，原载《创造月刊》，1928年第2卷第1期，收入《中国现代文学史参考资料·文学运动史料选（第2卷）》，上海教育出版社，1979年。

④⑤ 引自中国社会科学院近代史研究所编《胡适来往书信选》，社会科学文献出版社，1979年，第329页、第399页。

⑥ 陈西滢推举的“新文学运动以来的十部著作”包括：《胡适文存》、吴稚晖《一个新信仰的宇宙观与人生观》、顾颉刚《古史辨》、郁达夫的小说《沉沦》、鲁迅的小说集《呐喊》、郭沫若的诗集《女神》，徐志摩《志摩的诗》、西林的戏剧《一只马蜂》、杨振声的长篇小说《玉君》及冰心的小说集《超人》。

⑦ 参见阎晶明《陈西滢评鲁迅作品》，《齐鲁晚报》，2005年7月29日。

章。我觉得他的杂感，除了《热风》中二三篇外，实在没有一读的价值。”① 周作人也曾为与他本人文学趣味很不相同的郁达夫的《沉沦》辩护：“《沉沦》是显然属于第二种的非意识的不端方的文学，虽然有猥亵的分子而并无不道德的性质。……这集内所描写是青年的现代的苦闷，似乎更为确实。生的意志与现实之冲突，是这一切苦闷的基本；人不满足于现实，而不复肯遁于空虚，仍就这坚冷的现实之中，寻求其不可得的快乐与幸福……著者在这个描写上实在是很成功了。所谓灵肉的冲突原只是说情欲与迫压的对抗，并不含有批判的意思，以为灵优而肉劣……”但周作人同时也指出了《沉沦》为什么在某种程度上“儿童不宜”：“《沉沦》是一件艺术作品，但他是受戒者的文学，而非一般人的读物。在已经受过人生的密戒，有他的光与影的性的生活的人，自能从这些书里得到希有的力，但是对于正需要性的教育的儿童们却是极不适合的。还有那些不知道人生的严肃的人们也没有诵读的资格。他们会把鸦片去当饭吃的。”②

上面所引的一些批评文字片段，已可窥见作家风格流派批评的基本文体特点。第一，很多作家相信文学批评也是文学，所以评论文字也注重文采、形容、比喻、象征等“陌生化”效果（“血脓糜烂的创伤”“醉眼朦胧”“刀笔吏”）；如果使用一些抽象概念，事后看反而不准确（“不得志的法西斯蒂”等）。第二，作家流派批评大都从个人观点趣味出发，并不掩饰美学好恶与价值偏见，甚至夸大这些好恶偏见，从而催化助长流派社团之争（如沈雁冰几十年后在《茅盾回忆录》中仍念念不忘20年代初他与创造社的笔战恩怨旧账③）。第三，个人或流派偏见好恶之中或之上，仍会有一些“客观”“公允”之论。事实上，作家风格流派类的文学批评，写得最认真也最有文学史价值的，不是对其他风格流派的批评，而是在承认和划分流派之后，对自己社团流派的解剖与评论。典型的文本例子就是作家们为赵家璧主编的良友版《中国新文学大系》撰写的各卷导言（尤其是小说各卷的导言）。这是后来几套《大系》的很多导言都无法重现的，因为后来再没有这些“流派之见”。

---

① 参见阎晶明《陈西滢评鲁迅作品》，《齐鲁晚报》，2005年7月29日。

② 周作人的《“沉沦”》一文发表在1922年3月26日的《晨报副镌》上，署名“仲密”。

③ 茅盾：《茅盾回忆录（上）》，华文出版社，1997年。

二

“作家风格流派之间的文学批评”从20世纪20年代末开始向“社团组织及党派的文学批评”转化，其间的关键人物李立三却不是文学评论家。革命文学论争中后期，创造社、太阳社对鲁迅、茅盾的尖锐批评，其实还属于第一类作家团体间的文学批评，但李立三以上海党中央名义叫停这些批评，并指示这些留日回来的年轻革命者向鲁迅道歉认错，进而团结鲁迅（甚至郁达夫）创立左联，[①] 这个“立三路线”的文化成果就是第二类文学批评的开始，影响深远。从左联开始，文学批评不再只是作家的个人行为，不再只是文人自己的美学好恶与艺术风格的表达，更要考虑整个社团组织在政治文化场域中的斗争策略。

第二类“社团组织及党派的文学批评”在时间上有不同的发展阶段，在生产过程与功能上也可再细分为三种不同形式，其间相通与差异处十分重要，必须细细梳理。第一种是社团组织“对外”的文学批评，如左联批判“民族主义文学”，左联与《现代》杂志及“第三种人”的争论，或者40年代后期郭沫若对沈从文的批评等。在文体形式上，这种文学批评与之前讨论的一般作家风格流派间的批评笔战十分相似，关键差别只在于，文学批评在个人行为后面有没有组织党派的策略、计划、战术甚至纪律。在20年代末30年代初那个现代文学史的重要时刻，鲁迅同时受到来自太阳社、创造社和新月派梁实秋等方面的批判，结果前二者“顾全大局”，立刻求和服软甚至转为“崇敬”；梁实秋等却缺乏文化斗争策略，只顾文人意气，挑战权威，甚至直斥鲁迅“硬译”（质疑对方学术能力，比批评对方学术观点更加伤人自尊）。从文学史上看，有谋略策划和组织支持的文学批评在文化论争中较易主导文学场域中的话语权。

与“对外”的文学批评不同，第二种“社团组织的文学批评”其实是组织乃至党派内部的文学论争，最早有瞿秋白和茅盾关于文学

---

① “大概是在1929年11月间，李立三同志到芝罘路秘密机关来找我，把中央的这些意思告诉我：一是文化工作者需要团结一致，共同对敌，自己内部不应该争吵不休；二是我们有的同志攻击鲁迅是不对的，要尊重鲁迅，团结在鲁迅旗帜下；三是要团结左翼文艺界、文化界的同志，准备成立革命的群众组织。李立三同志要我和鲁迅先生联系，征求他的意见。”吴黎平（时任中共中央宣传部文化工作委员会委员）：《长念文苑战旗红》，见朱正《鲁迅传》，香港三联书店，2008年，第251页。

大众化的讨论，最典型的是1936年“两个口号之争”（周扬、夏衍vs鲁迅、冯雪峰），后来在延安也有“鲁艺”与“文抗”的分歧，还有胡风引起的文学理念论争等。这种左翼社团组织内部的文艺分歧及论争，如果在一个时期可以“势均力敌”，谁也无法马上说服压倒消灭对方，便会出现一种暂时的话语权力制衡，因此成为中国现代文学批评发展的一个重要动力。尤其在70年代末到80年代，周扬、张光年、王元化、王蒙诸位，与邓力群、冯牧、丁玲、胡乔木等，在讨论文学与政治的关系、中国文学要不要“现代派”、人道主义与反思“文革”等一系列重大理论问题方面都出现的论争分歧，客观上推动了当代文学批评的发展。

“社团组织的文学批评”除了上述“对外批评”和“内部论争”外，还有第三种，就是组织内部“自上而下”的文学批评。鲁迅在左联成立时的讲话，当年就有些“指点革命文坛”的苦心，瞿秋白、冯雪峰、周扬当时撰文，也都想对文艺发展方向提出指导性意见。李立三还曾约见鲁迅，希望鲁迅支持他的“革命首先在一省或数省胜利”的政纲，但被鲁迅拒绝。据夏衍的回忆：“左联成立不久，李立三在5月9号准备发表一个文件，就是后来在6月11号发表的那个党史上有名的《新的革命高潮与一省或数省的首先胜利》。在提此口号之前，李要求见鲁迅，希望鲁迅发一个宣言支持他，即指此事。当时是‘立三路线’高峰，他扬言‘“会师武汉，饮马长江”，搞城市暴动’。”① 按冯雪峰的说法，“李立三约鲁迅谈话的目的，据我了解，是希望鲁迅公开发表一篇宣言，表示拥护当时立三路线的各项政治主张……鲁迅没有同意，他认为中国革命是不能不长期的、艰巨的，必须‘韧战’、‘持久战’”。② 组织内部“自上而下”的批评真正要同时具备精神上和组织上的双重权威的，还是毛泽东的《在延安文艺座谈会上的讲话》。《讲话》的直接起因之一也是为了平息上述第二种“组织内部论争”（从“两个口号之争”延续到“鲁艺vs文抗”）。就观点而言，《讲话》的几个要点，今天来看仍有理论意义。“政治标准第一，艺术标准第二”，如果“政治”可作广义理解，则“政治标准”确实到处可见。“为工农

① 夏衍的回忆录，参见周健强《夏衍谈“左联”后期》，《新文学史料（第四期）》，人民文学出版社，1991年，第131－132页。

② 冯雪峰：《关于李立三约鲁迅谈话的经过》，参见朱正《鲁迅传》，第265页。

兵和小资产阶级服务”很正确，只是后来渐渐忘了“小资产阶级”；“先普及后提高”，如今香港TVB、湖南卫视等都在实现前一半，只是少有人关心后一半。《讲话》最初仍然是可以讨论的形式，毛泽东讲话后，萧军还站起来讲了几十分钟，并不只是附和同意。① 对中国现代文学批评影响最大的不只是《讲话》的内容，更是之后由批判王实味和延安“抢救运动”组成的贯彻《讲话》的方式：文学批评从此成为组织审查和政治斗争的一部分。像《讲话》这样典型的“自上而下”的有系统的文学理论，其实罕见（且难模仿）。可以复制推广的还是“自上而下”的批评运作方式：很快，第一种“对外”的批评也因为有了“自上而下”的背景而产生了国家机器的力量。如20年代末郭沫若批评鲁迅是“法西斯”，鲁迅及其他人并不害怕。到1948年郭沫若再批沈从文是“反动文人”,② 北京大学学生又将郭文抄成大字报贴在校园里，导致沈从文精神失常，几乎自杀。50年代后一系列文学批评/批判都是前述第一种“对外”和第三种“自上而下”批评的结合。在第二种“内部文艺论争”时，人们忍不住马上要辨认寻找“自上而下”的线索痕迹，并迅速领悟哪一个观点态度甚至措辞用语来自最高领袖。根据经验，于是另一派观点马上崩败，“组织内文学论争”在50—70年代几乎不复存在。中国的评论家再次对文学理论表达不同意见，是在“文革”结束以后。

本文讨论的这三种社团组织类文学批评，各有自己的文体文风特点。第一种“对外的批评”与一般作家流派间的批评表面相似，强调

---

① 萧军日记从他自己的角度记录了会议开幕当天的情况和他的发言及心情：“由毛泽东报告了边区现在危险的政治环境和国际的环境，接着他提出了六个文艺问题，我第一个起立发言，约40分钟。对于每个问题，我给了自己的说明，同时也阐明了政治、军事、文化应该如何彼此接近和理解。六个问题是：一立场。二态度。三对象。四材料（写什么）。五如何收集材料（和各方接近）。六学习。我补充的问题：一作家与外界的关系。二作家对内界的关系。三作家对自己姐妹行艺术的关系。四作家对作家A革命的，B非革命的，C自由主义的。我的讲话和平时一般，引起普遍注意凝神和欢腾。我的精神和言语始终是控制着他们。缺点：A语调欠柔和抑扬，B有的地方罗嗦，C急快，D显得才情焕发，E欠含蓄，F强制人。大致是好的。之后我更要洗炼它，使它单纯、精彩而有力。”见《延安日记（1940—1945）（上卷）》，香港牛津大学出版社，2013年，第456页。

② 郭沫若：《斥反动文艺》，香港《大众文艺丛刊（第一辑）》，1948年3月1日，第19－22页。

表达的文学性，用比喻象征等方法嘲讽对方（“丧家的资本家的乏走狗”,① “洋场恶少”,② “破落户的飘零子弟……”③）。在嬉笑怒骂之中当然有理念、价值、信仰之争，但不会脱离或超越社团组织的政治文化立场。第二种“内部论争”的文学批评以论说文为主，较少讽刺形容与比喻，较多理论概念堆砌。早期比较互相尊重，如瞿秋白与茅盾的论争。“两个口号”之争私下已经结怨，桌面上还是说理文章。虽然这种内部论争很难不涉及人事恩怨，但只要按牌理出牌，坚持论理，直到80年代周扬等讨论人道主义，这种话语上的权力制衡依然有助于中国文学批评的发展。第三种“自上而下”的文学批评也有非常独特同时又影响甚广的文体文风，那就是“居高临下”的视野与即兴感想式文体。虽然事实上，有能力有权力“自上而下”批评的人其实很少或极少，但这并不妨碍很多文人或官员（两者界限不清，下面会详论）无意之中习惯以“目前的形势与我们的任务”作为自己写文章发言的基本框架。在展开具体论述时，通常说“关于某某问题，我讲几点意见……”“关于当前形势，我有几点看法……”这些意见、看法不一定合乎逻辑却也可以并列，有的或可“合并同类项”，有的大小性质不成比例。但讲话的权力有时就等于话语的权威。久而久之，很多人有意无意会模仿有权力的文体文风，这也是集体无意识中对权威的向往。

50年代以后，中国的文学生产机制至少有三个要素：一是将作家纳入干部官员体制；二是从50年代中期开始废除版税制，只实行稿费制（作家只要应对编辑和出版审查，不需要直接面对读者）；④ 三是以“作协”（发表在党报上）的文学批评承担管理作家、引导读者的重大

---

① 鲁迅批判梁实秋的文章原载《萌芽》1930年5月1日，后收入《二心集》。据冯雪峰回忆，“当鲁迅先生写好这篇杂文交给我编进《萌芽》月刊的时侯，他自己高兴得笑起来说：‘你看，比起乃超来，我真要刻薄得多了’”。这个对话再现了鲁迅当年与组织内同人协同笔战的历史场景（但不久前冯乃超刚曾批过鲁迅）。参见朱正《鲁迅传》，第275页。

② 鲁迅讽刺《现代》杂志主编施蛰存用语。见丰之余《扑空》，《准风月谈》，人民文学出版社，1995年，第170页。原载《申报·自由谈》，1933年10月23－24日。

③ 冯雪峰为鲁迅起草的《答徐懋庸并关于抗日统一战线问题》，载上海《作家》月刊，1936年8月号。

④ 洪子诚《中国当代文学概说》第2章注释7（香港青文书屋，1997年）首先注意到这个稿费版税制度的变化及其文学史意义。但在该书的扩充版，成为大学教材的北京大学出版社出版的《中国当代文学史》却删去了相关研究。

责任。这一时期，20年代那种作家风格流派之间的文学批评早已基本消失了。左翼革命文学传统之中，前述第二种“内部论争”也大都不能持久，不能真正“势均力敌”。因为五六十年代文艺战线仍被视为意识形态战场，即使有文学批评也很快就分出胜负，变成力量对比悬殊的政治批判。“内部论争”消失后，剩下第一种“对外”（对党外、对大众、对社会）的文学批评因为具有执政的官方色彩，所以也就自然而然地和“自上而下”的视角相结合（帮助作家改造世界观，劝告作家体验生活或告诫读者提高警惕等）。五六十年代一系列文学批评的动机和目的到底是意识形态信仰还是场域斗争策略，也很难说。有时是因为一部作品引起社会争论，引发党内不同意见，如批判《武训传》《清宫秘史》等。有一点可以肯定，这一时期的“文学批评”在中国现代（乃至古代）文学史上，是最受社会关注，也是读者最多的一个时期。文学干预社会“超额完成任务”。这一时期的文学/政治批评的文风、逻辑、词汇及其影响功能等，后来远没有得到应有的研究和梳理。

三

第三大类的文学批评是学院批评。回顾起来，其实“五四”作家文人大都也曾在高等学府教书，不过“新文学评论”多为课外兼职，学院研究还是以古典学术为主（如鲁迅、闻一多、郭沫若等）。现代文学进入学院课堂应该还是在朱自清的学生王瑶以后。在20世纪五六十年代，学院的文学评论基本贯彻组织党派批评，成为第三种“自上而下”文艺观的教材化普及版。包括王瑶在内的教授们改造思想与时俱进，有时还是赶不上形势。一不小心，如钱谷融等写文学批评反而成为同行专家和学生进行“文学批评”的对象。如北京大学中文系学生在50年代中期编的文学史倒是可以证明，当时的学院批评基本上就是“学生批评”。学院批评真正介入当代文学的进程是在80年代初，也就是组织党派内文艺论争相持不下、各抒已见的“五四”以后的所谓第二个“启蒙时期”。一边要“解放思想”，一边要注意“社会效果”；一会儿强调创作自由，一会儿要清除“精神污染”……80年代大学体制正在恢复，重新拥有话语权的老专家与不同年龄层的“新人”互相促进，既重建学术规范，也面对尖锐的社会问题。《文艺理论研究》与中国文艺理论学会创立的背景与初期活动，就是80年代学院批评介入文学论争的一个具体注解。

但“80 年代”很短，学院批评很快被一种看上去更“学院”的学术研究所取代，学院于是又悄悄退出了当代文学批评的主流。这是一种被李泽厚、陈平原或贬或褒，称之为从“思想到学术”的转变。更具体地说，是从注重思想锋芒到讲究研究规范，从强调文化影响到关心项目资金的转变。90 年代后学院批评的这种转变，一方面是和大学体制国际化同步，另一方面也和执政者对文学管理方法的转变有关。笔者在 2006 年复旦/哈佛合办的一个当代文学研讨会上发言，不准确地试图概括形容过近年的中国文学是“新媒体、旧文化、政府管、人民逼（币）”（原文出自王朔讲女人的 12 个字：上海生、北京话、新思维、旧道德）。“新媒体”“旧文化”及“人民逼（币）”等讨论第四类文学批评时再讲，这里先讲“政府管”。

前面说过，第二类从左联到作协的社团组织的文学批评，尤其是“对外”和“自上而下”两种批评文体之混合演化，是 1949 年后的国家文学生产机制中，和作家干部体制及版税报酬制度改革一样重要的支柱。这种文学批评在“前三十年”，通常由宣传部门和作协组织通过党报发动的对文艺作品和作家的点名批判。这种政府管理文学并调节舆情的主要手段，在“后三十年”的初期，即 70 年代末到 80 年代依然被采用——但人们发现，效果变差了，甚至产生了反效果。批判《在社会档案里》，批判《假如我是真的》，批判《苦恋》，批判戴厚英，作家没有被批臭，反而更加出名（至少在海外）。

批判的理念没有错：要宣扬正能量，要注意社会效果，要追求清洁的精神，要团结人民，教育人民……理念没有问题，但效果不理想，应该就是文学/政治批判的传统手法出了问题。所以，90 年代后不再开展文学/政治批判，转而在出版方向加强管理，即“创作有自由，出版守纪律”。这个转变非常值得讨论。看上去只是宣传管理的策略方法变化，其实整个思维背后有个组织党派与作家评论群体的关系定位问题，有一个从“家规”到“国法”的转变：如果认为作家必须是文艺队伍中的战士，并将“战士”这个光荣称号从比喻落到实处，那就回到 30 年代左翼批评的战斗语境了。战场上不听指挥，“战士”有个人意见、个人情绪而与众不同，当然要马上帮助、批评、教育。跟不上形势，就要提高觉悟；文章出了“轨”，就要批判纠正，就要改造作家的世界观。但 90 年代后，逐渐把文学或者知识分子团体看作是一个可以有利益共享也可能有观点冲突，因而既要团结又要管理的社会力量，于是政府的文化管理就会由“管心灵”转为“管行为”。于是《废都》《兄弟》或者阎连科的作品，明明有争议，也不批判，淡化乃至不争议。但是这些作品如要拍成电影、电视，比如《生死疲劳》等，那就要慎重。从“家规”到“国法”的转变，显示文学生产体制的管理在与时俱进。

如果说昔日文学/政治批判的管理以惩罚、警告、大棒为主，那么今天的学院批评在项目职称的游戏规则中，就是以奖励分饼、胡萝卜为主了。如果说对著作论文的出版审查或批判是被动监控，那么政府越来越慷慨地出资赞助各种科研项目，便是对学院批评的主动规划与“契约精神”了。与其事后批判评论家/教授们的言论出位，不如事先用项目职称等学术阶梯对学院批评进行“宏观调控”。当然，这也是和国际接轨。西方国家的学术或文化项目不也同样有他们的意识形态偏向吗？（如学术界的夏志清小说史，出版界如张爱玲的英文写作等，都是由资助影响研究写作的意识形态倾向的成功范例）。目前以国际化（英美化）为名的工科思维管理人文的大学学术规范（重资金，轻影响；重项目，轻成果；重论文，轻著作；重刊名，轻质量……），颇有成效地减少甚至切断了学院研究与当代文学批评发展的关系。而正是这种学院批评与先锋文学的互动关系，在80年代中期曾经是中国当代文学发展的重要推力。

结　语

本文最后讨论的是第四种，网络时代的泛商业批评。虽然前面论述的三类文学批评，至少前两大类，作家流派和社团组织的批评，大都通过报纸期刊流通。市场背景和商业运作的大众传媒批评却是在90年代以后才显示其意义。由于网络这个更大、更广义的传媒社会的出现，传统意义的文学批评进入了全新的时代，也遇到了全新的挑战。

一方面，读者看似多了。一篇咪蒙或吴晓波的微信公众号上的短文（有时也是杂文或广义的文艺、文化批评）网上点击可以到几百万次。因而立刻混合着广告，马上由文化混合商业，犹如60年代文学批评与政治批判的关系一样水乳交融。但有时候，网上有深度的文学批评跟帖却寥寥无几，无从判断读者数量与背景。另一方面，作者也多了。不仅有很多从未在作协、大学系统见过的书评人、作家大量出现，普通人也可以在博客上写作，更不必说还有周小平等新秀令人惊奇。一方面，写作限制少了。最近我在中国教育电视台（CETV）讲丁玲，小心谨慎地谈到她与彭德怀等的交往及赠诗等。后来一查，很多内容早有网文披露。历史以空前的碎片化、煽情化的形式被人们拾起同时忘却。另一方面，发表速度快了。一按键盘，如不被删，作品已过发表关……媒体虽“新”，文化却“旧”。之前提到“新媒体”“旧文化”，指的是如有好事者将今日新浪、搜狐等门户网站首页，与过去百年来各个时期的中文报纸版面相对比，总体看，与大众网页最相似的却是民国早期的《申报》《新闻报》等：政治新闻、国际消息与男女八卦、明星走光堂皇并置，思想言论、书榜影评与美容广告、心灵鸡汤尺寸相邻。

本文所讨论的前三种传统意义的“文学批评”，在今日的媒体网络生态中又将如何变化发展呢？首先第一类，作家风格流派的文学批评，现在几乎很难看到。中国作家现在的创作成绩虽然据说没有“高峰”，但至少已有“高原”。总体水平及风格多样性，应该不在二三十年代之下（更不必论中间几十年）。但为什么现在没有“五四”时期的倾向不同、风格各异的文学流派呢？难道“高原”只是高的“平原”？以前至少有“京派”“海派”之争，后来也有“湘军”“陕军”之别，到了新世纪，为什么好像完全没有催生、挑拨、助长这些风格流派的文学批评或者至少是作家之间的互相批评呢？因为都是好友？都在作协或人大、政协体制内？因为风格只属于个人，不能成派？还是因为……

第二类组织党派的文学批评，以作协或文学团体名义“对外”社会的批评，一则找不到敌人，二则面对“大众”软弱无力。一度有人觉得《色戒》有问题，但不敢讨论，连李安也不能提，只能暂时封杀女演员汤唯的广告。《小时代》刚出，《环球时报》说不应有续集，结果电影连拍四部，票房十几亿。《心花路放》之类的电影也是类似情况。近年一连串票房破纪录的电影大多都是叫座不叫好，可是专业文艺批评和对这类文化现象的分析明显缺席。

“自上而下”的指导性的批评，偶然还有，如果体现集体智慧、面面俱到、倾向不明，且不立刻伴随话语之外的权力运作，看来也是成效有限。以往较有针对性的批评，如“反三俗”等，文化产品立刻下架，同时也被市场曲线抵制。至于曾经最富“理论生产力”的“组织内部”的文艺论争，近年也是一片和谐。社会在分化，但理论界没有什么分歧。报业集团一度还有点南北之争，主流门户网站说来也有四五家，几乎看不出思想倾向上的差异，更不用说文化风格的流派了。

第三类，学院批评与大众传媒及网络社会之关系是另一种尴尬。一是在报纸网络发文，不算学术成果，不计研究项目，对“著书先为房贷谋”的年轻一辈学人来说，“干预社会”近乎一种浪费精力的奢侈行为；二是也有学院中人进入媒体网络写作，人们虽不羡慕却也嫉妒恨，所以其中的成功或者失败都很难复制；三是即便学院批评与媒体红人真的论战起来，前者未必会占上风（比如白烨笔战韩寒，或苏童批评郭敬明……）。最重要的是，读者对象完全不在学者评论家的设计和预期之中，批评范式便很难把握。学院批评未必与大众趣味在一个频道上。有时，需要在客厅书房慢慢欣赏玩味的红酒，拿到看球的广场上便失了香味。这对学院中人来说，也是绝大挑战。

既缺乏作家文人间的文学批评，也不再能展开组织名义的政治批判和旗鼓相当的文艺论争，学院批评又和媒体网络缺乏联系，于是，现阶段最常见的文学批评就只是文化工业产业链的一环。出书销量、电影票房、舆情调控等，其实都还需要文学评论——只是这样的评论是市场自动操作，与文学关系不大，也不会出现真的批评。文学作品想要引人注目，只好一靠评奖，二托影视，三打官司（抄袭或绯闻）。①

所以，虽然今天中国文学创作相当繁荣，发表天地又那么多元，政府管制相对宽松，网络世界充满魅力，可是中国的文学批评却好像走到了近百年最软弱、最边缘的一个时期？

（作者单位：香港岭南大学）

---

① 最近还有一招——“下架”（如冯唐译泰戈尔《飞鸟集》及其他一些人文书籍），但弄不清是当年批判传统的回潮，还是“与时俱进”的炒作新法。

徐志摩墨迹的搜集、整理和研究

陈子善

1937 年 11 月，徐志摩的中学同窗、好友郁达夫写了一篇题为“手民之误”的小文，文中说：“我所见到的原稿，写得最整齐的，是已故蒋光赤（慈）的稿子，其次是鲁迅的，其次是张资平的。光赤的可以不必说，鲁迅与张资平的原稿，不管是改得如何多，但总读得很清楚，郭沫若的原稿，也还可以看得清，但有几个字体（草字）却很畸形。原稿之最看不清的，是田汉初期的作品……”①

《手民之误》主要讨论文学作品发表时的校对问题，但上述这段话已涉及了新文学作家的手稿，是在比较鲁迅、郭沫若、田汉等的手稿字迹端正与否。可惜，由于郁达夫在主编《创造》《大众文艺》等新文学名刊时并未经手发表徐志摩的作品，他没有写到徐志摩的手稿。

徐志摩虽然 35 岁就英年早逝，但以他在中国新诗坛举足轻重的地位和影响，在他生前就已经有手稿公开发表了，而且，他很可能还是第一位公开发表手稿的新文学作家。1927 年 9 月，徐志摩的第二部新诗集《翡冷翠的一夜》由上海新月书店出版，印在正文之前作为代序的 1927 年 8 月 23 日致陆小曼函，就是他的楷书手稿，别具一格。这是徐志摩全文手稿的首次面世，比周作人为废名短篇小说集《桃园》再版本所作《跋》手稿②面世还早了一年又一月，比鲁迅为川岛校订《游仙

① 郁达夫：《手民之误》，《小民报·救亡文艺》，1937 年 11 月 20 日。转引自《郁达夫全集（第 7 卷）》，浙江文艺出版社，1992 年，第 311 页。

② 废名短篇小说集《桃园》于 1928 年 2 月北京古城书社初版时，并无周作人《跋》。同年 10 月由上海开明书店再版时，书末新增周作人《跋》，且是全文手稿制版，这大概也是周作人手稿首次全文面世。

窟》初版本所作《序言》手稿[①]面世则早了一年又五个月。

徐志摩逝世以后，他的手稿与手迹的整理和公布进入了一个新阶段。在徐志摩逝世当月就出版的最早的徐志摩遗文集《秋：徐志摩遗作》中，徐志摩学生也是该书编者的赵家璧率先发表了徐志摩 1931 年 6 月 30 日致其信札“遗墨”。[②] 此后，徐志摩手稿与手迹偶有披露，如 1949 年 2 月出版的《作家书简》“真迹影印本”中，就刊出了徐志摩致赵景深毛笔信札一通手迹。[③]

当然，1949 年以前出版的影响最大也最值得称道的徐志摩手稿集，莫过于 1936 年 4 月上海良友图书公司印行的线装《爱眉小札》“真迹手写本”。此书只印了一百部，而且此书排印本同年 3 月已先由良友图书公司推出，但首次公开徐志摩《爱眉小札》全书手写“真迹”，不仅能使读者较有系统地亲炙徐志摩的手稿书法，正如书话家唐弢在评论此书时所指出的：“志摩文章手迹，一如其人，热情奔放中别有秀丽之气”，[④] 同时也为研究者探讨这部著名的爱情日记打开了一个新的阐释空间。

1949 年以后，在一个不算短的历史时段里，祖国大陆的徐志摩研究乏善可陈，徐志摩手稿的搜集和整理也无法提上议事日程。但是，在台湾，有件徐志摩作品出版史上的大事不能不提。1969 年，台北传记文学出版社出版了蒋复璁、梁实秋合编的六卷本《徐志摩全集》。这不仅是徐志摩逝世后出版的首部作品全集，而且其引人注目的亮点就是披露了大量徐志摩早期手稿。该全集第一卷第四、五部分分别是徐志摩的“墨迹函札”和“未刊稿”，公布了徐志摩致张幼仪、周作人、梁实秋、傅斯年和胡适等的信札共十通手迹，公布了徐志摩新诗《夏日田野即景》《夜半松风》《古怪的世界（沪杭道中）》《她是睡着了》《一星的

---

① 川岛校订《游仙窟》1929 年 2 月上海北新书局初版，书前有鲁迅的《序言》，也是全文手稿制版，这大概也是鲁迅手稿首次全文面世。《序言》手稿落款时间为“中华民国十六年七月七日”，但发表时间仍晚于徐志摩的《翡冷翠的一夜》代序。

② 赵家璧编《志摩遗墨》，《秋：徐志摩遗作》，上海良友图书印刷出版公司，1931 年，第 6 – 10 页。

③ 参见平衡编《作家书简（真迹影印本）》，上海万象图书馆，1949 年，第 31 – 32 页。此信内容系徐志摩向赵景深推荐蹇先艾的一部新诗集书稿，落款未署具体时间，约为 1928 年至 1929 年。《徐志摩墨迹》增补本首次收入。

④ 唐弢：《徐志摩手迹》，《唐弢文集（第 5 卷）》，社会科学文献出版社，1995 年，第 754 页。

弱火》《我有一个恋爱》《无儿》（以上徐志摩生前已发表，但手稿与发表稿均有不同程度的出入）和《草上的露珠儿》《悲观》（以上未刊稿）手稿，还公布了徐志摩译拜伦、济慈、华兹华斯、柯勒律治、白朗宁夫人、史温朋、哈代、泰戈尔等外国著名诗人作品手稿多首，以及徐志摩著译残稿若干。① 如此大规模地整理公布徐志摩的创作和翻译手稿，其意义不容低估。徐志摩好友梁实秋就在《〈徐志摩全集〉编辑经过》中指出，这些徐志摩“未刊稿是（徐）积锴先生珍藏的手稿，无论其中有无曾经刊布均有保存价值”。② 这也为编集更为完备的徐志摩手稿集打下了基础。

直到祖国大陆改革开放，徐志摩研究才突破禁区开始走上正轨，徐志摩的选集、文集和全集不断编订出版。③ 随着徐志摩重返文学史，其不容忽视的新诗人地位得到论证和确立，他的诗文、日记和书信等手稿与手迹的搜集和研究也日益显示了其重要性，收获不断。举其大端，徐志摩 1911 年 2—6 月《府中日记》和 1919 年 1—12 月《留美日记》两册手稿奇迹般地失而复得，④ 徐志摩 1921 年留英时赠送英国史学家狄更生（G. L. Dickinson）康熙五十六年（1717 年）石刻本《唐诗别裁》所题旧体诗和题词手迹出土，⑤ 以及留存泰戈尔秘书恩厚之（L. K. Elmhirst）处的徐志摩 1924 年致林徽因函手迹在台湾公布等，⑥ 都是令人欣喜的重要发现。

祖国大陆整理徐志摩手稿与手迹集大成的标志性成果到了 2004 年终于出现，那就是由吴德健、虞坤林先生主编，浙江西泠印社出版社印行的《徐志摩墨迹》。这部墨迹集共分《府中日记》《留美日记》《爱

---

① 参见蒋复璁、梁实秋编《徐志摩全集》重印本第 1 卷，中央编译出版社，2013 年，墨迹函札和未刊部分，第 2 - 214 页。

② 梁实秋：《〈徐志摩全集〉编辑经过》，《徐志摩全集》重印本，第 4 页。

③ 改革开放以后，大陆先后出版了广西民族出版社 1991 年 7 月版《徐志摩全集》（赵遐秋、曾庆瑞、潘百生编），上海书店出版社 1995 年 8 月据商务印书馆香港分馆 1993 年初版影印的《徐志摩全集》（陆小曼、赵家璧编），天津人民出版社 2005 年 5 月版《徐志摩全集》（韩石山编），中央编译出版社 2013 年 3 月据台北传记文学出版社 1969 年初版重印的《徐志摩全集》（蒋复璁、梁实秋编）和浙江人民出版社 2015 年 2 月版《徐志摩全集》（顾永棣编）。

④ 参见虞坤林整理《徐志摩未刊日记》，北京图书馆出版社，2003 年。

⑤ 参见陈子善《徐志摩佚诗与狄更生》，《发现的愉悦》，湖北人民出版社，2004 年，第 17 - 22 页。

⑥ 参见梁锡华《徐志摩新传》，台北联经出版公司，1979 年，插图第 13 页。

眉小札》和书信、文稿（含新旧体诗、散文和译稿）五大辑，凡当时已经发现的徐志摩手稿与手迹绝大部分已经编入。显而易见，此书的问世在徐志摩作品出版史上开辟了新径，也为徐志摩手稿研究提供了必要的保证。时光飞驰，从 2004 年到 2018 年已经过去了 14 年，徐志摩手稿与手迹又有不少令人欣喜甚至可以说是十分珍贵的新发现。因此，浙江古籍出版社适时推出《徐志摩墨迹》增补本，也就水到渠成、理所当然了。《徐志摩墨迹》增补本对《爱眉小札》、书信和文稿三辑均有增补充实，还新设题字一辑，以更完整地反映现存徐志摩手稿与手迹全貌。

手稿研究历来被视为文学研究不可缺少的重要组成部分，名目繁多的西方文学理论中因此有“文本发生学”一说，强调通过手稿的校勘和释读更新对文本的认识。法国学者德比亚齐认为“文本发生学主要是对作家手稿进行分析、整理和辨读，需要时予以出版，发生校勘学主要是对这一分析的结果作出解释”。① 英国学者拉曼·塞尔登也认为“版本目录学考察一个文本从手稿到成书的演化过程，从而探寻种种事实证据，了解作者创作意图、审核形式、创作中的合作与修订等问题。从 20 世纪 80 年代出现的这种考索程序一般被称作发生学研究”。② 对徐志摩的文学创作不妨也作如是观，且举《徐志摩墨迹》增补本新收入的《雪花的快乐》和《你去》两首新诗手稿略加讨论。

《雪花的快乐》是徐志摩的前期代表作，初刊 1925 年 1 月 7 日北京《现代评论》第一卷第六期，先收入 1925 年作者自印线装本《志摩的诗》，被朱湘誉为《志摩的诗》“全本诗中最完美的一首诗”，③ 后再收入 1928 年 8 月上海新月书店初版铅印《志摩的诗》删节本。此诗手稿毛笔竖行书写两页，字迹工整，系近年从日本回流，④ 想必是徐志摩当时书赠某位日本友人。将手稿与初刊、线装本和铅印初版本相对照，就有有趣的发现。此诗初刊时诗末有“十二月三十日雪夜”，手稿和线装本、铅印本均无这句落款。然而这句落款其实至关重要，它清楚地显示了《雪花的快乐》的写作语境，即作于 1924 年 12 月 30 日“雪夜”。

① ［法］德比亚齐：《文本发生学》，汪秀华译，天津人民出版社，2005 年，第 1 - 2 页。
② ［英］拉曼·塞尔登等：《当代文学理论导读》，刘象愚译，北京大学出版社，第 332 页。
③ 朱湘：《评徐君〈志摩的诗〉》，《小说月报》，1926 年 1 月第 17 卷第 1 号。
④ 徐志摩《雪花的快乐》诗稿现由上海收藏家王金声先生珍藏。

那晚，大雪纷飞，徐志摩对雪生情，才写下了这首以雪花为寄托的优美的《雪花的快乐》。再看此诗第四节也即最后一节第一句，初刊作“那时我凭藉我的轻盈”，手稿、线装本和铅印本均改作“身轻”；而这一节第三句开头，初刊作“凝凝的”，线装本也作“凝凝的”，但手稿已改为“盈盈的”，铅印本也作“盈盈的”了。由此可以做出如下判断：这份《雪花的快乐》手稿并非原始手稿，应该是线装本出版后徐志摩应某位日本友人之请重书的，所以没有了落款，又把“凝凝的”改成了“盈盈的”。或许也可进一步推测，这份手稿当书于1925年线装本出版之后，1928年铅印本出版之前。尽管如此，这份手稿能够重见天日，仍然弥足珍贵。

《你去》是徐志摩后期的力作，初刊1931年10月5日上海《诗刊》第三期，收入徐志摩罹难后出版的第一本新诗集《云游》，1932年7月上海新月书店初版。据现存徐志摩1931年7月7日致林徽因信中透露，此诗作于1931年7月7日，“哲学家”（指金岳霖）读了之后，说了一句“It is one of your very best”,① 即认为这首《你去》是徐志摩最好的诗之一。信末附录了《你去》毛笔手稿，② 目的是“抄了去请教女诗人，敬求指正”，③ 或许还有弦外之音也未可知。值得庆幸的是，这封信和《你去》手稿都被林徽因保存下来了，这份手稿也就很可能是留存下来的徐志摩最后一首新诗手稿。将《你去》手稿与初刊（《云游》所收据《诗刊》初刊本）比较，又有不少有趣的发现。首先，仍然是手稿有落款“七月七日”，但初刊删去；其次，比对手稿与初刊，除去标点多处不同，字词也有不少出入，手稿中的“那株树”“有乱石”“在守候”“等你走远了”“大步的向前”和“但求风动”等字句，初刊时分别改为“那棵树”“有石块”“在期待”“等你走远”“大步向前”和“但须风动”。这份《你去》手稿极有可能是初稿，徐志摩把初稿送请林徽因批评后，在《诗刊》正式发表前做了字斟句酌的修改。因此，《你去》手稿与初刊《你去》之间存在的这些差异，虽然只是字词和标点的改动，毕竟为研读这首徐志摩的名诗提供了新的张力，同样极为难得。

徐志摩的手稿对深入研究他的诗文所具有的价值无可替代，即便他的题字手迹，片言只字，对研究他的生平、交游和私谊也不是可有可无。

---

①②③ 徐志摩：《致林徽因（1931年7月7日）》，《林徽因集：小说、戏剧、翻译、书信》，人民文学出版社，2014年，第286－287页、第288－290页、第287页。

增补本中新收入的徐志摩把《经济自由》（哈罗德·考克斯著）一书赠送友人蒋廷黻时的题词，① 把《志摩的诗》线装本送给前妻张幼仪时的题词，② 把《猛虎集》送给法国友人魏智（Henri Vetch）时的题字，③ 他1929年3月为新加坡《叻报》副刊《晨星》题写的刊名，以及他为胡适《庐山游记》和1931年1月上海新月书店初版《梦家诗集》题写的书名（很可能是徐志摩为他人著作题写的仅有的两个书名）④，等等，都是我们以前所完全不知道的，也都是徐志摩年谱必须补充的。

毋庸讳言，与鲁迅、郭沫若、茅盾等几乎同时代的现代作家相比，徐志摩手稿的保存、整理、刊行和研究大大滞后。这固然因为徐志摩过早离世，手稿和手迹存世量甚少；更因为不断的战乱和政治运动造成徐志摩这个名字被打入另册，他的作品被禁止传播所致。因此，这部新的《徐志摩遗墨》增补本能够编成，要感谢海内外徐志摩手稿爱好者、收藏者和研究者长期以来的共同努力，其中包括必须提到的张幼仪、陆小曼、陈从周等位前辈。

徐志摩是不幸的，他一定还有很多很多诗要写，却那么早就结束了生命；徐志摩又是幸运的，他在20世纪中国文学史上留下了不可磨灭的印记，他的优秀诗文已为好几代国人所传诵，并已远播海外。见字如面，《徐志摩墨迹》增补本的出版，使海内外徐志摩爱好者有了一次新的走近徐志摩、缅怀其文采风流的机会，也为海内外徐志摩研究者从手稿的角度推进徐志摩研究提供了新的契机，因而是徐志摩研究史乃至中国现代文学研究史上的一件大事，值得向同行推介。

（作者单位：华东师范大学）

---

① 徐志摩在赠送蒋廷黻的哈罗德·考克斯（Harold Cox）著《经济自由》（*Economic Liberty*，1920年出版）一书上的题词手迹刊于2017年5月济南《聚雅》特刊“鲁迅朋友圈”，题词如下：“此计学放任主义之余响，甚矣，其衰也，彊弩之末，不可以穿鲁缟。其作奉 廷黻兄 志摩 九年冬 伦敦”。

② 徐志摩题赠张幼仪的线装本《志摩的诗》藏于上海图书馆，题词如下：“幼仪，这小作，是我这几年漂泊生涯的一帖子果实，怕没有熟透，小心损齿！ 志摩 九月上海”，参见2015年10月浙江古籍出版社初版线装《志摩的诗》影印本题词页。

③ 参见陈子善《徐志摩：〈猛虎集〉》，《签名本丛考》，海豚出版社，2017年，第27－35页。

④ 徐志摩为胡适《庐山游记》所题书名：“庐山游记 志摩署”，但不知何故，后似未刊用；为陈梦家《梦家诗集》初版本所题书名：“梦家诗集 志摩署”。

平面化的自我：郁达夫的铁路旅行与风景书写

李思逸

一、引子：铁路旅客作为风景的消费者

1933 年 11 月，郁达夫受杭江铁路局之邀，在正式通车之前率先饱览沿线的风景名胜。按照铁路局的意思，是希望作为著名文人的郁达夫“将耳闻目见的景物，详告中外之来浙行旅者”，写成的游记作品由铁路局刊行，“以资救济 Baedeker 式旅行指南之干燥”。[①] 这就是后来收入“杭江铁路导游丛书”的《杭江小历记程》和《浙东景物记略》。郁达夫提到此事时也坦承：“……虽在旅行，实际上却是在替路局办公，是一箇行旅的灵魂叫卖者的身份。”[②] 由此可见，郁达夫对于自身的文学创作是协助生产商品化的风景这一事实有着清楚的自觉。

无独有偶，1934 年 7 月平绥铁路局邀请燕京大学的冰心夫妇、郑振铎、顾颉刚等人组成一个免费的旅行团，考察游览平绥沿线。之后，冰心以日记的形式记叙了此次旅行的经过与沿途名胜，发表刊行了《平绥沿线旅行记》。[③] 郑振铎则有《西行书简》，内容是其就旅途见闻给妻子写的 14 封信，配有 55 幅摄影照片，出版时列为“文学研究会创作丛书之一”。[④]

我们可以将两个旅行团的游览路线稍作对比。郁达夫的铁路旅程经过萧山——诸暨——金华——兰溪——龙游——玉山，游记中描写的景点有双龙洞、冰壶洞、洞源、烂柯山、仙霞岭等；冰心、郑振铎等人的

---

① 郁达夫：《杭江小历记程》，《屐痕处处》，上海复兴书局，1936 年，第 1 页。
② 郁达夫：《二十二年的旅行》，《十日谈》，1934 年新年特辑，第 24 页。
③ 冰心女士：《冰心游记》，北新书局，1935 年。
④ 郑振铎：《西行书简·文学研究会创作丛书（第二集）》，商务印书馆，1937 年。

线路则是清华园——宣化——张家口——大同——云冈——归绥（呼和浩特）——包头，饱览的名胜包括青龙桥、八达岭长城、大同华严寺、绥远的昭君墓等。这两次文人的旅行线路及景点选择和《旅行杂志》1937年“全国铁路沿线名胜专号”编定的“浙赣线名胜”和“平绥线名胜”如出一辙，可以说是文学先鞭一着引导了铁路旅行与风景消费。郁达夫等人既是民国铁路的最早乘客——饱览风景名胜的新式消费者，又参与到了风景的书写工程中。哪些景点是值得观看的？哪些名胜具有重要意义？它们之中谁可以由地区的代表升级为国家的象征？这些问题无法单靠铁路的修筑与营运解决，必须寻求文学的协助，正所谓“江山也要文人捧”。①

回归到个体层面：不同于传统的山川游历，也迥异于日常生活中的出行及商旅，这种现代旅行其实是一种游览，基于现代都市的视角、以铁路为依托，前往自然风景、名胜古迹等处进行一种视觉为主的身体消费——或者称之为“游客凝视”。② 由于铁路承担了联结空间、消除距离的职能，完成风景消费所需的只剩金钱和时间两项，而它们在现代的语境中又是可以互换的。由于空间不再参与过程，时间不再从属于经验，铁路旅行看似是消费者的自主选择，但其实也在反过来规划、塑造旅行者的主体。同样，火车的意义也从“到达”让位于“观看”。这并不是说目的地和移动性不再重要，而是移动背后隐含着更为深沉的视觉欲望——对风景的观看，以及主体对自身的观看。

李欧梵曾就现代文学中孤独旅客的形象与自我表达进行过探讨，特别是比较了刘鹗的《老残游记》和郁达夫的《感伤的行旅》。他认为以郁达夫为代表的“五四”一代作家对主体个性和现代生活方式的肯定，是通过对抗一个困惑又疏离的环境来呈现的。尽管他们的生活和作品始终聚焦于自我，但有关自我的表达却总是缺乏内在深度。③ 的确，虽然

---

① 出自郁达夫1935年所作《咏西子湖》一诗：楼外楼头雨似酥，淡妆西子比西湖。江山也要文人捧，堤柳而今尚姓苏。

② John Urry, *The Tourist Gaze*, London, Thousand Oaks and New Delhi: SAGE Publications, 2002, 2nd edition, pp. 1-3.

③ Leo Ou-fan Lee, “The Solitary Traveler: Images of the Self in Modern Chinese Literature”, in *Expressions of Self in Chinese Literature*. Edited by Robert E. Hegel and Richard C. Hessney. New York: Columbia University Press, 1985, pp. 282-307, p. 294.

郁达夫本人将五四文学和自己“自叙传”的作品之意义归于自我的发现,[①] 但在一个“我”已泛滥的时代，其用性苦闷来暴露自我的文学创作与当前的审美趣味存在一定偏差——今天看来难免显得过时而矫饰。不过，郁达夫的风景书写却一直被奉为经典，不论是上面提到过的旅行游记，还是像《故都的秋》《北平的四季》《钓台的春昼》这样的散文名篇，乃至《蜃楼》《迟桂花》等小说中的写景段落。某种意义上，郁达夫确实是以现代文学之眼发现风景的第一人。[②] 在他那里，文体的界限尚不明晰，游记散文也会蕴含情节叙述的发展——如同小说一般；而小说则往往夹杂紊乱、随意的抒情片段与风景描写“带有一种情感、观察、事件自然流动的特点，这些东西都没有压缩到一种连贯的结构中”。[③] 这也为我们能够跨界比较提供了平台，毕竟郁达夫所有的作品都可以归结为如下的意象：一个孤独的旅客在途中漫无目的地徘徊，怀揣无法实现的欲望而胡思乱想，周遭的一切都是阻碍与创伤，只有沉溺于风景的观赏中方能得到片刻的安宁。

本文以铁路旅行和风景消费为切入点，重新解读郁达夫作品中缺乏内在深度的自我。我的论点是：郁达夫呈现自我的根本局限在于其始终无法处理他者的存在，这一自我形象所依附的载体正是以风景为占有对象的现代旅客，同时也是未经他者承认的匮乏主体。换言之，对风景的观赏、迷恋和对他者的逃避、焦虑正是主体一体两面的实现方式。郁达夫笔下的风景并非如一般论述认为的那样起到了净化情欲、调和主客的作用，其恰恰是导致自我误认的根源，是替代他者来填塞主体欲望的幻象。

二、孤独旅客与忧郁青年

从铁路旅行的角度对郁达夫的小说进行一个新的分类：异国留学时

---

① 郁达夫：《五六年来创作生活的回顾》，《郁达夫全集·第十卷·文论（上）》，浙江大学出版社，2007 年，第 312 页；《五四文学运动之历史的意义》，《郁达夫全集·第十一卷·文论（下）》，浙江大学出版社，2007 年，第 82 页。

② 吴晓东：《郁达夫与中国现代“风景的发现”》，《中国现代文学研究丛刊》，2012 年第 10 期，第 80 – 89 页。

③ 李欧梵：《追求现代性（1895—1927）》，《现代性的追求》，人民文学出版社，2010 年，第 212 页。

期的《银灰色的死》《沉沦》《南迁》均涉及在日本乘坐火车的描写；而后期像《迷羊》《杨梅烧酒》《蜃楼》《迟桂花》等则都以沪杭铁路为背景——从上海至杭州的铁路旅行往往是这些小说情节得以开展的直接原因。

郁达夫笔下的车厢与车站从一开始就是为了衬托一个孤独旅客的“我”而存在——远非一般想象中充满各色人等、不同势力的公共空间，偶尔出现的其他乘客也都被处理成平面化的背景与自然风景相混合，而冷清、孤独、感伤是铁路空间常见的修饰词。《银灰色的死》中的“他”由于感怀亡妻不愿回家，一个人在寒夜中徘徊，遂想去上野车站的候车室烤火取暖。“一直的走到了火车站，清冷的路上并没有一个人同他遇见，进了车站，他在空空寂寂的长廊上，只看见两排电灯，在那里黄黄的放光。卖票房里，坐着了二三个女事务员，在那里打呵欠。……等了一会，从东北来的火车到了。车站上忽然热闹了起来，下车的旅客的脚步声同种种的呼唤声，混作了一处，传到他的耳膜上来；跟了一群旅客，他也走出火车站来了。出了车站，他仰起头来一看，只见苍色圆形的天空里，有无数星辰，在那里微动；从北方忽然来了一阵凉风，他觉得冷得难耐的样子。月亮已经下山了。”①

《沉沦》中的留学生独自搭乘夜行列车从东京前往N市，透过车窗观看天上的星月和都市的灯火，便又不禁感伤起来。“他一个人靠着了三等车的车窗，默默的在那里数窗外人家的灯火。火车在暗黑的夜气中间，一程一程的进去，那大都市的星星灯火，也一点一点的朦胧起来，他的胸中忽然生了万千哀感，他的眼睛里就忽然觉得热起来了。”②

《南迁》介绍主人公伊人的出场选定的地方是房州半岛的北条火车站。“这小小的乡下的火车站上，忽然热闹了一阵。客人也不多，七零八落的几个乘客，在收票的地方出去之后，火车站上仍复冷清起来。火车站的前面停着的一乘合乘的马车，接了几个下车的客人，留了几声哀寂的喇叭声在午后的澄明的空气里，促起了一阵灰土，就在泥成的乡下的天然的大路上，朝着了太阳向西的开出去了。留在火车站上呆呆的站

---

① 郁达夫：《银灰色的死》，《郁达夫全集·第一卷·小说（上）》，浙江大学出版社，2007年，第28页。

② 郁达夫：《沉沦》，《郁达夫全集·第一卷·小说（上）》，第51页。

着的只剩了一位清瘦的青年……”①

对郁达夫而言，似乎个体只有体会过旅行中的孤独与感伤，才能确认自我的存在，而一个孤独伤感的旅客倘若再患上疾病，特别是“忧郁症”之类的，那么无疑会进一步突显自我。所以病的隐喻也是他所痴迷的主题，其笔下的人物个个身心俱残、神经敏感，通过旅行来逃避现实与他者，并且一定要前往风景胜地疗养身心。《沉沦》中的主人公身患“忧郁病”和“妄想症”，最后跳海自杀；《南迁》中的伊人所谓“世纪末的病弱的理想家”本就是因为身体衰弱前往安房半岛休养，最后患上肺炎倒在病室里；《迷羊》中的王介成患有失眠头晕的恶症，神经衰弱；《蜃楼》中的陈逸群更是肺病、气管炎、神经质、焦虑症一股脑儿的都得上，小说开头便是他搭乘沪杭特别快车去西湖疗养。这种病症带来的忧郁气质，我们一般认为它和性苦闷的描写一样都是刻意雕饰出的自我隐喻，或按照郁达夫自己的说法：“《沉沦》是描写着一个病的青年的心理，也可以说是青年忧郁病（Hypochondria）的解剖，里边也带叙着现代人的苦闷，——便是性的要求与灵肉的冲突……”② 有趣的是，若从心理疾病的文化史角度回看，这些现代神经症的初代患者居然就是最早的铁路旅客。

史蒂芬·克恩（Stephen Kern）探讨了19世纪末西方科学技术的发展与文化领域的互动，特别是一种新的速度体验和由此引发的文化忧郁病（Cultural Hypochondria）。③ 经他考证，像神经衰弱（neurasthenia）、神经痛（neuralgia）、臆病症（hysteria）等现代心理病在出现的早期阶段，都是被归咎于以铁路旅行为代表的加速体验和高强度的工业化生活。当时的内科医生和精神病医生普遍认为，铁路旅行引起身体的被动加速，导致乘客认知失调，且长时间暴露在过度的刺激中，会引发身体不适与精神衰竭。马克·泰勒（Mark Taylor）也指出，就像今天的父母忧虑玩电子游戏带给孩子的身心影响，19世纪的医生则担心人们几个小时坐在火车车厢中观看窗外一连串疾驰而过的图像造成的后果——让

① 郁达夫：《南迁》，《郁达夫全集·第一卷·小说（上）》，第95－96页。
② 郁达夫：《沉沦·自序》，《郁达夫全集·第十卷·文论（上）》，第18－19页。
③ Stephen Kern: *The Culture of Time and Space* 1880—1918, Cambridge, Massachusetts, London, England: Harvard University Press, 2003, pp. 126－127.

他们与真实的人和物相分离。①

契凡尔布什则从病理学的角度，详细地论证了 19 世纪铁路旅行与心理疾病之间的关联。一方面，当时的人们普遍认为火车高速运行时产生的持续震动有害身心健康，特别是铁轨与车轮之间的摩擦、撞击会导致精神衰退，让人抑郁。另一方面，作为现代震惊体验（shock experience）的源头例证铁路事故——不论是亲身经历的还是存在于想象中的，都被认为是相关神经官能症的元凶。甚至当时还有一个专门的医学名词来称呼此类心理病——“铁路脊椎病”（railway spine），以为是铁路旅行伤害了大脑和脊椎而引发了相关的精神压抑和心理创伤，直到19 世纪 80 年代末才被新的名词“创伤性神经症”（traumatic neurosis）所取代。②

孤独旅客与忧郁病青年的文学组合无意中印证了现代主体的发生史。铁路旅行催生了游客的孤独与忧郁，同时又以风景为许诺作为对主体的一种补偿。对于如何解决包括性苦闷在内的一切主体所面临的问题，郁达夫提供的终极方案还是风景。在《忏余独白》中，郁达夫声称自己拿起笔进行文学创作的主要动因来自于对大自然的迷恋，和由此引发的一种向空远的渴望及一种远游之情。③ 而在《山水及自然景物的欣赏》一文中，他更是宣称：“无论是一篇小说，一首诗，或一张画，里面总多少含有些自然的分子在那里；因为人就是上帝所造的物事之一，就是自然的一部分，决不能够离开自然而独立的。”绝色的美人朝夕相处也会有看厌的一天，可口的饭菜天天吃也会有感到寡淡的时候，人性中的喜新厌旧唯有对于自然和风景是不适用的。对山水和自然风景的欣赏，可以发现人性、陶冶人格、净化欲望。④ 这种观念既受到西方浪漫主义对自然之爱的影响，又是传统文人寄情于山水的延续。

由于自我暴露和风景抒情是郁达夫作品中最主要的两个特征，我们

---

① Mark C. Taylor, *Speed Limits: Where Time Went and Why We Have So Little Left*, New Haven and London: Yale University Press, 2014, pp. 22 – 24.

② Wolfgang Schivelbusch: *The Railway Journey: The Industrialization of Time and Space in the Nineteenth Century*, Berkeley and Los Angeles: The University of California Press, 1986, pp. 113 – 119, pp. 134 – 139.

③ 郁达夫:《忏余独白》,《北斗》, 1931 年第 4 期, 第 55 – 57 页。

④ 郁达夫:《山水及自然景物的欣赏：附照片》,《申报·增刊》, 1936 年第 3 期, 第 68 – 69 页。

很自然会联想到柄谷行人在探讨日本现代文学时将风景的发现与自我的确立联系在一起——著名的“颠倒说”。他认为，风景并非从一开始就是作为客体存在于外部，而是通过现代文学中对内心孤独的书写才被发现的。风景作为一种现代性装置确立后，其起源就被遗忘了，而主体自我和客体对象这些认识性概念都是在风景之中产生的。① 柄谷的高明之处是擅于用讲故事的方式构造一连串相异于常识的“颠倒”，但其实质仍是用观看风景的内心状态与对象化过程来阐释主客体的确立。问题在于，他的主体（客体）都是静止的，所以也就混淆了对象化与客体化这两个不同的过程。

以运动的视角来观照主体，最经典的是黑格尔在《精神现象学》中所描述的自我意识之辩证发展。在他看来，自我意识必须要经历一系列分裂对立才能借助他物回归自身，成为主体。在运动中，主体首先一分为二，从自身中树立起对立面，异化为客体对象。但自我意识的本质任务就是克服此种异化，扬弃矛盾，所以抽象的自我意识（“我就是我”）从最初的直接统一出发，经历欲望的自我意识（“有我无他”）、他者承认的自我意识（“我他之争”/主奴之争），最终达到无所不包的普遍自我意识（“绝对精神”）。所以他者的承认是主体确立最重要的环节——不论这种承认是形式上的需要还是真实的生死斗争，因为自我意识只有在另一个自我意识（他者）那里才能获得满足。②

风景的观看（书写）则永远呈现为一个人的、“我”的视角，倘若出现了其他的风景消费者，至少在文学再现中一定是要被隐去或背景化处理的。所以风景的对象化并不产生对等的客体，反而是对他者采取一种拒斥、回避的态度，处于一种自我初阶的欲望状态。按照黑格尔的想象，此时自我表述自己的欲望是如此强烈，以至于要通过否定对象、取消他者来满足自身，但又因此显得空洞匮乏，没有深度。风景生产出的自我正是一种未经他者承认的匮乏主体，就像郁达夫笔下也从来没有一个能与“我”处于对等地位的“她/他”，而“我”在风景中沉溺得越深，他者闯入时造成的伤害就越大。

---

① Karatani Kōjin：*Origins of Modern Japanese Literature*，pp. 22 – 36.

② G. W. F. Hegel：*The Phenomenology of Spirit*，trans. A. V. Miller，Oxford，New York，Toronto，Melbourne：Oxford University Press，1997：108 – 112.

三、一个人的风景

《沉沦》中的忧郁病青年无法与他人相处，躲进自然这座避难所中朗诵华兹华斯（William Wordsworth）的诗歌，观赏稻田、草木、斜阳、远山等美景。可就在他出神呆看之际，突然听见了一声咳嗽，不知什么时候背后来了一个农夫，“他就把他脸上的笑容改装了一副忧郁的面色，好像他的笑容是怕被人看见的样子”。① 而第二次的伤害更加严重，搬进山顶梅园的他，向下俯瞰着平原里的稻田——这次带的是黄仲则的诗集。金黄的古色、绀碧的天空，眼前的风景如同米勒（Jean-François Millet）的田园画作一般，面对自然的神启，他也不由得有了升华自我的念头。“赦饶了！赦饶了！你们世人得罪于我的地方，我都赦饶了你们罢，来，你们来，都来同我讲和罢！”尽管这种强烈而空洞的自我依旧无可救药，但多少显示了在风景的作用下，主角有了与世界和解的愿望。然而这一愿望还是破灭了，他突然发现附近有一对野合的男女，忍不住偷听他们的对话与活动，却又因此唤起无尽的自责与懊恼，堕入沉沦。

坦率的性描写是郁达夫的小说当年轰动一时的原因。但公平讲，性描写只是郁达夫暴露自我的一种手段，其更多是作为人生苦闷的象征而非肉体上的愉悦。《沉沦》与《南迁》写的都是性欲不能满足时，人就一直处于痛苦与焦躁之中；《秋柳》与《迷羊》却讲述性欲一旦得到了满足，人所换来的只是更大的空虚与孤独。这样，郁达夫的性描写就获得了一种普遍的超越性，那些为性所困的主人公尽管有着变态、猥琐的一面，但他们赢得的同情要远多于鄙夷。面对欲望，压抑和满足都不是真正的解决之道，只有祈求于旅行之中风景的救赎力量。

风景对情欲的缓解促使了自我升华，这一特征在郁达夫 1932 年发表的《迟桂花》中达到了顶峰。② 持这种论调的研究者似乎都把风景的欲情净化功能视作理所应当，以致没人试图去解释甚或追问风景为什么、怎么样能够净化情欲。以主体的辩证视角观之，我以为风景对情欲

---

① 这和萨特所讲在公园中遭遇他者的故事蕴含着类似的道理。参见萨特《存在与虚无》修订译本，陈宣良等译，生活·读书·新知三联书店，2007 年，第 322 – 328 页。

② 吴晓东：《中国现代审美主体的创生——郁达夫小说再解读》，《中国现代文学研究丛刊》，2007 年第 3 期，第 3 – 34 页，第 19 页。

的净化只是表面的修辞，真正的原因是风景和性欲彼此指涉的对象在本质上互不兼容。性的欲望说到底总是潜在地指向他者，所以郁达夫作品中的人物虽然对他周遭的环境无法理解、与他人不能相处，但性苦闷本身就暗示了自身怀有接近他人的愿望且希冀这种感情获得满足。对风景的欲望则是另一回事：山水和景物并不将观看主体投射出的欲望和情感引向另一个主体，而是返还给主体自身。风景的书写显现为一个人的视角，即使对“我”不着笔墨但其本身就是自我的产物，情景交融的升华想象中，“人”的空位一定是由“我”来填充，而不是“他/她”。对风景忘我的迷恋何尝不是一种根深蒂固的自恋？风景的欲望是排他的，观看风景时获得的并不只有山水和自然，还有理想自我的误认。

在精神分析的脉络中，拉冈认为主体并不是笛卡尔式的自我意识，而是无意识的主体，说到底也是欲望的主体。基于无意识拥有着像语言一样的结构，作为能指的主体才得以被另一能指表征，故而在意指链（signifying chain）上的缝合点处（point de caption）拥有被缝进各种所指/客体的可能。所以主体是一种符号结构上的空缺，是实在界的一种原处的匮乏。而一个理想的自我（ideal ego）是主体在想象界/镜像阶段“一种根深蒂固的误认”，如同婴儿在镜子中用观看他人的方式发现了自己的存在一样。主体这种想象性的自我误认（对 objet petita 的认同）是为了让自己忘却对“大他者”（the Other）的绝对依赖，以掩盖自身的匮乏和因空洞、缺失而起的焦虑。① 从这个角度看，郁达夫小说中的性与风景都是为表达自我服务的，但只有风景才能引起理想自我的误认。《迟桂花》这部被誉为郁达夫艺术风格最为完善的小说以出神入化的风景描写和对情欲的净化而闻名，但它其实也是那个匮乏主体——孤独忧郁的男性旅客——最为强烈的自恋表现。

故事的情节非常简单：主人公“我”（老郁）收到了多年未见的同窗好友翁则生的一封信，邀请他前来杭州参加自己的婚礼。老郁应邀前来，搭乘沪杭列车逃离上海，来到了杭州郊野风景幽美的翁家山。他不仅为秀丽的山光水色而吸引，更被则生的妹妹——天真善良的莲儿所打动。小说描写莲儿婚姻不幸，寡居娘家，但却有着健康纯洁的自然美，

---

① 参见 Jacques Lacan，*Ecrits*，trans. Bruce Fink，New York，London：W. W. Norton & Company，2006，pp. 675 – 685. 另见 Slaoj Zizek，*The Sublime Object of Ideology*，London，New York：Verso，2008，pp. 115 – 118.

始终保持了一颗淳朴的赤子之心，好似山中盛开的迟桂花一般。由于婚礼在即，翁则生担心妹妹触景生情难免伤心，便恳请老郁和莲儿同游五云山。山涧秋游途中，莲儿举止烂漫，对一草一木、一花一虫都有着详尽的了解，犹如自然的化身。一男一女的浪漫之旅让老郁不由心生杂念，唤起对莲儿的情欲。但面对这位纯洁无瑕的女性，老郁坦承内心所想，痛加忏悔祈求得到对方的宽恕。在这旖旎清澄的自然境界中，应老郁的要求，两人结拜作“最亲爱最纯洁的兄妹”，风景的游览、浪漫的旅途最终转化为欲望的净化和灵魂的救赎。小说结尾，是要返回上海的老郁在火车站和则生、莲儿惜别，并对他们说：“再见，再见！但愿得我们都是迟桂花！”①

莲儿可以说是按照郁达夫的艺术审美准则所塑造出的最为理想、完美的女性形象，但她依旧和郁达夫笔下任何一个女性人物一样，没有面目、没有话语、没有欲望，只为男性主体的自我表述而存在。莲儿的美是因为她和风景一样，没有细节、模糊不清。莲儿的淳朴天真完全缘于她在情节叙述的发展中不具有表达的权利。她原谅老郁的忏悔，接受结拜为兄妹的要求完全是顺应主角内心为所欲为的情绪流动——她的态度是同意还是拒绝其实都不重要。莲儿最重要的特征是“洁白得同白纸似的天真小孩”，也就是说，她没有自己的欲望，更不要说情欲了。这不光是郁达夫的男性视角对女性欲望的阉割，根本上还是源于文中的主体自我不会承认另一个主体的存在，也不会给予其对等的他者地位。贯穿全篇的始终是“我”的欲望萌生、“我”的坦白忏悔、“我”的兄妹之议、“我”的欲情净化、“我”的灵魂升华，完全是借完美的风景和理想的女性来奏响自我的狂想曲。莲儿的女性形象与风景之重合，不仅是小说将她刻画成摇曳于山水之间的自然精灵，也体现在她对主体欲望的处理方式上。这一理想的女性，她并没有直接勾引主体的欲望——是在无意间的撩拨中唤起，也不会对欲望给予直接的满足——成为主体的镜像供其进行一系列的表演帮助他最终返还自身确立自我，最终是能将主体的各种欲望——无论是高尚还是卑劣、真诚还是虚伪——完全地予以容纳，就如风景一样。显然，这一自我在确立过程中是逃避、拒绝他者承认的，结尾点题那一句“但愿得我们都是迟桂花”无非是希望所有

---

① 郁达夫：《迟桂花》，《郁达夫全集·第二卷·小说（下）》，浙江大学出版社，2007年，第372－404页。

人（他者）都成为风景中的一部分，而这一风景的观看视角当然还是由“我”来定的。所以，自我暴露和风景抒情的相互映照是基于对他者的排斥，郁达夫笔下的自我与风景成了彼此欲望的幻象。《迟桂花》中不仅有郁达夫理想的风景、理想的女性，还有他最为理想的自我图景：旅行者置身于没有他者的风景之中，而这正是那缺失内在深度的自我之终极表达。

（作者单位：香港中文大学）

俄苏文学、法语左翼与中国现代派*

——论《俄罗斯革命中的诗人们》的生成、翻译与传播

邝可怡

一、文学与文化中介：高力里和戴望舒

20 世纪 30 年代，被视为深受西方现代主义影响的中国现代派作家，既受世界左翼文艺思潮的启发，又面对国内文学日益政治化、单一化发展的巨大压力。施蛰存、戴望舒、刘呐鸥等凭借其外文修养，积极引进欧洲左翼文艺尤其是“法语”左翼作家及评论家较为宽广的政治和文学视野。中国现代派与“法语”左翼文艺思潮的关系并非从未受到学者的关注，但由于曾留学法国的戴望舒与当时法国左翼作家有直接交往，研究者一般偏重分析他与法国左翼文人的交流活动，并集中讨论两件象征性的事件：其一，1933 年戴望舒受法国共产党机关刊物《人道报》（*L'Humanité*）主编瓦扬—古久列（Paul Vaillant-Couturier）的邀请，参加革命文艺家协会的会议，及后撰写《法国通讯——关于文艺界的反法西斯谛运动》一文，记述非共产党员的纪德（André Gide）与无产阶级作家合作共同反抗德国法西斯的暴行，更将他比附为法国文坛的“第三种人”，进而批评当时中国文坛的论争。此事引来鲁迅等左翼作家撰文抨击。① 其二，纵然诗人与中国左翼作家联盟的文艺观点不尽相

---

* 此文原载《中国文化研究所学报》2015 年第 61 期，略有修订。

① “第三种人”的说法由苏汶《关于〈文新〉与胡秋原的文艺论辩》一文提出，有关论争广泛牵涉不同派别倾向的文人，然而戴望舒在沪时一直保持沉默。直至 1933 年戴望舒身在巴黎，在施蛰存主编的《现代》杂志发表《法国通讯——关于文艺界的反法西斯谛运动》一文，报道 1933 年 3 月 21 日革命文艺家协会商讨决议案反抗德国法西斯暴行的会议，强调非共产党员身份的纪德与无产阶级合作反抗法西斯暴行，还故意将纪德比附为法国文坛的“第三种人”。越洋介入当时中国文坛有关“第三种人”的论争，引来鲁迅及其他左翼评论家猛烈的批评。参考戴望舒《法国通讯——关于文艺界的反法西斯谛运动》，《现代》，1933 年第 3 卷第 2 期，第 306 – 308 页；鲁迅《又论“第三种人”》，《南腔北调集》，《鲁迅全集（第四卷）》，人民文学出版社，2005 年，第 531 – 536 页。有关“第三种人”论争的资料，参考苏汶编《文艺自由论辩集》，现代书局，1933 年；吉明学、孙露茜编《三十年代“文艺自由论辩”资料》，上海文艺出版社，1990 年。

同，但同一时期他正与法国左翼知识分子、日后著名的汉学家艾田伯合作，为1934年第7、8期合刊的《公社》（*Commune*）杂志筹备介绍“革命的中国”专号，译介了丁玲、张天翼和彭湃的著作，① 让“左联”作家和革命者进入法国读者的视野，相关文献资料被论者广泛引用及讨论。然而，正是由于戴望舒与法国左翼作家的密切交往，导致研究者忽略诗人通过翻译引入“法语”左翼文艺，包括有别于法国的比利时左翼知识分子，以及十月革命后流亡欧洲以法文写作的俄裔评论者，他们对俄苏文艺理论及文学发展充满异质性的观点。此处所指的异质性包括在世界左翼思潮发展之下，一方面以欧洲为重心，细辨“法语”左翼文艺有别于苏联文艺政策的地方；另一方面针对亚洲的情况，强调通过翻译引入的“法语”左翼文艺相异于当时中国左翼文坛的文艺观点。

以上述的研究为背景，1934年戴望舒翻译本身为俄国、法国、比利时三地历史文化中介者的高力里（Benjamin Goriély）② 以法文撰述的《俄罗斯革命中的诗人们》（*Les Poètes dans la révolution russe*，下称《诗人们》），就显得尤为重要。《诗人们》书稿成于1932年，③ 1934年3月由巴黎著名出版社伽利玛书店出版，为当时出版社引介十月革命前后

---

① 丁玲：《无题》，《文学杂志》，1933年第34期，第11－16页；张天翼：《仇恨》，《现代》，1932年第1期，第95－111页。《囚徒之歌》是匿名之作，原著为中文诗歌，另附英文翻译，载《中国论坛》，1933年第2期，第16页。据艾田伯给戴望舒的信，《囚徒之歌》由他翻译。从原文和法文翻译的比较可见，艾田伯直接从中文译出此诗。参考 Letters from Étiemble（1）and（3），“Appendix 2，Letters：To，From and Concerning Dai Wangshu”，in Gregory Lee，*Dai Wangshu*，pp. 303－305；Jean Louverné，“Littérature révolutionnaire chinoise，” *Commune* 7－8（mars-avril，1934）：682；Réne Étiemble，*Quarante ans de mon maoïsme*，1934—1974，pp. 37－38，44－64.

② Sevtlana Cecovic et Hubert Roland，“Benjamin Goriély（1898—1986），un médiateur privilégié de la littérature russe”，*Slavica bruxellensia*（en ligne）10（2014），consulté le 3 août 2016. URL：http：//slavica. revues. org/1655.

③ 1932年，高力里首先将《诗人们》的书稿投寄《欧罗巴》（*Europe*）月刊，因为篇幅太长无法刊登，杂志编辑盖埃诺（Jean Guéhenno）将稿件推荐给《欧罗巴》所属的列德出版社（Editions Rieder），可惜同样无法出版。参考 Lettre de Jean Guéhenno à Benjamin Goriély，Le 27 janvier，1932. Réservé à l'AIU，Fonds Benjamin Goriély，boîte 1，AP 21/II.

俄苏历史和文学研究的系列丛书之一。[①]《诗人们》出版以前，高力里已编译《苏联新诗选集》（*La Poésie nouvelle en U. R. S. S.*），[②] 以及俄国未来主义诗人马雅可夫斯基（Vladimir Maïakovsky）的第一本诗集《穿裤子的云》（*Le Nuage en pantalon*）。[③] 二书分别于布鲁塞尔和巴黎出版，积极向法语读者译介俄国诗歌写作的新路向。高力里自述，作为俄国十月革命及文艺运动的“目击者”兼“热心参与者”，无论其亲身经历或对革命以后新文学发展的介绍，都引起二三十年代比利时和法国左翼知识分子的兴趣。[④] 他强调《诗人们》凭借“个人回忆”评述从 1917 年革命爆发至 1932 年苏共第一个五年计划结束的诗歌发展，向西欧读者展示

---

① 伽利玛书店当时筹划出版“苏维埃共和国”（U. R. S. S.）和“俄罗斯青年”（Les Jeunes russes）等系列丛书。“苏维埃共和国”系列包括十月革命前后的文学发展评论，《诗人们》及勃洛克（Alexander Blok）的《帝国体制最后的日子》（*Les Derniers jours du régime impérial*）即属此系列；“俄罗斯青年”系列主要出版十月革命以后新一代作家的小说作品，包括皮利尼亚克（Boris Pilniak）的《荒年》（*Golii god*）和伊凡诺夫（Vsevolod Ivanov）的《铁甲车》（*Bronepoyezd*）。详见伽利玛出版社的档案“Les lettres russes à la NRF” URL：http：//www. gallimard. fr/Footer/Ressources/Entretiens-et-documents/Document-Les-lettres-russes-a-la-NRF（浏览日期：2016 年 8 月 10 日）。

② 此书为合译诗集，初版印数只有 30 册，其中译介了别济米安斯基（Alexandre Bezymiensky）、克勒伯尼科夫（Velimir Khlebnikov）、布洛克、古米廖夫（Nikolaï Goumilev）、叶赛宁（Sergei Yesenin）、巴斯特纳克（Boris Pasternak）、雅洛夫（Aleksandr Jarov）、别德内依（Demyan Bedny）、阿塞耶夫（Nikolaï Aseev）及马雅可夫斯基八位诗人共九首代表作品。参考 Benjamin Goriély et Réne Baert，*La Poésie nouvelle en U. R. S. S.*，Bruxelle：Editions du Canard Sauvage，1928.

③ Wladimir Maïakovsky，*Le Nuage dans le pantalon*，trad. du russe par B. Goriély et R. Baert et suivi d'autres poèmes traduits par N. Guterman，Paris：Editions Les Revues，1930.《穿裤子的云》法文译本于 1947 年重刊，书名改为 *Le Nuage en pantalon*，成为现时法文通译名称。而马雅可夫斯基的名字早年拼写为 Wladimir，后改为法文通用写法 Vladimir。详见 Vladimir Maïakovsky，*Le Nuage en pantalon*，trad. du russe et présenté par Benjamin Goriély avec un portrait de l'auteur par Granovsk，Paris：Editions des Portes de France，1947. 事实上，早于 1926 年，高力里以笔名 Maximov 和阿巴吕（Augustin Habaru）合作，在比利时共产党日报《红旗》（*Le Drapeau Rouge*）发表马雅可夫斯基《两个莫斯科》（Les deux Moscou）一诗的法文翻译。参考 Benjamin Goriély，“Quelques souvenirs sur Albert Ayguesparse《Tentatives》et《Prospections》”，*Marginals* 100 – 101（1965）：7.

④ Benjamin Goriély，“Quelques souvenirs sur Albert Ayguesparse《Tentatives》et《Prospections》”，p. 8；Albert Ayguesparse，“De *Tentatives* à *Prospections*”，in *Etudes de Littérature française de Belgique offertes à Joseph Hanse pour son 75e anniversaire*，Bruxelles：Editions Jacques Antoine，1978，p. 350.

俄苏文学寻找与革命结合的曲折道路。① 此书切合当时法国以至整个欧洲对左翼思潮和革命后苏联状况的关注，出版短短三个月内已经五度重印。

高力里的出身、十月革命的亲身经历及欧洲流亡的过程，可说是理解其思想倾向的关键。② 可惜中外学者以至《诗人们》唯一的中文翻译者戴望舒都忽视高力里的多重身份，因而无法透彻了解他与当时法国和比利时两地左翼知识分子、左翼报纸杂志以至整个法语左翼文艺思潮的复杂关系。③ 现存高力里最为完整的资料藏于法国巴黎全球犹太人联盟图书馆建立的高力里数据库。据高力里一部接近500页篇幅，分为30章的回忆录未刊稿《无人能认识他自己的人民》(*Nul ne reconnaitra les siens*) 所述，④ 他来自犹太裔的传统俄国家庭，父亲早年从莫斯科移居

---

① Benjamin Goriély, *Les Poètes dans la révolution russe*, Paris: Librairie Gallimard, 1934, pp. 7, 201 – 202.

② 1986年高力里逝世后，家人将其出生证明书、大学证书、归化入籍法国的证明书、死亡证等文件，以及私人书信、报纸杂志的文章剪报、未曾发表的书籍打字文稿、论文手稿、不同语言撰写的评论和创作等，悉数捐赠法国全球犹太人联盟图书馆，建立完整的高力里数据库。本文有关高力里生平资料的考证得力于这部分的原始材料，下文引用时将特别列出资料编号。另参考研究者撰写高力里诗集前言及有关其第一任妻子海伦娜（Hélène Temerson）的研究：Jacques Eladan, "Préface", in Benjamin Goriély, *L'Homme aux outrages*, suivi de *Mort à Venise* et de *Conversion à l'amour*, Paris: Editions Saint-Germain-des-Prés, 1988, pp. 5 – 6; Pascake Falek, "Hélène Temerson (1896—1977): Parcours d'une universitaire juive d'Europe de l'Est", *Cahiers de la mémoire contemporaine*, 9 (2009—2010), pp. 137 – 167.

③《诗人们》第一部第一章"混乱中的作家们"刊载于《文饭小品》时附有1934年4月译者和编者分别撰写的小引，但对高力里的介绍并未提及其出生地。直至1941年《诗人们》中译全文在香港出版，其中"译者附记"才表示作者"一八九八年生于苏联"，然而两种附记也错误记述高力里在巴黎完成高等教育。见戴望舒《"苏联诗坛逸话"小引》，《文饭小品》，1935年第2期，第45页；戴望舒"译者附记"，载高力里著《苏联文学史话》，戴望舒译，第273页。不少研究者，包括第一部戴望舒英文专著的作者利大英及《戴望舒全集（二卷本）》（中国青年出版社，1999年）的主编王文彬，仅指高力里为苏联作家或俄国流亡诗人，并未对其出身及学习经历作进一步的探讨。详见 Gregory Lee, *Dai Wangshu*, pp. 43 – 44；王文彬《戴望舒年表》，第99页；王文彬《雨巷中走出的诗人——戴望舒传论》，商务印书馆，2006年，第369页。

④ 高力里在书中细述自己的家庭背景、从十月革命至60年代末的人生经历，甚至他对法国1968年"五月风暴"的看法。虽然不少人物事件都与现实生活对应，但也有虚构的成分，最明显的例子是将第一任妻子的名字海伦娜（Hélène）换成蔓妮亚（Mania）。研究者或将此书视为高力里小说化的自传（l'autobiographie romancée），从而窥探作者对个别事件的观点。参考 Benjamin Goriély, *Nul ne reconnaitra les siens* (tapuscrit), Ch. 9. Réservé à l'AIU, Fonds Benjamin Goriély, boîte 1, AP 21/V ; Pascake Falek, "Hélène Temerson (1896—1977)," pp. 137, 141 – 142.

波兰王国首府。高力里1898年8月9日(儒略历)生于华沙,① 但由于华沙当时受沙皇统治,高力里的母语又是俄语,不论从政治角度还是从文化角度考量,他都被视为原籍俄国。② 高力里在青年时期到当时同属俄罗斯帝国的莫吉廖夫(Mogilev)、哈尔科夫(Kharkov)及莫斯科(Moscow)等城市学习。③ 1917年十月革命期间参加红军及相应的文艺运动,④ 直至1920年才离开俄罗斯,辗转在华沙、克拉科夫(Krakow)、但泽(Danzig)等地短暂生活,最后抵达柏林。⑤ 因为种族问题,加上自身向往法国的语言及文化,⑥ 两年后,高力里转赴比利时法语布鲁塞尔自由大学自然科学学院进修,1929年获化学博士学位,⑦

---

① 学者一般认为高力里的出生日期为1898年8月22日,然而各种文件记载却略有不同,需要进一步厘清。20年代比利时自由大学颁发高力里的两份博士候选人证书,其出生日期均记为1898年8月22日;二次大战期间报刊《战胜》(*Vaincre*)为他发出的工作证明也标示相同的出生日期。然而1965年高力里在法国入籍公民登记中心(Centre d'Etat Civil des Naturalisés)补发的出生证明文件,其出生日期却记为1898年8月21日。高力里与第三任妻子普鲁海(Hélène Prouhet,1913—1996)的婚姻证明书,在出生日期一栏上写上两个日期:1898年8月9日或21日(Le 9/21 août, mil huit cent quatre-vingt dix-huit);其死亡证所示的出生日期同为1898年8月9日或21日(Le 9/21 1898)。据文献资料推断,由于高力里出生于犹太裔俄国家庭,采用东正教的儒略历(Julian calendar)记录出生日期(1898年8月9日),但当转用西欧国家采用的格里高利历(Gregorian calendar)时,出生日期则表示为1898年8月21日(或推算误差为8月22日)。

② 高力里的母语是俄语,成年以后才学习波兰语。连年战火令波兰的版图多次更易,至1952年波兰人民共和国正式成立,60年代高力里申请归化入籍法国的文件、补发的出生证明及婚姻证明书,均标示高力里出生于华沙,原籍波兰。参考"Décret d'acquisition de la nationalité française de Benjamin Goriély", Le 13 novembre, 1964;"Extrait de l'Acte de mariage de Benjamin Goriély et de Hélène Prouhet", Le 4 février, 1964. Réservé à l'AIU, Fonds Benjamin Goriély, boîte 1, AP 21/II.

③ 三地原来同受沙皇统治,随着1917年十月革命俄罗斯帝国瓦解,莫吉廖夫和哈尔科夫分属白俄罗斯和乌克兰,两国先后建立独立政权,后又归并入苏维埃社会主义共和国联盟。1990年初,苏联解体,俄罗斯、白俄罗斯和乌克兰形成三国鼎立的局面。

④ 高力里自言十月革命期间曾报名加入红军,详情见 Maximoff (pseudonyme de Benjamin Goriély), "Souvenirs de la Révolution russe" (V), *Universitaire*, Le 24 mars, 1925.

⑤ 高力里在莫斯科完成中学学习,1920年首先注册入读华沙大学的波兰语言及文学系,其后转往克拉科夫大学修读法律。抵达柏林后,因拒绝经由当时特别的学生组织介绍入读柏林大学,只在该校旁听哲学课。参考 Benjamin Goriély, *Nul ne reconnaitra les siens*, Ch. 9 et Ch. 10.

⑥ Benjamin Goriély, *Nul ne reconnaitra les siens*, p. 168.

⑦ Pascake Falek, "Hélène Temerson (1896—1977)", p. 148.

1930 年迁居巴黎。[1] 20 年代中期开始，这位成长于多国语言及文化背景中的知识分子，在布鲁塞尔和巴黎的前卫文艺杂志上积极发表文章，广泛结识两地左翼诗人、作家和艺术家。他曾参与由法国著名左翼作家巴比塞创办的《世界》周报（*Monde*）的编撰工作，[2] 同时任巴比塞、阿拉贡（Louis Aragon）、罗曼·罗兰（Romain Rolland）和瓦扬-古久列等主编的革命文艺家协会机关刊物《公社》的撰稿员。[3]

关于高力里的个人经历和历史背景，有两方面值得关注。就思想立场而言，高力里对共产主义思想的向往除受到十月革命的思潮影响外，更是源自个人政治危机。一次大战以后，反犹太主义在波兰、俄苏以至德国等地蔓延。高力里判断，只有共产主义思想体系方可与之抗衡，[4] 故此他早于少年时期已参与青年共产党员在华沙组织的活动，甚至在一次活动中认识其妻蒂默生（Hélène Temerson）。[5] 其次，从欧洲左翼思想史的发展考察，高力里对俄、法两种语言文化深厚的认知开启了他日

---

① 虽然高力里早于 1930 年移居巴黎，但直至 1964 年方入籍法国。参考“Décret d'Acquisition de la nationalité française de Benjamin Goriély”，Le 13 novembre，1964. Réservé à l'AIU，Fonds Benjamin Goriély，boîte 1，AP 21/II.

② 法国左翼周报《世界》由巴比塞于 1928 年 6 月创办，也随着他的逝世于 1935 年 12 月停刊。《世界》周报有别于 1944 年创刊的《世界》日报（*Le Monde*）。

③ 高力里曾在《公社》杂志发表俄国文学评论、小说创作和书评，参考 Benjamin Goriely，“Lenin dans la poésie”，*Commune* 5 – 6（janvier-février，1934）：500 – 503；“Visite au Ministre”（Extrait d'un roman à paraitre：“A la recherche du héros”），*Commune* 10（juin 1934）：1094—1097；“Livres：*Une Femme* par Edouard Peisson”，*Commune* 16（décembre 1934）：356 – 357；“Livres：Vladimir Boutchik-*Bibliographie des œuvres littéraires russes traduites en français*. Librairie régionaliste”，*Commune* 17（janvier 1935）：908 – 909；“Livres：*Dix ans plus tard*（*Une nouvelle lecture de Marcel Proust*）par Léon Pierre-Quint”，*Commune* 31（mars 1936）：893 – 895。

④ Benjamin Goriély，*Nul ne reconnaitra les siens*，p. 55：“Dès le début de la révolution d'octobre，j'avais cru que le communisme vaincrait l'injustice... Je m'intéressais plus à la question juive car je croyais à sa disposition grâce au communisme.”高力里回忆早年沙皇为转移革命者视线，在基辅对犹太人进行大屠杀，其父母亦因此离开该地。当时高力里深信共产主义能改变反犹太教的不公平处境。参考 Benjamin Goriély，*Nul ne reconnaitra les siens*，pp. 55 – 68.

⑤ 蒂默生与高力里 1920 年结婚，翌年 1 月 8 日在柏林诞下儿子佐治·高力里（George Goriély，1921—1998）。因为经济问题，高力里听从父母的建议，独自带儿子回到波兰弗沃茨瓦韦克（Wloclawek）父母的家。1922 年，夫妇二人在布鲁塞尔重聚，至 1926 年才接儿子到比利时共同生活。其后高力里跟蒂默生分离，1930 年迁居巴黎，至 50 年代才与他们重新联络。高力里离婚后在法国两度再婚，分别于 1939 年与嘉华斯嘉（Ewa Kowalska，d. 1962）及 1964 年与普鲁海成婚。参考 Pascake Falek，“Hélène Temerson（1896—1977）”，pp. 141 – 143；Benjamin Goriély，*Nul ne reconnaitra les siens*，Ch. 10；“Extrait de l'Acte de marriage de Benjamin Goriély et de Hélène Prouhet”，Le 4 février，1964. Réservé à l'AIU，Fonds Benjamin Goriély，boîte 1，AP 21/V.

后政治和文学的写作专业，也引导他进入俄、比、法等地左翼知识分子之间的思想对话。高力里定居巴黎以后撰写的《诗人们》，不仅向西欧读者评述革命时期的俄国文学，更力图通过意象派、未来派和初期无产阶级作家群的写作，探讨个人主义和个人性的矛盾概念、个人主义和革命的微妙关系，以及个人主义进入革命后集团主义社会的独有形态。当中不少论述与苏共和共产国际（又称“第三国际”）的观点相左，但对当时比、法两国左翼文人的讨论却有所回应。因此，分析《诗人们》必须配合30年代整个“法语”和苏联左翼政治及文化运动，方能展现其中多维度的思想交锋。

《诗人们》隐藏在左翼政治思潮下不同文艺取向之间的竞争和对话，随着此书中译本的出版及传播，进入另一重复杂的历史语境：中国三四十年代的左翼文坛。20年代末期以来，中国左翼作家受日本无产阶级运动的影响，从日文大量转译俄苏文学、苏共文艺政策及文艺理论。相对而言，现代派作家努力通过欧洲左翼文人的视野，理解苏联以至国际左翼文化运动的发展。1934年，戴望舒翻译《诗人们》之时正留学法国，其时他已发表名作《雨巷》，并因为象征派诗歌的创作而广为人知。戴望舒秉持先锋者的姿态，反复审视诗人加入无产阶级革命、进行普罗文学创作的两难处境。离国以前，戴望舒已经投身俄苏文学和马克思主义文艺理论的翻译工作，他与现代派“作家—译者—编辑群”共同主编的文艺杂志《新文艺》亦曾大量译介普罗文学的作品及评论。赴法以后，戴望舒借着与法国左翼文人直接交往的机会，深入了解欧洲左翼政治及文化处境，希望借鉴国外经验，反省中国无产阶级运动及普罗文学的发展。纵然戴望舒一直忽略《诗人们》原著作者复杂的身份背景，但依然意识到高力里评述革命时期俄苏文学的观点跟当时中、日左翼评论之间的差异。戴望舒赞扬《诗人们》做出“公正无私”的论述，并肯定它有关文学与政治关系的分析。① 他一方面尝试通过《诗人们》的翻译为当时由“左联”主导的中国文坛打开一扇窗户，引入欧洲不同倾向的左翼文艺思潮；另一方面，他也力图呈现俄国象征派、意象派、未来派等现代主义思潮之下诗人参与革命的多重探索，以此作为中国现代派诗人面对两难处境的参照。

下文首先根据二三十年代“法语”左翼报刊和杂志资料，以及近

---

① 戴望舒：“译者附记”，高力里著《苏联文学史话》，戴望舒译，第274－275页。

年出版法国左翼作家与苏共政治及文艺机关联系的信函，分析比、法两地左翼知识分子对无产阶级文艺的不同观点，并深入探讨《诗人们》各种有别于苏共官方意识形态的论述；其次探讨戴望舒如何从“法语”左翼知识分子的视野引介俄苏左翼文学及文艺理论，又如何通过他们的观点反思中国现代派诗人的个人和历史处境；最后将探讨从1934年至1941年，《诗人们》中文翻译分为五个阶段在沪、港两地的出版过程，以及此书进入抗日战争的历史语境后产生的独特情态。

二、异质声音——《诗人们》与法语左翼文艺

高力里认为20世纪二三十年代欧洲知识分子既为俄国十月革命所带来的思想和社会变革而着迷，同时对共产主义的扩张也产生不少疑虑。不同思想体系和历史发展、各种新生概念和制度之间的辩论争持不休：马克思主义和资本主义、历史唯物主义和历史辩证法、布尔乔亚（bourgeoisie）和普罗列塔利亚（prolétariat）、俄国内战时期“红色恐怖”和“白色恐怖”、民主制度与专制统治、文学和革命。[①] 在思想和社会冲突尖锐的历史时刻，十月革命固然影响了高力里对上述问题的思考，但他日后更从德、比、法等地的生活经验，获得语言和文化上的审视距离。高力里早在比利时读书时期已经投入左翼文艺的工作，20年代曾以多种笔名在比利时共产党日报《红旗》（*Le Drapeau Rouge*）[②]、社会主义报刊《教育界》（*L'Universitaire*）[③] 及《最新新闻》（*Les Dernières nouvelles*）[④] 等发表有关俄国革命与文艺的文章。此外，从布鲁塞尔的文艺周报《红与黑》（*Le Rouge et le noir*）[⑤] 以至各种先锋杂志

---

① Benjamin Goriély, “Quelques souvenirs sur Albert Ayguesparse《Tentatives》et《Prospections》”, p. 8.

② 参考 Bengor, “Après la glorieuse épopée du ‘Krassine’ Samoïlovitch et Tchouknovsky furent longuement acclamés jeudi soir, à Bruxelles”, *Le Drapeau Rouge*, Le 30 mars, 1929; Bengor, “Art populaire”, *ibid.*, Le 19 juin, 1929.

③ 参考 Maximoff, “Souvenirs de la Révolution russe” (I-VI), *Universitaire*, du 20 au 25 mars, 1925.

④ 参考 J. B., “Les soixantième anniversaire de Maxime Gorki”, *Les Dernières nouvelles*, 1928; *idem*, “Que devient la poésie russe?” (I-IV), *ibid.*, mars-avril, 1929.

⑤ 参考 Benjamin Goriély, “Vendeuses de fleurs” (La Fuite en carrousel), *Le Rouge et le noir*, Le 10 juin, 1931.

《试验》(*Tentatives*)、《勘探》(*Prospections*)和《前卫》(*Avant-Poste*)等，高力里得以理解比、法知识分子对共产主义思想及普罗文学非教条式的探讨，借此审视俄国革命文学的发展。

(一)多元分化的法国左翼文坛

窥探革命时期俄国诗歌发展的《诗人们》，保留了一则往后有关无产阶级文化运动的讨论也鲜有提及的文献资料。1920年，莫斯科举行共产国际第二次会议期间，苏联无产阶级文化运动主要理论家波格达诺夫(Aleksandr Bogdanov)所领导的无产阶级文化协会中央委员会，邀请法国社会主义者勒弗夫尔(Raymond Lefèvre)联同英、德、奥、意、比、美、瑞士、挪威、俄罗斯等十国代表，组成国际无产阶级文化协会。① 8月12日，他们发出《全世界无产阶级的兄弟》的征召，其中比较了当时俄罗斯和欧洲无产阶级文化的发展情况：

> 艺术——一首无产阶级的诗，一部小说，一个歌，一个音乐作品，一篇剧曲——表现着一个非常有力的宣传方法。艺术组织情感，正如观念底宣传组织思想。艺术用着和观念决定意志同样的力量决定着意志。……在教育的观点看起来，欧洲的无产者是比他们的俄罗斯的同志们优越。因此，在西欧的各国中，无产阶级的文化会发展得更有成功。但是这并不是一个竞争的问题，却是要在一个社会主义的文化底友谊的建设中互相帮助。②

虽然国际无产阶级文化协会最终没有成立，但这篇宣言留下令人深思的观点。从国民教育程度推想各国无产阶级文化的发展，可能无法全面比较俄罗斯与西欧国家具体情况的差异。但自1920年以来，法国共产党的成立以至国内左翼文化运动的发展，的确深受法国知识分子、作家和艺术家的个性、文艺观点和政治判断的影响。

从政治组织以至文化领导而言，法国共产党对无产阶级文艺的推行都无法跟苏联的情况相提并论。首先，正如学者指出，苏联共产党手握实质政治权力，执行文艺政策，主导无产阶级文学的写作；法国共产党

---

① 《苏联文学史话》误译为“六个国家的代表”。另外参考 Benjamin Goriély, *Les Poètes dans la révolution russe*, p. 122.

② 译文参见高力里著《苏联文学史话》，戴望舒译，第130页。

只是布尔乔亚社会中单独存在的共产主义组织，势孤力弱，二者面对的政治处境和当前问题有基本分别。其次，一次大战以后，法国共产党未能掌握有效方法主导法国文坛。20 世纪 20 年代初期，其机关刊物《人道报》还没有积极推广普罗文学的创作或评论，文学批评甚至依旧着重风格和品位等传统审美原则。① 直至 1932 年，在于莫斯科成立的国际革命作家联盟的要求下，瓦扬-古久列、摩西纳克（Léon Moussinac）、必尔德拉克（Charles Vildrac）、茹尔丹（Francis Jourdain）等左翼文人才合作成立法国的革命文艺家协会，通过组织加强革命文学家与艺术家之间的联系，促进无产阶级文化的发展。② 但当德国法西斯主义的威胁日渐逼近时，有关组织为了吸纳不同阶层的人民参与，放弃严格执行苏共的文艺政策。他们团结和平主义者、人道主义者及不同政治倾向人士，共同反抗法西斯主义以至所有帝国主义的暴行。③ 正如在 1932 年革命文艺家协会为此召开的一次大会上，④ 瓦扬-古久列呼吁各界组成联合阵线，左翼作家纪德亦主张以国际公共利益为首要："事情是在乎和德国被压迫者联合起来；事情第一在乎在我们之间联合起来。我想一切将发言的人们都感到这点罢；我希望他们格外关心于那使我们今天聚在一起的公共的国际的利害，而丢开了一切可以引起内讧的动机。"⑤ 相

---

① Jean-Pierre Bernard, "Le Parti communiste français et les problèmes littéraires (1920—1939)", *Revue française de science politique* 3 (1967): 520 - 523.

② "Manifeste de l'Association des écrivains et artistes révolutionnaires", *L'Humanité*, Le 22 mars, 1932, p. 4.

③ 事实上，法国革命文艺家协会机关刊物《公社》的编委会本身就包括了不同政治倾向的人士，例如当时属激进主义的贝哈尔（Emmanuel Berl）。有关 30 年代法国左翼文学和文化多元分化的发展，可参考 Philippe Poirrier, "Culture nationale et antifascisme au sein de la gauche française (1934—1939)", *Antifascisme et nation. Les gauches européennes au temps du Front populaire*, sous la direction de Serge Wolikow et Annie Ruget, Dijon: Editions universitaires de Dijon, 1998, pp. 239 - 247; Jean-Pierre Bernard, "Le Parti communiste français et les problèmes littéraires (1920—1939)", p. 525.

④ 1933 年 3 月 21 日，法国革命文艺家协会为反抗德国法西斯主义者的压迫，在大东方讲堂召开了一次大会，邀请纪德及一众著名左翼文化人士发言，其中包括作家达比（Eugène Dabit）和马尔罗（André Malraux）、超现实主义诗人爱吕亚（Paul Éluard）、画家奥占芳（Amédée Ozenfant）和茹尔丹、《欧罗巴》月刊主编盖埃诺（Jean Guéhenno）、国际反犹太主义联盟主席勒加希（Bernard Lecache）。会议由瓦扬-古久列作最后总结。参考"André Gide parle: La Presse se tait" et "A l'appel de l'Association des écrivains et artistes révolutionnaires", *L'Humanité*, Le 23 mars, 1933, pp. 1 - 2.

⑤ 译文参考戴望舒《法国通讯——关于文艺界的反法西斯谛运动》，第 307 - 308 页。

对于受苏共严格控制的文艺环境，30 年代初法国文坛仍普遍接纳非革命路线的社会民主主义、倾向暴力革命的共产主义，以至各种互相对立的左翼思潮。此时，高力里从布鲁塞尔移居巴黎，酝酿《诗人们》的写作。高力里在比、法期间与两位左翼知识分子紧密合作：一位是一生捍卫苏维埃共和国、备受列宁称颂的法国小说家巴比塞，另一位是积极参与革命行动、二次大战为纳粹党迫害致死的比利时诗人兼翻译家阿巴吕。① 研究他们三人合作编撰的《世界》周报，将可进一步探讨 30 年代法语左翼的政治和文化如何跟苏共文艺政策保持距离，为法语左翼作家提供不同思考角度，审视共产主义思想的合理性以至普罗文学创作的可能。

（二）比、法左翼与苏共的矛盾——《世界》事件

高力里得到阿巴吕和另一位比利时诗人埃盖思帕斯（Albert Ayguesparse）的引荐，加入巴比塞于 1928 年创办的《世界》周报，负责编辑撰写工作。② 自创刊以来，《世界》旗帜鲜明地表达政治中立和国际主义两方面的诉求，然而与当时苏共的文艺政策未能协调。巴比塞曾多次宣称，《世界》在经济和意识形态两方面都不从属任何团体或政党，周报主要为工人阶级和知识分子报道国内外的文学、艺术、科学、经济和政治等各方面讯息，推动法国以至国际左翼政治及文化运动，努力成为当时最具影响力的国际左翼刊物。《世界》的指导委员会成员来自世界各地，包括苏联小说家高尔基（Maxim Gorky）、美国左翼作家辛克莱（Upton Sinclair）、西班牙诗人乌纳穆诺（Miguel de Unamuno）等，创刊号更详列 150 余名国际协作者的名单。创刊后半年，周报每期销量已达五万份，拥有固定的读者群。③ 追溯巴比塞在 1919 年至 1921 年主编的《光明》（*Clarté*），其实他早已强调杂志在国际主义、和平主义、共产主义三方面的思想取向，从而推动“光明运动”争取各地进步作

---

① 1898 年，阿巴吕于比利时阿尔隆（Arlon）出生，青年时期加入比利时共产党，20 世纪 30 年代迁居巴黎。参考 Yves Farge, *Vie et mort d'Augustin Habaru*: 1898—1944, Préface d'Yves Farge et dessins de Franz Masereel, Paris: Editions Prolibros, 1947.

② Benjamin Goriély, “Quelques souvenirs sur Albert Ayguesparse《Tentatives》et《Prospections》”, pp. 8 – 9.

③ Guessler Normand, “Henri Barbusse and His *Monde* (1928—35): Progeny of the Clarté Movement and the Review *Clarté*”, *Journal of Contemporary History* 11, no. 23 (July 1976): 173 – 179.

家共同参与。但其后，周报偏重宣传共产主义革命，巴比塞与其他编委会成员对此意见不合，因而离开。① 由于这次经验，当巴比塞再次筹办左翼周报《世界》时，即锐意加强控制刊物。一方面坚持《世界》政治中立的立场，不参与任何革命行动；另一方面则成立“《世界》之友”（Amis de *Monde*），组织各地对社会改革理念相近的读者，增强杂志对国际左翼文化运动的影响力。②

近年，莫斯科公开1929年至1930年巴比塞与苏联共产党、共产国际就《世界》周报的政治倾向而展开论争的信函文件——后称“《世界》事件”（L'Affaire *Monde*），它们清晰透露了二者在宣扬革命思想及普罗文学写作的观点上有明显分歧。③ 对巴比塞而言，引领群众关注社会主义学说，又或探讨社会民主主义者和共产主义者对相关学说的不同观点，最佳方法莫如将问题置诸互相矛盾的辩论之中。《世界》周报自1928年8月开始设立专栏，每期以调查形式让不同阶层、不同政治背景的读者就指定的社会和文艺议题发表意见，从而引起广泛讨论。《世界》作为非共产党刊物，是吸引当时共产主义者以外广大群众的理想平台。④ 可是，《世界》有关社会主义学说危机和普罗文学两大议题的讨

---

① 1921年起，巴比塞与《光明》编委会成员意见日益分歧，周报不久便停刊。同年11月，《光明》重组再刊，巴比塞虽保留编辑职称，但周报由少数法国共产党党员主导。最后，巴比塞于1923年辞掉周报所有职务。1927年，《光明》在纳维勒（Pierre Naville）指导下发展成为托洛茨基派（Trotskyite）的刊物，并于1928年2月改名为《阶级斗争》（*La Lutte de classes*）。纳维勒曾发文批评巴比塞主编的《世界》周报不单偏离共产主义和社会民主主义的路线，更是为小资产阶级服务的政治和文学刊物。参考 Pierre Naville，“*Monde* à l'envers”，*La Lutte de classes* 20（April，1934）：299 - 303；Nicole Racine，“The Clarté Movement in France，1919—21”，*Journal of Contemporary History* 2，no. 2（April 1967）：205 - 208；Alain Cuénot，“Clarté（1919—1928）：du refus de la guerre à la révolution”，*Cahier histoire* 123（2014）：115 - 136.

② Henri Barbusse，“‘Monde' et les partis”，*Monde*，Le 1 novembre，1930，p. 3.

③ 2002年，由俄罗斯科学院世界文学学院、俄罗斯档案联邦政府服务中心、国家文艺档案中心合编的《作家的对话：二十世纪法俄文化关系史1920—1970》（*Dialog pisatelej：iz istorii russko-francuzskih kul'turnyh svjazej XX veka* 1920—1970；*Dialogue d'écrivains：pages d'histoire des relations culturelles franco-russes au XX siècle* 1920—1970）一书在莫斯科出版，其中“共产国际档案”收录了“《世界》事件”的文档。部分以法文撰写及从俄文翻译的资料，在法国共产党所设立加布里埃·佩里基金会的刊物转载。参考 Bernard Frederick，“Archive ‘L' affaire *Monde*' 1929—1930：Confrontation entre Henri Barbusse et le Komintern”，*Nouvelles FondationS*，Trimestriel 2（juillet 2006），pp. 158 - 159.

④ 巴比塞的信中多次重申《世界》周报开设调查栏目的用心。参考“Henri Barbusse à B. A. Pessis”（Le 23 février，1930）et“Henri Barbusse au secrétariat du MBRL”（Le 21 juin，1930），*Nouvelles FondationS*，Trimestriel 2（juillet 2006），pp. 164 - 165，167 - 169.

论，引来苏共的强烈不满。他们指责《世界》偏向刊载社会民主主义派及其他异见人士对议题的回应，散布极度危险的混乱思想。① 1930 年 6 月 19 日，一封由革命作家国际联盟属下六位作家联署发出的公开信，直接向巴比塞表示，《世界》周报“不属无产阶级阵线”，阶级斗争中“积极的无产阶级者与阿谀奉承的社会主义者所拥护的资产阶级之间”，也没有缓冲地带，希图迫使巴比塞做出选择。②

至于阿巴吕以《世界》周报总编辑的身份协助进行普罗文学的调查，虽亦受到革命作家国际联盟在哈尔科夫召开的第二次会议（1930 年 11 月）的大肆批评，③ 却为整个法语普罗文学的发展注入法国以外的文学资源。阿巴吕能操多国语言，利用自身在比、法两地的人际关系网络及早年编辑报刊的丰富经验，以《世界》为中介，将处于边缘位置的比利时法语左翼作家和艺术家引入法国读者的视野。周报引发普罗文学的热烈论争，主要得到比利时社会主义和共产主义作家的积极支持，其中包括安德烈（Francis André）、皮里尼斯埃（Charles Plisnier）、马尔瓦（Constant Malva）、埃盖思帕斯和予伯望（Pierre Hubermont）。④ 此外，艺术家麦绥莱勒（Frans Masereel）、工人党领袖王德威尔德和社

① “Desphilippon à B. A. Pessis”（Le 22 janvier, 1930）, *Nouvelles FondationS*, Trimestriel 2（juillet 2006）, pp. 165 – 166. 事实上，回应《世界》周报调查的读者包括社会党代表、社会主义工人国际的领袖考茨基（Karl Lautsky）和王德威尔得（Emile Vandervelde）、共产国际的蔡特金（Clara Zethkin）和塞马尔（Pierre Sémard），苏维埃的公众领导人物斯大林、布哈林（Nikolaï Boukharine），以及卢那察尔斯基（Anatoly Lunacharsky），也包括了法国当代著名作家如布勒东（André Breton）和高克多（Jean Cocteau）等。参考 Bernard Frederick, “Archive ‘L’affaire *Monde*’1929—1930”, p. 161.

② 此信摘要曾在 1930 年 6 月 19 日《早晨》杂志（*Matin*）刊载，推断原稿写于此日期以前。巴比塞回信时亦指责革命作家国际委员会将有关信件公开。参考“Secrétariat du MBRL à Henri Barbusse”（avant le 19 juin, 1930）et “Henri Barbusse au secrétariat du MBRL”（Le 21 juin, 1930）, *Nouvelles FondationS*, Trimestriel 2（juillet 2006）, pp. 166 – 169.

③ 1931 年，《人道报》发表弗莱维勒（Jean Fréville1）《哈尔科夫的决议》一文，详述会议对法国民粹主义、瓦卢瓦团体、超现实主义及以《世界》周报为中心的文人团体的批评。见 Jean Fréville, “La Résolution de Kharkov”, *L’Humanité*, Le 20 octobre, 1931, p. 4; *ibid.*, Le 3 novembre, 1931, p. 5.

④ 20 世纪二三十年代比利时左翼杂志及文学团体发展的情况，可参考 Bernard Delcord, “A propos de quelques ‘chapelles’ politico-littéraires en Belgique（1919—1945）”, *Cahiers du Centre de recherches et d’études historique de la deuxième guerre* 10, 1986, pp. 168 – 176。比利时法语作家著作的中译，可参考王炳东编译《比利时文学选集（法语作家卷）》，人民文学出版社，2005 年。

会主义理论家亨利·德·曼（Henri de Man）都曾发表评论。①《世界》有关普罗文学的讨论，既针对文学艺术作为个人创作还是促进改革社会经济发展的思想问题，也探讨工人阶级意识的艺术表现原则，更不乏对普罗文学本身狭隘目标的批评。相对法国而言，比利时知识分子在左翼政治和文学之间更专注文学的讨论。又因为比利时大批左翼作家早于1928年已跟比利时共产党决裂，苏共对其文艺发展的控制能力更为薄弱，因此比利时左翼文人借着《世界》周报为整个法语无产阶级文化引进庞杂多元的声音。②

1931年12月，巴比塞以《世界》周报的名义发表文章《作家与革命》，回应莫斯科革命作家国际联盟的批评，表明拒绝妥协的立场："我们还是认为不可能专门规定革命文学需有政治宣传的实时效用。在仍然犹豫未定、仍然未受到足够引导的群众眼中，能以最大比例获得革命胜利的最佳宣传方法，往往不是政治煽动和口号式的宣传，而是那些追求深刻、普遍辩明革命意义的宣传。"③ 本身是小说家的巴比塞一直从文学角度反对普罗文学以至广义的革命文学作为政治"口号式的宣传"。针对俄罗斯无产阶级作家联盟（简称"拉普"）宣称对古典文学的割裂以至舍弃文学形式的追求，巴比塞将普罗文学的发展重置于19世纪以来欧洲漫长的工人运动历史上，试图将普罗文学纳入民间文学的范畴，强调其固有的文学传统。④ 此外，他坚持普罗文学同样讲求形式

---

① 亨利·德·曼是著名文艺理论家保罗·德·曼的叔父，二次大战曾与德国纳粹党合作。高力里忆述自己曾跟埃盖思帕斯、阿巴吕和予伯望等人讨论亨利·德·曼的著作《超越马克思主义》（*Au-delà du marxisme*）。参考 Benjamin Goriély，"Quelques souvenirs sur Albert Ayguesparse *Tentatives* et *Prospections*"，p. 9.

② Paul Aron，"Littérature prolétarienne：le detour par la Belgique"，in Sophie Béroud et Tania Regin（dir.），*Le roman social；littéraire*，*histoire et mouvement ouvrier*，Paris：Les Editions de l'Atelier et Editions ouvrières，2002，pp. 116－118.

③ "L'Ecrivain et la révolution"，*Monde*，Le 5 décembre，1931，p. 3："C'est dire encore que nous considérons comme impossible d'assigner exclusivement à la littérature de la Révolution un but immédiat de propagande politique. La meilleure de propagande auprès des masses encore indécises，encore insuffisamment orientées，et qu'il faut nécessairement gagner à la cause révolutionnaire dans la plus grande proportion possible，n'est souvent pas celle de l'agitation politique et des mots d'ordre，mais celle qui va jusqu'aux justifications profondes et universelles de la révolution."

④ "Nous disons，si on veut，que la révolution prolétarienne，c'est la forme actuelle et vivante，précise，intensifiée et imposée par l'évolution historique—de ce qu'on appelait la littérature populaire." Herni Barbusse，*Russie*，Paris：Ernest Flammarion，1930，pp. 155－156.

和风格，配合比、法两地左翼知识分子对文学与政治关系的反思，寻求苏共文艺政策规范以外普罗文学的另类道路。①

三、革命时期的“文艺复兴”

纵观20世纪30年代的法语左翼文化运动，仍普遍接纳不同倾向的政治思潮，高力里不仅与比、法两地左翼文人紧密合作，更于1930年从布鲁塞尔移居巴黎，两年后完成《诗人们》的写作。② 此书论述以1917年3月俄罗斯帝国君主体制的崩解为始点，1932年4月“拉普”解散为终结，横跨革命、内战、新经济政策和第一个五年计划时期的俄苏文学发展。《诗人们》结构严谨，分成“从个人主义到革命”和“从革命到集团主义”两大部分。第一部阐述布尔什维克（Bolshevik）发动政变推翻临时政府以后资产阶级文学的溃败与宣传文学的产生，剖析神秘派、意象派、未来派以至革命过渡时期不同派别诗歌追赶革命步伐的尝试；第二部探讨无产阶级文学的理论和实践。③ 高力里的评论虽配合详尽的历史背景资料、苏共文艺政策文件、文艺理论家的批评、诗人创作的具体分析，但明确表示不对尚在演进中的现代苏联文学进行全面研究。作者强调仅从个人的经验记忆考量“诗人与革命”的命题，并提出独立判断：其一，诗人抱持个人主义参与革命而必遭失败的悲剧结局；其二，无产阶级文学需倚靠“同路人”作家及旧社会资本主义文学的“残余”才得以发展。相关论点明显针对苏共对革命诗人的官方解读，亦同时回应法语左翼知识分子对无产阶级文学的探讨。

《诗人们》以“混乱中的作家们”（Les écrivains dans les mêlées）一章为序幕，检视俄国内战期间政治党派和意识形态激烈斗争之下繁复多变的文学现象。高力里利用1917年革命爆发前夕至1920年他离开俄

---

① Herni Barbusse, *Russie*, pp. 160 – 162. 另参考 Jean-Pierre Bernard, “Le Parti communiste français et les problèmes littéraires (1920—1939)”, pp. 525 – 528.

② 除上文指出从《欧罗巴》主编寄给高力里的书信中得知《诗人们》书稿的完成日期外，此书第一部第二章提及革命时期莫斯科文艺晚会的情景，作者表示“那已是十二年前的事了”。高力里1920年离开俄罗斯，此说同样配合他1932年完成《诗人们》的实况。参考 Benjamin Goriély, *Les Poètes dans la révolution russe*, p. 36. 高力里著《苏联文学史话》，戴望舒译，第32页。

③ Benjamin Goriély, *Les Poètes dans la révolution russe*, pp. 7 – 8；戴望舒“译者附记”，载高力里著《苏联文学史话》，戴望舒译，第274页。

罗斯以前，莫斯科的酒场如耶尔、黑天鹅别墅、迷犬客栈、伶人的休息，神马的马厩咖啡店和未来派咖啡店，以及所有文艺酒场、诗歌晚会、城市广场和大学讲堂，作为高度象征性的文学场景，记述十月革命后文学活动的真实面貌。譬如作者最后一次在诗歌晚会上遇见“自我—未来派”（Ego-futurisme）的领袖诗人谢维里亚宁（Igor Severianine）的情景：

> 这次晚会以后不久，这位近代的游吟诗人脱离了俄罗斯住到爱沙尼亚去。
>
> 我最后一次听到他唱诗是在左保特。只要出五个古尔登（币名），人们就可以在但泽自由市的俱乐部对面的“喀喀都”舞场里，在一次“狐步舞”和一次“希米舞”之间，听他吟他的诗。在舞台的中央，并着脚，他在那由到海滩上来娱乐的德国私娼和侨民所组成的群众间，读着在革命之前曾大受人欢迎过的那几首老诗。在左保特，我觉得这是一个奇观，竟一直听到完才走，可是在莫斯科呢——那已是十二年前的事了——我们却没有这种耐心，我和我的朋友在晚会还只开了一半的时候就走了出去。①

此外，高力里又通过各种文学场景，展示知识分子面对十月革命的不同姿态、取向和质疑。正如《诗人们》开首即描述革命爆发前夕，在莫斯科大学神学院讲堂举行的文艺晚会上，三位作家朗读诗歌和小说的“历史现场”。随即描述布尔什维克政变爆发后的文坛，细说三人面对十月革命的彷徨和极端反应，并将他们加以对比。高力里笔下的三位作家就是流亡巴黎的巴尔蒙特（Konstantin Balmont）、离国后又折返俄国并重新肯定苏维埃政权的托尔斯泰（Alexeï Tolstoï），以及加入共产党却“没有适应新制度的能力”而“决意一死了之”的哥鲁勃（André Goloub）。②

高力里从革命以后三种作家命运的勾勒，引申扩展至整个象征派从昔日资本主义社会过渡至无产阶级革命的探讨。象征派诗人或去国他乡逃避共产政权，或以沉默和死亡做出终极反抗，又或寻求新道路以接纳革命，他们不同的选择形成多重对照。梅列日科夫斯基（Dimitri

①② 译文参考高力里著《苏联文学史话》，戴望舒译，第32页，第6－7、9－10页。

Méréjkovsky）立即出走华沙，常以批评祖国为事；索洛古勃（Fiodor Sologoub）则留驻俄罗斯，却从此坚守沉默，直至1927年去世，报章只是以“自一九一七年十月起，梭鲁古勃（即索洛古勃）未有作品产生”的简单语句总结其生命。伊凡诺夫（Venceslas Ivanov）远离革命，遗忘生活“也被生活所遗忘”，选择继续浸淫于哲学与文学的研究；古米廖夫则被布尔什维克秘密警察逮捕，却坚定不移拒绝旁人帮忙，更“公然承认是苏维埃政府的死仇，自供曾参加白俄军官的一个阴谋”，最终被判处死刑。至于深受中国左翼作家关注的象征派代表诗人勃洛克（Alexandre Blok），虽然宣称和革命“联合”，并撰写《西谛亚人》（*Les Scythes*）和《十二个》（*Les Douze*）① 两篇名诗，“表明他对于十月革命的依系”，但始终拒绝出任苏维埃政府任何官职，离群索居，多病厌世。②

纵使《诗人们》着力呈现十月革命对俄国知识分子的重大打击，以及对传统文学所造成的严重破坏，但高力里同时指出革命促成诗歌兴盛发展的奇特现象：“革命把无数的群众投到街路上去”，他们以“集团的生活代替了家庭生活”。革命诗人“被这巨大的群众底光景所骚动，被群众底热忱和那互相口传而扩大了的口号所撼动”，最终在他们的革命诗歌中“反映出一个向前进的革命底热情，通俗而有实感的韵律”。③ 这段时期，不同阶级的群众对革命猛然觉醒，诗人通过新的诗歌韵律热烈地迎向革命以至无产阶级革命，高力里称之为“革命的英雄时期”。④ 著名俄裔美国史学家史朗宁（Marc Slonim）在《现代俄国文学史》（*Modern Russian Literature*：*From Chekhov to the Present*）一书中剖析俄国知识分子面对革命所产生的激烈情绪：

> 大部分知识分子及布尔乔亚分子都为生存斗争所震骇，感觉失望或完全把注意集中在生存上面时，曾积极参加革命或同情革命者则兴奋得如痴如狂。革命是精力的狂泄，起初桀骜不驯，极具破坏作用；群众运动的怒潮有一种声势逼人的伟大与昂然气概，使

① 鲁迅曾译托洛斯基《文学与革命》第三章“勃洛克论”，又为胡成才译勃洛克长诗《十二个》作“后记”，称《十二个》是“俄国十月革命‘时代的最重要的作品’”，但“还不是革命的诗”，勃洛克虽然“向革命突进了，然而反顾，于是受伤”。见鲁迅“《十二个》后记”，载亚历山大·勃洛克著，胡勃译《十二个》，北新书局，1926年，第71－72页。

②③④ 高力里：《苏联文学史话》，戴望舒译，第11－25页、第39页、第139－141页。

> 得生活即使在疮痍满目、遍处断垣残壁、危机四布、情绪有原始性的粗暴激荡与死神阴影笼罩的环境中，也是足够新奇刺激与兴奋的。这是一个充满悲欢离合与敢作敢为精神的时代，无奇不有、风云莫测。在这些动荡年月所产生的作品，不管有无艺术价值，多多少少都是大革命与内战的写照。①

革命热情的背后，高力里从理论层面探讨俄国诗人参与革命所面对的困境。其一，从“个人主义”进入“集团主义”社会所导致的问题。高力里认为，革命时期俄国诗人从个人主义的角度理解革命的意义，将革命视为反抗姿态，并因此认同一切破坏旧有社会的观念和行动。不论是革命以前的文艺团体如意象派和立体—未来派，还是初期无产阶级的文学团体如宇宙派及以《铁工场》杂志（*La Forge*）为中心的作家群，均从个人主义角度反抗资产阶级社会，解放个人。虽然革命的军事行动有助于个人对旧有观念和制度的破坏，但抗争只能在群众中实现，而抗争过程中个人主义必然消亡，“那应该加入到集团中去解放个人的个人主义底悲剧便是因此而来”。② 当原有社会组织被完全破坏之后，诗人进入社会建设阶段，在创造集团生活中遭到无法调解的冲突。其二，高力里尝试探讨诗人抱持个人主义进行反抗的内核问题，指出“个人主义”和“个人性”两个本为互相矛盾的概念。“个人主义的目的是在于个人底发达，但是个人主义和个人性这两个互相矛盾的观念，却只有相互损害着才能实现。”③ 个人性指本质上的原创性、独特性和特殊性，不一定与社会集体相对（巴比塞讨论普罗文学与作家个性关系时就曾表达相近的观点）。但当诗人从个人主义反抗资本主义社会，个体被归并入各种社会阶级及其标准化的生活，强调差异的个人性随即消失殆尽。④

《诗人们》的上半部“从个人主义到革命”，重点分析俄国革命时期象征派的勃洛克、意象派的叶赛宁，以及在中、苏两国均极具争议性

---

① 译文参考马克·史朗宁著《现代俄国文学史》，汤新楣译，台北远景出版事业公司，1981年，第273页。

②③ 高力里：《苏联文学史话》，戴望舒译，第215页。

④ George Morgan JR，“Individualism versus Individuality,” *Ethics* 52，no. 4，1942，pp. 434－446. 另参考 Herni Barbusse，*Russie*，pp. 157－158.

的未来派诗人马雅可夫斯基。[①] 高力里认为马雅可夫斯基是俄国革命时期“一位真正的抒情诗人”,[②] 诗人于1930年4月自杀。他是“革命的牺牲者了，因为在一个个人主义诗人底抒情的人格和集团的革命之间，有一种抵触性存在着”。[③] 与苏共肯定马雅可夫斯基的“革命诗人”身份不同，高力里偏重分析他十多年来面对的矛盾冲突及长期的演化过程。《诗人们》追溯马雅可夫斯基早年在未来派咖啡店的文艺聚会上，“热烈地依恋着自己的黄色短褐的个人主义者”形象，如何发展至完全消灭自己个性而成为苏共宣传的煽动者。[④] 在高力里看来，1919年至1921年是关键时期，当时革命还是个“一体两面的生物”，诗人的抒情人格和集团革命基本上还可以和谐配合。可是往后进入社会建设时期，两者之间就出现裂痕。高力里率先以法文翻译马雅可夫斯基在革命前出版的诗集《穿裤子的云》，表现的其实是个人主义者愤怒的反抗呼声，却从“我”的个人位置慢慢延伸至与普罗大众结合。诗人投身革命以后创作了《左翼进行曲》（*La Marche gauche*）和《一万五千万》（*Cent cinquante millions*）两首诗，《一万五千万》虽然显示他对阶级斗争的错误认识，但苏维埃的评论家却从而肯定诗人身上的“革命者已克服了个人主义者”。[⑤] 高力里批评马雅可夫斯基是“把革命当作一个力学性的抽象赞扬，而没有看出革命是由多少低微的牺牲精神造成的”。[⑥]

不可忽略的是，纵使高力里不完全接受托洛斯基《文学与革命》（*Literature and Revolution*）的论述,[⑦] 但仍引用他的观点：“革命底动力性是比它的活动的集团形式更和玛牙可夫斯基接近得多。玛牙可夫斯基是一个从个人主义的路上走出来想和革命联合的人。我们只能对于诗人底企图表示敬意，因为他并没有别的路。我们可以了解，对于向完全新

---

① 高力里：《苏联文学史话》，戴望舒译，第89–91页。现代派作家最先在中国组织悼念马雅可夫斯基的“Mayakovsky 专辑”，载《新文艺》，1930年第2卷第2期，第250–328页；戴望舒：《诗人玛耶阔夫司基的死》，《小说月报》，1930年第21卷第12号，第1742–1746页。此文收入戴望舒译《苏联诗坛逸话》（上海杂志公司，1936年）时改题为“诗人玛雅可夫斯基之死”。另参考《现代文学》1930年第1卷第4期所载八篇有关马雅可夫斯基的评论。

②③④⑤⑥ 高力里：《苏联文学史话》，戴望舒译，第81页，第89页，第67–71、86–87、89页，第82–84页，第89页。

⑦ 事实上，高力里自言并不完全接受托洛斯基的理论观点。参考 Benjamin Goriély, *Nul ne reconnaitra les siens*, p. 55：“Je n'acceptais pas les théories de Trotski.”

的创造的路前进的一个自觉的努力，是一件很复杂的事业。”① 不过高力里观点受到的真正影响，很可能来自友人阿巴吕。马雅可夫斯基逝世后，阿巴吕在《世界》周报发表文章（此文同被戴望舒翻译），对未来主义文艺思潮的本质，以及马雅可夫斯基参与革命的思想倾向进行整体评价。他指诗人主张的未来主义诗学，其实“不是一个革命的运动”，而是“表现帝国主义时代力学的艺术”。诗人在革命之中只“歌唱这种集团的进行的力学”，却没有看到运动之下“集团生活底连结物，运动的灵魂”。② 此一观点不仅影响高力里对“诗人之死”的判断，也促使戴望舒重新评估马雅可夫斯基走上革命道路的选择。

《诗人们》的下半部“从革命到集团主义”，尝试逆向讨论反个人主义的无产阶级作家群举步维艰的发展。③ 高力里将苏俄无产阶级文学分为两个阶段，即革命和内战时期，以及苏维埃获得政权后的社会建设和五年计划时期，此期间，文学与政治相互关系的辩论异常纠结。《诗人们》以相当篇幅论述1924年5月9日苏共中央委员会召开的文艺会议，并特意翻译据此会议重点撰写而成的决议案《关于文艺领域上的党的政策》，作为此书唯一的附录。④ 这是苏共直接介入的文艺会议，⑤ 高力里认为出席的党领袖“都是卓越的文人而不忘于艺术的传统”，⑥ 并详细记录了弗朗斯基（Alexandre Voronski）、布哈林（Nikolaï Boukharine）、托洛斯基和卢那察尔斯基（Anatoly Lunacharsky）针对“十月”团体代表的发言。在苏共再次严格执行文艺政策的背景下，

---

① 译文参考高力里著《苏联文学史话》，戴望舒译，第85页。另参考 Leon Trotsky, *Literature and Revolution*, trans. Rose Strunsky, Ann Arbor: The University of Michigan Press, 1960, pp. 157 - 159.

② A. Habaru：《玛耶阔夫司基》，戴望舒译，《现代文学》，1930年第1卷第4期，第15 - 18页。

③ 基本上，高力里将苏俄无产阶级文学的发展分为二期：（一）革命和内战时期。这时期的无产阶级文学是在苏维埃获得政权以后一段时间才慢慢形成的。（二）社会建设和五年计划时期。参考高力里著《苏联文学史话》，戴望舒译，第139页。

④ 1928年5月，鲁迅据日译本转译《关于文艺领域上的党的政策》，先于《奔流》月刊发表，后收入上海水沫书店出版的《文艺政策》（1930年），列为“科学的艺术论丛书之一”。此文并未收入戴望舒《诗人们》上半部的中译本《苏联诗坛逸话》，只见于1941年的全文中译本《苏联文学史话》。

⑤ 《诗人们》1934年出版时，称这次会议为“一个文坛年代史中唯一的会议”。见高力里著《苏联文学史话》，戴望舒译，第170页。

⑥ 高力里：《苏联文学史话》，戴望舒译，第172页。

《诗人们》特别记录两项议决的文件必然引起日后的回响：第一，对于接受革命而派别不同的“同路人”，应以宽容的态度加以接纳和协调，并利用他们的能力帮助发展无产阶级文学；第二，赞成各团体和文艺倾向在文艺领域中进行自由竞争，党不应以法令准许任何团体或文艺组织垄断文学市场。① 诚然，正如高力里的意见：“同路人只是英雄时期的迟发的闪电。他们靠了内战生活着，而在赤裸的年头以外永远不存在。”② 但短暂的革命英雄时代甚或“文艺复兴”时期，③ 让“同路人”作家得到充分发展，文艺重新获得独立位置，代表着苏联现代文学史上一个独特的阶段。

四、从“诗坛逸话”到“文学史话”

《公社》杂志编辑委员会秘书帕兹纳（Vladimir Pozner）致力于向法国读者引介新俄文学，曾撰文批评高力里的关注始终囿于自身阶级，《诗人们》集中讨论的依然属小资产阶级的俄国知识分子。④ 不过他们在革命中的境遇和选择，“他们演化的图像是所有法国作家——尤其是今天法国作家的重要教育”。⑤《诗人们》的中译者戴望舒也许无法深入理解高力里当时在欧洲的处境，以及该书与比、法两地左翼文艺思潮千丝万缕的关系。但对他而言，翻译此书一方面回应了 20 世纪 20 年代末以来中国译介俄苏文学的“红色浪潮”，另一方面它所展现的欧洲法语左翼政治文化的观点及对苏共文艺政策的回应，足以成为中国现代派诗人反思国内左翼文艺发展的据点。

戴望舒翻译《诗人们》的决定，其实具体针对了当时中国文坛引

---

① 参考鲁迅译《关于文艺领域上的党的政策》第十、十四条，载高力里著《苏联文学史话》，戴望舒译，第 269、271 页。

② 高力里：《苏联文学史话》，戴望舒译，第 216 页。

③ Marc Slonim, *Modern Russian Literature*, pp. 273 – 278.

④ Vladimir Pozner, “Livre: *Les Poétes dans la révolution russe*-Benjamin Goriély (Gallimard)”, *Commune* 10 (juin 1934), pp. 1133 – 1136. 帕兹纳生于巴黎的一个俄国家庭，身兼作家和翻译家，在高力里发表《诗人们》以前曾出版《俄国文学全景》（*Panorama de la littérature russe*, 1929）和《俄国当代散文选》（*Anthologie de la prose russe contemporaine*, 1929）。

⑤ Pozner, “Livre: Les Poétes dans la révolution russe—Benjamin Goriély (Gallimard)”, p. 1133: “Le graphique de leur évolution est d'un grand enseignement pour tout écrivain français, et plus particulièrement aujourd'hui.”

介俄苏文学及文艺理论的情况。其一，他曾多次批评中国评论家大量从日文转译俄苏文学及马克思主义唯物史观的文艺研究，认为误译之处不胜枚举；① 又指以日人著作为根据的俄苏文学概论著述大多“简略肤浅”，而专门理论则集中于俄苏某一文学派别，“〔偏〕敧不公”；相关书籍均未能配合“突进不已的苏俄的文学研究”，且讨论范畴狭窄，“专门研究苏俄诗歌的作品，至今还没有一本”。② 其二，针对日益工具性和规范化发展的中国无产阶级文化运动，诗人刻意选译苏联和日本以外法语左翼文人的理论著述，企图借助他们包容性强的讨论，引入欧洲不同倾向的左翼文艺观点。戴望舒不仅通过《诗人们》“抒情而客观”的论述为读者介绍“俄罗斯文学的最新的形势”，还借助俄国意象派和未来派诗人走向革命的尝试，让“我们看到了那些个人主义者们的混乱，和他们转变的不可能”。③ 由此可见，戴望舒借着翻译深化理解俄国革命诗人在文学道路上的艰难进程，其中包含了中国当时的历史语境和他个人处境的考量。

（一）法语左翼知识分子视野下的俄苏文学

探讨《诗人们》的翻译在沪、港两地的出版与传播以前，我们尝试理解戴望舒及其他现代派作家引介俄苏左翼文学及文艺理论至中国所选取的独特途径。戴望舒译介俄苏文学，并非始于革命文学或无产阶级文学，但自1930年（同年“左联”成立）起，诗人开始有系统地介绍俄国革命诗人马雅可夫斯基④、同受“左联”作家推崇的无产阶级文学

---

① 樊仲云曾将石川涌日译法文撰写的马克思主义文艺理论著作《唯物史观的文学论》，转译为中文（伊科维兹著、樊仲云译《唯物史观的文学论》，上海新生命书局，1930年）。但日译本曾被戴望舒从翻译角度加以批评：“日译本很糟，错误和误解几乎每页都有，如Cercle vicieux（矛盾论法）之译为‘恶的轮’，les plantes froides des pieds divins（神圣的脚的寒冷的脚心）之译为‘具有圣足的冷的树木’等，不胜枚举。”见戴望舒“译者附记”，载伊可维兹著《唯物史观的文学论》，戴望舒译，上海水沫书店，1930年，第333页。

②③ 戴望舒：《“苏联诗坛逸话”小引》，第45页。

④ 1930年戴望舒首次介绍革命诗人马雅可夫斯基乃从他自杀一事开始，包括从法文翻译《玛耶阔夫司基》，以及自撰《诗人玛耶阔夫司基的死》等文章探讨诗人的艺术倾向和无产阶级革命运动无法协调等问题。参考A. Habaru著《玛耶阔夫司基》，戴望舒译，第15－18页；戴望舒《诗人玛耶阔夫司基的死》，第1742－1746页。

代表作家里别进斯基（Yury Libedinsky）[1]、“同路人”作家伊凡诺夫（Vsevolod Ivanov）[2] 和卢那察尔斯基[3]的马克思主义文学批评。这些翻译都回应了20世纪20年代末期以来中国文坛对俄苏文学及理论的关怀。不过现代派作家的译介工作有两个特点：第一，他们以苏联无产阶级文学为当代世界文艺思潮之一，且与其他不同政治倾向的文艺思潮并行不悖。90年代，施蛰存回顾当时对苏联左翼文学的理解，指出“在二十年代初期到三十年代中期，全世界研究苏联文学的人都把它当作Modernist中间的一个Left Wing（左翼）”。[4] 其时现代派作家对于俄苏左翼文学和文艺理论的理解，也不纯然从政治观点切入，而将它视为文学上“一种新的流派”。[5]

---

① 戴望舒翻译十月革命以后俄国文学而较受学者注意的两部著作：其一是里别进斯基的《一周间》，其一是伊凡诺夫的《铁甲车》。李今认为，20世纪20年代末，中国开始大量翻译苏联文学作品，其中以国内战争和卫国战争为题材的著作因为适合当时中国的国情，受到广泛的欢迎，小说《一周间》正是代表例子。1930年1月，蒋光慈出版此作的翻译，同年戴望舒和杜衡进行重译。蒋光慈在《一周间》“译者后记”里指出“新俄文学的第一朵花，也就是说从这一部书出世之后，所谓普洛文学得了一个确实的肯定。……李别金斯基将我们引到革命的试验室里，在这里我们看见一些所谓先锋队规定革命的行动，研究革命的过程。革命并不是自然的波浪，而是一种很复杂的、很艰难的艺术，或者可以说是一种科学。俄国革命，它的胜利的条件，在很大的范围内，是因为这次革命有很好的先锋队——知道革命科学的人们。”参考蒋光慈“译者后记”，载U. Libedinsky著《一周间》，蒋光慈译，上海北新书局，1930年，第209－211页；里别进斯基著《一周间》，江思、苏汶译，上海水沫书店，1930年；李今《二十世纪中国翻译文学史·三四十年代·俄苏卷》，百花文艺出版社，2009年，第180－181页。

② 苏联“同路人”作家伊凡诺夫的《铁甲车》，1932年首先由韩侍桁据日译本翻译出版，同年戴望舒则从法译本转译。20世纪末期，大量的苏联文学被介绍到中国，就以“同路人”的作品居多。鲁迅在俄苏小说翻译集《竖琴》的“前记”解说“同路人”作家：“‘同路人’者，谓因革命中所含有的英雄主义而接受革命，一同前行，但无彻底为革命而斗争，虽死不惜的信念，仅是一时同道的伴侣罢了。”他更进一步指出“同路人”作品被大量译介的原因：“一者，此种文学的兴起较为在先，颇为西欧及日本所赏赞和介绍，给中国也得了不少转译的机缘；二者，恐怕也是这种没有立场的立场，反而易得介绍者的赏识之故了。”《竖琴》收录的小说亦以“同路人”的作品为主。参考V. V. 伊凡诺夫著《铁甲列车》，韩侍桁译，神州国光社，1932年；伊凡诺夫著《铁甲车》，戴望舒译，现代书局，1932年；鲁迅《〈竖琴〉前记》，载鲁迅编译《竖琴》，上海良友图书印刷公司，1933年，第4－5页。

③ 卢那察尔斯基认为普希金仍然是俄国最伟大的作家之一，但“鉴赏他的态度随着年月而变更了”，其文章正是以马克思主义文学批评理论重新评价普希金的诗歌。参考卢那察尔斯基著《普希金论》，江思译，《新文艺》，1930年第2卷第2期，第393－398页。

④⑤ 施蛰存、刘慧娟：《为中国文坛擦亮“现代”的火花》，《沙上的脚迹》，辽宁教育出版社，1995年，第190页、第191页。

第二，面对中国左翼作家及评论者引介世界左翼文学的特定取向，现代派作家尝试走出日本的影响，转向欧洲左翼文学更为宽广的视野和范畴，戴望舒亦在相关背景下译介法语左翼文人有关苏联无产阶级文学及理论的著作。自1929年起，诗人除了撰文报道苏共对“同路人”作家政策的改变，以及莫斯科“国际劳动者演剧会”搜集、翻译和上演各国无产阶级戏剧的工作，[①] 还积极介绍匈牙利新近普罗作家和英国无产阶级文学运动。整个30年代，戴望舒和其他现代派作家努力翻译法国左翼著作，包括瓦扬-古久列的《下宿处》(*Asile de nuit*)[②]，纪德的《从苏联回来》(*Retour de l'U. R. S. S.*)[③]、《奥斯特洛夫斯基》(*Ostrovsky*)[④] 和《纪德日记抄》(*Journal, 1889—1939*)[⑤]，马尔罗的《希望》(*L'Espoir*)[⑥] 和《鄙弃的日子》(*Le Temps du mépris*)[⑦]。至于传播多元化左翼思想的欧洲报刊和杂志，它们同样不遗余力：法国普罗文

---

① 江思：《苏联文坛的风波》《国际劳动者演剧会》，《新文艺》，1930年第2卷第1期，第215－217、219－220页。

② 瓦扬-古久列：《下宿处》，戴望舒译，《现代》，1932年第1卷第3期，第440－459页。

③ 1937年4月至7月，《从苏联回来》的译文在《宇宙风》上连载。首先刊发的是《从苏联回来·前记》，载第39期（1937年4月16日），第119－121页；接着正文分五期发表：第40期（1937年5月1日），第179－183页；第41期（1937年5月16日），第242－246页；第42期（1937年6月1日），第289－294页；第43期（1937年6月16日），第353－355页；第44期（1937年7月1日），第405－408页。至于1937年引玉书屋出版《从苏联归来》的译者问题，详见北塔《引玉书屋版〈从苏联归来〉译者考》，《中国现代文学研究丛刊》，2013年第12期，第81－89页；严靖：《〈从苏联归来〉译本问题再补充》，《中国现代文学研究丛刊》，2014年第5期，第214－218页。

④ 昂德莱·纪德：《奥斯特洛夫斯基》，戴望舒译，《纯文艺》，1938年第1卷第2期，第37－38页。

⑤ 纪德：《纪德日记抄》，徐霞村译，《文艺月刊》，1936年第9卷第6期，第131－142页。40年代，戴望舒也发表纪德《和罗曼罗兰两次的邂逅》和《纪德日记抄》，施蛰存则翻译《拟客座谈录》(*Interviews imaginaires*)的选节。参考昂德莱·纪德著《和罗曼罗兰的两次邂逅》，戴望舒译，《华侨日报·文艺周刊》，1944年第3期；纪德著《纪德日记抄》，戴望舒译，《华侨日报·文艺周刊》，1944年第31期；纪德著《拟客座谈录（第一）》，施蛰存译，《益世报·文学周刊》，1946年第21期，第3版；纪德著《拟客座谈录（第二）》，施蛰存译，《益世报·文学周刊》，1947年第29期，第3版。

⑥ 1938年至1941年，戴望舒和施蛰存均曾翻译《希望》的不同篇章，详见邝可怡编校《战火下的诗情——抗日战争时期戴望舒在港的文学翻译》，香港商务印书馆，2014年，第31－260、345－387页。

⑦《鄙弃的日子》今译《轻蔑的时代》，详见邝可怡编校《战火下的诗情》，第388－424页。

学作家普拉耶（Henry Poulaille）主编的《新时代》（*Nouvel Age*），阿拉贡、布勒东、爱吕亚（Paul Éluard）、查拉（Tristan Tzara）等为主笔的《为革命服务的超现实主义》（*Le Surréalisme au service de Révolution*），另刊载俄苏专号的《杂纂》（*Variété*）、《所见》（*Vu*）和《普及》（*Je suis partout*），甚至包括上文提及引进比、法两地法语左翼知识分子的《世界》周报。[①]《新文艺》曾发文称誉《世界》为"欧洲最大的左翼文艺杂志"，对其印刷、用纸、版面编辑、栏目设计的改革做出详尽介绍，并选译不少原载《世界》周报的文章，其中包括徐霞村翻译比利时诗人曷耐士（Armand Henneuse）对艺术家麦绥莱勒一次大战期间木刻作品及其反战意识的评介，[②] 以及孙春霆据法国社会主义作家妥代霭思（Alexandre Zévaès）《革命歌曲：国际歌的作者及其历史》（Chants révolutionnaires：L'internationale，ses auteurs，son histoire）一文撮写而成的文章，[③] 论述《国际歌》（L'Internationale）作为19世纪国际社会主义运动"战斗之歌"的产生背景及诗歌表现无产阶级社会主义运动的基本概念。戴望舒也翻译阿巴吕在《世界》所发表有关马雅可夫斯基自杀原因的分析文章，[④] 并参考其独立于苏共官方的观点撰写《诗人玛耶阔夫司基的死》一文，质疑当时苏联以至国内左翼评论家以情感问题、健康问题甚或诗剧实验失败等原因解释马氏自杀的说法，转移对诗人的未来主义艺术倾向和无产阶级革命在本质上的矛盾提出诘难。[⑤]

无可置疑，戴望舒在翻译《诗人们》以前，对比、法两地法语左翼知识分子有关无产阶级文学、马克思主义文学批评、左翼国际主义等观点，都已有不同层面的体认和思考，不过这里面有他所不知的部分。

---

① 高明：《一九三二年的欧美文学杂志》，《现代》，1932年第1卷第4期，第495－516页。

② 曷耐士（A. Henneuse）：《马赛莱尔——"善终旅店"的插图作者》，徐霞村译，《新文艺》，1929年第1卷第3期，第435－438页。曷耐士20年代定居法国，文章篇名提及的短篇小说集《善终旅店》（*A la bonne mort*），作者是比利时法语诗人凡尔哈仑（Emile Verhaeren）。

③ 参考 Alexandre Zévaès，"Chants révolutionnaires：L'internationale，ses auteurs，son histoire，" *Monde*，Le 27 avril，1929，pp. 10－11，16；孙春霆：《国际歌的作者及其历史》，《新文艺》，1930年第2卷第1期，第184－208页。孙春霆文章前言说明文中引用的法文诗歌由戴望舒翻译。

④ A. Habaru：《玛耶阔夫司基》，戴望舒译，第15－18页。

⑤ 戴望舒：《诗人玛耶阔夫司基的死》，第1742－1746页。

20年代末赴法前，戴望舒翻译借鉴唯物史观进行“艺术的科学研究”的法文著作《唯物史观的文学论》（*La Littérature à la lumière du matérialisme historique*, 1929），[①] 坦言对伊可维兹（Marc Ickowicz）的生平背景资料掌握有限，除了在书中“原序”得悉作者于日内瓦大学任教外，只能凭其姓氏推断他原籍波兰，能以法文写作。[②] 此书代表了欧洲文艺评论家尝试应用唯物史观的方法，可是当时仍受到各方面的批评。伊可维兹以为“单是这部小小的论著的标题，已经能够引起许多的疑惧、许多的加罪、许多的批评了”。[③] 面对反对者质疑唯物史观法则应用分析文学、艺术等上层建筑领域的合法性，作者从理论和作品分析两方面探求它“应取的道路”。这部马克思主义文学批评著作在法语世界自有其开创意义，犹如伊可维兹所强调：“我们简直是深入到一片几乎人迹未到的地上去，我们简直在一片 terra incognita（未知之土地）上试行我们的探求。”[④]

从《唯物史观的文学论》产生的背景及伊可维兹所属的文人团体而言，作者与欧洲法语左翼知识分子的渊源不浅。其一，此书的撰写缘自伊可维兹在日内瓦一个知识分子团体里的演讲，论文经热烈讨论后修订成书，故作者认为此书可说是“一本集团的著作”。[⑤] 其二，伊可维兹是左翼周报《世界》的撰稿者，戴望舒着手翻译《唯物史观的文学论》之前就已在该报阅读他的文章。[⑥] 伊可维兹与周报的法语左翼知识分子交往甚密，在书中序言即提及有关研究得到《世界》编辑阿巴吕的教益和鼓励，并特别赞扬阿巴吕是“一个深刻敏锐的人物，他在文学批评中找着新的路，凡对这一方面一切的努力，他总热烈地援助的”。[⑦] 其三，戴望舒不曾预想的是，他日后翻译《诗人们》的作者高力里也

---

① Marc Ickowicz, *La Littérature à la lumière du matérialisme historique*, Paris: Edition Marcel Rivière, 1929 年、1930 年此书出版了三种中译本：1930 年樊仲云据日本石川涌译本的转译，同年戴望舒从法文直译，翌年沈起予再次翻译，书名译作《艺术科学论》（现代书局，1931年）。早于1929年，戴望舒已着手翻译《唯物史观的文学论》第二部分“唯物史观在文学上的应用”的四个章节，并以单篇论文形式发表于《小说月刊》《现代小说》《新文艺》等杂志。

②③④⑤ 戴望舒：“译者附记”，伊可维兹《唯物史观的文学论》，戴望舒译，第331页、第1页、第4页、第6页。

⑥ 此文为《文学天才与经济条件》，后收入《唯物史观的文学论》一书作为附录。见伊可维兹著，戴望舒译《唯物史观的文学论》，第317－330页。

⑦ 伊可维兹：“原序”，《唯物史观的文学论》，戴望舒译，第7页。

曾阅读《唯物史观的文学论》并加以批评。高力里忆述布鲁塞尔一次以比利时诗人埃盖思帕斯为中心的知识分子聚会上，遇见一同任教于日内瓦大学的波兰青年拉比诺维兹（Léon Rabinowicz），[①] 并为他们带来刚在巴黎出版的《唯物史观的文学论》。高力里等人认为当时罕有以法文撰写马克思主义文艺理论的概述书籍，但批评当中内容不过是对普列汉诺夫论题的普及化和通俗化论述，未见深入。[②] 戴望舒不约而同地批评伊可维兹的著作分析“不深切”，并有“几处意见的不正确”，[③] 但仍有其可读之处，较同期相类著作更为出色。[④] 戴望舒坦言翻译《唯物史观的文学论》目的是针对中国文坛，因为伊可维兹“严正批判”简化应用唯物史观的文学研究，足以警醒当时的中国评论家，不要过分运用相关方法。[⑤]

从马克思主义的文学批评到无产阶级文学的创作，戴望舒都力图通过法语左翼知识分子的经验和著述，协助修正和推进中国当时左翼文化运动的发展。在这基础上，我们方能进一步理解戴望舒离沪往法以后，为何对法国革命文艺家协会集会上纪德的发言感到如此震撼，又为何积极于一个月内翻译高力里《诗人们》的全稿，并为争取译本早日出版而不惜代价。1933 年，戴望舒目睹法国左翼文人如何面对欧洲的历史危机：一次大战后，美、英、法等协约国在巴黎和会签订《凡尔赛和约》，对德国实施苛刻条款。20 年代初，法国和比利时军队更占领德国鲁尔（Ruhr）地区，导致高举民族主义的纳粹党得到德国人民支持。1933 年 1 月，希特勒出任德国总理确立法西斯政权，对国内知识分子严加迫害。同年 3 月，法国革命文艺家协会刊物《红页》（*La Feuille*

---

① 伊可维兹将《唯物史观的文学论》一书题赠予拉比诺维兹（Léon Rabinozicz）：“本书献与我勇敢的朋友和战侣莱洪·拉比诺维兹。”

② Benjamin Goriély，“Quelques souvenirs sur Albert Ayguesparse《Tentatives》et《Prospections》”，p. 11.

③ 戴望舒：“译者附记”，见伊可维兹《唯物史观的文学论》，第 332 页。此外，《唯物史观的文学论》同样受到左翼评论家的批评，施蛰存还忆述此书因此没编入由冯雪峰和鲁迅拟定，由水沫书店出版的“科学的艺术论丛书”。然而据《唯物史观的文学论》1930 年版本内页所示，此书的确属“科学的艺术论丛书”之一，施蛰存忆述疑有错误。参考施蛰存《我们经营过三个书店》，《新文学史料》，1985 年第 1 期，第 188 页。

④ 戴望舒针对的是 1928 年巴黎出版的《艺术与唯物论》。参考 Paul Le Pape，*Art et matérialisme*，Paris：Chimère，1928.

⑤ 戴望舒：“译者附记”，伊可维兹《唯物史观的文学论》，第 332 页。

rouge）创刊，首二期即刊载罗曼·罗兰、巴比塞、瓦扬-古久列、纪德等知识分子的反法西斯主义宣言。[①] 3月21日，法国革命文艺家协会成立一周年之日在巴黎召开大会，商讨反抗德国法西斯残暴行为的决议案，同时批判法国的帝国主义扩张。[②] 戴望舒应瓦扬-古久列之邀参加集会，会后撰写日后备受争议的《法国通讯——关于文艺界的反法西斯谛运动》，详述了纪德演讲的内容。其实不仅是戴望舒个人，整个法国文坛都极度关心纪德与无产阶级作家合力反抗法西斯暴行。[③]

也许正如学者指出，纪德参加集会"实际上暗藏着戴望舒所不知道的玄机"。[④] 戴望舒无从得知纪德对于出席集会感到迟疑和忧虑，[⑤] 但演讲中纪德多次强调超越国界和民族利益的信念："这信念便是只有一种高出于国家的利害的利害，一种不同的民族所共有着的，使这些民族联合起来而不是使他们对立起来的利害。"他赞成瓦扬-古久列主张组成联合阵线，强调联结全部劳动阶级的力量："我们必需有一个最大的联

---

① *La Feuille rouge*, n°1（mars 1933）, pp. 1 – 2; *La Feuille rouge*, n°2（mars 1933）, pp. 1 – 2. 除正文提及的著名左翼作家外，还有布洛克（Jean-Richard Bloch）、席涅克（Paul Signac）、杜尔丹（Luc Durtain）、必尔德拉克、达比等文艺家，他们的宣言部分转载至《人道报》。参考"La Protestation des intellectuels", *L'Humanité*, Le 6 mars, 1933, p. 2; Le 9 mars, 1933, p. 1; Le 13 mars, 1933, p. 3.

② 参考瓦扬-古久列会上的总结发言撮要。"A l'appel de l'Association des écrivains et artistes révolutionnaires", p. 2:［Vaillant-Couturier,］"Hitler est le fils du traité de Versailles et de l'occupation de la Ruhr, le résultat de la politique de l'impérialisme français."另参考集会召开前《红页》和《人道报》所载相关事件的讨论。Vaillant-Couturier, "Au Feu!" *La Feuille rouge*, n° 1（mars 1933）, p. 1; Vaillant-Couturier, "Rot Front!" *ibid.* n° 2（mars 1933）, p. 1; "Manifestations ouvrières, protestations d'écrivains", *L'Humanité*, Le 6 mars, 1933, p. 2; "Unité d'action! Les communistes sonnent le rassemblement: 8000 prolétaires enthousiastes hier à Bullier", *ibid.*, Le 8 mars, 1933, p. 1.

③ 1933年3月21日，瓦扬-古久列在《人道报》撰文号召读者出席同日晚上法国革命文艺家协会的大会，文章即标示纪德将于当晚发言。3月23日，《人道报》对这次集会做出详尽报道，重点同样在于纪德的演讲，至于其他与会者如达比、马尔罗、爱吕亚、茹尔丹和瓦扬—古久列等的发言，都只报道内容撮要。参考"Un an d'activité de l'association des écrivains et artistes révolutionnaires. André Gide parlera, ce soir, salle Cadet", *L'Humanité*, Le 21 mars, 1933, p. 2; "A l'appel de l'Association des écrivains et artistes révolutionnaires", p. 2.

④ Gregory Lee, *Dai Wangshu*, p. 33；中译参考利大英著《远行与发现——1932—1935年的戴望舒》，寇小叶译，《现代中文学刊》，2009年第3期，第48页。（此文主要为利大英 *Dai Wangshu* 一书第二章的翻译。）

⑤ 详见 Gregory Lee, *Dai Wangshu*, pp. 31 – 36；利大英：《远行与发现——1932—1935年的戴望舒》，寇小叶译，第47 – 49页。

合：一个在你们之间的密切的联合和各国的全部劳动阶级的联合。”[①]上述主张由“忠实于自己的艺术”的作家以非共产党员的身份在集会上提出，他愿意和革命作家及艺术家们“携手”合作，亦受到他们“热烈的欢迎”。这幅共产主义者和非正统左翼作家和谐并列的图像，的确为戴望舒所向往。尽管不少学者已就《法国通讯》的内容深入探讨戴望舒与纪德、戴望舒与“第三种人”的论争等重要课题，[②] 但此文在不同的语境下别具意义，它突显了戴望舒如何从法语左翼知识分子的身上得到启示：瓦扬-古久列和纪德支持的联合阵线、巴比塞对国际主义的追求，以至日后翻译《诗人们》所体认革命诗人的困境并强调“同路人”作家的文学活力。他们都能够接纳非革命路线的左翼作家，并且积极反思苏共文艺政策指导下的无产阶级文学。法语左翼知识分子在政治和文学两方面的探讨，都为当时的中国作家提供参照。[③]

（二）《诗人们》的中文翻译与传播

1934 年 3 月，高力里的《诗人们》在巴黎出版，戴望舒仅仅于一个月内完成全文翻译。[④] 纵然戴望舒翻译此作的动机清晰，对它进入中国读者视野所能引起的回响亦充满期待，可是 1934 年中国文坛各种政治与文艺思想上的斗争，导致《诗人们》译本的出版困难重重。

《诗人们》中译本第一阶段的出版集中在 1934 年 7 月，主要以章节节录形式发表。施蛰存首先替戴望舒选取了两个篇章，分别刊载在上海

---

① 戴望舒：《法国通讯——关于文艺界的反法西斯谛运动》，第 307 页；“A l'appel de l'Association des écrivains et artistes révolutionnaires”, p. 2.

② 参考 Gregory Lee, *Dai Wangshu*, pp. 31 – 40；王文彬：《戴望舒与纪德的文学因缘》，《新文学史料》，2002 年第 2 期，第 146 – 155 页；李洪华：《从“同路人”到“第三种人”——论 1930 年代左翼文化对现代派群体的影响》，《南昌大学学报（人文社会科学版）》，2009 年第 3 期，第 122 – 125 页；北塔：《戴望舒与“左联”关系始末》，第 48 – 49 页。

③ 1935 年，戴望舒回国以后的夏天，巴比塞在访问莫斯科的行程中逝世。1938 年 10 月，戴望舒发表《巴比塞逝世三周年纪念》的翻译文章，悼念这位“屡次克服了许多文化人病根所在的艺术和行动的二重性”的左翼作家，并强调他对不同倾向左翼知识分子的关注和接纳。参考亚尼西莫夫《巴比塞逝世三周年纪念》，苗秀译，《星岛日报·星座》，1938 年 10 月 3 日，第 10 版。（文章译自《真理报》）

④ 20 世纪 30 年代与戴望舒同于法国里昂中法大学学习的沈宝基回忆道：“望舒翻译的速度惊人，记得我买来一本书，他见了对我说：‘借一借’，借去半个月还我时说：‘我译完了！’我惊呼一声：‘好家伙！’…… 这本书就是本约明·高力里的《苏联诗坛逸话》。”1990 年 11 月 19 日，沈宝基致陈丙莹函，见陈丙莹《戴望舒评传》，重庆出版社，1993 年，第 68 – 69 页。

两种现代派文学杂志——均由施氏主编的《文艺风景》和《现代》。所选篇章的内容，既避免涉及原著中俄国革命诗人面对个人和政治困境的核心议题，亦配合了两种杂志因应当时中国文坛的政治形势在文艺层面上保持的“中间路线”，强调“不预备造成任何一种文学上的思潮、主义或党派”，① 着重“崇高的文艺趣味”的编辑方向。② 首篇“革命期俄国诗人逸闻”本为《诗人们》第一部的第三章“在革命中的诗歌”，发表时刻意改换篇名，标示文章以记述“逸闻”为主。③ 此文与意大利未来主义作家帕皮尼（Giovanni Papini）的《鬼才》，④ 以及介绍日本诗人与谢芜村（Yosa Buson）及其俳句的文章一同刊载。⑤ 在译介世界文学方面，《文艺风景》其实并非完全不涉政治议题的作品，但通过翻译尝试换取相对较少干预的议论空间。此期杂志首篇文章正是施蛰存翻译德国犹太裔著名左翼剧作家托勒尔（Ernst Toller）的《现代作家与将来之欧洲》。⑥ 1933 年，作者在法西斯政权迫害之下流亡英国，文章剖析当代知识分子的历史责任，向欧洲知识分子“大声疾呼，希图以他的微弱的力量来挽回一个危险的时代”。⑦ 至于《现代》第 5 卷第 3 期发表高力里《叶赛宁与俄国意像诗派》的翻译，同样配合该期杂志对意大利未来主义诗歌及西班牙小说最新发展的评论翻译一并刊载。⑧ 编者不仅强调此文所述是革命时期俄国诗坛各种“遗闻逸事”，⑨ 也通过该期

---

① 施蛰存：《创刊宣言》，《现代》，1932 年创刊号，第 2 页。另参考施蛰存《〈现代〉杂忆（一）》，《新文学史料》，1981 年第 1 期，第 214 页。

② 《编辑室偶记》，《文艺风景》，1934 年第 1 卷第 2 期，第 118 页。

③ 高力里：《革命期俄国诗人逸闻》，戴望舒译，《文艺风景》，1934 年第 1 卷第 2 期，第 87 – 92 页。

④ 巴比尼：《鬼才》，徐霞村译，《文艺风景》，1934 年第 1 卷第 2 期，第 75 – 83 页。巴比尼是 20 世纪意大利最具争议性的作家之一，徐霞村在译文后所撰的附记中也提及一次大战后巴比尼信奉天主教及相关著作。

⑤ 高明：《芜村及其俳句》，《文艺风景》，1934 年第 1 卷第 2 期，第 93 – 100 页。

⑥ 此文原以英文在英国《读书人》月刊上发表。参考托莱尔著《现代作家与将来之欧洲》，施蛰存译，《文艺风景》，1934 年第 1 卷第 2 期，第 2 – 9 页；Ernst Toller, “The Modern Writer and the Future of Europe”, *The Bookman*（U. K.）（Jan 1934）: 380 – 382.

⑦ 译文后施蛰存作“附记”介绍作家生平。见托莱尔《现代作家与将来之欧洲》，第 9 页。

⑧ 《叶赛宁与俄国意像诗派》本为《诗人们》第一部的第四章。参考高列里著《叶赛宁与俄国意像诗派》，戴望舒译，《现代》，1934 年第 5 卷第 3 期，第 411 – 421 页。

⑨ 《叶赛宁与俄国意象诗派》的“编者附注”说明文章节录自《诗人们》，并强调此书上卷叙述革命时期俄国诗坛各种“遗闻逸事”，下卷则论述革命时期俄国作家及批评家，将高力里的著作定位为当时“研究新俄诗歌之唯一佳著”。

杂志的文章编排将它归类为20世纪欧洲文艺思潮的译介。

1935年3月至10月，《诗人们》前半部“从个人主义到革命”中的第一、三、四、五章的翻译分为六个篇章，首次以连载形式较完整地在两种纯文学杂志《文饭小品》和《现代诗风》刊载，是为《诗人们》翻译发表的第二阶段。① 同样由于敏感的政治环境，施蛰存发行、康嗣群主编的《文饭小品》删掉《诗人们》前半部的第二章“布尔塞维克诗人”，并委婉地解释“因特殊关系未能登刊”。② 系列文章虽配合戴望舒的导论文字说明翻译缘起，包括当时中国国内俄苏文学研究不足的批评、《诗人们》探讨个人主义者参与革命的经验借鉴等，但施蛰存仍在文章前言努力淡化其政治内容，强调文章让人“感到非常有兴味”的部分，其实是“那记述革命期许多激动的诗人们的遗闻逸话”。③ 文学杂志针对文坛日益政治化的发展，宣称刊载“一切并不‘伟大’的文艺‘作品’”的取向，④ 选载《诗人们》的系列文章亦换上“苏联诗坛逸话”作为总题。随着《文饭小品》停刊，“苏联诗坛逸话”的续篇在施蛰存发行、戴望舒主编的《现代诗风》创刊号上续刊。⑤ 《现代诗风》是现代派诗人的杂志，也是戴望舒回国后首次主编的诗刊。除发表

---

① 参考高力里著《苏联诗坛逸话》（一　混乱中的作家们），戴望舒译，《文饭小品》，1935年第2期，第45－51页；《苏联诗坛逸话（续）》（二　神秘派），《文饭小品》，1935年第3期，第81－90页；《苏联诗坛逸话（续）》（三　在革命中的诗歌），《文饭小品》，1935年第4期，第67－72页；《苏联诗坛逸话（续）》（四　诗人的动员令、人们不再发表意象派的作品了、耶稣受难寺、“时代底忠实的孩子”），《文饭小品》，1935年第5期，第86－98页；《苏联诗坛逸话（续）》（五　俄罗斯的未来主义），《文饭小品》，1935年第6期，第43－51页；高力里著《苏联诗坛逸话》（佛拉齐米尔·玛牙可夫斯基），戴望舒译，《现代诗风》，1935年第1期，第73－82页。

② 高力里：《苏联诗坛逸话（续）》（三　在革命中的诗歌），戴望舒译，第67页，“编者案”。

③ 施蛰存：《“苏联诗坛逸话”小引》，《文饭小品》，1935年第2期，第46页。

④ 康嗣群在《文饭小品》创刊号上说明杂志的编辑取向并批评当时的文坛：“当‘伟大’狂盛之年，而有人来抬出‘小品文’这个名称，又从而提倡之，这当然幽默得要使一些伟大的人物感到不自然了。……（小品）也许是清谈，但负亡国之责；也许是摆设，但你如果因此丧志，与我无涉；‘小品’云何哉，干脆的说，一切并不‘伟大’的文艺‘作品’而已。”见康嗣群《创刊释名》，《文饭小品》，1935年第1期，第1－2页。

⑤ 《文饭小品》1935年2月创刊，同年7月停刊，共出版六期。施蛰存自言：“我这个发行人是与普通的杂志发行人不同的。既无本钱，亦不想赚钱，更没有什么背景。”只是遇上康嗣群坚持自己出版文艺杂志，“可以任性”，“舒舒服服的任意”，且得到上海杂志公司的张静庐支持，便决定参与其中。见施蛰存《发行人言》，《文饭小品》，1935年第1期，第3－4页。另参考施蛰存《文饭小品废刊及其他》，《现代诗风》，1935年第1期，第2页。

自己的四首新作（《古意答客问》《霜花》《秋夜思》《灯》）以外，① 诗刊的创刊号还收录了玲君、金克木、施蛰存、徐霞村、林庚、徐迟、南星、侯汝华、路易士等人的诗作，以及刘呐鸥翻译日本现代诗人西条八十的作品。② 至于《诗人们》有关高力里评论马雅可夫斯基章节的翻译（即《诗人们》第五章“俄罗斯的未来主义”的下半部），则以译介俄国现代诗人为重点，与英国诗人艾略特（T. S. Eliot）《诗的用处与批评》（*The Use of Poetry and the Use of Criticism*）一书的序、英国诗人拜伦（George Gordon Byron）的书信、美国现代女诗人罗蕙儿（Amy Lowell）《我们为什么要读诗》（“Why We Should Read Poetry”）等文章的翻译，以及美国“桂冠诗人”桑德堡（Carl Sandburg）的引介一同刊载。

从《文艺风景》《现代》《文饭小品》到《现代诗风》，高力里《诗人们》章节翻译的发表，一直受限于20世纪30年代中国文坛复杂的政治处境，以及上海现代派文艺杂志因应社会变化所选取的编辑方向，以致原著本身关注的议题未能全面展示。直至戴望舒回国后翌年（1936年），《诗人们》的前半部分由上海杂志公司出版，题名“苏联诗坛逸话”，是为译书发表的第三阶段。③ 高力里原著的整体结构第一次较完整地呈现。书中所载的“译者附记”（1936年4月3日），虽然删除了戴望舒最初对翻译动机的说明，④ 但《诗人们》对俄国革命诗人

① 戴望舒：《新作四章》（《古意答客问》《霜花》《秋夜思》《灯》），《现代诗风》，1935年第1期，第15－18页。

② 西条八十：《西条八十诗抄（七首）》，刘呐鸥译，《现代诗风》，1935年第1期，第38－44页。

③ 《苏联诗坛逸话》出版前一个月，《诗人们》上半部第三章“革命中的诗人们”的节录，曾以单篇形式与即将出版的《苏联诗坛逸话》的“后记”一同在上海杂志公司旗下的《书报展望》刊载，此部分不作独立讨论。至于“苏联诗坛逸话”这一书名，据日后戴望舒回忆，原书名“俄罗斯革命中的诗人们”对1937年当时“危在旦夕的出版家”造成极大威胁，因而只能采用一个较为“轻松”的书名“苏联诗坛逸话”。参考高力里著《革命中的诗人们》，戴望舒译，《书报展望》，1936年第1卷第7期，第3页；戴望舒《〈苏联诗坛逸话〉后记》，《书报展望》，1936年第1卷第7期，第4页；戴望舒“译者附记”，载高力里著《苏联文学史话》，戴望舒译，第274－275页。《苏联诗坛逸话》并无收入《诗人们》原著引言和结论的翻译。

④ 1934年，戴望舒翻译《诗人们》时撰写附记文字，并注明写作日期为1934年4月。附记随《诗人们》部分篇章于1935年《文饭小品》首次发表时刊载。参考戴望舒《〈苏联诗坛逸话〉小引》，第45－46页。

从个人主义进入集团主义革命困境的探讨，还是配合增设的附录被一再强调。戴望舒原意为《诗人们》加入三篇附录文章，回应高力里分析三位俄国革命诗人勃洛克、叶赛宁、马雅可夫斯基面对十月革命的不同取态与命运：（1）胡勃（胡成才）翻译勃洛克为“表明他对于十月革命的依系”所撰写反映十月革命的长诗《十二个》；（2）日本马克思主义文艺理论家藏原惟人（Kurahara Korehito）原著、冯雪峰翻译的《诗人叶赛宁之死》；（3）戴望舒撰写的《诗人玛牙可夫斯基之死》。勃洛克《十二个》的翻译最终因技术问题未能收入；① 有关叶赛宁和马雅可夫斯基两篇“诗人之死”的文章，其论述与高力里强调抱持个人主义的意象派和未来派诗人无法真正“转变”而走向革命的观点基本一致。藏原惟人认为，叶赛宁其实爱“革命英雄性”，但“单单将革命当作旋风和音乐迎着的叶赛宁，一到革命过去了他的华美的英雄的时代而移到现实的建设的持久战的时候，就至于感到幻境也是当然的事。……这是赞同着革命的理想的旧知识阶级的多在一九二〇至二一年时代里所经验过来的情形”。② 至于戴望舒对马雅可夫斯基的评论，正如上文所述，他和高力里同受阿巴吕观点的影响。在《诗人玛牙可夫斯基之死》一文里，戴望舒甚至认为这位被苏共誉为最伟大的革命诗人所致力的未来主义诗学，本属资产阶级的产物，诗人只是凭借未来主义破坏过去的精神歌颂无产阶级革命，其实早就意识到“个人主义的我镕解在集团的我之中而不可能”。③

《诗人们》的中译随着戴望舒避战南下在香港继续发表，也同时进入全面抗日战争的历史语境。1938 年 5 月，戴氏与家人从沪往港，8 月起担任《星岛日报》文艺副刊《星座》编辑，先以单篇形式不定期刊载《诗人们》第二部“从革命到集团主义”的章节。至 1939 年 4 月，《星岛日报》刊载了《诗人们》未发表的译文共 18 篇，是为中译本发表的第四阶段。由于报刊文章没有注明译者名称，原著作者名字亦改译

---

① 戴望舒：“译者附记”，载高力里《苏联诗坛逸话》，第 193 页。

② 藏原惟人：《诗人叶赛宁之死》，冯雪峰译，载高力里著《苏联文学史话》，戴望舒译，第 225－226 页。

③ 戴望舒：《诗人玛牙可夫斯基之死》，载高力里著《苏联文学史话》，戴望舒译，第 247 页。

为“高列里”，因此过往学界一直没有留意相关的原始材料。① 报刊连载的译文经重新整合，章节之间原来次序略有改动，内容亦有所删减。② 部分章节更以“苏联文学史话”为总题，预示了戴望舒出版中译本全文的计划（1941 年全文译本即以此为书名）。《星岛日报》选载《诗人们》第二部的译文，基本上配合了当时《星座》副刊的关注：既于抗日战争时期继续评论苏联文学的发展，也呼应当时中国和世界的抗战文学。一方面，自 1938 年 12 月开始，《星座》刊载高力里《苏联文学创造期》《苏联文学的源流》和《苏联无产阶级文学底第一个时期》（一至七）等译文，配合其他图像与文字广泛介绍苏联文学的新进程，其中包括以俄国革命为主题的系列版画作品、③ 叶灵凤译《作家在苏联》（一至五）的连载文章、④ 著名美国左翼作家辛克莱和苏联作家巴

---

① 《星岛日报·星座》所载《诗人们》第二部的翻译文章，除首篇《诗歌中的列宁》注明译者为戴望舒并沿用作者中译名“高力里”以外，1938 年 12 月开始发表的 17 个篇章，均未列出译者名字，亦将《诗人们》作者姓氏改译为“高列里”。兹将各篇篇目及发表日期胪列如下：《诗歌中的列宁》，1938 年 8 月 24 日；《苏联诗坛的活历史：别赛勉斯基》，1938 年 12 月 19 日（文末注明“苏联文学史话之一”）；《苏联文学创造期——高尔基所演的角色》，1938 年 12 月 20 日（文末注明“苏联文学史话之一”）；《布格达诺夫的理论——苏联文学史话之一》，1938 年 12 月 23 日；《苏联文学的源流》，1938 年 12 月 27 日（文末注明“苏联文学史话之一”）；《无产阶级文化协会的始末——苏联文学史话之一》，1939 年 2 月 7、9 日；《苏联无产阶级文学底第一个时期》（《苏联文学史话》），1939 年 2 月 10 - 14、23 - 24 日；《亚力山大·耶洛夫》（《苏联文学史话》），1939 年 4 月 1 日；《无产阶级文学底突进》（《苏联文学史话》），1939 年 4 月 7 日；《文艺政策的改变》（《苏联文学史话》），1939 年 4 月 19 日；《作家的突击队》（《苏联文学史话》），1939 年 4 月 20 日。

② 据笔者仔细校对，18 篇译文与 1941 年发表的《诗人们》全书翻译基本相同，但因应实际情况在报刊发表时章节次序略有改动，例如《诗人们》第二部第一、二章重新组织为四篇文章《苏联文学创造期——高尔基所演的角色》《布格达诺夫的理论》《苏联文学的源流》和《无产阶级文化协会始末》刊载，其中“布格达诺夫的理论”一节被提前刊载，至最后一篇《无产阶级文化协会始末》下半部发表时，即就该篇内容在文末以附注形式提示读者“请参看星座十二月二十三日刊出的‘布格达诺夫的理论’”；《诗人们》第二部第五章以下的小节“新的课题”及第六章以下的小节“巴斯戴尔拿克”，则从未发表。再者，个别篇章因报刊篇幅所限而有删改，例如 1939 年 2 月 14 日载《苏联无产阶级文学底第一个时期》七篇之中的第五篇，内引基里洛年（Vladimir Kirillov，1889—1937）的诗《我们》（*Nous*）被删略。参考高力里：《苏联文学史话》，戴望舒译，第 149 - 150 页。

③ 哥耶：《多么勇敢》，《星岛日报·星座》，1938 年 12 月 19 日；《轰炸下》，《星岛日报·星座》，1938 年 12 月 20 日；《文明之宣扬》（同名四种作品），《星岛日报·星座》，1938 年 12 月 21 - 22、27 - 28 日；《流亡》，《星岛日报·星座》，1938 年 12 月 29 日。

④ 亚历山大·德契：《作家在苏联》，灵凤译，《星岛日报·星座》，1938 年 12 月 24 - 25、27、29、31 日。

甫连科（Petr Andreevich Pavlenko）的通信翻译，[①] 以及唐锡如《苏俄新译外国名著》的介绍。[②] 另一方面，报刊同期发表楼适夷、马国亮、路易斯等人的抗战文章和诗歌，[③] 以及描述西班牙革命战争的文学著作，例如杜衡翻译美国作家纽加斯（James Neugass）根据其西班牙革命战争亲身经历撰写的长诗《给我们这一天》，[④] 施蛰存翻译法国著名作家兼革命家马尔罗以西班牙革命战争为主题的小说《希望》选段，还有讲述1925年省港大罢工的小说《征服者》（*Les Conquérants*）的书评。论者甚至将中国当时的处境与西班牙反法西斯战争加以比较，以为“假使我们回顾一下中国十余年来发展的经过，那不得不佩服这位年青的法国朋友是有先见之明的”。[⑤]

《诗人们》中译全稿最终在戴望舒完成翻译后七年（1941年），[⑥] 以自资方式在香港出版，诗人更根据他当时在港居住的地方林泉居（Woodbrook Villa）作为此书出版者的名称。[⑦] 其时已是戴望舒从上海南下避战的第三年，正值香港沦陷前夕。戴望舒最后将高力里著作中译本的书名由“诗坛逸话”改为“文学史话”。《苏联文学史话》作为译书第五阶段的发表固然最为完整，还在《苏联诗坛逸话》（《诗人们》第一部）及《星岛日报》发表《诗人们》第二部的基础上增补了三种附录，即冯雪峰译

---

① U. 辛克莱：《我愿和苏联作家合作——致“国际文学”编者书》，《星岛日报·星座》，1938年12月21日；巴甫连科：《我愿和辛克莱合作“红色的黄金”——答辛克莱书》，唐锡如译，《星岛日报·星座》，1938年12月22日。

② 唐锡如：《苏俄新译外国名著》，《星岛日报·星座》，1938年12月31日。

③ 马国亮：《我们要胜利》，《星岛日报·星座》，1938年12月20日；路易士：《为你复仇》，《星岛日报·星座》，1938年12月26日；楼适夷：《迎新的战斗之年》，《星岛日报·星座》，1939年1月5日。

④ J. 纽加斯：《给我们这一天》（一至五），杜衡译，《星岛日报·星座》，1938年12月25－29日。原著参考 James Neugass，“Give Us this Day”，*Story* 13（Nov-Dec，1938）；reprinted in Cary Nelson（ed.），*The Wound and the Dream*：*Sixty Years of American Poems about the Spanish Civil War*，Urbana，IL：University of Illinois Press，2002，pp. 124－134.

⑤ 楼佐：《书评：“中国大革命序曲”》（原名：“征服者”），《星岛日报·星座》，1939年1月10日。此文为马尔洛著，王凡西译《中国大革命序曲》（上海：金星书店，1939年）的书评。

⑥ 戴望舒误记此书出版时为翻译完成后第八年，见戴望舒“译者附记”，载高力里著《苏联文学史话》，戴望舒译，第275页。

⑦ 1941年出版的《苏联文学史话》版权页注明出版者为“林泉居”，封面即印上“林泉居版”，而印刷者为星岛日报印刷部，总经售处为耕耘书店，初版印数1500册。1938年，戴望舒携妻女避战南下，其后租住薄扶林道一所花园洋房。由于该处邻近树林小溪，环境清幽，故定名为林泉居，戴望舒亦以林泉居士为笔名。

《无产阶级文化协会宣言》、[①] 鲁迅译《观念形态战线和文学》[②] 和高力里原著附设的苏共中央委员会《关于文艺领域上的党的政策》决议案的翻译，全面补充1917年至1932年俄苏文学发展论述的资料。

《苏联文学史话》的《译者附记》写于1941年10月17日，由此可知此书出版正值香港沦陷（1941年12月25日）前后的两个多月内。[③] 1934年至1941年，从上海到香港，《诗人们》译本的出版已经历多次历史语境的变化，有必要重新审视戴望舒在抗日战争期间撰写的"译者附记"。《苏联文学史话》虽然删除了《诗人们》原著的引言，但"译者附记"基本复述了高力里在原著引言中阐明的写作目的、方法、全书结构安排及作家的观点和立场。换言之，"译者附记"不少内容与《诗人们》原著引言相合，对当中说明写作目的的原文只作技术性的修改，可视之为它的译文。[④] 对读比较，"译者附记"刻意忽略《诗人

---

① 画室译《无产阶级文化协会宣言》，原题《"无产者文化"宣言》，载波格达诺夫著，苏汶译：《新艺术论》，上海水沫书店，1929年，第111－119页。

② 鲁迅所译《观念形态战线和文学》（1925年1月第一次无产阶级作家大会的决议案）和两个文件《关于文艺领域上的党的政策》（1925年6月俄共（布）中央的决议案）、《关于对文艺的党的政策》（1924年5月俄共（布）中央召开文艺政策讨论会的记录），乃据藏原惟人和外村史郎《苏俄的文艺政策》的日译本重译。1928年至1929年，三篇文章曾于《奔流》月刊发表，后收入《文艺政策》一书。参考鲁迅《〈文艺政策〉后记》，《译文序跋集》，《鲁迅全集（第十卷）》，人民文学出版社，2005年，第339－346页。

③ 太平洋战争爆发，1941年12月8日，日军进攻香港，开始了为期18日的香港保卫战。戴望舒编辑的《星岛日报》副刊《星座》即改为战时特刊，而《星岛日报》亦于香港沦陷前三天停刊。参考戴望舒《十年前的星岛和星座》，《星岛日报·星座》，增刊第10版，1948年8月1日。

④ 例如对读《诗人们》引言原文："Il n'est pas question dans ce qui va suivre de présenter au public français les écrivains et les poètes de l'U. R. S. S... Il ne s'agit pas non plus, pour moi, de présenter une étude complète de la poésie russe moderne qui est actuellement en plein développement. J'ai simplement essayé de montrer de quelle façon la littérature russe cherche à rejoindre la Révolution et par quelle voie."以及"译者附记"论述此书写作的目的："在这部小书之中，作者的意思并不是在于介绍几个苏联的作家，亦不在于对苏联的文学作一种全盘的研究，他的目的只是要指示出，俄国的文学是怎样地去和革命结合，又从那一条路去和它结合。""译者附记"从原文作家第一人称"我"（Je）有关写作目的的陈述，转换成第三人称（包括主语"作者"及人称代词"他"）的叙述；又因应《诗人们》中译本阅读对象的改变，删除原文提及法语大众读者的字句（au public français）。此外，为能在中文语境里清楚说明《诗人们》探讨的对象，"译者附记"将原文"俄罗斯现代诗歌"（la poésie russe moderne）的说法，改写为1922年苏共政权成立以后的专称"苏联的文学"，与下文强调十月革命前后的"俄国的文学"相对。总括而言，《苏联文学史话》的"译者附记"内容部分直接翻译了高力里原著的引言。参考 Benjamin Goriély, *Les Poètes dans la révolution russe*, p. 7；高力里：《苏联文学史话》，戴望舒译，第274页。

们》原著引言中两个重点的申述。其一，戴望舒据原著引言在“译者附记”里说明《诗人们》旨在展示俄国诗人参与革命的道路，但删除文中提及诗人参与革命所面对的困境及不接纳革命者的取态：“凭借个人记忆，我希望展示不接纳革命的作家所采取的姿态，以及寻求与革命重新结合的诗人的探索过程。”① 其二，译者回避原著引言中论述革命时期各种文学流派与整个俄国“民族觉醒”的紧密关系：“这个转折时期文学流派高度发展的时代，密切地联系着整个民族的觉醒，从而开始发现新的世界。”② 香港沦陷前夕，尽管戴望舒尽最后努力出版《诗人们》中译本，延续诗人参与革命的思考，但在特殊的历史语境下，他只能强调此书作为文学“史话”的定位，审慎而有限地肯定书中“公允的眼光、简明的叙述、活泼的笔调、严紧的结构”等价值。③

五、我为什么，为谁而写作?

1934年《诗人们》原著出版时，法国革命文艺家协会机关刊物《公社》以“我为什么，为谁而写作?”为题，邀请作家撰文回应，结果罗曼·罗兰给以坚定恳切的回复：建立“无国界无产阶级的人类大同”的理想下，以写作支持苏联无产阶级革命运动。抗日战争结束后，戴望舒对此文念念不忘，全文翻译也一度重刊：

> 我永远“为行进的人们”而写作。……为了那些做着行进的大军的前卫的人们，为了那些作着国际大战的人们——这大战的胜利，将确保无国界无产阶级的人类大同的建立。在今日，共产党是社会的，宇宙的行动的唯一的党，它既不瞻前顾后，也不妥协，持着旗帜向前走，带着一种英勇而熟思过的论理，去征服那些高原。……我们，作家们，我们向那些落伍者们吹起集合的号角。但是我们却不必等待他们。让他们赶上我们来吧！行进的纵队是永远也不停止的。③

---

①②③ 戴望舒：“译者附记”，高力里《苏联文学史话》，第274页。

③ 译文参考罗曼·罗兰著：《我为什么为谁而写作?》，文生译，《新生日报·生趣》，1946年1月20日。此文后于《华侨日报》重刊，见罗曼·罗兰著《我为什么，为谁而写作?》，戴望舒译，《华侨日报·文艺》，1949年1月16日。

戴望舒虽然无从得知此文发表后一年，罗曼·罗兰应高尔基之邀访问苏联，并写下 50 年内不许发表的日记《莫斯科之旅》（*Voyage à Moscou, juin-juillet*, 1935），透露当时他对苏联制度的批评。[①] 但由此可见，戴望舒深切关注 30 年代法国左翼知识分子如何思考作家身份、写作活动和现实政治的关系，尤其在时代转折之际，罗曼·罗兰对无产阶级革命的充分肯定。《诗人们》中译本的出版并非单纯回应 30 年代中国文坛掀起赤色出版的浪潮，戴望舒对文学与革命的关系以至欧洲左翼文艺思潮发展的思考，也因为其人生经历和历史遭遇而越见深刻。同样是文化中介者，戴望舒将高力里在极为复杂的文化背景（俄国、波兰、德国、比国、法国）下酝酿完成的《诗人们》引入中国特殊的历史语境，不仅展现出不同地域文化脉络之下左翼文艺思潮之间的矛盾和竞争，更尝试在中国以至全球激进的左翼革命运动中寻求现代派诗人的道路。

（作者单位：香港中文大学）

① 中译本参考罗曼·罗兰著《莫斯科日记》，夏伯铭译，台湾商务印书馆，1998 年。

变形的故乡，有情的测绘：
《茶馆》，怀旧、丧失感、自我悲悼

宋伟杰

1936年，老舍（1899—1966）在北平之外，写下了思念故乡的名篇《想北平》，并如是忏悔，“我的最初的知识与印象都得自北平，它是在我的血里，我的性格与脾气里有许多地方是这古城所赐给的”。① 老舍还坦诚告白：“语言是不够表现我的心情的，只有独自微笑或落泪才足以把内心揭露在外面一些来。我之爱北平也近乎这个。……我所爱的北平不是枝枝节节的一些什么，而是整个儿与我的心灵相黏合的一段历史，一大块地方，多少风景名胜，从雨后什刹海的蜻蜓一直到我梦里的玉泉山的塔影，都积凑到一块，每一小的事件中有个我，我的每一思念中有个北平，这只有说不出而已。”②

老舍“血里”“心中”的北平，北京的“枝节”、整体同作家心灵的黏合，故都“事件”中的“我”及“我的每一思念中有个北平”，都为历史时空中的实体北京城添加了老舍本人丰富的情感寄托。作家本人性格、脾气的养成，对北平难以言传的想念与谦卑的爱恋，都为他测绘庚子国变、军阀混战、抗日沦陷以来多灾多难的故都北平，设定了萦绕不断的情感基调。

老舍对故都北平的有情的测绘，③ 表现为作家对城市微型空间的有

---

① 老舍：《想北平》，姜德明编《北京乎：现代作家笔下的北京（一九一九——一九四九）》，生活·读书·新知三联书店，1992年，第409页。1928年到1949年，国民政府将首都从北京迁至南京，北京改称北平。行文根据历史时间灵活转换“北京”“北平”的使用。

② 老舍：《想北平》，第409页。

③ 此处的“测绘”一词，笔者受惠于J. 希利斯·米勒（J. Hillis Miller）所阐发的topography或topographies，可以转译为测绘行为（the act of mapping）、地形图，观照的范围涵盖处所（lieu）、场地（place）、景观（landscape）、地域（territory）、建筑（architecture）、地理（geography）、制图（mapping）、地区（region）、领域（realm）、区域（area）、位置（location）、住宅（dwelling）等。参见J. Hillis Miller, *Topographies*, Stanford, California: Stanford University Press, 1995，导言一章等。

意选择，譬如《骆驼祥子》（1937）中既是工作场景又是欲望陷阱的北平街道，《四世同堂》（1944—1950）中日军占领下的北平“沦陷”的小羊圈胡同与四合院内的纠葛挣扎，《龙须沟》借助一道沟渠的污秽、清洁和改造来书写旧社会的挽歌及新社会的颂歌……①概而言之，老舍借助故都空间的扭曲变形来显影历史的变迁、政治的暴力、时代的旋风与涡流，以及作者本人的情感寄托。② 与“老北京”“北京通”齐如山、金寿申等人抒情、溢美、怀旧的北平记忆有所不同，老舍以微妙的矛盾形容法，在《骆驼祥子》的结尾处展示了他心中有情亦无情、优美又污浊的北平整体形象：“它不管死亡，不管祸患，不管困苦，到时候它就施展出它的力量，把百万的人心都催眠过去，作梦似的唱着它的赞美诗。它污浊，它美丽，它衰老，它活泼，它杂乱，它安闲，它可爱，它是伟大的夏初的北平。”③

《骆驼祥子》凭借人力车夫（作为“活地图”、北京的孤儿）的迷失，人力车的得失，揭示了骆驼祥子执着却失败的恋物癖——洋车作为祥子恋物的对象与情感的投射，祥子对北平“乌托邦主义”的感觉与错觉（北平成为“引幻”亦“警幻”的“美丽新世界”）——从而展

---

① 老舍之子舒乙曾详细钩沉老舍笔下的北京，参见舒乙《谈老舍著作与北京城》，《文史哲》，1982 年第 4 期，第 29 - 36 页。

② 与老舍同时期的流行小说大家张恨水，以客居北京的“外省人”的视角，以及与“五四”新文学若即若离的旧式章回体小说的体裁，书写了北京的野史、稗史、外史、情景悲喜剧：《春明外史》《金粉世家》《啼笑因缘》等通俗作品，其都市话题涉猎深广，从物质生活到文化辩论，从街谈巷议到家族传奇，从军阀淫威到侠客行刺，而其通俗叙事中面面俱到的空间场景里面所留驻的情感印迹，从好奇浪漫到梦断神伤，从憔悴怅惘到抑郁悲痛，暴露出张恨水本人面对北京从古都转变为现代城市时的困惑不解，及其笔下人物对诱惑与陷阱、出路与迷途的误识误判。张恨水城市“快照”的叙事安排，新旧物像的有意参合，万花筒般的都市景观，集锦式的市情展览，经由作者有意为之的全知视角与空间演示，捕捉到上至金粉世家，下至杂院街角的城市罗曼史，从而凸显了新生事物、现代思潮与传统观念、历史遗绪之间掺杂并置的状况，测绘了城市转型期老灵魂/新青年们身份的暧昧和心灵的裂变。

③ 老舍：《老舍全集：小说三集》，人民文学出版社，1999 年，第 215 页；一种常用的英译本，参见 Lao She，*Rickshaw：The Novel Lo-t'o Hsiang Tzu*”，Honolulu：University of Hawaii Press，1979，p240。对老舍小说的经典解读，参见 C. T. Hsia，*A History of Modern Chinese Fiction*，with an introduction by David Der-wei Wang，Bloomington and Indianapolis：Indiana University Press，1999；关于老舍虚构的写实主义，参见 David Der-wei Wang，*Fictional Realism in 20th-Century China：Mao Dun，Lao She，Shen Congwen*，New York：Columbia University Press，1993，尤其是第 4、5 章；关于《骆驼祥子》心理现实主义的讨论，参见 Lydia H. Liu's *Translingual Practice：Literature，National Culture，and Translated Modernity-China*，1900—1937，Stanford，CA：Stanford University Press，1995，第 4 章。

现了民国北平日常生活的暴力与个人挫败的情感踪迹。[1]

《四世同堂》描摹了战时沦陷的北平，以及沦陷区居民的情感谱系（怀旧、悲悼、耻辱、愤怒、仇恨等），[2] 在思考家庭与城市、个人与民族国家、城市历史与创伤记忆之间的关联时，标识出作者本人二战时期的情感地图。老舍笔下的小羊圈胡同，以及其他那些小至四合院密室，大到天安门广场等或真实、或虚构的地方，展现了因日本侵略而催生的新的"情感结构"。这些"情感结构"表现为一系列在个人迷恋和公共激情之间、在私密欲望与集体内疚之间、在遗民情结与民族主义情感之间的斡旋。

《龙须沟》（1951）变形记则歌颂了1949年之后社会主义政权的政绩，以意识形态卫生学清洗龙须沟旧社会的脏臭，将其改造为北京城的洁净社区，揭示了"社会主义现实主义"空间生产的方式和逻辑，以及社会主义阶级情感和新的公民意识的诞生与形塑。[3]

概言之，《骆驼祥子》《四世同堂》与《龙须沟》中的空间型构，具体而微地落实在北平"敌意的街道"（mean streets）、中日战争时期的四合院、1949年前后由肮脏变清洁的龙须沟，并描摹了人力车夫希望和欲望的幻灭，诸种战时情感的发生与转变，以及社会主义北京新型阶级意识与政治身份的浮现。从清朝帝都、民国北平到首都北京，老舍通过空间与情感的嬗变，展示了个人欲望与集体意识、私人恋物癖与公

---

① "乌托邦主义"一词，笔者受惠于 Richard Dyer 的论文，Richard Dyer，"Entertainment and Utopia"，in Simon During，ed.，*The Cultural Studies Reader*，London & New York：Routledge，1999，2nd expanded ed.，pp371－381；亦请参见 Krishan Kumar，*Utopianism*，Milton Keynes：Open University Press，1991；Lyman Tower Sargent，*Utopianism*：*A very Short Introduction*，New York：Oxford University Press，2010。

② 老舍：《四世同堂》，《老舍文集》，人民文学出版社，1983年；英文缩译本，参见 Lau Shaw（S. Y. Shu），*The Yellow Storm*，translated by Ida Pruitt，New York：Harcourt，Brace and Company，1951，英文缩写本的中译本，参见《四世同堂（缩写本）》，北京出版社，1984年。关于情感的文化政治，参见 Sara Ahmed，*The Cultural Politics of Emotion*，New York：Routledge，2004；对于羞耻感的讨论之一种，参见 Thomas J. Scheff，*Bloody Revenge*：*Emotions*，*Nationalism*，*and War*，Boulder：Westview Press，1994。

③ Lao She，*Dragon Bread Ditch*：*A Play in Three Acts*，translated by Liao Hung-ying，Peking：Foreign Languages Press，1956。近期对《龙须沟》的出色研究，参见 Yomi Braester，*Painting the City Red*：*Chinese Cinema and the Urban Contract*，Durham：Duke University Press，2010；关于意识形态的物质性与想象特征，参见 Louis Althusser，*For Marx*，London：Verso，1979，特别是"Marxism and Humanism"一章；关于城市污水改造及其政治与诗学含义，参见 Peter Stallybrass and Allon White，*The Politics and Poetics of Transgression*，Ithaca，New York：Cornell University Press，1986，特别是第3、4两章。

共激情、（后）遗民意绪与民族主义情结的集聚与表达。

本篇论文以老舍的三幕戏剧《茶馆》（1957）为主要论述对象，兼及《茶馆》的一系列写实戏剧、先锋舞台、电影电视改编版本，从而解读老舍借助裕泰大茶馆空间的形变，凸出、显影的都市情感和故乡情结。在进入具体的互文辨析之前，笔者试图以简短的篇幅探讨以下三个问题：（一）中、英文语境有关情感的关键词与类型；（二）“情感结构”（structure of feeling）与意识形态（ideology）的差别；（三）情感、都市想象与文学再现之间的关联。

中文语境中的“情”及情感的类型自然可以回溯到《论语》中有关七情的文字：“何谓人情？喜、怒、哀、惧、爱、恶、欲，七者弗学而能。”① 汤一介曾经辨析过先秦哲学中的七情、六情（喜、怒、哀、乐、好、恶）、五情（喜、怒、哀、乐、怨），乃至情与性的关联。② 黄卫总（Martin Huang）亦曾梳理过孟子的情与善，董仲舒、朱熹对情的警醒，王阳明的心学、知行合一、致良知，以及他重点探究的冯梦龙小说中的情教问题。③ 史华罗（Paolo Santangelo）基于明清文学史料，并尝试与西方情感词汇对话呼应，梳理出五大类情感综合体：1. 消极式投射（恐惧、怀疑、焦虑、惊诧）；2. 积极式投射（爱恋、喜悦、渴望、希冀）；3. 满意式情感（欢乐、审美/宗教感受、快感、满足）；4. 侵略式情感（愤怒、憎恨、嫉妒）；5. 不满之感（忧伤、沮丧、羞耻）。④

---

① 论语的中英文对照本，参见 Confucius et al, *The Book of Rites* (*Li Ji*): *English-Chinese Version*, edited by Dai Sheng, translated by James Legge, Beijing and Washington: Intercultural Press, 2013, p. 104。

② 参见 Tang Yijie, “Emotion in Pre-Qin Ruist Moral Theory: An Explanation of ‘*Dao* begins in *Qing*’,” in *Confucianism, Buddhism, Daoism, Christianity, and Chinese Culture*, Beijing: Foreign Language Teaching and Research Publishing Co., Lt d and Springer Verlag Berlin Heidelberg, 2015, pp. 56 57。

③ Martin W. Huang, *Desire and Fictional Narrative in Late Imperial China*, Cambridge, MA: Harvard University Asia Center, 2001, pp. 25 – 28。亦请参见 Shi Changyu, “Wang Yangming's Neo-Confucian School of Mind and the Growth of Ancient Chinese Popular Novel”, trans. Yao Zhenjun, *Frontiers of Literary Studies in China*, 2: 3 (2009), pp. 195 – 217; Paolo Santangelo, “The Cult of Love in Some Texts of Ming and Qing Literature”. *East and West*, 50 (2000), pp. 439 – 499。

④ 参见史华罗的情感数据库：http://users.libero.it/p.santangelo/database.htm，更详细的解释参见其“Some Conclusive Remarks on the Examination of Different Sources: The Analysis of Non-literary Documents (Moralistic and Judicial Materials), in Paolo Santangelo and Donatella Guida, eds., *Love, Hatred, and Other Passions: Questions and Themes on Emotions in Chinese Civilization*, Leiden: Brill, 2006, pp. 404 – 408。

近期海内外有关中国文学“抒情”传统之现代转化的辨析，愈演愈烈，寄托遥深，触及了华语语系文学之现代性的“抒情”面向。诸种努力见于再版、重印或是重新解读陈世骧的《论中国抒情传统》、高友工的《中国文化史中的抒情传统》、普实克的《抒情的与史诗的》及普氏与夏志清的论战，或是回溯民国时期文史哲大家朱自清（诗言志）、闻一多（歌的抒情性）、朱光潜（情趣、境界）、沈从文（抽象的抒情）、宗白华（艺境），以及当代学者孜孜不倦的呼应与理路拓展。① 王德威的英文近著在抒情传统及其现代理路的背景下，论及了汤显祖的情志说、王夫之的情境论、黄宗羲区分的众情与一情、曹雪芹的情不情、龚自珍的宥情、刘鹗的情与哭等，并深细查考1949年前后，知识分子与艺术家在史诗时代的抒情之作。② 他在与陈国球合编的《抒情之现代性：“抒情传统”论述与中国文学研究》的引言中，微言大义论及“抒情”中的“抒”与“情”，并指出：“抒情的‘情’字带出中国古典和现代文学对主体的特殊观照。从内烁到外缘，从官能到形上，从感物到感悟，从壮怀激烈到缠绵悱恻，情为何物一直触动作家的文思；情与志、情与性、情与理、情与不情等观念的辩证则丰富了文学的论述。”③

限于论文篇幅及论述的主题，笔者不拟辨析“情”与“抒情”的复杂关联，仍旧以“情”及现代文学文化中“情感”之特定的类型为探究对象。

有关情感的英文关键词 emotion、feeling、affect、mind、mood、passion、sentiment 等，在“情动转向”（affective turn）之前的学理探究中，虽然未曾加以后结构主义式的仔细区分，但有关 emotion 的重要性及诸多类型，从柏拉图（Plato）、亚里士多德（Aristotle），到斯宾诺莎（Spinoza）、笛卡儿（Descartes）、霍布斯（Hobbes）、休谟（Hume），

---

① 近期比较具有代表性的论文选集，参见陈国球、王德威编《抒情之现代性：“抒情传统”论述与中国文学研究》，生活·读书·新知三联书店，2014年。

② David Der-wei Wang, *The Lyrical in Epic Time: Modern Chinese Intellectuals and Artists through the* 1949 *Crisis*, New York: Columbia University Press, 2015, pp. 6–10, p. 23.

③ 王德威：《引言》，陈国球、王德威编《抒情之现代性：“抒情传统”论述与中国文学研究》，第1页。另请参见王德威《现代抒情传统四论》，“国立台湾大学”出版中心，2011年。

都曾有丰富的辨别与表述。① 近期出现的“情动转向”思潮，则试图辨析 emotion、feeling、affect（尤其是 affect）的异同。吉尔·德勒兹（Gilles Deleuze）、菲力克斯·瓜塔利（Felix Guattari）的《千高原》及其英文译者布利恩·马苏米（Brian Massumi）的译介说明，促使艾瑞克·舒斯（Eric Shouse）言简意赅地指出 feelings 是个人的、传记式的，emotions 是社会的，affects 是前个人的（prepersonal），而 emotion 是人际之间的、社会的、融合个人与集体的、公共的情感。② 近期其他的批评著述也有强调 emotion 联系于特定的身体或主体，feeling 是对 emotion 的主观回应，affect 则因为不属于特定的身体或主体而回避 emotion 与 feelings。③ 另有论者指出 emotion 可以作为包容性的关键词，并且关注从前现代、现代、到后现代情感的断裂与连续。④

除了形形色色的个体的、私人的情感，我们还需辨析集体式的情感类型，尤其是“情感结构”与“意识形态”的异同。雷蒙德·威廉斯

---

① 譬如参见 Ronald de Sousa, “Emotion”, *The Stanford Encyclopedia of Philosophy* (Spring 2014 Edition), Edward N. Zalta (ed.), URL = http://plato.stanford.edu/archives/spr2014/entries/emotion/。

② Eric Shouse, “Feeling, Emotion, Affect.” *M/c journal* 8.6 (2005), http://journal.media-culture.org.au/0512/03-shouse.php. 参见 Gilles Deleuze and Felix Guattari, *A Thousand Plateaus* (Minneapolis: University of Minnesota Press, 1987)。Brian Massumi 特意指出有必要区分 affect 与 emotion，参见其 *Parables for the Virtual: Movement, Affect, Sensation*, Durham, NC and London: Duke University Press, 2002，以及陆扬的论文，《“情感转向”的理论资源》，《上海大学学报（社会科学版）》，2017 年第 1 期，第 30 – 38 页。中文世界的近期研究之一种，参见汪民安、郭晓彦编《德勒兹与情动》，《生产（第 11 辑）》，江苏人民出版社，2016 年。

③ Katharine Ann Jensen and Miriam L. Wallace, “Introduction—Facing Emotions”, *PMLA* 130.5 (2015): 1254。参见 Eve Kosofsky Sedgwick, *Touching Feeling: Affect, Pedagogy, Performativity*, Durham, NC: Duke University Press, 2003. Sara Ahmed, *The Cultural Politics of Emotion*, New York: Routledge, 2004. Teresa Brennan, *The Transmission of Affect*, Ithaca: Cornell University Press, 2004. Patricia Ticineto Clough and Jean Halley, eds., *The Affective Turn*, Durham, NC and London: Duke University Press, 2007. Heather Love, *Feeling Backward*, Cambridge, MA: Harvard University Press, 2009. Melissa Gregg and Gregory J. Seigworth, eds., *The Affect Theory Reader*, Durham, NC and London: Duke University Press, 2010. 亦请参见 Aaron Ben-Ze'ev, *The Subtlety of Emotions*, Cambridge, MA and London: MIT Press, 2000，以及 Jennifer Harding and E. Deidre Pribram, eds., *Emotions: A Cultural Studies Reader*, London and New York: Routledge, 2009。

④ Stephanie Trigg, “Introduction: Emotional Histories—Beyond the Personalization of the Past and the Abstraction of Affect Theory”, *Exemplaria* 26.1 (2014), p. 3 – 15.

(Raymond Williams) 首创“情感结构”(structure of feeling) 一说，其理论阐释最初见于其早期的著作《漫长的革命》，他指出“情感结构”既如“结构”一般坚实、确定、可见，却也微妙而若隐若现；① 后来在《马克思主义与文学》一书，威廉斯将“情感结构”界定为正在形塑的集体感受，但尚未成形为意识形态或价值观，是调解社会与个人之间情感因素的新的关系与文化形式。② 而有关“意识形态”林林总总的论述，笔者仍然服膺路易·阿尔杜塞 (Louis Althusser) 的经典看法：“在意识形态中，真实的关系，不可避免地被投射到想象式的关系之中，这种想象式关系表达着一种意志（保守的，服从的，改革的，或是革命的)，一种希望或一种怀旧，而并非描述一种现实。”③ “情感结构”可以显影于公民意识、群体意志、身份危机、集体焦虑等。

至于私人的/公共的情感、个体的/集体的情感，以及它们与都市想象之间的关联，我们耳熟能详的经典论述是格奥尔格·齐美尔 (Georg Simmel)《大都会与精神生活》一文所关注的城市居民的“心灵状态”(the state of mind)：大都会快速、持续的外在与内在刺激，增加了情感生活 (emotional life) 的强度，构成了大都会个体的心理基础。④ 具体到文学作品的城市书写，理查德·勒汉 (Richard Lehan) 指出，西方城市的现代文学再现与“喜剧式现实主义、浪漫式现实主义、自然主义，现代主义和后现代主义”等文学运动、文学流派、叙事模式密不可分，并显影于“乌托邦小说、哥特式小说、侦探小说、外省青年小说、帝国探险小说、西部小说、科幻小说、恶托邦叙事”文学类型。⑤ 学界近期有关中国都市想象、历史记忆、文学书写的诸种研究，也深细辨析了城与人、文学流派与叙事模式、时空型与性别表述、地缘政治与全球化转

---

① Raymond Williams, *The Long Revolution*, London: Chatto & Windus, 1961, 64. See also his *The Country and the City*, New York: Oxford University Press, 1973, p. 158.

② Raymond Williams, *Marxism and Literature*, London: Oxford University Press, 1977, p. 132.

③ Louis Althusser, "Marxism and Humanism", in *For Marx*, London: Verso, 1979, p. 234.

④ Georg Simmel, "The Metropolis and Mental Life", in *On Individuality and Social Forms*, Chicago: University of Chicago Press, 1971, pp. 324 – 339.

⑤ Richard Lehan, *The City in Literature: An Intellectual and Cultural History*, University of California Press, 1998, p. 3.

型等议题。①

具体到本篇论文的主干，老舍1957年的三幕戏剧《茶馆》，从冷战到后冷战时代，衍生了一系列精彩纷呈的改编版：焦菊隐、夏淳的人艺版（1958），谢添的电影改编（1982），林兆华的先锋舞台实践（1999），易立明的极简主义试验（2010），以及何群、叶广芩、杨国强的电视连续剧（2010）。笔者试图辨析历史转型与政治暴力逼迫之下裕泰茶馆的空间形式、其扭曲变形的踪迹，以及凸显的情感焦虑的类型。

1958年5月，老舍在答复《茶馆》的写作过程时曾经指出："茶馆是三教九流会面之处，可以容纳各色人物。一个大茶馆就是一个小社会。这出戏虽只有三幕，可是写了50来年的变迁。在这些变迁里，没法子躲开政治问题。"② 而且《茶馆》文本旅行到过去，用三幕戏剧"埋葬三个时代"：③ 1898年康有为、梁启超维新运动失败后的戊戌初秋，"袁世凯死后，帝国主义指使中国军阀进行割据，时时发动内战的时候"，以及" 抗战胜利后，国民党特务和美国兵在北京横行的时候"。④ 笔者的问题是，老舍是带着何种情感"走进过去"并埋葬过去的？是用同质化的情感直面过去，还是在三幕戏剧中有相对不同的情感主调，有情地书写从晚清到民国的三个时代？陈小眉曾经指出，《茶馆》"深植于老北京的文化，令人觉察到一种对变化的抵抗"。那么笔者试图追问的是，1949年之后的老舍究竟如何抵抗时代的变迁？或者

---

① 严家炎：《中国现代小说流派史》，人民文学出版社，1989年；赵园：《北京：城与人》，上海人民出版社，1991年；吴福辉：《都市漩流中的海派小说》，湖南教育出版社，1995年；Yingjin Zhang, *The City in Modern Chinese Literature and Film: Configurations of Space, Time, and Gender*, Stanford, CA: Stanford University Press, 1996; Leo Ou-fan Lee, *Shanghai Modern: The Flowering of a New Urban Culture in China*, 1930—1945, Cambridge, MA.: Harvard University Press, 1999；杨义：《京派海派综论》，中国社会科学出版社，2003年；王德威：《如此繁华》，上海书店出版社，2006年；罗岗：《想像城市的方式》，江苏人民出版社，2006年；陈平原：《北京记忆与记忆北京》，生活·读书·新知三联书店，2008年；Yomi Braester, *Paint the City Red: Chinese Cinema and the Urban Contract*, Durham, NC: Duke University Press, 2010; Robin Visser, *Cities Surround the Countryside*, Durham, NC: Duke University Press, 2010等。

② 老舍：《答复有关〈茶馆〉的几个问题》，《剧本》1958年5月号，第34－35页。Lao She, "In Response to Some Questions about *Teahouse*", *Teahouse: A Play in Three Acts*, trans. John Howard-Gibbon, Beijing: Foreign Languages Press, 1980, p.82. 亦请参见 Britt Towery, *Lao She, China's Master Storyteller*, Waco, Texas: The Tao Foundation, 1999。

③ 老舍：《答复有关〈茶馆〉的几个问题》。

④ 老舍：《茶馆》，霍华英译，香港中文大学出版社，2004年，第11、53、111页。

说，老舍对世异时移的抵抗发生在何种实体—物质的、心理—情感的空间场景？李健吾曾经富于洞见地指出，《茶馆》“没有一个统一的感情、事件，只有重复的情境”。[①] 在笔者看来，这“重复的情境”正是三幕戏剧一再重现的政治暴力之下，逐步扭曲、萎缩的裕泰茶馆，以及老舍心中变形的故都；而“没有一个统一的感情、事件”，则一语道破了茶馆在三个不同的历史时段所发生的不同的事件，以及老舍投射到茶馆之上并不统一的情感基调。笔者认为，老舍的三幕戏剧分别以怀旧、丧失感、自我悲悼为情感基调，辅以其他的情感表现（怨愤、颓废、悲伤、焦虑、沮丧等），借助书写裕泰大茶馆的扭曲、萎缩、变形，有情地测绘了北平/北京的转型与变迁。

《茶馆》广受赞誉的第一幕，时间定格于 1898 年一个初秋的早半天。这是康有为、梁启超、谭嗣同百日维新失败之后的北京，这也是 1900 年“庚子国变”、国殇、国耻到来之前的帝都，这还是大厦将倾的清王朝危机四伏、暗潮汹涌的首善之地。老舍将鼎盛时期喧哗热闹、充满张力的裕泰茶馆，万花筒般全景展示为各色人等歇脚打尖、休闲娱乐、角力交易之场所，商议事情、说媒拉纤、调解纠纷、明枪暗箭之地，奇闻怪谈、流言蜚语、怨愤清议、文化交流之所在，在物像丰饶、空间高阔、生意兴隆、众声喧哗之中，透露着时代的转折与变化。

整出戏剧的开场白从 20 世纪 50 年代回望 19 世纪末的北京城，尤其是聚焦到北京内城附近包罗万象、龙蛇混杂、自成一体的茶馆文化。老舍本人克制内敛、貌似客观的语调，不无微妙的怀旧之情：“这种大茶馆现在已经不见了。在几十年前，每城都起码有一处。”[②] 倘若考察第一幕茶馆内部的实体空间与物质文化细节，老舍的文学描摹与测绘可谓纵横捭阖、井井有条，但也标示了时局的复杂与政治的禁忌：“屋子非常高大，摆着长桌与方桌，长凳与小凳，都是茶座儿。隔窗可见后院，高搭着凉棚，棚下也有茶座儿。屋里和凉棚下都有挂鸟笼的地方。

---

① 1957 年 12 月 19 日，《人民日报》编辑部组织有关老舍《茶馆》的座谈会，出席者包括焦菊隐、赵少侯、陈白尘、夏淳、林默涵、王瑶、张恨水、李健吾、张光年。李健吾已为 1958 年第 1 期的《人民文学》写了文章，并在座谈会中谈到自己的主要观点。座谈会的文字稿原载 1958 年《文艺报》第 1 期，后收录曾光灿、吴怀斌编《中国文学史资料全编 · 现代卷：老舍研究资料》，知识产权出版社，2010 年，第 793 页。

② 老舍：《茶馆》，第 11 页。

各处都贴着‘莫谈国事’的纸条。”①

老舍凭借一方茶馆和数十个人物，展演了鸦片战争的挫败，火烧圆明园的耻辱，西洋军事、商业、文化的入侵，开始改变茶馆老板、新旧主顾与来往过客的生活方式，个体的心智状态，乃至不同群体的“情感结构”。相面为生者改食鸦片、信口开河（唐铁嘴），保媒拉纤者崇洋媚外、寡廉鲜耻（刘麻子），改吃洋教者飞扬跋扈、一步登天（马五爷），昔日的国会议员看破红尘、转为修道（崔久峰），当朝大太监蹂躏伦常、强买村女为妻（庞太监），清廷便衣特务侦缉办案、枉害忠良（宋恩子、吴祥子），胆小怕事的旗人颓性难改、照旧沉溺于花鸟虫鱼（松二爷）……而统领全局的三位男主人公则是精明善变、力图与时俱进的茶馆掌柜王利发、耿直刚正的满族旗人常四爷、从阔少变成维新资本家的秦仲义。秦仲义改天换地、寻求富强的野心见于他对常四爷以粥饭之恩帮助穷人的不屑：“顶大顶大的工厂！那才救得了穷人，那才能抵制外货，那才能救国！（对王利发说而眼看着常四爷）唉，我跟你说这些干什么，你不懂！”②

血气方刚的旗人常四爷深感纷纷扰扰的王朝危机，以及受制于洋人的宰制挫败，义愤填膺、怨忿不平。面对只能窝里横、在善扑营当差的打手二德子，常四爷冷嘲热讽：“要抖威风，跟洋人干去，洋人厉害！英法联军烧了圆明园，尊家吃着官饷，可没见您去冲锋打仗！”③ 听到说媒拉纤、心意狠毒的刘麻子崇洋媚外的说辞，以及对西洋物件的艳羡：“（掏出鼻烟壶，倒烟）您试试这个！刚装来的，地道英国造，又细又纯！”常四爷不以为然，愤然慨叹：“唉！连鼻烟也得从外洋来！这得往外流多少银子啊！……”④ 常四爷与刘麻子的言语交锋继续进行：

常四爷　我这儿正咂摸这个味儿：咱们一个人身上有多少洋玩艺儿啊！老刘，就看你身上吧：洋鼻烟，洋表，洋缎大衫，洋布裤褂……

刘麻子　洋东西可是真漂亮呢！我要是穿一身土布，像个乡下脑壳，谁还理我呀！

①②③④　老舍：《茶馆》，第13页、第37页、第19页、第23页。

常四爷　我老觉乎着咱们的大缎子，川绸，更体面！①

此次对话所暴露的不仅仅是有关衣食住行的个人好恶与私人趣味，更是西洋强势政治、文化威逼压迫之下的自尊感与自我贬损之间的鲜明对照。面对茶馆之内的人口贩卖、贫富差异、社会不公，常四爷发出了引火烧身的先知般的慨叹："我看哪，大清国要完！"② 也正如常四爷面对清廷特务的缉拿所自辩的："我爱大清国，怕它完了，""告诉你们，我可是旗人！"③ 这是身为旗人的常四爷对清王朝爱之深、责之切的告白，也是三幕剧《茶馆》最受赞誉之第一幕的"事件"的高潮，以及最为强烈的情感表达。老舍本人具有满族正红旗人的身份，他在清朝覆亡之后的民国时期，曾隐忍回避自己的满族身份，但是他在50年代社会主义初期宽松的少数民族政策下，在"人民艺术家"之官方认可的光环之下，转而公开宣示自己的满族旗人身份，是否可以启示我们"常四爷"与老舍本人的满族身份乃至民族/族裔情感、身份认同方面的关联？④

焦菊隐、夏淳的北京人民艺术剧院版《茶馆》于1958年3月29日首演，连演52场，场场爆满，盛况空前。⑤ 具有高度政治敏锐性的戏剧学者张庚1958年5月27日就在《人民日报》上发表文章，捕捉到了《茶馆》第一、二、三幕在文学再现、人物形象、时代气氛等层面的差别，以及情感基调方面的问题："许多人都感觉第一幕真精彩，而第三幕稍差。这恐怕是在第一幕里，茶馆的时代气氛特别浓厚的缘故。革新派、反动派、改良派等形形色色的人物都在其中活跃，像庞太监和秦仲义两个人那种针锋相对的谈话实在是那个时代典型人物的典型谈话，所以就那么能抓住人心。到了第二幕，在舞台上占主要地位的就只是大兵、特务这些人，爱国的学生不过成了一个剪影，还能表现一点消极牢骚的只剩下一个念佛的国会议员崔久峰了。到了第三幕，调子就显得更低沉，虽然幕后在酝酿着事情，但人物终于没有出场。在幕前的，一部分人更漫画化了，另一部分人呢，更老了，无所作为了，都在准备后事了。因此给我们留下一个印象，仿佛这个茶馆本来是处在沸腾着的时代

---

①②③　老舍：《茶馆》，第27、29页，第37页，第45、47页。

④　满族学者关纪新等曾论及老舍的满族身份与文学写作、文化归属的关系，参见关纪新《老舍与满族文化》，辽宁民族出版社，2008年。

⑤　参见北京人民艺术剧院 http：//www. bjry. com/museum/html/2015/01/201512111658. html。

中心，以后却越来越被挤到边沿以至冷僻的角落里去了，越来越不足以反映时代的风貌了。……我觉得这个戏里的根本之点，在于作者悼念的心情太重。他对旧时代是痛恨的，但对旧时代里的某些旧人却有过多的低徊凭吊之情。”①

曾令存近期的论文也指出：“早在1950年代末就有文章指出《茶馆》的‘悼念’‘怀旧’情绪太重，宣扬了‘今不如昔’的观点，是“一首对旧时代的挽歌”，对表现晚清的第一幕写得‘轰轰烈烈’提出质疑。参看梨花白《也谈〈茶馆〉》（《戏剧报》1958年第11期）、张庚《〈茶馆〉漫谈》（《人民日报》1958年5月27日第7版）等。另外陈徒手《老舍：花开花落有几回》中提到当时文化部刘芝明副部长1958年7月10日来北京人艺的讲话提到的‘第一幕为什么搞得那么红火热闹？’观点也很有代表性。”②

怀旧、丧失、忧郁、悲悼，是相互关联的情感。因为丧失而导致忧郁，为克服丧失感与忧郁而表演悲悼，并在怀旧中尝试重建丧失的实体与影像。斯维特兰娜·博伊姆（Svetlana Boym）认为，“怀旧是一种丧失和转移的情感，但也是与自己幻想的一种浪漫关联”。③ 怀旧之中有“旧”的丧失，也有“怀”的渴望。她提出两种类型的怀旧：修复型的怀旧（restorative nostalgia）试图通过归乡之路，跨历史地重建失去的家园；而反思型的怀旧（reflective nostalgia）则在渴望与追求中发展壮大，有意延宕归乡的回家的路程。④ 老舍的茶馆怀旧也可化用博伊姆所论述的“修复”与“反思”类型的怀旧特征：对清朝末年到民国末年历史、政治巨变中萎缩消逝的北京大茶馆，以戏剧文字、舞台表演的方式，招魂、修复、重建，并反思故都的天地玄黄，并在新中国成立后从“百家争鸣、百花齐放”到“反右运动”的另一场巨变时期，回望旧时代的茶馆与北京，投射复杂的情感寄托：无法归去、长恨绵绵、韶华已逝、吉光片羽。

从文学文本具象化为舞台表演，王文冲、关哉生、宋垠、钱斌为

① 张庚：《〈茶馆〉漫谈》，后收录曾光灿、吴怀斌编《中国文学史资料全编·现代卷：老舍研究资料》，第800－804页。

② 曾令存：《再解读〈茶馆〉文本的深层结构》，《戏剧学刊》，2010年第11期，第255页。

③ Svetlana Boym, *The Future of Nostalgia*, New York: Basic Books, 2001, p. xiii。中文译本参见斯维特兰娜·博伊姆著，杨德友译《怀旧的未来》，译林出版社，2010年。

④ Svetlana Boym, *The Future of Nostalgia*, p. xviii 及第4、5章。也请参见 Svetlana Boym 关于怀旧技术（nostalgic technology）的精彩网页：http://www.svetlanaboym.com/main.htm。

1958 年人艺版提供了经典的舞台设计：八张桌子三面墙。① 而 1999 年林兆华与舞台设计者易立明试图挑战这条经典的准则，用 13 张桌子造成拥挤、幽暗、不对称的茶馆内部空间，从第一幕开始，即显影茶馆无处不在的张力，以及三位男主人公愈演愈烈的焦虑与抑郁，这似乎背离了老舍第一幕的本意。第二、三两幕的弱化却正可见出丧失感的弥漫与扩散。需要指出的是，茶馆内部桌椅等实物的位置、尺寸、秩序的更动，不仅仅是物质文化研究考察的对象，也指涉政治、社会、文化、情感的变异。第二幕，北京城内大茶馆消失的踪迹更为显著："西直门的德泰、北新桥的广泰、鼓楼前的天泰，这些大茶馆全先后脚儿关了门!"② 硕果仅存的裕泰茶馆为免遭淘汰而被迫改良——"它已改变了样子与作风""前部只卖茶和瓜子""后部却改成了公寓"："茶座也大加改良：一律是小桌与藤椅，桌上铺着浅绿桌布。墙上的'醉八仙'大画，连财神龛，均已撤去，代以时装美人——外国香烟公司的广告画。'莫谈国事'的纸条可是保存了下来，而且字写得更大。"③

政治和时代的转型见诸物的错位与消失。戏剧主人公的焦虑与受伤害感也显影于茶馆空间的变形与萎缩、物的搬移与磨损、生活的困顿与挣扎、茶馆访客所带来的维新和革命理念的破灭，以及第二幕总体而言愈演愈烈的丧失感。④

如果说王利发在第二幕尚且可以身体力行不情愿的空间重组，以及茶馆内部实物的重新安排，那么在第三幕，日渐衰老的裕泰茶馆的老掌柜则走向更深的幻灭，而时代的紊乱与三位老人的忧郁，投射到物的黯淡与消逝："裕泰茶馆的样子可不像前幕那么体面了。藤椅已不见，代以小凳与条凳。自房屋至家具都显著暗淡无光。假若有什么突出惹眼的东西，那就是'莫谈国事'的纸条更多，字也更大了。"⑤

还有王利发愈发力不从心的"改良"、大违初衷的"与时俱进"，乃至最终失控的崩溃，以及无法按捺的怨愤："改良，我老没忘了改良，总不肯落在人家后头。卖茶不行啊，开公寓。公寓没啦，添评书！评书也不叫座儿呀，好，不怕丢人，想添女招待！人总得活着吧？我变尽了

---

① 北京人民艺术剧院《艺术研究资料》编辑组编《〈茶馆〉的舞台艺术》，中国戏剧出版社，1980 年。

②③⑤ 老舍：《茶馆》，第 55、57 页，第 53、55 页，第 111 页。

④ 雷蒙德·威廉斯的《乡村与城市》，论及回忆的情感结构对社会畸变的回应，参见 *The Country and the City*, New York: Oxford University Press, 1973, p. 298。

方法，不过是为活下去!”① 茶馆功能的终极错位，露迹于全场戏剧收束之前，小刘麻子的提议中裹挟而来的“海上”现代性的威胁：“中间作小舞厅，两旁布置几间卧室，都带卫生设备。处长清闲的时候，可以来跳跳舞，玩玩牌，喝喝咖啡。天晚了，高兴住下，您就住下。这就算是处长个人的小俱乐部，由我管理，一定要比公馆里更洒脱一点，方便一点，热闹一点!”②

茶馆50年的变形记促使谭国根认为，在老舍1957年的戏剧杰作中，“是茶馆而不是主人公构成了组织原则，……该剧缺乏时间的连续性，但却通过茶馆实现了空间的连贯性”，而且写出了“模棱两可的契诃夫式的无方向感”。③ 笔者则将茶馆诠释为物质空间与心理空间的合体，以及政治变乱下逐步“扭曲变形”（warping）的时空型。④ 安东尼·维德勒（Anthony Vidler）论述过两种形式的空间“扭曲变形”：（1）心理学意义上的空间扭曲变形：强调的是空间作为主体情感的投射，神经元与恐惧症的预兆与库存；（2）艺术意义上的空间的扭曲变形：不同媒体（电影、摄影、艺术、建筑）打破文类疆界，以新的前所未有的方式，在多种媒体的交界处产生出来。⑤ 笔者尤为关注第三幕中三位老人通过街上拾拣的纸钱，在茶馆内部提前上演的错位的葬礼。这葬礼是为旧时代送葬，也是上演“自我悲悼”的准仪式：

常四爷　我爱咱们的国呀，可是谁爱我呢？看，（从筐中拿出些纸钱）遇见出殡的，我就捡几张纸钱。没有寿衣，没有棺材，我只好给自己预备下点纸钱吧，哈哈，哈哈！

秦仲义　四爷，让咱们祭奠祭奠自己，把纸钱撒起来，算咱们三个老头子的吧！

王利发　对！四爷，照老年间出殡的规矩，喊喊！⑥

---

①② 老舍：《茶馆》，第182页、第187页。

③ 谭国根：《〈茶馆〉中苦涩的幽默与历史视野》，《茶馆》中英对照版，p. xxxiii、xxxv。

④ 巴赫金：《小说的时间形式和时空体形式》，白春仁、晓河译，《巴赫金全集（第3卷）》，河北教育出版社，1998年，第450页。

⑤ Anthony Vidler，“Preface”，*Warped Space：Art，Architecture，and Anxiety in Modern Culture*，Cambridge，Mass.：MIT Press，2002，p. vii.

⑥ 老舍：《茶馆》，第183页。两种英译本的措辞略有不同，葛华的翻译，参见第182页，英若诚英译、康开丽修改的译文，收入 Xiaomei Chen，ed.，*The Columbia Anthology of Modern Chinese Drama*，New York：Columbia University Press，2010，p. 594。

曾令存将常四爷“我爱咱们的国呀，可是谁爱我呢?”这一独白，解读为一个文化遗民飘落在“政治控诉”背后淡淡的文化隐痛与余绪，并将第一幕常四爷因言获罪的慨叹“大清国要完!”诠释为常四爷的“怒”的背后还有“哀”——为一种文化，一种曾经滋养过自己和这个民族的文化。因此第一幕愈是写得“红火热闹”，看后便愈让人觉得苍凉落寞。[①] 笔者则试图聚焦此处抛撒纸钱的表演所显影的个人的和集体的情感踪迹：他人遗落的废物一般的纸钱从街道这一外部空间，经旗人常四爷之手闯入茶馆的内部空间，并在三位老人时空错位的葬礼展演中，成为弥散在茶馆桌椅上空的情感爆破的痕迹。换言之，三位老人的自我悲悼是“生者”为“心死者”提前举行的“不合时宜”却针砭时弊、切中肯綮的准仪式，一举将实体茶馆转化为心理空间，充满挫折、苦痛、抑郁、困惑。

弗洛伊德（Sigmund Freud）在《悲悼与忧郁症》中指出，悲悼的对象既可以是具体的丧失（如爱恋的对象），也可以是抽象的丧失（国家、自由、理想）。周蕾（Rey Chow）借题发挥，认为“忧郁症患者是一个不能克服一件珍爱之物的丧失从而最终把丧失感内化的人。……忧郁症患者异于其他悲哀者之处，就是他显示出一种虚妄的自我贬毁的症状。因为丧失的本身意义对患者来说一直是潜意识的，所以丧失的感觉会向内转，使他觉得他自己完全无用，好像一个不公平地被抛弃的人一样”。[②] 个体/私人的以及集体的丧失感具体而抽象，关联着缺席的身体、损毁的物像、虚妄的空间、受挫的欲望、历史的迷失、社会公正/正义的缺席……[③]

三位老人在撒纸钱表演一幕跨越生与死、内与外的界线，将行尸走肉般的主体指认为自我悲悼、凭吊的客体与对象，既包括具体的丧失，

---

① 曾令存：《再解读：〈茶馆〉文本的深层结构》，第251－267页。

② Sigmund Freud, "Mourning and Melancholia", *The Freud Reader*, ed. Peter Gay, New York: Norton, 1989, pp. 584－589；周蕾：《写在家国之外：当代文化研究的干涉策略》，香港牛津大学出版社，1996年，第15页。

③ 譬如参见 David L. Eng、David Kazanjian 为其编选文集所撰写的导语，"Introduction: Mourning Remains", in *Loss: The Politics of Mourning*, Berkeley, CA: University of California Press, 2003, pp. 1－28；Judith Butler 对于丧失感与脆弱性与政治暴力的心理分析，*Precarious Life: The Powers of Mourning and Violence*, London: Verso, 2006；以及 E. Ann Kaplan 关于“静默的创伤”（quiet trauma）的讨论，*Trauma Culture: The Politics of Terror and Loss in Media and Literature*, New Brunswick, NJ: Rutgers University Press, 2005.

也涵盖抽象的丧失。而丧失感愈演愈烈的内化与难以排遣、刻意的自我贬损，以及强烈的被不公正抛弃的感觉，恰是忧郁症的典型症候。撒向空中的纸钱是个体，也是群体自我悲悼的明证，是移位的、错置的表演，是集体化的挫败感的碎片形式，它标示出变形、扭曲的茶馆空间所显影的政治巨变制造的旋风、涡流，揭示了怀旧、丧失、悲悼、忧郁的情感轨迹，以及在历史与政治暴力下爆破崩裂的主体碎片。

李健吾对《茶馆》三幕戏剧的结构，有过如下精彩的诠释："叫做三幕其实不如叫做三场，因为它们只是真实地、生动地反映了三个场面。幕也好、场也好，它们的性质近似图卷，特别是世态图卷。甚至于一幕之中往往也有这种感觉。在说明动荡时代与公寓生活上，这是一种社会相。"① 焦菊隐、夏淳的人艺话剧改编本将茶馆呈现为舞台场景，仿佛水平卷轴一般全景展开，并以"八张桌子三面墙"的舞台设计，将在场的观众邀请为政治、历史、情感变迁的目击者与审判者。②

谢添的电影改编本以电影媒体的场面调度，将茶馆的内部空间大大扩展到街巷、战乱，并以蒙太奇的剪切和大傻杨的说唱点出时代的变迁、茶馆的衰微、主人公的失落与挫折。

林兆华 1999 年以纵向垂直、不对称的空间设计和拥挤逼仄的舞台道具，呈现三个时代的结构转型，以及人物情感的变异。除此之外，他还曾构想过一个从未实现的先锋派改编梦想——只以茶棚、九张桌子、三个老人，显影老舍所想象的约瑟夫·康拉德（Joseph Conrad）式的"黑暗"与恐惧。③

易立明则以极简主义、表现主义的实验改编版本，呼应了林兆华的改编梦：三件空袍高高悬挂，仿佛物化的假面与伪装，显影王利发、常四爷、秦仲义抽象的存在，并以漫天飞舞的纸钱夸大三位老者的忧郁与自我悲悼。④

---

① 参见李健吾《读〈茶馆〉》，《人民文学》，1958 年第 1 期，第 45 页。李健吾在 1957 年 12 月 19 日的座谈会中谈到了自己"图卷戏""风俗画"的看法，收入曾光灿、吴怀斌编《中国文学史资料全编·现代卷：老舍研究资料》，第 792 页。

② 焦菊隐：《论民族化［提纲］》，《新文化史料》，1996 年第 2 期，第 11 页（焦菊隐的论文最初写于 1963 年）；夏淳：《焦菊隐和他的"中国学派"》，《新文化史料》，1996 年第 2 期，第 14 – 16 页。

③ 林兆华：《〈茶馆〉不会越改越凉》，《北京青年报》，2005 年 9 月 30 日。

④ 成长：《80 后演员解构〈茶馆〉》，《中国文化报》，2010 年 1 月 29 日。

同样在2010年，39集电视连续剧《茶馆》的导演何群协同编剧叶广芩、杨国强和艺术设计者张鹏，拍摄出“宁为玉碎，不为瓦全”纵火茶馆的视觉奇观，以情节悲喜剧的方式，将王利发内心的绝望与悲愤的反抗具象化为极富视觉冲击力的茶馆的毁形。①

总而言之，通过考察对裕泰茶馆的写实主义、表现主义、极简主义，甚至煽情悲喜剧式想象，本文将茶馆诠释为物质空间与心理空间的合体，以及政治变乱下逐步扭曲、变形的时空型，并进而探究物质毁形与情感流变的交错纠结：茶馆内部实物的位置与秩序的衰变，茶馆与外部空间与时代的关联，内爆于茶馆的怀旧情绪、丧失感、自我悲悼，以及从茶馆延伸出去并外爆显影的幽暗意识与都市焦虑。老舍想象北京/北平的方法，再现了这位满族“正红旗下”的北京人心中的故都，以及历史巨变中城市空间的设置、情感谱系的书写、文学地形图的测绘。

（作者单位：美国罗格斯大学）

① 林兆华：《林兆华访谈录》，《戏剧文学》，2003年第8期，第4－14、38页；何群：《何群访谈》，《大众电影》，2010年第16期，第34－36页；张鹏：《继承与发展》，《中国电视》，2008年第10期，第66－68页。

Humanistic Vistas of Cosmopolitanism

辑三

上海摩登

周瘦鹃与中国影视现代性

陈建华

一、引子：一个日本链接

对于中国早期电影的发展，欧美电影与所谓“鸳鸯蝴蝶派”文学无疑是两大文化资源，近时这方面的研究增多，着重考察的是1920年代之后的状况。[①] 周瘦鹃一身兼及这两方面，却把我们带回更早的1910年代——严格来说，中国电影尚处于酝酿的年代。作为蜚声当时文坛的言情小说家，其作品浸润着本土文学的抒情传统，他也大力从事西洋文学的翻译，业绩卓著；作为印刷媒体的从业者，他善于把握都市脉搏，形塑都市时尚。周瘦鹃没拍过电影，却是个不寻常的影迷，不仅看了大量欧美电影，且追踪其发展轨迹，在接受、传播世界电影文化方面，他是日常现代性的先驱者。对于早期中国电影文化，这几件事难以忽视：从1914年《礼拜六》杂志上的短篇小说《阿兄》算起，[②] 他最早发表“影戏小说”；1915年在《中华小说界》上最早介绍美国好莱坞女星玛丽·璧克馥（Mary Pickford，1892—1979），并启用了“明星”一词；[③] 1919年在《申报》上连载《影戏话》，首先引入法国卢米埃尔的

① 所谓“鸳鸯蝴蝶派文人渗入电影界”，参见程季华等《中国电影发展史（第1卷）》，中国电影出版社，1963年，第56页。虽然由于时代关系对于“鸳鸯蝴蝶派”持排斥态度，但简短的叙述提及许多鸳蝴作家，提供了不少信息。对通俗作家在早期电影方面的贡献做出正面评价的，参见范伯群《“电戏”的最初输入与中国早期影坛——为中国电影百年纪念而作》，《江苏大学学报（社会科学版）》，2005年第5期，第1-7页；秦喜清：《欧美电影与中国早期电影》，中国电影出版社，2008年；梅雯：《破碎的影像与失忆的历史》，中国电影出版社，2007年。余不详举。

② 周瘦鹃：《阿兄》，《礼拜六》，1914年第24期，第11-28页。

③ 周瘦鹃：《美国影戏中明星曼丽璧华自述之语》，《中华小说界》，1915年第7期，第1-6页。

Cinematograph 概念；① 1922 年 2 月《申报·自由谈》上《记〈海誓〉》一文可视作最早具专业意味的国产片影评。② 这些都具有开创意义，并影响到后来的发展。电影与戏剧、文学一向关系密切，尤其在早期电影的发展过程中更多借重戏剧与文学。虽然周瘦鹃的例子颇为特别，却给电影提供了一个“文人”的视角。本文对他在 1910—1920 年的从影活动略加综述，重在说明由于中国的特殊政治与社会条件，在早期电影发展中，思想和文化扮演了至关重要的角色，而像周氏那样的新式“文人”更发挥了在启蒙与娱乐、传统与现代、本土与世界之间的调适功能，这对于今天的中国电影的发展仍不乏认识价值。

卢米埃尔的短片《喷水管》的海报

玛丽·璧克馥
（《半月》1 卷 14 号）

中国电影起步晚，与日本比较，慢得有自己的特色。与中国一样，电影在 1896 年进入日本，随着欧美电影的放映，日本电影制作亦步亦趋。据山本喜久男《日美欧比较电影史》一书所述，日本电影开始时主要受法国影片的影响，在 1910 年之后数年间生产了大量喜剧短片和特技打斗的连续长片，把汽车、飞机等搬上了银幕。“日活”影片公司

① 周瘦鹃：《影戏话（一）》，《申报》，1919 年 6 月 20 日，第 14 版。

② 周瘦鹃：《记〈海誓〉》，《申报·自由谈》，1922 年 2 月 4 日，第 8 版。在此之前，1921 年 7 月 1 日《阎瑞生》开演。7 月 11 日、12 日，周瘦鹃主编的《申报·自由谈》上刊登了木公的《顾影闲评》一文，仅小部分提到《阎瑞生》，而周瘦鹃的《记〈海誓〉》紧跟影片的开映，从题目到写法更像一篇规范的影评。

在1912年成立，不久便摄制了《喀秋莎》《茶花女》《狂美人》等文学味浓的故事片。1916年美国环球影片公司在日本设立青鸟影片公司，至1920年拍了123部故事片，启迪了日本电影的现代化进程。① 日本电影能得到持续稳定的进展，是自1868年明治时代以来拥抱西方文明及资本主义经济得到长足发展的结果。

学者们常把中国电影的迟缓归之于缺乏技术和资金等原因，若与日本的情况比较，也凸现了特殊的思想背景，存在观念意识与人才资源的问题。自甲午之后，中国知识分子开始转向西学，随即投入压倒性的救亡与启蒙的浪潮。正是在20世纪初的日本，大批留学生聚集在孙中山、梁启超、章太炎等人周围，通过报纸杂志鼓吹反清舆论，围绕“革命”“汉族”“黄帝”等主题，众声喧哗地建构了一套现代国族“想象共同体”的话语，为辛亥革命提供了理论基础。② 在这一前提下看著名的鲁迅的“幻灯片插曲”，这是救亡与启蒙中体现现代媒体的冲击与选择的有趣课题。由于看到影片里中国人麻木围观日军杀戮中国人的镜头，鲁迅遂弃医从文，决心通过文学来诊治“国民劣根性”。杀戮的影像使鲁迅感到如此强烈的震惊，意味着本雅明所说的在“技术复制时代”视觉媒体对于大众启蒙的重要功能。鲁迅喜爱文字更甚于视像，这作为个人选择无可厚非，但可能正如周蕾所分析的，现代视觉技术给他造成某种心理“创伤”，引起他对视像的规避。这一选择“是重新皈依传统，重新确认文化是以书写和阅读为中心的文学文化，而非包括电影及医学的技术”。③ 在中国传统意识中，视像被认为诉诸人的感官而有碍心志修养，因此含有道德上的恐惧与排斥。“幻灯片插曲”对于“五四”一代轻视电影的态度颇富寓言性，这方面，学者已经谈得不少。

其实，外国电影在华放映，日本人也插一脚。刊登在1909年《图画日报》上的在四马路上敲锣打鼓为“西人”影戏做广告的那张图，为我们所熟见。同一年，“时事报馆”刊行一张题为“日本影戏停止锣鼓”的图，尚未受到注意。图中说：“本埠英租界四马路向有日本影戏

① 山本喜久男：《日美欧比较电影史——外国电影对日本电影的影响》，郭二民等译，中国电影出版社，1991年，第3－69页。

② 参见沈松桥《我以我血荐轩辕——黄帝神话与晚清的国族建构》，《台湾社会研究季刊》，1997年第28期，第1－77页。

③ 周蕾：《原初的激情》，孙绍谊译，台北远流出版，2001年，第33页。

数家，每至黄昏时，钲鼓声喧阗恬耳。”① 至1910年代末，一些短暂存在的不算，上海仍有十家左右电影院，多为外商所经营，其中东京活动影戏园和东和活动影戏园由日本人经营。② 据1913年—1915年东京活动影戏园的广告，放映影片“日本新剧”“日本新派喜剧”等，皆为日本影片。③ “活动影戏”一词来自英语的Motion Picture，也与日语称电影为“活动写真”有关。几家不是日人开的影院也称“活动影戏园”，大约是都在虹口，地处美租界，有许多日本侨民居住的缘故。

《四马路影戏之喧嚣》（《图画日报》，1909年）

《日本影戏停止锣鼓》
（《时事报馆》，1909年）

不消说，中国观众在茶园、戏园里早已形成，而电影院面向新的观众，如维多利亚影戏院、夏令配克影戏院等票资不菲，光顾的多为洋

① 《明星》第2卷，1935年第5期载：“四马路青莲阁茶馆的楼下，有日本人租赁一部分，专演日本戏法和电影。外面的标价是很低廉的，因为门口的军乐鼓吹，颇有洋盘去上当，……这个电影院差不多维持到辛亥光复。”见中国电影资料馆编《中国无声电影》，中国电影出版社，1996年，第1381页。

② 王瑞勇：《上海影院变迁录》，上海市电影局史志办公室编《上海电影史料（五）》，第82－84页。

③ 参见李道新等：《影像与影响——〈申报〉与中国电影研究之一》，《当代电影》，2005年第2期，第64－68页。

人，从公共卫生、文明守则及个人观赏体验等方面带来了新的电影文化，[①] 某种意义上是由俗向雅的转型。同时，外国影片源源不断而来，展示出世界影坛的迅速变化：第一次世界大战之后，美国好莱坞占据了市场主流，电影品种由滑稽、侦探而转向故事长片，观念上也经历了从杂耍到确立其艺术地位的演进过程。在这种急需有识之士加以认识与提倡电影的背景里，《游戏杂志》《礼拜六》之类的流行杂志的崛起对于新的电影文化起了推动作用。

《东京活动影戏园》广告（《民权报》1913 年 7 月 1 日）

这在晚清以来的思想背景里更具意义，像包天笑、王钝根、陈蝶仙、周瘦鹃等人都是革命团体“南社”中人，具西化、开明倾向的一派。如包天笑在清末即积极从事小说创作和外国文学的翻译，任《时报》主笔期间，大力鼓吹立宪和地方自治。当武昌首义发生，他热情支持革命军推翻清廷，建立共和。正由于他们积极拥护共和，转向文化建设，或办报纸副刊与杂志，或成为职业作家，切入都市生活和大众心理，因而在启蒙、娱乐和商业机制的驱动下，电影自然进入他们的视域，成为都市文学文化现代性的有机部分。

1913 年，郑正秋、张石川与亚西亚影戏公司（Asiatic Film

---

① 参见 Zhiwei Xiao（萧知纬），“Movie House Etiquette Reform in Early-Twentieth-Century China”，*Modern China*，Vol. 32，No. 4（October 2006），pp. 513 – 536. 关于 1920 年代上海电影院的空间扩展及其文化意义，参见 Zhang Zhen（张真），*An Amorous History of the Silver Screen*：*The Shanghai Cinema*，1896—1937，Chicago：The Chicago University Press，2005，pp. 118 – 130. 另参见胡霁荣《中国早期电影史，1896—1937》，上海人民出版社，2010 年，第 17 – 33 页。

《申报》电影广告（1913 年 9 月 29 日）

Company）的依什尔（Arthur J. Israel）等人合作，① 摄制了包括电影史上经典之作《难夫难妻》在内的不少短片，② 后来却不再继续下去，影缘短暂，令人惋惜。其实难怪，那一年在他们带领下，文明戏热火朝天，被誉为“癸丑中兴”。③ 如《恶家庭》之类揭露旧制度罪恶、鼓吹家庭改良的剧作，大获成功。有趣的是，次年郑、张创办《新剧杂志》，第二期刊出《中国最新活动影戏段落史》一文，介绍了亚西亚公司拍摄的影片，并刊出他们拍戏的照片，似对电影难以忘情。确实在这

---

① 参见陈建华《新闻片〈上海战争〉与“二次革命”——兼论“攻打制造局”史料与电影史建构问题》，《电影艺术》，2017 年第 377 期，第 110 – 116 页。

② 顺便指出，《难夫难妻》常被认为又名《洞房花烛》。根据《民国日报》1923 年 4 月 29 日第 2 页第 5 版新爱伦影戏院的电影广告，《难夫难妻》与《洞房花烛》并排，前者为“中国超等滑稽影片”，后者则标明“华文说明影片”，显然分别为两片。

③ 1918 年出版的《鞠部丛刊》一书收录了大量有关“新剧改良”讨论的资料，书中有郑正秋的照片并称之为“癸丑中兴新剧名人”，即视之为 1913 年文明戏复兴的领袖。该书主编周剑云在 1920 年代成为电影评论家。见刘绍唐、沈苇窗主编《平剧史料丛刊（第 6 种）》，台北传记文学出版社，1974 年。

当口，这批南社知识分子对电影认真起来了。就上海而言，电影是从新剧分化出来的，此时包天笑等人纷纷创办杂志，注意力也转向电影。其中陈蝶仙早年创作《泪珠缘》等言情小说，后来转向民族资本实业，以制造“蝴蝶牌牙膏”著称，却也是早期电影文化的推手之一。1914—1915 年，他在主编的《游戏杂志》上刊出了周瘦鹃的“影戏小说”《何等英雄》。1919 年，他主编《申报·自由谈》时，先后连载了秋叶的《影戏之结构谈》和周瘦鹃的《影戏话》，① 都属重要的电影评论文献。张真说，这类“鸳蝴文学”杂志“变成现代通俗文化的养料和催化剂，从中催生了早期电影，反过来又多方重塑了文学”。②

郑正秋（《鞠部丛刊》，1918 年）

张石川（《新剧杂志》，1914 年）

1916 年，陈蝶仙在“影戏小说”《火中莲》中声称：“活动写真其功用实与小说等，而活泼变幻，足以鼓动观者兴趣，则尤过之。”鼓吹电影已先声夺人。同年，周瘦鹃在《〈小说名画大观〉序》中要求小说无论在描画风景或人物时，“无不跃跃纸面，如活动写真”。他与陈蝶仙一样认为电影比小说更为有趣，所以要小说向电影看齐。这是电影带

---

① 秋叶：《影戏之结构谈》，《申报》，1919 年 8 月 18 日、19 日、21 日、23 日，第 14 版。周瘦鹃：《影戏话》，《申报》，自 1919 年 6 月 20 日至 1920 年 1 月 7 日，连载了 14 回。次年 3 月 19 日与 7 月 4 日又刊出，不标明回数。

② Zhang Zhen（张真），*An Amorous History of Silver Screen*：*The Shanghai Cinema*，1896—1937，pp. 71 – 72.

来的刺激，而在与小说的比较中对于电影这一新媒体的潜力有了共识。有点特别的是周、陈两人都是用“活动写真”一词，当然是从日本来的。[①] 值得注意的是，也正是在1916年，张石川、管海峰以幻仙影戏公司名义导演的《黑籍冤魂》，从中国电影自身的发展脉络来看，是真正具有本土意识的拍片尝试。[②] 这与陈蝶仙、周瘦鹃对电影的新认识之间应当有某种内在联系。

二、《影戏话》：电影观念的世界接轨

管际安说到，在民国之初，“影戏在中国社会上的价值，可谓一落千丈，几乎变做完全下流社会的玩意”。[③] 这一观察略显夸张，应是指那些滑稽侦探之类的影片使一般观众产生厌倦。与这个时间点相关，1912年，王钝根在他主编的《申报·自由谈》上发表了一篇短文，描述了在一家类似茶园戏院的“影戏园”中“地狱”般的观影经验，嘈杂肮脏，毫无美感可言。[④] 在此语境中，1914年在周瘦鹃那里，电影文化出现了转机。他自言那时“尚无意于影戏”，然而在维多利亚影戏院观看了《旁贝城之末日》之后，“则恒以影戏场为吾行乐地”，便迷上了电影。[⑤]《旁贝城之末日》是留名影史的意大利历史巨片，而他的美感经验也颇为昂贵，在刚兴建的维多利亚影戏院里看一部影片要花上一两块银洋。

在发表《影戏话》之前的四五年间，就周瘦鹃至少发表了8篇质量相当不错的“影戏小说”而言，电影改变了他的生活与创作。在1917年的中篇小说《红颜知己》中，当主人公回忆起与他意中人最初

---

① 1909年，日本出现《活动写真界》电影杂志。见 Aaron Gerow, *Visions of Japanese Modernity: Articulation of Cinema, Nation, and Spectatorship, 1895—1925*, Berkeley: University of California Press, 2010, p. 67.

② 陈立指幻仙影戏公司为“中国第一家电影公司”，并把1916年视作中国电影元年。见 Jay Leyda, *Dianying: Electric Shadow*, Cambridge and Mass.: The MIT Press, 1971, pp. 15-17. 从张石川等人自己集资尝试拍摄故事长片，且制作主题尖锐的影片这些方面来看，《黑籍冤魂》似有其特殊的重要性。

③ 管际安：《影戏输入中国后的变迁》，中国电影资料馆编《中国无声电影》，中国电影出版社，第1313页。文中说“在那政变的时候”，应当是指辛亥革命。

④ 王钝根：《影戏园》，《申报》，1912年4月29日。

⑤ 周瘦鹃：《旁贝城之末日》，《礼拜六》，1915年第32期，第1页。

邂逅的情景时，他的头脑像一个影戏院，其回忆被投射在银幕上，灯光和影像被无形之手操纵着，还配上了声音。在这里，视觉技术进入了感知系统与文学想象，比鲁迅的“幻灯片插曲”远为真切地体现了“影视现代性”。确实，与同代人相比，周氏对电影抱有一种罕有的热情、期待与前瞻。

关于《影戏话》将在下一章详作分析。1910 年代，有关电影的介绍不断出现在各种刊物中，像《东方杂志》《大中华杂志》《进步杂志》《中华医学杂志》《留美学生季报》等，① 皆为知识阶层或专业人士所主办。这些文章均在不同程度上宣传电影的重要性，青霞的长文《活动幻影之发达及影片之制造》译自英国《世界报》，开头即声称：“活动幻影之在近日，已成为一种极伟大之工业，而其所以成功者，乃全恃其艺术之精进，办理之完美，足以自献于世也。”文中详尽介绍了一次大战期间英法等国电影业的迅猛发展。关于影片的制作、生产和流通，涉及资金运作、利润回报等，都作了叙述。也强调大众对电影的欢迎程度超过了戏剧，而电影的兴旺促进了小说和剧本的创作。该文于 1915 年发表在《大中华杂志》上，而杂志主编是梁启超，也意味深长。文中提到《旁贝城之末日》《埃及女皇》等故事片先后在上海的电影院里放映过。

其他文章大多依据外文资料夹杂着自己的观点，重点关注电影与社会及教育的关系，大可的《电光影戏与儿童关系之商榷》一文有代表性。文章说，电影在美国已非常普及，“若教堂、学校、青年会、体育会及工厂，莫不利用之”。通过对学生做抽样问卷的调查，作者发现电影在形塑青少年的思想心理方面扮演了极为重要的角色，同时对那些“庸俗陋劣”的内容及其负面影响表示忧虑。因此，作者认为电影制作有改良的必要，且提出儿童观看电影的问题，认为应当由家长加以引导或限制。1916 年 12 月，蔡元培刚从欧洲游学归来，在一次关于通俗教

---

① 《论影戏机器与留声机器》，《万国商业月报》第 3 卷，1909 年第 16 期，第 34 – 35 页；杨锦森：《新发明之单片活动影戏》，《东方杂志》第 8 卷，1911 年第 5 号，第 29 – 31 页；青霞：《活动幻影之发达及影片之制造》，《大中华杂志》第 1 卷，1915 年第 1、2 期，第 132 – 143，361 – 370 页；大可：《电光影戏与儿童关系之商榷》，《进步杂志》第 8 卷，1915 年第 6 号，第 7 – 14 页；[未署名]《活动影戏与改造社会之关系》，《中华医学杂志》第 5 卷，1919 年第 4 期，第 152 页；王金吾：《电影戏园与教育之关系》，《留美学生季报》第 9 卷，1920 年第 1 号，第 108 – 112 页；剑萍译：《英美活动影戏之近状》，《申报》，1919 年 5 月 9 日，第14 版。

育的演讲中提到电影："尚有一轻而易举之法，则电光影戏是也。影戏之成本较轻而收效至易。……德国影剧院中凡中学校以下生徒平时不得入览，而于每星期三、六或休假日，特择其较为纯正者演之，始许学生入观，大半为关于科学事理之片，间有滑稽之作，要皆无害于身心者。再如外国模范戏院，国家恒每年酌予巨款以补助之。"① 蔡氏随即出任北京大学校长，以提倡"美育"见称，这番关于电影的见解较为宽宏，自然要比那些译介来得重要。

然而，与这类译介或提倡截然不同的一点是，周瘦鹃的《影戏话》专谈一己的观影经验，具有在地性，且通过像《申报》那样的大报直接与大众沟通，对于电影宣传来说无疑是一次突破和飞跃。周瘦鹃一开始说："盖开通民智，不仅在小说，而影戏实一主要之锁钥也。"② 这个观点是顺着陈蝶仙把电影和小说相比的思路，陈着眼于"观者兴趣"，偏重娱乐与商业，到周这里被切换成"开启民智"，就把电影纳入了世纪初梁启超所倡导的"小说界革命"的语境，接续了以立宪改良思想为主导的文化启蒙的议程。在更广阔的文化语境里，《新青年》那时已发表了鲁迅的《狂人日记》，新文学运动的狂飙正在兴起。如果把这两者放在一起，中国文学文化现代性就更有看头。

《影戏话》体现了一种"文人"新视域，在电影与大众心理之间做一番调适的功夫，而达到一种张力的综合。概括说有这么几个特点：首先是启蒙与娱乐的中和。既以"开启民智"为宗旨，周氏对于滑稽片中的廉价噱头和侦探片中的盗贼打斗，也抱有道德顾虑，但所谓"吾国上中下之社会，则无不顾而乐之"，正因为大众的喜闻乐见，他首先承认电影的娱乐性及其票房价值，由是决定了他的基本的肯定态度。实际上他自己也喜欢看侦探片和滑稽片，对那些机关布景津津乐道，对卓别林（Charles Chaplin）、罗克（Harold Lloyd）等笑星如数家珍，然而在格里菲斯（D. W. Griffith）面前，他们统统被比了下去。他称格氏："为影戏界制片健将，他人均不之及，如神狮登高长啸，百兽皆为慑伏。……不若侦探长片之以情节炫人，又非如却泊林、罗克之专以博人

① 1916年12月27日，蔡元培在通俗教育研究会的演说词，见《教育杂志》第9卷，第3号，第1-6页。载朱有瓛、戚名琇、钱曼倩、霍益萍编《中国近代教育史资料汇编》，上海教育出版社，1993年，第375-380页。

② 周瘦鹃：《影戏话（一）》，《申报》，1919年6月20日，第15版。

笑噱也。"[①] 格氏的《世界之心》《党同伐异》等影片令他"叹为观止"，展示了再现历史和情感世界的巨大可能性，"其所制片，妙在有一宗旨，期以极深之印象，镌入人心"。这样的影片既有思想，又具艺术感染力，达到伦理与美学的统一，是"开启民智"的理想媒体。

卢米埃尔兄弟

《火车进站》(1896 年)

其次是传统与现代的融合，这一点蕴含在"影戏西名曰 Cinematograph"这一表述之中。被视作世界电影创始的卢米埃尔兄弟(Auguste Lumière；Louis Lumière) 用 Cinematograph 来命名他们的电影产品，其后缀 graph 意谓记录影像的技术程序，而周瘦鹃所接受的正是这一整体意义的电影概念。在《影戏话》里，电影涉及艺术、制作、资金、商业、演员和导演的方方面面，就周氏热望中国能够迅速建立电影工业而言，那几乎是"全盘西化"了。但是，当时流行着各种电影的称谓，如"电光幻影""活动影戏"等，周氏自己曾用过"活动写真"一词，但仍沿用"影戏"一词，是因为它通俗，却也是尊重自身传统的选择。1870 年代起从西方传入幻灯放映，即以"影戏"称之，类似"皮影戏"的民间消遣，含不登大雅之堂之意。有意思的是，周瘦鹃把"影戏"与 Cinematograph 对译，与世界电影形成一种对话关系。在电影开始传来时，就出现关于在中国影戏起源于汉武帝隔帐观看李夫人的说法。然而在世界电影的语境里，周氏说："或亦为少翁所演之一种影戏，惜后即弗传，未能改弦更张耳。"虽然没有在中国得到发展，

① 周瘦鹃：《影戏话（十四）》，《申报》，1920 年 1 月 17 日，第 14 版。

但像李少翁的“影戏”演出经验也是人类共同的历史遗产。经周氏这么说，“影戏”的意涵起了质的变化，被赋予一种话语性质，到二三十年代围绕“影戏”概念衍生出不少理论话语，成为建构中国电影史的一个核心概念。

20 世纪初，在戏剧、艺术和文学领域中，“写实主义”渐占主流地位，这与照相、电影带来的“视觉中心”意识形态有直接关系。“活动影戏”“活动写真”这些名称一度流行，如卢米埃尔的《火车进站》的寓言所意涵的，正在于其新奇与震惊的效果。周瘦鹃也不例外，对电影表现真实世界的可能性充满好奇。《影戏话》倾情介绍了格里菲斯的《世界之心》，谓格氏为表现欧战带领摄制组亲赴欧洲作实地拍摄，“出入药云弹雨中，险乃万状。德军三次猛攻，每次至四小时，格氏均亲历之”。这些叙述应当来源于国外电影资料，当他在影院观看了这部影片，遂“叹为观止，其最足动人者，在状战争之惨烈。予于此得见数种特殊之战器。一为极巨之战炮，一为泄放毒气之钢管，一为状如球板之爆裂弹，杀人如麻，流血似潮”。影片使周氏大开眼界，其实也是早期电影的特别功效。1919 年 9 月，美国环球公司来上海拍摄《金莲花瓣》，《影戏话》对此事作了追踪报道，当写到拍摄女主角在黄浦江中游泳的镜头时，周大发感慨：“欧美之人，事事俱尚实践，故一影片之微，亦不恤间关万里，实事求是。此等精神，实为吾国人所不可及者。苟吾国大小百事，能出以西人摄制影戏之精神，以实事求是为归，则国事可为

格里菲斯

《世界之心》（1918 年）

矣。"① 虽属书生议论，但他所体悟的"西人摄制影戏之精神"，其本身根植于西方源远流长的"眼见为实"的科学精神，而学习西方人的眼光来看待世界，是现代中国人的普遍心态，这也是"写实主义"文艺的基本要素。

向西人学习拍电影及其"实事求是"的精神是一回事，周瘦鹃对于电影的评判则处处出自一个"言情"小说家的眼光，其江南文人的艺术意趣带有浓厚的文学抒情传统。从他的"影戏小说"可见，他所看重的是那些表现男女之情、家庭伦理的影片，与他的言情小说的创作是一致的。这方面下面会说到。《影戏话》中涉及数十部欧美影片的评论，尽管对于侦探片和滑稽片也颇加赞赏，但最使他感动的是含文学意味的故事片。如意大利影片《茶花女》中女主角的表演："能于一举一动间，将芳心中哀怨之情曲曲传出，自非庸手。临死前作捧心呻楚状，尤极缠绵悱恻之致；白幔受风微拂，若真有茶花女芳魂来格者。"② 像他惊叹《世界之心》里气势宏伟的战场场景一样，周氏也注重人物内心的表演，这也是促使他接受电影的关键的一点。这段评语之中有林黛玉的影子，他确实是透过《红楼梦》来理解《茶花女》的。

传统已经进入世界流通的渠道，与现代文学交融在一起。这体现在《影戏话》里对瑞典影片《残碎之阳春玫瑰》的评语中。片中女主角沦为妓女，最后回到故乡，在昔日与初恋男友相会的花园里伤心欲绝。周瘦鹃动情地描绘："见花径中玫瑰红酣，姹娅欲笑，亦一一如去时状。忽大愤，尽取花盎投诸地，悲歌且哭，立扑乱花中而死。于是此阳春残碎之玫瑰，遂长与彼花盎中之玫瑰同委香土矣。……凄惋几不自胜。偶忆《牡丹亭》'如花美眷，似水流年'之句，更为之怆然者久之。"③ 影片的"哀情"引起《牡丹亭》的联想，同时他觉得在小说中"宛然法国毛柏桑（即莫泊桑）、瑞典施屈恩白（即斯特林堡，August Strindberg）手笔也"。另外，传统也在借鉴中发展，如称赞好莱坞的《心战》一片："其言情片也，迥异于寻常之作靡靡之音者，刚劲之意，随处豁露。"因为片中男主角性格刚强，"非潘安、卫玠一流人"。④ 所

① 周瘦鹃：《影戏话（十）》，《申报》，1919年11月13日，第14版。
② 周瘦鹃：《影戏话（三）》，《申报》，1919年7月14日，第14版。
③ 周瘦鹃：《影戏话（五）》，《申报》，1919年9月10日，第14版。
④ 周瘦鹃：《影戏话》，《申报》，1920年3月19日，第14版。

谓“刚劲”正是鲁迅的《摩罗诗力说》所主张的文学精神，而好莱坞影片也使他得到改造才子佳人传统的启发。

最后是民族性与世界性相辅相成。一方面，利用电影来“开启民智”，指示了大众启蒙与文化发展的途径，另有政治与经济的考虑。看到电影消费的巨额利润，因此要求尽快发展中国电影，使肥水不流外人田。另一方面，在外国影片中经常看到中国人的形象丑陋不堪，已一再引起国人的愤慨，因此呼唤国产片的诞生，渴望正面塑造中国人的国际形象。如上述《影戏话》在赞扬“西人摄制影戏之精神”时，周瘦鹃指出在拍摄中的《金莲花瓣》里，中国人的扮相多有歪曲之处，因此希望环球公司“勿再自作聪明，暴吾中国人莫须有之丑态于世界，是亦实事求是之道也”。

一次大战后，美国电影占据了世界影坛的主流，《影戏话》对好莱坞推崇备至正反映了这一趋势。从教育背景看，周瘦鹃固然深受英美文化的熏染，而推崇好莱坞也非完全天真，最初保住电影的势头是催生中国电影的一个重要前提。当国产电影起飞后，周氏像他的同人一样，采取国产片与好莱坞并重的方针。通过竞争而争取双赢，含有自由贸易所孕育的世界主义，也是由半殖民条件所决定的，而竭力扶持国产片与好莱坞抢观众是更为艰巨的。其实，《影戏话》中好莱坞也并非一边倒，而是较为准确地反映了早期欧洲电影兴盛的轨迹，如周氏所提到的《茶花女》《旁贝城之末日》《二城故事》《胚胎》等皆为世界电影史上的名作。

从中国电影发展的后设观点来看，《影戏话》所起的作用举足轻重。不仅在观念上弥合了与世界电影之间的隔膜，且把电影纳入本土大众启蒙与国族建构的议程。它见证了电影在欧美确立其艺术地位的过程，更透过一种“文人”的美学审视使电影在中国获得加冕。其所体现的文人观照，很大程度上凝聚了当时有识之士的共识，反过来文人身份也被重新界定。并不奇怪，《影戏话》发表之后两三年间，中国电影迅速起飞，迎头赶上，说明电影观念在中国的移植固然取决于思想与文化因素，而《影戏话》则发挥了与大众情感沟通的功能。

三、“影戏小说”与本土文化政治

周瘦鹃的“影戏小说”，即把他看过的欧美影片所写成的小说，似不曾引起注意。自1914年之后约十年间，据笔者所见的有《阿兄》《何等英雄》《旁贝城之末日》与国产片《小厂主》等十余篇。与后来流行的电影小说很不同，这些影戏小说的文学性很强，含有多重动机与元素的实验性，所选取的影片多属“哀情”类型，构成周氏自己言情小说的有机组成部分，保持了鲜明的作者风格。他力求以文字重现自己的观影经验，使读者能身临其境地感受电影的魔力，这不啻在为电影做宣传。他对电影作似真的翻译，很大程度上保持了早期电影的美学特征，在追述影像的冲击和震惊经验时，文字功能受到考验，文学技巧也得到更新。再者，“影戏小说”内容上借助外来的新思想和新文化，借以切入国族想象和都市时尚的话题，为改良本土文化服务。

周瘦鹃也以翻译西洋小说著称于时，他的翻译大致有两种：一种力图忠于原作，以1917年出版的《欧美名家短篇小说丛刊》为代表；一种貌似翻译，实即任意虚构的外国故事，他称之为“杜撰”。他的“影戏小说”属于前者，大多冠之以一个引子，交代小说根据哪部影片及有关信息。为了记得更全，有几部影片先是在头轮影院看，又在票价较低的影院里再看一遍。

早期电影在技术方面还处于萌芽阶段，但活动地表现真实世界已足以吸引观众的眼球，即所谓“于银幕之上，见世界之大，亦弥足以旷心而怡神也”，① 而且以展示“全球景观”或捕捉世界奇观来制造视觉的震撼效果。如法国大片《何等英雄》以拿破仑战争为主题，人物多、场面大，从乡村到城堡、宫廷到战场，随情节跌宕起伏。如周氏所形容：“俄而暗恶叱咤、驰骋血飞肉舞之地，俄而温存缠绵、流连金迷纸醉之场，俄而恋儿女之情，俄而作英雄之气，其中则有贤妇有义夫，有侠客有壮士，有豪爽之君主，有英伟之少女，可歌可泣。”《旁贝城之末日》的场面也极其广阔，尤其最后火山爆发的镜头更是一种世界奇观，这些都给周氏的文学带来新的景观。另如《呜呼……战》是一部战争片，卖点却是惊心动魄的空战。如小说所描写，飞机“往来空中，迅疾无比，艇过处，敌军之气球飞艇悉成灰烬”。② 在晚清《点石斋画报》中就出现不少双翼“飞艇”的图画，激起中国人的想象，到民国初年包天笑主编《妇女时报》，以女子驾驶飞机的图片为封面，把妇女

① 周瘦鹃：《百星偿愿记》，《上海画报》，1927年10月12日，第3版。

② 周瘦鹃：《呜呼……战》，《礼拜六》第33期，第15页。

解放的议程与时尚消费结合起来。① 周氏把《呜呼……战》写成小说也是迎合时尚之举，但片中的飞行员葬身于空海，造成爱情悲剧，因此周氏在“附识”中强调：“特取以示吾国人，并将大声疾呼，以警告世界曰：趣弭战！”突出了影片的反战的思想意义。

周氏以创作“哀情”小说蜚声当时，所表现的年轻男女向往自由恋爱，却不得不在旧制度的桎梏中痛苦挣扎，因此，其基调是阴郁而压抑的。相形之下，“影戏小说”则吹来了自由之风，色调异常明朗。周氏所选择演绎的影片大多以爱情为主题，当然也有意“求新声于异邦”，竭力与其都市文化建设的规划融为一体，较典型的是《女贞花》这一篇。影片本名为“贞洁”（*Purity*），讲一位女子为一个画家充当模特儿，引起她男友的猜疑。后来证明，女子做模特儿是为了使男友能够出版诗集，成全他的诗人的梦想。影片的亮点是女主角的裸体。有一幕是画家无意间见到女子在小溪中游泳：“那雪白的冰肌映着碧澄澄的水，益发明艳动目……不知道造物的主宰费了多少精神，多少心血，才滴粉搓酥，造成这么一个活天仙。他偷望了三四分钟，见那美人儿已出了

Audrey Munson，1891—1996

***Purity* 剧照**

① 参见陈平原《从科普读物到科学小说——以飞车为中心的考察》，载《左图右史与西学东渐：晚清画报研究》，香港三联书店，2008 年，第 130 – 174 页。1915 年欧战期间，报纸杂志颇热衷于报道各国新式武器，如《女子世界》第 1 期及《小说时报》第 15、18、22 号之照片，更别出心裁，皆以女子驾驶飞艇为时髦主题。

水，一骨碌上岸去了。”① 周瘦鹃还特意介绍，扮演贞洁女郎的邬德兰·孟逊（Audrey Munson）是好莱坞名模，说她“雪肤花貌，倾动一时”，专为艺术名家作模特儿，还说她曾在巴拿马参赛得到一万元奖金。这部影片使周氏特别兴奋，他形容观众“击节叹赏之声，几破剧场而出。荡漾于上海一市，十五女儿清且扬，女士有焉”，② 对邬德兰的赞赏溢于言表。

如此赞扬女性的裸体其实是在输入一种新的观念，即艺术的“裸体”通过完美形式来体现美的理念，与诉诸肉欲的“露体”不同。③ 正如《女贞花》的结局说：“这女郎有一个冰清玉洁的玉体，也有一颗冰清玉洁的芳心，任是赤身裸体给全世界的人瞧，也不打紧，凡能使那些不道德的小人惭愧死呢。”④ 但在中国要树立这样的观念极其困难。《女贞花》发表于1918年，此时刘海粟已把模特儿引入美术写生课堂，后来在社会上引起轩然大波，到20年代还被军阀当局禁止。周氏这样介绍模特儿等于帮了刘海粟一把，这也跟他对于女性的进步态度有关。

晚清以来，女权意识逐渐觉醒，到“五四”时期愈加高涨。周氏支持恋爱和婚姻自由，也鼓励女性解放；但他同时又提倡传统的“妇德”，为女性设计了“小家庭”和“贤妻良母”的方案。《女贞花》就含有这样的吊诡。肯定女主人公不惜出售色相无疑是冲撞传统的，却也在表彰她的自我牺牲，不违背“发乎情，止乎礼义”的古训，况且是为了满足男性的牺牲。另一篇《妻之心》，本名 *A Woman's Self-sacrifice*，直译为“妇人一己之牺牲”，也宣扬了女性的牺牲精神。故事讲丈夫移情别恋，弄到身败名裂的地步，但妻子对他不弃不离，最后使他悔悟。周氏力称其“为有功世道人心之作”，并说“其描写妇人爱夫之心，细腻匀贴已极，意在愧当世一般视夫如寇之凉德女子，而令人增无限伉俪之情”。⑤ 但是，《爱之奋斗》这一篇则显得相当叛逆。故事讲玛丽在家长逼迫下嫁给贵族之子小蓝，但她仍然爱着从小相识的马丁。后来，玛丽与小蓝去埃及旅游时，与马丁相遇。玛丽背着小蓝与马丁私会，山盟

①②④ 周瘦鹃：《女贞花》，《小说大观（第11集）》，1917年，第7页、第1页、第12页。

③ 关于“裸”和“露”的经典解释，参见 Kenneth Clark，*The Nude：A Study of Ideal Art*，London：John Murrey，1957。中译本见肯尼斯·克拉克著《裸艺术——探索完美艺术》，吴玫、宁延明译，台北先觉出版股份有限公司，2004年。

⑤ 周瘦鹃：《妻之心》，《中华妇女界》第1卷，1915年第2期，第1页。

海誓，异常热烈，并怀上了孩子，最后逼得小蓝与她离婚。周氏对玛丽十分赞赏，说她“是个有根器的女子，早已打定主意，从此要奋斗下去”，尽管充满波折，但不肯屈服迁就，终于“为了爱的奋斗竟占了完全的胜利”。[①]

这些“影戏小说”犹如一道道绚丽多彩的风景线，错落交织在周氏的文学旅程及其文化地图上，展现出自然景色中敢笑敢怒的男男女女。奇思壮观的影像世界携带着视觉技术的魔力，比起他热衷翻译的维多利亚文学更散发出当代的气息。虽然周氏始终未脱离文学舞台，但电影却扮演了至关重要的角色，渗透在他的兴趣与意识、出版与创作活动中，成为他不断跟上时代的一种动力。最后一篇“影戏小说”《小厂主》写于20世纪20年代中期，开头是：“暖和的太阳，太阳，太阳，太阳。他记得照过金姐的脸，照过银姐的衣裳，也照过幼年时候的秋香。”这样的大白话固然受到新文学的影响，却也是他早就开始的与影视媒体互动的结果。众所周知，周瘦鹃毕生苦恋“紫罗兰”，成为他小说创作的不竭主题，那种荡气回肠的追忆、痴心等待的情怀可追溯到《WAITING》这篇“影戏小说”。男主人公日日打扮整齐、手持鲜花，去火车站等待他的初恋情人，虽然她早已在一场车祸中丧生。

四、移植好莱坞明星文化

1915年，周瘦鹃发表《美国影戏中明星曼丽璧华自述之语》一文，[②] 颇能说明他善观“星”相，有意探窥好莱坞明星文化个中三味。曼丽·璧克馥最初在格里菲斯手下拍片，却艺高胆大，几年里不断跳槽，身价越来越高。这篇自述发表时，她因拍了《风暴乡村之苔丝》（*Tess of the Storm Country*）而炙手可热。1916年，她与影片公司签约，不仅获得当时女星中最高片酬，且获许她自组公司发行由她主演的影片。1919年，璧克馥与格里菲斯、卓别林、范朋克（Douglas Fairbank）组成联美电影公司，到20年代与卓别林齐名，成为世界级明星，被称为“美国甜心”，不啻是美国形象大使。

---

① 周瘦鹃：《爱之奋斗》，《礼拜六》，1922年第153期，第16页。

② 周瘦鹃：《美国影戏中明星曼丽璧华自述之语》，《中华小说界》第2卷，1915年第7号，第1-6页。

范朋克、璧克馥、卓别林、格里菲斯（1919 年）

1916 年，《风暴乡村之苔丝》在上海维多利亚影戏园上映，曼丽·璧克馥的名字出现在英文《字林西报》的电影广告上。[①] 然而其时最为上海观众所熟悉的好莱坞明星，男的是卓别林，女的是在一系列侦探长片中扮演宝莲的白珠（Pearl White）。1918 年间在包天笑主编的《小说画报》上先后出现“美国著名影戏大家宝莲女史”和“卓别灵——影

宝莲影戏插图，《小说画报》（1919 年）

① *The North-China Daily News*, December 12, 1916.

戏滑稽大家”的插图，前者出自后来成为名导的但杜宇的手笔。1920年，《申报·自由谈》刊登宝莲的照片并说：“影戏界中，为全球所欢迎者，有二人焉。一为滑稽大王卓别麟，其一即鼎鼎有名之女戏剧大家宝莲也。”① 并不奇怪，在老百姓喜欢去的新世界或大世界的游乐场里，宝莲和卓别林的影片仍然风行。但到20年代初，星运突变，仅在1923年至1924年为《申报》所介绍的好莱坞明星不下数百名，宝莲顿时成为过气人物。女星照片的刊登数量以曼丽·璧克馥为冠，她还出现在《申报》为某美国香皂做的广告中。②

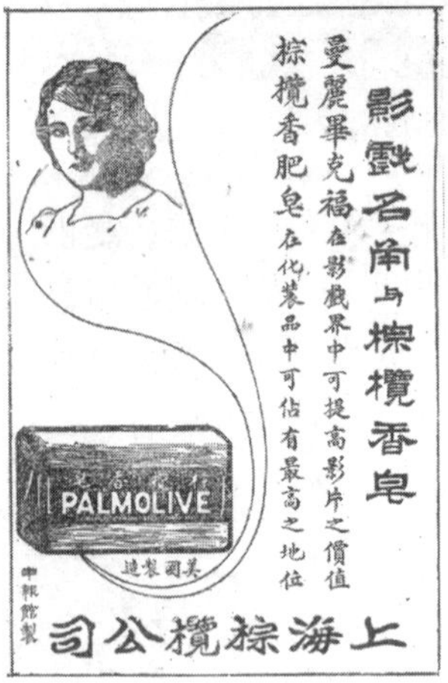

《申报》广告（1923年7月30日）

宝 莲

卓别林

《礼拜六》第149期（1921年）

曼丽在一篇自述中说她每日要收到五百封信，是从世界各地寄来的，她不可能一一作答，所以借这篇自述来回答粉丝们提出的问题，无非是有关怎么从影、怎么拍片及生活起居、日常喜好等。她说那天从纽约去格里菲斯的片厂面试时，囊空如洗，幸亏被录取，否则连回去的车资都没有。现在她的年薪是五万美元。她会骑马、驾车、游泳，常做户外运动，饮食简单，为的是保持身体强健和优美的体态等。这些内容跟今日的明星采访也差不多，但很难想象，这在当时的中国女子眼里会怎么看，简直是天方夜谭！

① 《申报》，1920年5月28日，第14版。

② 《申报》上海棕榄公司的广告，1923年7月30日，第9版。广告云：“曼丽毕克福在影戏界中可提高影片之价值，棕榄香肥皂在化妆品中可占有最高之地位。”

曼丽·璧克馥的成功离不开好莱坞明星制度，演员的表现和观众的接受固然是要素，而对她的形象设计与宣传，影片公司与传媒都在起作用。周瘦鹃如粉丝般热情，有意无意在推广明星文化。《影戏话》中为周氏所倾倒的好莱坞“四女王”，第一是“颊玉眸星，貌最艳冶”的曼丽·璧克馥；第二是毛丽堪痕（Mollie King），“玲珑娇小，亦足当李香君扇坠之称”；第三是白珠；第四是格兰丝·苟那德（Grace Cunard），说她“剽悍矫健，可谓女中丈夫。每演一剧，均好勇斗狠，不作儿女子娇怯态，盖能与剧俱化者”，更称赞她不光能演戏，还能自编剧本，因此“为前列三女王所弗及”。① 周氏这么赞扬也是为中国女性作借镜。另如白珠在《德国大秘密》（*The Black Secret*）中扮演女间谍，周氏大加赞赏：“宝莲之为此，虽属伶工卖艺，然观其出生入死，蹈险如夷，要非寻常女子所可企及。为问吾女界姊妹中有能之者乎?”② 在《黑面盗》中，白珠演一个温婉少女，最后和毛利拿饰演的男主角结成良缘。周氏说从美国影戏杂志得知，白珠和毛利拿都是单身，于是“愿此影片中之假凤虚凰，一变而为真鸳鸯也”。③ 这么说虽不至于在制造绯闻，却也属于媒体消费明星的伎俩。如说到卓别林的名声家喻户晓，胜过帝王，其影像还被制成儿童玩具，④ 可见周氏颇知明星魅力的商业价值。

在引进好莱坞明星文化方面，发表曼丽·璧克馥的自述已属前卫。1921年，周氏又先走一步，这一回诉诸实践，通过他的杂志《半月》把殷明珠打造成中国第一个女明星。机缘凑巧，殷明珠是天生的明星胚子，在西式女校读书时已崇拜白珠，把自己的名字改成“明珠”，穿洋服、剪短发，会游泳、会开车、会骑马，被称作“F. F.”（Foreign Fashion），意为“西洋时髦”。周瘦鹃得知但杜宇在拍一部电影，女主角是殷明珠，于是从1921年9月刚开张的《半月》杂志就紧锣密鼓地为殷明珠造势。最先刊出署名KK的《FF》一文，描画殷明珠的时新样貌，宛如一幅工笔画像，并告诉读者她“近方从事于影戏事业”。⑤ 同一期又刊出她的时装照片。紧跟着郑子褒《又一记F. F. 者》一文补充

---

① 周瘦鹃:《影戏话（七）》,《申报》，1919年10月18日，第14版。
② 周瘦鹃:《影戏话》,《申报》，1920年7月4日，第14版。
③ 周瘦鹃:《影戏话（六）》,《申报》，1919年9月23日，第14版。
④ 周瘦鹃:《影戏话（四）》,《申报》，1919年8月7日，第14版。
⑤ K. K.:《FF》,《半月》第1卷，1921年第2号，第1-6页。

说某影戏公司新编一剧，请FF担任主角，“情节之佳妙，演剧至认真，殊不亚于西洋名剧，而FF之名亦将与宝莲、郑美二女士并驾齐驱。FF能骑马游泳开摩托车等技，故于演影戏甚为适宜也”。① 此后又陆续刊出《童年之FF》《FF之交际手腕》等文章。次年2月，《海誓》上映。《半月》刊登了殷明珠的电影剧照及她自己写的影片情节概述，② 这标志着一个明星的诞生。

殷明珠，《半月》第2号（1921年）

《海誓》剧照，《半月》第11号（1922年）

《FF》这篇文章说殷明珠自由出入“游戏场”，以其装束浓艳、作风洋派而引领“交际界”潮流，“人见其浓若桃李，艳媚入骨，莫不心醉神移焉”。她尤其喜欢看电影，风雨无阻，而且“其装束均摹影戏中女郎，故尤得西方美人之风度”。③ 她最推崇宝莲，不仅与之姿态容貌相似，也能骑马、游泳，自驾汽车。这里既在为殷明珠的星途铺路，也在鼓吹好莱坞明星文化，而这些都被链接到女性解放的时代语境之中。文章自然说到她“剪发易西装，为解放女子”，以浪漫的笔调描写，每到周末，她的在洋行里做事的未婚夫就开车来接她，于是“鞭丝轮影，相与俊游，迨至疏星三五，凉月澈照，乃轻车缓缓归”，然后又说他们已经分手。《又一记F. F. 者》和《童年时之FF》

① 郑子褒：《又一记F. F. 者》，《半月》第1卷，1921年第2号，第7－8页。

② 《半月》第1卷，1922年第11号。

③ K. K.：《FF》，《半月》第1卷，1921年第2号，第2页。

两文更突出殷明珠的倜傥风流，她崇尚“恋爱自由，倾心欧化”，或说她“性倜傥，不拘小节，力矫旧时女界闭塞风气”。她自幼爱交游，与男孩在街头絮絮作情话，以致流言蜚语让家人觉得尴尬。又说她与人订了婚，来到上海之后，“雅慕繁华，剧场、游戏场、电影院等，芳躅所临，殆无虚夕”。有人问她那未婚夫的情况，她“瓠犀微露，笑而言他”。①

实际生活中的殷明珠颇为不幸，由于家长做主，在婚姻上一再失意，于是“放浪形骸”，出入交际场，被目为“堕落的女性”。② 这些颇似小报的采访与叙事手法似不无吊诡，一边给殷明珠画上“明日之星”的光环，为中国电影和女性解放鸣锣开道；一边如狗仔队追逐芳踪、刺探隐私、制造绯闻，吊足读者胃口。实际上，《半月》是个与都市文化跨界的小说杂志，涉及电影、游艺等，如“趣问趣答”的专栏刊登“你做了女子便怎么样?”“一男人可于同时恋爱二女子否?”之类的读者答卷等。在集中报道殷明珠的几乎半年时间里，《半月》在探索其新的文化地图，一面极力打造明星魅力，一面切入消费渠道，使之转化为商品价值，可说是周瘦鹃对于好莱坞明星文化的一次密集式演习。《FF之交际手腕》一文说新年将近，殷明珠会买许多最新式的贺年卡分送给朋友，由是来显示她的交际手腕。而那些贺年卡是从四马路上的大东书局里买来的，文章花了大量篇幅来介绍它们如何漂亮便宜等。原来周氏因为资金短缺，刚把《半月》转让给大东书局出版，所以这篇文章是借FF来为新东家推销贺年卡。

殷明珠的一双脚给瞄上了。紧跟《FF》的介绍文章之后，《半月》刊出梦芸的《F. F. 之足》的短文说，“F. F. 之芳名，近日喧传沪滨，其才气艺，与夫其翩翩若仙之风姿，诚足称东方之白珠娘，实中国交际界之明星也”。尤其美观的是她的一双脚，“莲步姗姗，状若凌波仙子”。③ 如照片所示，那双高筒皮靴是位于南京路抛球场的中华皮鞋公司的产品。在后来数期里相继出现“卓别灵之足”和“莱茵式女靴”

---

① T. F. Mao:《童年时之FF》,《半月》第1卷，1921年第7号，第1-2页。

② 朱瘦菊:《述上海影戏公司创立经过》,《悦读》第33卷，2013年，第90-93页。关于殷明珠的早年情况，特别是殷明珠与但杜宇拍摄《海誓》时，已被迫嫁于沪上法租界警察头目等细节，可补郑逸梅《影坛旧闻——但杜宇与殷明珠》（上海文艺出版社，1982年）之不足。

③ 梦芸:《F. F. 之足》,《半月》第1卷，1921年第3号。

的广告，都是梦芸为中华皮鞋公司做的广告。①

在好莱坞明星文化的中国脉络里，《半月》的殷明珠包装活动具有开路先锋的意义。那时《阎瑞生》刚上映过，片中的女主角由一个妓女扮演，因为社会上还把演艺视作贱业，一般有点身份的女子更有顾虑。殷明珠出身书香门第，就读于贵族女校，尽管遭到家中反对，却毅然从影，表现得相当勇敢。后来殷明珠回忆，当时与但杜宇有思想共鸣，即不满外国电影丑化中国人，所谓“丑态传遍世界，实为国人之耻”，② 因此欣然加入拍摄《海誓》。不过情势变得很快，1922 年，郑正秋、张石川成立了培养演员的学校。报纸杂志争相传播好莱坞女星的芳容行踪，成为日常的都市景观，这无疑灌溉了女子从影的梦想，使她们克服家庭阻力和社会偏见而纷纷加入影艺圈。也正是在影艺圈青黄不接之际，殷明珠与周瘦鹃共谋，在中国星探之途上留下难以磨灭的足迹。

四、默片时代与新文人精神

电影的文化维度如电影生产、消费、批评、都市空间、审查制度等，学者们讨论得很多。透过周瘦鹃的“文人”视角来追溯中国早期电影的轨迹，我们发现，在世界电影观念方面，他固然扮演了与之接轨的关键角色，但是在上海的民族主义与世界主义交织的场景里，立体地考察周的文学语言与电影语言的互动关系及其文化意涵，似有必要借助米莲姆·汉森（Miriam Bratu. Hansen）提出的“杂语现代主义”（vernacular modernism）理论。汉森指出，好莱坞经典电影在 20 世纪前半期风行全球并对各国现代文化的形塑造成深刻影响，它们融汇了现代主义的美学典律而与都市日常生活现代性打成一片，包括时尚、设计、广告、建筑等各种现代潮流，延伸至大众传媒和消费文化，为观众建构了本雅明式的感知反应场（sensory reflexive horizon），从而形塑了现代

① 分别见《半月》第 1 卷，1921 年第 5 号、第 7 号。

② 殷明珠：《中国影戏谈》，《快活》，1922 年第 9 期，第 2 页。

性经验的主体。① 至于好莱坞经典所含的普世价值，在周瘦鹃那里则是通过与本土文化价值的内化融合及拓展其现代疆域的途径来体现的。周瘦鹃的小说语言正与“五四”以“主义”“观念”为主的文学话语南辕北辙，其抒情特质则属于感知方式、感知史的领域。在1920年代的上海，对于格里菲斯的接受主要通过那些主张“文言”的“鸳鸯蝴蝶派”作家，因此与之相应的，传统文学经典也扮演了生动的角色。

在好莱坞“杂语现代主义”的全球走势中，由周瘦鹃的镜像舞台折射出五光十色的中国景观，主要通过其文字表演展示出从生产到消费、批评到文化空间的电影的整体，充斥着时代的张力，各种力量——传统与现代、语言与影像、性别与伦理、政治，以及美学与商业——汇集其间。而在他的文人观照中更蕴含着如本雅明所说的“感知反应场”，显例之一是他的短篇小说《对邻的小楼》。叙事者视角好像一个固定的摄影机，把对面小楼里发生的人间悲喜剧记录下来，成为周氏认识世界“真实”的基础。② 关于与“杂语现代主义”的链接，我们在下面章节中还会讨论到。

1920年代初以《阎瑞生》《海誓》《红粉骷髅》三部长篇为标识，中国电影工业走上坦途。周瘦鹃凭着自己对于国产片的热情与时尚的敏感，在他主编的《申报·自由谈》上及时出现了这三片的报道或评论，为国产片的报刊影评提供了最初模式。在20年代里，他是个多产作家，

---

① 米莲姆·布拉图·汉森：《堕落女性，冉升明星，新的视野：试论作为白话现代主义的上海无声电影》，包卫红译，《当代电影》，2004年第1期，第44-51页。另参张英进：《阅读早期电影理论：集体感官机制与白话现代主义》，《当代电影》，2005年第1期，第29-34页。相对于以往把“现代主义”限定在小部分艺术家或知识分子所崇尚的高雅、先锋的艺术风格的范围，汉森在更广的历史脉络里提出（杂语现代主义）vernacular modernism这一概念，蕴含指涉、回应和回顾现代化过程和现代性经验的整个文化和艺术实践，包括艺术赖以生产、传播和消费的条件的实际变革。鉴于惯用的popular（流行的、通俗的）一词具意识形态含义，她使用vernacular与“现代主义”相连接，综合了世俗的与日常应用的面向，及其话语、谚语和方言的演绎，包括它们的流通、交杂与变形。见The Mass production of the Senses：Classical Cinema as Vernacular Modernism，in *Reinventing Film Studies*，eds. Christine Gledhill and Linda Williams，New York：Oxford University Press，2000，p. 333. 按：vernacular modernism被译成“白话现代主义”，但考虑到“白话”一词向来具有排斥“文言”的意识形态的含义，不适合在民国时期的文化语境中讨论周瘦鹃，因此本文使用“杂语”一词，似能切合“旧派”文学的语言特征，且与上海五方杂处的文学环境相一致。

② 周瘦鹃：《对邻的小楼》，《半月》第3卷，1924年第15号，第1-7页。

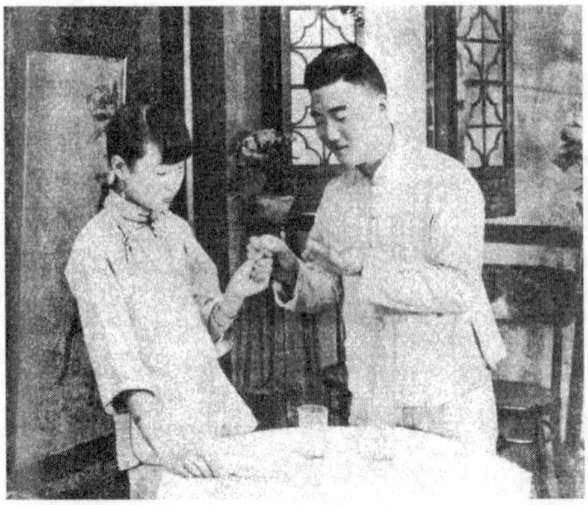

《阎瑞生》剧照（1921 年）

一边创作，一边翻译，也积极参与电影事业。除了拍片之外，他的从影是全方位的：写电影小说、影评、剧本，乃至影片本事和说明书。这一点，他确实当仁不让，说自己在“许多爱看影戏的朋友中，要算得是个天字第一号的影戏迷了。每天除了规定的办事时间以外，把余下来的工夫，差不多都消磨在影戏院中，平均每星期总要看五六种影片”。①他的“消磨”并非纯属个人“消遣”，而是进入他的印刷资本的“消费”渠道。20 年代上半期，他所主编的《申报 · 自由谈》副刊、《半月》和《紫兰花片》杂志都成为反映电影潮流的窗口，电影不仅成为周氏文学活动的重要部分，且居优先地位。电影作为一种文化产业，尤其从上映到市场反馈具有极强的周期性，尽管他的写作与编务工作十分繁忙，但电影实际上决定了他的工作时刻表。此时，他没有必要再写“影戏小说”，而改为短平快的传播策略。当观众对那些好莱坞大片趋之若鹜时，周氏及时跟上，对《儿女英雄》《赖婚》《三剑客》《月宫宝盒》等一一加以评点。然而，当国产片很快波浪迭起时，他就几乎完全转向国产电影，无论哪个影片公司，只要有新片，他的短评就会出现在《自由谈》居首的“谈艺”栏里。这不限于影片方面，如 1928 年年底的《一九二九年影戏院潮中之先驱者》一文预告即将建成的大光明电影院；② 1931 年的《提倡国产的有声电影》一文为第一部有声片《歌女红牡丹》而作。③ 由这两篇文章可见他对电影文化新潮的把握。

---

① 周瘦鹃：《从此以后》，《上海画报》第 208 期，1927 年 2 月 27 日，第 3 版。

② 周瘦鹃：《一九二九年影戏院潮中之先驱者》，《上海画报》第 423 期，1928 年 12 月 18 日，第 2 版。

③ 周瘦鹃：《提倡国产的有声影片》，载于《〈歌女红牡丹〉特刊》（1931 年 4 月），转引自范伯群编《周瘦鹃文集》（文汇出版社，2011 年）第 181－183 页。

1929 年落成之大光明影戏院

大光明影戏院广告，《紫罗兰》(1929 年)

1921—1922 年，电影杂志还寥若晨星，《半月》发挥了过渡作用，几乎每期都有电影照片，给《海誓》及明星公司的《滑稽大王游沪记》等电影都做过见证。1921 年的《影戏杂志》清一色地刊登好莱坞明星照，相形之下，《半月》对中西男女影星一视同仁，当然更有远见。《半月》既对好莱坞童星贾克·柯根（Jackie Coogan）不吝版面，对上海公司的童星但二春也做足宣传，开启了竞争双赢的模式。值得提及的是，1923 年 2 月刊出中国影片公司摄制的《饭桶》

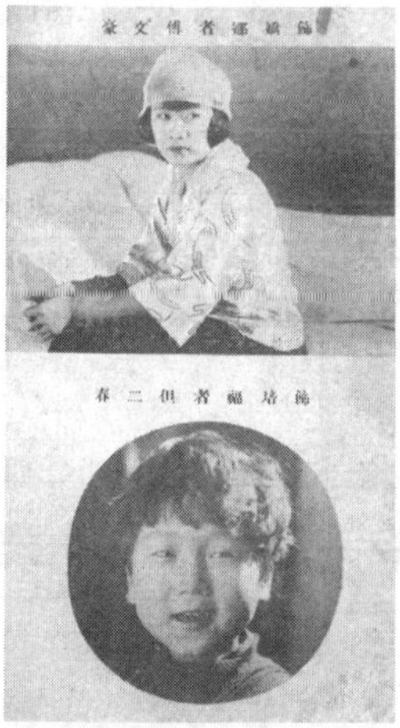

傅文豪和但二春，《半月》第 14 号

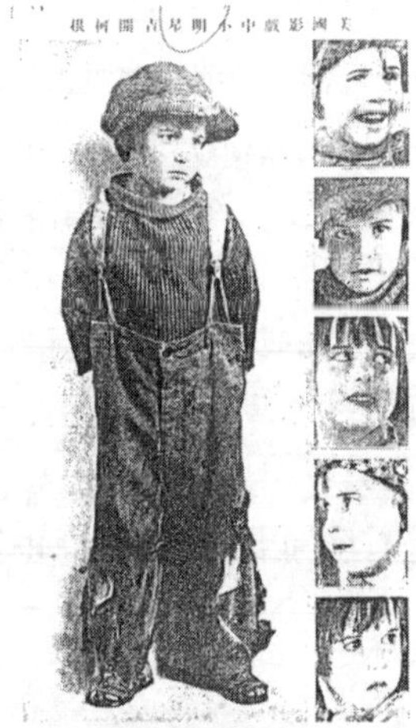

贾克·柯根，《半月》第 15 号

剧照，包括女主角杨凤珍的特写镜头，不久杨去世，同年9月，《半月》把这张特写照片重刊一次，书曰：“香消玉碎之影戏明星杨凤珍女士”，以志纪念。

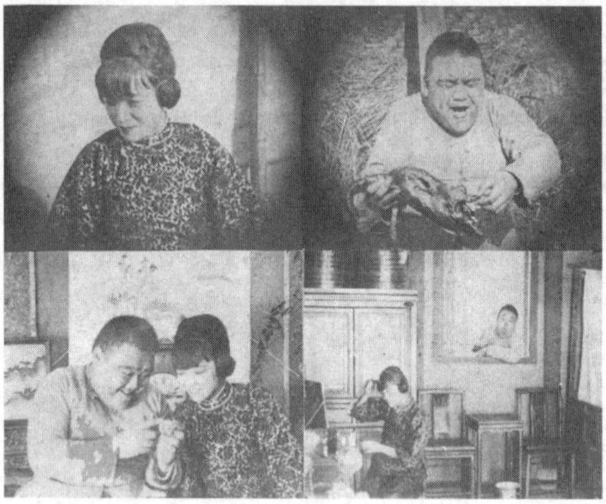

《饭桶》剧照，《半月》2卷第14号

悼念杨凤珍，《半月》3卷第1号

1923年，《半月》特辟“影戏场”专栏，共编了四期，刊登影评、论说、明星传记、电影小说等，丰富而活泼，与一般电影杂志相比更具文艺性。1926年6月，《紫罗兰》杂志特刊《电影号》，不啻是一次影界与文界联手打造当年电影盛况的嘉年华会，刊出二十余位当红女明星的玉照与十多家影片公司最新出品的影片剧照。洪深（1894—1955）、杨小仲（1899—1969）、程步高（1898—1966）等影业专家撰文，讨论理论问题或介绍拍摄经验；周瘦鹃及其同仁或谈掌故，或创作与电影有关的小说。周氏的短篇《风孤飞》写的是一个男演员与两个女演员之间的三角恋爱，结果两头落空。当时社会上青年男女争相做明星梦，因此周氏反而加以讽刺。两年后，《紫罗兰》推出《电影明星号》，刊出十位女明星的近影。周氏最喜欢黎明晖（1909—2003），从她拍《小厂主》起就一直看好她，因此让她居首，然后是胡蝶（1908—1989）、阮玲玉（1910—1935）等。其实《紫罗兰》每期附带《紫罗兰画报》，上面总是有明星们的芳容，也因为周氏是著名报人，她们都喜欢送照片给他。

黎明晖，《紫罗兰》3 卷第 6 号

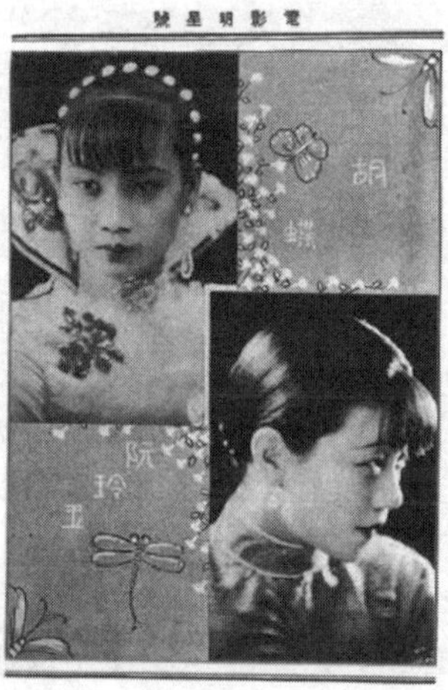

胡蝶、阮玲玉，《紫罗兰》3 卷第 6 号

20 年代中期，包天笑等文人加盟电影，国产电影如虎添翼，但与其他文人不同的是，周瘦鹃的从影活动未中断过。身为沪上文化界名流，也由于掌握媒体资源的关系，周氏在演艺圈的人脉极其广泛，对于各影片公司的拍片动态、导演及演员的情况了如指掌。举一个例子，他在一个画展上对几幅木炭裸体画留下深刻印象，记住画者叫“匡韶”。他在但杜宇的上海影片公司见到负责美工的史东山（1902—1955），原来就是匡韶。后来史东山在大中华百合公司担任导演，其时周氏也属于该公司的编剧，因此两人更为熟悉，史氏导演的《同居之爱》，周氏为之取名，并撰写说明书。① 1926—1929 年，他为《上海画报》写了大量文章，与电影有关的达数十篇之多，生动体现了他那种水乳交融的从影状态，如《狂欢一夕记》《山阴道上之明星点点》《明星烧香记》《影戏院中》《虞山星辉记》《耐梅拜师记》等，或作为编剧出入片场，或作为记者跟随摄影组赴实地取景，或作为嘉宾参加影片首映、演员婚宴等，与演艺圈打成一片，这些幕后花絮对于观察当时电影的文化样态很具史料价值。

① 见周瘦鹃《〈同居之爱〉的导演者》，原载大中华百合公司《同居之爱》特刊（1926 年），见《中国无声电影》，第 1211 – 1212 页。《同居之爱》说明书见郑培为、刘桂清编选《中国无声电影剧本》，中国电影出版社，1996 年，第 803 – 806 页。

《柳絮》中的韩云珍，
《紫葡萄画报》(1925 年)

《水火鸳鸯》剧照，
《国闻周报》(1924 年)

周瘦鹃写的电影剧本如《水火鸳鸯》《真爱》《马介甫》《绿杨红泪》等少数几个，作于1924年至1926年，① 不外乎爱情与家庭的题材，与他小说创作的基本倾向相一致。如《真爱》根据他的小说《真》改编，为了曲折和热闹，影片增加了不少人物和情节，但保持了原作的构架，即写邹如兰天生丽质，迫于父命而嫁人，因车祸而毁容，遭到丈夫抛弃。汤小鹤一直深爱着邹如兰，不但不嫌弃且把她接到他家里，让她住在一座别墅里。最后如兰病死，小鹤也郁郁而终。② 《水火鸳鸯》写一对恋爱青年，因女方家长爱富嫌贫，男主角发愤图强，终于在万国美术博览会上凭其杰作获得万金奖赏，功成名就而赢得美人归。③ 在这里，"高尚纯洁"的爱情或发奋自立都在于强调个人的良心与自律，乃

---

① 《水火鸳鸯》的"本事"见《中国无声电影剧本》，第137－138页。《真爱》的"本事"见前书，第395－398页。关于《水火鸳鸯》的开映时间，参见王智毅编《周瘦鹃研究资料》，第456页；《真爱》，前书，第461页；《绿杨红泪》，前书，第477页；《马介甫》，前书，第480页。按：《周瘦鹃研究资料》中还列入《还金记》（第482页）。在上海影戏公司《还金记号》中有周瘦鹃《〈还金记〉之由来》一文，说三年前但杜宇请他写剧本，他给了《绿杨红泪》一篇小说，并说被但杜宇改成《还金记》。但同一期也刊登了《致瘦鹃函并告读者》一文，说周搞错了。《绿杨红泪》正在拍摄，"《还金记》别是一剧，与《绿杨红泪》的情节迥不相同，其剧情有一部分也是你造意的"。见上海影戏公司编辑《上海》第3期《还金记号》（大东书局，1926年9月）。这样看来《还金记》不当为周氏所作。

② 周瘦鹃：《真》，《礼拜六》，1921年第114期，第24－31页。

③ 汪仲贤：《水火鸳鸯·本事》，《中国无声电影剧本》，第137－138页。

是造就完善个人与和谐家庭的基础。如周氏所宣扬的，家庭能给予人们安慰和幸福，是每个人身心的归宿。关于其言情小说与意识形态的关系，如周氏主编的《申报·自由谈》及其《家庭周刊》的政治性所示，在热烈鼓吹“小家庭”的背后，“都贯穿着一种源自于欧美‘公民社会’及维护本土文化的理想尺规，其间以完美的个人与家庭为基础。其文学中的国族想象则以个人与家庭为核心”。在20年代电影的发展脉络里，以郑正秋、张石川为首的明星公司生产了大量“家庭伦理”片，其文化取向源自于他们十余年前在戏剧领域中所贯彻的家庭改良方案，在这方面，周瘦鹃的主张是一致的。但随着“革命”浪潮日益高涨，这种“核心家庭”的现代性规划显得愈加脆弱，周氏的论调变得更为迫切。1926年，他在《说伦理影片》一文中说：“伦理影片之动人实超过于描写男女情爱的作品，就是在下做小说，所做的哀情小说，要占十之七八，虽也有哀感动人的，而终不及伦理小说之出之于正，动人的力量更大。”[①] 这里“伦理影片”指大中华百合公司的《儿孙福》一片，由朱瘦菊编剧、史东山导演。写一寡妇含辛茹苦把四个儿女抚养成人，然子媳不孝，以致她凄惨无依，临终前见到不孝子觉悟悔过，遂含笑而死，由是表现了“儿孙自有儿孙福，莫替儿孙作牛马”的主题。[②] 周瘦鹃说比起他自己的“爱情”和“哀情”小说，“伦理影片”更为“动人”，似舍情取理，具说教意味。而所谓“出之于正”，实际上与郑正秋重在表现社会伦理的“长片正剧”之论相吻合。

周瘦鹃的从影实践与默片时代相伴始终，而文人视野、文人气息是其特色。从他对中国电影发展所做的多种贡献来看，正说明电影是一个文化整体。到1930年代，整个政治环境及意识形态发生急剧变化，当周氏所欢呼的“有声电影”时代真正来临，占据主流的换成另一批“文人”，当电影走向“革命”时，周氏的从影实践包括他的现代性改良企划则差不多走到了尽头。

（作者单位：复旦大学）

① 周瘦鹃：《说伦理影片》，原载《大中华百合公司特刊〈儿孙福〉》（1926年），载于中国电影资料馆编《中国无声电影》，中国电影出版社，1996年，第679页。

② 参见史东山《儿孙福·本事》，见《中国无声电影剧本》，第789－791页。

曾经的世界素食之都：戒杀、护生与人类进化的上海

孟 悦

记得是在加州洛杉矶读书时，受李欧梵老师的启迪，第一次翻阅了天虚我生时期的《申报·自由谈》。那多元繁复的文字泄露出丰富的文化历史秘密，不由得令我既困惑又着迷。我这个曾立志不做学问的地道北方人，从此便掉入了上海都市文化的浩瀚大海。时隔二十余载，《申报》两则诗人蔬食的消息重新燃起了我对上海这座城市的历史兴趣。没想到这一次，循文字的余痕去追根寻源，竟然瞥见我称之为“素食上海”的一抹身姿。

第一则新闻标题很长：“各团体欢迎太戈尔筹备会纪十八日假商务印书馆图书馆行，当晚在功德林宴请太戈尔”。泰戈尔1924年访华是文艺和文化界的一桩大事，对他的介绍宣传从一年前就已经开始。在今天看来有些不可思议，徐志摩、郑振铎、戈公振、刘海粟等人竟把这个隆重的国际性欢迎晚宴设在一家“蔬食处”。显然这主要是由于泰戈尔的素食习惯，① 但功德林蔬食处的地位大约也颇受尊重。泰戈尔在北京同样受到各界的隆重宴请，可京城的素餐馆却要再等个十几二十年才会出现。第二则报道则是良友《艺术三家言》的作者之一傅彦长1927年的一篇短文，题曰“功德林的一个晚上”，写的是郁达夫和良友公司银星编辑卢梦殊请他到功德林，与来到上海的日本诗人佐藤春夫一家共进晚宴的情景。② 一同在座的还有冢本照和、竹内好、管原先生、胡适之、朱应鹏、王独清、田汉、陈伯通、欧阳予倩、徐志摩和夫人等。佐藤夫妇好像并不茹素，看来选择在功德林晚宴并不一定是习佛的原因，而是

---

① 孙宜学：《泰戈尔中国之旅》，中央编译出版社，2013年。据孙研究，当晚参加宴请的除本地各界代表还有英美人，共60余人，菜肴为素食西餐。

② 傅彦长：《功德林的一个晚上》，《申报》，1927年7月27日。

因为功德林这个场所和菜肴本身。

功德林蔬食处是由杭州城皇山常寂寺高维均法师的徒弟赵云韶于1922年创办的，最初坐落在北京路贵州路口附近，十年后迁到了黄河路南京西路的交叉口。功德林之名取的是劝人吃素可以“积功德如林，普及大地”之美意。发起和赞助功德林的是一些背景完全不同的人物：南洋兄弟公司的简氏兄弟为主要投资人，加入资本的还有摄影照相业创始人欧阳石芝、民初激进报人记者狄楚青、商界人物李云书、书画家王一亭。[①] 赵云韶从杭州各个寺院找来了数位大厨，一同研究菜谱，以“素菜荤烧”——像做肉菜那样做素菜的方式，创造出300种菜品。原来，今天许多蔬食名菜如素鳝丝、素烧鹅、素肉松、素虾仁尽可以追溯到功德林。从两幅模糊不清的黑白老照片看，功德林的入口看似一座山门，数层石阶之上有拱形门洞，罩着两扇中式大门。餐厅第一层是白色（或浅色）的拱形长窗，外搭遮阳的竹席。二层的外观只见一角，想必也是大窗成排。餐馆内部没见过照片，据说“上海老牌素菜馆”有勾人回忆的红木桌椅、青砖及宫灯,[②] 倒是与山门意趣相近。

在各种笔记回忆录中，文人、艺术家及知名人士相聚功德林是上海现代都市文化富于特色的一景。柳亚子偕夫人、女儿与鲁迅初次见面的地点就是功德林，双方印象甚好，在座陪同的还有沈尹默和刘季平。[③] 中年茹素的黄炎培据说也常偕友人、同事在功德林谈事。书画界人士出入功德林尤频，1927年周柏生为创办绘画学院，在功德林宴聘当时由日本游历回国的老友钱化佛为校务主任，“席中有周瘦鹃、蒋剑侯、叶如音、包君笑、余大雄等，会聚一堂、六时入席至十一时始尽欢而散”。[④] 还有各式各样的知识界团体往来功德林举办活动，从寰球中国学生会联欢会，谷音书会赈灾展览，东京高工同窗会、南社纪念会、邹韬奋和沈钧儒等七君子发起的抗战时期“救国会”，到前京师大学堂教习丁福保和人间佛教领袖太虚法师联手发起，有各界人士参与的蔬食饭会,[⑤]

---

① 钱化佛：《三十年来之上海（附续集）》，上海书店，1984年，第53页。

② 上海旅游官网文：《经典怀旧素菜馆——功德林》http：//lyw. sh. gov. cn/lyj_ website/HTML/big5shlyj/lyj_ mlsh_ ms/2013-09-05/Detail_ 120556. htm.

③ 李贤哲：《柳亚子和鲁迅的两次会晤》，2017年10月9日中共福建省委统战部网，http：//www. fjtzb. org. cn/ar/20170907000124. htm.

④ 《书画讯》，《申报》，1927年8月25日第18版。

⑤ 吕振海：《珍闻集锦》，汉语大词典出版社，2001年，第232页。

每月四次，周三举行，称“周三饭会”，参与者几十至上百人不等。①

再度检索《申报》后发现，民国时期，上海竟有相当一部分公众活动是在功德林的素宴上发生的。从1922年到1937年，功德林的活动有六十余起登上了《申报》，平均见报率一年四次。沪上或旅沪各种社团或机构只要和迎来送往、开幕闭幕、议事、庆祝、联欢、赈灾、慈善有关的社会性事宜，都可能选在功德林。这里是各界各团体筹办赈灾捐款事宜的首选地点，仿佛这类事情天然与“功德”有关。进出功德林的既有佛家居士，又有道家“致柔拳社”、中华武术会乃至中华基督教青年会及全国基督教协会人士。各同乡会、同业会和社会文化团体也喜欢在功德林相聚，如各路商务总联合会、中国新闻界、上海新闻记者会、古泉学会、上海工业委员会、两路警务会、驻沪防守独立旅、药业工会、市长宴请海外华侨代表、中华妇女革新会、保护动物理事会、医院董事会、兵灾善后会，以及婚礼、追悼乃至监狱落成都在这里举办活动。每会动辄几十人到数百人，五花八门，屡尽“一时之盛”。

茹素之风和上海公共活动之间的亲密关联，说明蔬食文化的价值观和生命理念曾经是上海都市人文和社会肌理不可分割的重要部分，其深度和广度超过，也超前于今天的想象。当然，自古江南的寺庙与都市、僧人与文人的关系就十分紧密，寺院菜系一直在城镇信众中享有盛名。在现代上海，寺院和城市的蔬食关联在新的时空得到了翻新，居士和商人成为蔬食处的经营者。据钱化佛在《三十年来之上海（附续集）》的回忆，功德林开张后“闻风而起的不一而足”，有法官关炯之和王楚九在知足庐故址开的慈林素菜馆，更有人办新慈林，有“佛教居士林主任、朱石僧在广西路开菜根香”，有“贾某经营觉林”，“一度开在望平街申报馆隔壁”，后“移到霞飞路”，于是“素食成一时风尚”。② 各“蔬食处”当然不仅仅是对寺庙蔬食传统的延续。实际上，在20世纪上半叶的上海，蔬食文化已经超出了佛家寺院文化的传统内容，通过与现代生态伦理的积极互动，形成了一种有国际性、富于多元文化色彩的现代伦理文明。

而“成一时风尚”的上海蔬食文化具有怎样的理念、价值观和历史独特性？究其核心，一语概之，是广义的“戒杀”意识、“卫生”的

① 《上海滩》，Vol. 1－12，第48页。

② 钱化佛：《三十年来之上海（附续集）》，第53页。

好生活理念，以及对人类作为物种的“进化”观念这三者之间的水乳交融。在上海文化史上，这三者的关系并不是以哲学和理论概念的方式展开的，而是具象地反映在这座城市的公共空间和公共文化中。比如，它们清晰地呈现在钱化佛所描述的一个有上百人出席的“功德林场景”：30年代的某一天，钱化佛和广东书画家苏天纪在功德林宴请三位重要的蔬食倡导者，即民国元老之一李石曾、人间佛教领袖太虚，以及前京师大学堂教习和《佛学大辞典》的编纂者丁福保。① 三位蔬食倡导者身份迥异、背景悬殊，在史学研究中很少相提并论，但在这个蔬食文化的场景中却关系亲密、缺一不可。钱化佛试图这样打通三者的关联：“李石曾曾有世界素食会，他说吃了荤便有兽性，要提倡人道主义，不可不从吃素入手；太虚当然秉着佛旨，绝对戒杀；仲祜（丁福保）说，吃素可以清肠，血压不会高，血管不会硬，足以延长寿命。”② 这粗线条的描述虽有待修饰，却已经点出了现代中国三大文化潮流的互相作用和互相渗透：与太虚相关的是在现代佛教的发展和“佛化”文化中形成的“戒杀”意识，和丁福保相关的是以医学知识或“卫生”来体现的好生活理念，和李石曾相关的则是以物种关系为基础来论述的“人道”或人类进化的无政府主义脉络。这个场景显露的是这三条现代历史文化脉络的交融汇聚。

为了打开这一素食场景背后的整幅图景，有必要对三位人物各自所处的历史脉络略作梳理。拿最后一条脉络来说，素食与血压及血管的关系部分反映了清末以来“卫生素食”知识话语的内容。“卫生”是清末民初外交家伍廷芳在筹办“卫生素食馆”时所提出的概念，为丁福保等人继承沿用。“卫生素食”是他们将中医健康理念与近代医疗知识融会贯通，并以习佛者的身份来介入健康与生命质量问题的方式。这里的“卫生”不是我们常说的“卫生”——后者以现代医学设施体现的整齐秩序，不合秩序者则被视为肮脏落后。③ 丁福保和伍廷芳所讲求的“卫生”是“保卫（自己）生命”意义上的卫生，与稍后李叔同、丰子恺《护生画集》的“护生”或“护卫一切生命”同一结构。就医学而言，保卫生命的“卫生”反对以营养取代健康，讲求了解食物和疾病的关

①② 钱化佛：《三十年来之上海（附续集）》，第53页。

③ 有关论述参见 Roth Rogaski，*Hygienic Modernity：Meaning of Health and Disease in Treaty Port China*，University of California Press，2014.

系。丁福保借鉴了李石曾《肉食论》和上海基督教医院米勒医师的生物学和医学语汇，比如 ecoli、尸毒、尿酸等来论述肉食与现代疾病的因果关联。不仅如此，“卫生素食”还自带某种反生物政治的光环——这里的生物政治指的是美国以动物蛋白为核心的帝国文化政治和科学话语。“吃牛排与吃大米”（Beef vs Rice）之间莫须有的分别早就是美国针对亚洲特别是华人的种族主义话语的特有修辞。20 世纪以来，“动物蛋白”的科学话语更是被用来支撑和诠释种族等级和文明等级，动物蛋白被等同于民族的强盛。（直到最近，美国食品总署在遭“负责任的医生协会”的起诉后，才开始修改一直以动物蛋白为主的膳食指南。）强调“卫生素食”的丁福保等人在百年前就把握了蔬食与健康的关联。他们对生命的认识同北美式的好生活理念正好相反，生命的质量并不体现为和种族主义历史密切相关的，以高动物蛋白来计量的高营养，而是健康、长寿和身心的修为。

现代佛教文化的发展变化是进一步打开功德林素食场景的第二条线索。清末到现代，随着佛教本身的变化和佛教人口特别是居士群的兴起扩大，习佛的人文知识分子也数量大增。① 清末知识分子的习佛多半专注于理论研究，如章太炎的著作、谭嗣同《仁学》，乃至康有为《大同书》中都有这种取向。到了 30 年代，这种理论概念上的习佛被富于实践性的、流行的现代佛家文化所取代。曾任《太平洋报》和《国民日报》编辑的陈无我曾自述了这个过程。他写到弘一大师李叔同出家对他的触动：“我当时虽尚未踏入佛门，却因为先曾读谭嗣同夏曾佑章太炎梁启超蒋观云诸位先生的谈佛文字，所以对于佛法颇有接近的倾向，现在听到李先生做了和尚，对于佛法的尊重心格外增长起来。”数年后，弘一大师题词、丰子恺作画的《护生画集》触发了他由来已久的悲悯之心，从而促成“戒杀持斋的愿心”。② 受清末各位大家谈佛文字影响和李叔同的感召，被《护生画集》感动的人岂止一两个。与此同时，汉藏佛教在上海汇合，使上海的寺庙数量、佛教组织和信众人数大增。《上海通志》载，1949 年前上海寺庙达 1950 处，比丘和比丘尼各达

---

① 我对这方面的学术状况只有泛泛了解，见 Holms Welch，*The Buddhist Revival in China*，Harvard East Asian Series，1968；Jan Kiely & J. Brooks Jessup eds.，*Recovering Buddhism in Modern China*，Columbia University Press，2016。

② 陈无我：《话旧》，载《觉有情》，1942 年第 78－80 期，第 22－23 页。

1771位和1528位之多。[①] 全国第一个居士团体和居士习佛场所是在上海建立的，由沈惺叔、王一亭等居士与太虚大师及普陀山了余法师商议并首创，后改为"世界佛教居士林"和"上海佛教净业社"两处。现代各种"佛化"文化，即以佛家的观点参与介入现代生活，连同各种佛化杂志如《觉有情》《海潮音》《佛化新青年》《世界居士林》《护生报》，也标志了功德林场景背后的历史变化。有知名人士和佛教界大师的影响，有居士团体和各阶层习佛人众的扩展，有杰出文人艺术家参与的"佛化"的艺术和刊物，连同数以千计的寺庙、比丘和比丘尼，不由得上海不成为现代"戒杀""护生"的蔬食文化中心。

打开上海素食场景最重要的一环乃是李石曾所代表的那道无政府主义的蔬食文化脉络。无政府主义者是现代全球史上从政治思想和科学角度强调蔬食主义的思想流派之一。中国无政府主义四大团体中有三个团体的领袖人物提倡蔬食主义。首先是巴黎无政府主义团体"世界会"及其重要机关刊物《新世纪》，其创始者李石曾、储民谊、张籍及稍后的张静江为全素食者，吴稚晖为半素食者。李石曾曾多次著文论述蔬食的政治和伦理意味，他参与创办的松散社会组织"进德会"（1911）将"不食肉"与"不狎妓""不做官"等其他条例一同列入社员行为约章。[②] 同时，被称为"中国无政府主义之魂"的刘师复在广州组织"晦暝社"，即稍后的"心社"，办有《晦暝周刊》后改名《民声》，也将"素食主义"与"反对帝国主义""世界语"和"共产主义"等一道，赫然写入了心社的社规，比进德会更为坚决。[③] 第一个无政府主义政党中国社会党的创办者江亢虎也很早就是素食和节俭主义的倡导者。他后来不赞同某些无政府主义者以暗杀方式来实现政治诉求，但对蔬食主义却坚守毕生。而曾是无政府党人的太虚大师早期也是中国社会党的成员，最可代表无政府主义与中国现代佛教的密切关系。[④]

---

① 见《上海通志》第14卷《民族宗教》，第二章佛教。这个数目在江南并不罕见。如据绍兴政府网统计，绍兴1949年有寺庵1400处，僧尼2000余人，唯活动、出版物和人物名望不如上海。http：//www. sx. gov. cn/col/col1462869/index. html。

② 《进德会会约》，《东方杂志》，1912年8卷11号，第22－23页。

③ 葛懋春等，编：《心社趣意书》，《无政府主义思想资料选（上）》，北京大学出版社，1984年，第236－239页；Edward Krebb，*Shifu*：*Soul of Chinese Anarchism*，Rowman & Littlefield Publishers，1998。

④ 太虚大师曾以"乐知"的笔名发表《社会党与中国社会党八面观》，讨论中国社会党与无政府理念的矛盾关系。

为什么无政府主义如此强调蔬食？钱化佛说李石曾认为“吃了荤便有兽性，要提倡人道主义，不可不从吃素入手”，这只有在了解无政府主义对物种关系和进化的论述后才讲得通。[①] 众所周知，世界会与《新世纪》和法国无政府主义者之间关系亲密，保罗·邵可侣（Paul Reclus）、前社会主义者南逵（Alfred Naquet）和里昂市长霍欧礼（Herriot）是世界会的参与者和常客，《新世纪》以为样板的法国无政府主义刊物 *Les Temps nouveaux*，其主编让·格拉夫（Jean Grave）则是艾力塞·邵可侣（Elisee Reclus）的密友。和欧洲其他无政府主义派别相比，法国无政府主义群有其自身的特点。他们不仅有巴黎公社的记忆，而且成员中有不少科学家、知识分子和作家，熟知拉玛克《动物哲学》、居友《道德哲学》、克鲁泡特金《互助论》，[②] 共享对物种研究和地球史、伦理、素食主义、女权主义和简单生活方式的兴趣。《互助论》中对社会达尔文主义的反驳，特别是对互助是进化根本条件的论述，在法国无政府主义者中得到了最热诚的讨论和实践。以法国无政府主义的灵魂人物邵可侣为例，这位杰出的地理学家因参加巴黎公社而流亡，是克鲁泡特金（Kropotkin）的挚友，他的研究和论述推翻了社会达尔文主义和种族理论，同时奠立了人类进化的原则。[③] 他认为屠杀动物是人类陷入暴力而退化的最重要的原因，人类必须经由素食才能彻底从弱肉强食的物种关系中解脱，达成真正的进化。[④] 因此，素食是不少巴黎无政府主义同人有意识的物种政治选择。比如艾力塞的哥哥艾力（Elie Reclus）和侄子保罗同是地理学家、无政府主义者和素食者，[⑤] 而法国革命女性楷模、巴黎公社的参与者路易·米歇尔（Louis Michel）则同时是无政府主义者、女权主义者、作家和素食主义者。

---

① 见陈曦博士论文对李石曾和巴黎无政府主义的“物种观”、动物观及其文化历史的研究。*Animal Writings: A Cultural History of Interspecies Relations in Modern China*, University of Toronto.

② 这里引的是保罗·邵可侣曾经给李石曾介绍的三本书。拉玛克（Jean-Baptiste Lamark）为法国自然学家，居友（Jean-Marie Guyau）为法国哲学家。

③ John P. Clark and Camile Martin, *Anarchy, Geography, Modernity: Selected Writings of Elisee Reclus*, PM Press, 2013; Joseph Ishill ed., *Elisee and Elie Reclus: In Memoriam*, Berkeley Heights, N. J.: Oriole Press, 1927.

④ Elisee Reclus, “On Vegetarianism”, in Clark & Martin ed., *Anarchy, Geography, Modernity: Selected Writings*, p. 156.

⑤ 见 Paul Reclus, “A Few Recollections on the Brothers Elie and Elisee Reclus.” *Anarchy Archives* http://dwardmac.pitzer.edu/Anarchist_Archives/bright/reclus/ishill/ishill85－86.html.

李石曾力图从生物学与行为的关系上阐发进化，指出弱肉强食的习惯会在物种的生理和遗传特征上留下痕迹。他指出互助的习惯最终会促成物种生理和精神的进化。同样，弱肉强食的物种会导致身体和精神的退化。数种肉食动物“躯虽强悍，而其寿不永，其生不繁”，“将来必定绝种于动物之社会”。[①] 这大约就是钱化佛说“人道主义从吃素入手”的原因。其实，钱的说法更适于描述“心社”的进化观。师复的《素食主义浅说》（*La Vegetarismo*）提出，素食一为卫生，二为博爱，两者都是为“改良人格求人类进化”。[②] 他认为既然人不需要靠吃肉才能活好，实际上人不吃肉可以活得更好，嗜肉仅仅是满足奢欲而已。人为动物之一族，人之食肉“无异于肉食兽之自残其类”，同时“好生乃人类之公性”和“本来良德”，应该尽力发扬。[③] 他特别敬佩托尔斯泰，完全赞同托翁在《第一级》中对“素食为人类道德进化之第一级”的论述。[④] 他在致俄国世界语同志会复函中还透露了对物种关系的认识。来函表示卫生的素食可以接受，但“博爱的素食”则属奢侈，人类遭受的强权压迫比动物被杀更为惨烈，救人尚且不及，何谈动物？师复回说，在素食者看来，人兽之间并无轻重。“素食即不必救人”之说当然不对，“救人即不必素食”之说同样荒谬。“一方面言救人，一方面又滥杀广义的同类（即禽兽）”，岂不“自相刺谬”？[⑤]

可以说，在“功德林场景”中聚齐的这三种历史脉络为现代中国带来了一个以伦理为本的蔬食文化（ethical vegetarianism）。无政府主义者、太虚李叔同等佛教精神领袖，以及丁福保、伍廷芳等知识创造者共同把蔬食文化提上现代伦理和文化政治的日程，使蔬食成为伦理行为和政治选择。正因此，无政府主义者和佛家居士们的“物质生活方式”实际有几分相近。据心社成员莫纪彭回忆，当初心社人在一起工作时，由四位姑娘负责烹饪，一样的蔬食饭菜，大家每人一份，美味、干净、气氛欢快。[⑥] 李石曾在巴黎郊外开设豆腐工厂，一方面提供素食营养来源，一方面支持留学生勤工俭学，虽然没有名为“互助”或公社，但完全体现了自食其力、勤俭、互助、蔬食的道德选择。在无政府主义政

---

① 李石曾：《李石曾先生文集（上）》，台北文物供应社，1980 年。

②③④⑤ 刘师复：《素食主义浅说》，《民声》，1914 年第 7 号，第 74 页。

⑥ 王聿均、谢文孙：《莫纪彭先生访问纪录》，台北“中央研究院”近代史研究所，1997 年。

治运动归于沉寂后，其对物种关系和进化伦理的阐发仍然为方兴未艾的“戒杀”文化和源远流长的“卫生”知识提供着有力的诠释。“戒杀”有了同类互助、整体进化的现代意味，蔬食获得了科学知识的价值，成为自卫个人的生命（卫生）和护卫其他生命（护生）的伦理行动。这种伦理蔬食文化在战前的上海达到高峰，并已经传播到其他城市。若不是战争，它必将发展出更为蓬勃的前景。二战阻碍了蔬食文化的和平推进，但也使一些人更坚定了反对一切暴力的决心。比如，早期世界会成员张静江在战时变成了更彻底的蔬食者，以表达不与任何暴力为伍的决绝。同时，战时的中国文化界也从蔬食伦理那些反抗杀戮动物的叙述中获得了一份反战反暴力的想象和表述。

以往提到素食文化底蕴丰厚的现代世界都市时，第一个浮现脑海的是19世纪中期到20世纪初期的伦敦。伦敦是现代第一个素食者协会的发祥地，第一本素食刊物的出版地，也是现代生态思想的摇篮之一。梭罗在这里引发了一波深思，克鲁泡特金在这里改变了进化论的前沿，而甘地也是在这种文化的耳濡目染中，重新寻找到非暴力的真谛。但自从读到功德林的蔬食人文消息，瞥见其背后的整幅图景后，我认定上海对世界而言也曾是一座现代素食的重镇，只不过它曾经辉煌的蔬食文化被相当彻底地遗忘在历史的断层，乃至成为人文历史上的无意识。实际上，随着战后美国地位上升及世界政治文化格局的变化，蔬食伦理所反对的各种暴力成为新时代所崇尚的对象：对其他物种的压迫欺凌成为物质文明进步的表征，致命的营养取代了健康，连“戒杀”“护生”的概念也淡出了公众文化的常见语汇。而这一切和20世纪后半期以来的气候变迁、物种的消亡、生物圈遭到威胁是同时发生、密不可分的。在气候变迁来到危险临界线的今天，历史对讲求戒杀、护生和人类进化的上海的遗忘不免发人深思。① 也许，曾在上海生根的伦理蔬食文化就像掩在集体记忆深处的一簇光芒，它携带的理念和对其他物种的责任感，正等着去照亮我们一度失去的宝贵未来。

（作者单位：加拿大多伦多大学）

---

① 已知肉食即畜牧业是气候变迁的主因，其温室气体排放高达全球总排放的51%，见R. Goodland & J. Anhang，“Livestock and Climate Change.” *Worldwatch Magazine*，Vol. 22，No. 6（2010），free PDF.

无线电时代上海女性弹词开篇的新创作空间

——《姜映清弹词开篇集》小探

胡晓真

一、前言

在2011年出版的《新理想、旧体例与不可思议之社会》一书中，我曾以“闺情”“革命”与“市场”三个关键词，描述弹词小说这一叙事文类的发展，以及女性创作在不同时期展现的特色甚至本质上的改变。简单地说，清代的女性弹词小说几乎无一例外都是士绅阶级闺秀才女的抒情言志之作，承载着作者对传统女性生活限制的反省，以及对女性才情发扬的想望。时至晚清，弹词与其他说部类型都被赋予面向大众的启蒙任务，女性作者也可借此摇起革命的大旗。而在20世纪初期的上海文艺场域，随着弹词曲艺在书场中普受欢迎，作为案头读物的弹词小说也成为消费文化的一环，在出版市场中争占一席之地。

我对女性创作的弹词小说进行了长期研究，但主要讨论的都是长篇作品。不过，《新理想、旧体例与不可思议之社会》论及活跃于清末民初的弹词女作家姜映清，我已注意到她于20世纪30年代出版的《姜映清弹词开篇集》，该书收集了她的短篇作品，可谓代表女作家、弹词创作与新兴无线电文化三者的交集。然而，当时我并未得见《姜映清弹词开篇集》，只能依据谭正璧《评弹通考》及《评弹文化辞典》《苏州弹词大观》等工具书收录的片段材料，简单讨论姜映清的弹词开篇创作，并得到这样的结论：

> 姜映清由女学生蜕变为职业女教师兼女作家，并且打入通俗文学的出版市场，最后还参与城市大众娱乐的生产。这个图像，不但在女性弹词小说史上具有象征意涵，更有助吾人厘清女作家在民初

通俗文坛的位置与角色。①

此一对世纪之交女性弹词创作嬗变的观察，我认为至今仍有意义。然而，未能直接探讨姜映清的开篇集作品，毕竟是很大的缺憾。幸而最近我终于取得《姜映清弹词开篇集》文本，② 展读之下，深觉姜映清的开篇作品一方面承续传统女性弹词自我叙写与抒情言志的传统，一方面展现新时代女性弹词与社会互动的气象，实有深入研究的价值。未来还可与同时期男性文人创作的开篇作品放在同一平台讨论，当是探索30年代以来上海社会与文艺发展的新视角。今借此论文集一隅，先针对上海女性开篇创作作一初步讨论，以为李欧梵院士寿。

二、由《姜映清弹词开篇集》的副文本谈起

《姜映清弹词开篇集》于1936年2月出版，出版者是家庭出版社，由上海三大铸字厂之一的华丰印刷铸字所（创立于1915年）负责印刷，铜模字型与印刷皆极精美，并附图版多帧，显见是一用心的文化投资。在此之前，姜映清曾以诗文、弹词之类的文学作品活跃于《申报》等报刊，是一位与当时诸多传统派文人密切往来的重要女作家。1926年，姜映清将在杂志连载的《风流罪人》弹词出版为单行本，便曾出动一群上海传统派文人为她抬轿，所以书中有“王钝根先生校阅”“海上漱石生题词”“刘豁公先生序文”及“名画家胡瘦竹先生绘图”。10年之后，当映清出版开篇集，这一套名家烘托的手法更上层楼，网罗了许多上海著名文人与从事弹词创作的作家为之题词作序。同时，又附上多幅当红弹词艺人的照片及作者本人古装扮相的照片。可以看出，题词、序文、图版共同构筑了姜映清开篇创作的文艺网络，传统派文人为经，弹词艺人为纬，围绕姜映清形成具有时代与地域意义的弹词开篇文化。

首先要注意的是映清之夫陈佐彤扮演的角色。陈佐彤与姜映清堪称文艺伴侣，之前便经常联袂出现于上海传统派文坛。根据出版页，他担任本书的校对者，为妻子的出版活动服务。此外，本书也收录了陈佐彤

---

① 胡晓真：《新理想、旧体例与不可思议之社会——清末民初上海“传统派”文人与闺秀作家的转型现象》，“中央研究院”中国文哲研究所，2010年，第109－110页。

② 此一文本乃研究近代文学与近代女子教育的黄湘金教授所赠，在此特别致谢。

为映清四十寿辰所写的四首祝寿诗及诗序，其中盛赞映清的才德，无疑意在确立映清的道德高度。

其次可一览题词众人，包括书名页为王钝根题“映清女士弹词开篇”，另严独鹤题“旖旎风光”、周瘦鹃题“如闻其声”、潘之展题“锦心绣口”。这几人之中，王钝根与姜映清夫妇的渊源最深。王钝根重视弹词，主编《申报》副刊“自由谈”时，即曾邀约多位作家连载弹词作品。姜映清于1926年出版《风流罪人》弹词，王钝根为之作序，序中提到：“余历任《申报》、《新申报》、《商报》及《礼拜六》、《社会之花》诸杂志编辑，女士无不以诗词小说相助。”① 由此可见一斑。严独鹤曾任《新闻报》副刊《快活林》主笔，周瘦鹃曾任《新闻报》《申报》副刊《自由谈》主编，与姜映清亦有交游。而严独鹤在《新闻报》连载张恨水的小说《啼笑因缘》，这部小说先后被陆淡庵、朱兰安、戚饭牛改编为弹词，成为30年代代表性的弹词“新书”（亦即以当代为描叙对象的新编弹词作品），这或者也是严独鹤受邀为姜映清的开篇集题词的原因。潘之展后来也为另一位当时的文人弹词作家陈范我（或作陈范吾）的《蓬莱烈妇弹词集》题签，可见也是一位雅好弹词的文人。

题诗者数人包括1933年任上海市立民众教育馆馆长的陈颂春、姜映清之姑陈王范贻、姜映清之夫陈佐彤，又另录映清年少时所得大文人兼艺术家杨葆光之赠诗（且搭配映清古装扮相小照一帧）。其中，陈王范贻特别值得一提。据夏晓虹的考证，王范贻名列中国女学堂的“中学教习”之一，② 这位女士还曾在1913年代表上海女子尊孔团，参与孔教会祭孔活动。③ 她在为媳妇姜映清的题诗中指出：“昔年我本忝为师，青出于蓝信有之。”由此可推知姜映清是中国女学堂（经正女学）的学生。在她的开篇作品中有一篇《庵堂相会》，便是描写与经正女学的老同学重聚，追忆当年受教的情况，可得到证实。作序者则有王钝根、姜映清之子陈云（署名“颍川云溪”）、陈范我及陈达哉。陈达哉是《新

---

① 王钝根：《序》，姜映清《风流罪人》，上海大陆图书公司，1926年，第1-2页。

② 夏晓虹：《中国女学会考论》，《北京大学学报（哲学社会科学版）》，2017年第3期，第115-124页。

③ 见姚文栋《附载礼问》，《孔教十年大事（卷7）》的记载。转引自森纪子《民国时期尊孔运动的两条路线》，《中国民国史研究三十年（1972—2002）》下卷，社会科学文献出版社，2008年，第1141页。

闻报》的编辑，而陈范我曾为“评弹皇帝”严雪亭编《杨乃武》弹词，传颂一时，后来又著有《蓬莱烈妇弹词》，与映清一样是以文人身份进行弹词创作的作家。

除了文字形式的副文本，本书也录有不少图像。除了前面提到的作者本人的古装小像，还有弹词名家薛筱卿、朱耀祥、赵稼秋、沈俭安、陈瑞麟、陈云麟，以及闺秀女小生王佩珍（“幔亭女子曲社”成员）等人的相片，另有一张评弹行会“光裕社”球队队员的团体照。① 这些图像无疑代表姜映清所熟悉且喜爱的上海弹词界，他们也非常可能就是曾演出其开篇作品的弹词演员。

由题词、题诗、序文、相片组成的副文本可以帮助我们理解《姜映清弹词开篇集》之创作与出版的框架。这些副文本有如列出一张卡司表，家庭成员支持映清创作，上海传统派文坛是映清文艺交游的群体，而上海弹词艺人则是映清作品的演出者。姜映清创作弹词开篇与当时上海的文学、娱乐、社会等各方面的发展都有紧密的关系，因此，讨论其作品与认识其社会文化背景必然是一个交互作用的过程。以下我将通过文本与副文本透露的细节，追踪姜映清开篇创作的脉络。

三、空中书场与20世纪30年代上海弹词开篇的发展

所谓弹词开篇，原来只是主要演出（即“正书”）前弹唱的短篇唱段，作用仅止于热场或引子，本并不具什么特别的意义。在我对清代女性弹词小说的研究中，则指出开篇可能启发了女性作者，故许多女性弹词小说借此形成一种写作成规，在每一章回的开头另立一段与情节无关的韵文，用于作者本人的自叙。因此，开篇这一形式在女性弹词小说中早已转化为作者记录生活经验并抒情言志的设计。② 然而，到了30年代，弹词开篇在特定社会因素的催化下，生发出全新的生命。姜映清的开篇创作正是在这样的趋势中产生的。

我们不妨由《姜映清弹词开篇集》各篇序文与题诗透露的讯息，

---

① 这些弹词艺人都可见于爱好评弹的谭正璧的记载。见谭正璧《评弹艺人录》，收于《谭正璧学术著作集13》，上海古籍出版社，2012年。

② 胡晓真：《才女彻夜未眠——近代中国女性叙事文学的兴起》，台北麦田出版社，2003年，第90页。

对照所收开篇作品的内容。序文作者与映清的关系深浅不同，叙写角度自然有所不同。我在此很主观地抓出三条线索逐一说明，以勾勒映清弹词开篇创作的个人与社会脉络。

其一是有关姜映清个人的描述。陈佐彤虽然可算映清的闺房文友，但他的题诗与诗前小序都意在称扬映清作为妻子的贤德。反而是婆婆王范贻与儿子陈云都对映清的创作提出切近的观察。例如，王范贻在题诗中如此描写这位过去的学生、现在的媳妇：

> 手执羊毫笔一枝，埋头伏案宛如痴。
> 不知朝暮不知时，搜古描今任意为。
> ……
> 佳人才子写心思，时事纷纭叙不歧。

王范贻观察到的映清，一方面仍承续古典闺秀才女潜心书写的形象（这亦正是清代弹词女作家的自我形塑），一方面点出了其创作的当代性——在传统的才子佳人主题外，姜映清的弹词叙写了“时事”。此一变化不只反映女作家自我形象的塑造，也关系着弹词演出本身的变革。陈云的序文更仔细地描述母亲姜映清喜爱“韵文”（指弹词），行之于“家庭间吟咏，戚友中唱酬”，长期创作长篇弹词。然后，他话锋一转，指出一个开启映清创作短篇的契机：“自沪市无线电风行，听弹词说部，不禁见猎心喜，常作开篇以自遣，集之成帙。”这就带出了第二个线索，即无线电广播的影响。陈云虽然指出映清听广播弹词而兴起创作开篇之念，但他仍旧把这种创作活动放在传统闺秀“自遣”的模式中埋解。实际的情况更为复杂，其背景是整个弹词生态与上海新兴社会的互动。

不只一篇序文直接讨论这层关系，王钝根便这么说：

> 当此朔风凛冽，寒气逼人，围炉聚话，正如三春之暖，电机收音，恍同一室之欢。于是一曲清平，歌来余音袅袅，数腔俞调，谱得宫商铿铿。此弹词开篇之风，良有以也。

王钝根指出无线电播音是造成开篇流行的直接原因，因为广播克服了天气、距离等因素，使得大众不需进入书场也可欣赏弹词。此说虽然合理，但仍未能解释为何开篇这一形式特别受到欢迎。这一点在陈达哉的序文中有进一步的说明：

> 弹词盛行于苏，自无线电播音机畅布，而弹词益盛。电纽一捩，辄闻三弦丁冬之声，发音电台节目中，其大部时间，悉为弹词所占，于以知嗜此者之众。弹词之前奏曰开篇，不拘一格之通俗韵文也，尤为听者所嗜。旧例每即一则，今则播音台中常着特例，有前后各唱一则者，甚且有纯唱开篇者。甚矣！开篇魔力之伟大也。

陈达哉是《新闻报》编辑，他对广播节目做了更细微的观察，指出原本作为铺垫的开篇逐渐成为播音主流。

广播与弹词相应相生的关系早已受到人们的关注。中国第一个广播电台是外商所设的Radio Corporation of China（通称奥斯邦电台），1923年1月于上海开播，可说是紧跟世界的脚步。第一家华人经营的广播电台则是新新电台，1927年3月开始播音。[①] 从此以后，电台迅速繁荣发展，到了30年代中期，上海已经有四十余家电台，可见其盛。广播的题材当然相当多元，但当时的“有识之士”则不免批评节目过于娱乐化，例如生产无线电的亚美公司创办人苏祖国便在他所创的《中国无线电》周刊（1933年创刊）中，在1934年连续发表数篇短文，呼吁广播业者勿贪利益，应多播送学术节目，善尽为国为民服务的职责。[②] 而教育家俞子夷也注意到30年代上海广播的娱乐节目过多，而且弹词占第一，因此呼吁文学家创作新作品以淘汰封建思想。[③] 郑逸梅更如此描述开篇如何取得优势地位，他说：“一自海上无线电风行，各大电台争聘弹词家为开篇之播唱，以应各界之要求，于是开篇一支不已，而再三之。而开篇之于弹词，渐有喧宾夺主之势。”[④] 至于为何电台与听众都偏爱开篇，当代学者由传播的角度分析出以下原因：其一，相较于传统书场，广播要求精确的表演时间，如此短篇作品当然较容易掌握；其二，相较于传统书场，广播的听众更加广大，必须迎合市场力求新变的

① 有关上海无线电广播电台的历史，可参见上海市档案馆、北京广播学院、上海市广播电视局合编《旧中国的上海广播事业》，档案出版社，1985年，第1－39页。

② 参见《旧中国的上海广播事业》，第250－252页。

③ 俞子夷：《谈广播节目》，原载《中国无线电》1934年2卷2期，转引自《旧中国的上海广播事业》，第252－253页。

④ 转引自童李君《民国时期弹词的电台传播》，《安徽文学》，2017年第3期，第97页。

时尚心理，所以与当代上海社会生活相关的表演更加受到欢迎，而开篇因其短小，创作时间短，自然更能随时应变，追随新事物与新兴社会现象。[①] 换言之，弹词开篇“不拘一格”（陈达哉语）与实时新变的特色，具有在空中吸引大量听众的能量，而对商业价值敏感的广播公司自然就推波助澜了。

广播扩大了受众，同时也限制了表演的时间。不只如此，传统书场中听众随着表演而哀喜，其反应也为艺人立即接收，并且可当下因应而调整表演；而演员在广播中则无法立即得知听众的反应，亦无法据之反应。[②] 甚至艺人的脸部表情、手势等书场中的关键，在空中也无用武之地。这些都是广播对说唱艺术的另一面的影响。我以为，这也是开篇更受欢迎的一个因素，因为短篇的开篇基本上是定稿，本来就没有临场发挥的空间，因此反而在广播中具有优势。种种因素的汇集造就了弹词于30 年代在开篇的创作上出现飞跃的发展。更重要的是，此时开篇已经不只是为长篇弹词开场的附庸，而成为可以作为独立表演的形式了。

开篇受到巨大欢迎，而且听众不断要求新的作品，弹词艺人自己的创作难以应付，这时文人的创作也就应运而生。[③] 据统计，30 年代至少出现了二十余种开篇集，[④] 其中虽然独立创作的集子较少，但如倪高风于 1934 年出版《袅袅集》（上海利光播无限电台）与《倪高风弹词开篇集》（上海莲花出版社），都是其一人之作，实为文人个人开篇集之先声。书中刊登广告多则，可见当时弹词开篇集被视为具有畅销潜力的出版品，且题词者亦甚多，包括严独鹤、周瘦鹃、孙漱石、郑正秋、戚饭牛、陆淡盦、郑逸梅等多人，[⑤] 由此名单可知，开篇的创作与活跃于上海的传统派文人关系甚深。映清的开篇集在稍后的 1936 年年初出版，而严独鹤与周瘦鹃也是为其题字的人士，此一重叠固然不能算是证据，但至少可视为线索，可推测映清将自己的开篇作品结集出版，可能曾受到倪高风的启发。或者说，这一男一女两位作者可视为 30 年代开篇盛世中的代表性创作者。若详读他们的作品，对弹词发展与 30 年代文艺

---

①② 刘斌、邹欣：《新媒体介入与传统艺术变异的“互动”——以民国时期上海广播与苏州弹词的发展为例》，《现代传播》，2016 年第 10 期，第 93 - 96 页、第 94 页。

③ 郑逸梅指出：“然弹词家之开篇，竟翻花样，资料易穷，不得已乃四出征求。”转引自童李君《民国时期弹词的电台传播》，第 97 页。

④ 参见吴宗锡编《评弹文化词典》，汉语大词典出版社，1996 年。

⑤ 童李君：《民国时期弹词的电台传播》，第 97 页。

应当都能展开新的视野。本文既以姜映清为中心，以下便对《姜映清弹词开篇集》的内容做初步的讨论。我将指出，虽然映清的开篇创作是无线电时代的产物，但并不表示其内容尽皆受控于商业与消费，甚至可说女作家既受新兴大众娱乐的吸引并加以利用，又仍想抵抗商业潮流，坚持自我。至于更深入的分析，将俟来日。

四、都市、灾难、战争与自叙——姜映清开篇所开拓的女性弹词空间

前文已经提到，广播为符合听众需求，促使弹词求新求变，开发新的题材。所谓“新书”，即不从古典小说戏曲取材，而全新创作的故事，例如《啼笑因缘》弹词就是根据1930年才出版的小说《啼笑因缘》改编，小说受到市场欢迎，弹词便随之反应。除了改编文学作品外，新编的弹词也开始描写现实，都市体验与新闻时事都成为常见的题材，① 姜映清的作品也有相应的表现。曾有学者提出映清开篇的主要特色包括描写上海都市风貌与现代新事物、重视教化及具有宣传性与号召性。② 这样的观察确实颇符合事实，但其中仍有许多暧昧细微的变化值得挖掘。例如《游夜花园》《上海之夜》《申江景》这样的作品都是描写新上海奢靡的物质文化，而姜映清对此则保持一个批判的距离，其修辞始终摆荡于赞叹与讥刺之间，并且以一种高于小市民的道德优越视角，将都市繁华视为一种引诱的陷阱，而不是单纯鼓吹消费。就此而论，映清的作品正如Carlton Benson的研究所说，试图建立一种在现代商业社会中坚持传统价值的道德形象。③ 姜映清出身经正女学，长期在女子学校教书，她把都市经验与道德劝戒搭在一处，并不令人意外。

事实上，我以为更值得关注的是姜映清的开篇作品如何将“女性”突显出来。本来弹词与女性的关系就极为密切，清代女性创作的弹词小说是女性叙事文学的高峰，而映清正是此一创作传统的遗绪。另一方面，晚清以降，女性职业演员担纲的“女弹词”兴起，到了30年代，广播更

① 申浩：《雅韵留痕——评弹与都市》，商务印书馆，2014年，第354、364页。

② 李云：《姜映清弹词开篇刍议》，《泰山学院学报》，2017年第4期。

③ Carlton Benson, “From Teahouse to Radio: Storytelling and the Commercialization of Culture in 1930s Shanghai”, PhD diss., University of California, Berkeley, 1996.

为女弹词艺人创造了新的表演平台，电台经常邀约女艺人表演，更不用说女性听众不必涉足复杂的书场，便可听到弹词。① 有趣的是，映清对女弹词却并未特别重视。如果我们检视《姜映清弹词开篇集》所收的艺人相片，一望可知其中无一为女性弹词艺人（只有闺秀曲社小生一人，非职业艺人）。而在《海上弹词名家》这篇作品中，嵌入数十位弹词艺人的名字，其中除了小侬、小玉两个名字无法确认性别，其他都是男性艺人。何以映清眼中没有女性弹词艺人的位置？这个空白我以为颇可深思。或者映清并不欣赏当时女艺人的艺术水平，或者她仍对女弹词的前身“书寓”有道德顾忌，又或者她选择在弹词开篇中为女性另创空间，以超越之前闺秀创作弹词小说的题材框限。这其间最明显的开展就是时事开篇。

《姜映清弹词开篇集》出版于1936年，所收大约都是几年之内的作品。王钝根的序文一开始就说：

> 嗟乎！黑山白水，已成沧桑之地，黄童皓叟，尽遭离乱之惨。江南福地，叹市面之萧条，黄河水灾，悲哀鸿之遍野。呜呼！都市生活，已非昔日之繁荣，舞榭徘徊，如平时之冷落。……具见乾坤之戾气，谁从桃源以避秦。

序文将时局之惨痛与广播开篇之盛世并列，以突显其间反差，而此处所提及的灾变亦在姜映清的作品中表现出来。序文提到的时局至少包括“九一八事变”以后的东北情势、1935年夏秋的大水灾②，以及1924年秋天发生的江浙战争。映清的作品对后两者都做了实时且强烈的反应，具有高度的时事性。同时，她也通过开篇刺激上海听众的同情之心，发动劝募，因此赋予开篇创作新的行动性。这都是清代的女性弹词创作无法达到的功能，而今成为映清开创的发挥空间。

为替遭水灾的难民募款，映清创作了《水灾乞赈》《灾民的苦况》《灾民女》《赈灾》等多个作品，其中像《灾民女》这样的作品，从自己亲身接触逃难进城的乡下姑娘讲述悲惨经验说起，对照之前鱼米之乡

---

① 魏巍：《技艺与性别——晚清以来江南女弹词研究》，上海人民出版社，2010年，第98－100页。

② 可参见饶洪桥《长江黄河同泛滥——1935年长江大水（上）》，收入钱钢、耿庆国编《二十世纪中国重灾百录》，上海人民出版社，1999年，第289－306页。

的安乐，以激起听众捐款救济之心。当时各地水灾救济分会“利用娱乐场所，演解水灾图说，遍向各地慈善团体呼吁，并激发一般民众之救灾热情”，映清的作品可以说主动参与了救灾的政治与社会活动。①

至于江浙战争，映清也有作品描述其对上海的影响。江浙战争，或称齐卢之战，虽然仅历时数十日（1924 年 9 月 3 日至 10 月 13 日），但当时人们就已认知这场战事牵一发而动全局，“于是而有四省攻浙，于是而有南军北伐，于是而东北风云日亟，驯至牵率川湘，影响黔滇，使吾茫茫禹甸，悉入战云弥漫之中”。② 战事对金融、经济、交通、农产矿业乃至社会心理的影响更难以估计，逼使大量难民日日涌入上海。③当时有民间时调“五更调”如此描述：

> 一更一点月东升，江浙两省呀呀得唫要动刀兵。洋枪大炮勃沧钝，唬杀人，吃着流弹，就要丧性命。二更二点月正高，百姓真苦恼，呀呀得唫子弹头上抛。老的老来小的小，一大陶，逃出战地，这条性命保，呀呀得唫就把家乡抛。三更三点月正清，土匪一大群，呀呀得唫沿途劫金银。尖刀手枪唬杀人，小百姓，跪在埃尘，哀求饶性命，呀呀得唫还要剥衣襟。四更四点月过西，逃到上海地，呀呀得唫有钱还写意，吼钱穷人真惨凄。饿肚皮，幸亏还有，同乡来赈济，呀呀得唫穷人勿饿死。五更五点天已明，开战到如今，呀呀得唫苦煞小百姓。战事结束早收兵。安民心，天下享太平，呀呀得唫民国万万春。④

此《五更调》是由战争难民的视角所写，描写逃难百姓之苦。相较之下，映清的作品表现的是上海人的视角。例如在《甲子年江浙战祸》一篇中，她描述外地逃来上海者，有的仍然公然摆阔，“旅馆洋房包两

---

① 江苏省水灾救济总会编：《江苏省水灾救济工作报告（1935 年）》，《民国史料丛刊》736 册，大象出版社，2009 年，第 45 页。

② 伤时子：《序》，《江浙大战纪》（1935），收入《民国史料丛刊》260 册，第 3 页。

③ 相关讨论可参考冯筱才《江浙商人与 1924 年的“齐卢之战”》，《“中央研究院”近代史研究所集刊》，2000 年第 33 期，第 187 – 241 页；冯筱才《江浙战争与民初国内政局之转化》，《浙江大学学报（人文社会科学版）》，2004 年第 1 期，第 54 – 62 页。

④ 《江浙战事五更调》，《时调大观》六集（上海全球书局），收入《俗文学丛刊》600 册，台北新文丰出版股份有限公司，2016 年，第 547 – 548 页。其他亦有《江浙战事泗洲调》，亦讲述战争期间百姓逃难到上海，衣食住房艰困之状。参见《新编特别时调山歌》23 集，收入《俗文学丛刊》603 册，第 129 – 130 页。

月，中西大菜宴朋僚”，有的只能“楼面半间床不备，早摊夜卷乱糟糟”，更不济的难民则是“贫民老幼无栖所，寥落亲朋等絮飘”，而旁观的上海叙事者最后只能“一度思量一度焦”。① 另一方面，映清似乎更关切上海本身的状况。正如王钝根“叹市面之萧条”，映清在《今之上海》这篇作品中，如此描写灾难与战争影响下的上海：

> 百业萧条市面枯，金融呆滞竟费张罗。案头报纸连朝搁，读罢伤心触目多。有的是旅馆遗书求自杀，有的是合家服毒去见阎罗。更有那坠楼三代真凄惨，有的是身葬江河入冥途。②

在历数受害于经济萧条的遭遇后，对比仍然挥霍无度的摩登男女，最后叙事者呼应1934年提出的“新生活”运动，呼吁上海人戒除虚荣、乐善安贫。由此作品可见，映清的开篇不但反映时事，也回应政策，表现弹词开篇折冲于现实与个人之间的关系，而映清一方面受制于此，一方面也借此拓宽了女性弹词的新空间。

最后必须一提的是，虽然灾难、战争等时事议题进入了姜映清的弹词创作，甚至她也曾为商业公司（茂昌眼镜公司）写过广告开篇，但清代女性弹词的核心，亦即女作家的自叙，仍然是其开篇创作的重点之一。在《病榻的回顾》《十年前之我》《自述》《自笑》乃至《庵堂相会》这些作品中，她一再对自我进行剖析，比较之下，热衷于自叙的清代弹词女作家受限于时代，亦诚难如此公开自白。然而，这类书写不同于改编古典戏曲小说，③ 也不描写都市现象、流行事物，亦非发动劝募、动人以情，更非受雇于人、广告宣传。这类个人性的自叙作品是否可能交由弹词艺人在电台演出，相当令人怀疑。若以姜映清的例子讨论20世纪30年代上海女性弹词的创作空间，应该说，在时代开放、都市商业化与广播兴起的环境下，女性弹词开篇的题材得以拓展，与社会现实的关系越发紧密，公共性越来越强。然而，女性弹词创作者仍然试图在这大潮流中留下一小方笔耕天地，在其中偶著韵文自娱，以示己志。

（作者单位：台湾“中央研究院”）

---

①② 姜映清：《姜映清弹词开篇集》，家庭出版社，1936年，第88－89页、第85页。

③ 《姜映清弹词开篇集》中有许多根据《红楼梦》《牡丹亭》等古典作品发挥而成的开篇，词句清丽，且颇能表现女作家的视角，例如她写林黛玉就特别强调其文心与才情。

非人之人性：青白蛇的挑战

罗 靓

一、挑战人性的边界

在白蛇故事流变过程中，白蛇不但法力高强、化身美女，还嫁作人妻。清代以来，白蛇又摇身一变，不但成为“神医白娘娘”，且产下人子，甚至最终因子获救。蛇性、人性、母性在白蛇形象变迁中起伏消长，颇具戏剧性和时代感。在形变与神变、身份与归属、人与动物关系等方面，白蛇故事流变中彰显的“何以为人”的核心问题和当前人文、社科，乃至科学领域对动物、身体及身份认同的关注颇有对话的可能。白蛇故事中的众生在人、蛇、妖、仙之间的蜕变因而也可从多重视角来切入讨论。从传统的说唱文学、舞台表演，到现当代的多媒体重现，乃至在当前有关性别与性向的讨论中，白蛇故事的影响力都似乎潜移默化、润物无声。本文以方成培《雷锋塔》文本对“何以为人”的关注，《申报》中白蛇形象在人性与动物、机器之间的互文，田汉对京剧《白蛇传》体现“深厚的人性”的执着，及近来白蛇话语对动物性复苏和杂糅力量的张扬为例，讨论流变中的白蛇故事对人性边界的不断挑战。

白蛇故事的原型常被追溯到宋代《太平广记》所录之唐传奇《李黄》，记载青年男子为白蛇所惑，数日后躯体化为血水而死的故事。至宋末元初的《西湖三塔记》，以西湖为依托，以白蛇和奚宣赞（许宣）为原型的故事才有所展开。明代冯梦龙之《白娘子永镇雷峰塔》亦是通过“戒色”的重要性来强调蛇女之动物性及其对男性的危害，以建立高僧法海维护自然法则和社会道德规范的合法性。因而早期的白蛇故事展示的是白蛇形象中包含的种种越界力量，以及钳制那些力量的所谓必要性。

然而，白蛇形象在18世纪后期发生嬗变。蛇精摇身一变成为“义妖”，而法海逐渐成为反面形象。清代方成培所著《雷峰塔》传奇是这一转变中的重要文本之一。方本较冯本而言结构更为丰满，尤为重要的是增加了仙山盗草、白蛇产子、状元祭塔等为后人耳熟能详的情节。同时，因为方本结合了舞台演出需要而能追踪大众趣味，成为促使白蛇人性化、开启后世流行文化先河的重要文本。据称乾隆南巡时御览之本即为方本《雷峰塔》，白蛇故事借此成为家喻户晓的流行经典。

自17世纪的冯本到18世纪的方本，身为异类的白蛇与身而为人的许宣似乎都在不断接受“何以为人”的伦理教育。随着蛇女动物性之不断社会化，人际关系的经济学也变得日益彰显。方本的不少细节更多以世俗亲情为出发点，譬如黑风仙与白云仙姑的兄妹情（第三出：“出山”），青白二蛇的不打不相识（第五出：“收青”）。甚至白蛇感念“一日夫妻百日恩”，不断回到许宣身边的努力，似乎都成为对人情世故的生动诠释。然而方本故事中妖、人、佛、仙在对立中也在不断移位，人与“非人”的关系也演变为较以前版本更为繁复的多角关系。方本第一出即以《沁园春》的曲牌“开宗”明义：

> 再世菩提，白蛇妖孽，宿有根源。恰附舟巧合，两相心许；赠金陡起，官事颠连。逃避姑苏，蛾眉俯就，旅邸花筵遂宿缘。神仙庙，笑书符相赠，道者迍邅。原形醉露床前，急惊死良人实可怜。觅嵩山仙草，艰难救转；宝巾遗祸，遭捕谁愆。铁瓮仳离，金山水斗，一钵妖光不复燃。雷峰祭，感佛恩超度，千古永留传。

由此可见方本中人、仙、妖、佛的边界本就不甚明了。蛇女、许宣与法海均非“凡人”，在“做人与超度”的途中之所作所为也是亦正亦邪，其在人间的际遇实是“宿有根源”。可见方本关注的是蛇女给许宣带来的爱与罪的两面影响，许宣与白蛇在处理二者关系中所谓色与情的落差，以及在白蛇与法海的矛盾中宿命与人情的纠葛。白蛇“一诺终身终不改”的“远访”（第十一出）更进一步将蛇女形象人性化。而许宣屡次为色所诱的回头，也终在第十三出“夜话”中似乎有了“质变”：

> 〔生〕娘子，你看冰轮皎洁，万籁无声，空中更没些儿云彩，真个好一天夜景也！〔旦〕果然好不可爱。【山麻稭】〔生携旦手同行介〕〔生〕朱扉静锁，正庭际空明，行来婀娜。冷浸佳人，淡脂

粉娇多。娘子！〔旦〕官人。〔生〕不要说卑人爱你，嫦娥也移花影，斜簪你云鬟低蝉。玉粳香唾，斗牛私誓，缓蹴凌波。

此处许宣遭色诱回归白蛇的初衷似乎已化为世间有情人之间的缠绵。然而，在白蛇妖气渐退、人与“非人”日渐趋同的清代，与方本《雷峰塔》同时代的日人上田秋成《雨月物语》之《蛇性之淫》，却似乎更忠实于冯本中白娘子的动物性。《蛇性之淫》亦成为后人眼中彰显蛇女野性的日本文学经典。直至 1921 年，日人谷崎润一郎以其为底本写成同名电影剧本，并由大活映画公司摄成默片。谷崎对蛇性之“淫”的强调不但承续了上田对冯本的挪用，更与大正日本现代主义与先锋实验的文化氛围息息相关。

二、人性与动物、机器的互文

据《申报》记载，白蛇舞台上早在 19 世纪 90 年代已能见到“英国机器、西洋水法、铁莲开花”。因而在逐条整理《申报》档案时，笔者眼前浮现的却是台湾哥仔戏《超炫白蛇传》中青白蛇之空中飞人、身着雨衣在高压水龙头淫威下共赏水斗奇观的数万观众。事实上，《申报》条目中呈现的白蛇演出已多有真蛇上台、活动机械蛇、演员平地升空，以及在万吨真水中打斗等颇为高科技的奇观式展演。1912 年 1 月的一场演出采用了“幻术彩景巧转舞台”，并有“外洋运到新式各种活动精怪”。而在 1913 年端午演出中，“满台真水有六万余磅在水中大战”。技术现代性持续成为这一时期白蛇演出的重心。纷繁的演出广告频频提及高科技的舞台背景与道具，以及“野山各种禽兽”和机械“活动奇形”的登台亮相。

机械复制时代为传统说唱艺人提供了新的社会文化身份。百代唱片于 1923 年 1 月宣布把吴氏长兄玉荪包括《白蛇传》的三种弹词录为唱片，以便在吴退出江湖之前记录下他最精彩的声音瞬间。与之呼应，1924 年 3 月，《申报 · 本埠增刊》“说书小评”栏目刊出了有关吴氏兄弟的文章。文章追溯了职业说书人公会苏州光裕社的源流（建于 1776 年，1912 年改名），且强调了吴氏双生兄弟小松、小石的多重身份。他们不但是有名的说书人，更是光裕社中包银最多、收入最丰的成员。而且他们俨然已成为新生文化商人，在弹词之外还从事多种商业活动。至

1926年，白蛇演出更成为融合摄像“屈力克”（trick）和滑稽戏元素的“应时连环戏”，在舞台表演与电影的杂糅中展示白蛇主题滋养“媒体间性”（intermediality）的潜能。然而，在强调动物性与机械复制的背景下，同时代知识分子还不忘为人性的正面张扬摇旗呐喊。《申报》1930年8月的一篇评论高度评价向培良的独幕剧《白蛇与许仙》，认为它创造性地结合了民间传说和舞台表演，既是对旧戏的挑战，又为新的戏剧教育提供了角色分析的案例，因而能给予人们“创造的欲望”和“向上的意志”。

事实上，20世纪20年代以来的白蛇故事及其展演已成为推销各类商品、各种意识形态的理想选择。其中尤为重要的是广播技术出现之后，通过无线电波传送和收音机播放的白蛇曲艺演出。《申报》中补药“百龄机”的广告特别强调了人体犹如机器，“百龄机”就是人体的润滑油，而这一人体与机器的合体是以广播推送的白蛇表演为促销手段的。《申报》中诸如此类的广告实在是不胜枚举，其使用的表演形式包括京剧、弹词、话剧、粤剧等，广告的产品更是无所不包。利用白蛇的流行度促销的不但有商业产品，还包括政治热情。苏州光裕社于1933年2月和5月两次到上海募捐，其间以吴氏三兄弟为首的社员们整日搬演《白蛇传》书戏以集资购买抗日战斗机，可见弹词表演利润之丰、影响之广。在上述文化氛围中，白蛇主题在与机器、人性的互文中既成为商家青睐的文化品牌，又被赋予了影响时代政治的力量。

白蛇主题中，人性与动物、机器的互文可与美国女性主义者丹娜·海勒威（Donna Haraway）20世纪80年代中期出版的《生化人宣言》（*A Cyborg Manifesto*）结合起来讨论。海勒威的生化人是机器与有机组织（动物）的合体，自然（nature）与文化（culture）的关系在此被重新界定：自然并非低人一等，文化也不一定能将其据为己有。当然人与“非人”的界限也变得含混。因此，海勒威的生化人神话（cyborg myth）关注跨越边界的努力及杂糅的力量。而她的生化人世界（cyborg world）也可被视为接受人性与动物、机器的亲缘关系、接受矛盾立场合体的世界。

三、“牛鬼蛇神”与“深厚的人性”

在1943年据戏曲演出本写成的《金钵记》中，田汉笔下的白蛇还有着盗库银、发瘟疫等不良行为。这样的白蛇，其“非人”属性还相当明显，与毛泽东1949年“新年献词”中点名批评的“化成美女的蛇”还有些相似。毛泽东在文中以《农夫与蛇》的寓言告诫人们要谨防国民党和美帝等内外敌人反咬一口，在和平的幌子下搞破坏。到了“文革”期间，《人民日报》上汗牛充栋的文章不断引用这篇题为“将革命进行到底”的新年献词，其目的是将“牛鬼蛇神”与人民群众区分开来，以保持革命队伍的纯洁性。

对人民的纯洁性的维护进一步深化了社会主义语境中白蛇人性化的过程。“新年献词”发表仅仅数年之后，田汉即以白娘子“深厚的人性”为由，促使白蛇故事从“迷信”变身为“神话”。他还将白蛇主题与革命浪漫主义相结合，使这一充斥着“牛鬼蛇神”的故事在当时的话语体系中有可能获得合法性。田汉在16场京剧《白蛇传》之改定稿中，充分强调了白蛇形象的人性与反抗性（二者合一可谓“人民性”）。但田汉的白蛇并未简单地从良，其间白蛇的人性与反抗性并重。早在1943年改写《金钵记》时，他即以故事中源于佛教人性修炼的教诲来为自己的选题辩护。到了50年代，为了回应对“旧剧中反科学的一面”的指责，田汉仔细研究了900多部京剧。他的结论是其中仅有百分之十二与鬼神或其他超自然的内容有关。基于为传统戏曲辩护的目的，田汉强调了白娘子“深厚的人性”，认为它与法海“封建的顽执”形成鲜明对比。其论点总结起来就是：白蛇之所以有着永恒魅力就在于它尽管非人、非现实，却比具现实主义、道德主义色彩的法海更为人性化，更能博取当代观众的同情。

田汉对把“迷信”清除出“老戏”的做法采取了历史主义批判。他认为现实社会中的问题导致人民大众从迷信中寻求对生活的虚幻控制力。与其“修正”旧戏内容，不如关心如何解决实际存在的问题。更为重要的是，田汉在某些所谓“迷信”或虚幻元素中发现了它们的社会功用。比如他认为，白娘子的形象可用来推广民族保健工作改革，因为她和千千万万妇女在实际生活中所经受的一样，在白蛇故事中经受了缺乏产后保健的痛苦！田汉对象征材料之现实意义的期许可谓绝望中的挣扎，但他在现实主义语境中试图保存象征空间价值的努力是显而易见的。同时，在全国医疗设施还相当匮乏的50年代，田汉还切实认识到“神医白娘娘”抚慰人心的力量。

田汉所采取的立场貌似充满矛盾：一方面他主张把人们从迷信中解

放出来，转而关注引发迷信的现实问题；另一方面，他又主张将神话转化为让人安身立命的资源。这一立场反映了社会主义体制下现代知识分子、民间信仰和戏曲传统之间的紧张关系。他和今天着力于中国民间文化的学人一样，关注民间文化与现代意识的共生关系。在此意义上，田汉可谓从学术和科学视角来保护民间传说和古典戏曲的“非遗”先驱。

四、动物性的复苏和杂糅的力量

检视当代一系列对青蛇形象的文本和视觉重构，我们不难发现，青蛇已从白蛇故事中的配角被重塑为具激进意识的主角。上海电影制片厂完成于1980年的京剧电影《白蛇传》，以田汉50年代京剧本为基础，代表了“文革”后中国电影人重建戏曲经典和家国意识的努力。以李炳淑领衔白蛇的表演阵容，其京剧表演水平堪称一流。然而，影片结尾在当时的高科技特效下彰显的却是《倒塔》中青蛇的性别与阶级：是代表底层女性的青蛇，而不是代表成功男性的白蛇之子，最终成为解救白蛇的力量。同样是70年代以降，在台湾地区、新加坡等地重述白蛇的表演实践中，青蛇的崛起也伴随着创作者从性别角度重写白蛇故事的游戏规则：从京剧《白蛇传》性别与阶级结合的革命性转而强调性别与性向结合的同性纠葛。林怀民“云门舞集”之《白蛇传》和田启元编导的实验剧《白水》都是其中的代表。“云门舞集”以现代舞为载体重新演绎青白蛇与许仙的三角关系，而《白水》或全男或全女的演出阵容创造性地诠释了青白蛇与法海、许仙之间的多重同性纠葛。

香港女作家李碧华写于80年代中后期，修订于1993年的小说《青蛇》成为这一青白蛇并重脉络的集大成者。该小说也成为徐克同名电影及20年后田沁鑫舞台实验的蓝本。小说重新回到冯本《白娘子》及其开启的日本“蛇性之淫”传统中那“万劫不复的爱、恨、欲”。田沁鑫实验剧中青蛇动物性的复苏及剧末那颇为传统的佛教救赎也似乎在回应冯本“警世通言”的旨趣。这一系列文字与视觉重现都突显青蛇对“人性”“自由”的追求，对革命的“游戏化”阐释，及其性别和性向的含混。青蛇雌雄同体的魅力和川剧中青蛇变性的背景不无关联（方本《雷峰塔》中已有青蛇由“丑”变身为“贴”的情节）。青蛇成为较白蛇更为激进、更强有力的形象。2010年，波士顿歌剧院演绎周龙创作的《白蛇传》歌剧时便采用男歌唱家来饰演青蛇，他比女歌手更高的独特高音为青蛇的双性特色增色不少。

青蛇的双性特征在严歌苓 1998 年的中篇小说《白蛇》中似乎更进了一层。女戏迷爱上了川剧与芭蕾舞杂糅版中扮演白蛇的舞者，从而在生活中开始无意识地扮演性别转换的青蛇角色，并在“文革”中女扮男装去解救被扣“反革命美女蛇”帽子而失去自由的白蛇舞者。通过女戏迷的内心独白，严歌苓叩问读者：有没有超然于雌雄性征之上的生命?

李锐、蒋韵合著于 2007 的长篇小说《人间：重述白蛇传》延续了李碧华、严歌苓对青蛇形象的再创造，其核心同样在于对性别与身份越界的张扬。青蛇拥抱自己非人非妖、人妖之间的“生化人”身份，因为这能给她自由。小说的题目指向冯本中法海力求保护其“纯洁性”的“人间”。同样重要的是，白蛇形象在人性化重述中获得了双重身份（这在田汉那里已经相当明显）：她虽更为人性、更加可爱，然而其神秘妖性的减弱也使她更加无助，从而成为颇为无趣的贤妻良母。

因此，在当代文化生产语境中，白蛇纯洁人性的获得和青蛇杂糅野性的保留可谓相得益彰。当白蛇在很大程度上成功转型为法海断定它无法成为的贤妻良母之后，白蛇故事中动物性的复苏及杂糅力量的释放需要从青蛇的放纵与叛逆中得以张扬。白蛇故事中的所谓青蛇传统之所以在革命和后现代的双重语境中不断被浓墨重彩地宣扬，也是因为它契合了二者共同包含的反传统精神和实验品格。

五、非人之人性

西方人文研究前沿的所谓“非人转向”（the nonhuman turn）与白蛇故事中青白蛇对人性边界的挑战似有异曲同工之处。它承续了女性意识对男性中心主义的反抗及同性意识对异性恋中心主义（heterocentralism）的挑战，并进而以非人意识反对以人为中心的世界观，对当前人文、艺术及社科研究提出了挑战。

广义的“非人研究”（Nonhuman Studies）关注的对象从洪水瘟疫到全球暖化，从生化科技到物种灭绝，从恐怖主义到战争威胁，涉及面不可谓不广。在 2015 年明尼苏达大学出版社出版的 *The Nonhuman Turn*（《非人转向》）一书的编者看来，“非人研究”与所谓“后人类研究”（Posthuman Studies）最大的区别在于它并不预设从人类到后人类的所谓线性发展。所谓“后人类”（posthuman）概念本身即做了如此预设，而“非人研究”强调“我们还从未成为人类”。这也是 80 年代写作《生化人宣言》的丹娜·海勒威在其 2008 年出版的 *When Species Meet*（《当物种相遇时》）一书中借用法国学者布鲁诺·拉图尔（Bruno Latour）的书名 *We Have Never Been Modern*（《我们从未现代过》）所提出的，其中强调的是人与非人一直以来都纠缠共处、协作相生。

白蛇故事在东亚语境中数百年来不断蜕皮重生，青白蛇对人性边界的挑战也可谓层出不穷。自明清以降，青白蛇形象曾在不同社会背景下被用来推动诸如自由恋爱、女权主义、底层革命、同性之爱等在时人看来颇具革命性和先锋性的理念。而今，白蛇故事又充斥旅游景点和主题公园，并使民间文化和文学经典与全球新自由主义经济紧密相连。白蛇故事流变的复杂性和矛盾性由此可见一斑，其中人性与动物、机械的互动也随着科技发展和媒体技术更新而不断深化。

2016 年国庆期间，湖南台推出的电视剧《小戏骨白蛇传》的全部演员平均年龄仅有八九岁。该片对 1992 年来红遍大江南北的 50 集台湾电视连续剧《新白娘子传奇》进行了“神还原”，并在数日内席卷各大网络平台。小戏骨们的演技在豆瓣网上获得超高评论，而八九岁孩子对当前一线明星演技的挑战也成为网民热衷讨论的话题。还未成年的孩子们难道不是“非人”的另一种表现形式？今天的我们应该如何面对孩子、动物及机械对人性的挑战？我们能否将白蛇主题中这种历久弥新的力量与理论界的所谓“非人转向”结合起来考量？而白蛇主题与民间文学、文人经典、流行文化之间的纠缠能否为“非人研究”提供借鉴？它又能否借“非人转向”的东风，再次成为批判中心，成为替弱者发声的力量？抑或它只不过是商品时代流行文化不断消费民间资源的典型个案？层出不穷的青白蛇文本将在未来不断挑战我们对人性的认识，并对以上问题给出自己的答案。

（作者单位：美国肯塔基大学）

旧闻新语话春申：陈定山的上海与台北①

黄心村

陈定山（1897—1987）在20世纪中叶的台湾是一个多产的职业作家，但其人其文若能纳入台湾文学史，往往是在有关李昂的章节里顺带提及。众所周知，李昂小说《杀夫》的灵感来源于陈定山的一篇老上海轶闻《詹周氏杀夫》。② 除与正典文学的这一关联之外，陈定山似乎就是一个模糊的人，一个无法与时俱进的“遗老”，他众多的文字也被归类于掌故、轶闻、旧小说、野史等。可以说，从文学史写作的角度来说，陈定山这样的作家是完全不入流的。他属于一个特殊的群体，这个群体里的文化人在1949年后带着祖国大陆记忆的箱笼跨过海峡在台湾重建家园。陈定山是这移民潮中的一员。

上海时期的陈定山赫赫有名，集书画家、收藏家、通俗作家、小报文人、海上达人于一身。有名归有名，其人其文与主流文学和强势文化却毫不搭界。到了台湾，过往的荣华烟消云散，年过半百的陈定山不得不从零开始，写作第一次真正成为生存工具。从表面上看，他持续一贯的写作风格，而且专写上海记忆，台湾时期的作品无非是上海通俗文学的继续，为他贴上“遗老”或“遗少”的标签似乎是再贴切不过了。但靠写作为生的“遗老”“遗少”若想生计无虞，也需要重新审视新的生存环境和市场走向。离乡背井、跨洋迁徙的经验无形之中拓展了陈定山等的视野，写作的面向在战后的台湾开始转变，朝向一个国族界限模糊的离散的读者群。客居台湾的年月里，陈定山笔下名不见经传的小叙述相较于主流叙述而言，拥有更广泛的读者群，并且走得更远，流传

---

① 本文原刊于台湾政治大学《台湾文学学报》，2014年第24期，第1－30页。

② 笔者已有专文论述杀夫从本事到衍生叙述近半个世纪的演绎。参见黄心村《从酱园弄到鹿港：詹周氏杀夫的跨国演绎》，《台湾文学学报》，2011年第18期，第1－26页。

更广。

一、上海小报与小报文人

为陈定山定位，他的家族渊源和文化资本是必要的早期文本。陈父嵩寿（1879—1940），字栩园，又字蝶仙，别号“天虚我生”，是近代中国亦儒亦商的传奇人物，也是鸳鸯蝴蝶派小说的第一代大家。在通俗小说的多产作家的身份之外，陈蝶仙也是一位有眼光、有胆识的实业家。20世纪20年代初期，国人掀起抵制日货的浪潮。陈蝶仙工厂生产的“无敌牌”牙粉成为国货的标志性产品，既为他带来了丰厚的利润，也使他成为民族企业振兴的表率，更为鸳鸯蝴蝶派戴上了“爱国”之美名。陈定山有一个闻名遐迩的妹妹陈小翠，具有名门闺秀的风范，能诗善画，是30年代上海女子画会中公认的领军人物，据说才华胜过乃兄，身前身后都是传奇人物。[①] 陈定山原名蘧，字小蝶，号定山居士，自小追随父亲的足迹，诗文、词曲、书画无一不精，同时也继承了父亲的商业眼光。父亲去世后，陈定山回到老家杭州，曾在西泠桥边建过一个“蝶来饭店”，取名于大明星胡蝶和徐来的名字。开业那天，陈定山请来胡蝶和徐来剪彩，轰轰烈烈，一时成为佳话，同时也炒热了饭店的生意。[②] 相较父亲和妹妹，陈定山的创作中既有极雅的诗词书画，也有极俗的轶闻、掌故、笔记，是名副其实的海上达人。[③]

为陈定山定位，也需要厘清上海小报和小报文人在现代文化史上的地位。他虽继承了父亲的衣钵，在上海以诗、书、画、文俱工为名，但因与各种通俗报刊的关联，曾被贴过“小报文人”的标签。被贴上这一标签的文人无疑是被主流阵营打入了一个很难翻身的角落。在通俗文学的领域中，小报文人是更趋边缘化的一群，历来为正统文人所唾弃，

---

① 陈小翠的诗集《翠楼吟草》于2010年由黄山书社出版，她的书画旧作也频频出现在名画拍卖的行列中。1949年，陈小翠没有随兄赴台，而是留在上海，受聘于中国画院任画师。“文革”开始之际，受尽折磨，于1968年引煤气自尽。关于陈小翠及其他上海女性艺术家早期的活动，参见黄心村《乱世书写：张爱玲与沦陷时期上海文学及通俗文化》，生活·读书·新知三联书店，2010年，第100－148页。

② 陈定山的蝶来饭店今已不存。参见张学勤《“西湖碉楼”的两个主人》，《浙江日报》，2010年6月4日。

③ 关于更多的陈定山、陈小翠轶事，可参见陈巨来的《安持人物琐忆》，上海书画出版社，2011年。

就连稍有建树的鸳鸯蝴蝶派文人也往往不屑与之为伍。小报文人和他们的文字属于20世纪文化史中真正的边缘。新中国成立后，上海小报被划入妓院烟铺一流，乃“旧社会的残渣余孽”，是政府集中“整顿”“治理”并最终“杜绝”的领域。① 最后一个上海小报，即唐云旌（大郎）与龚之方创办的《亦报》，于1952年关闭，人员解散，被两家上海大报先后吸收，成为小报历史的终结。② 可以说，上海小报的发源、兴盛与灭绝是民国时期上海都市文化生命线的脉搏。

文史专家魏绍昌先生在怀念左翼文艺领军人物夏衍的一篇文章中试图定义过上海小报和小报文人，其言辞颇能代表传统文学史对小报体文学和通俗文人的鄙夷和不留情面：

> 上海小报从清末就有了，名为小报，不只开张比大报要小，内容也与大报不同。大报以刊登国家大事、社会要闻为主，小报的特色是发表花边新闻与游乐信息。上海自有小报以来，一贯将反映妓女与戏子（京戏最多，文明戏次之）的活动为重点，二十年代起，又增加了舞女与电影明星。因而上海小报最初便以充当十里洋场中导游帮闲的一个角色出现。小报的编写权，原来操在清末小说家手里，民国后转移给鸳鸯蝴蝶派文人，可是自三十年代后期以来，随着社会的畸形发展，流氓恶霸的更加肆无忌惮，嫖赌与毒品的愈加泛滥，世风日下，于是一批海派小报文人便应运而生。他们有的是鸳鸯蝴蝶派中的堕落蜕化分子，更多的则是由当时黑暗社会的罪恶温床中孕育新生出来的。他们惟利是图、见利忘义、素质低下、人品恶劣。他们大写黄色秽亵的文字，还利用文字进行敲诈勒索或吹捧受贿的勾当，他们本人的生活也很糜烂。特别是在上海抗战后的沦陷时期和胜利后尚待解放的时期，恰恰是海派小报文人最为猖獗嚣张，表现得最充分的两个时期。③

---

① 参见巫小黎《上海解放前后党内有关小报的调研报告》，《新文学史料》，2011年第2期，第191－198页。又见杜英《文化体制和文化生产方式的再建立：建国初期对上海小型报的接管和改造》，《中国现代文学研究丛刊》，2007年第2期，第129－148页。

② 参见冯英子《〈新民晚报〉是怎样砸烂的》，《二十一世纪》，1996年第35期，第72－79页。

③ 参见魏绍昌《夏衍同志二三事》，《新文学史料》，1996年第1期，第122－125页。

魏绍昌先生生前曾用极大的精力整理有关鸳鸯蝴蝶派的资料，为这一庞大的通俗作家群正名，为后进学者留下了一笔财富。① 但谈到上海小报和它周围的职业文人仍是这样的不屑，贬斥有加。近年来，魏文的盖棺定论已经被大幅度修正了。“糜烂”“堕落”“蜕化”之类的字眼现今已很少使用，常见的是对小报文人职业生涯的肯定、欣赏和分类研究。譬如学者吴福辉和李楠的一系列论著，已经对于上海五花八门的小报产业提出诸多的洞见，为小报文人翻案，并仔细分析其与鸳鸯蝴蝶派及海派文化之间的种种关联。② 近来有文史专家蔡登山先生《繁华落尽：洋场才子与小报文人》的文集，专写文学史和文化史遗漏的在夹缝中生存的一群文化人。在书的引言中，蔡登山是这样定义这个群体的：“他们是一群传统文人，他们的旧学根底深厚，诗、文、书、画是他们的拿手绝活，而其时科举既废，仕宦之途已断，就在此之际，报业勃兴，于是他们纷纷在报纸的副刊上，骋其不羁之才，或写小说，或写笔记，或写诗词，或谈掌故，一时之间，蔚成风潮。其作品也马上结集出版，他们拥有广大的读者群。”③

小报文人半新不旧的中间角色和他们文字上的才华，以及左右逢源的社会生存能力跃然纸上。“小报文人”概念并非蔡登山的独创，却是在他的笔下得到了归类和历史性的回溯，也是难得的公允。

贬斥也好，赞誉也好，可以肯定的是，小报文人作为一个流动的群体在20世纪上半叶的中国都市是一道风景。从文学主流的眼光来看，这往往是一道不堪的风景，里面三教九流什么人物都有，即使有一些文人才子和文史专家在其中，也被认为沾上了太多的铜臭气、金粉气、江湖习气。文学史的写作鲜有他们的位置，文化史则将他们列为风景，很少有细致入微的个案分析。力主翻案的学者往往是在史外另立一册，是为别册，将所有的小报文人收拢、归总。进一步的工作应该是质疑文学史写作的误区，点明国族话语在其中的掌控，从不入流的小文体、边缘叙述中寻找在国族话语阴影下被遮蔽的文化脉络。

黑白两吃、既阳春又白雪的陈定山在上海时期的著述并非本文的重

① 参见魏绍昌《鸳鸯蝴蝶派研究资料》，生活·读书·新知三联书店，1980年；《我看鸳鸯蝴蝶派》，香港中华书局，1990年。

② 参见李楠《晚清民国时期上海小报》，人民文学出版社，2006年。

③ 蔡登山：《繁华落尽：洋场才子与小报文人》，台北秀威资讯，2011年，第ⅰ－ⅱ页。

点，况且他真正融会贯通的写作实践都是1948年赴台后的产品。本文关注的恰恰是20世纪中叶后上海小报文人群体的出路和后续发展。陈定山赴台后的文学建树便成了一个重要的个案。

民国时期上海通俗文学中的各种文体在战后台湾移植、生根并枝繁叶茂，陈定山是功臣之一。他笔下滔滔不绝的白话叙述，包括《春申旧闻》（1954）和《春申续闻》（1955）两册轶事体文集，浩浩荡荡五卷本的长篇言情小说《蝶梦花酣》（1957），以及长篇黑幕小说《黄金世界》三部曲（1955—1967），在五六十年代的台湾都是畅销书。这些作品明显受益于明清以降话本小说的传统和晚清以降五花八门的通俗小说传统，这一传统在陈的笔下得到了进一步的通俗化。陈定山所擅长的短篇文言小说，譬如《留台新语》（1967）中的百多篇可以追踪到从南朝刘义庆《世说新语》以降的文人书写笔记小说的风范。明清时期蔚为大观的文人笔记小说相对于正统文学的主流仍然是小文学、边缘叙述。这个写作传统经过20世纪上半叶的正典化，已经成了文人写作的代名词，但登了大雅之堂后仍然是小文学，因为它从行文格式、内容主题上与五四新文学都是完全不同的路数。①

表面上看来，陈定山无非是传统文人写作的当代传人，到了台湾仍然继续一贯的写作风格。但现代笔记体到了陈定山手下，已经不是同人间互传互阅的小众写作，而是与大众媒体、城市文化消费休戚相关的职业文人写作。文人化的同时，新笔记小说也被彻底通俗化了。大量生产之后，它的读者群是广泛的、多层次的、跨越省籍和年龄层的，它的阅读消费方式也是多样的。陈定山从上海到台北历经战乱和个人变迁，笔下却几十年如一日的明显过气的轶闻、掌故，还有不合时宜的文言写就的笔记小说。他大写特写都市邂逅、男女爱恋、市井奇谈怪闻，似乎无关政治，其中自有语言政治的存在。在大时代的转折时期专研语言政治的恰是这些处于政治风暴边缘的职业文化人，陈定山等的重要性也正在于此。

---

① 参见陈文新《中国文言小说流派研究》，武汉大学出版社，1993年。《文言小说审美发展史》，武汉大学出版社，2002年。陈文新将《世说新语》和之后遵循《世说》写作风格的文人小说统称为“轶事小说”。与《世说新语》同一时代的还有《西京杂记》和《笑林》。到了清朝，则以《今世说》和《板桥杂记》为代表。纪昀的《阅微草堂笔记》，陈文新则归入“志怪小说”一类。“笔记体小说”这个概念本身充满了模糊性，是个很难归类界定的统称。

二、台湾书斋与“南来”写作

陈定山 1948 年两袖清风地来到台北，力图在异地开展他职业作家的生涯。他在上海时期建立的人文关系网大多在 1949 年以后均移往台湾和香港，这个移植的文化网络为十分勤奋、多产的陈定山在初到台湾的十年里提供了鬻文为生的可能。关于初到台湾的十年，陈定山自己是这样回忆的：

> 从三十八年（1949）到四十八年（1959）我一直在台北。为了生活，第一个拉我重为冯妇的是老友赵君豪兄，那时他和范鹤言、朱虚白兄创办《经济快报》，也就是现在的《联合报》，我担任副刊编辑《台风》。第二位拉我写作的，是吴恺玄先生，拉我为《畅流》杂志写稿。第三位是叶明勋主办的《中华日报》，赵之诚兄主编副刊要我写长篇，而刊出了风行一时的《春申旧闻》和《黄金世界》二部。接着便是耿修业兄主办的《大华晚报》，要我为他写长篇小说《蝶梦花酣》，这一下，我就在台北写作一年。住在阳明山，四时有花木之胜，早晚有良朋之遇，倒也逍遥得很。最快活的是，《中华日报》台北版，本仰给台南版，自《春申》发刊以后，北版销数激增而南部版反仰给于北版的转载。接着是耿修业兄不时报告《大华晚报》因连刊载《蝶梦花酣》而销数激增，向我“致敬”。①

这里提到的每一位引陈定山“重为冯妇”的报人都是 1949 年前后从祖国大陆迁徙来台的报人和作家。除鼎鼎大名的叶明勋、赵君豪之外，还有耿修业。20 世纪 50 年代初期《中华日报》和《大华晚报》销量的同时增长应该都与连载陈定山的文字有关，陈定山实属战后台湾报业的功臣无疑了。报界闻人和陈定山这样卖文为生的职业文人一拍即合，于是，战后特殊空气笼罩下的台湾报业的旺盛为祖国大陆迁台的职

---

① 参见蔡登山《诗、书、画、文俱佳的陈小蝶（定山）》，《繁华落尽：洋场才子与小报文人》，第 179 – 194 页。

业文人的求生、谋生，提供了一个平台。①

像陈定山这样处于主导意识边缘的作家原本可能被完全排除于脆弱的共同体以外，而他们在战后的高压环境中却找到了一个写作和发表的途径。可以说，迁徙的生涯反而为他们的写作提供了良好的契机和一个更广大的市场。虽然无法进入文学正典，但毕竟是摆脱了上海小报的阴影，从而进入了大报的行列。陈定山初到台湾的十年里的所有文字都是首先在核心报刊上发表，然后再结集出版的。之前已经提到《春申旧闻》和《黄金世界》是在《中华日报》上连年登载的。而洋洋洒洒的长篇《蝶梦花酣》则一度每日在《大华晚报》登载，占的是文艺副刊的位置，起的是促销报纸的作用。可以说，没有战后台湾的报业就没有陈定山的创作爆发，而没有陈定山等的小文学、小叙述，战后台湾报界的兴旺也会打一个折扣。

战后台湾的报业和出版业不是孤立的，它与战后香港的报业和出版业盘根错节。报界名人成舍我等从上海到香港再转台湾的创业路线便是例证。② 同样的，香港战后的报业也为陈定山等职业文人提供了生存的机会。战后的几十年里，陈定山陆续将稿子寄往香港。香港成为通往东南亚和其他地区华人阅读圈的一个必经管道。③ “南来作家”这个概念通常是用来指称20世纪中叶战乱及政治变迁的大环境中从内地南迁到香港的作家群。偏寓台湾的陈定山在创作和营销模式上实际是加入了所谓“南来作家”的行列，他的著述也可以视为“南来”写作。可以进一步指出，陈定山等的创作面向是对历来“南来”这个概念的修正。在战后的“南来”写作圈中，台湾是一个重要的成员。

“南来”写作圈重要的出版空间包括名为《上海日报》的小报，1955年至1964年在香港发行，专找曾经当红的上海老作家写稿，作者圈囊括港台，读者群更是超越港台，是战后上海小报的跨境移植，为当年上海的小报作家创造了一个持续写作发表的可能空间，也成为泛亚洲

---

① 有关台湾戒严初期的报业，参看下列书中有关段落：赖光临《七十年中国报业史》，台北“《中央日报》”，1981年；王天滨《台湾报业史》，台北亚太图书出版社，2003年；另参见薛心镕《编辑台上：三十年代以来新闻工作剪影》，台北联经出版，2003年。在《大华晚报》创办初期，薛心镕曾一度担任总编辑，《编辑台上》一书中有细致描绘。

② 参见蔡晓滨《中国报人》，台北秀威资讯，2011年，第135－160页。

③ 关于战后香港报业的发展，参见林友兰《香港报业发展史》，台北世界书局，1977年。

华人社会精神文化的一部分。陈定山便是这一份小报的定期投稿者。根据蔡登山先生提供的资料，陈定山向《上海日报》投稿甚多，乃因为小报在台北设了分社，社址在许昌街。稿件可以直接交分社，不必邮寄香港，虽然报纸的编辑和印刷都是在香港。① 1949 年后在台北设分社的《上海日报》确实是为了网罗台北的上海作家群，在 50 年代的环境中是一个新颖的编辑和营销模式。

除《上海日报》外，沈苇窗（1918—1995）编辑的《大人》和《大成》杂志也是“南来”写作圈的重要阵地。《大人》杂志办了 42 期（1970 年 5 月 15 日至 1973 年 10 月 15 日），因编务纠纷停刊。沈苇窗两个月后自筹资金创办《大成》杂志，与《大人》同出一辙，是以传记、掌故、诗词为主的艺文刊物。两份杂志的每一期封面都有溥心畬、张大千、吴昌硕等现代名家的画作，内页又有陈定山、陈蝶衣、范基平、高伯雨、陈存仁等港台资深作者撑腰，办得十分红火。②

陈定山在《大人》和《大成》上发表的大多是诗词散记之类的文字，有对过往的回忆，对故人的凭吊，但更多的是对战后港台间文艺界的观察和介入。例如他 70 年代初在《大人》连载的《留台剧话》各篇，有对上海时期梨园盛况的追忆，但更多的是记录台北新一代戏剧界的崛起和新旧两代票界的交替盛衰。字里行间，他作为上海票界的元老已然摇身一变而成为台北新兴票界的一棵常青树。③

一如上海时期，台北时期的陈定山在梨园和文坛之间游刃有余。他用自己的文字构筑的形象是潇洒的、清闲的，写作生涯的孤独和清苦丝毫未提。卖文为生的辛劳与勤奋只有从身边人的文字中看到，陈定山的一个同时代的人是这样描写他的写作习惯和面向的：

> 初到台湾时候的定山先生是和名票罗企园合住的，旋入住过上海鱼市场经理的唐瓒之先生之家。那时候他还没有想到把文章换钱，只是寄情于书画上，一度曾在《经济时报》编过两年的副刊。后来因为要他写文章的人多，穷于应付，乃亦如职业画家之订润

① 笔者与蔡登山先生的通信，2011 年 10 月 16 日。

② 参见香港作家沈西城的《记〈大成〉雅集》，收入香港文化资料库，网址为：http：//markushopakhei. wordpress. com/category/出版家：沈苇窗。《大人》杂志全套 42 期在 2012 年由秀威资讯出版了影印版，共 12 册，编者是蔡登山。

③ 参见陈定山《留台剧话》，《大人》，1972 年第 22 期，第 106 - 107 页。

格，你拿钞票来我写。目前产量甚丰，报上有他的文章，杂志上有他的文章……文章之吃香，吃香到无远弗届。一度以他的口述试用过请人速记，但终不及他自己写好。因此，他现在又很有规例的每天早上起来，就埋首书案。文思潮涌，运笔如飞，快的时候，有一小时写一千五百字的纪录。通常是每晨七时写到十一点钟，很少有例外。①

看来初到台北的陈定山多少是过着寄人篱下的生活的，不过这个状况很快就改变了。一小时一千五百字，作家飞跃的手指跟不上运转更迅捷的大脑，于是训练自己也成了职业的速记。是什么样的环境促成“文思潮涌”，什么样的动力让作家“运笔如飞”？文字的快速生产必然与冷战时期文学市场的拓展有关。“你拿钞票来我写”，有钞票，有需求，便有创作的动力。陈定山的写作风格表面上看来是一如既往，但大量生产的文字走的是一个更加畅销、更加通俗的路线。

三、小文学、大叙述

陈定山等所走的畅销路线对通俗文学的文体演变又有什么影响呢？为陈定山定位并非是要提升他在文学史上的地位，更不是要将他从边缘拉到中心。从小报进入大报，读者群的广泛和作品的跨国界阅读接受，所谓的“吃香到无远弗届”并没有将陈定山从边缘晋升到主流。他写的文字自始至终是无法归类的小文学。战后的台湾文学通常划分为“反共文学”“现代文学”“乡土文学”三个阶段，陈定山在台湾的书斋生活跨越了这三个阶段。“现代文学”和“乡土文学”显然对陈的创作没有明显的冲击，即使在早期的“反共文学”阶段，他最积极的应景文字也很难列入“恢复中原文化”的大工程里。

有学者将陈定山定格成遗老形象，说他是“鸳鸯蝴蝶派最后的传承人”，“延续了民国旧式文人的一线余脉”。② 这样的描绘无疑是将陈定

---

① 锵锵：《略记陈定山先生》，《联合报·联合副刊》，1956年10月5日。“锵锵”是谁的笔名不详，但从字里行间看来，他是与陈定山背景相似的十分熟悉梨园和文坛内幕的大陆迁台文人。

② 参见张永久《鸳鸯蝴蝶派文人》，台北秀威资讯，2011年，第17页。

山置于台湾文学之外了。对战后台湾文学的划分，王德威另有“遗民写作”和“后遗民写作”的定义，点出个人书写与国族论述之间的多层面的纠结。① 作家身处的环境的变迁固然重要，但文字脱离了作家之后便如新的生命体，在战后环境里往往比人走得更远。所以“遗民”或“后遗民”的概念很难厘清文字的面向、生产和传播。假如硬要贴上标签的话，陈定山和他的新笔记体叙述乃一种怪异的民间文学，一种不扎根、更不入流的个人创作，是没有归属、没有路线的游魂，最终是失去了地域性的文字，但确实是战后台湾文学不可或缺的一部分。

那究竟要如何为陈定山和以他为代表的小叙述及边缘写作定位呢？本文重复使用的小文学和微叙述的概念明显得益于德勒兹（Gilles Deleuze）和瓜塔里（Felix Guattari）在《卡夫卡：走向小文学》（*Kafka：Toward a Minor Literature*）一书中对微观叙述的定义和标榜。“Minor”这个词通常翻译成“弱势”或“少数”，但拿来分析陈定山，都不如一个单纯的“小”字精确。相对于主流的“大”，这里的“小”代表着不合群、不合时宜、格格不入、标新立异、愤世嫉俗等。在大时代精心雕琢小文学，在新旧文学交替的关口坚持旧有的文体，这是陈定山小文学所坚守的边缘性。②

德勒兹和瓜塔里笔下的“小文学”的第一个特征即语言的去地域化（deterritorialization），指一个大语种被一个边缘化的群体运用后便失去了它原本拥有的地域的专属性。③ 德勒兹和瓜塔里用的例子是卡夫卡。他们认为，卡夫卡作品中对于捷克语、希伯来语、意第绪语的使用是对德语的去地域化和再地域化，是“在游荡的去地域化的过程中对德

---

① 参见王德威《后遗民写作》，台北麦田出版股份有限公司，2007 年。

② 参见 Deleuze，Gilles and Felix Guattari，*Kafka*：*Toward a Minor Literature*，Minneapolis：University of Minnesota Press，1986，pp. 16 – 27。德勒兹和瓜塔里对“小”的定义无疑得益于李欧塔（Jean-Francois Lyotard）有关“宏大叙述”（meta-narrative，grand narrative，master narrative）和“微小叙述”（micronarratives）相互消长的后现代理论。李欧塔在 1979 年的《后现代处境》（*The Postmodern Condition*）中已经提出了对“宏大叙述”的批判，在 1983 年的 *Le différend* 一书中更是宣告了“大叙述的终结”（the end of grand narratives）。不过李欧塔自己也意识到了其中的吊诡之处，戏称自己的理论乃“关于宏大叙述之衰退的又一个宏大叙述”（a grand narrative of the decline of the grand narratives）。这里小文学和大历史、微观叙述和宏观论述之间的微妙的关系便呈现出来了。参见 Jean-François Lyotard，*The Postmodern Condition*：*A Report on Knowledge*，Manchester：Manchester University Press，1984，pp. 31 – 36。

③ 参见 *Kafka*：*Toward a Minor Literature*，p. 17。

语的重构”(a nomadic movement of deterritorialization that reworks German)。① 在这样的写作中，母语被奇异地重组了，走向小文学的路于是也酿造了语言的多元化。小文学便成为带有颠覆意义的政治表述，并在宏大叙述的边缘团结了一批边缘群体。解构一个区域并重构一个新的区域（reterritorialization）是小文学的政治意义所在。对边缘的坚守成了文学颠覆性的开始。

去地域化和再地域化的概念对于陈定山和他的那一代远离上海的职业文人来说是关键的概念。他们开拓的新的地域不局限在台湾或香港地区，而是一个日趋分散、持续多样化的移民群体和华语阅读圈。但德勒兹和瓜塔里笔下的“小文学”和“边缘叙述”的概念在战后台湾的运用毕竟有一定的局限。陈定山等的书写实践背后是20世纪人文经验的主旨，即动乱与迁徙。陈定山不是卡夫卡，他在战后台湾经营的边缘文化的政治意义十分有限。陈定山的叙述不是积极的，里面没有革命的表达，颠覆现有的秩序从来也不是他的写作宗旨。上海时期的陈定山就已经无意进入主流，到了台湾，离散客居的经验更加深了他在主流之外漂流的意识，又有以文谋生的需求。他的长篇叙述都是以一个个小片断在报章杂志上连载发表的，有需求才会继续写下去，没有需求，随时可以打住。长篇叙述的流动性跟文化市场的盛衰紧密结合在一起，这一点笔者将另有专文论述。本文的重点是陈定山这一时期的短篇叙述，它们更以短小精炼、源源不断取胜。“你拿钞票来我写”，钞票不断地拿来，他的轶闻和掌故也就不断地写下去。“小文学”积少成多，经年累月之后也难免成为大型叙述。陈定山文学创作的去地域化和再地域化与战后华人社会文化生产的模式休戚相关。

为陈定山定位必须考虑到他的文字之小和叙述之大，在微小和宏大之间重新定义他的边缘性。尴尬的语言与去地域化状态促使叙述者在文体的以旧翻新中寻找语言的重新地域化，恰恰是这种尴尬才在战后的离散、飘零的华人读者圈中找到了共鸣。

四、旧闻

说陈定山战后在台湾的语言实践是尴尬的，无非强调的是他的创作

---

① 参见 *Kafka: Toward a Minor Literature*, p. 25。

的不合时宜，其写作风格与大时代的不协调。陈定山在20世纪50年代初的台湾，一篇接着一篇，拼凑老上海的历史。他用的是他一贯精通的轶闻体和掌故体。对他的读者来说，他的叙述多少带有一点史实，是以真人真事为据的。1954年结集出版的《春申旧闻》和一年后出版的《春申续闻》，洋洋洒洒近两百篇，汇集了关于上海的个人回忆和奇闻轶事。不少读者甚至学者都将此书当成上海历史来阅读，而这里历史的定义十分模糊。陈定山是个天生的小说家，而且是极具天赋的一个。小说家的本能远胜过史家的详尽。《春申旧闻》里的每一篇都可作为范例，最有名当然是曾经带给李昂灵感的对于沦陷时期詹周氏杀夫案的描述。历来的说法是李昂的《杀夫》将陈定山的上海回忆充分小说化了。但是假如仔细读陈定山的原文，它已经是一个小说化的模板了。《詹周氏杀夫》的叙述与当年在上海发生的那桩谋杀案的前前后后已经相去甚远。在文章开篇，叙述者以一个过来人的口吻慨叹当前台湾社会的世道沦落："在台湾每日翻开报纸，可以看到许多男女情杀或凶杀案。最近还有女子厌恨丈夫叫他去自杀，而丈夫不肯。妻子把他两手向后捆绑起来，用很长的竹钉钉他脑袋的。丈夫大声求饶，惊动里邻，可谓第一奇闻。"①

陈定山的笔调中道德伦理的成分不多，更多的是对"奇闻"的关注和惊艳，是他作为老上海文人一贯的作风。一个什么世道都见过的老掌故每天翻阅当下的新闻，已经很少有惊艳的机会了，那还不如从记忆中翻捡一些片断出来重新演绎，才是真正的"奇"："上海租界百年，五方杂处，万恶渊薮，但这种逆伦案子，还很少遇。敌伪时期有一个詹周氏杀夫案，也曾轰动一时。"②

接下来的篇幅对于当年案件的描绘极尽铺陈。当年的詹云影无非是一个小贩，在陈定山笔下却成了双手沾满鲜血的屠夫。当年报刊上描绘的相貌平平、脸色灰暗的詹周氏，在陈定山的笔下成为一个"侃侃而谈"的核心人物。一个普通的市井妇女居然有如此的杀人心机，并且无畏无惧，在法庭上绘声绘色，全数道来："他偏把我绑在一条板凳上，要我看他杀猪。我越怕，他越乐。久而久之，我不怕了。他酒醉回来，每夜打骂我。打骂完毕，睡在床上，就像一只猪。我每次想把他杀了，和杀一只猪一样。可是没有机会。昨天，他带了一把屠刀回来，他口口

---

①② 陈定山：《詹周氏杀夫》，《春申续闻》，台北晨光月刊社，1955年，第84-86页。

声声的要杀我。到天亮，他睡熟了。我忽然想起他杀了这许多牲口，我杀他也只算替猪报仇。我要试一试我历年来见习的屠宰方法。我就用他支解猪体的方法把他支解了。地上血渍也是我冲干净的，我在杀猪场常常帮他这样洗刷血渍。”①

当年的法庭纪录上没有这一段，当年上海大报小报的记者也都没有陈定山如此丰富的想象力。② 陈定山将历史人物的詹周氏从上海酱园弄中提取出来，升华为一个可塑的原型，一个刚烈的、侃侃而谈的复仇女性。这样的詹周氏显然是陈定山鸟语花香的阳明山书房的产品。她的可塑性和可移植性没有逃过当年年轻的李昂的眼睛，经典小说《杀夫》是陈定山小说模板的再移植和再度小说化。③

民国上海除了詹周氏杀夫外还有更多的奇案、大案，在陈定山的《春申旧闻》中都一一得到小说化的重新呈现。1928 年轰动一时的陆根荣和黄慧如主仆私奔案便是另一个例子。所谓的“黄陆之恋”在当时就已经出现众多的版本。各路大报小报铺天盖地地渲染之外，一两年间更是出了电影、文明戏、京戏、申曲、长篇评弹等一系列衍生叙述。④ 到了 20 世纪 50 年代台北的陈定山手下，除了当事人的姓名未变，故事已经面目全非。陈定山杰出的功劳是加入了一个无所不在的全知角色：“赫德路春平坊，住过一位西湖名士，写得一手好书法，别号西湖伊兰。……春平坊是弄堂房子，洛阳女儿对门居，春日凝妆，秋夕曝衣，都能看得清楚，伊兰的紧邻便是住的黄慧如小姐。”⑤

慢慢读下去，发现这位西湖名士伊兰（与陈定山父子有惊人的相似之处）对于他擅长的书画之事其实并不上心，反而是“春日凝妆”“秋夕曝衣”之类的闺房秘闻更能让他揪心。旁观不过瘾，渐渐地，他得到了故事中每一个人物的充分信任，并介入男女双方各自的心理发展，旁

---

① 陈定山：《詹周氏杀夫》，《春申续闻》，第 84 – 86 页。

② 关于当年案件的缘起，参见苏青《为杀夫者辩》，《杂志月刊》，1945 年第 3 期，第 70 – 76 页。

③ 关于李昂小说与陈定山叙述的对比，参见黄心村《从酱园弄到鹿港：詹周氏杀夫的跨国演绎》，《台湾文学学报》，2011 年第 18 期，第 1 – 26 页。

④ 参见史立丽《被言说的故事：黄陆案的流传与演变》，《杭州师范大学学报》，2013 年第 5 期，第 106 – 115 页。

⑤ 陈定山：《黄慧如与陆根荣》，《春申旧闻》，台北晨光月刊社，1954 年，第 211 页。

敲侧击，时而劝阻，时而开导，时而警戒，成为一个不折不扣的第三者。很明显，没有这位博学的好事者，这场悲剧不会发生，陆根荣或许会乖乖回原籍娶妻生子，而黄慧如这个富家小姐也不至于惨死，当年的上海便少了一桩“奇闻”。此篇的末尾一如传统白话小说的收尾，“肇事者”伊兰以权威叙述的角色登场：“伊兰姓董名康，字哲香，是我父亲的最好朋友，在家庭工业社任副经理多年，酒后茶余，往往提到此事，说：‘男女青年，用情实太为轻易，引此为戒。然我们老朽，对于青年人亦实在太不了解，所以黄慧如的死，我虽不杀伯仁，伯仁实由我死。我还是十分抱憾的。’所以他每年清明寒食，必要捧一束鲜花到慧如坟上去祭扫。他说：‘这也算尽了我一点儿心。’”①

伊兰的抱憾是做作的、矫情的。他毕竟无法改变历史，他能做的只是为这段历史添了另一双眼睛，一双模糊的当代人的眼睛。这个杜撰的人物是50年代台北的陈定山在20年代的上海安插的一个有血有肉的眼线。陈定山加入这样一个虚构的人物，冲淡了当年大报小报所大肆宣扬的事件的惨烈，效果与《詹周氏杀夫》这一篇恰恰相反，但却是更直接、更进一步的小说家言。以小说家言重写上海记忆，虽难逃几百年传统叙述的套路，却是独创。陈定山将轶闻体这样一个他与他同时代的上海文人都极其擅长的文体推向充分小说化的方向，无疑是他在语言和文体上的一个重要的实践。

五、新语

在陈定山的笔下，都市轶闻充分小说化，那么小说的文体又有怎样的演变呢？胡适在1928年写就的《白话文学史》中说，文言是半死的语言，白话才是活的语言，而每一个时代都有每一个时代的文学。② 但如陈定山等，在一个时代书写另一个时代的文学，在“反共文学”占主流的50年代和现代主义奋起的60年代的台湾，继续半文半白的文体实践代表的又有什么意义呢？

陈定山60年代的作品中有一本厚厚的《留台新语》，分4卷，共收

① 陈定山：《黄慧如与陆根荣》，《春申旧闻》，第218页。
② 参见胡适《白话文学史（上卷）》，新月书店，1928年。

入44篇文言写成的短篇。[①] 这些短篇有的故事性很强，堪称完整的叙述，有的只是散记、断片。有的时间性模糊，历史背景淡漠，而有的则列出具体的时间、地点，有纪实性。篇篇坚持用文言写作，语言纯净，可读性强，体例松散。这是陈定山台湾时期的一个有意识的文体实践吗?

上海小报使用文言是它一贯的风格。学者李楠将上海小报一贯使用的文言定义为“松动文言”，与北京小报的“口语白话”相对应，上海小报的语言风格更加多样化，而且在1935年之后更趋杂糅，成为白话、文言、松动文言、上海话、吴方言并存的多层次语言风格。[②] “松动文言”的概念指的并非严格意义上的文言，是小报作家集体设定的一种非文言、非白话的混合文体。它是文言化的白话，也可说是白话化的文言，可读性极强。没有文言背景的读者也可以被训练到能读懂这种地方风味十足的杂糅文体。用这种文言书写的都市生活众生态其实已经脱离了书卷气，而别具地方风味，可以说是民间文学的一种特异风格，这是小报读者选择小报作为出版途径而不是使用“欧化白话”的新文学刊物的原因所在。

民国时期上海的杂糅语言风格是否也是陈定山台湾时期的创作风格呢?应该说，陈定山延续了上海时期的杂糅语言风格，但他对文言的态度更趋于个人化。《留台新语》中的44篇是以“新笔记体小说”的面貌出现的，然而与他笔下的上海轶闻的充分小说化不同，这里的实践是对小说性的充分淡化。陈定山的小文学并不安静，里面充满了文体的变迁和语言的转换。书名《留台新语》字面上看是刘义庆《世说新语》的现代演绎,[③] 但将他的《留台新语》与《世说新语》相比，并没有明显模仿的痕迹，也没有刻意现代化的做作，而是一种独特的混合。固然《世说新语》问世后，历代的仿作者比比皆是，因而有“世说体”的说法。所谓的“世说体”小说沿袭《世说新语》的传统，以文言笔记的体裁记录了文人生活的种种。陈定山的《新语》有《世说》之名，却无《世说》之实，其中虽然有民国文人的种种生活状态，但更多记

---

① 陈定山:《留台新语》，台北晨光月刊社，1967年。

② 参见李楠《京沪两地晚清、民国小报的语言文化现象》，《复旦学报（社会科学版）》，2007年第3期，第34－42页。

③ 参见陈文新《中国笔记小说史》，台北志一出版社，1995年。关于《世说新语》，参见梅家玲《〈世说新语〉的语言与叙事》，台北里仁书局，2004年。

载的是所谓的世态炎凉。如此便又与所谓的“小报体”有所交叉，成为真正的一个杂糅文体。陈定山的文学语言在上海时期就已经是小报文体与五四白话文的杂糅，到了台湾时期，这种杂糅更加顺滑，不着痕迹，与白话文明显不同，与古典叙述中的文字更是相去甚远。台湾的经验给了母语另一双眼睛和另外一种观看世界的角度。

《留台新语》的封底印有两行小字：“为聊斋之劲敌，乃春申之别裁，以美妙之文笔，写新奇的故事。”这里的关键字是“别裁”和“新奇”。《留台新语》从文体上说是与《春申旧闻》不同的一个实践，这一点作者是很自觉的。虽然提到了《聊斋》，陈定山的叙述之“新奇”与鬼怪无关，故事的着眼点乃现代人生活中所特有的经验。现代人流离的经验，以笔记体写出，却高度淡化了小说性，这便是陈定山叙述的现代性所在，也是他台湾时期写作与上海时期的不同，其中文体的自觉性更突出。

《留台新语》卷一的头一篇题为“与我同行”，颇有通俗歌曲的世俗浪漫意味。乍看来，似乎与鸳鸯蝴蝶派大家张恨水的名著《平沪通车》（1935）相似，因为故事讲得都是一个半新不旧的男主角在火车上巧遇同样新旧参半的女主角。女主角的身份恰是“女师高级生”，而名字偏叫湘绮，熟读鸳鸯蝴蝶派作品的读者一眼就能辨认出那是秦瘦鸥悲情小说《秋海棠》（1942）里女主人公的名字。《与我同行》虽短短的一篇，但其后设性十分强，是对新旧时代交替间的所有有关都市邂逅文字的一个调侃和综述。

《与我同行》中的文言饶有趣味。从语言风格上讲，它与李楠所定义的“松动文言”不同，其中有现代白话的成分，但洗净了上海话和吴方言，或可称为“去地域化”的“松动文言”。男主人公赵亦群在南下列车上邂逅一女子，那女子正“把卷”，便问：“读何书？”女子坦然作答：“《现代作家小说选》。”男的追问：“现代得毋胡适，鲁迅者耶？”回答：“然。君亦喜否？曷一读，借苏旅悃。”男的谢绝：“旧学尚未通达，新文学更非所谙也。”之后的故事就与《平沪通车》大不相同了。在“中年落拓”的男主人公眼里，这个女主角当然是动人的：“湘言娓娓，性尤婉静，长身苗条，短发齐肩，服学生装，青裙白袂，益饶清丽。”① 这是那个半新不旧时代里女学生的统一装束。火车继续前行，

① 陈定山：《留台新语（卷1）》，第2页。

男主人公发现这个女人是充满思想的："临城之东，山脉蜿蜒，绵亘无际。缘东北行，濯濯然道如牛山，睹之索然。幸有女同车，闲话文学源流，渐及新旧派别。女侃侃评论，语颇中肯，益为钦迟。"①

陈定山笔下的女人似乎总是侃侃而谈的，市井的刚烈的詹周氏如此，富家小姐黄慧如亦然，这个车上貌似婉静的读书女子也不例外。攀谈文学新旧流派之外，也有酒精的作用，酒后观色，分外动人："视其色，若嗔若喜。赵因劝饮，坚却不善此。劝至再，始浅饮一勺即止，以颜泛桃花，眸凝秋水，意态微醉，而色益丽。赵不禁满引，坐对玉人，如羽化而登仙也。"②

但色到这里，戛然而止。这里只有浪漫故事的开端，却没有继续，更没有想象的结局，悲剧也好，喜剧也好。有才、有貌、有德的年轻女人遇上能赏识她的成熟男人，却什么也没发生。原因是那男人做到了"发乎情而止乎礼义"，两人就此错过。过后，男人在乡间偶遇一场婚礼，发现婚礼上的新娘子恰是这个曾经邂逅的湘绮，于是悔恨不及，想上前相认，却被朋友拉住，于是哑然。貌似一个熟悉的叙述结构，但没有圆满的古典结局，也没有道德意味浓厚的悲剧。叙述不了了之，无法画上句号。《与我同行》颇能代表集子中的许多篇章，有小说之名，却无小说之实，每一篇都可以视为后设叙述，是对现代小说完整性的解构。这里用文言营造的现代生活经验是尴尬的，男女主人公未能实现的罗曼史也是尴尬的。尴尬成为陈定山这本集子的标志，是与现实格格不入的一种姿态。

语言的困境贯穿了陈定山这一时期的写作。1955 年，《畅流》半月刊社推出了一本《畅流短篇小说选集》，精选刊物上所发表的小说佳作。③ 在所选的 14 位作者中，有一些是名不见经传的新作者，更多的是当时在"反共文学"的大环境下已经声名卓著的大家和文化名人，譬如林海音、郭良蕙、张秀亚、钱歌川等，里面也收了陈定山的一篇。在核心刊物《畅流》上刊登小说，是一个不入流的作家试图踏入潮流的努力。陈定山入选的一篇题为"射鹿的人"，被评论者盛赞，说"有

①② 陈定山：《留台新语（卷 1）》，第 2 页、第 3 页。

③ 参见小芜编《畅流短篇小说选集》，台北畅流半月刊社，1955 年。《畅流》半月刊于 1950 年创刊，秦启文任发行人，"铁路党部"创办，是战后台湾的核心文学刊物。陈定山在《畅流》月刊曾经发过几篇短篇，也曾试图进入文学主流，但毕竟未成气候，还是退回了更适合他的边缘。

地方色彩，有新鲜气息，不落俗套，而再以破除种族的仇恨作主题，含义深远，自易胜任一筹”。①

这里的“地方色彩”和“新鲜气息”应该指的是陈定山偏离了他记忆中的上海而就地取材。《射鹿的人》是罗密欧和朱丽叶的爱情悲剧在想象中的台湾的一个重新演绎，在陈定山这一时期的写作中是十分罕见的一篇，题材与他自身的生活经验相去甚远，写的是一对高山族青年以自己的生命和爱情化解了两个部落之间的世仇。小说是这样开头的：

> 这故事是悲剧，悲剧的女主角就是蕃社酋长的女公主，她生就高山族所有的美，颀长的身材，平阔的肩，披着一肩秀发，乌溜溜的一对大眼睛。你爱吃葡萄吗？如果爱吃，你一定会想起她的眼睛，那是泰耶族所特有的；如果说高山族鹿是美的，她就像一只小鹿，喜惊而善走；她有银铃般的歌喉，唱着大武郡打鹿歌。原来高山族唯一的财富是鹿，男子练成标枪，百发百中，出门时，除了枪，糇粮，甚么也不带。在家燔起一盆社火，这火一刻也不熄，象征出门人的平安。他们流行着“打鹿歌”，丈夫教给妻子唱，父亲教给女儿唱，这歌，就是她父亲教给她的。她的小名叫“月眉”，山族里的人，却简称她叫“眉”。②

第一段写得紊乱，明显是要交代太多的信息。既要讨论公主的美貌美声，又要交代高山族男女分工的习俗——男人打鹿，女人在家里守着象征平安的火，并唱着男人传授的歌。笔触是生疏的、犹豫的，讲了一个包括作者和想象的读者在内都陌生的故事。小说的最后一段交代了故事的来源：“这一段故事是在阿里山戈围炉夜谈时一位老年的酋长，操着一口诘屈牙的日本话告诉我的，我曾经用笔名写过一个短篇，但写得不很理想，所以又重新写了《打鹿的人》。”③

这里的“诘屈牙”当为“佶屈聱牙”之误。本来并不流利的日语由阿里山的老酋长说出，讲得却是久远的高山族传说。这里的叙述其实是文化翻译的困境。隔着生疏的语言和多重殖民经验道出的本土故事，对于第一人称叙述者来说是隔了许多层，文字在这里起了隔绝的作用，

---

① 糜文：《读畅流短篇小说选集》，《联合报》，1955年9月8日。

②③ 小芜：《畅流短篇小说选集》，第37页、第50页。

而不是传达，所以叙述者才会说曾经写过一次，不很理想。然而重写一次就理想了吗？理想的叙述的源头并不存在，这里的呈现是从一种语言到另一种语言的复制，而且是失去了源头的复制。陈定山这篇本来并不优秀的小说，唯有这结尾才是现代的，似乎是随意加上的一句，却凝聚了作者对大转折时代写作危机的洞察。这个后设性极强的结尾化解了小说的结构，将习作的痕迹尽显无遗，体现了语言的困境、书写的窘境、文体和语言风格演变的必然，以及重复叙述的执着。

六、结语

《射鹿的人》毕竟是陈定山作品中的异数。他写得最多的仍然是过往，是记忆，是离乱和创痛。《留台新语》末卷末篇题为《记梦》，可以视为这四卷本文言小说集的一个结语。开篇是一个具体的历史时间和一个梦的结构："五十四年四月十八日，得一奇梦，梦至一公馆，长廊匝水，植满芙蓉，时方盛开，水阁四敞，紫檀几榻，鼎彝罗列，阒无一人……"①

梦中所至，似曾相识，其实是陈定山笔下时常出现的典型的祖国大陆江南亭台楼阁之景。这里的梦只是一个架构，倏忽梦醒之后，叙述者发现枕边多了一册《北曲演变之由来》，"非人间书，异之"，便全篇录下。《记梦》有梦的结构，却全然背离了小说的宗旨。《北曲演变之由来》这篇梦中得来的奇文书写的是文学史的变迁，中心论题是南北曲的盛衰史印证了世代的交替。《记梦》以一个"书中书"的套层结构道出了文体演变与大时代、大事件休戚相关的洞见。看似琐碎的《留台新语》以此篇作结，可以窥到作者的用心。以现代经验照亮旧时文字，以离乱经验包裹文体实践，或许可以作为陈定山台湾时期写作的一个概括。故园旧地在梦中的光景中成为陈定山台湾时期写作崭新的空间，这样的书写已经不是小说的形式所能承载的了。《留台新语》以文言小说开始，却终结于梦幻和历史的交融，其中的沧桑是个人的，是文学的，也是大历史的。

沧桑感渗透在陈定山这一时期的创作中。1958 年，他写了一册《西湖》，是正中书局"史地丛书"中的一种。其内容除对西湖十景和

① 陈定山：《留台新语（卷4）》，第 71 页。

杭州城区及郊外各名胜古迹的介绍之外，还收入了几篇忆旧文章。《草堂词忆》一篇讲述与余杭诗人周之盛一起在西湖宾石山下种菊填词的往事；《中秋月色好！谁看?》回忆妹妹小翠的乖巧，怀念已然作古的祖母、父母和弟弟。薄薄的一册《西湖》，最后附上了追忆父亲的《桃源岭十年祭》一文，是陈定山的力作。文中有“地上疮痍未复，我已到了台湾，一年两年三年，我天天梦着桃源岭，看见我的双亲，携手同行，指点湖上山光水色”这样充满诗韵的句子，是陈定山台湾时期创作中萦回的主题。① 为陈定山定位，要将他放回文学史的边缘，也要置入20世纪中叶创痛经历的集体书写中。偏偏是这种边缘的、不入流的状态反而更能显现作者在迁徙生涯中文体实践的重要性。飘零者的景观是历史留在文字叙述中的痕迹，是20世纪中叶转折点上的生存寓言。可以说，陈定山的小文学走得很远。

（作者单位：香港大学）

① 参见陈定山《西湖》，台北正中书局，1958年，第79页。

Humanistic Vistas of Cosmopolitanism

辑四

我城香港

我见青山多妩媚

——叶灵凤、李欧梵的“香港书写”（外一篇）

陈平原

一、与香港结缘

《上海摩登——一种都市文化在中国，1930—1945》（北京大学出版社，2001）第七章论及叶灵凤的小说，颇多新意（此前我们受鲁迅影响，视叶为“才子加流氓”）。第十章“双城记”谈及上海与香港互为他者，主要以张爱玲为线索，但也提及1938—1941年的“南来潮”中，很多中国作家只是过客，最认同香港的是叶灵凤。“叶灵凤1938年离沪，一半也是出于耻辱（被左翼作家联盟除名），在香港度过了他37年的余生。他在港先是自茅盾走后，接手编辑《立报》的文学副刊，然后又接替戴望舒编《星座》，在这个著名的《星岛日报》文学副刊上，他连载了大量的散文小品，直至他70多岁退休，75岁病逝。不过，他的小说创作是早就停止了，相反倒是浸淫在他一生的书籍嗜好中，成为一代藏书家。”①

谈及“一代藏书家”，李先生请我们参阅《读书随笔》前两序。其实，冯亦代撰《读叶灵凤〈读书随笔〉》（《读书》1988年8期），提醒我们：“能将香港的历史与风物写入一书的人，大概要首推灵凤了。”在1947年6月5日《星岛日报》副刊“香港史地”的“发刊词”中，叶灵凤称：“不管你是喜欢还是憎恶，香港终是一个重要的而且值得研究的地方”，“对于这样一个重要的地方，我们可说太缺乏注意了，更谈不到学术上的研究”。在我看来，居港后的叶灵凤最重要的著述，莫过于其书写香港的《香港方物志》（1958）、《香江旧事》（1968）、《张

① 李欧梵：《上海摩登——一种都市文化在中国，1930—1945》，北京大学出版社，2001年，第343页。

保仔的传说和真相》（1970）、《香港的失落》（1989）、《香海浮沉录》（1989）、《香岛沧桑录》（1989）等。

赴港后的叶灵凤不是李著关注的重点，只需稍做交代——在李先生看来，叶灵凤这 37 年的“余生”不外读书、藏书、编报，再写点散文小品。如此判断，决定了那位 1970—1972 年任职香港中文大学的助理教授，不会想到要去拜访垂垂老矣的叶灵凤。当然，那时的李欧梵还没有写作《上海摩登》的计划，更不会想到自己也将定居香港，且大谈特谈如何“寻回香港文化”。李先生所撰《寻回香港文化》（2002）、《都市漫游者：文化观察》（2002）、《城市奏鸣曲》（2003）、《清水湾畔的臆语》（2004）、《又一城狂想曲》（2006）等，大都以香港为第一主角或思考目标。

40 年前在香港擦肩而过的叶、李二君，今天成了我的阅读与思考对象。都是外地人，却把他乡当故乡，定居香港后，积极进行“香港书写”，其著述影响深远。而且，二人都有意无意地把上海作为香港的对照物，相看两不厌……如此“双城记”蕴含了很多历史及文化的趣味。

二、“南来文人”与“东归学者”

抗战爆发后的“南来文人”对于香港现代文学及文化建设起重要作用，这点学界多有论述。其实，20 世纪 90 年代以来，诸多原本任教美国的华裔学者来港，对于香港学术/文化的意义，至今没有得到很好的阐述。单就我比较熟悉的文学及文化研究而言，香港城市大学的张信刚、郑培凯、张隆溪，香港科技大学的王靖献、高辛勇、郑树森，岭南大学的刘绍铭、马幼垣，香港大学的陈炳良，香港中文大学的张洪年，浸会大学的锺玲等，这些教授立足学院，积极介入香港的日常事务及文学/文化建设，发挥了很好的作用。只是具有像李欧梵这样的知名度和曝光率的，还属凤毛麟角。或许有一天，我们会将此“孔雀东南飞”作为一种特殊的文化现象，进行综合研究。

就像周作人说的，一个地方住久了，有了感情，这就是我的家乡（《故乡的野菜》）。现代人对于籍贯不像古人那么重视，即便出生地或成长记忆，也不一定具有决定性意义。历经多次迁徙，只要住下来，拿起笔，从事有关“香港”的书写，就值得关注与庆贺，同时，也应该被纳入“香港文学”的考察范围。

相隔40年，“南来文人”与“东归学者”一旦定下神来，开始关注香港文化，对于“香港形象”的塑造起重要作用，他们的工作与土生土长的香港人又有什么区别呢？

我注意到李欧梵在香港大学或香港科技大学当讲座/杰出教授时与他日后真的定居后对于香港的论述，略有变化。此前是“高屋建瓴”，多有批评与建议；此后则“体贴入微”，多有表彰与鼓励——“为香港打打气”。立说颇有差异，但两者都是“有效的介入”。

三、“风物志”还是“城市学”

叶、李这两位“外乡人”的“香港书写”各有其特点，而且带有明显的时代特色。一个是作家，但也做考证；一个是学者，但也写小说。二人家庭出身、学术背景及生活阅历完全不同，这都很好说。关键是，当其面对这日渐熟悉也日渐亲近的国际化大都市，采用何种写作策略。

李欧梵说到香港，批评其缺乏对于自身历史的体认与追怀（见《寻回香港文化》中《“双城记”的文化记忆》等文）；而叶灵凤做的就是这事——后期诸多写作专注香港的史地与风物。反过来，李欧梵对于当下香港人日常生活的观察及其文化批判的立场，恰好是叶所缺乏的。李为潘国灵《城市学2——香港文化研究》写序，鼓吹“冲出象牙塔”，“转‘游’为‘牧’，下决心多为这块‘平滑’的空间做点工作”，很能显示其类似本雅明的不怎么“学院”，甚至“反学院”的学术立场。

叶灵凤的文章趣味更接近周作人；而曾撰写《铁屋子的呐喊》的李欧梵教授，大概更愿意追摹鲁迅——至少在介入当下社会生活这一点上。

这里还牵涉各自的社会地位、工作环境，以及大众媒体的差异——毕竟，我关注的不是叶的小说或者李的学问，而是其报刊文章。研究大众传媒的人都知道，专栏的书写不完全取决于个人趣味。另外，“象征资本”十分雄厚的李欧梵视野并不局限于香港，而是不断在海峡两岸及香港奔跑，借上海打香港，借香港说台北，借台北批北京——多姿多彩的城市散论，依旧是狐狸洞主人的独门绝活。

同样是“都市想象”，地方志与城市学不同，前者关注本乡本土的历史因缘，后者则是国际视野中的都市风景。半个多世纪（20 世纪 40 年代末至今）的历史风云，曲折投射乃至具体而微地落实在叶灵凤和李欧梵的“香港书写”上。真希望有机会为这两位文人/学者各编一本“香港论”——前者注重上下因缘，后者强调左右联系，二者交叉配合，恰好为当下的香港确定历史、文化乃至精神的坐标。

台湾诗人余光中《十年看山》诗云：“十年看山，不是看香港的青山，是那些青山的背后，那些无穷无尽的后土”；临别香港，方才懊悔错过了香港山色的妩媚，“顿悟那才是失去的梦土”。香港文化人马家辉借题发挥：“如果来港教学的‘海归派’都能及早拥有‘余光中式’的自悔心情，奋笔投入，脑袋付出，香港报刊的知识水平肯定不会低落如今。”① 如此殷切期待，有叶灵凤、李欧梵二先生的榜样在前，我相信不会落空。还记得辛弃疾的《贺新郎》吧？“我见青山多妩媚”，紧接着的就应该是“料青山见我应如是”了。

2010 年 11 月 18 日，于香港中文大学客舍

治学是一种“乐趣”②

读书多年，终于悟出，治学是一种志向、一种劳作，同时也是一种乐趣。缘于个人性情，从事有趣的研究，这样做学问，“好玩”。以前不好意思明说，直到读鲁迅《〈木刻创作法〉序》，看他提及为何介绍版画时，自称“第一是因为好玩”，我这才放下悬在半空的心。连思想家兼斗士鲁迅先生都有屈从个人趣味的时候，何况志向不太远大的我辈！

1998 年 12 月 19 日，钱锺书先生去世，第二或第三天我接受《人民日报》记者电话采访。采访稿最终没能刊出，原因是“调子定得太低了”。我是这么说的：“《围城》是一部典型的学者小说，值得一读；

① 马家辉：《在废墟里看见罗马》，香港天地图书公司，2006 年，第 111 页。

② 本文是作者 2011 年 4 月 16 日在北京大学第三届“胡适人文讲座”首讲的“开场白”。初刊《南方都市报》，2012 年 4 月 26 日。

《谈艺录》《管锥编》之博大精深，令人叹为观止。但相对于才气与学识，我更欣赏钱先生的性情。读书与做人合而为一，这种境界，十分难得。正如孔子说的，‘古之学者为己，今之学者为人’。为己读书，此乃古往今来无数读书人所向往的境界，但真正达到很难。这里所说的‘为己’，指的是读书不为谋取生活资料，不为博得功名利禄，不是做给别人看的，而是自身求知、修养乃至自我娱乐的需要。这点如鱼饮水，冷暖自知。除了三五知己，外人很难领略这种乐趣，所谓‘此中有真意，欲辩已忘言’。争辩钱先生是清高还是平易，是恬静还是狂傲，均不得要领。在日渐世俗、浮躁的现代社会里，真正的读书种子越来越少。为己读书，将成为难以企及的精神境界。有心人可以追摹，但不必大张旗鼓地宣传。说实话，‘钱锺书’作为一个文化符号，无法推而广之。这是一道即将消逝、永远值得怀念的风景，我们只能远远地观赏，最多再加一声由衷的赞叹。”十多年后重读这段“答问”，自认为评价还算妥帖，境界也并不低。

谈及自家治学或评价他人著述，是否“有趣”“好玩”“见性情”，在我是一个重要指标。第二届胡适人文讲座，请的是挪威奥斯陆大学汉学系教授何莫邪（Christoph Harbsmeier），我的“开场白”题为“有学问，又好玩”。这回有幸请到了李欧梵教授，那就更是“变本加厉”了。李教授的学术经历、著述及荣誉，参见发给大家的那份精致的演讲日程，我这里说些“好玩”的题外话。

李教授的英文专著《中国现代作家浪漫的一代》《铁屋中的呐喊：鲁迅研究》《上海摩登——一种新都市文化在中国：1930—1945》，都有中译本，在国内外学界声名显赫，不用我多说。我更希望推介的是其文化随笔及业余爱好，因那更见李教授的性情。学界中人像李欧梵教授这样兴趣广泛且备受推崇的，绝对是凤毛麟角。有的人专业很好，但心无旁骛，不太可爱；有的人兴趣广泛，但主业不精，实在可惜。李教授脚踩两只船，平衡能力极佳，专业、业余都能收获掌声，这很难得。除了文学/文化研究这一本行外，狐狸洞主人李教授对电影、音乐、建筑等都有很好的见解，其著述如《我的音乐往事》《我的观影自传》等，专业人士也得让他三分。这还不算，因为研究张爱玲，技痒难忍，干脆撰写不怎么被看好的长篇小说《范柳原忏情录》和《东方猎手》。此外，还不时谈论自己少年时就做的音乐梦，终于有一天，具体说就是2010年9月7日，母校台湾大学交响乐团演出，特邀他指挥“命运之力”序曲，让他兴奋了很长时间，逢人就自我表彰。最近这些年，朋友们聚会，李教授又念叨起自己的电影梦，这回没人敢接茬，因为拍电影很贵了，玩不起。

这么说，大家很可能以为李欧梵教授是大才子，倚马可待，不用怎么下苦功。那可是大错特错了。我见识过李教授苦读的身影，也明白其中甘苦。直到今天，听他满天星斗、才华横溢的演讲，或读他的散文随笔，你都能感觉到这位名教授一直在认真思考——只不过因不再受学院体制的规约，可以天马行空自由挥洒。读去年香港牛津大学出版社刊行的《人文今朝》，感叹李教授视野之宽、兴趣之广、品鉴之精，更重要的是“才子依旧在读书”。

几年前，童心未泯的李教授看人家“哈佛女孩”的书畅销，很不服气，难道哈佛教授不如哈佛学生？当即挥毫，撰写了《我的哈佛岁月》，一半谈哈佛八年求学经历，一半述哈佛十年教学经验。很不幸，单就销售业绩而言，教授好像不如学生。不过，对于无数像我这样热爱读书但又眼界有限的人来说，《我的哈佛岁月》犹如一个标杆，让我们明白，原来“书”应该这么“读”，“课”可以这么“教”。

什么是好大学？好大学就是聚集了大批好学生与好老师的大学。相对来说，好老师更重要。北大虽也有不少名师，但借助“胡适人文讲座”，每年请一位顶尖学者前来传道授业解惑，我想那是更好不过的了。

（作者单位：北京大学）

香港与星马冷战文化双城记：《小说报》与刘以鬯的《星嘉坡故事》

吴国坤

一、《小说报》："一个科学怪人的怪物"

> 在冷战期间，我们工作的另一重大变化是从主力出版翻译书籍及本地作家所写的非小说类书籍，改为出版由香港著名作家所创作的原创小说，以扩大海外的（华人）读者群。初始，我们发行了首两期作为实验出版物的《小说报》。这是一种以小报形式发行的标准长度书籍，内文附有彩色插图。我们希望它能够做到美国平装书所做到的任务，吸引从不看书的读者阅读。该刊物的零售价为传统中文书籍价格的约八分之一。①

1953年，驻香港的美国新闻署（以下简称"美新署"）决定改变策略，冀通过资助出版"由香港著名作家所创作的原创小说，以扩大海外的读者群"，从而深化围堵中共的文宣工作。这一新方针催生了《小说报》，一份双周刊式的小报，每期12页，刊登一篇小说，附有彩色插图，以"一份报纸的价钱，一本名作家的小说"广为招徕，面向香港、台湾地区，以及东南亚的读者。《小说报》"希望它能够做到美国平装书所完成的任务，吸引从不看书的读者阅读"。在高峰时期，每期发行量可达10万多份，一小部分在香港地区发售，大部分以报纸附送刊物的形式赠给台北、曼谷、西贡、马尼拉、吉隆坡、新加坡、金边、万象、横滨、首尔、东京和伦敦的读者。

---

① Hong Kong Despatch 2, USIS Hong Kong to USIA Washington, "Semi-Annual USIS Report", 10 August 1955. U. S. National Archives and Records Administration [NARA] RG84, Entry UD 2689, Box 2.

港英政府在二战后贯彻执行政治中立立场，在香港实行文化不干预政策，反过来造就了香港一个独特的文化领域和包容的文化空间，成为冷战时期东西方政治力量在亚洲的必争之地。香港美新署 1954 年撰写的一份报告提出香港地缘政治上的重要性：

> 1. 香港是宣传共产主义的生产基地，主要目的地为东南亚各国，其中一些会用作当地政治宣传之用。
>
> 2. 中共在香港所制作的电影，既能通过其他地区的审查机构，又能巧妙传递及宣传共产主义信息。
>
> 3. 在香港，英国同时压制中共和国民党活动，免于过度活跃。①

除了《小说报》，美新署也资助了如《今日世界》（*World Today*）、《四海》（*Four Seas*）和《自由世界》（*Free World*）等其他刊物，宣扬美国价值和世界观。② 美新署除了注重出版物的政治目的，亦非常强调其商业宣传效益及读者群。“美新署对香港的影响有另一层面上的意义，因为这些刊物大部分都是用作商业用途。”③ 香港书籍与报纸的利伯维尔场，恰恰可作为秘密政治宣传的幌子。

《小说报》的形式来自曾在英美流行的廉纸小说（pulp fiction）和一毫子小说（dime novel），故事类型包括侦探与间谍、奇情与爱情故事，故事大多设定在香港地区、马来亚或其他东南亚华人社会。美新署认为，读者对《小说报》的反应十分正面，其中因为刊物强调商业和流行刊物元素，亦由于该署投入大量实质性经济资助，尤其在东南亚各国，当地华语报纸以附送刊物的形式赠送《小说报》给读者。《小说报》显然以亏本的价格在香港及其他地方发售，或免费赠送。美国投入资源之多，难怪当时美新署驻港作家及官员麦加锡（Richard M. McCarthy）将《小说报》形容为“一个科学怪人的怪物”（a Frankenstein monster），暗示他很担心过度资助的问题，而《小说报》

---

①③ “Report on the Public Affairs, Officers' Meeting on Overseas Chinese”, Hong Kong, 1 – 3, March 1954, p. 7, p. 23. NARA RG84, Entry UD 2689, Box 2.

② 参看单德兴《美国即世界？——〈今日世界〉的缘起缘灭》；王梅香《冷战影像，香港制造——从〈四海〉画报看东南亚的文化冷战》，《摄影之声》，2017 年第 20 期。

明显已超出了生产者的控制。①

1957 年，香港美新署共发行了 20 期《小说报》，每期发行量为 90000 份，开支达 51000 港元。1958 年，发行期数上升至 26 期，每期发行量为 90000 份，开支高达 66344 港元。② 几年之后，《小说报》发行量达到每期 105000 份。③ 在吉隆坡、台北、西贡（胡志明市）、棉兰、雅加达、马尼拉等城市，《小说报》每期发行量超过 10000 份，香港及澳门为 8000 份。香港作为生产基地，并非主要的分销市场。

《小说报》的出版商为虹霓出版社（Rainbow Press），由黎剑虹经营，1954 年成立，虽得到美新署的资助，但出版工作是独立运作。黎剑虹和她的丈夫梁寒操与国民党有着密切关系，夫妇二人在 1949 年后南迁香港。梁寒操是国民党内“文坛三杰”之一，但黎剑虹以前并没有多少文学创作经验，是为了谋生而踏进出版业。黎剑虹在她的回忆录中提到了四个重点：（1）她与美新署官员合作的方式；（2）如何为香港的作家（大多是南来知识分子和流行作家）组成网络；（3）如何努力确保出版物的质量，以及保证刊物能够如期发行；（4）必须确保《小说报》能有效传播到东南亚的分销站。她还把《小说报》视为个人使命，“为国民党和国家的政治宣传工作作出贡献”。④ 黎剑虹的使命感可谓超越了皮耶·布迪厄（Pierre Bourdieu）的“文化中介”（cultural intermediaries）角色，⑤ 不单具有生产和传播文化产品及服务的意义，而且背负特殊的政治任务。

为了传播美国“自由世界”的思想和价值观，美新署介入台湾和香港地区的大众文学领域，其中包括以小说叙事作为意识形态对抗工具。有美国学者甚至将战后美国大学兴办的“创意写作课程”（creative writing program）看作冷战中的文化计划，旨在推广个人主义和现代主义写作模式，淘汰左派集体主义的小说潮流，从而配合美国所推崇的价

---

① Letter, Richard M. McCarthy, USIS Hong Kong to Elizabeth McNaull, USIA Washington, 12 March 1956. NARA RG306, Entry P61, Box 2.

② “USIS Country Budget for Fiscal Years 1957 and 1958”, USIS Hong Kong to USIA Washington, 23 June 1956. NARA RG306, Entry P61, Box 2.

③ Update budget data, USIS Hong Kong to USIA Washington, 5 March 1958, p. 11.

④ 黎剑虹：《梁寒操与我》，黎明文化事业股份有限公司，1980 年，第 158 页。

⑤ Pierre Bourdieu, *Distinction: A Social Critique of the Judgment of Taste*, Cambridge, MASS: Harvard University Press, 19; 4, p. 362.

值观。[①] 英语学术界的冷战文化研究可谓方兴未艾，例如，美国中央情报局和其他情报组织在冷战时期扮演神秘中介角色，吸引了不少研究，而其对文艺界的干预已然超出美国大众的关注和想象。[②]

由此观之，以《小说报》巨大的流通量来说，是否有如美新署所期许，达到其向中国读者宣扬“自由世界”的政治目的？我认为有关冷战思维是过时的，反而由《小说报》个案中引申出通俗小说在香港及亚洲各地的传播，更值得研究和追索。在这方面，容世诚教授提出以跨媒体和跨地域的眼光来审视曾在20世纪盛行于上海和广州，后延伸到香港地区及新加坡的廉纸小说市场，其后形成战后香港地区的“三毫子小说”文化和生产模式及其对本土的报刊、文学和电影文化生态的影响，鲜有研究者留意。[③] 接下来，本文将集中讨论香港作家刘以鬯和他的海外经历及其小说《星嘉坡故事》，从文本研究的角度，讨论通俗小说所表现的冷战历史记忆（historical memory）、现代城市生活和空间形象（东南亚），以及“华人离散”（Chinese diaspora）的面貌和心态。

二、刘以鬯和他的《星嘉坡故事》

刘以鬯（1918—2018）一向被尊崇为香港文学现代主义之父，他勇于试验新叙述形式，从无情节的微观叙事到小说《酒徒》（1963）。《酒徒》的主角为酗酒的报刊作家，他的梦想是创作严肃文学，但却要依靠写作通俗的武侠小说和煽情小说来维生。小说大胆地描述主角的内心独白，被誉为中国的第一部意识流小说。大部分的香港研究者都以“香港现代主义”的角度把刘以鬯定位为严肃和高雅文学的拥护者，而无视其十分多产，作品中更不乏通俗和奇情小说。

刘以鬯出生于上海，入读上海圣约翰大学。二战时期，在重庆开始记者生涯。1948年，刘南迁香港加入《香港时报》《星岛晚报》等报纸的编辑行列。1952年，他接受刘益之的邀请，到新加坡担任《益世报》

---

① Bennett, Eric. *Workshops of Empire: Stegner, Engle, and American Creative Writing during the Cold War*, Iowa: University of Iowa Press, 2015.

② Frances Stonor Saunders, *The Cultural Cold War: The CIA and the World of Arts and Letters*, New York: The New Press, 2000.

③ 心斋：《落花流水两心知——记1940及50年代香港廉纸小说生产与流通国际学术研讨会》，2013年12月23日，http://sumzaai.blogspot.com/2013/12/blog-post.html.

的编辑，报纸却在四个月后停办。1953 年，他在吉隆坡担任《联邦日报》主编，不到一年光景又回到新加坡，先后加入不同的小报社，撰写文章和短篇小说。1957 年，他终于回到香港。刘以鬯在东南亚的几番辗转，正值二战后南洋诸国的多事之秋，历经新马独立运动的关键历史时刻，他从事新闻编辑工作，同时创作大量流行爱情小说。作为文人与报人身份重叠的南来文人，他的南洋经验和创作轨迹似乎与现代主义血脉格格不入。但据陈丽汶（Jessica Tan）的研究，刘以鬯在这个时期不仅见证了东南亚社会的转变和身份认同的变化，而且书写了大量以南洋为背景的小说，刊登于新马与香港地区的报纸和通俗杂志上，对他的创作风格有着深远的影响。①

《星嘉坡故事》是刘以鬯为香港地区、马来亚和新加坡的华文读者创作的一个跨文化的爱情故事，由香港鼎足出版社出版。② 小说是作者回到香港后写成的。《星嘉坡故事》最初发表在《小说报》的第 36 期。③ 从美新署的档案中可见，作者早在 1956 年便提交小说写作计划，1956 年至 1957 年载于《小说报》，1957 年至 1958 年出版。

美新署提到刘以鬯是熟练的流行作家，以“风趣幽默而闻名”，该认知有别于他后来作为现代主义作家的身份。美新署期望刘以鬯的小说可以虚构出软性和隐晦的反共故事给亚洲的华文读者，该期的《小说报》预计发行量为 10 万份，零售价为 3 毫港元。

我们该如何重新阅读（或对大多数人来说是首次阅读）这些流行小说，并放置回冷战时期的东南亚和我国内地的意识形态语境中？而作者又如何行使他的创作自由，摆脱政治的桎梏而写作一部娱己娱人的通俗小说？

《星嘉坡故事》以男主角张盘铭的第一人称叙述，他是香港报刊专栏作家，来到新加坡担任一份报纸的编辑。他在夜总会遇上歌女白玲，二人因自身漂泊而同病相怜，由怜生爱，曾经试过婚姻生活，但幸福转

---

① 陈丽汶：《反思本土性：刘以鬯的南洋经验与小说创作》，《香港文化数据库》，2018 年 7 月 19 日，https：//hongkongcultures. blogspot. com/2018/07/blog-post_ 19. html.

② 刘以鬯：《星嘉坡故事》，香港鼎足出版社，1957 年。

③ 刘以鬯在《小说报》总共发表了 5 篇小说，包括《星嘉坡故事》、《椰树下之欲》（第 6 期）、《蓝色星期六》（第 68 期）、《Beyond Love》（第 73 期）、《The Bewitching Woman》（第 87 期）。见王梅香《隐蔽权力：美援文艺体制下的台港文学（1950—1962）》，Ph. D. Diss.，台湾“清华大学”，2015，Appendix 4，p. 317 - 321。

瞬即逝。因为张盘铭发现白玲藏瞒着她的过去，与其前男友胡阿狮仍有来往，婚约最终解除。几年过后，张盘铭在马来亚娶了黄水莲。两人分手后，白玲开始酗酒，以至失声，最终当上舞女，自暴自弃。后来，张盘铭发现自己误解了白玲，后悔莫及，决定重返新加坡追寻白玲芳踪，悲剧于此上演。当二人重聚和分手后，白玲自杀了，留下一封遗书。张盘铭看过遗书后，所有的悬念终于解开：原来白玲迫不得已离开自己，是她的旧情人胡阿狮一直从中作梗。胡阿狮威胁白玲，如果她继续与张盘铭相爱，他便要对张狠下毒手。

刘以鬯为其冷战爱情小说平添了不少“在地感”和南洋文化生活。陈丽汶认为，作者将南洋地方色彩融入创作，是以小说介入历史的关键。例如，歌台是男女主角邂逅的情感特区。在上海新感觉派小说里，舞厅是彰显男女关系的关键场景，作者小说中的歌台文化可视为上海舞厅与摩登文化的南移。《星嘉坡故事》中人物来回穿插于首都戏院、国泰戏院、加东海边等娱乐场所，活灵活现地勾绘出战后新加坡的都市景象。① 作者描述男女主角在高档咖啡馆、电影院、西方音乐舞厅间流连缱绻，流露上海都市小说的遗风。② 张盘铭亦多少带有作者的自况意味。刘以鬯写作通俗小说来娱乐读者，而张盘铭的记者生涯带点潦倒，来往吉隆坡与新加坡之间，生活很不安稳。

除小说的自传元素和南洋特色以外，我认为美国流行文化的叙事方式对《星嘉坡故事》的影响不可不提。小说用带有好莱坞电影的表现方式（歌女及神秘女子的元素）来处理冷战爱情故事。据约翰·卡维尔提（John G. Cawelti）解释，流行小说有其自身的一套说故事的模式，有其“独特的美学”（unique aesthetic）。③ 我们要像学者仔细分析刘以鬯的经典现代主义作品那样，以细致的心机来解读他的流行叙事，拆解他如何在美援文化的控制下，创制其流行小说的现代风格。

尽管刘以鬯对于写作娱人小说常常嗤之以鼻，但从《小说报》中所见，作家颇能把现代主义风格融入流行小说范式之中。小说一开始，

---

① 陈丽汶：《上海摩登的南移：刘以鬯 1950 年代的南洋足迹》，《搜狐网》，2018 年 7 月 16 日，http：//www. sohu. com/a/241411087_ 467440.

② 李欧梵：《上海摩登：一种新都市文化在中国 1930—1945》，香港牛津大学出版社，2006 年。

③ John G. Cawelti，*Mystery*，*Violence*，*and Popular Culture*：*Essays by John G. Cawelti*，Madison：University of Wisconsin Press，2004，p. xii.

叙述者张盘铭刚看完《花都谍影》，而这部间谍惊悚片作为一种暗示，为接下来的神秘爱情故事布下烟幕。作家显然对间谍电影表现出浓厚的兴趣。① 顷刻，在烟雨蒙蒙的下午，男女主人公同坐一辆出租车时，小说开端和偶遇情节可谓相当电影化，两个“城市中的陌生人”不期而遇，男人穿着风衣，女子看来像“可口可乐广告牌上的西洋女人”。但男主人公无心要“物化”女子，反而想多了解她的心思。他在沉思，内心独白慨叹都市人难以相互信任，因而感到怅惘：

> 在车厢里，一种“陌生感”形成了我们之间的篱笆，彼此都有一点局促不安。她对我当然是一无所知，我对她所知道的也非常有限。我们没有“过去”，所以不能谈“过去”；惟其不能谈“过去”，所以更无法谈“未来”。

张盘铭感到时间停滞不前，自己困惑于“现在”，难以联系“过去”，也无法预测“未来”。他们车上的偶遇已经超于巧合，变成命中注定的情债。小说布局充满着悬念，并通过倒叙的手法，即女主人公留下的线索和信件，为张盘铭展开寻找白玲身世的感伤旅程，逐一揭开令人扼腕的真相。

白玲的神秘女郎人物设定与故事中黑暗残酷的社会现实更多地得益于好莱坞“黑色电影”（film noir）的启示。女性是黑色电影中发动阴谋的主角，而“男性则往往着力探索世界和女性，以了解自我的欲望”。② 可是，白玲不全然是邪恶的“红颜祸水”，她心灵脆弱，内心充满着矛盾和痛苦，且难以捉摸，这反而变成她诱人的特质，吸引男性的同情。张盘铭对白玲的爱慕之情早已溢于言表，一直期待给她以幸福的生活，但事与愿违。张盘铭作为一个“陌生人”，却又期望成为白玲的“灵魂知己”（soul mate）的矛盾，在小说中通过不断重复的“主题曲”突显出来。刘以鬯选取了桃乐丝·黛（Doris Day）的《再一次吻我吧，

---

① 《花都谍影》的英文片名为 *Jeff Gordon F. B. I. 009 in Paris*，实为一部法国间谍电影。电影在 1965 年才在香港上映，刘以鬯写《星嘉坡故事》早在 1957 年，小说中的电影名称可能是作家的自我启发。

② Veronica Pravadelli, “The Male Subject of Noir and the Modern Gaze”, in *Classic Hollywood: Lifestyles and Film Styles of American Cinema*, 1930—1960, trans. Michael Theodore Meadows, Urbana: University of Illinois Press, 2015, p. 73.

陌生者》（Kiss Me Again，Stranger，1953）这首歌作为小说的主旋律：

> 你是这样一个熟悉的陌生者，
> 使我实难信以为真！
> 请再吻我吧，陌生者，我爱你！

感伤的音乐在小说中重复出现，对小说叙事结构有定音的作用。白玲首次邀请张盘铭到家作客时，她以钢琴弹奏并唱出这首歌。其后，她在吉隆坡的舞厅再次演唱这首歌，是二人初次分手后刚刚重逢时，歌曲重燃二人的爱火。男女主角再度分离后，在酒吧最后一次相遇，点唱机刚好又在播放这首歌。音乐牵起二人对破灭的爱情怀旧和悔恨之情，预示着白玲的自杀和离逝。桃乐丝·黛的美妙旋律也不无讽刺，女性的声音融入小说世界中，挑动父权中心的家庭结构，男女主人公无力为婚姻和家庭厮守。白玲后来又和已婚男子缠上丑闻，她却缺乏勇气自我辩解，面对胡阿狮杀死爱人张盘铭的威胁时，只能决定离开爱人，她一直无法摆脱过去。

《星嘉坡故事》刊登在《小说报》上的封面（如图 1）中，女主角白玲穿着低胸连衣裙，贴身而优雅地衬托出她高挑的身材，身后是一班夜总会爵士乐的乐手，有如一幅好莱坞的时尚大作。小说的文字凸显出了舞厅中鲜明的明暗对比。台下的男性将目光都倾注在麦克风前的白玲身上，使人联想到爱娃·嘉德纳（Ava Gardner）在黑色电影《杀手》（The Killers，1946）中演唱“The More I Know Love”时的经典演绎。嘉德纳扮演的角色穿着黑色缎面的单肩带长裙，象征犯罪世界的黑暗本质。毕·兰卡斯特（Burt Lancaster）扮演的角色初次邂逅女主角，即刻为其靠着钢琴唱歌的性感姿势所迷摄。

这幅图中爵士乐演奏与黑色电影的场景，令人反思美国“软性文化”（soft culture）已隐隐然渗透在亚洲普及文化之中。1960 年，由王天林执导的香港黑色电影歌舞片《野玫瑰之恋》频繁地加插爵士乐和流行音乐，葛兰饰演夜总会的歌女，带点桀骜不驯。如前所述，刘以鬯笔下的白玲，其个性与精神特质并不似好莱坞电影中刻板的蛇蝎美人形象。小说颠覆了黑色电影的“神秘女子”形象，反而嘲讽男性的正义感和爱扮演“白武士”（white knight）的救世主情结。通过男主人公的叙述，悬疑和欺骗的话语相互交织，男性建构的道德主体却无力践行救

图 1 《星嘉坡故事》刊登在《小说报》上的封面

赎的欲望，自相矛盾。种种关于白玲的丧德谣言，无情地摧毁男主人公对她的迷恋，她最后变成酒吧女郎和应召女郎，跌入无底深渊。从女性主义的角度来看，透过“好/坏女人之间难以捉摸的变化，揭示出这些女性形象的单薄和虚幻性”，“表现并挑战女性在父权制度下的建构”。①

白玲的结婚戒指充当着关键的诠释线索，揭露爱情故事背后的政治阴谋。在加东花园咖啡馆的首次约会，白玲告诉张盘铭手上钻戒的来历，交代她和胡阿狮的关系。二战爆发时，胡阿狮在码头当苦力，后来在日本占领马来亚（1941—1945）期间加入了马来亚共产党。一天，胡阿狮却身穿日本军装回来看白玲，并邀请她去看电影。他将戒指送给白玲，却未向女方求婚，反而在两人喝酒后，乘醉跟她发生一夜情。情浓过后，胡阿狮失联超过十年。其后有人告诉白玲，日军在 1945 年战败后，胡阿狮加入马来亚共产党游击队。小说暗示胡阿狮是个彻头彻尾的机会主义者，战时曾不惜勾结日本人，扮演三重特工，同时为英国、

① Yvonne Tasker, “Women in Film Noir”, in Andrew Spicer and Helen Hanson (eds.), *A Companion to Film Noir*, Chichester, West Sussex: Wiley Blackwell, 2013, p. 354.

日本和马共效力，但战后无人洞悉他的历史身份，遂得以重新加入共产党阵营，策划武装斗争，以推翻英国在马来亚的殖民统治。胡阿狮对白玲的威胁可以解读为一个政治情色寓言，体现小说的政治无意识（political unconscious）。二次大战接近结束时，马来亚共产党（MCP）成为对抗日军的主要力量。在印度尼西亚和越南的革命独立运动中，马共在英国军队重返马来亚前曾发动一连串运动夺取政权。英国随即在1948年6月16日至18日在马来亚宣布紧急状态令。一周后的6月24日，新加坡跟随马来亚联邦，宣布进入紧急状态。马共随后走入丛林进行游击战。马来亚联邦在1957年8月31日宣布独立，马来亚政府在1960年7月31日解除了紧急状态令。

白玲与张盘铭的纠结爱情跟东南亚的后殖民政治的联系可谓千丝万缕。张盘铭在吉隆坡得悉白玲自杀的遗书时，一切谜团得以解开。张盘铭错怪了白玲，但已恨错难返。

白玲悲剧背后的政治困境，如斯拉沃热·齐泽克（Slavoj Žižek）所谓的“意识形态的大他者”（ideological big Other）。① 一种惘惘的威胁，看不见却又无处不在。白玲为过去的恶魔所缠，失掉了幸福的婚姻，更牺牲了自己。刘以鬯将妖媚的蛇蝎美人角色重新塑造成拥有全知视角的最终故事叙述者，她决定何时隐瞒秘密，何时向男人讲出真相，她的烦恼与无助是因为她知道得太多。张盘铭醒悟得太迟，满是内疚之情，无法寻找他的道德救赎，反而为自由的渴望发出呐喊，他喃喃自语道：“几时才可以自由地走入马来亚的森林去散步？”男主角最后读出的一番话，好像作者必须以如此画蛇添足的方式来满足《小说报》的政治要求，向读者传递明显的意识形态信息。要在冷战政治与文艺创作间取得平衡，刘以鬯选择创造出一个与战后社会格格不入的男性原型，他既正直又失败，矛盾重重。正如卡亚·西尔弗曼（Kaja Silverman）所说，男性主体的缺失是“更广泛的历史危机之症状”，与世界大战和战后社会状态有关。②《星嘉坡故事》的悲剧爱情都是更大的历史危机和难以言喻的战后创伤的征兆。

---

① Slavoj Žižek, *Enjoy your Symptom*!: *Jacques Lacan in Hollywood and out*, rev. ed., New York: Routledge, 2001, pp. 38 – 39. 齐泽克的“意识形态的大他者”指的是那些如国家、民主、党派、上帝、理性和历史等的大概念。

② Kaja Silverman, “Historical Trauma and Male Subjectivity,” in E. Ann Kaplan (ed.), *Psychoanalysis and Cinema*, New York: Routledge, 1990, pp. 100 – 127.

本文讨论由美援文化催生的小说报纸《小说报》，以及刘以鬯的离散写作，为全球冷战文化提供一个片段和微观的研究，并分析香港作为重要的媒体和出版中心的角色。本文的论点建立于一些开创性的研究，探视美援文化资助如何动员当地文化界知识分子、出版商和作家来参与制作和出版本地书籍和报纸。① 对于美国在东南亚努力去塑造“自由世界”的社会想象，刘以鬯的《星嘉坡故事》质疑了这种政治宣传的功效，同时宣示文艺创作的独立角色和不灭的价值。《星嘉坡故事》及刘以鬯自身在南洋的经历所展示的“互文性”（intertextuality）和“跨界本土”（translocality）兴趣挑战了香港文学的狭义地方标签，通过追寻作者在中国内地、香港地区和东南亚的踪迹，勾勒出隐藏的、丰富的文学地理旨趣，以及矛盾的华人身份认同。

刘以鬯在回顾20世纪50年代香港文学时曾指出，多元化甚至相反的文学潮流在香港的文化领域中并存共生，同一班的作家可以游走于商业与严肃文学的阵营，可以同时创作由美国“绿背”（Greenback）所支持的流行写作和进行现实主义的文学实验，并不为奇。例如，已故作家利瓦伊陵虽曾为《小说报》撰稿，但他同时也是大力推动香港现代主义的先驱，不少作品发表在《文艺新潮》等刊物。②《小说报》是流行小说作家的摇篮，对流行白话文学具有深远的文化影响，这些具历史意义的廉纸通俗小说报纸让我们重新评估流行文化及其广大读者。

（作者单位：香港浸会大学）

---

① 王梅香：《美援文艺体制下的台、港、马华文学场域：以译书计划〈小说报〉为例》，《台湾社会研究季刊》102 期，第 1 – 40 页。赵稀方：《五十年代的美元文化与香港小说》，《二十一世纪双月刊》，2006 年第 98 期，第 87 – 96 页。

② 刘以鬯：《序》，《香港短篇小说选（五十年代）》，香港天地图书公司，1997 年，第 1 – 7 页。

在中国这幅画的留白处

北　岛

此刻我在香港中文大学逸夫书院的客房写作。窗外是海湾、小岛和远山，云雾变幻莫测、忽阴忽晴。老式空调机轰轰作响，蟑螂躲在角落静观其变。我在电脑键盘上敲出一行字，再涂掉。

我和中大有缘分。1983 年，中大的《译丛》（Renditions）出版了《朦胧诗选》中英对照本；1985 年，中文大学出版社出版了我的中短篇小说集《波动》的中英文两种版本。说来，《波动》是我最早的正式出版物之一，装帧精美，极大地满足了一个青年作者的虚荣心。

《波动》英译者是杜博妮（Bonnie McDougall）。她在悉尼出生长大，父亲是澳大利亚共产党领导人之一。1958 年，她年仅 17 岁，被送到北京学习中文，以期成为中澳两党之间的使者。但由于“水土不服”，她在北京待了半年就离开了，却从此跟中文结缘，获得悉尼大学的博士。25 年前，我们在北京相识，同在外文局工作。谁承想，如今我们在香港重逢，并成了中大翻译系的同事。

1987 年春，我应中大出版社社长詹德龙先生之邀首次来到香港，在中大举办活动。香港市区的繁华喧闹和中大校园的朴素宁静恰成对比。我在街上闲逛，让我印象最深的是香港的夜景。我乘坐的飞机就降落在其中，如同鱼穿过闪闪发光的珊瑚礁。我当时在英国杜伦（Durham）大学的同事朱小姐正好也在香港探亲。她生在台北，在香港长大。于是她带我坐渡轮，逛女人街，在尖沙咀的小馆子吃海鲜。有美女陪伴，对于一个北京人来说，香港竟有某种异国情调。

1997 年春，我来参加香港第一届国际诗歌节，我也是诗歌节的策划人之一。诗歌节的主题是“过渡中的过渡”（The Transit in the Transition）。其实一切都是过渡，连生命在内。我稀里糊涂地被香港的富翁请去吃饭，他们一掷千金。盘中鱼之昂贵，据侍者解释，在于它是在大洋冷暖流交汇处游弋的“贵族”。震惊之余，我坦言《今天》杂志的困境，并拐弯抹角把他们引向为文学慷慨解囊的人间正道，可他们全都装聋作哑。我这才明白，宴请其实是对金钱这古老权力的祭奉仪式，甚至与主客无关。

离港前夜，我去看望黄永玉。他家在中环半山，从客厅可观海。我们相谈甚欢，从抗战到“文革”，再到香港现状。黄永玉和妻子50年代末从香港回到内地，80年代又移居香港，90年代末再搬到内地。香港于他，是避风港还是新大陆，是彼岸还是此岸？这位自称“湘西老刁民”的人，我琢磨，正是其我行我素的倔强和游戏人生的洒脱，使他度过重重难关。这恐怕和处于汉文化边缘的湘西，以及未被完全同化的土家族的异数有关。

我70年代拜访过他，他在北京大杂院一间加盖的小棚接待客人。记得没有窗户的小棚低矮昏暗，而他却在墙上画了个窗户，满是阳光花朵。一个艺术家对现实的认知、抗议和戏谑尽在其中。

听了我的募款蒙羞记，黄永玉转身进画室，抻出一张丈二的巨幅工笔重彩风景画。我慌了神，连连摆手说“不”。老先生说：“你看，这画又不是给你的。告诉你，这画不能低于三万美元。以后我就是《今天》的后盾，缺钱来找我。”

香港于我，此后是八年的空白。按中国绘画原理来说，留白是画面中最讲究的部分，让人回味。

去年11月，我来香港与家人团聚。在旅馆为我拉门致敬的竟是个衣衫不整的小老头，原来是神交已久的沈先生。他特地先我一步赶到旅馆。沈先生是画家，我自幼是他创作的连环画的“粉丝”，后来他又成了我的“粉丝”，这倒也平等。可他一见面就嚷嚷着要请客，不由分说。他70年代从北京移居香港，不会广东话，吃尽苦头，同时打三份工，早起晚归。如今他退了休，忙着过赋闲的日子。这“忙”，包括千金散尽之意，按他的话来说：“我得在见阎王爷以前把钱花完。”

他好书，此好包括读、买、送三品。读书固然好，但碰到那种虽读书但死不肯花钱买书的人才可恨，作家只能坐以待毙。而沈先生不仅买书，而且还会多买数本四处送朋友。他专淘那些不怎么流行的偏门别类，诸如地方志、方言考、民俗史、回忆遗孀或遗孀回忆什么的。

和家人在香港旅馆团聚两周，对我多年的漂泊生活来说还是新的一课。出门如出征，领军人物是尚不满一岁的兜兜。他人小，却有大将风度，把我们指挥得团团转。他在出世第七天（如同创世纪）与我分手，如今在香港重逢，似乎有冥冥中的安排。

离开香港时，沈先生坚持要来送行。他早早就到了，我们正收拾东西。眼见着大箱子盖不上了，虽说年过七十，只见他纵身一跃蹿到箱盖上，喊着号子连蹦带跳，用自重夯实衣物。我们齐心合力总算把箱子盖上了。

到了机场，他把我们带到餐厅，用广东早茶为我们饯行。为此他得意地说："这就完美了，连接带送，有始有终。"在机场饮茶的确是个好主意，边点边吃边聊，让人神经松弛，直到登机。要说我去过全世界无数机场，还从未有过如此这般的帝王享受。

临走前，我与中大翻译系的方梓勋教授和童元方教授共进午餐。童教授的丈夫陈之藩也在座，他一口京片子唤起我这个北京人深深的乡愁。他 1925 年生于北京，自青年时代就是胡适的忘年交，有书信集《大学时代给胡适的信》为证。他既是科学家又是散文家，我喜欢他的散文，像古井般拙朴而幽深。

在中文系安排下，由李欧梵教授主持了我的朗诵会。自 1988 年跟李欧梵在美国爱荷华认识以来，我们在世界不同的角落相遇：芝加哥、洛杉矶、波士顿、纽约、布拉格、斯德哥尔摩、彼得堡……最后是香港。我听他讲述过后殖民理论和解构主义，深入浅出。他这只"狐狸"还真的身体力行，最终离开美国主流文化的重镇哈佛大学，娶香港媳妇，在香港安家落户。

应中文大学翻译系的邀请，我今年夏天开一门"中国文学导读"（Introduction to Chinese Literature）课。要把五千年的中国文学压缩到六周内是不可能的任务，于是我打算以诗歌为主，特别是以不同英译本所呈现的缺陷来领悟中国古诗词的完美。舍近求远，对笨人如我，倒也是一种走法。

室内突然暗下来，骤然雨下，携电闪雷鸣。今年雨水特别多，说风就是雨。作家李锐前不久在香港浸会大学访问，据说他望天长叹：香港这雨下了白下，都流回海里去了，要是下在我们吕梁山就好了。可不是嘛，这世上首先是自然环境的贫富不均。

我喜欢中大幽静的环境，居高临海，到处是竹林草坪。可我也算领教了香港蚊子、蟑螂的厉害。每次出门都被蚊子穷追猛赶，我疯子般手舞足蹈。最神奇的是它们能全天候飞行，风雨无阻。至于蟑螂就更甭提了，硕大无比，可见深得湿润的海洋性气候的照料和博大精深的粤菜的滋补。只要我们外出或昏睡，它们一呼百应，出巡夜宴。只要闭上眼，就能想象在高楼大厦的管道网中那庞大的蟑螂帝国。看来人类的科学技术再发达，对蟑螂也无可奈何，于是放弃了与蟑螂为敌的努力。

和呼啸成群的大陆作家不同，香港作家更热爱孤独，也许是由于他们对商业化压力和文学本质有着更深刻的体验。换句话说，这儿没有幻觉，没有眼泪。依我看，非得把作家放在香港这样的地方才能测其真伪：只有那些甘于寂寞清贫而不屈不挠者才是真的、真的爱这行。

语言的流变是一种有趣的现象。据说 1949 年以后香港一度南腔北调，普通话独占鳌头。一位香港朋友告诉我，他的广东话不标准就和小时候同学的语言混杂有关——孩子以互相模仿为乐。后来广东话和英语平分天下。记得我初次来香港，一下掉进广东话的汪洋大海，而英语成了救命稻草。改革开放后，港式广东话一度随资本北上。那时，北京小年轻以用广东话唱歌为荣。风水轮流转，赶上 1997 年普通话大势南下，香港人民努力捋平舌头改造那九个声调的发音习惯。

今天中午，中大联合书院院长冯教授请我们去赛马会吃午饭。赛马会是香港上流社会的俱乐部，带有明显的特权意味，非得衣冠楚楚、正襟危坐，弄得我腰酸背疼。席间，冯教授领我们从阳台眺望赛马场。他解释说，按英国习惯，赛马是逆时针的，而来参赛的美国马因顺时针跑惯了，一度出现混乱。说到方向感，其实我们人类还不如马——人迷路，马识途。

我忽然想起黄永玉最近捐给《今天》的画上的题款："客里无宾主，花开即故山"。他特意说明这句魏源诗是为我选录的。如果说中国是一幅画，那么香港就是这幅画中的留白，而我则是在这留白处无意中洒落的一滴墨。

旅居与跨文化书写

廖炳惠

欧梵从哈佛退休时，许多朋友、同事、学生为他办会庆祝，我放马勒的交响曲，对堂上大众说：我们得用倒吃甘蔗的方式，由第十号逆转回到第一，才能玩味并重新理解欧梵的学思与生命历程如何和马勒、鲁迅、张爱玲的著作彼此交织、响应。也就是：从研究中国现代文学与影像的悲苦题材到个人的新生、复活、转变，尤其他与子玉结发之后，迈入另一个灿烂人生，在荣退后又启动了新的力道。

特别是欧梵与子玉回到香港，可说另起一段美好的新生与研究领域。众所周知，马勒的第四到第一交响曲均是围绕着“after-life”的问题，不断以天地、圣俗、众生、歌舞、戏耍、纷绮的旋律与子题，去铺陈世界的多元微妙。欧梵最喜欢第二号《复活》，不过，我却私底下认为第三号更有助于我们体会欧梵的文风，尤其是他有关香港和张爱玲的论著，这些大多是他客居浮城，提出跨地的思维，因此对中国的现代文化想象有很特殊的见地。

我要引用的演奏版本是海汀克 Bernard Haitink 与 BR（Symphonieorchester des Bayerischen Rundfunks）于2017 年推出的马勒第三号交响曲，它赢得 2018 年 BBC《古典音乐杂志》的年度最佳唱片奖。海氏是举世闻名的马勒诠释者，常年在各地，如阿姆斯特丹、柏林、芝加哥、伦敦、波士顿等担任指挥。2017 年，他以客座的身份，把 89 年岁月的生命和情感经验化为舒缓怡然、淋漓尽致、众声细和的旋律，在沉静中体现出笃定与悠远，全曲一共花了一百零一分钟又二十八秒，较之他自己或各种已问世的版本要多出六到十来分钟。

马勒认为他的第三交响曲演出大约需要一个半小时，大部分的指挥均以之为准，控制在 94 ～ 96 分钟，如 Claudio Abbado 与 Lucerne Festival Orchestra 于2007 年，即以九十六分十五秒演奏完全曲，Simon

Rattle 与伯明翰交响乐团花九十六分三十八秒，Pierre Boulez，Jascha Horenstein，Kent Nagano，Georg Solti，Klaus Tennstedt 等大致并不超过这个范围。2016 年，DG 推出 Abbado 八十大寿的交响全集，他和柏林的第三号也是如此。1966 年，海氏与阿姆斯特丹 Royal Concertgebouw 的马勒第三号也仅用了九十四分十三秒。当然，Abbado 与维也纳的演出（1982）的确长达一百零二分又四十三秒，而 Manfred Honeck 与 Pittsburgh Symphony Orchestra 于 2010 年的版本又更多出十三秒，但是它们都无法像海氏 2017 年的演出那么从容、自然、怡然而又悠然，将女低音、儿童合唱、管弦鼓乐由远至近彼此融通，细缓道出晶莹剔透的宇宙和人生观照。

透过特殊的疏离但却又更深入的方式，海氏的退隐、舒缓、轻松、客居心情反而有助于主客尽欢、合作无间，尤其契入作品世界的意境。套一个团员的话来说："与荷兰皇家的交响乐团一起演出，肯定会有很大的压力。但当你是客座，而且大家都爱你，那就有完全不一样的氛围了，因此可以有绝佳的表现。"（BBC Music，May 2018：30）

海氏于 1961 年起担任 Concertgebouw 的指挥（有两年是与 Eugen Jochum 联席），直到 1988 年之后，改以荣誉、客座、赞助者的方式不断协助，也同时退隐，在各地（伦敦、芝加哥、德雷斯登等）旅居，他笑称："指挥家也有其销售期限。"只是他不但不过气，反而进一步把他多年来的音乐诠释经验带到新的演出地点，提升合作乐团的水平，添增了不同的角度及崭新的面向，去拓展听众的美感界域，促进跨文化交流。

因此，对海氏而言，到异地的演出其实不仅是要进行"温故知新"的诠释活动，将以往累积的心得"反沉淀"、再升华，而且得就新处境创造新的音色、意义、情感与领受心理，演奏出"从未听过"的旋律、声响，一如 Carolyn Abbate 在 *In Search of Opera* 中指出，每次都是要攻克以前已经达成的意境，再跨出新的步伐，而且不止一步。也就是要在三世（过去、现在、未来）之时空，寻找定位，跨越各种已知及未知的世界，不断推陈出新。

另外，而且可能更重要的是主客交融、兼容并蓄的虚位以待和相互加持，让彼此不再拘泥于中西殖民的翻译权力关系、海外后遗民的怀旧情结，乃至反离散的华人落叶就地定根等问题及其已设定好的框架或答案。

欧梵的香港著述即是以客居的跨文化方式，缓步细玩于城市的各个角落，重新体会历史及其多元再现样貌，谱出殖民与后殖民交织的史地政治图像。以舒缓的脚步，欧梵的 *City between Worlds* 带读者漫游街头巷尾，聆听各种电影、故事、人物的对话、弦外之音。他也针对张爱玲在香港的岁月提出历史诠释，弥补了一般学者所忽略的重要转折点，文章收入《哈佛中国现代文学史》，是《上海摩登》的续集。这些论著应与欧梵、子玉近年来长期住在香港有密切关系，特别是欧梵以客居的身份，反而发展出更入世、亲切的观照，再现了在 Ackbar Abbas 眼中不断消失的城市。他们夫妻的故事也于返居香港后，在文坛与媒体上风靡一时，传为佳话。

事实上，鲁迅与张爱玲不仅旅居异地，而且常以客居人物为故事框架的题材。《祝福》的叙事者是在年节返乡之际，发现自己已与故乡离异，透过客居的观点，他反而同情并契入祥林嫂的经历及其世界，为底层人物发声。以外人、旁观但又交叉参与的方式，鲁迅笔下的主角往往彷徨在新旧社会之间，沦为他者，对医药、科学、拟仿、伦理、神经、认知的系统，提出卸解道统基础的批判实践。

相较于鲁迅的短期客居日本及其当下的强烈震撼，张爱玲的后半生近 40 年旅居美国，其过程显得格外弛缓，但同时也更具足跨文化合粉（pollination）的色彩。尤其她在 1956—1964 年因为第二任先生（Ferdinand Reyher，1891—1967）的启发，受到好莱坞浪漫喜剧的影响，为香港电懋影业所写出的电影脚本，常以年轻美女三角恋爱的故事，去改变性别、年龄、戏剧、情感、人际、文类等，可以说与早先的作品大异其趣，已经不只是重新书写或翻译而已。晚近，学者逐渐注意到此一变化。

欧梵的旅居新生与写作一方面承续了鲁迅、张爱玲的风格，另一方面则指出现代中国文学因应作者旅居经历的转变痕迹。

（作者单位：美国加州大学圣地亚哥分校）

Humanistic Vistas of Cosmopolitanism

辑五

跨界对话

舞台中央的电影往事：身为怀旧守护者的华语电影人

古艾玲（Alison Groppe）

《舞台中央》或名《女演员》（*Centre Stage / The Actress*，中文名称《阮玲玉》）（关锦鹏，1992）与《电影往事》（*Electric Shadows*）（小江，2004）似乎并无共同之处，但在面对中国电影及过去时代的明星时，二者都突出地表现出了怀旧与尊敬。在本文中，我从本人称之为“守护冲动”这一角度分析了这两部电影。此处的“守护”包含挑选、教育及解读，它不仅可以在文本分析中被发现，还可以在某些补充材料中找到，例如随电影一起发行的导演声明和采访。换言之，本人所强调的“守护冲动”不仅在对电影本身的文本分析中，也能在电影的“副文本”中被发现。① 同样重要的是，电影导演的怀旧目光能让导演成为特定文化产品的理想观察者。表现出守护冲动的电影为研究中国电影历史和文化产品重要的原因提供了独特的视角，并力图使全球观众方便理解。本文详细阐述了《电影往事》中的守护冲动，提供了一种电影爱好者可以根据个人情况来解读电影及明星形象的当代中国观影模式，也提出了电影的力量源自集体沉迷经验的审美哲学。

我使用的“守护冲动”是其比喻含义，从对监护者本职工作的常识性理解发展而来。当前我认为守护的定义包括以下几个方面：展示作品及展示方式的挑选；教育——通过字幕、目录和其他方式将作品传达

---

① Genette，Gérard. *Paratexts：Thresholds of Interpretation.* Vol. Literature，culture，theory；20 Cambridge；New York，NY，USA：Cambridge University Press，1997.

Lim，Song Hwee. “Positioning Auteur Theory in Chinese Cinema Studies：Intratextuality，Intertextuality and Paratextuality in the Films of Tsai Ming-Liang.” *Journal of Chinese Cinemas* 1.3，2007，pp. 223 – 245.

Gray，Jonathan. Show Sold Separately：*Promos，Spoilers，and Other Media Paratexts.* New York：New York University Press，2010.

给更广泛的大众；解读——引起对作品和/或艺术家及作品意义的讨论。这可能只是一个粗略的草图，但这里的目的是为我谈论电影本身做准备。导演们不仅仅只是像大众评论的那样向过往投去怀旧的目光，也在就大量的文化作品与重要的时代进行展示、解读和教育。此外，守护冲动首先出现在电影中，而当我们将电影与随电影发行的分类材料（尤其是导演的采访及声明）放在一起思考时，这种冲动便愈发清晰。因而，这些材料可以视作导演创造性想象的进一步说明与阐释。跟随着科里根（Corrigan，1991）、利姆（Lim，2007）、格兰特（Grant，2008）和格雷（Gray，2010）几位学者的步伐，同时呼应马珍（Jean Ma）所认为的对于 DVD、VHS 及 VCD 技术的分析能使我们更多地了解当代中国电影的分布区域及接受程度的观点。[①] 在本文中，我认为应该对伴随电影的补充性材料与话语予以重视。这些电影周围话语中的守护冲动确实在使本土文化产品明白易懂及吸引全球观众和市场上起到了重要作用。

我同时也感兴趣的一个问题是：这些电影及相关的材料是如何加强表现导演对流行文化产品（尤其是其中的明星和他们的表演）的迷恋与怀旧的。这些电影和制片人在守护过程中并非是完全客观公正的。他们向某部电影致敬自然有他们的道理。一方面，这种态度使得这些导演表现出的身份不仅仅只是档案保管者和电影放映者，而且还是过去的中国流行文化的理想观众和鉴赏行家；另一方面，这也允许导演们用他们的电影来教导我们这些观众如何消费及更好地欣赏早期的文化产品。导演用怀旧和敬意来改进自己的展示，有助于发现早期文化产品中可能被忽略或被误解的一些品质和意义，通过在自己最近的电影中收录或重新创造过去的表演，他们证明了自己的主张。在很大程度上，由于电影的情怀，加之以副文本材料的帮助，导演能够探索一些无形的价值，比如一位明星或一部电影的吸引力或光环，进而探究成为这位明星、这部电影或文化产品的爱好者的意义。在这些细心守护的致敬电影中，导演提供了一些独特的视角来研究中国电影史、流行音乐史及某个文化产品地位为何重要的原因。正如下面的讨论所阐明的那样，每一部电影都会引起关于它聚焦或守护的文化产品的特定争论。被边缘化的文化产品主体，无论是属于当代电影还是以过去表演和短暂变体的形式而存在，如

---

① Ma, Jean. *Melancholy Drift: Marking Time in Chinese Cinema*. Hong Kong: Hong Kong University Press, 2010, p. 162.

何才能在快速全球化的世界里寻求认可，从守护的角度研究电影及其周围的话语能加深我们对这一问题的理解。

我首先从了解《电影往事》（或《梦影童年》）入手，后受苏独玉（Sue Tuohy）的一篇文章启发，开始思考将这部电影与《舞台中央》放在一起研究。在苏独玉的这篇文章中，她将这两部作品放置在一种自我反映的中国电影传统语境中进行研究。[①] 正如苏独玉所说，属于这种传统的电影“将制造电影的材料和过程作为电影故事和制造技巧的一部分，因为它们反映和表现了中国电影工业的产品、从业人员和处境”。[②] 苏独玉在她的文章中“通过列出这一传统的基本特征，以及概括一些呈现和自我反映技巧的范式，为开始引导中国自我反映电影的制作提供了方向”。[③]

虽然我同意《舞台中央》与《电影往事》都是中国自我反映电影传统的重要典型，但我的研究方法却有所不同。诚然，我所感兴趣的守护冲动可以被视作较大的自我反映模型中的一个子集。即使我现在假定所有表现出守护冲动的电影都是自我反映的，但也不是所有自我反映的电影都是守护性质的。例如，苏独玉的分析突出“反映与表现”，而我的分析则强调展示、教育与解读。如下文所示，《舞台中央》与《电影往事》都是更为直白、刻意且明显的关于展示、保存与教育的电影，同时也为当代全球观众了解中国电影历史的特定方面和电影这一艺术形式提供了论据。这首先表现在电影本身，然后在电影的副文本材料中变得更为清晰。此外，一些观点经常伴随着《舞台中央》与《电影往事》所展示的中国电影和电影历史一起出现，这些观点有力地维护了有关特定电影、明星、电影历史时期或者电影本身的一些解读。需要再次强调的是，这些解读可以从对电影本身的文本分析中获得，但也能在电影周围的话语中找到额外的支持。

一、《舞台中央》

电影《舞台中央》因其以元电影形式探索女演员阮玲玉（1910—

---

①②③ Tuohy, Sue M. C. “Reflexive Cinema: Reflecting on and Representing the Worlds of Chinese Film and Music.” *Global Soundtracks: Worlds of Film Music.* Ed. Mark Slobin. Middletown, CT: Wesleyan University Press, 2008, pp. 177 – 213, p. 178, p. 181.

1935）的生死而出名。阮玲玉于20世纪20年代开始表演，30年代早期声名鹊起。她在1935年25岁时悲剧性地自杀。为避免成为一部传统的阮玲玉传记电影，这部电影补充了许多其他材料和方法，其中包括：剧照及她现存电影的一些片段，导演关锦鹏的评论，对她的电影中一些重要场景的重演，最后，还有对于《舞台中央》其他演员关于阮玲玉的回忆的采访、对阮玲玉传记作家的采访和对尚在人世的20世纪30年代电影工业从业者们的采访。正如苏独玉所评论的，《舞台中央》使用了“几乎所有形式的自我反映的技巧，这部电影叙述了联华电影制片厂的‘左倾’趋势、女演员阮玲玉的声名鹊起及其发展历程，以及上海电影工业与香港电影工业之间的关系”。① 不可否认的是，分析欣赏《舞台中央》中多个层面的自我反映十分重要，但研究其守护的方面也同样重要，或者说更为重要。因为这有可能产生特别的争论或解读——如果到了这种程度，关锦鹏可以被看作某种电影守护者。

例如，《舞台中央》以一种展览的方式开场，从一开始就突出展示了阮玲玉的表演、演员生涯和她的明星身份，而关锦鹏则是我们的向导。电影开场的一系列镜头由阮玲玉演员生涯中的电影剧照和关锦鹏向观众解说剧照的旁白组成，定下了电影的基调。这些剧照来自于她16岁时所拍的电影，其中很多已经很难获得。这些剧照传达的意思是，她不得不从一些类型电影中“临时”或者“被冷落”的角色开始，直到1929年加入联华电影制片厂，才得以参演“严肃”电影。关锦鹏在这部电影中使用的这些影像大致表现了阮玲玉的明星身份和她作为中国电影传奇的地位。“半个多世纪前阮玲玉就自杀了，但是人们仍然记得这位电影明星。”在开场的几分钟里，关锦鹏把自己当作研究阮玲玉生平及其演艺生涯的专家，提供对视觉材料进行补充的信息和解读。因为电影开始没有声音，在关锦鹏的旁白开始前的近十秒钟的时间里，开场的剧照真正地掌控着我们的全部注意。随着后续镜头的推进，我们意识到关锦鹏的旁白是他和女主角张曼玉正在进行的对话的一部分；然后他问张曼玉，她是否想在死后50年仍然被世人所铭记，从而又引起对明星身份和文化记忆的探讨。正如梅特·约尔特（Mette Hjort）所说：

① Tuohy，Sue M. C. “Reflexive Cinema：Reflecting on and Representing the Worlds of Chinese Film and Music.” *Global Soundtracks*：*Worlds of Film Music*. Ed. Mark Slobin. Middletown，CT：Wesleyan University Press，2008，p. 200.

> 由阮玲玉早期的电影剧照组成的画面材料，和与《舞台中央》制作相关的记录镜头，二者一起将注意力直接引向三个中心问题：作为严肃女演员的阮玲玉的出现，她的悲剧性死亡，与她的传奇地位。在清楚地确定《舞台中央》将会包括表演、悲剧和明星身份这些重要现象后，关锦鹏通过电影的片头字幕“《舞台中央》”强调了从画面到故事的转向。①

因而从电影《舞台中央》的开始，关锦鹏就把自己描绘成对阮玲玉的表演、明星身份及魅力十分迷恋的守护者。他这样设计电影，以便我们能跟随他的脚步。除了其他美学目标和成就，《舞台中央》还有一个明显的教育意图，这一点当我们思考某些副文本材料时就更加清楚了。关锦鹏的这部电影有许多不同的发行版本，现在可以看到的该电影的 DVD 版本有两个：一个是于 1992 年发行的时长较短（121 分钟）的版本，另一个是导演数码重制的版本，这一版本发行于 2005 年，时间稍长（154 分钟），且有一些新特点。② 虽然 1992 年 DVD 版本也包含某些基本特点，提供了导演关锦鹏和相关演员的简介信息，但导演重新灌制的数码版本却在很大程度上展现出电影制作过程中的守护冲动。这一冲动从催生电影开始一直伴随着电影，与日俱增，直至它成为一部香港经典电影。例如，在一个对关锦鹏的采访录像（2005）中，他说这个电影项目的起源，除了其他原因之外，还和在艺术中心举行的一场阮玲玉的回顾展有关。

> 我连续看着她所扮演的许多角色。她演过妓女、工人、老师……令人惊异的是，你可能只在电影的前十分钟在她身上看到阮玲玉的样子……之后你会忘记她本人，只看到她扮演的妓女、工人

① Hjort，Mette. *Stanley Kwan's* “*Center Stage*”. Hong Kong：Hong Kong University Press，2006，p. 38.

② 约尔特列出了所有可获得的电影 DVD 的版本：1991 年时长 148 分钟的导演剪辑版，1992 年时长 121 分钟的导演编辑版，以及 1991 年电影的导演数码重制版，这一版发行于 2005 年，时长 154 分钟——“画面相同，但是节奏略微缓慢”。Hjort，Mette. *Stanley Kwan's* “*Center Stage*”. Hong Kong：Hong Kong University Press，2006，p. 123. 约尔特也分析了这些版本的不同之处。Hjort，Mette. *Stanley Kwan's* “*Center Stage*”. Hong Kong：Hong Kong University Press，2006，pp. 49 – 58.

或者老师……我深受感动。我买了一本她的相册，里面包含电影剧照和其他的一些照片……（《舞台中央》DVD，导演数码重制剪辑版）

关锦鹏在采访中表示《舞台中央》的制作关系着一场回忆展，电影展览的另一种形式。在表达他个人对于阮玲玉其人和她的表演的迷恋的同时，关锦鹏也为解读阮玲玉的明星身份提供了开端。我们有幸看到在他的评论中还有一些隐约的提醒，以帮助《舞台中央》的影迷们进一步成为阮玲玉电影的影迷。再回想约尔特的有关《舞台中央》开场镜头或画面材料的观点，这些电影采访进一步支持了这一观点："《舞台中央》将会涉及探讨表演、悲剧和明星身份这些重要现象。"

二、《电影往事》

显然，更多笔墨可以而且应该被用来谈一谈《舞台中央》中揭示的守护冲动，以及从联华制片厂和阮玲玉的展览中发展而来的解读，但当下本人只想强调一些普遍的观点，为讨论《电影往事》铺平道路：这部电影明确是关于展示阮玲玉生平和表演的，它身披展览的外衣，同时着眼于引起更多的解读或争论，它的补充材料强化了它展示、教育和解释的感觉。虽然小江的电影《电影往事》更多的是一部感性的产品，而且并未像《舞台中央》那样受到一致好评，但本人认为这部电影和它的类文本一起表现出了相似的守护冲动。《电影往事》经常被誉为中国版的《天堂电影院》（托纳多雷，1988），这部电影不仅表达了对民国时期上海明星周璇的着迷，也表现出对一系列跨越新中国成立前后数十年间的中国电影的迷恋。① 虽然《舞台中央》所引起的解读与争论是多样的，且超出了本文研究的范围，但是明星本身的魅力，以及电影明星和电影本身对观众和影迷产生的巨大影响，却加强了它与《电影往事》的联系。与《舞台中央》相似，在《电影往事》中起作用的展示性元素结合起来不仅对观众表达了敬意，也在中国电影、电影工业及电影明星这些方面对观众进行了教育——尤其是来自全球的、电影节上

① 另外，一部阿尔巴尼亚电影《宁死不屈》（Ngadhnjim mbi vdekjen，1967）也被证明在《电影往事》中有重要作用。

的，或者不同艺术影院的观众。此外，基于以流行文化和影迷的相关理论为根据进行的文本分析，本人认为《电影往事》将其影迷和观众描绘成积极的消费者，而他们的想象赋予了他们根据自身所处的生活环境来利用电影和电影明星的权利，他们可以根据自己的需求重新解读电影。最后，它提出一种审美哲学，即电影的力量源自它所提供的大屏幕和集体观影经历。

《电影往事》讲述了几个角色围绕着电影展开的人生故事。他们生命中遇见的电影和作为电影观众的人生经历深刻地影响了甚至极大地改变了他们。在电影的开始，我们遇见两位在当下的成年主角：玲玲，一位精神似乎不太正常的耳聋女人；而毛大兵，他依靠骑自行车送水谋生，却把空闲时间都花在看电影上。一天，毛大兵在一条巷子里撞上了玲玲，她用一块砖头拍了他的脑袋。其中的原因，毛大兵和观众都不知道，直至电影结尾被才揭露。结果是他进了医院，而她被警察拘留后又被送往精神病院。在这个时间点，毛大兵只知道玲玲是一个不知道为什么袭击他的完全陌生的人，但是他却对她产生了同情。玲玲说服他去她的公寓帮她喂鱼。在那里，玲玲公寓里的其他物品引起了毛大兵的兴趣，最后使他恍然大悟。

当毛大兵阅读日记时，耳聋的成年女人玲玲的声音变成了旁白，然后电影将我们带回了1971年玲玲出生之前的宁夏，介绍了另一个主要角色——玲玲的母亲江雪华。电影接着进入主要的故事：江雪华身为一位单身母亲如何生下了玲玲；玲玲早期的童年生活是什么样子；玲玲如何与一位活泼淘气的名叫“毛小兵”的男孩成为朋友；毛小兵在与玲玲成为好朋友之后怎样被迫离开村子；江雪华怎样嫁给了一位名叫潘大仁的男人；是什么导致玲玲最后袭击了毛大兵，即她长大成人的儿时朋友毛小兵。如上面提到的，电影及电影明星在这些角色的生命中扮演了重要的角色。正是通过角色们对于某一部电影或电影这一强力的艺术和娱乐形式的个人和集体经历，《电影往事》探索了中国电影历史，探究观影经历本身，从而揭示了其中的守护冲动。

周璇这个人物成为《电影往事》在文本上展现和致敬中国电影、电影历史及电影观众的一个突出表现，尤其是她在20世纪30年代的电影经典《马路天使》中扮演的可怜又迷人的小红一角。日常的周璇形象，周璇在《马路天使》（*Street Angel*，袁牧之，1937）中扮演的小红，周璇的歌声（《马路天使》中的歌曲），对于周璇和她扮演小红的讨论，这些都在《电影往事》中反复多次出现。在电影的前面部分，毛大兵进入玲玲的公寓喂鱼时，玲玲对周璇的爱慕与痴迷随之强烈地出现了。当毛大兵在漆黑的房间里打开灯时，他的表情十分吃惊。我们可能也会有相同的感受，因为随着摄像机镜头缓慢移动穿过房间，我们看到墙上布满了老旧的照片，其中很多都是放大的周璇的照片。这间公寓于是就承担着多重角色：它本身是一座小型影院，同时也是瞻仰周璇、瞻仰20世纪30年代上海电影乃至整个电影行业的圣地。不仅是毛大兵身为故事内观众的反应，还有带着敬意穿过房间的镜头，他进入房间缓慢的步伐，以及巧妙运用《马路天使》中周璇的歌声。通过这些，《电影往事》向周璇和她经历的电影的黄金年代表达了自己的敬意。毛大兵发现了一部卷对卷投影仪，于是立即启动了机器，发现播放出来的是电影《马路天使》中的一个场景，场景中周璇扮演的小红无奈地为一些名声不好的茶馆顾客唱着《四季歌》。毛大兵开心地在房间里电影院样式的座位上坐下，镜头从前到后捕捉到他观看这一场景时全神贯注的样子。

即使周璇和《马路天使》在《电影往事》中被反复提及，这一最初的场景却最能表达导演小江对周璇和这部20世纪30年代经典电影的敬意。这个场景甚至在电影结尾——毛大兵帮助玲玲和她疏远多年的父母重聚时，也重复出现。然而，这个场景下一次出现却是在毛大兵为江雪华和潘大仁做讲解员时，他热心地选取了《马路天使》中的另一个更加欢快的场景。在这个场景中，周璇和男主演赵丹一起唱起了《天涯歌女》，表现了小红喂养金丝雀时无忧无虑的一面。① 看到玲玲对周璇朝圣的房间，江雪华和潘大仁表现出了尊敬与感动，也让我们自己对周璇和《天涯歌女》的魅力心生敬意。为了进一步使观众了解《马路天使》的地位，《电影往事》的宣传资料袋中把这部电影放在一个列表的首位，这个列表收录了《电影往事》中出现且“对角色的生活有深刻影响”的电影。②《电影往事》首轮放映的宣传材料袋可以在公司的网站上获取，这也是电影DVD版本的一个特色。宣传资料袋给那些不太了解1937年袁牧之的电影的观众提供了一些关于《马路天使》的基本信息，这些人更多的可能是不在中国长大的或不说中文的人。除此之

① 然而，不像第一个例子，在这个场景中，《电影往事》的声音中没有周璇的歌声。

② Hjort, Mette. *Stanley Kwan's "Center Stage"*. Hong Kong: Hong Kong University Press, 2006, p. 4.

外，宣传资料也称这部电影是“战前上海电影行业最好的经典之一”，并记录了这部电影在“文革”时期被禁止放映。①

当周璇和《马路天使》在《电影往事》对中国电影和明星的致敬中占据着“舞台中心”时，其他的电影和电影明星也在《电影往事》中以不同方式被展现出来。小江在表达应有的尊敬的同时，也在教育观众了解这些电影。《电影往事》在大部分时间里都在讲述角色们在宁夏一个小村庄里的露天电影院接触到了各种电影。《电影往事》把大量的银幕时间交给这类户外群体放映活动。通过展示放映电影的结尾，聚焦角色们谈论放映活动的对话，以及频繁地把镜头对准电影中的观众和他们对电影的反应，小江提醒着她的观众其他电影和电影明星的重要性。例如，儿童时期的玲玲对《闪闪的红星》（李昂、李俊，1974）中的男主人公潘冬子和《小兵张嘎》（崔嵬、欧阳红缨，1963）中的罗金保都非常喜欢。电影则通过成年玲玲阅读自己日记的旁白来表现这种感情，同时还伴随着玲玲作为故事中的观众对这些电影的反应，以及这些电影的结尾片段，仿佛它们正在露天电影院被放映一样。相似地，毛大兵对电影《铁道游击队》（赵明，1956）的喜欢通过在电影的对话中提及的方式，以及在《电影往事》中剪进大量《铁道游击队》的镜头表现出来。可能是因为中国儿童电影，像《闪闪的红星》《铁道游击队》和《小兵张嘎》，最初是在社会主义现实主义和“文革”时期被制作出来，相较于《马路天使》，被全球观众认可的可能性更小。尤其像《铁道游击队》和《闪闪的红星》，这些电影宣传资料袋里的描述简短却信息丰富，对观众具有教育意义。例如，我们了解到讲述抗日英雄故事的电影非常受欢迎，《铁道游击队》中有火车行进的动作场景尤其如此。

在表达对某些运用在电影之中的电影的敬意之外，《电影往事》也引导着它的观众去探寻电影和电影明星能为影迷做什么，个体观众如何成为电影的消费者，以及电影如何刻意唤醒和引导观者的政治意识。这些体现在《电影往事》中让我们成为见证者，我们见证了其中的角色如何与他们邂逅的电影相互作用，以及这些邂逅怎样影响他们的一生。江雪华给玲玲看她收藏的 20 世纪 30 年代的中国电影明星相册，周璇在其中处于显眼的位置。当江雪华唱起《四季歌》时，让她惊喜的是，

---

① Hjort，Mette. *Stanley Kwan's "Center Stage"*. Hong Kong：Hong Kong University Press，2006，p. 4.

玲玲马上加入进来，她们之间的母女关系明显密切了。玲玲继续以一种在故事之外的方式独唱这首歌，这时镜头切到了江雪华向玲玲展示如何涂口红。这是一个非常经典的母亲教导女儿培养女性气质和成长的画面。不久之后，从玲玲的旁白（毛大兵在读她的日记）中我们得知，从“那些她与母亲在一起的快乐时光”开始，她就“暗自下定决心长大之后成为像周璇那样的超级明星，去实现母亲终生未能实现的梦想”。后来，当江雪华被带到成年后玲玲的公寓，当她看到墙上周璇的照片，看到她的女儿把两人共同的偶像供奉起来的时候，她缓慢走进时脸上的表情告诉我们，她想起了与女儿在一起的那些快乐时光，这暗示着她们长久以来的疏远即将结束。

《电影往事》说明玲玲和毛大兵两人在整个童年时期都在利用电影应对生活中的失望与苦难。电影也加强了两人之间的关系，培养了他们的想象力。因为是单身母亲所生，小玲玲想知道却苦于无法得知自己的父亲是谁，他又在何处，直到母亲告诉他《小兵张嘎》中的抗日英雄罗金保就是她的父亲。她们在露天电影院一起看电影时，她才了解到这一角色，这种想法显然使她得到了安慰。后来，电影放映员潘大仁从他的那份电影拷贝中截出来一些有罗金保参演场景的胶片，把它们装进玻璃盒中送给了玲玲，这样她就能把父亲的影像留在身边。收到这份礼物，玲玲兴奋地把胶片迎着灯光举起来，怀着感激与爱把它紧贴在靠近心口的位置。电影这时对潘大仁和玲玲的动作进行了特写，特写镜头对这两个人的聚焦创造出这样一种感觉：在爱着玲玲的其他人的帮助下，她对于电影的热爱把一些“真实”的——可见、可感且有意义的——事物带进了她的生命之中。在接下来的场景中，玲玲梦到了自己追着一个像罗金保的人，然而当她追上的时候，她才失望地发现那个人不是罗金保而是潘大仁。《电影往事》的这一场景说明电影不可能满足，或者不能长久地满足玲玲所有的需要，但这并不意味着电影所提供的有限安慰是无用的。那份让玲玲和其他人相信希望可以得到实现的信念才更加重要，即使“真正的”实现会被无限期推迟。

在《电影往事》中，电影《铁道游击队》被赋予了重要意义，因为它从很多方面影响了毛大兵（尤其如此）和玲玲（也受到影响）。童年时代的毛大兵对这部电影的喜爱显然提升了他应对父亲虐待的能力，从更一般意义上，也促进了他的想象。当我们看到毛小兵（童年毛大兵）逃脱父亲的虐待，跑到屋顶坐下来，用望远镜凝望露天电影院时，就能感受到这一点。即使这时没有电影在放映，电影也从毛小兵的望远镜切到了《铁道游击队》里围绕着火车爆炸展开的片段，然后切回毛小兵快乐的表情，这暗示着他已经成功地根据自己的需要想象出属于自己的电影。玲玲随后爬上房顶加入了他，毛小兵向她介绍了这个可以随意观看电影的“神奇望远镜”，玲玲也通过望远镜成功地看到了《铁道游击队》。之后，毛小兵向江雪华描述这些战争电影如何帮助他度过了被父亲殴打的痛苦时刻：“每次他打我的时候，我就想起了我看过的战争电影……我想象着他是日本士兵，而我自己是一个共产主义战士，然后我就不害怕了。”与此同时，玲玲和毛小兵的友情也随着两人对《铁道游击队》的共同喜爱而继续发展，这一发展不仅仅是通过观看电影本身，还包括阅读有关电影的书，更重要的是通过两人根据电影进行的想象游戏来推进的。在很多连续的场景中，《铁道游击队》启发他们进行的“扮演游戏”都贯穿始终，这些镜头在玲玲和毛小兵在铁轨上快乐奔跑玩耍的场景与1956年《铁道游击队》的电影镜头之间平行切换。《电影往事》不仅仅是向过去的中国电影致敬，它还以戏剧化的方式向我们呈现了电影对观众或影迷产生重大影响的一些特殊方式。它描绘了电影影迷们利用自己对电影的热爱来应对和超脱他们生活中苦难情境。

《电影往事》是一部感性的电影，却不是一场纯粹感性的讨论。来自流行文化和影迷理论的一些洞见，可以帮助阐明这些连续镜头如何设想了一种新中国电影观众模式。即使在艺术被迫服务于政治的年代，电影的消费者也仍然拥有根据自己生活的需要和欲望来解释电影和明星形象的权利。例如，约翰·菲斯克（John Fiske）就提出一种关于流行文化的观点，谈论到人们在日常生活中是如何以某种方式利用某些大众生产的文本，同时忽视其他文本的。他主张“与流行文化相关的艺术创造与可利用的东西有关”。[①] 挑选是重点：第一步是挑选哪些文本，第二步是确定文本中有可用的“功能性元素”。菲斯克引用了这样两个例子：一个是无家可归的美洲原居民在观看西部片时在白人胜利之前会关掉电影，另一个则是澳洲土著居民把《第一滴血》的男主角兰博

① Fiske, John. “Popular Culture”. *Critical Terms for Literary Study*. Eds. Frank. Lentricchia, and Thomas McLaughlin. 2nd ed. Chicago: University of Chicago Press, 1995, p. 326.

(Rambo) 视作“自己人”从而对电影进行相应的解释。[1] 这些例子引出了关于作为挑选过程的流行文化的另一个重要洞见:“流行的选择不是通过大众审美的质量标准，而是由在社会中所处位置的相关性标准来实现的。”[2] 亨利·詹金斯 (Henry Jenkins) 在接下来的观察中强调了菲斯克的“质量标准”无关论，同时将注意力转向更为具体的影迷文化及影迷所能进行的“特殊阅读”:

> 我并不是说影迷所拥护的文本有什么特别的力量。然而，我认为，在影迷把自己生活的细节与这些文本同化的过程中，有些事物赋予了他们力量。影迷所称赞的并不是特殊的文本，而是特殊的阅读（虽然在解读的实践中很难将二者清晰明确地区分开来)。[3]

回到《电影往事》所叙述的有关电影观众的观点之中，即使宁夏的村民们不能享受到完全工业化时代的消费者们所拥有的丰富选择，《电影往事》聚焦于电影的多个方面仍表明了观众的选择，同时更赞扬了影迷把文本融入自己的生活之中。从最基本的方面说，《电影往事》中反复出现的电影数量有限，却被赋予了额外的意义。更加重要的是，如上面所说，把电影原来的片段剪进《电影往事》里，而其中的演员回应并表演原来电影中的场景或与之互动，都强调了电影中的角色把“功能元素”作为目标而忽略其他的观点，因为这些角色需要根据自身所处的环境把文本融入自己的日常生活。一个明显的例子是，当《铁道游击队》的片段与《电影往事》中毛小兵和玲玲跟着行进的火车奔跑的片段交叉剪辑在一起时，前者的黑白色调与后者的温暖色彩形成的对比强调了二者之间的转换。在这组镜头中，色彩的对比和用于两部电影切换的银幕时间，加之许多关于电影中角色与《铁道游击队》形成互动的其他镜头，证明了毛小兵和玲玲作为那部电影的影迷已经成为它的“特殊读者”。他们成功地把电影变成了自己的，即他们根据自己的需要将电影化为己用。《铁道游击队》是有关共产党员与日本侵略者英勇

---

①② Fiske, John. “Popular Culture”. *Critical Terms for Literary Study*. Eds. Frank. Lentricchia, and Thomas McLaughlin. 2nd ed. Chicago: University of Chicago Press, 1995, pp. 326-327, p. 327.

③ Storey, John. *Inventing Popular Culture: From Folklore to Globalization*. Malden: Blackwell, 2003, p. 90.

斗争的故事，这一主题对于国家、电影制片厂和这部电影本身意义重大，也是它在“文革”时期仍能放映的重要原因。但是，当小江重新解释这部电影对她自己电影中的主角小时候生活的影响时，《铁道游击队》的政治或政治正确维度淡化了，更多的是表现电影对于孩子们的生活和想象具有吸引力的方面：英雄主义、动作，以及与地理政治学无关的熟悉且触手可及的铁路。相较于那些由政治或者国家利益主宰的视角来说，这种对新中国电影观众的表现更加符合全球电影观众的胃口，这一点也值得深思。

如前所述，在《电影往事》的故事、风景及声效中，有一组特意挑选的中国电影得到了额外的注意与尊敬。[①] 此外，在宣传资料袋里包含的一则导演声明中，小江说她认为自己的电影是“献给中国电影的礼物”，并解释当她2000年参加一次会议时产生了想要创造并呈现这份礼物的想法，“在那次会议上，我特别激动，遇见了很多导演，他们的作品对我的童年太重要了”。[②] 她是这样描述这次参会是如何启发她的电影的：“我看到了他们（这些导演）对中国电影未来前景深深的焦虑，突然有一种想要做一部电影献给他们的冲动。我想让他们知道他们的作品丰富了一个小女孩的心灵，我想把他们带回中国电影的‘黄金年代’。”[③] 这里，导演似乎只强调了某些中国电影尤其是中国电影行业，但是导演声明中附加的评论显示，小江表达的尊敬延伸包括了通常意义上的电影观看，即使是集体露天放映这一类观影经历也被包括在内。在声明的开头，她提到“童年时期观看露天电影的美好记忆展现出”并一直突显着它们的重要性：

> 我成长于新中国一个精神和物质都严重匮乏的时期，那时还没有电视和互联网，甚至没有电话。但是当我回首这段岁月仍然觉得那是段快乐的时光，很大程度上是因为我们经常去露天电影院看电影。那时上映的电影的种类很少，很多都是带有本土政治或“政

---

① 阿尔巴尼亚电影《宁死不屈》这部在江雪华和玲玲生命中扮演了重要角色的电影，也在宣传资料袋中两次被提及。

②③ Anon. “Electric Shadows：A Film By Xiao Jiang (Press Kit)”. 2006. October 16 2011. http：//www.firstrunfeatures.com/presskits/electric_shadows_press_kit/Electric%20Shadows%20PK.pdf，p. 5.

革”色彩的电影。但是对电影的热爱却在那时种在了我的心里。①

通过很多对准空白银幕的镜头，以及江雪华被雇佣为洗衣工在后院晾晒的亮白床单的镜头，《电影往事》对作为艺术形式的电影、电影起源及它与集体经历的关系表达了尊敬。多组露天电影院银幕与床单的图像组合建立起这样一种联系：床单被用作纯白电影银幕的替代品。几个角色在床单背后跳舞或游戏，而摄像机镜头聚焦于床单上由此导致的影子游戏，电影通过这样一种方式暗示着中国的一种电影形式“影戏”（shadow play）。

频繁地掠过宁夏电影观众的镜头传达出小江对于集体观影经历的着迷。在一组镜头中，玲玲表达了她对电视的讨厌，以及青春时期对于大银幕露天观影经历的偏爱。通过这些镜头，小江想让我们知道电影及其集体观众是一种不同于电视媒体的更好的形式。江雪华和潘大任结婚时，他们添置了一台电视。玲玲对于这两项进展都不喜欢，但是她尤其怪罪电视偷走了电影观众，并说：“我讨厌电视，讨厌它的声音，讨厌看电视。都是因为它的出现，人们都不去看电影了。”

潘大任的说法呼应了这个观点，他后来跟他的家庭成员解释他的露天电影院将会被关停，给一座工厂的建设腾出地方。潘大任的大世界电影院的最后一场放映对《电影往事》的叙事来说具有重要意义。整部电影的最后一个场景最好地传达了小江的电影哲学——一种被虔诚信仰的哲学，一种成功使电影为全球观众所喜爱的哲学，尤其是那些由电影评论家组成或国际电影节上的观众。在这部电影的最后场景中，我们看不到来自其他电影的片段：所有的注意力都被引向观看露天电影这一经历本身。视觉上，摄像机在这些镜头之间移动：银幕刚好在日落前被挂起，潘大任和江雪华在准备放映机，观众们在黑暗中找到他们的位置，给放映机的特写，毛大兵和玲玲、潘大任和江雪华在欣赏电影。温柔的故事之外的抒情音乐、放映机的旋转声、毛大兵和玲玲的旁白，这些声音组合在一起表达了他们对于电影、对于露天观影经历的热爱。玲玲最后的评论特别揭示了小江想要观众记得的一些东西。小江以下面这些话

① Anon. “Electric Shadows: A Film By Xiao Jiang (Press Kit)”. 2006. October 16 2011. http://www.firstrunfeatures.com/presskits/electric_shadows_press_kit/Electric%20Shadows%20PK.pdf, p. 5.

为电影结尾，并确实让观众离开电影院时依然记得这些话："电影里那些令人难忘的影像和声音，让我们一家人紧紧靠在一起，一起呼吸，一起做梦。"

本文对小江的《电影往事》进行了细读，以期探索在电影文本中起作用的守护冲动，这一冲动在全球观众中不仅为自身寻求认可，更为它们所记录和赞扬的那些消逝的年代里的本土文化产品寻求认同。这一研究方法聚焦于电影和其副文本一起表现出来的守护冲动，也可以用于分析其他一些特征鲜明的电影，如蔡明亮的《洞》（1998）和王家卫的《花样年华》(2000)。电影《洞》的一个著名特点就是伴随着葛兰（Grace Chang）配乐的浮华的幻想音乐剧镜头。这部电影的结尾向葛兰致敬，并由蔡明亮亲笔书写："二十世纪来了，感谢还有葛兰的音乐陪伴着我们。"蔡明亮在与雪莱·克雷瑟（Shelly Kraicer）和迈克尔·贝瑞（Michael Berry）的采访中特别承认他对葛兰的音乐的喜爱，并告诉克雷瑟，"对我来说（在拍摄这部电影的音乐剧镜头时），困难的部分在于，我特别喜欢葛兰的音乐，我有很多想放进电影里的音乐，但是却不能都放进去"，然后对贝瑞说，"我经常听一些老音乐，不仅仅是葛兰的歌曲还有很多其他的……似乎我感兴趣想要买的 CD 越来越少，只是一直听那些老歌"。[①] 对于马珍（Jean Ma）来说，电影所包含的葛兰的音乐则对于揭示"葛兰的音乐从香港到马来西亚和台湾的流传"及"移民和流散网络"具有重要意义。[②]

王家卫的《花样年华》因其对 20 世纪 60 年代香港的上海移民生活方式细致、复古的表现，以及副文本材料受到称赞，而其中的守护冲动则更为有意思。虽然《花样年华》把中国戏曲的录音和纳特·金·科尔（Nat King Cole）和潘迪华（Rebecca Pan）的流行音乐放在一起，使电影故事内的声景表现出恰如其分的世界性，但它也刻意挑选了周璇最有名的歌曲之一、出自电影《长相思》（何兆璋，1947）的《花样年华》。王家卫借用了歌曲的名字，并把歌曲安排在重要场景的突出位置。这首歌后来同样成为与电影一起发行的短片《花样的年华》的背景音乐。这部短片在收藏版 DVD 上被介绍成"在加州南部的一间仓库里发

---

① Kraicer, Shelly. "Interview With Tsai Ming-Liang". *positions* 8. 2, 2000, pp. 580 - 581.

② Ma, Jean. *Sounding the Modern Woman: The Songstress in Chinese Cinema.* Durham: Duke University Press, 2015, p. 216.

现的老电影”“用蒙太奇手法剪辑成的影像”，其中也能听到周璇在《长相思》中所唱的歌曲。虽然是张叔平担任剪辑，但这部短片也可以看作是由王家卫监制的电影展览，因为王家卫出于自己对老电影的着迷而挑选了档案影片。DVD 提供的宣传材料里包含一份王家卫的声明，他说，“所有那些过去的美丽的面容和图像，都把我们带回有关消逝时代的美好记忆”，并称这部短篇“是向所有中国电影中值得纪念却在我们记忆中淡去的人们致敬”。同时，根据马珍对女歌手形象的最近研究成果，电影《洞》中对葛兰音乐的守护，以及王家卫的短片中对老电影的守护，对于“勾勒出超越领土扩张的运动”，“营造过去的感觉，激发一种距离和迷失意识”具有重要意义。

当然，葛兰、阮玲玉和周璇所获得的名声先于且独立于这些电影。但是，仍然值得思考的是，因为这些电影和它们怀旧的守护，他们的形象与表演才能通过多种方式传播给新的观众，从而获得新的拥趸。有多少蔡明亮、关锦鹏或王家卫的影迷是因为这些导演作品的地位，以及这些电影和电影副文本所体现的守护，从而对其中早期的电影明星感兴趣的呢？通过从守护冲动这个角度对《电影往事》（并且从小程度上来讲，《舞台中央》）进行文本细读，本人希望确认一条传播知识、吸引影迷的道路，通过这条道路，中国流行文化能够生产、提高并传遍全球。这条道路是从更小的意义上来说的，就像在国际电影节及相关基础建设所取得的效果那样。① 知识的全球性传播为我的研究和关于电影节的研究找到了共通的纽带，但我的研究的不同之处在于强调个人或者以家庭为基础的观影经历，而并非影院观影经历。由于 DVD（蓝光等）技术和其他帮助电影进入全世界私人空间的技术，电影本身和电影副文本所守护的事物也得以走进本土、地域乃至全球观众的“家庭电影文化”中，然后走近芭芭拉·克林格（Barbara Klinger）认为是家庭电影

---

① Lee, Nikki J. Y., and Julian Stringer. "Ports of Entry: Mapping Chinese Cinema's Multiple Trajectories at International Film Festivals." *A Companion to Chinese Cinema*. Ed. Yingjin Zhang. Malden: Wiley-Blackwell, 2012, pp. 239 – 261.

Beus, Yifen T. "Festivals, Censorship and the Canon: The Makings of Sinophone Cinemas". *Sinophone Cinemas*. Eds. Audrey Yue, and Olivia Khoo. Houndmills, Basingstoke: Palgrave Macmillan, 2014, pp. 45 – 61.

文化重要表现之一的“双面影迷”。① 思考最近对于观影和影迷的概念化，有助于我们更好地体会由怀旧守护带来的在最近全球观众中引起的对早期中国电影、华语电影历史与流行文化的兴趣和热爱的复兴与成长。

回到《舞台中央》和《电影往事》，称赞这些电影、电影明星及电影行业的经历，都需要对本土和全球的观众进行教育，同时给他们提供一种解读，使他们赞同被聚焦的文化产品中的价值观念。换言之，这似乎需要守护。在《电影往事》这个范例中，通过对电影本身的分析和对补充性材料的考察，我们能够清楚了解导演小江的抱负——她想给她的观众一副“神奇的望远镜”。更广义地来说，通过她仰慕的眼睛，来看待中国电影历史和电影行业。

（作者单位：美国俄勒冈大学）

（黄鑫　译）

- 参考文献 -

Corrigan, Timothy. “The Commerce of Auterism: Coppola, Kluge, Ruiz” . *A Cinema Without Walls: Movies and Culture After Vietnam.* New Brunswick: Rutgers University Press, 1991, pp. 101 – 136.

Grant, Catherine. “ Auteur Machines? Auteurism and the Dvd” . *Film and Television After DVD.* Eds. James Bennett, and Tom Brown. New York: Routledge, 2008, pp. 101 – 115.

Tsai, Ming-liang. “Tsai Ming-Liang: Trapped in the Past” . Speaking in Images: Interviews with Contemporary Chinese Filmmakers, 2005, pp. 362 – 397.

---

① Klinger, Barbara. *Beyond the Multiplex: Cinema, New Technologies, and the Home.* Berkeley: University of California Press, 2006.

Klinger, Barbara. “The DVD Cinephile: Viewing Heritages and Home Film Cultures. ” *Film and Television After DVD.* Eds. James Bennett, and Tom Brown. New York: Routledge, 2008, pp. 19 – 44.

Elsaesser, Thomas. “Cinephilia or the Uses of Disenchantment” . *Cinephilia: Movies, Love and Memory.* Eds. de Valck, and Malte Hagener. Amsterdam: Amsterdam University Press, 2005, pp. 27 – 43.

无用之用*

王 斑

一、审美话语与文学

概览中国现代文学批评作品，便会发现，“美学”（或审美）一词被大量使用。这似乎说明美学话语在塑造现代中国批评家对文学的思考方式上，起了关键作用。美学既为文学作品提供评判标准，又为文学作品的写作方式和写作目的提供指导。美学思想也为作家追求作品的审美效果和审美素质提供动力，追求审美效果和审美素质是文学性及其相关观点的内在要求。事实上，文学性的概念对文学作品的审美至关重要，它要求认真推敲文学的审美特质，如，崇高、优美、情感效果、形式或文本要素。文学性常被用作美学的同义词，因此，文学作品的一系列内在品质或某些语言的、本质的、情感的和结构上的特征，被与文学作品的其他品质和特征区分开来。这些文学特征具有自指性和独立性，被认为代表了独立和纯粹。文学性的支持者们为了宣扬这种内在价值，将抽象的美学概念凌驾于语境之上，假定美学作品不受历史、道德、政治等其他观念的影响。

美学是西方舶来品。现代主义的、片面狭隘的美学观点影响了文学研究基本方法，进而限制了批评家看待美学与文学关系的视角。本文以夏志清大作为例阐明观点。在一篇探讨严复和梁启超的文章中，夏志清注意到，严、梁两位作家曾呼吁创作一种新小说，用以提升读者的道德和精神。夏志清批判梁启超名作《论小说与群治之关系》时谈到，梁、

---

* Ban Wang. “Use in Uselessness: How Western Aesthetics Made Chinese Literature More Political”，原载张英进主编 A Companion to Modern Chinese Literature，London：Wiley-Blackwell，2016，pp. 279 – 294.

严赋予新小说以道德教育的说教使命，并把它作为一种实现政治目的的手段和方式，是重蹈传统的写作观念。他认为，梁启超以“文以载道”的教义为旨归，穷其一生为了开启民智、国家富强而殚精竭虑，其民族主义立场限制了对小说独特审美价值的理解。他提出，虽然梁启超承认通俗小说具有审美力量，但却认为旧小说诲淫诲盗，内容有悖伦理，类型粗陋低俗，多宣扬陈旧腐朽、毒害身心的观念信条，最终将导致国民的道德败坏，梁认为新小说应该利用审美、情感和文字的内在力量，并加以改造，使其服务于更高尚的政治和道德目的——建设新社会，形成新道德。夏志清对梁启超的小说观很不以为然，因其与纯文学品位和美学观点背道而驰。夏志清把梁启超的理论贬为功利主义的、守旧的、意识形态的和政治过度的。总而言之，夏志清认为梁启超的小说观是非美学的。

夏志清援引黄人批评梁启超。黄人字摩西，于 1907 年创刊文学杂志《小说林》，著名文学批评家、作家。夏志清引用现代日本流行的观点，认为小说本身就是一种艺术形式，对黄人以审美为取向捍卫文学性的坚定立场大为赞赏。黄人反对一些批评家把小说作为推动政治道德的手段，并提出警示，认为小说如果被强行用于服务“国家形象、宗教经文、学校教科书、国家和社会的道德准则”,[①] 那它将失去其艺术价值。小说作为一种艺术形式应该“满足审美”[②] 需要，而不应是解决社会和政治问题的良药。比起严复和梁启超在自己宣言式文章中的政治和社会主张，夏志清对黄人追求作品审美的表述赞誉有加。夏志清继而援引王国维进行论证。他表示，王国维是中国接受西方哲学最具代表性的人物，也是最重要的文学思想家。他认为，与梁启超的功利主义小说观相反，王国维在评论曹雪芹《红楼梦》时一直秉承神圣的审美价值观。

以美学为保护伞，夏志清描绘的文学世界超越功利主义所关心的政治、社会和道德问题，范围貌似更为广泛，内容貌似更为丰富。然而，夏氏的美学观念源于作为运动形式和话语形式存在的西方浪漫主义，以及 19 世纪欧洲和早期现代主义的各种“为艺术而艺术”的话语。这种“为艺术而艺术”的主张，过于夸大文学性、独特性，于 20 世纪晚期作为文学内部研究方法在美国新批评中得以复活。1978 年夏志清撰写

---

①② C. T. Hsia, C. T. Hsia on Chinese Literature. New York: Columbia University Press, 2004, p. 241.

该文时，新批评正盛行。夏志清把美学看作一个品味文雅，远离历史、社会和政治，只可远观不可亵玩的内心世界。本文试图展现美学与文学之间的联系，认为夏氏美学观念涵盖范围不够宽广，且限制了审美话语可企及的文学范围。夏氏美学把美学与政治、社会和道德语境隔离开来，坚持文学性的至高价值，这种观点使美学从现代世界的社会和政治实践中被剥离出来，而将这种分析话语变成盲目崇拜。

本文试图表明，世纪之交西方美学话语引入并应用到中国文学批评，不仅没有形成文学独立性，反而更广泛融入历史和政治语境，使文学更有深度。这种以政治为导向的美学，认为人的审美体验是生存的真谛，人同时又是政治动物，在不断实践中创造和重塑感性的生活世界。因此，在这个意义上说，美学与政治无法割裂。在这里，“政治”是最引人误解的术语，应重新定义。雅克·朗西埃（Jacques Rancière）认为，政治并非指行政、政府政策、高层权力斗争或强权政策，他将政治定义为“集体意志和利益的集中体现，集体意见的制定”。[①] 在该观点中，个体和群体成为积极的政治主体，共同分享和重塑一个共同的世界。政治的实施同样需要文化符号和意象，因此，政治是审美驱动的：政治主体带来群体意志和实践，形成集体意志，政治成为“一种在感官意象和体验中构建特定经验领域的方法”。[②] 文学的政治在于通过重新界定经验、感知、符号和意义的界限，对可感知和可言说重新进行区分。制造和改变世界的政治是审美的，因为它是“存在方式、行为方式和言说方式的交织”。[③]

因此，文学不是对世界的简单幻想，而是通过改变思想、身体、快乐、道德观、社会条件，甚至制度，让理想走进现实。文学根植于文化资源和感性经验中，能够实现改变世界政治的目的。下文将讨论三位中国美学思想家，探讨他们如何以政治的，或审美的方式将美学带入文学。

二、美学的道德审视：王国维、黄人

雷蒙德·威廉斯（Raymond Williams）提醒我们，审美话语最初强

---

①②③ Jacques Rancière. “The Politics of Literature”. Substance, 33.1, 2004, p.10.

调主观意识活动和人进行专业艺术创造的能力。[①] 亚历山大·鲍姆嘉通（Alexander Baumgarten）和康德（Kant）的著作中也有相似表述。最初，美学话语只局限于艺术、视觉形象和美的范畴。这种主观主义观点强调主观感觉作为艺术和美的基础应和社会或文化概念相分离。这种“分裂的现代意识”[②] 将文化从社会中隔离开来。由此产生的美学观念，针对资产阶级社会横行的功利主义和物质主义的意识形态，表达了一种人文主义的、浪漫主义的冲动。虽然这种感性的、浪漫主义的反抗值得肯定，但这种将审美、艺术隔离在社会文化之外的方式百害而无一利，“‘审美的考虑（aesthetic considerations）’不同于‘实用的考虑’或‘功利的考虑’，前者被不可避免的隔离和边缘化”。[③]

现代分裂意识把艺术从生活中分离，文化从社会中分离，思想从身体中分离。劳动分工将有机的彼此紧密联系的人类活动按照商品生产和专业化模式进行分割。从历史唯物主义视角看，威廉斯认为资产阶级市场社会和商品生产是狭义美学概念产生的物质基础。伊格尔顿（Eagleton）从老师威廉斯的批评理论出发，试图将美学从主观主义的枷锁中解救出来，回到有争议的、相互联系的社会和政治领域。在这里，美学可以与各种政治、道德和社会问题接触和发生碰撞。在《审美的意识形态》（*The Ideology of the Aesthetic*）中，伊格尔顿指出，美学的关键是人的身体受情感、冲动、动力和感觉来驱动。美学关注的对象不是生理意义的身体，而是身体理性和感性的社会实践。在其早先的表述中，审美（形容词形式指质量或经验，而不是指具体事物、制度或纪律）指“人类感知和感觉的整个区域”，[④] 用以区别概念思想和工具理性。审美关注的不是远离生活的艺术，而是与人类生活休戚相关的艺术，或者说艺术如何成为生命本身不可分割的组成部分。审美关乎“喜欢或厌恶，关乎外部世界如何刺激身体的感官表层，关乎人们的视觉习惯，跟着感觉走，关乎源于人类最日常的生物性沉浸、活跃于大千世界中的情况”。[⑤] 美学话语作为一种“科学”于18世纪在德国出现。它关注身体的自由细节，个体的或集体的，以探讨如何培养和教育身体经验和感受，以适应新的资产阶级社会秩序。美学将对身体的培育成长与现代性

---

①②③ Raymond Williams. Keywords. Oxford，UK：Oxford University Press，1976，p. 27，p. 28，p. 28.

④⑤ Terry Eagleton. The Ideology of the Aesthetic. Oxford，UK：Blackwell，1990，p. 13.

的新秩序联系起来，使其在政治和社会权力中的存在具有更重要的意义。政治霸权不能准许身体自由奔放，不能容忍无政府主义个体和集体的不满情绪的宣泄。要维持社会秩序，政权必须通过教导、教育、锻造驯服国民，通过研究和控制其情绪、品位和感性，来控制其头脑和身体。因此，美学开始成为解决政治问题的方法，正如席勒（Schiller）的名言，“我们通过美而获得自由”。①

另一方面，如果霸权借助美学对主体感官层面施以社会规范和权威，赢得或改变其心智，那么对美学来说，让渡感性和感情权限的同时，个体也得到了解放。美学给予感性满足以空间，让渡所谓的“审美自由权”（right to aesthetic freedom），这种解放维度与朗西埃的政治美学观念产生共鸣：重新绘制和重新分配感情结构、意象体系，也就是社会审美版图，是政治行为的一种尝试。审美经验把个体从狭隘分裂的意识和异化的劳动中解放出来，实现身体上和心灵上的自由，远离生产规则和管理规则施加的外部影响。一个新的、富有情感的主体出现，行使自治，踏上现代性轨道，通过自我教育走向一个自由人格的共和国。在这个国度中，个人和群体可以书写自己的集体规则，“无需服从法律，只需遵从约定”。② 这表明美学功能包含了一种政治建设的潜力，一种支撑身体政治的文化方式。这就是为什么痛心清朝瓦解的近代中国思想家被西方美学的政治承诺所吸引的原因。

中国的美学思想家在接受美学的过程中受到“文以载道”这一中国传统观念的影响。“道”有超越感知世界的、超验的、宇宙大道的含义，但这一概念也植根于社会、道德和政治实践。道的原则不是凌驾于日常生活之上，而是内在于日常仪式和社会关系之中。③ 这种思维方式使思想家能够在西方美学中找到政治改革的文化要素，并将文学想象看作改变情感结构的手段。中国作家不是从社会历史环境的视野生硬切入，而是倾向于将美学深入有机的话语体系中，融合经典信条、道德和品格。

关于审美的动态政治精神，蔡元培的美育思想是最明显的例证。审

---

① Friedrich Schiller. On the Aesthetic Education of Man. New York：Dover. 2004，p. 27.

② Terry Eagleton. The Ideology of the Aesthetic. Oxford，UK：Blackwell，1990，p. 19.

③ Pauline Yu and Huters Theodor. “The Imaginative Universe of Chinese Literature”. Chinese Aesthetics and Literature. Edited by Corinne Dale. Albany：State University of New York Press，2004，p. 3.

美是为了塑造公民品格，培养公民美德。在取代传统的宗教价值观和信仰的过程中，蔡先生是现代教育中把美学与身体、思想和道德方面的课程放在国家教育议程上的最具远见的第一人。蔡先生于 1908 年至 1911 年远赴德国莱比锡求学，在德国受过良好的美学专业训练，他的美学观少有威廉斯所批判的“现代分裂意识”的痕迹，更不欣赏非政治化和为艺术而艺术。对他而言，美学就是培养普遍的、人文的标准，培养公民的情感和理性人格。这些素质是新共和国公民的先决条件，是新共和国的组成部分。[①] 他把美学应用于国家文化复兴、公民美德和现代伦理学建设，他的美学视野续写了梁启超对新小说投入的政治热情。

夏志清与梁启超、蔡元培的美学观点相左，对王国维和黄人的美学观点赞誉有加。他认为美学是一种内在的、独立的价值观，重视文学的形式特征，脱离社会和政治关系而存在。尽管夏志清援引王国维和黄人的观点为其旁证，但仔细研究这两位美学辩护者却可以看到，他们作为道德驱动政治传统的继承者，和“功利主义”文学批评家们一样，同样关心那些社会和政治问题。文学之“道”离他们对文学显性“审美”特征的关注并不遥远。

一个多世纪以来，王国维一直被视为从美学视角研究文学理论的第一人。王国维运用叔本华（Arthur Schopenhauer）关于欲望的美学观点和康德关于崇高的美学理论对《红楼梦》进行审美研究。但是，在晚清知识结构的转型期，王国维十分关注社会政治诸多问题的困扰，因而他对《红楼梦》审美素质的讨论很多方面都显示出超越了对美学的超然性及内在性的探讨。尽管他常把美学看作是一种至高无上的价值，但是，王国维的文学研究离不开社会和哲学语境，比如在对《红楼梦》中道家的、避世的情节的讨论中，逃避的并不仅是当时的实际问题：它是一种乌托邦式的，对时代历史创伤的积极反思。它不是审美的放纵，而是对中华文明危机和其伦理政治制度崩塌的主动回应。因此，王国维的理论是带有政治色彩的美学理论。[②]

王国维论文《文学小言》为美学的道德解读提供了更鲜明的例证。王国维在该文中定义文学在价值与合法性上与哲学平等，不依附权力结

---

① 蔡元培：《蔡元培美学文选》，北京大学出版社，1983 年，第 71 页。

② Ban Wang. The Sublime Figure of History: Aesthetics and Politics in Twentieth Century China. Stanford, CA: Stanford University Press, 1997, pp. 17 – 54.

构、学说或正统思想而存在。它们蔑视社会统治规范，具有独立性和独创性。所以宣扬饮食与获利等功利主义的文学就是虚假文学。[①] 真正的文学则来源于超然的、自由行使的主体自觉精神，这种主体精神能够引发认知理解和表达令人信服的陈述。如果上述表述听起来像是对文学独立性的认定，那么在文章后续表述中，王国维在肯定屈原、陶渊明、杜甫等诗坛巨匠作品具有永恒价值的基础上，认为美学价值不该归因于诗人的非凡诗句和诗歌属性，伟大的作品来自于诗人高尚伟大之人格。因此，似乎诗意被道德素质和诗人的品格所取代。

王国维这种道德转向也体现在其对《三国演义》的分析中。他认为，虽然小说中也有很多精彩、非凡的段落叙述，可称之为伟大的作品，但小说不符合真正文学的标准。如赤壁战后关羽华容道放走曹操一幕，就是这样一个值得被称为伟大作家的辉煌时刻。然而，这种“作家”的伟大并不是文本形式上或文学表现上的。这是一个道德上的高点，是模范的行为和宽广的胸怀。尽管下文其他部分可能是关于普通人的和非审美的，但关羽不计个人得失的形象已令人敬佩不已，激发了读者的想象。王国维回顾了康德的格言，作为道德理性的组成部分，实践理性是“宇宙人生之根本”。[②] 因此，王国维把道德作为其文学批评的基础。

如果说《文学小言》把审美独立性转化为审美化的道德范式，那么《屈子文学之精神》则可稍作冲抵。该论文将道德与政治相联系，旨在为一个美好社会提供道德风尚的审美形象。王国维首先区分了中国古代两大道德政治思想：致力于维护王朝秩序的帝王道德政治思想和平民的、个人主义的、超然的道德政治思想。北方诗派以政治为导向，实践“诗之为道”。[③] 从整体道德结构和政治秩序看，该流派代表普遍意义上的生活——不是孤立的、个体的生活，而是嵌入“家族、国家及社会中之生活也”。[④] 作为儒家诗学的主流，该学派一直强调群臣、父子、夫妻之间的道德空间。这些主要关系构成了诗歌的主要内容。与此相反，以道教精神为主导的隐逸的南方诗派更富想象力，更自发即兴。像孩童生动又奇特的表情一样，南方诗派也不太受规范的约束和约定。诗意和表达上更为愉悦和精致的南方诗派似乎符合审美素质的要求。

---

①②③④ 王国维：《王国维文学美学论著集》，北岳文艺出版社，1987 年，第 24 页、第 29 页、第 31 页、第 31 页。

南北诗派如被置于当今语境下，似乎代表着政治和审美的两极分化，而这两极却在王国维对屈原的总结中得以调和。一方面，北方诗派遵守政治秩序，潜藏“改作旧社会”[①] 目标。这种政治立场并不意味着诗人与社会现状同谋，或仅是权贵的御用文人。王国维指出，他们具有坚强的意志和勇气，他们坚信自己对道德理想的热情，即使遭遇敌意、不被认可，也阻挡不了他们为社会奉献的决心。另一方面，南方诗派并非单纯地沉迷于诗意的幻想和修辞的完美，他们的诗性价值同样取决于文学在政治秩序中的广泛作用。尽管他们在体制外活动，看上去似乎对政治漠不关心，但南方诗人仍然试图设想和创造一个新的社会世界。无法获得政治权利的南方诗派，在自然界的乌托邦和隐居所中找到了安慰，表达自己的理想。然而，不能因为其富有想象力和审美的姿态而忽视其隐藏于文学中的政治性：南方诗派以意象而非现实描绘社会。[②]

王国维认为，南北两派都有社会改良的动机，并没有将美学剥离于社会政治，他们都怀有热忱的渴望，希望纠正或改变一个堕落的、不公正的或濒临死亡的社会政治秩序。北方诗派努力投入实现政治理想的实践，或参与谈判，或与体制妥协周旋；南方诗派远离制度体系，在山河荒野中漫游，编制梦想的愿景。总之，北方诗派更政治，南方诗派更诗意，但伟大的诗歌必须来自后者由道德和信念支持的政治义务。最伟大的诗歌应是南北浑然交织的成果。

在这种情况下，屈原结合了政治承诺和审美修养，在南北两派的分歧中脱颖而出。尽管屈原来自南方，但他吸收了北方的思想和诗学，并将内圣外王尊为儒家传统中的道德政治典范。“廉”和“贞”代表了屈原风格的道德形象，亦可得见屈原的诗性人格。“廉”指清白、正直、诚实，“贞”指忠诚、义务、承诺。“廉”描绘了南方诗人超脱和正直的内在精神，“贞”刻画出北方诗人坚定不移的赤胆忠诚。毕竟，屈原在得志之时是一位有建树的诗人，政治上拥有话语权，备受楚王信任，即使失意流放，仍然对理想政治体系怀抱期望和信念。屈原理想中的政治体系不等于现有的权力关系。而且，屈原的诗歌不仅表达出南方诗人独特的诗情画意和想象力，而且创造了新的诗歌体裁，展现出超高的美学价值。透过王国维的讨论我们可以认识到，尽管诗歌本质在于感情的真实表达和丰富饱满的想象力，但真诚与责任的道德品质更为重要。在

---

①② 王国维：《王国维文学美学论著集》，第31页。

阐述真诚和责任的同时，我们已经把道德素质作为定义诗性的基础。这些都具有强烈的政治暗示：忠诚和承诺的对象不是权贵阶级，而是理想的政治秩序。道德品格是南北诗派伟大的源泉，它为我们带来了陶渊明、杜甫等不朽的伟大诗人。

同王国维一样，现代批评家黄人也在寻找文学内在的审美要素，他将寻找的范围延伸到他所处时代的历史环境——一个道德和政治论战的角力场。前文提及，夏志清曾援引黄人反驳梁启超功利主义和“非审美”的小说观。黄先生是传统文人和文学杂志创始人，他较少受到关注，当今学者多认为他是纯文学审美观的坚定捍卫者。黄人作为中国白话小说从传统走向现代进程中的重要推手，受西方美学启发，将美学术语应用于批评实践。在其创刊的文学杂志《小说林》的宣言式论文中，黄人反对小说过去曾被诋毁为粗俗的和有伤风化的体裁，而当代的批评家们竟将小说提升为整治社会不安和政治无序的灵丹妙药及启蒙、教育民众的工具。①

黄人的论述似乎呈现反功利主义态势。一方面，他号召挖掘小说本质，认为小说作为与美学关系密切的文学表现形式，可与视觉艺术、音乐和表演相媲美。② 评论家不应贬低小说的感性诉求和形式特征。黄人呼吁批评家和读者要关注小说对审美情操的培养——精致的和审美的情感，而不是把小说看做个人利益与公共利益的对立，或正面和负面道德价值的考验。一方面，小说中这些精致的、审美的情感与道德及真理一样高贵且令人钦佩；另一方面，这并不意味着小说就要表达泛滥的情感、欲望和感性。虽然小说应该避免传播佛经话语和宣示真理，但这绝不意味着小说家可以随心所欲制造感官快乐和情感效果。黄人对此也提出警示，小说家如果描绘粗俗的画面，兜售颓废的情节，必将加速道德风尚的衰落和崩塌。因此，黄人旨在呼吁一种新的审美小说的出现和培养有能力进行审美欣赏的读者。但是，表面看来黄人在提倡审美标准，他诉诸的其实是道德标准：启蒙意识、情感培养和道德修养。这些道德标准是黄人进行审美辩护的立足点。

这种从审美向道德与政治的转向，是现代中国许多美学思想家的特点。黄人最富盛名的著作《小说小话》印证了这种明显的转变。黄人

---

①② 黄摩西：《黄摩西文录》，王永健：《苏州其人黄摩西评传》，苏州大学出版社，2000 年，第 258 页。

认为小说叙事技巧应该脱离冗长的说教。他例证小说平易近人，能够同时吸引各阶层读者，例证小说也能够吸引妇女和孩童，因为小说本身就是映射日常生活的一面镜子。[①] 虽然小说不被纳入主流治国论文或民间考试，但却创造了一种呈现出复合且多面性特点的白话形式。公共道德话语融入文学语言的民间传说、街头俗话、妇女闲聊、伐木工人歌咏，所有这些共同呈现出"审美的丰富素材"。[②]

纯美学的论述俯拾皆是：感官愉悦和感性多样性都被归功于小说技巧，增加作品的可信度，刻画有血有肉的人物形象，等等。但是，虚构人物塑造的问题——要塑造什么样的人物形象——仍然是道德问题。王国维借评《红楼梦评论》阐发了美学思想，黄人却在《水浒传》上着墨更多。黄人注重《水浒传》的政治意义，认为其"纯是社会主义"。[③] 一百零八好汉以平等精神组成和管理一个小型社会，在中国历史上是相当独特和前所未有的。梁山是一个受社会主义原则支配的乌托邦社会，好汉们各司其职、各尽所能。对黄人而言，好汉聚集的忠义堂体现了一个公正的社区组织内在的一系列理想的美德。为了社会利益竭尽全力被称为"忠"，把这种美德付诸实践叫做"义"。但是这种自我牺牲的形式并不是对权威的盲目屈从，也不是嫉恶如仇的石秀所哀叹的奴性行为和心态。梁山好汉们的口号是"替天行道"，勉励好汉们坚持正义、不怕牺牲。梁山好汉为满足社会和团体的需要，劫富济贫。他们针对的是腐败官场、受贿官员、剥削官僚，以及强权阶层。"替天"不是为了某个人、某一个特定的天子，而是对社会正义和人类福祉的坚定承诺，这是"天"的真正意义。[④]

纵观《水浒传》批评史，鲁迅等名家都在忠诚问题上的有所思考：忠于"天"还是忠于"天子"？如果是忠于天子的话，那么梁山好汉就只是自私自利的机会主义者，发动暴乱、义聚梁山不过是为了最终被朝廷招安。这种反叛行为无关道德也无关政治。他们只反贪官，不反皇帝，矛头没有指向腐败的王朝体系。还有一种批评认为，《水浒传》倡导了一种无政府社会主义思想：以相互帮助、关怀和承诺为基础，梁山好汉以平等主义精神团结在一起，形成兄弟情谊，替百姓打抱不平。赛珍珠（Pearl Buck）把埃德加·斯诺（Edgar Snow）的《红星照耀中国》

①②③④ 黄摩西：《黄摩西文录》，王永健：《苏州其人黄摩西评传》，第271页、第272页、第273页、第273页。

(*Red Star over China*) 与这部经典的“罗宾汉小说”《水浒传》相提并论，认为两者都有“好汉劫贫济富”的兄弟情谊。①

黄人较早地从《水浒传》中读解出无政府社会主义思想并通过政治和道德信息证明人物的审美情趣。领袖宋江是位大侠，他身材矮小、又黑又丑、身无分文、无家可归、疲于逃亡。这样的宋江和我们所熟悉的高大英武的英雄形象相距甚远。然而，好汉游侠和百姓都蜂拥投奔其门下，以他为首，随时准备为大业牺牲。宋江之所以能够引众人真心追随，源于其优于他人的智慧和美德。相比皇帝、权贵和官员，他更胜任领导和管理社会体系。黄人认为宋江原型来自于司马迁对汉代侠士郭解的描述，郭解其人行为贤德不亚于人们对孔子的赞誉。黄人认为，好汉们的叛乱是重人权、反专治。“人权”一词的使用反映了黄人对弱势者反对权力压迫的现代理解。黄人运用这一观点对两种审美情节进行了区分。武松打虎一幕的确令人震撼，但更让人震撼的是他试图杀死恶霸家狗之时。大和尚鲁智深在许多斗争场合中展示了高超的武艺，但都没有他教训丘小乙、崔道成两个无良僧人那一幕来得震撼人心。这些人物审美形象的塑造既取决于良好的品德，同样也取决于非英雄的，但合法平等地追求公平和尊严的权利。

三、鲁迅的美学政治

在王国维的讨论中，屈原仍是一个政治落脚点暧昧的人物。鉴于屈原在政治体制中的官方地位，一方面，其诗作可以解读为体现统治阶级意志，宣扬忠诚、义务等对维护统治阶级权力至关重要的价值观；另一方面，屈原的南方诗意近似于“为了诗歌而诗歌”的风格——兼备完美的诗歌模式和审美素质。在中国诗学理论中，诗歌推动道德改良和政治秩序改革的作用众所周知。《诗大序》中就以“风”（影响）界定诗歌的功能。“风天下而正夫妇也。故用之乡人焉，用之邦国焉”，风是诗性教导，“经夫妇，成孝敬，厚人伦，美教化，移风俗”② 是联结夫妻、父子、君臣、国家的道德纽带，是“上层影响下层”。另有批判针

---

① Bernard S. Thomas. Season of High Adventure: Edgar Snow in China. Berkeley: University of California Press, 1996, p. 173.

② 阮元:《十三经注疏》,《毛诗正义（卷一）》，中华书局，1980 年。

砭之“讽”与之呼应，即“下层批判上层”。批判的思想在社会政治体制内享有劝诫的权利：言者无罪，闻者足戒。“讽”是在政治体制内表达批判、训诫和反对的道德政治话语。①

站在两种“风”向中，很难区分体制外的批判诗人和体制内政治导向的诗人。因此，王国维指出屈原就是这种模棱两可的代表。我们注意到，夏志清的纯粹美学观把文学与政治、道德分离开来，割断了诗人与社会的联系。该视角把文学和道德的联系看作盲目的个人效忠与统治压迫制度之间的邪恶联盟。道德规范被贬低为监管和霸权主义性质的、上层控制下层的、宣传统治阶级意识形态的权力话语。充满道德教义的文学总是带有消极性，隐藏着讽刺性的目的，被谴责为非审美的和功利主义的。带有政治色彩的作品要么是官方的宣传，要么是巧妙避开审查的下层对上层的批判。如果从这个观点来看，朗西埃那充满公共道德风尚和审美表达，鼓励政治参与的乌托邦世界就变得不可信。要求一部文学作品既体现政治参与，又表达出道德鼓舞和审美驱动，似乎是缘木求鱼。但是，我们已经看到王国维在对屈原的简短评论中所描绘的这种双赢的可能性。文学与道德政治的分离忽视了自下而上具有批判性质和改革功能之“讽”。尽管下层之“讽”对不满的表达可能是即兴的、复杂的、缺少审美的，但这绝不意味着诗人可以因此脱离政治和道德。相反，诗人应该积极参与政治和道德，并对政治和道德腐败提出警告和批评。这种批判的姿态，是向梁启超倡导的文学道德建设迈出的一小步。作家们能够举起过去或未来的镜像来批判和超越现状。

鲁迅的美学观完美阐释了这一“讽”的趋向。鲁迅在《摩罗诗力说》中赞扬了拜伦、雪莱、济慈等摩罗诗人恶魔般的浪漫主义精神。摩罗诗人是脱离正统的道德先锋，于激进文学运动中坚守道德理想，突破传统对身体的束缚和对人性的控制。鲁迅借由摩罗诗人的破坏性能量对抗中国主流诗学，试图打破主流诗学把道德看作约束控制的话语壁垒。例如，诗三百的精髓是“思无邪”，是控制思想和提倡道德，其社会功能是抑制人类自发情绪。然而，中国诗学传统认为诗歌抒发感情与道德规范主张相矛盾。坚持诗歌从不违背礼仪的界限，这本身就违背了诗歌所谓自发的、意象的，直击内心的和情感表达的功能。中国诗歌由此分

---

① Owen，Stephen. Readings in Chinese Literary Thought. Cambridge：MA：Harvard University Press，1992，p. 38、46.

裂为两派，一派赞美权贵，一派表达孤独苦闷和单纯享乐。屈原诗作就是后一派的代表。①

鲁迅由王国维观点看到屈原身处死亡边缘之时的审美力量："惟灵均将逝，脑海波起，通于汨罗，返顾高丘，哀其无女，则抽写哀怨，郁为奇文。"② 这一刻，美学价值与道德和政治批判相结合，所有的限制尽数消失。正如鲁迅所言，屈原"怼世俗之浑浊，颂己身之修能，怀疑自遂古之初，直至百物之琐末，放言无惮，为前人所不敢言"。③ 然而，几百年来，屈原的遗产被限定在美学和文体的领域内。屈原的诗歌被剥夺了道德本质、情感冲击和政治意志，美好的情感不被看作出于"反抗挑战"。④ 理论家刘勰的总结较为深刻，几代诗人模仿的只是屈原的审美技巧和自负气魄，"中巧者猎其艳辞，吟讽者衔其山川，童蒙者拾其香草"。⑤ 鲁迅痛批这种为了追求文体的精美而放弃重要意义的风气，他号召摩罗诗人般激进的声音，期待诗人们依靠才华创作改造人格、升华思想的诗句。

鲁迅对屈原的评价肯定了道德与文学之间积极互动的关系。鲁迅了解西方现代美学，熟知西方现代美学信奉的艺术无用自治论及艺术脱离功利目的等关于艺术本身的内在观念。鲁迅认为，艺术本质在于对读者的吸引力，"为之兴感怡悦"。因此，他认为文学应该脱离工商业和政治企业，因为他们不属于"同一性质"，文学与物质生活、国家存亡无关，实用目的和功利思想被逐出文学领地。历史保存智慧，道德话语书写自己的宗旨和规则，相比之下，文学似乎稍逊一筹。文学不能像工商业般创造财富，也不能获得实业家般的社会认同。⑥

鲁迅反对这种文学无用论，尝试用视野更为宽广的人文主义立论，收复文学的社会和伦理功能领地。尽管没有实际用处，文学仍然可以启发人性、实现价值。英国评论家爱德华·道登（Edward Dowden）把语言比喻为一种身体锻炼或严格训练后身体和精神所获得的能量。文学赋予的快乐力量被比喻为游泳运动员在海洋中受到的激励效应。鲁迅这样描述：游泳者"……如游巨浸，前临渺茫，浮游波际，游泳既已，神质悉移。而彼之大海，实仅波起涛飞，绝无情愫，未始以一教训一格言相

①②③④⑤⑥ 鲁迅：《鲁迅全集（第一卷）》，人民文学出版社，1980年，第68页、第69页、第69页、第69页、第69页、第71页。Jon Eugene von Kowallis，n. d. English translation of "Moluo shili shuo" by Lu Xun. Unpublished manuscript.

授。顾游者之元气体力，则为之陡增也。”① 为了生存需要，人类活动被分割为勤奋、学习和提升的领域和失去自我意识的享乐放纵的体验。人在这两个极端中被来回拉扯，无法达到圆满和完整。鲁迅这里指的是身体与心灵的分离——现代性的尖锐问题，体现了处于物质文明中心的工具理性与被边缘化的精神、审美领域之间的系统分离。这时，文学走上前来给出答案。文学能够培养想象力，以精神激发身体，恢复道德能量。虽然调查研究能力不及科学，但在科学逻辑无法企及的揭示微妙的真理和人生意义方面，文学具有独特优势。马修·阿诺德（Mathew Arnold）把文化视为政治秩序的关键和批评生活的手段，鲁迅在其基础上重新考虑了文学提供服务，而且提供启发教导式服务的可能性。文学提供有益人类生活的启示，清晰阐明如自觉、勇猛、发扬、精进等重要的道德品质。有必要认识到鲁迅使用“教”的意义，“教”表示宗教意义的教义或道德经典。宗教教育旨在将文学作为社会政治复兴的途径，为政治秩序提供道德观。鲁迅补充道，一个软弱和衰落的国家迫切需要道德来唤醒国民。

从强身健体的游泳运动到精神伦理的复兴，鲁迅设计了一条从锻炼身体到形成新的主体性的轨迹。破损的社会结构需要紧急修复，这一身体话语试图通过将个体身体整合进强大的社会和政治机构来建立伦理纽带。尽管与生存的实际问题有一墙之隔，鲁迅写道：“故文章之于人生，其为用决不次于衣食，宫室，宗教，道德。”② 把保守惰性的道德观念与解放激进的道德观念主义区分开是有益的。鲁迅引用社会学对文学的定义，表明文学建立在真实的思想感情之上。赋予诗意的观点和感情“则曰为诗人之思想感情，与人类普遍观念之一致”。③ 从这个意义上说，道德由普遍接受的人类思想和观念构成，诗歌因此可以跨越国界，拥有持久的生命力。然而，这种普遍的道德被错误地等同于“群法”、特定历史群体或社会的法律和习俗。人们经常注意到，违反“群法”的文学不会持久。鲁迅引用了一批参与法国大革命和德国、意大利、希腊民族独立运动的激进派诗人进行反驳。拜伦式的诗人摆脱“迫有裴

①②③ 鲁迅：《鲁迅全集（第一卷）》，第 71 页、第 71 页、第 72 页。Jon Eugene von Kowallis，n. d. English translation of “Moluo shili shuo” by Lu Xun. Unpublished manuscript.

伦，乃超脱古范，直抒所信，其文章无不函刚健抗拒破坏挑战之声”。[1]鲁迅为他们激进的行为欢呼，为他们挑战陈旧习俗的勇气鼓掌，秉承了他们的道德和政治主张。诗人们打破道德樊篱，描绘了一幅鼓舞人心的社会的愿景，在这里，社会与普遍道德真正一致。鲁迅认为普遍道德就是自由与人道。[2]

诗歌的情感效果与天生的公共道德形象有关，这种公共道德指共同接受的伦理道德教化和启蒙，鲁迅认为：

> 盖诗人者，撄人心者也。凡人之心，无不有诗，如诗人作诗，诗不为诗人独有，凡一读其诗，心即会解者，即无不自有诗人之诗。无之何以能解？惟有而未能言，诗人为之语，则握拨一弹，心弦立应，其声澈于灵府，令有情皆举其首，如睹晓日，益为之美伟强力高尚发扬，而污浊之平和，以之将破。[3]

这种“强大、高尚、启发”的力量与道德相关。诗歌无法增强体魄，不能提供刺激，诗歌运用精神上的感情和力量激励和提升读者的兴趣。

在与社会道德共同体的这种关系中，文学绝不是捍卫现有道德、政治正统和维持现状的工具。狭义的美学观念带来负面影响，催生了中国文学新批评的兴起。它将生产性、多样性的美学范畴从历史语境中去除，从与社会、道德和政治问题的多层面接触中分离出来。本文通过审视黄人、王国维和鲁迅的美学观点，表明中国批评家不是将文学孤立为一种自主的、超然的话语，而是更深入地将文学融入社会、道德和政治问题的根本语境。这些语境因素在审美话语和文学中既是外在的，也是内在的。黄人在评价道德品质上坚持小说审美的诉求。王国维把南北诗派的对立统一结合起来——北方诗派政治参与的立场与南方诗派诗意创新的理想结合。鲁迅刻画了摩罗诗人突破陈旧道德束缚的诗性力量，也没有脱离对文学的道德关怀，而是提出文学应致力于培养高尚的道德情操、发蒙启蔽，从而实现中国人民的政治复兴。

（作者单位：美国斯坦福大学）

（华媛媛　译）

---

①②③　鲁迅：《鲁迅全集（第一卷）》，第 73 页、第 79 页、第 68 页。Jon Eugene von Kowallis，n. d. English translation of “Moluo shili shuo” by Lu Xun. Unpublished manuscript.

朱利安《万重浪》的跨地实践与跨媒体美学

张英进

在当今欧美的视觉艺术界，艾萨克·朱利安（Isaac Julien）无疑是一位令人瞩目的跨界先锋，多次获得国际大奖（Frankel 244；RainbowSky），其独特性有两点尤其突出。首先，朱利安的作品跨越多种传统的艺术媒体和类别。一位学者这么评价朱利安的艺术地位："同时在电影、电视、学术界和艺术界出入自如，朱立安的这种能力几乎是没人可以和他相比的。"① 另一位学者同样高度赞扬朱利安："朱立安无法安居一隅，他自由自在地往返于故事片、影像装置、纪录片和'黑色剥削电影'之间，是一位勇敢而难以预料的艺术家。他傲然地闯入禁区，坚定地无视——甚至打破——区分学科边界的障碍。"② 确实，朱利安既拍故事片，也拍纪录片，虽然他的纪录片成就比故事片更为显著。他既拍电影，也拍艺术影像装置（installations），后者成为他近十多年来的首选艺术模式。他既拍动态的影像（moving images），也拍静态的摄影（still photography），他的动静图像在艺术展厅里相映生辉。他既潜心创作，偶尔也做学问，他与他人合著的学术论文《边缘与中心之间》（"De Margin and De Center"）——其标题有意将法语、英语混合化（creolized）——收入美国芝加哥大学出版社推出的重量级的《英国黑人文化研究》论文集（Julien and Mercer）；其次，朱利安的独特性是在众说纷纭的欧美电影和艺术界获得大批知名评论家和策展人的一致好评，而且长期如此。20世纪80年代以来，大西洋两岸的资深文化批评家和电影理论家——包括英国电影理论家理查德·戴尔（Richard Dyer）

---

① Rich, B. Ruby. "The Long Road: Isaac Julien in Conversation with B. Ruby Rich". Art Journal, 2002, p. 51.

② Cork, Richard. "Not Waving but Drowning". New Statesman, 2003, p. 43.

和劳拉·穆尔维（Laura Mulvey）、英国黑人文化理论家保罗·吉尔罗伊（Paul Gilroy）、美国酷儿电影理论家茹比·瑞琪（B. Ruby Rich）都对朱利安赞不绝口。英国著名文化研究理论家斯图亚特·霍尔（Stuart Hall）承认与朱利安有着30多年的友谊，所以我们可以理解为什么霍尔偶尔在朱利安的电影中露面，如在艺术短片《侍者》（*The Attendant*，1993；8分钟）中客串一名观众，在纪录长片《弗朗茨·法农：黑皮肤，白面具》（*Frantz Fanon*：*Black Skin*，*White Mask*，1995；68分钟）中接受采访。

作为一位出生于英国的加勒比海岛国圣卢西亚移民后裔的黑人男性同性恋艺术家，朱利安一贯重视欧美社会中错综复杂的少数族裔关系，近年来更是追踪全球化世界中迁徙、离散和劳工等敏感问题。朱利安的著名作品繁多，包括论述美国爵士时代黑人文化“哈莱姆文艺复兴”（Harlem Renaissance）的代表作家朗斯顿·休斯（Langston Hughes）的纪录片《寻找朗斯顿》（*Looking for Langston*，1989；44分钟）、重新推出被人淡忘的美国黑人电影的纪录片《混蛋电影：1970年代黑色剥削电影的一个大胆回顾》（*BaadAssss Cinema*：*A Bold Look at 70's Blaxploitation Films*，2002；56分钟），以及近期以特定地域为背景的多屏幕艺术影像转置系列——如再现加勒比海域热带海洋景色的《奥麦罗天堂》（*Paradise Omeros*，2002；19分钟，三屏幕）、反思都市族裔历史的《巴尔的摩》（*Baltimore*，2003；19分钟，三屏幕）、展示北极冰天雪地的《真实的北方》（*True North*，2004；14分钟，三屏幕）、描绘非洲浩瀚沙漠风光的《非洲魅影》（*Fantôme Afrique*，2005；21分钟，三屏幕）等等。①

本文聚焦朱利安最具雄心的艺术影像转置《万重浪》（*Ten Thousand Waves*，2010；49分钟，九屏幕），探讨我们应该如何理解他以独特的跨地实践与跨媒体美学观创作出来的中国影像。朱利安并不回避跨文化再现的矛盾，在《万重浪》中同时重建了两种迥然相异的中国概念：一个是具有数千年视觉艺术传统的乡村中国（南方风景），另一个是卷入全球化洪流的超现代的中国（上海都市）。然而，《万重浪》拍摄的背景又直接与当今全球化时期英国——乃至欧洲的——政治息息相关。朱立安在一次访谈中这么界定《万重浪》：“这不是一部有关中

---

① Frankel, David, ed. Isaac Julien: Riot. New York: Museum of Modern, 2013, p. 236.

国的电影，而是一部从某一跨文化事件开始、进而包含中国某些方面的电影”。他进一步指明：“这是对近期英国大选中反对移民的令人不安的政治活动的美学回应。”①

虽然朱利安强调他立足英国，但《万重浪》毕竟充满了中国影像，而且朱利安在构思和创作过程中大量启用中国艺术家，一再设置中国的视角，捕捉中国的景色。穆尔维因此认为：“《万重浪》是在中国实景拍摄的发生在中国的故事，取材于中国的历史与传说，似乎与朱立安先前的电影和影像装置所关注的问题在文化上和地理上都相去甚远。”②换言之，《万重浪》让朱利安跳出了他所熟悉的欧美人文地理背景，进入了对他来说全然陌生的中国。穆尔维对朱利安的赞誉值得我们深思：“《万重浪》的胆略在于，为了反思当今的政治，艺术应该参与全球现象，而不必带有传统的‘东方主义’的担忧。”③ 当代艺术介入全球现象本来无可厚非，但东方主义的传统并不见得就因此而烟消云散（这点本文结语处再论）。朱利安自己充分意识到跨文化再现中权力的不均衡：“在从另一种文化的形象中取得愉悦和退回怜悯（或更糟）的姿态之间的差别是极小的。”④ 出乎预料的是，朱立安坦言他在创作中并不回避“刻板形象”（stereotypes），包括国籍、种族、族裔、性别、性取向、阶级等刻板形象：“我要回到刻板形象表现的问题，因为我的大部分作品都是拒绝刻板形象的……也许，通过刻板形象，我们能争取表达某种其他的东西。”⑤

穆尔维与朱立安的表述都揭示出一些有待解决的问题：当今的视觉艺术如何介入全球化？全球化时期的西方艺术家和评论家真的就不必再有东方主义的担忧？朱立安如何避免中西跨文化再现中的西方霸权和西方视野？朱立安通过刻板形象想表达的“某种其他的东西”是什么？《万重浪》中的预设观众是谁？——是谁在看中国？为谁看中国？我们又如何看（评论家看）朱利安（让观众）看中国？以下我就从跨地性、跨媒体性、游弋的美学、跨界的政治诗学这四个方面入手，逐一分析《万重浪》中朱立安的跨界探索及其对当今视觉艺术创作与批评提出的挑战。

---

①④ Borysevicz, Mathieu. “China Imagined”. Art in America, 2010, pp. 59 – 60.

②③ Frankel, David, ed. Isaac Julien: Riot. New York: Museum of Modern, 2013, p. 202, p. 204.

⑤ Rich, B. Ruby. “The Long Road: Isaac Julien in Conversation with B. Ruby Rich”. Art Journal, 2002, p. 57.

一、跨地性：流动的边界与身份

朱立安认为，当今的视觉艺术要直接介入全球化的媒介之中，而不是想象性地置身其外去抵抗全球化，其根本原因是“影像创造如今就像现代资本那样非物质化了，即使它力图表述资本，它却还是与资本使用同样的形式”。朱立安这里所说的同样的形式指数码技术：数码技术让资本灵活地跨越国界，霎时间远程流动；数码技术同样可以让艺术跨越时空，广泛流传。曼纽尔·卡斯特尔（Manuel Castell）的全球化理论坚信，在新兴的网络社会中，资本、人才、知识的流动（flows）为强势主导，而地方（place）若不进入流动的空间则孤立无援，处于弱势。朱立安的艺术策略是主动介入网络社会的流动之中，但他也意识到艺术流动的规模不可能像资本那样遍及全球，所以他的艺术作品注重的“不是全球，而是跨地”。[①] 朱立安的这句名言来自《万重浪》的一个访谈标题，揭示他在全球语境中首选“跨地”（trans-local）策略，而非跨国。正如他以往的作品立足地方而悬置国家，《万重浪》并不刻意宣传抽象的中国，而营造带有具体地方特征的形象，各个地方的连接媒介则由水的意象和演员的表演承担。

水的意象渗透《万重浪》的前半段，充分表现了跨地流动的作用。影片的开头是黑暗之中自然的浪涛声、机械的直升机引擎声和救援人员的对讲录音。朱立安将实地直升机救援的音像和他拍摄的滔滔海浪交叉剪辑，模糊了现实（救援）与艺术（再现）之间的边界。漂游于无边的海浪之际的还有用英文朗诵的招魂挽诗，节奏缓慢、如泣如诉、音韵缭绕。水的意象一开始就成为《万重浪》显著的母题。正如上海展览的宣传册所表述的，水在《万重浪》中“成为危险、贸易、现代性、神秘性和经济力量的象征”，而“这一切带来的思考却具有全球性，深刻隐喻着移民、赶海、迁徙、商业冒险、经济一体化等现实问题和人类的某些价值取向”。[②] 据说，朱立安这么表达他对水的双重性的反应：

---

① Julien, Isaac, ed. Ten Thousand Waves. London: Victoria Miro Gallery, 2010, p. 97.

② 十万嬉皮：《妈祖、招魂、全球化》，豆瓣电影（2011 年 7 月 21 日）：https://movie.douban.com/review/5032632/. [Shiwan xipi. “Mazu, zhaohun, quanqiuhua” (Mazu, elegy, globalization). Douban dianying (Douban movies) July 21, 2011: https://movie.douban.com/review/5032632/.]

"我对水感到恐惧，它看似温柔，但能聚集暴力，甚至夺去人的生命。"①《万重浪》的构思起点就正是这么一个海水夺去异乡人生命的惨案：2004 年 2 月 5 日，23 位来自中国福建的男性非法移民在英国莫克姆海湾（Morecambe Bay）拾贝，因潮汛突起被困而遇难。虽然英国法庭审判居住利物浦的华裔蛇头有罪，但事后在莫克姆湾拾贝的中国移民并没有减少，他们也不知道以前发生过惨案。

海水意象的跨地功能让朱立安从英国惨案背后的劳工迁徙现实联系到中国福建沿海的妈祖传说，这里进一步体现跨地功能的是明星张曼玉的表演：身着白衣的妈祖（张曼玉饰）在空中翱翔，俯视浩瀚的海洋，似乎在寻找遇难的生灵。随着妈祖的翱翔，《万重浪》告别了片头阴森灰暗的英国海滩，进入了色彩斑斓的中国风景。妈祖仍在空中翱翔，俯视一群男性劳工穿越秀丽的南方田园，在宁静的竹林中酣睡片刻，完全一幅人间太平的景象。然而，妈祖悲悯的面容让观众预感到潜伏的危机，似乎这批劳工就是马上要背井离乡、漂洋过海到莫克姆海湾拾贝的移民。快速剪接的片段中出现了一个坐在家门前的女孩，面对葫芦沉入水缸，似乎为溺水的噩梦所困惑，而碎片式的影像则暗示了宁静过后无情的风暴。

朱立安解释："当我选择演员时，我感兴趣的是他们能为我的作品带来什么样的层次、呼应和联想。"② 这些演员在角色之外的呼应和联想因此建构了朱立安作品的"跨文本特征"（trans-textural quality）。朱立安这么形容与他多次合作的黑人演员凡妮莎·米瑞（Vanessa Myrie）所体现的跨界特征："她总是一个证人……类似本雅明的人物，一位历史的天使……从一个地方或一个电影闯入另一个地方或另一个电影，她代表了国际主义的主体（cosmopolitan subject），像游民那样穿越不同的地点。"③ 这句话有两点值得注意：一是像"游民"般的国际主义（即不受国界限制）的主体在预料之外"闯入"和"穿越"不同的时空，其目的是见证历史；二是"历史的天使"（Angel of History）这一来自

① 徐子希：《万重水千层浪》，新浪博客（2013 年 12 月 5 日）：http：//blog. sina. com. cn/s/blog_ 74882b3f0101lovv. html. [Sharon. "Wanchong shui qianceng lang" (Waves after waves：discussion of images and sounds in Ten Thousand Waves). Xinlang boke (Sina blog) Dec. 5, 2013：http：//blog. sina. com. cn/s/blog_ 74882b3f0101lovv. html.]

② Frankel, David, ed. Isaac Julien：Riot. New York：Museum of Modern, 2013, p. 194.

③ Kudlacek, Martina. "Isaac Julien". Bomb, 2007, p. 74.

德国哲学家瓦尔特·本雅明（Walter Benjamin）的概念，强调回首往事，见证历史中的灾难。有趣的是，朱立安在《万重浪》中将西方的历史天使和中国的妈祖既区分又重叠："我不想说妈祖是一位历史的天使，因为我想从中国神话本身的意义看这个神话，但也许人们可以看出其间的关联。"[①] 但我觉得，朱立安在《万重浪》中让张曼玉的妈祖角色通过"闯入"和"穿越"而见证了不同时空中的历史与现实（即历史天使的理论含义），但并没有充分体现在台湾海峡两岸的神话传说中，妈祖救援遇难渔民的奇迹（即妈祖崇拜的地域特征）。

演员表演的跨界特征增强了穆尔维所赞誉的朱立安的影像辩证法，即"将历史、地理、政治和经济等现实融入虚构、传说和神话"。[②]《万重浪》一方面以张曼玉默默无言的表演再现了妈祖神话，以太平洋的福建沿海呼应大西洋的英国莫克姆湾；《万重浪》另一方面又以赵涛扮演神女，指涉吴永刚导演的经典上海黑白默片《神女》（1934）。《万重浪》因演员的表演而建构了丰富的层次感：赵涛扮演的神女让人联想到阮玲玉扮演的神女，而了解张曼玉演艺生涯的观众又由此联想到她在关锦鹏导演的传记片《阮玲玉》（1992）中成功地扮演了阮玲玉，进而获得柏林影展最佳女演员的银熊奖殊荣。

通过演员多层次的表演，《万重浪》由莫克姆湾海难的现实进入了虚构的民国历史，展示了典型的上海怀旧情绪。神女（赵涛饰）在当铺外以巨幅"当"字为背景的弄堂里待客，她的表情、发型和装束完全以精美的影像拜物教模式来展示，其审美效果与《神女》中装束相对质朴的阮玲玉迥然不同。《万重浪》不但浓妆重彩推出老上海的神女，更将上海怀旧的余韵推向当今，让神女漫游上海东方艺术中心的大厅，在欧洲风情浓郁的客厅里等待，似乎在回忆老上海的时光。但这究竟是谁的记忆？谁在怀旧？与欧洲风情对照的是同样弥漫着上海怀旧气氛的中式茶馆，墙上是巨幅的东方装饰图像：神女或独坐墙边，或与杨福东（1971 年出生的中国影像装置艺术家）隔桌对视，一反其在贾樟柯导演系列电影中塑造的朴实的山西女性的形象。赵涛在《万重浪》中同时体现了 20 世纪 30 年代与 21 世纪初的上海都市神女，这里的暧昧意蕴在跨时空的东西文化冲突中更加突出。

---

① Julien, Isaac, ed. Ten Thousand Waves. London: Victoria Miro Gallery, 2010, p. 101.

② Frankel, David, ed. Isaac Julien: Riot. New York: Museum of Modern, 2013, p. 206.

显然，赵涛作为神女的多层次符号不仅用于重现上海怀旧，同时也指向未知的将来。《万重浪》让神女独自徘徊于豪华但空荡的浦东凯悦酒店（Hyatt Hotel）的客房里，似乎迷失于酒店内外的超现代空间。当观众正在欣赏窗外的高楼景观时，妈祖突然幽灵般闯入视野，引领观众的视野在浦东高空翱翔，俯瞰金茂大厦等超现代建筑。妈祖（张曼玉饰）的白衣装束令人联想起与《万重浪》同一年在上海世博会期间推出的贾樟柯的纪录片《海上传奇》（2010）。赵涛白衣素装的沉默表演体现了幽灵般游走的移动视角，见证了有关上海的多地性、多音部的记忆。[①]《万重浪》中的张曼玉和赵涛就这样跨文本建构了演员和角色的可替换性，在水的母体之外加强了全球化时期艺术作品跨越时空边界的魅力。

二、跨媒体性：媒体、类型、形式

朱利安的艺术特色之一是“将艺术电影化”,[②] 让电影世界和艺术世界相互交接，并指涉许多其他的文艺媒体、类型、形式，诸如摄影、绘画、音乐、舞蹈、书法、雕塑、表演等不同的艺术形态。这里我们不妨看几个例证。水的艺术母题目的在于呈现流动性，除了海浪之外，朱利安还突出了中国特有的书法艺术，让巩法根双手挥舞巨大的毛笔，蘸点墨汁，在地上书写“万重浪”三个大字。巩法根太极式的步伐将书法与舞蹈合成一体，书写过程成为观赏性的表演，而俯拍镜头展示了书法表演的空间。为了进一步突出空间性，巩法根书写的“万重浪”又以小字体出现在玻璃片上，多屏幕的显示扩展了正面、反面和侧面的多层次空间感。正当观众聚精会神欣赏书法的美感时，屏幕中突然闯入一名民工，用抹布擦掉了“万重浪”三个小字。这一出乎意料的动作强调了美的短暂，也表现了一种我称之为“化述”（disarticulation）的策略——化解原有的叙述,[③] 诸如上海怀旧、艺术永恒、生命珍贵等等。西方学者敏锐地看到了化述背后的意义：“事物正在被抹掉。但这个场

---

①③ Chiu, Kuei-fen, and Yingjin Zhang. New Chinese-Language Documentaries: Ethics, Subject and Place. London: Routledge, 2015, pp. 135 – 152, pp. 144 – 147.

② Dyer, Richard. “Isaac Julien in Conversation”. Wasafiri, 2004, p. 29.

景也回应了在英国海滩失去生命——被抹掉——的中国移民。”① 书法中关于水的母题（墨汁、海浪）因此将观众的联想跨地拉到英国的莫克姆湾。

朱利安对中国艺术中书画同源的水墨风景画的致敬值得注意。妈祖片段中，渔民出海的水雾海景再现了传统的水墨情调，但朱利安显然更喜欢类似西方油画的浓彩风景画，一再推出色彩斑斓的中国南方自然风景：近景的葱郁竹林、中景的田园小道、远景的起伏山峦。朱利安的色彩运用还暗示了他对中英两种风景的态度：《万重浪》中，英国莫克姆湾的海滩满目荒芜，搁浅的小船色调灰暗，与色彩斑斓的中国南方自然风景和超现代的浦东高楼群体形成鲜明的对比。作为全球化都市的上海还以高架交通系统呈现，车辆川流不息，一派欣欣向荣的景象。

《万重浪》跨时空的艺术多媒体融合也反复出现在上海片段中，由此表达朱利安对电影历史的尊敬。通过赵涛双向往返穿越时空，观众回到20世纪30年代老上海的里弄空间，看着赵涛重演《神女》中阮玲玉的夜行，连接两位明星的是作为怀旧标志的巨幅“当”字。正当观众进入上海怀旧的时刻，《万重浪》镜头一转，切入21世纪的上海车墩影视基地，30年代的老上海景象在重拍电影的场景中展露无遗。随着赵涛坐在有轨电车上默默观望搭建的老上海街景，观众不得不进入由化述而产生的后怀旧氛围，在品尝怀旧滋味的同时面对支撑怀旧的建构机制。同样的意图也出现在“绿色神女”场景：张曼玉的替身在绿色背景中借助吊索和风扇，完成了白衣随风飘动、自由翱翔空中的室内拍摄。电影机制的有意暴露突出了梦幻景观的生产过程，逼迫观众面对怀旧，超越怀旧。

朱利安非常重视电影与艺术摄影的互动，抽出诸如绿色神女凌空而立、渔民雾中划船出海、白衣妈祖背对浓彩风景等单幅摄影挂在展厅的墙上，与多屏影像装置形成动静对比。由于屏幕的高低与角度不同，以及不同屏幕投影时间上的同步或错位，影像的重叠与倾斜不仅产生屏幕的动态影像装置与墙上的静态摄影的呼应，而且为观众雕塑了一个多层次的影音艺术的欣赏空间。

《万重浪》的跨媒体探索还表现在与动静画面配合的诗歌朗诵。朱

---

① Borysevicz, Mathieu. “China Imagined”. Art in America, 2010, p. 60.

利安在拍摄电影前就请诗人王屏撰写了以英国莫克姆湾惨案为背景的挽诗《招魂曲》，影片中的英文朗诵突出幽灵式的氛围，渲染涛声不断的海景，文字、声音、影像融为一体：

魂兮归来！
无远游兮！
回家吧，我的孩子
别在荒野里游荡
回家吧，孤魂
八方的路早已绝断
东面——大海暴涨
西方——群山崩塌
南面——走兽逃遁深山
北方——风暴向残月挑战
魂兮归来！
无远游兮！
跟我来吧，孩子
从海底的岩石上站起
将你的眼睛挂上我的袖帆
浑浊的航路已经打开
万顷波涛把我们推向海岸
家——就在我们的脚下
当我们双膝跪地
当祈祷萦绕我们的唇边①

与诗歌朗诵相应的除了无边无际的大海，还有以历史天使形象出现的妈祖。她孤寂沉默，翱翔空中，俯视大地，面孔既焦虑、忧愁，又温柔、慈祥，表现出普度众生的情怀。

① 《万重浪》的上海宣传册显然刊印了王屏的《招魂曲》中英文版（此处引自“十万嬉皮”）。

三、游弋的美学：风格与方法

西方学者十分赞赏朱立安的跨国新先锋主义："让高度发展的理论化和议题化的感性融合于形式主义美学和色彩斑斓、多层次的摄影技术的几乎巴洛克式的电影展现。"① 通过跨媒体实验，朱立安刻意融合原先被认为相互排斥的方法，变"非此即彼"为"亦此亦彼"，形成一种"游弋的美学"（migratory aesthetics）。游弋基于《万重浪》中反复呈现的流动母题：动态的影像、动态的凝视、动态的观众，还有跨越大陆、穿越时间的知识的流动和人群的流动。②

朱立安游弋的美学的方法之一是分割银幕（split-screen）式的投影。分割银幕本来是现代主义的表现手法，但朱立安将其推向极致，多格分割，嵌入相互呼应的诸多影像。《弗朗茨·法农》就通过分割银幕，重新搬演了非洲殖民历史，探究以往叙事中可能被忽视的问题。《奥麦罗天堂》也通过分割银幕，突出热带海洋的鲜明色彩对比，以及自然与文化的交错和重叠。戴尔对分割银幕的评语值得我们深思："朱立安对这一技巧的使用更有创意，不仅使其成为一种打乱对内容的纯粹叙事性阅读的手段，而且成为一种不分高低、非西方、激进化的包含梦幻的、诗意的形象的视觉方法。"③ 分割银幕——进而包括朱立安后来擅长的多屏影像装置——超越了传统的蒙太奇，挑战了西方的线性叙事和阅读传统，开拓了"非西方"的"梦幻的、诗意的"视觉联想。虽然戴尔的"西方"和"非西方"的分野有待进一步厘清，但朱立安游弋的美学确实强调跨界比兴，颇具东方美学特征。

当然，游弋的美学并不意味着纯梦幻式的虚。相反，却因其流动性而凸显影像物质性的实。朱立安"强调物质性或影像的真实性（realness），配以这么一种概念结构，以邀请我们进入一个想象的世界，其间真实的与多种可能的意义相互交融。他的所有作品中一再强调地方、空间和身体的形而上的关系"。④ 换言之，朱立安的跨媒体艺术旨在达到一种影像辩证，即同时将具象抽象化（形而上的联想），也将抽

---

①③ Dyer, Richard. "Isaac Julien in Conversation". Wasafiri, 2004, p. 28.

② Livesey, Joseph. "Waves after Waves". Film Quarterly, 2014, p. 32.

④ Bryce, Jane. "Riffing on Omeros: The Relevance of Isaac Julien to Cultural Politics in the Caribbean". Small Axe: A Caribbean Journal of Criticism, 2010, p. 92.

象具象化（物质性的体现）。朱立安游弋的美学因此既具有强烈的抒情性（lyricism），又具有真在的物质性，艺术技巧和效果既丰富又多元："多元影像、蒙太奇、重复、淡抹、镜头角度与色彩，这一切在作品中相映生辉，达到催眠的效应。"①

"催眠的效应"除了来源于虚实相生的影像辩证，还来自多屏影像装置要求的"动态观视"（mobile spectatorship）模式。② 如果说静态的电影院放映模式形成了"凝视"（gaze）观赏，那么动态的美术馆影像装置模式则偏好"浏览"（glances），其美学形态类似早期吸引力电影（cinema of attractions）的展示性（exhibitionism），也就形成上述的观赏性大于叙事性。引用穆尔维的评语："观者的凝视已经变异成一系列的浏览，随时准备被吸引、停留，然后又急忙往前。注意力与其说被分散，不如说被切割，同时性（simultaneity）与序列性（sequence）并存。"③ 这里的同时性和序列性都指出影像的多元性和多义性，二者不仅存在于朱立安电影的影像之中，也呈现在电影外的展示空间。无论是2010年5月至8月悉尼双年展宽敞的展厅，还是2010年5月至6月上海香格纳画廊H空间紧凑的展厅，或是2010年8月至10月赫尔辛基文化馆隔阂的展厅，九屏幕的高低相错、左右相辅的空间雕塑使得《万重浪》的观众失去一个最佳的固定观赏位置，结果大多数人必须随意行走浏览，偶尔就坐或仰卧静观，没有既定的路线，也没有不变的视角。

多屏影像装置形成的多层次、多角度的空间造型因此产生特有的动态观视，朱立安就这么营造了一种观者与影像之间的"触觉关系"（haptic relationship），一种移动的观者"与空间的雕塑关系"。这里，观者随意移动所标示的因人而异的不确定轨迹同时是视觉的（scopic），也是肢体的。④ 而且，这样的动态观视形成了一种"横断的视点机制"（transverse optics），不要求凝视前方，而是左右顾盼，应接不暇，行走的身体与屏幕的影像似乎直接接触，却又仿佛若即若离，由此产生梦幻般的催眠效应。

无疑，多屏影像装置所要求的动态观视具有陌生化的作用，而朱立

---

① Bryce, Jane. "Riffing on Omeros: The Relevance of Isaac Julien to Cultural Politics in the Caribbean". Small Axe: A Caribbean Journal of Criticism, 2010, p. 93.

② Livesey, Joseph. "Waves after Waves". Film Quarterly, 2014, p. 26.

③④ Frankel, David, ed. Isaac Julien: Riot. New York: Museum of Modern, 2013, p. 210, p. 184.

安游弋的美学代表了“一种重新建构熟知的事物，以寻求新的探索思路的方法……向我们提出挑战，以接受陌生化后得来的新的意义”①。换言之，动态观视的挑战不仅要改变视角，而且要探求物体本身的新意。简·布莱斯认为：“侧视表示不仅感知而且物体本身都随着视角的改变而改变。”② 作为动态观视模式之一的“侧视”（looking with an askance），因此成为一种怀疑的观看，即怀疑现有意义的观看。

分析至此，朱立安游弋的美学不仅深奥复杂，而且殊有成效。但这里的关键问题是：朱立安怀疑他的中国影像吗？他让他的观众怀疑了吗？为了推进陌生化，朱立安提出反观自我，扭转原本外向的凝视，反观观者本身：“我们不停地意识到观看和被观看，意识到欲望和欲望的对象。在他的近作中，这表现在双重、三重甚至多重影像，用三个屏幕投影，创造出影像与声音之间微妙的失调。”③ “失调”（dissonance）与“共鸣”（resonance）共存，既呈现于空间层面，也隐含于时间范畴。《万重浪》不时使用异步的投影，让不同屏幕中的影像既重复又错位，产生多层次的时间性（如游行所象征的革命对比茶馆所暗示的消费）。穆尔维就这么看到《万重浪》中“时间的重叠抄本式的结构（palimpsest-like structure of time），既层次分明，又扩散进入一个点点相连的网络（network）”之中。④ 游弋的美学建立了重叠抄本式的结构，动态观视提供了进入这个意义网络的途径。

四、跨界的政治诗学：艺术与观众

朱立安游弋的美学重新定位艺术与观众的关系，探索一种跨界艺术新的政治诗学。罗宾·克拉克指出：“朱立安在一个作品的多种表述（iterations）中重新组合影像，他拒绝为他的整体项目提供一个单一的高潮性的结论，这些都让他的观众成为积极参与者，共同建构意义。对艺术家而言，凸现观众的重要性既是审美的、也是政治的行为，二者在艺术家的实践中相辅相成。”⑤ 与朱立安许多作品相同，《万重浪》也不

---

①②③ Bryce, Jane. “Riffing on Omeros: The Relevance of Isaac Julien to Cultural Politics in the Caribbean”. Small Axe: A Caribbean Journal of Criticism, 2010, p. 83, p. 83, p. 86.

④ Frankel, David, ed. Isaac Julien: Riot. New York: Museum of Modern, 2013, p. 206.

⑤ Clark, Robin. “Urban Archaeologies: Embodied Viewership in Recent Media Art”. Visual Resources: An International Journal of Documentation, 2010, p. 55.

提供结论，而是鼓励观众积极参与影像世界的组合，共同建构作者与观众之间不尽相同也不必相同的意义，从而悟出各自的真谛。

朱立安自己的定位是高度个人化的艺术政治："朱立安的电影通过诗意的和幻象式的想象，将全球化效应的历史和政治层面拉入个人的领域。"① 这里的个人是艺术家，按朱立安的话来说："我对我自己负责，也对我所要做的审美探索和体验负责。"② 但是，艺术家的审美探索并不等于观众的个人体验，艺术家为自己负责也不等于为观众负责，何况朱立安也不相信固定的个人身份，而更乐意探索跨界的"中介区间"（liminality）："朱立安在戏剧电影、行动者媒体、商业电视和多屏幕装置影像之间往返自如，用相当多样的方法探索中介区间的概念。……他持续强调身份的流动性，无论那是种族、阶级、性别或者国籍身份。"③ 身份的流动与艺术的跨界一样，目的是去疆域化，用朱立安的话说"也是创造'第三空间'"，一个联系但超越二元对立的空间，一个同时把握"缺席"与"在场"的空间。④ 鉴于朱立安复杂的个人身份（祖籍加勒比海岛国、出生英国黑人家庭、男性同性恋艺术家），他的跨界艺术"也许是将其原有的地方'去疆域化'（deterritorialise）"。⑤

可是问题在于，像《万重浪》这样的作品一旦超出了作者个人身份的范围，在影像中国这个艺术的第三空间中，朱立安要表现什么样的去疆域化？对象是什么原有的地方？正因为游弋的美学只提供流动的影像，朱立安不提供现成的答案，而让观众积极参与作品的探索，自己思考意义的建构。朱立安这个艺术特点可以是优点（即不断跨界、无限联想），也可能是缺点（如连接不清、意义不明）。就《万重浪》而言，我们还需要追问谁是朱立安预设的观众？如何评判观众的参与？

本文已经援引了大量西方评论家的赞誉，现在不妨先看看网上华裔观众表述的体验。《妈祖、招魂、全球化》基于2010年5月至6月上海香格纳画廊的展映，作者肯定朱立安的创意，认为《万重浪》通过妈祖的视角，看到了上海的变迁："以一座城市面目的突变来隐喻出'全球化'浪潮中人群、政治、历史、文化、经济、意识形态的深刻撞击，

①②④⑤ Dyer, Richard. "Isaac Julien in Conversation". Wasafiri, 2004, p. 28, p. 33, p. 35, p. 33.

③ Kahana, Jonathan. "Cinema and the Ethics of Listening: Isaac Julien's Frantz Fanon". Film Quarterly, 2005/2006, p. 19.

展现出一段‘从被动到主动’的‘全球化’历史变迁，而‘妈祖’和‘招魂’便是这一不可避免的进程中，人类文化和精神层面的挣扎、期盼和救赎。‘中国速度’在山清水秀的广西村落和体现城市变迁的上海中间来回切换，见证了全球化维度中的传承和蜕变。”如此看来，《万重浪》完全符合朱立安以艺术创作介入全球化历史的政治诗学的意旨，似乎是一个完美之作。

《万重水千层浪》写于美国波士顿，基于2013年11月至2014年2月美国纽约现代美术馆（MoMA）的展映。作者认同“背离家乡”的主题，观赏《万重浪》“就好像身临其境，你陪着张曼玉去纠结众生的苦难，陪着赵涛去体验灵魂的失落”。作者的历史维度更广，不是局限于全球化，而是纵观现代历史发展中的经济贸易和移民迁徙的主线：“那是长达五百年间的时空穿梭，跨越地域的生活追求，是你无法抵挡的神秘力量，以及你必须去冒险去打拼的生活。娓娓道来，却摄人心魄。”虽然作者承认“对老上海有一种难舍的眷恋与欢喜”，但也意识到《万重浪》重现的“是解构了的新上海，这只是一个影视基地，可是你笑不出来，你反而觉得悲哀”。这里作者认同的除了妈祖的悲悯情怀，还有上海后怀旧难言的悲哀。

如果说上述两篇回应的作者都认同朱立安的创作意图，下面两篇则明确质疑朱立安的视觉立场和观众设计。《东西方文化之间我们究竟能读懂多少》（ayuartist）基于2012年德国慕尼黑布兰德霍斯特（Museum Brandhorst）的展映。作者承认《万重浪》在音影调度上令人耳目一新，但更关心的是东西方文化之间观众理解的差异：“我问了一些德国的同学对这个片子是否理解，回答是基本理解。我也相信，由于整个蒙太奇的语汇是西式的，所以能对整个片子有所把握。但是他们也承认对部分的带有强烈背景色彩的图像无法理解，比如‘文革’，比如老上海与新上海，比如妈祖。”换句话说，西方观众在形式上大体理解，但内容上相当隔阂，原因之一是《万重浪》“信息量之大，扩展之广”，让人觉得朱立安似乎“想彻底来讨论中国”。彻底自然是不可能的，所以作者总结：《万重浪》“不是一部特别优秀的影片，但是是一部很值得去讨论的影片”。

《他们的世界——华工、妈祖与怨妇》（汪正翔）基于2012年3月美国波士顿当代艺术中心的展映，作者毫不掩饰对朱立安的西方拼贴的东方主义影像——“播放一些很有东方意象的画面，譬如穿着旗袍的上海女性，飞在空中的侠女以及当代中国的街景，当然，免不了的还有书法”——提出尖锐的批评：“当学术界对于以‘阴性 vs 阳性’、‘传统 vs 现代’去比附‘东方 vs 西方’的老套都批评到变老套了，……这些外显的东方形象真的可以代表东方吗？尤其那种非常 sentimental 的情调，简直就是张艺谋电影的翻版。虽然我仍然认为这是一个值得一看的展览，只是它所探讨的东方实际上只是张艺谋式的东方，也就是好莱坞式的东方。这样的东方与西方并不真正存在着对立，……观者所得到的除了一种情绪上的震撼，很难说有真正意义上文化的省思。”作者进一步评说明信片式色彩鲜艳的中国南方风景：“这种色调其实并不中国，就像美国的中国菜，口味经常很‘美式’，他们爱中国，只是他们爱他们自己想象出来的一种情调。”

汪正翔的批评指出西方评论家不愿承认的以根深蒂固的西方立场看东方的“老套”的跨文化视觉再现。值得深思的是，如果说《万重浪》符合张艺谋式的东方制造的东方主义影像模式，那么朱立安大量启用中国艺术家参与创作的作品最终不免重蹈东方主义的老套或刻板形象。前引穆尔维所言“《万重浪》……不必带有传统的‘东方主义’的担忧”因此并不成立，因为朱利安这里毕竟刻意启用东方艺术家完成了西方想象中的东方情调（包括亮丽的都市或乡村风景，以及点缀其中的“华工、妈祖与怨妇”）。东方主义的特点之一是原真性（authenticity）的缺席，这典型地表现在《万重浪》突出广西漓江沿岸的自然风景而非妈祖崇拜流行的福建海滨景色。朱立安强调跨地性为艺术介入全球化的策略，但遗憾的是，他的跨界艺术最终没能解构西方中心的视角和东方主义的情调，艺术形式新颖的背后是文化概念的老套。

回到本文开头的问题：朱立安通过刻板形象想表达的“某种其他的东西”是什么？《万重浪》中的预设观众是谁？——是谁在看中国？为谁看中国？《万重浪》确实表达了一种新的艺术跨界情调，但这情调没有超越根深蒂固的东方主义，没能达到朱立安前期作品（如《弗朗茨·法农》）中用刻板形象挑战刻板形象的境界。《万重浪》中的预设观众是西方观众：朱立安为西方观众呈现了一个中国艺术家参与制造的东方主义情调浓烈的中国影像，他们在耳目一新的九屏影像装置中看到了被陌生化的熟悉的中国，并在全球化的跨地连接中找到了（通过张曼玉

/妈祖和赵涛/神女）同时悲悯乡土中国和超现代上海的全新视觉观赏模式。①

（作者单位：美国加州大学圣地亚哥分校）

- 参考文献 -

Castell, Manuel. The Information Age: Economy, Society and Culture. Vol. 1: The Rise of the Network Society. Oxford: Blackwell, 1996.

Julien, Isaac, and Kobena Mercer. "De Margin and De Center." In Black British Cultural Studies: A Reader. Eds. Houston A. Baker, Jr., Manthia Diawara, and Ruth H. Lindeborg. Chicago: University of Chicago Press, 1996: 194-209.

ayuartist：《东西方文化之间我们究竟能读懂多少》，豆瓣电影（2011 年 11 月 26 日）：https://movie.douban.com/review/5186583/. [ayuartist. "Dongxifang zhijian women jiujing neng dudong duoshao" (How much we could actually read between Eastern and Western cultures). Douban dianying (Douban movies) Nov. 26, 2011: https://movie.douban.com/review/5186583/.]

RainbowSky.《浪》 (TEN THOUSAND WAVES)，新浪博客（2010.11.30）：http://blog.sina.com.cn/s/blog_6393f6190100npgu.html.

汪正翔：《他们的世界 | Ten Thousand Waves：华工、妈祖与怨妇》，2012 年 3 月 9 日。http://www.biosmonthly.com/contactd.php?id=1758. [Wang Zhengxiang. "Tamen de shijie—Ten Thousand Waves: Huagong, Mazu yu yuanfu" (Their worlds—Chinese labor, Mazu, and discontented women). March 9, 2012: http://www.biosmonthly.com/contactd.php?id=1758.]

① 至于为何西方一流的评论家只看到朱利安的跨界意图，而忽略他难以逃脱的东方主义视野，这个问题有待笔者另文讨论。

李渝的小说美学观及其《和平时光》：现代主义、女性意识与故事新编

梅家玲

即使生活在现代，古老的故事与文学经典仍然是我们生活中的重要精神资产。它展示着人文世界中不曾遗忘的过去，却也因为被不断地改写衍生，投射出书写者的特定关怀与时代风貌。此一文学现象古已有之，源远流长。自鲁迅《故事新编》以短篇小说系列结集出版之后，更隐然成为现代文学中的一个次文类，不断召唤有心者耕耘灌溉，琢之磨之。①

另一方面，"现代主义文学"素来追求创新与"陌异化"，"女性主义"则以批判父权、解构大叙述是尚。面对具有强大传统元素的"故"事，身为女性的现代主义文学家，将会如何进行"新"编？放置在文学史的发展脉络中，此一"新编"又将具有怎样的意义？在此，李渝取材于先秦刺客复仇故事的《和平时光》，恰与鲁迅的《铸剑》形成饶有兴味的对话，正是一个值得注意的切入点；而她的小说美学理念，恰好成为研探其"故"事新编之作的关键。

一、李渝的小说美学观：从女性意识到（现代主义）女性书写

李渝是台湾最重要的现代主义小说家之一。早在20世纪60年代就读台湾大学外文系时期开始，她就在白先勇等人创办的《现代文学》上发表文学创作，深受业师聂华苓激赏。② 大学毕业之后，她与丈夫郭

① 继鲁迅《故事新编》之后，此一书写模式在现代文学中不绝如缕，相关研究可参见祝宇红《"故"事如何"新"编——论中国现代"重写型"小说》，北京大学出版社，2010年。

② 当年聂华苓受邀在台湾大学开授小说习作课程，李渝曾是修课学生，其习作深受聂华苓赏识。

松棻共同赴美深造攻读美术史。其后，曾因投身保钓运动而中断写作多年，80 年代才又重新回到文学，此后笔耕不辍。先后出版《温州街的故事》《应答的乡岸》《金丝猿的故事》《夏日踟躇》《贤明时代》《九重葛与美少年》等小说集，艺术史论文著作，红楼梦评论《拾花入梦记》，以及文集《那朵迷路的云》。在她重回文学的 80 年代，台湾女性主义思潮方兴未艾，自中学时期起即立志未来要成为“女”作家的李渝，[①] 同样就此发表不少论述。所触及的论题，从画作中的女性形象，到女明星、女演员，从谈女动物学家和猩猩的故事，到娜拉的选择，多元丰富，不一而足。欲梳理她的美学观，不妨先从她的女性意识开始。

有别于其他激进的女性主义作家，李渝谈女性问题首先从西蒙·波伏娃《第二性》出发，强调“女性意识”必得奠基于“存在意识”。她念兹在兹的不是性别之间的对抗，而是超越升华。她期许女性“不但要从卑属奴从于男人的处境里脱身，达到两性平等的地位，更要把自己当做一个‘人’，由自由的意志从而建立自己成为一种更好的个人”。也因此，“更有效的妇运的命题，也许要从男女平等升进到女性的自由选择权利——不是以男性，而是以更好的人、更好的生活、更好的远景为指标，为自己的存在做出自由选择的权利”。[②]

正是如此，落实在对于各女性人物的具体评论上，她认为大家赞扬法国女演员珍·蒙若，“不仅只是认可她的艺术成就而已，这赞扬里还包涵了她作一个个人，作一个上进的女性的敬意。她以行动改变了自己的命运，成就了今日的地位。在她从演而导的过程中，我们看到了一个女性的努力”。[③] 因此，谈到女作家，她便以获得诺贝尔奖的南非作家葛蒂玛为例，强调她虽然写政治小说，却不让政治干涉小说，脱离了政治小说；虽然写南非，她却不做黑白二分，超越了本土观和地域性，达到了评论家们所赞扬的“人类的幅度”。因此，在身为女作家方面，她也走出了“女”作家的局限，表现了她反抗意识的另一面成就。[④]

此外，借由对于《伊甸思絮——我在婆罗洲与橙色猿生活的年月》

---

① 李渝：《我的志愿》，《中国一周》“青年园地”，1958 年 9 月。

② 李渝：《娜拉的选择》，《中国时报·人间副刊》，1986 年 5 月 11 日。

③ 李渝：《女明星·女演员》，《中国时报·人间副刊》，1983 年 3 月 8 日。

④ 李渝：《葛蒂玛的〈朱利的族人〉和她对“女作家”的看法》，《中国时报·人间副刊》，1991 年 11 月 28 日。又，同样的观点也出现在她的《梦归呼兰——谈萧红的叙述风格》一文中，可参看。

(*Reflections of Eden*：*My years with the Orangutans of Borneo*）一书的评论，她也批评了传统由白种男性把持的科学研究：那是冷静又严峻的研究态度，注重客观归纳思考分析，有具体的假设和先论，规则的过程，数据决定结论，指数、筹码、计算机化一切，高高在上。他们怀着强势者的态度和征服目的，要自然就范，成为人类的隶属。然而，“女性科学”却不是这样的，女性在人类史上本来就是受欺压的弱势者，“从自己的经历而知道同情和爱护，用弱者的谦卑亲和来呵护，用自己的身体去接触、抚摸和拥抱”。正是此一具有女性气质的科学研究，“宇宙和生命才能和睦绵延悠长”，因为它的特质是“介入的，亲身感受的、移情的、给予的、承受的、人化的、和自然共处共分同享的、抒情的”。①

当然，对于李渝而言，“亲身感受的”“人化的、和自然共处共分同享的、抒情的”态度远不止于女性科学研究而已，它同时是李渝文学书写的夫子自道。以此为起点，我们乃得以进一步深入她的小说美学观与文学实践。

李渝关于小说美学的论述，以“多重渡引观点”之说最常为人引述。所谓“小说家布置多重机关，设下几道渡口，拉长视的距离，读者的我们要由他带领进入人物，再由人物经过构图框格般的门或窗，看进如同进行在镜头内或舞台上的活动，这长距离的，有意的‘观看’过去，普通的变得不普通，写实的变得不写实，遥远又奇异的气氛出现了”。② 事实上，构成此一“渡引”观点最重要的元素乃是“视角”与“语言”：“一篇小说吸引人的地方，通常在它的叙述观点或视角。视角能决定文字的口吻和气质，这方面一旦拿稳了，经营对了，就容易生出新颖的景象。”③

然而，怎样的“视角”才能吸引人？又是怎样的“文字”才容易生出新颖的景象？这就不得不回到具有女性特质的、“亲身感受的”“人化的、和自然共处共分同享的、抒情的”态度。而此一态度又与中

---

① 李渝：《来自伊甸园的消息——女动物学家和猩猩的故事》，《中国时报·人间副刊》，1995年5月8日。

② 李渝：《无岸之河》，《应答的乡岸》，台北洪范书店，1999年，第8页。王德威教授曾就此结合了李渝关于绘画艺术的论述，就其小说之“渡引”美学做过极为精彩的论析。参见王德威《无岸之河的渡引者——李渝的小说美学》，收入李渝《夏日踟躇》，台北麦田出版社，第19－25页。

③ 李渝：《无岸之河》，《应答的乡岸》，第7页。

国早期“现代（主义）派”小说的生成息息相关。李渝曾明白表示：“二十世纪中文小说的现代派，主要是由二三〇年代的女作家启引了以后的脉络发展的。”①

究其原因，即在于她们富于女性特质的语言，不仅塑造出崭新的语法形式，而且突破了过去“说书人”的叙述成规，为中国现代文学开显新貌。1989年，李渝在《女性人》创刊号上发表《梦归呼兰——谈萧红的叙述风格》，即由萧红小说《手》的叙事者“我”谈起，所着眼的便是叙事视角之运用：“‘我’在语法上属第一人称，在叙述功能上既然是位旁观者也就也属于第三人称，同时具备了介入者和局外人双重身份。用这样的‘我’来说故事，‘我’和情况之间存在着微妙的关系。……‘我’与情况之间取哪种空间或距离常能决定叙述的语调或口气。”②

所谓“微妙的关系”，指的是，如果“我”的个性强过所叙述的情况，常要站出来干涉指导情况，借情节或人物的口表露自己的立场，文章的批判性就会胜过一切，20世纪30年代社会写实及后来的左翼文学的问题往往就在于此。在李渝看来：这类叙述方式中，作者功能其实类似于过去传统白话小说的“说书人”，着力于介绍背景，诉说事件原委，叙事重在经由情节与时间上连贯出前因后果。然而萧红小说叙事的最大特色，却是在作者与题材之间拉出“观”的距离，使读者—作者—题材之间的关系发生了移位。她平淡的语气来自遥远的视点，让叙事者由“说书人”变成了“视者”。视者“摆脱了交代故事的职责，却能目击情况，直接受感于象，用一种呈现性远多于解释诠释交代性的文体来进行叙述”。经由《手》与茅盾《春蚕》两篇小说的开头处对比，李渝指出：《春蚕》一开始就把人物（老通宝）、地点（塘路）、时间（清明）交代得十分清楚，叙述过程井然有序。但《手》的开头却十分突兀：“在我们的同学中，从来没有见过这样的手：蓝的、黑的、又好像紫的；从指甲一直变色到手腕以上。”

它的叙事横空而出，没有事件的前因后果，却充满了视觉性感象。相对于传统“说书人”的工作是把事件情况总揽在手，以逻辑秩序重

① 李渝：《呼唤美丽言语》，《联合报·联合副刊》，1997年5月20日—22日。

② 李渝：《梦归呼兰——谈萧红的叙述风格》，《女性人》创刊号，1989年2月，第90－112页。

组后再现给读者，“视者”的世界往往是片面的、落单的、散陈的、倏忽而偶然的。它没有成竹在胸，全局在眼，没有一条明确紧凑向前迈进的故事主线或者道德意识可遵循。依赖的是大量自然物象的描写，而这些物象上又总是寄寓了视者自身的情感而成为“感象”。一旦化为句子结构，每每便突破传统文法，为汉语书写带来新变。

1997 年，李渝写下《呼唤美丽言语》一文，指出：传统中国社会制造了女性的无声和无语，但文学却促成了新声新语。20 世纪初期的女作家如冯沅君、凌叔华、萧红、丁玲等，莫不是文学史上的“娜拉”，她们试图从男性的语言牢笼中出走，各自寻找自己的世界，而女性的身体感官和生活特质，便是促成其得以开创新声新语的关键要素。女作家的写作每每是“跟着感觉走”。“她们不注意文法规则、小说形式和结构，常常由情感或情绪带领叙述，感觉到哪里算哪里，句子常常写得很长，文字速度闲缓，语声日常，语言私自……”①

叙事既然以感觉为尚，那么，无论是叙述视角，抑或文字语言，自然也就无须谨守章法逻辑，呈现出跳跃、闪烁的特质。李渝举萧红《呼兰河传》《旷野的呼喊》《小城三月》等文字为例，提醒我们注意：“传统小说常用的线状结构不见了，没有一个向前引进的明确故事脉络，没有固定而统一的观点，视界不明。叙述者和题材之间的距离暧昧起来，作为媒介的说书人似有又没有，不知在哪个立足点发声。但是作者、读者之间的距离却拉近了，近到两者的身份和关系开始不清楚，时时有彼此混淆、互换、合一的情形。只是无论各别的身份定义是甚么，两者都亲临现场、亲身参与。”

回到“视角”与“文字”的问题。如果说，“视角能决定文字的口吻和气质”，那么，当视点、距离、时态一旦暧昧，故事本身也就形状恍惚，不具明确的情节或架构。由它所决定的文字，遂于“大量使用逗点和句点以后，句形排列出，与其说是再现的情景，不如说是心情、心绪的状态，类近意识流”。因此，“句子可以随时叫停，互换，触引了停搁，踟蹰，失神的效果，生出恍惚，倏忽，疏离，暧昧，虚无空灵的气氛，更重要地，制造了文字的空间、速度和节奏”。就此而言，这已接近于“现代主义”式的写作了。

另一方面，正是由于回归到个人的身体、感官与心理情感，让叙述

① 李渝：《呼唤美丽言语》，《联合报 · 联合副刊》，1997 年 5 月 20 日—22 日。

者以自身之闻见与情绪反应引领读者进入小说人物的世界，所有小说中的情景遂都不只是再现事件的现实场景，同时也是“视者”心情与心绪流动的体现。它不只邀请读者亲临现场，更要在情景的交融流变之中，邀请读者进入作者的意识与心绪深处，共感共通、相与进退。所谓“物色尽而情有余”，就形式而言，它固然已可归诸“意识流”的现代主义文学技法，但此一“意识”却是源自于（女性）作者的敏感与深情。参照李渝的小说，从最早的《水灵》开始，举凡《温州街的故事》系列、《应答的乡岸》、《金丝猿的故事》、《贤明时代》，以迄最后的小说集《九重葛与美少年》，几乎都可看到此一特质的一以贯之。① 她以论述向萧红致意，却不啻现身说法，从女性角度为我们揭示其个人“现代主义小说”之“抒情”性格的根源。而取材于先秦刺客复仇故事的中篇小说《和平时光》，正是她绾合了女性意识、现代主义文学理念，与现代文学大师鲁迅对话，并为“故”事开显新貌的最具代表性作品。

二、《和平时光》的“故”事与“新”编

2005 年，李渝出版中篇小说集《贤明时代》，收录三篇“故事新编”之作，《和平时光》即为其中之一。② 小说由两段复仇故事构成：一是韩公子舞阳密令剑匠聂亮铸剑，刺杀季父，为父复仇；二是聂亮铸剑完成后为舞阳所戮，其女聂政矢志为父复仇，苦练剑术琴艺，甚至为图接近韩王舞阳不惜毁容毁音。尽管历经万难，却在入宫奏琴时与识曲擅琴的韩王成为知音，放弃行刺。而后，韩王识才用能，宽和行政，“在华夏即将全面陷入暴乱的时期，缔造了一段难得的和平时光”。③ 全文凡三节：“铸剑”“复仇”“猗兰操”。从前两节题名很容易令人联想到鲁迅《故事新编》中的《铸剑》：该小说叙述铸剑师干将为王铸剑之

① 以上论述亦可参见梅家玲《呼唤美丽言语——李渝的文学教室》，《印刻文学生活志》第 148 期，第 78 – 81 页；《无限山川——李渝的文学视界》，收入梅家玲、钟秩维、杨富闵编《那朵迷路的云——李渝文集》，台大出版中心，2016 年，第 1 – 20 页。

② 《贤明时代》共收录《贤明时代》《和平时光》《提梦》三篇小说，其中《和平时光》原刊于《印刻文学生活志》，2003 年第 2 期。

③ 李渝：《贤明时代》，台湾印刻出版有限公司，2005 年，第 166 页。

后见戮，其子力图报仇的经过，① 相对于鲁迅其他“新编”，它应是较为“认真”的一篇，历来论者大都给予高度评价，所论或是集中于鲁迅对人物性格的深入刻画、细节之增补；或是复仇“以后”情节的添加，以及因之而生的、对于复仇之正义与正当性的消解、嘲谑与批判等。

李渝曾多次提及年轻时深受鲁迅影响，《和平时光》叙述剑匠之女为父复仇的故事，虽然主角人物不同，然而以小说向鲁迅致意、与鲁迅对话的意图宛然可见。耐人寻味的是，李渝并未为《贤明时代》全书撰写任何序记，却独独在这篇小说之后附上了一篇“后记——关于‘聂政刺韩王’”，说明其本事之所从出，以及它与古代音乐美术的关联。很显然，尽管此一本事最早出现于《战国策·韩策二》“韩傀相韩”，其后《史记·刺客列传》亦有记载，然而蔡邕《琴操》所叙的《聂政刺韩王》才是李渝真正的“故”事之所本。不同于《韩策》之侧重政治斗争，《史记》彰显聂政的“士为知己者死”，《琴操》一则将故事中的仇刺缘由转向了剑匠之子的为父复仇，再则，更凸显“琴”在此一故事中的关键作用：聂政先前为报父仇而习剑，入宫行刺未成，继而习得精湛琴艺，漆身毁音，落齿变相，入宫为王奏琴，终得于韩王醉痴于琴音之际，抽出琴中预藏的匕刃刺杀韩王，最后自刎身亡。

在此，“琴”无疑是继“剑”之后完成“复仇”行动的重要关目。《和平时光》承此衍发，因此不仅以同样出自于《琴操》收录的古曲《猗兰操》作为最后一节题名，并且着力经营二者间的辨证关系，凸显“新”编之用心；但另一方面，李渝将主角聂政的性别由男性转换为女性，将原本是刺杀对象的仇敌改写为识曲的知音者，因而放弃行刺，化血腥暴力为艺术与和平，毋宁更值得注意，而这正是其“女性意识”与“现代主义文学”的具体美学实践。她以此向鲁迅致意，却终究是要自出机杼，别开洞天。

1. “剑”与“琴”，“暴力”与“艺术”的辨证

无论是鲁迅的《铸剑》，还是李渝的《和平时光》，其故事起因皆

① 1927 年，鲁迅在《莽原》半月刊发表短篇小说《眉间尺》，1932 年编入《自选集》时改名为《铸剑》，后与其他取材自神话传说的新编之作共同结集为《故事新编》。该本事当是取《吴越春秋》《列异传》与《搜神记》所述故事杂糅而成。其中，《太平御览》所录存之《吴越春秋·逸文》叙写镬中三头相咬的场面，为其他文献记载所无，更是《铸剑》之所本。参见周楠本《关于眉间尺故事的出点及文本》，《鲁迅研究月刊》，2003 年第 5 期，第 61 页。

缘于剑匠铸剑后被王戮杀，子女为报父仇，同样以剑（匕刃）作为行刺之具；“剑”作为夺人性命的“凶器”，其暴力血腥性格，不言而喻。相对于此，“琴”原本即为调理情性之用，① 其后更成为君子雅士修身养性的寄托，向来被赋予高度美学与艺术性的想象。然而，“剑”是否同样可以开展出“艺术”的面向？而“琴”又是否可能在有心者的运用之下，走向“暴力血腥”之途？《琴操 · 聂政刺韩王》记述聂政凭借精湛琴艺而入宫行刺韩王一事，正体现出“琴”实为启动复仇事件的重要凭借。《和平时光》推而进之，更就“琴”与“剑”演绎“暴力”与“艺术”的辩证。如故事开篇不久便叙写公子舞阳有刺杀季父季姜之意，奏琴时“弦声挑衅，音色刚愎，怨恨挞伐之心都在表面”；然而行刺前于花园练剑时所体现出的，却是“俊拔的神气，醉人的姿势，让陪伴在身旁的人儿心恍神迷”；② 这便预示了“剑”与“琴”在一般被视为“凶器”与“修身之具”的同时，其实还内蕴着另一悖反的能量。不止于此，无论是聂政父亲燃炉铸剑，“重复又重复，锻打又锻打”，又或是聂政从师习剑，“什么都看不见”，他们都于用心琢磨技艺的同时，遥指超越现实杀戮的美感境界。相对地，聂政父亲指导女儿琴艺，却是将“练琴”与“复仇”相提并论，③ 因此，“琴里一样是战域”，务必要“反覆的摸索和摸索，锻炼又锻炼，学习在变化中知己知彼”：“于是学生昼夜奏弹如同执行攻击，击得一屋子都激扬着贯彻着声音，击得弦断了指甲折了，从折了的底下渗出血，染红了指头。”④

最后，刺客夜暮入宫弹奏，琴曲由华美欢快而益趋悲凉，琤琮声中，所幻生出的，遂是两军对垒的战争场面：

> 峥峥嵘嵘开指，驱策出英勇的战士，全体进入战场，摆下无声的阵势。
>
> 旌旗萧萧的耸立，盔铠静静的闪烁，座马默默的等候。亲自带领麾下各军大夫、辅佐和司马，相击所得勇士护卫在左右，肃立在队伍的最前头。

---

① 如蔡邕《琴操 · 序首》即明言：“昔伏羲氏作琴，所以御邪僻，防心淫，以修身理性，反其天真也。”

②④ 李渝：《贤明时代》，第 110、121 页，第 149 – 150 页。

③ 父亲说：“聂政，你要是在琴术上用下和复仇同等的苦心和精神，让琴术达到使听者忘神失我的地步，那时候，你就能完成为我复仇的誓愿。”《贤明时代》，第 148 页。

沙尘扑打在脸上，劲风吹刮在耳边，飞扬起尘土，飙激起水石，张开千万把弓，两军无声的逼近。旗帜遮暗了日头，矛戈掩蔽了眼睫，敌人比乌云还汹涌。

……

人众渐渐减少，行列渐渐稀疏，箭尽了弩折了，刃钝了戟断了。士卒们都倒了，将军们都牺牲了，三军覆没，人体填塞着沟渠，鲜血沁红了土地，英魂和鬼神聚会，旷野充满了幽灵。

然而微妙的是，随着琴曲音声袅袅，弹奏的刺客原先“手指紧握五指凹槽刺匕”，到后来却是“掌中的刺匕不见了”，“月光静照，弦音越发轻盈，释放了一路揽来的幽灵，现在只想迁引鸟声和兽声，风声林声和水声，于是各声聚会，相互厘定，声声相应，扶持援引，在循环又循环的余音里，走向静杳”。长夜渐尽，黎明将来，就在“音止的这时”，人间琐屑的一天开始：“日光进入庭殿，在柱和柱间如同在弦和弦间寻找位置，各就各位，等待着。君和臣，敌和我，听者和奏者，复仇和被复仇的双边全体，都在水金色的光里融解。”①

聂政漆身毁音，矢志复仇，她苦练琴艺多年，念兹在兹的终极目标便是携琴带剑刺杀韩王。但是，什么缘故让她面对韩王之后放弃复仇，选择了和解？又是什么原因使得原本满溢悲凉杀戮之气的琴音得以转为轻盈，止于静杳？琴与剑，暴力与艺术的辩证融和，固然是重要原因，但更关键的，毋宁是：“毕竟是面对面，相互倾诉了身世，聆听了相互的故事，一同走过了过去。”②

而这便涉及了小说的另一重要关怀：易“男性”为“女性”，化“复仇”为“知音”。

2. 易“男性”为“女性”，化“复仇”为“知音”

李渝曾在一次访谈中表示，女性的情质较男性温润且更具包容性，关注的是私人的历史与记忆，因此：“如果她作为一个小说的文本，那么从她可以读到的东西就比较多。到了《和平时光》，我最后干脆就用女的作为主角，因为女性才会发展人间关系。”③

---

①② 李渝：《贤明时代》，第161－165页。

③ 郑颖：《在夏日，长长一街的木棉花：记一次访谈的内容》，《郁的容颜：李渝小说研究》，印刻出版有限公司，2008年，第190－191页。

显然，正史中的男性刺客聂政在《和平时光》中转变为女性，其实是李渝的有意为之。除此而外，另一不可忽略的情节乃是小说对于韩王舞阳身世及其“复仇”事件的新编。

究诸正史，战国诸韩王并未有以“舞阳”为名者。《战国策》《史记》《琴操》等本事记叙聂政行刺，也未曾提及韩王曾经历为父复仇之情事。《和平时光》叙述舞阳以季父季姜毒杀父亲惠王，为报父仇而聘请剑匠铸剑，之后戮剑匠、杀季父、弑生母，继位为召王，应是取干将莫邪之子为父报仇，以及吕不韦与秦始皇嬴政之间的纠葛传说杂糅而成。李渝移花接木，巧为镕裁，一方面提示舞阳与聂政二人看似各别的“复仇”之举，其实既是环环相扣，也是冤冤相报；另一方面，它为二人营造若相仿佛的身世遭遇和声气相通的心绪情怀，最后让“君和臣，敌和我，听者和奏者，复仇和被复仇的双边全体，都在水金色的光里融解”，原因就不仅止于二人都是识曲擅琴之士而已，而是更多了一重彼此身世上的相互理解。她要告诉我们：原来，真正的“知音”是要同时兼括了音乐律曲与情怀心灵的相感相惜，其间的千回百转，只有女性人物才能深刻地感知体悟。

回到李渝的美学观与个人生命经历，此一易“男性”为“女性”，化“复仇”为“知音”的故事新编绝非偶然。如前所述，她的女性意识原就是强调“亲身感受的、移情的、给予的、承受的”，女性能够“从自己的经历而知道同情和爱护”，而她所坚信的“现代主义”则是“从悲剧中找力量”。① 她亲历保钓运动的政治风云，沉潜多年后再度回到文学，所见所思遂是悲剧中的力量和暴力之后的和平，是文学艺术中的超越与永恒。

如果复仇的结果只是冤冤相报，如果暴力的正义不过是以暴易暴，那么，以能够“发展人间关系”的女性取代执意于报仇雪恨的男性，以恒久绵长的艺术追求转化血腥的灭绝杀戮，是否能为宇宙人生开启不同的风景？参照《和平时光》引《乐人传》为全文作结，《后记》所叙多围绕“聂政刺韩王”于后世音乐、美术方面所受到的注意，李渝的用心显而易见。

---

① 郑颖：《在夏日，长长一街的木棉花：记一次访谈的内容》，《郁的容颜：李渝小说研究》，第 190 - 191 页。

3. “视者”的世界：现代主义小说的女性抒情美学

现代主义作家向来相信语言会构成意义：只要找到精确的语言符号——如意象、象征，便可使作品充满意义。从作家立场看，现代主义传统是一种自觉成分浓厚的传统，不论诗人或小说家都相信自己应该为现代生命找到精神上的出路，作家对于自身的角色有着高度的自觉与自我期许。这种自觉反映于小说的叙述技巧与叙事观点或视角的斟酌，奠定了现代主义在小说的形式实验方面最大的成就。①

如前所述，李渝的小说美学观强调“视者”——这便是有别于传统“说书人”、具有主观抒情特质并且富于现代主义文学精神的叙事者。视者“目击情况，直接受感于象，用一种呈现性远多于解释诠释交代性的文体来进行叙述”，因此叙述视角经常飘忽闪烁，文字语言则充满视觉性或听觉性的“感象”。《和平时光》虽然侧重敷衍故事，而且并非以最适合观景受感的“我”作为叙事者，但无论“视角”抑或“语言”所体现的仍然是“跟着感觉走”的“视者世界”。而这也是在“故”事的情节内容之外，由书写体式所形构的“新”编。

整体而言，《和平时光》以看似一般定义下的全知视角展开叙事，然而用李渝自己的话来说，小说却有不少段落“作为媒介的说书人似有又没有，不知在哪个立足点发声”。如聂亮铸剑完成即将入宫献剑，母女一路送行的叙述，即是一例：

> 天渐舒白，行装早已准备妥当，聂亮将剑匣仔细放上背脊，由夫人纠正了衣物。
>
> 檐角螺花沾露，地霜一层晶莹，天边斜挂着不愿去的月亮，淡淡的一弯水印。一前一后三人踽踽行走，后面留出了彳亍的三串鞋痕。
>
> 依依送出了巷口，送出了路头，送出了郊邑。“回去吧。”聂亮说。
>
> 一程又一程，望见了城池，望见了城郭。“回去吧，”聂亮说，“回去吧。”②

---

① 参见蔡源煌《从浪漫主义到后现代主义》，台北雅典出版社，1987 年。

② 李渝：《贤明时代》，第 118 页。

在此，叙事者既像是交代纪事，又像是喃喃自语，“不知在哪个立足点发声”。螺花沾露，地霜晶莹，月亮迟迟不愿离去，既是外在物象，也是内心感象，隐含着此去将成永诀的伤悲。而“送出了巷口，送出了路头”“望见了城池，望见了城郭”“回去吧”“回去吧”“回去吧”反覆迭宕，又何尝不是以复沓萦回的言语节奏，投射出心绪的依依难舍，情感的宛转牵延。

不止于此，小说中以跳跃恍惚的文字、倏忽暧昧的时态进行叙事抒情的部分亦有不少，以下这段叙述尤其具有代表性：

> 父亲搁在板车上送回来的时辰是正午，阳光白晃晃的没有一点暖意，被戮杀而失血的脸是青白的颜色；母亲从梁上解下的时辰是午夜，没有月亮的夜里，被悬挂而失血的脸是青黑的颜色。二脸轮番出现在荒久的夜里，手指挥甩，击打在脸上，击打在弦上，宫商角徵鹊起，扬起激昂的音符齐鸣，盘旋扯缠搏斗，一室的喧哗和淬粜，刀锋铮响玉石俱焚，从炼炉重新流出鲜红的铁浆，熔液和火焰燃烧又蔓延。①

这是聂政苦练琴艺的时刻，伤恸回忆不时闪现心头：父亲见戮，母亲悬梁。她手指挥甩奋力击打的琴弦上，叠映着父母亲亡故失血的脸庞，琴声鹊起，有如铸剑时的刀锋铮响，玉石俱焚。回忆与现时，练琴与铸剑，杀戮仇恨与琴艺追求，是如此这般地交相错杂，倏忽流转。正午的阳光毫无暖意，午夜时分漆黑没有月亮，这是外在实景，更是内在心情。效果确乎如李渝所言：传统小说常用的线状结构不见了，叙事因随情感流变而迂回宛转；它以鲜明的意象召唤读者亲临现场，与主人公同情共感，相与进退；也以其间的女性情感与抒情特质，为“故事新编”开展出现代主义小说书写的崭新风貌。

综观文学史发展，取材于古代故事而予以重新改写的文学现象总是奕代迭出，不绝如缕。20 世纪二三十年代，鲁迅以《故事新编》为现代文学此类书写开启先河，无论他的态度是油滑还是认真，用心是批判还是嘲谑，他的男性观点与“写实主义”文学模式始终是后继者的书写主流。然而，作为女性的“现代主义”作家，李渝却就此开展完全

① 李渝：《贤明时代》，第 150 页。

不同的视野、关怀与叙事方式。她的女性意识奠基于存在主义，强调的不是性别之间的竞争对抗，而是期待女性要“以更好的人，更好的生活，更好的远景为指标，为自己的存在做出自由选择的权利”。她体察到女性情质中的温润包容、抒情易感，形诸书写，遂能够既着重于“发展人间关系”，又在书写上体现出跳跃、流动、注重“感象”的特质，从而牵动小说叙事视角与语言文体的新变。她所坚信的现代主义原就崇尚“为艺术而艺术”，强调语言建构意义、创造秩序的功能，而海外保钓的政治风云更使她从中体悟到“从悲剧中找力量”的一面。也因此，与鲁迅《铸剑》取材相近的《和平时光》，遂在传统“复仇”事件之外，开展出“暴力”与“艺术”的辩证、化仇敌为“知音”的可能，以及历经杀戮之后“和平时光”的弥足珍贵。

李渝的用心使我们体认到“故事新编”不止是重述过去、反映时代，更是寄托理想、想象未来。对应于当下的政治与社会现实，我们不免要问：她的理想与想象是否过于一厢情愿、不切实际？文学与艺术是否真能超越一时一地的现实局限，走向永恒？无论答案如何，李渝的美学信念与她的《和平时光》都见证了当代女性作家有别于过去男性观点的关怀思辨与文学实践，以及因此而完成的文学传统的创造性转化。

（作者单位：台湾大学）

“跨媒介”如何对话

陈平原　李欧梵　乐黛云　黄子平　等

时间：2012 年 4 月 25 日 15：00—19：00

地点：北京大学中文系一楼会议室

主持人：陈平原

对话嘉宾：李欧梵、乐黛云、浦安迪（Andrew H. Plaks）、黄子平、王风、陈平原等

文字整理：陈伟华、张丽华

陈平原：开始吧。今天下午，我们是见缝插针。本来五讲已经结束了。那天我偶然提起，我们前面请过王德威、宇文所安（Stephen Owen）来北大讲学，除了演讲，他们都会跟老师们、同学们有一个对话，那些对话效果很好。欧梵先生一听，自告奋勇说他也来一次。我怕他太累了，说好定一个题目，请几个老师一起来参加讨论，乐黛云老师、黄子平老师、王风老师，包括我自己，我们也参加对话。李先生你随时插嘴，随时表达，要讲多少都可以，然后我们几个人互相帮衬，把这个题目撑起来。“跨媒介对话”这题目是我定的。因为诸位都知道，欧梵先生的兴趣特别广泛，人文学的各个领域都有所涉猎，他的好处及缺点都在这个地方。我们今天要讨论的问题是：当一个人文学者面临众多学科的挤压，众多文化、众多媒介的诱惑时，我们该如何处置，或者说如何安身立命。

好，我自己先说一个开场白。2000 年，我写过两篇文章，一篇是《数码时代的人文研究》（《学术界》2000 年第 5 期），那里面谈到了进入数码时代，我们整个人文学科的发展肯定跟以前不一样了。最后说到一点，那就是超媒体的出现使得文字、图像、声音三者的结合变得轻而

易举，而且天衣无缝。因此，导致图文并茂、动静相宜的知识传播途径极有可能催生出新的知识框架。十几年后看，这已经成为现实。我上课使用 PPT 已经很努力了，学生们还说不过瘾，他们要上台玩，比我玩得更开心。这一类情况导致我们对文字、声音、图像及各地方的使用方法都不一样了。

同样是在 2000 年，我还做了一件事情，第一次在报纸上开专栏。那个专栏叫“看图说书”，是讲明清绣像小说的插图的，后来出了一本小书，就叫《看图说书——小说绣像阅读札记》。做这些事的时候，我一直在思考，我们中文系的学生们以前的任务主要是“说文”与“解字”，也就是说，经常与文字打交道；而今天，我们必须兼及图像与声音，这会导致我们的知识结构及治学方法产生很大的差异。这些年，我自己做得比较得意的是在香港三联书店刊行的《左图右史与西学东渐——晚清画报研究》，以及在《文学评论》上发表的《有声的中国——“演说”与近现代中国文章变革》。

然后呢，我一边做，一边惶惑。以前说“跨文化研究”“跨学科研究”，我大致知道是怎么回事。今天谈“跨媒介研究”，到底应该如何操作，对我来说是个很大的困难。第一个障碍是个人修养和学术方向之间的差异。作为个人修养，比如欧梵先生除了是个人文学教授，还喜欢音乐，喜欢电影，喜欢小说创作，喜欢玩各种新奇的东西。问题来了，当我们把各种个人兴趣投射到自家的学术研究中，会出现什么奇妙的变化？王风老师喜欢古琴，可我不知道，这弹古琴与现代文学研究之间，到底有没有什么关系？如果只是个人修养，那没有问题。可一旦希望将不同的媒介结合起来，那后面是有一整套知识体系和审美趣味的，怎么结合？对于兴趣广泛、身兼数职的现代学者来说，我们到底是暗度陈仓呢，还是触类旁通？抑或是学问归学问，兴趣是兴趣？上午我讲文学的现代性问题，晚上我弹自己喜欢的古琴，各归各，两不相涉。可我们都知道，最好是个人兴趣与学术研究有某些契合点，那样读书更有趣。现在问题是，在以前的跨文化对话、跨学科研究之外，再来一个“跨媒介”，如何应付？“跨界”是一种时尚，也是一种陷阱。做得好，成为中心的话题，甚至成为时尚；做不好，谁也不认你。我记得戴锦华教授曾跟我抱怨，不管是学术评奖还是申报课题，她都不做，为什么？她说，因为我是中文系的教授，报电影研究成果，人家会说这属于艺术门类；到了艺术类，人家又会说，她是中文系的。所以，两头都不搭界。

跨媒体、跨学科、跨文化的研究，在世俗层面面临的危险是，很可能谁也不承认你。你的电影研究和音乐研究放到中文系来讨论，人家即便嘴上不说，心里也是不太认同的。而在学术层面，我们的困难是，如何把不同学科、不同媒介的技巧及趣味糅合在一起，以达成一种新的工作目标，甚至建构一种跟今天的文学教授不一样的新的学术表达方式。困难在于：各种各样的媒介本来就有自己的形式感与审美趣味。媒介并不透明，媒介自有立场，也自有独立的趣味。当我们选择这个媒介的时候，已经内在地被规定或被它限制。这个时候，当你努力在众多媒介之间游走的时候，若是一个自由人或艺术家，没有问题，但作为一个学者，在大学里教书，会有很大的压力。像欧梵老师有点特殊，他可以天马行空，香港中文大学谁也管不了他。他爱怎么说就怎么说，爱怎么写就怎么写。你说我有学问也行，说这不是学问也行，都没关系。对他来说，没有任何问题。可年轻一辈就不一样，面临各种评鉴，很麻烦。拿博士学位、评教授和副教授有一大堆学术规制。这么层层规制，我们的趣味会不会被压缩成一张平面的纸？还是说，我们可能借助于跨学科、跨文化、跨媒介而重新打开心灵，成为古人所说的“博雅君子”？用我们的视觉、用我们的耳朵、用我们的心灵去感受各种各样的文化，接受各种知识及审美趣味，这是我关注的问题。

今天请到的几位都是这方面的专家。为了让欧梵先生稍微休息一下，我想按照年资排队。请乐（黛云）老师先说几句，后面我们不断接话。今天下午的对话，我的设想是，不是每个人都必须长篇大论，随便说几句，大家不断插话。

李欧梵：我插嘴也可以。

陈平原：当然，您插嘴也可以。（众人笑）还有一位浦安迪（Andrew H. Plaks）教授，他现在在上课，四点钟会赶来，那时再让他说话。昨天浦安迪在中文系做了个讲座，谈中国古典小说的物质文化层面，包括明清小说里的猫和狗的功能，还有荡秋千，从《金瓶梅》《醒世姻缘传》一直讲到莫言的小说。秋千是干什么用的，为什么要荡起来，作为一种物质文化，如何同时又有象征意味。当然，有的有象征意味，有的没有象征意味。他特别强调那没有象征意味的到底该如何阅读，等下他来了，有兴趣的朋友可向他请教。现在我们先请德高望重的乐（黛云）老师，因为最近她身体不是很顺畅，不太好出来，难得今天出席欧梵先生的座谈会，我们先表示欢迎。（鼓掌）

乐黛云：不不不，你说的是来插话的。

陈平原：（微笑）好吧，那您等一下插话。

乐黛云：我等着插话，李老师先讲。

李欧梵：老乐让我先讲，我就先讲吧。（众人笑）我想，刚刚陈平原说的，其实牵涉到至少三个方面的问题。一个是跨学科，一个是跨媒体，还有一个就是学院里面的升等问题。关于升等不升等，我没有什么话讲，因为各个大学的制度不大一样。我常常说我如果再年轻20岁，要升等，我绝对升不了，所以这个事我是缺席的；另外两方面，跨学科和跨媒体，我是很严肃地对待的。我觉得中国传统文史哲不分家就是跨学科。学科这个定义，其实是西方近代才有的。我常常讲，现在香港的专业化已经到了令人难以忍受的程度。所以在香港中文大学，我就故意跟他们过不去。他们来找我，要我到中文系，我说我不要；然后，他们让我成立一个东亚研究中心，我说我反对东亚研究中心，因为要用英语教学；最后他们也没办法，说那么就文化研究吧，我说可以。为什么呢？这就涉及平原提的两个问题。因为目前在美国，文化研究本身是一个跨学科的研究，并且特别注重跨媒体。什么叫文化研究？长话短说，就是喜欢将电影、电视、通俗文化，加上性别、政治、后殖民等等放在一起，用的材料很多是文学材料，但也可能是广告、电影，甚至社会学的，各种各样都有。哎，我说这个很好玩。结果我在那里教了两年，我就发现一个问题，这可能跟我的中国文学本来的底子有关。我觉得没有历史感，没有深度，好像讲的都是很浮面的东西，理论也是浮面的。我记得当时开了一门课，是高级研讨班，就是读本雅明的《拱廊街计划》（*The Arcades Project*）。这是本雅明的一本新书，刚刚出来，一千多页。我说我们从头看吧，不全部讲，我就选几章，两百多页。学生们叫苦连天，因为有的我也不懂。我还教了一些什么课呢？本科生的课有一个“电影经典”，另外一个是关于萨义德（也译萨依德）的课，还有一个是“都市文化和现代性”，这个课我在港大也教过。那么这样我就已经跨了媒体。这些东西在香港非常时髦，特别是都市和媒体、都市和视觉文化。所以有时候“跨”起来是由于一个城市或者一个时代的环境的影响。像香港是一个电影城市，大家都喜欢看电影，这就很自然地进去了。

我发现一个问题是，当你教一个跨学科的学问时，你要说两边都行、两边都懂，那是不可能的。比如你说我懂电影，但不见得。如果戴锦华来，我一句话都不敢讲；她不来，我还可以卖弄一下。我觉得跨学科的好处是，当你在进行本学科的专业研究时，会碰到一些问题，这个可能会逼着你，或者是很自然地将你带入另一个领域。像平原和晓虹研究《点石斋画报》，整个的就是视觉媒体，这个很自然地就“跨”起来了。跨学科是一个很自然的现象，特别是现在年轻一代的学生，如果兴趣很广泛的话，就会觉得光是书写的文本远远不够。可是也不能为了时髦而乱跨，那样反而有很大的问题。我自己讲一个失败的经验。我在普林斯顿大学教书的时候身兼两职，历史系聘我教中国近代史，东亚系叫我教中国近代文学。我说很好啊，教得很高兴。等到要评职称的时候，历史系说你太文学化了；文学这边说，你搞的根本是历史。那怎么办呢？就乖乖走路了。过了一年，到了芝加哥大学，开始理论挂帅了。芝加哥大学的好处就是后来杰姆逊（Fredric Jameson）说的那句话：真正跨学科的是理论。你只要懂理论，你就会跨学科。杰姆逊自己懂法文，写过科幻小说的研究，也写过关于电影及其他各种各样的东西。对他来讲，这都是理论。特别是当他进入后现代主义理论时，这个理论本身，就是由于新的经济，特别是资本主义带动了新媒体所促成的，所以杰姆逊可能对于纯属文字的工具觉得不过瘾。我觉得，将来我们人文研究要面对一个很大的挑战，就是跨学科。如果大家对于西方理论有兴趣的话，它会永远带着你走向一个不是你自己专业的学科。

跨学科研究有相当大的好处，特别对于各位年轻的同学来讲，它绝对能让你开拓将来写论文的视野。我记得我第一次到北大来的时候，王瑶先生说了一句话，吓了我一跳。他说，中国文学的小说就那么几百本嘛，你全部看完就行了。你问他（看着陈平原），是不是说过这类的话？可是后来，就有学生说，那我们每个人都研究这些小说、这些作家，研究完了之后没有题目怎么办？其实题目有的是，就看你怎么去找。跨学科就带给了我们一个找寻相关题目的可能的方向。常常有一种跨学科的研究启动之后，很多新题目就出来了。也许我带动了一点小小的都市研究，马上平原的北京学、开封学，整个就出来了。如果是在20年前，让大家做北京的公园，我想可能不会有人做的。做这个（看着陈平原），你要插话吗？

陈平原：（微笑着）没有。

李欧梵：（笑着）我看见你举手了。

陈平原：（笑）没有，不是我举手。（众人笑）

李欧梵：赶快，老乐（黛云），你要插话赶快插。

乐黛云：我不，还没到。

陈平原：您先讲，您讲完我们再插话。

李欧梵：我是乱讲的。这个跨学科，我现在有点走火入魔了，我觉得自己已经变成一个半吊子学者了。我对于香港中文大学也没有什么贡献，唯一的贡献就是把文学院不同学科的研究，特别是年轻的老师们组织在一起。我最近开了一个 Seminar，刚刚结束。英文是“（Re）connection”（中文叫作“人文重构”或者“重新连接”）。用时髦的做法，把其中的“Re”用括号括起来，因为本来就该连接的，现在我们再连接一次。前三讲是关于文化研究跨学科的理论，我就把文学研究批评了一顿。然后呢，中间那一段是我讲，讲不同的题目，每一个题目都是跨学科的。第四讲我就讲到朱光潜、萨义德，然后就讲到维柯，维柯本人其实就是带动跨学科的，他的研究一个是人类学，一个是历史学，另外就讲到翻译的问题。这样基本上就带动了中文大学的翻译系、英文系、文化研究系、历史系。最后 3 月到 4 月，大概有八次课，一次两个人，我把历史系、哲学系，甚至于心理系、音乐系的几位教授拉到一起，让他们每个人来报告一次。我说唯一的条件就是要跨学科，至少跨两个。于是科大卫（David Faure）就讲他怎样从人类学做进来，开始研究中国南部，特别是广州那一带的历史。还有一位年轻的同事，他是研究心理学的，自己特别喜欢古典音乐，于是就一头栽到傅雷翻译的《约翰·克里斯多夫》里，准备就从心理学讲过来；另外还有一位哲学系的关子尹，他是研究德国现象学的，他就讲洪堡特这样一个语言学家，怎样从中国的古文里面得到现代灵感，写出他的一套理论来，结果就把胡塞尔、洪堡特、中国古文连在了一起。我听了一愣一愣的，可是非常兴奋。我回到家里，请他们吃饭、喝酒，从来没有这么兴奋过。

我为什么这么高调地倡导跨学科研究呢？我觉得在香港这个环境里，人文研究有一个很大的危机，就是基本上从政府到商人都认为人文学科没有用，一点用都没有。那么我就用用途跟他们说。我在内地见到很多记者、编者朋友，他们懂得很多东西，我们一谈，马上就知道我的文章怎么改。香港的编者、记者没办法，最简单的东西都会搞错，一点知识都没有。为什么？很简单，人文修养不够。你只念你专业的那么一点点，譬如说念新闻的就不念中国古典文学，那怎么可以，对不对啊？所以，这样自然就有很多很多的漏洞。我们现在生活在一个可以说信息充斥的时代，信息这么多，你应该有所选择，并且应该知道怎么选。那么这就需要一种跨学科的能力，也可以说是修养。我这种做法刚刚开始，我不敢做到跨文明对话，我知道乐（黛云）老师做过，杜维明先生做过。（看着乐黛云）艾柯还为你写了一篇文章，吓死我。我好佩服他。那么这是我的一种跨学科的基本经验，细节我们大家待会儿可以再聊一聊。

跨媒体这个问题其实是一个很大的理论问题，我也从一个实际的例子来讲。现在在美国非常走红的一个学者，就是周蕾，她在一本书里面一开始就用鲁迅幻灯事件的例子，说幻灯事件是一个视觉的东西，鲁迅怎么从这里走到中国文学了？然后就说，研究鲁迅的、研究中国现代文学的那一帮人（包括李欧梵在内，虽然没有点我的名，因为我是她的朋友），也都回归到文字了，为什么不注重视觉？她的话是有道理的，她背后的理论根据是：当时有几位研究法国文化史的人编了一些书，就讲法国文学和文化里对视觉的忽视和轻视。视觉艺术是什么呢？于是，理论就出来了，什么本雅明啦、福柯啦，一大堆的，然后电影也都进来了。现在在美国几乎变成一种视觉挂帅，挂帅到连文字都不管。我们在美国教书，包括王德威在内，总要教点电影。我听说王德威非常用功，他买了几十部中国老电影在家里苦读（众人笑），不知道是真的还是假的。我们昨天晚上讲到的周成荫，她是非常懂电影的，根本就是心在电影，可同时还研究鸳鸯蝴蝶派，写那个写不完。于是我说，你干脆做电影算了，只要做得好（就没问题）。所以我们现在面临一个困难，不知道北大的情况怎样，在美国研究现代文学的几乎个个都在跨，个个都在用不同的媒体。研究古典文学的可能少一点。其他的像研究日本现代文学的，就跨得更厉害，理论更厉害。研究阿拉伯文学的也许少一点。可是你看，研究当代的，或者是法国的，像他们的法文系，基本上就变成翻译德里达、翻译法国各种理论的机构了。每个人都在那里翻，不然他们连饭碗都没有了。说得不好听一点，就是似乎对于文学文本本身，他们觉得已经做完了，现在能够做的，只是把原来的一些文本用新的理论再重新解构，做新的解释。所以理论层出不穷，各人把自己的专业改头换面，变成了理论架构。我最近看了一本书，是史书美和她的一个同事合编的，叫作 *Creolization of Theory*。“Creol”是一个混血民族，南美的。她就把这个民族的研究当成一个理论的架构，意思就是说，我们研究的东西都是散的，每一个地方怎么样怎么样。现在这个似乎是一个大势所趋了。

我现在反而回归到一个比较保守的立场。跨学科也好，跨媒体也好，我们都要扪心自问：作为一个人文学者，或者作为一个人文人士，我为什么要做这个？这个问题是个人的操守道德问题。你表现上可以玩玩，可是最后你的目的是要做什么？我的目的非常清楚，就是要恢复人的价值。各种学科、各种媒体的背后，不是机器，而是人。当然人的定义可以是五花八门的。所以，我最近常常做的事情，就是用各种方法让年轻人、让香港人愿意听我讲这个，能够得到一些启发。

最后再回答平原所问的一个问题：到底我的这些课余研究，这些乱七八糟的东西，是不是影响到我的“主业”？我现在已经有点分不清了，以前是分得非常清楚的。在香港，我常常讲我是两栖动物：到了岸上，是在做学问；一下海，到香港就乱写影评。写着写着我发现，我的一些想法是先在我的一些杂文里面写出来。这有很大的好处，也有很大的缺点。缺点就是升等绝对不可能，中大每次要我报最近出版的成果，我都把它们放在“另类”。论文啊、翻译啊、学术研究啊，我都没有，在“另类”中我就列了一大堆。另类就是 other，我就故意跟他们过不去，他们拿我也没有办法。

这些另类的东西是不是可以对于本专业的研究有所帮助呢？我只能说：有时候有，有时候没有。好几个年轻的同学问我，对音乐的爱好跟你研究文学有没有什么关系？你从音乐中的收获如何？我从来没有想过音乐跟文学有没有关系的问题。可是，有时候我跟别人谈音乐的时候，他们总说你是从文学出发的，或者谈电影时，他们也说，你这是从文学出发的。我自己也没有想到，就是我真的是搞文学的，这个种子已经播在了我的心里，跑也跑不掉。我们搞文学是一辈子的事，你喜欢也罢，不喜欢也罢，都是一辈子的事。可是，倒过来说，当你有了文学的阵地，再重新来做一些杂七杂八的事情的时候，有时候也有意想不到的效果。这个效果不见得是学术的效果，有的时候往往是一个，怎么讲，我常常用的一个词是“accidental coincidence”，指的是偶合式的、巧遇式的效果，而这种偶合的、巧遇的效果会带动你的研究兴趣。我随便举一个例子，最近香港管乐团演奏了一个冷门交响曲，叫作《抒情交响曲》，有人知道吗？Lyric Symphony，这个作者呢，是马勒（Gustav Mahler）的太太的第一个情人。

陈平原：太复杂了。（众人笑）

李欧梵：嗯，太复杂了。你懂得音乐马上就知道了，他的名字我现在忘记了，他是 Alma Schindler Mahler 的作曲老师。这个人长得奇丑，可是呢，他这个乐曲非常有名。这个乐曲是根据什么诗呢？马勒用唐诗来作《大地之歌》，而他是用泰戈尔的情诗作这种抒情调。后来他们要让我去讲这段关联，我就做了一些研究。我发现，原来他们研究音乐的人也提出来了，这些诗选自《园丁集》还是什么集我忘记了，是不是《园丁集》？是《园丁集》。原来有冰心的翻译，于是我就把冰心的翻译和那位德国作曲家引用的来作对比，发现他跟马勒一样，在中间加油加醋；而冰心的翻译是很清晰的，可是没有欲望（erotism），没有那种性的成分，没有颓废感。后来我又发现，泰戈尔这诗是用英文写的。哎，这对我来讲，就变成一个有意思的题目了。我不知道有多少人还在研究冰心为什么翻译泰戈尔。泰戈尔对中国的影响，除了大家知道的那一段之外，还有其他方面没有？泰戈尔在中国扮演的角色和他在印度扮演的角色有什么不同？他在 1915 年左右（确切地说是 1913 年）拿了诺贝尔奖之后到欧洲去旅行，到处结交欧洲的名人，对于欧洲有相当大的影响。那么，这就是我所说的所谓跨国际、跨学科、跨文化的一种研究。当然它有相当大的难度，因为我不知道泰戈尔在印度本国的地位，虽然我们知道他非常有名。其实他在印度有一个试验，这个试验是类似英国罗伯特·欧文（Robert Owen）的一种乌托邦式的试验，就是要把工业、音乐、艺术、种田和手工业等等放在一起。在英国有一个地方，叫作 Totness，我以前去过，因为我研究徐志摩的时候去过，我曾经写过这一段。没有想到，那个小提琴家就在那里教过一个学生，告诉我的这个人是泰戈尔访华的英国秘书叫伦纳德·埃尔姆赫斯特（Leonard Elmhirst）。这个试验在印度，原来已经有一个学校，是泰戈尔成立的，我最近在台湾见到了一个在这个学校教了二三十年中文的老师。那么，好，你怎样把这些乱七八糟的东西连在一起，这就是学问了。讲到这儿，我就没得好讲的了，看一下各位高手，谁能够联系一下？

我最后的结论就是，有时候一个人实在处理不了，就提倡小组研究，让不同领域的朋友，比如你是研究印度学的，我是研究音乐的，他是研究文学的，把这些不同的人召集在一起，我觉得是非常值得提倡的。我个人觉得，把我自己的所有研究放在一个系里面，至少在香港这个环境里面，我觉得是不够的。我常说的一句话是，中国文学的研究，近代、现代、当代全部要打通，中国近代文学应该从晚明开始。今天听

了平原的演讲，应该从魏晋开始。（众人笑）

陈平原：好，谢谢欧梵先生！接下来，子平您先说吧？

黄子平：好，我来说。网上有一张照片是关于湖南一个市的交通管理的一个标语，在马路的栏杆上挂的一个条幅，说的是“刘翔不好当，跨栏会受伤”。（众人笑）

陈平原：交通管制的？

黄子平：对，不要跨栏。我觉得是很严肃的很重要的警告，对于我们这些想跨的人。丽华给我 E-mail 说，有这么一个座谈会，说是跨媒介的一个交谈。然后，说要欧梵讲电影和音乐，平原讲图像研究，王风讲古琴，（众人笑）请戴老师戴锦华讲电影，我就无路可走了。（众人笑）讲一个笑话，就是说被熊追的一群人里头，你不必要跑第一，跑倒数第二就行了。（众人笑）我就报了网络文学这么一个题目。我搞网络文学至少比在座的各位稍微拿手一点，同学我不敢说。（笑）各位，我就斗胆讲一讲网络文学。

网络文学，首先感觉到网络已经成为我生存条件的一部分。我有非常深刻的感受。就是上个月有一天，我们住的那个周转公寓停电，星期天，我以为是跳闸。一看这个闸好好的。我又以为是小区停电，结果发现对门也是亮着的，楼下也亮着，楼道的灯也亮着的。就去敲门，敲对面的邻居的门，邻居说你的那个电表用电量用完了，要去买一个卡插进去。星期天怎么办，星期天没办法，房产部没人上班。所以这一天肯定是整个一天就若有所失，（众人笑）被全世界抛弃的那种感觉。（众人笑）结果，最后决定拿着我的手提电脑跑到咖啡店里面去，跟世界产生一些联系。就说现在是这么一个情况，网络已成为我们生活中的一部分，但是我们对它其实很不了解，并由此产生一种恐慌。我一辈子经历过类似的恐慌只有“文革”，整个卷进去，然后不知道它要干什么。这次也是。网络已经成为我们生存条件之一，但是我们完全不知道它是什么东西。所以，我们经常引用马修·阿诺德的一种说法，就是说，旧世界还没死掉，新世界也还没有产生，在方生方死、若明若暗之间，怪物（Monster）浮现。

20 世纪有两个怪物，法西斯主义和斯大林主义。21 世纪就是这个玩意儿，就是这个网络。我想起来前阵子一个报道，也是湖南的一个大学，突然规定子夜以后，也就是晚上 12 点以后断网，就引起骚动了。所有宿舍的大学生都骚动了，烧报纸扔东西到窗子外头。这是很重要的一个信号，就是说，网络的畅通是安定团结的基本条件，（众人笑）是维稳的一个基本条件。这些人坐在屏幕前边，就不会上街。以前，我们80年代表达不满是因为食堂里面的菜涨价，或者强令所有人早上七点半就要起来在操场跑步。现在是因为你断了他的网。这告诉我们，当所有的人都乖乖坐在自己屏幕前面的时候，社会确实就是和谐的。

一般人的误解认为，因为网络才会有茉莉花革命等等，其实是错的。在埃及，它把所有的网络都关掉了，把电话都关掉，手机都关掉了，革命照样发生。如果我们回溯历史的话，法国大革命、俄国革命的时候，那个时候任何网络都还没有。但是回过头来言归正传，为什么要谈网络文学这个题目呢，我其实是没有资格谈的，最有资格谈的邵燕君老师不在，她是被熊追的时候跑在第一的。（众人笑）她这学期在北大中文系开网络文学的选修课。我也想去旁听。说起来，我上网还是历史悠久的，就是在1990年我有幸参加欧梵的一个研究计划，芝加哥大学57街那里有个士林书店，玉莹也记得。士林书店那个台湾来的老板，前面卖书，后面卖电脑。我掏了1300美元买了一部286，（众人笑）喔，很贵啊，1300美元。钱是跟我老丈人借的。老丈人是缅甸远征军的译报员，他对这个26个英文字母的键盘能打出汉字来很感兴趣，于是就借钱给我。当时的系统是DOS系统，那个屏幕是黑的，里面冒出那种暗绿色的字母来，一闪一闪的，很好玩。到1991年的时候，那个morden（俗称“猫”，即调制解调器）还刚刚发明出来，可以接到旁边那个主机里头，通过电话拨号接上网络。

开始第一份中文的网络文学叫作《华夏文摘》，可以在校园的BBS上看到，是留学生办的，这是最早的网络文学。后来就是方舟子的《新语丝》，1992年创办的。1993年，我到了香港以后，我当了方舟诗社的网络顾问。“方舟”的这个社长是港大土木工程系的一个学生，写很不错的诗，他自己建的一个网站，发表了诗社社员的很多诗。那我就斗胆为他们做顾问。他们后来还出了两本诗集。我大胆地推测“网络诗学”的出现，对诗歌的形态作一些很大胆的判断，主要是相对印刷文化而言的，认为可能会恢复到印刷文化产生之前的那种兴观群怨的状态。“群”的范围无远弗届，他们有很多社员远在加拿大温哥华，而唱和这种古老的古诗才有的形式也在网站出现，“同题唱和”这种形式就在他们那个诗歌网上出现。在网络办这个诗的杂志，比纸、比书的成本要低很多，自发的、不受编辑体制限制的全民写作得以实现等等，作了一些推测。后来我没有接着关心这件事，虽然都活在网上，但对网络文学这一块没有太关心。过了很多年回头再看，跟我那个推测完全不是一回事，预测完全失败。我那个预言就是说那种山民野唱，那种国风式的、自发的、全民的、草根的创作，已经不是这么一回事。最重要的当然是商业势力进来了，网络跟文学的关系完全被“点击率”所控制。多少年以后回头来看，产生了一系列的疑惑。欧梵老师问我，为什么只有汉语世界有网络文学，台湾和祖国大陆有网络小说，别的地方好像没有产生出来。在美国它是电子书，电子书都是跟亚马逊连接起来的，卖纸本书也卖电子书，电子书便宜一点，买来在 Kindle 上看，最早卖过 Stephen King 的惊悚小说，但是都没有所谓大面积的这种“网络小说”出现。这是一个比较奇怪的、独一无二的现象。这是第一个疑惑。

第二个疑惑就是，为什么只有网络文学？我们有很多照片都放到网上，但并没有网络摄影。我们很多论文都放到网上，为什么没有网络学术？更没有网络音乐。这些都没有。你可以写一些歌放上网，但不成气候。规模大到来势汹汹的只有网络文学，这也是一个比较奇怪的现象。

第三个疑惑就是，后来网络文学缩小到网络小说。这是我刚才所讲的这些诗歌啊，散文啦，没有一个名牌出来。很多人在上面写诗，在上面发散文，发博客，甚至发一些个人随笔的东西，现在就没有人再关心了。但是在争夺传统文学应该有的文类里头，只有网络小说一枝独秀。这些我都没有办法回答。我用邵燕君老师说的一个比喻，她用的是人类学的比喻，我们不是土著，虽然是住在网上，但是不是网络文学的土著。所以我们真的要去研究的话，必须住到部落里头去。跟他们同吃同住，娶他们的女子为妻，（众人笑）学他们的语言。出来以后才能发表一些人类学著作。就是说，这些疑惑我们暂且放下。

回过来看，突然发现网络文学、网络小说已经发达了，发展成了壮观的滚滚洪流。尤其是 2011 年，我找到一个材料说，不到十年时间，中国的文学网民人数已经达到 2.27 亿，占网民总人数的 47%，以不同形式在网络上发表作品的人数高达两千万。还有一种很奇怪的叫作“网络写手”，注册网络写手的有两百万人。网络写手和网络作家的区别在哪里呢？就是说网络写手是跟那个网站有签约的，那个叫网络写手。网络作家是另外一回事。通过网络写作来取得收入的人数已达到 10 万人，职业和半职业写作人数已超过 3 万人，男女作家的比例基本持平。年龄，这个很重要，年龄在 18—40 岁的作者占了 45%，在读学生占

10%，在座的可能就有。还有一个很重要的数据说，理工科的占了40%。这些数字还是很能说明一些问题。比如方舟子，理工科；当年的痞子蔡，是台南成功大学水利系的博士生。痞子蔡成为经典的是《第一次亲密接触》，它是经典的网络文学，里面的人物是在网上认识的。网名一个叫痞子蔡，一个叫轻舞飞扬，哲学系的哲学女，这边是理工男。他们网上的签名特别能够表现出他们的身份，平原你不知道这个签名？不懂就算了。每个网名ID下面有一个签名。痞子蔡的签名就是那种写电子的Program，写程序的写法。If……then……，if not……then……意思是，那种如果是什么条件，然后得出一个什么结论，三段式的。如果我有翅膀，我就能飞起来。因为我没有翅膀，所以，我不能飞起来。完全是一个理工男的那种句式来写这个文学句子。那么轻舞飞扬是哲学系的，痞子蔡的同屋比较粗鄙，就问是头发飞扬还是裙子飞扬。就这样发展出来的亲密接触，其实这是一个非常简单的校园爱情故事。1970年的那个电影讲的是哈佛爱情故事，后来女的得了绝症，是吧？非常简单。跟我们现代文学里早就发展得非常复杂的那种叙事，完全不能相比，但是就走红。然后产生了一些非常重要的网络写作的特点：它是一节一节放上去的，类似金庸时代的连载小说。同时跟网民——他们叫作迷群体？——发展出了一些新的概念。迷群体或者粉丝、粉丝群体，有非常密切的互动，就直接会影响到创作。因为，原来这个轻舞飞扬的死法是比较凄惨的，是台湾经常见到的那种泥石车碾死的。所有的网民、粉丝都焦虑，都说不能这样。（众人笑）而且很多人哀求不要让她死等等之类的。就是这些互动使痞子蔡后来用了红斑狼疮病症，但不是“红斑狼疮”那么难听，叫“蝴蝶症”（众人笑）这么浪漫的、诗意的一种死法。

网络文学现在形势大好，同时又形势严峻。所谓大好呢，就是说，急速地被转换成影视媒体；所谓严峻就是版权。现在大家都去抢版权，看谁下手早。

最近国内比较走红的《失恋三十三天》，也是网络文学。女孩鲍鲸鲸在“豆瓣”一个比较小范围的网站上，把她写的33篇微型的小说，每一天放一篇，其实是33篇日记的形式。放到第十天的时候，就有影视公司过来说，10万块卖给我们，好不好？原来我是设想这么一个全民的、草根的小说写作，基本上就是这个非常强大的网络经济介入了，其中最重要的一个网络公司是盛大文学公司。它见一个文学网站就买一个，买了以后就开始打版权官司，我们最应该关心的我觉得非常重要的就是这个版权官司，无数的版权官司。因为它这个网站的阅读有一个很重要的参数——点击率。越是好的，粉丝多的，给钱就越多。平原你不看网络小说？不贵，一千字两分钱、三分钱这样的，这些网络写手才能够赚钱。但是谁有那么傻，好不容易上了一个网，还去给钱看小说，所以有很多盗版。所谓盗版就是整个复制你的网站，劫富济贫，免费看。上万个、上千个盗版网站，所以这个盛大文学公司就忙着打官司，主要是跟百度打官司。百度上能搜到本来要给钱才能看的小说，这是一种官司。还有一种官司就是那些传统的作家也跟百度打官司，比如王蒙啊、池莉呀这些。另外又跟苹果打官司，你打开 iPhone、iPad，王蒙、池莉随便看，作家们不干。大家知道版权官司永远打不完的，“野火烧不尽，春风吹又生”。这些都是非常重要的迹象，对我们这些研究文学的人来讲，就是说跟我们这个印刷资本一起诞生的总体局面正在改变。这首先就涉及版权问题，之前山民野唱的时候，哪有什么版权？那么我想象未来，我的理想就是版权也会消失。在未来，回到全民的作者、全民的读者，这是我非常激进的一个想象，就是说版权制度会跟资本主义一起灭亡。

黄子平：那么现在的问题在哪里，就是说传统文学这一块也感觉到了必须要跟网络文学发生联系。有的名词叫作“收编”，另外一个网络作者就抗议说，不能叫“收编”，也不能叫“招安”，叫作“承认”。“承认”，怎么“承认”呢？有意思的就是中国作协评鲁迅文学奖，你可以用网络小说作品来参评。茅盾文学奖，也有七部网络小说进入评奖。当然初选就被选掉了等等。最有意思的是中国作协安排的两批那个所谓传统作家和网络作家的“结对交友”。

王风：过去叫“一帮一，一对红”。

黄子平：那非常有意思，在这里，可以看出网络文学和传统文学之间其实是奇怪的不平衡和不对等。这些网络作家很多都是 90 后、80 后，战战兢兢地去跟这些前辈配对。（众人笑）王刚，这个传统作家，问一个知名的网络作家有没有看过卡夫卡？这就是一个很挑衅的问题，用网络的说法就是“嚣张”。（众人笑）那个网络作家说没看过。又问一个，说你有没有读过托尔斯泰呢？这个网络作家很嚣张地说：“谁是托尔斯泰？”

这非常有意思，非常有意思。其实是两种文化，就是说“Monster”

和我们存在已久的印刷文化产品之间的一些差异，这些我觉得都是非常有意思的小细节。危机在哪里呢？对我们这些在传统文化里头、印刷文化里边长大的人来讲，一个非常严重的挑战就是我们的阅读习惯已经完全不能适应了。印刷品的阅读是从口头文化发展过来的。回到印刷史，最早欧洲的文字是连单词之间的空格都没有，更不用说标点，所以你必须朗读才能把那个印的是什么呈现出来。奥古斯丁的《忏悔录》里面写道，他有一次看到一个人读书，他居然默读，他不出声地读书，这个人很奇怪，这个人太了不起了。所以默读这种阅读方式是在印刷文化里发展而来的，让我们能够沉思，能够专心致志地一个钟头、两个钟头地读，能够有一种深度阅读。这是一个非常有趣的思维方式，就是说当你专心致志地读，同时心理联想和解释都非常活跃。这就会有学术呀，就会有长篇巨著的产生，所以阅读文化是现代文明的基础。

但到现在就是我刚才讲的，互联网是吸引我们的注意力的一个怪物，它吸引我们的注意力的目的是要分散我们的注意力。因为我们有无数的链接，看到这个地方“竹林七贤”什么意思，旁边有一个链接，就去看。阮籍很好玩啊，阮籍是怎么回事？阮籍才看了两句，链接到了花雕酒，再一链接到了绍兴。弄了半天，读了很多，再回到那个地方，已经忘了我刚才是从哪里开始的。同时我还要查我的 E-mail，同时手机又响了有短信，然后 Facebook 那个人的头像又在闪了。（众人笑）

王风：太忙了！

黄子平：就是说我们的阅读量是空前地增大了，空前地增加，但是记住的很少，这就是我们现在的阅读现状。不要以为只有我们的学生这样，我参加过北京大学中文系当代教研室的开题、论文答辩，那些教授也是，根本就没有在听人家说什么，不断地从口袋里掏手机出来看短信。这就是所谓深度阅读的消失。

那么这种深度阅读消失以后，很奇怪的就是我们去参加 IQ 测试的话，分数更高，这就是说，我们并没有变蠢。那么是不是我们的前辈蠢呢？他们的平均 IQ 分数比我们要低呢？我儿子，我看他做作业的时候，开着电视，开着电脑，听着耳机，放着手机，做作业，我问你怎么能做作业呢，他说能做呀，做出来的分数也很高。那么这个 IQ 分数里面分析出来就是说，他们对图像的分析能力非常快，而且非常准。旋转的几个图形，他们马上知道是什么意思，这方面的分数极大地增长。但是语言跟我们的爷爷辈没有什么区别，语言这方面的智能没有随着增长。而我们现在训练出来一种跟电脑一样的能力，人脑变成电脑，多任务。多任务就是 multitasking。就是说，我们以前是专心致志地看一本专著，如平原的博士论文。（众人笑）现在不行，我现在也是抓耳挠腮。看着看着，就觉得自己特别烦躁，已经很难坐下来说用一个钟头看完一篇文章。所以，这就是我们要面对的，不光是方法的问题，思维方式都已经在改变之中。我们被网络这头熊追赶着，尽管会受伤，还是跨过了栏，伤得起还是伤不起，到了需要严肃考虑的时刻。

陈平原：好，接下来是王风老师。

王风：嗯，我要讲的内容好像陈老师已经定了，说是那个古琴和现代文学的关系。（众人笑）前几天张丽华给我打电话，我还在山东，正在梁山泊的顶上。在那么一个豪放的地方接到了这么一个豪放的题目，然后我就想，古琴和现代文学有什么关系呢？（众人笑）过去我可从来没有想过，而且因为古琴，曾被陈老师批评不务正业。所以后来与张丽华两次通电话，我都专门问到这事，我说陈老师到底是怎么说的。她有点含含糊糊，故意说得不清不楚，像是有个陷阱，所以我一直到昨天晚上还担心这是张丽华在恶作剧。（众人笑）

现在我明白，是要陪李欧梵先生“跨媒介”。不过问题可能要稍微置换一下，古琴和现代文学，这个过于具体，要说关系大概没什么关系。但要放大到古琴跟文学，或许能有一些关系啊什么的问题。我也就是这两天才被逼着考虑的，过去没专门想过，只是有些感觉，似乎有一些若有若无类同的地方。其实古琴对我来说，就是平常比较喜欢，平时弄一弄而已的一个东西。而且说实话，讲这样一个话题我是有压力的。一个就是，我担心那个讲着讲着给人感觉有点“显摆”，好像会那东西就如何如何；另外一个我觉得可能有些部分到最后变成“瞎掰”。

按照八股的程序，首先要“破题”。所谓的“跨媒介”，先得区分“媒介”，那么有图像、声音、文字等等。从文学上来讲，可以分为口头的、纸本的，还有现在的网络等等。这都是按物质性来分类。另外也可以从感官接受的角度来区分，比如说视觉、听觉、味觉、嗅觉，还包括触觉，也就是所谓“五觉”。那么在中国古代，这与五音、五味、五色、五行等等，都有各自的对应关系。这些关系看起来玄妙，其实一点都不奇怪。我们谈到音乐感受的时候，会说音乐是有味道的，或者说音乐有色彩。这就是钱锺书所谓的“通感”，在文学中此类“跨媒介”更是再普通不过的事情。

我想先从一个方面来谈，也就是在同一个时空里，不同的媒介总会具有某种共同的趋向，或者更准确地说——气质。因为我是临时接到的这么一个问答题，所以就想着用什么例子来说明。首先举一个北大中文系师生非常熟悉的，大家都知道林庚先生提出“盛唐气象”来说明当时的文学尤其是诗歌。当然“盛唐气象”并不是林先生的发明，这在古代就是成语，初、盛、中、晚唐的划分本就是谈论诗歌的。那么这就涉及一个问题，何谓“气象”？显然“气象”云者，是笼括那个时代一切的，远不止诗歌乃至文学。我该讲到古琴了。（众人笑）我每周到故宫博物院的郑珉中先生家问琴，已经十年以上，从他 77 岁到现在 89 岁。之所以要跟他，是因为他是古琴国手管平湖先生的弟子，一双手就直接来自管先生。在我看来，现代中国，古琴管平湖、围棋吴清源都是雄视百代的人物。能有跟随郑先生的机会，那真是费了非常大的努力，前后有两年才拜上师。最后我的“保人”了不起，是王世襄先生夫妇，他们在电话里劝了郑先生快两小时。王郑二先生都是文物鉴定名家，跟他们交往自然见到旧琴的机会就很多，我有兴趣，也上了点心，就跟着瞎看，现在算是看得懂了。古琴至今还保存着唐代的制作，有盛、中、晚唐器，最早的是盛唐。面对这鼎鼎唐物，确实是能感受到“盛唐气象”的。同样，如果去看当时的陶俑，比如唐三彩；书画，比如怀素、颜真卿、韩幹、张萱；诗文，比如王维、李白、“燕许大手笔”；或者建筑，比如山西的那些，也会得到同样的感受。觉得就是这么回事，有那种“气象”在里头，明摆在那儿。后来我明白，文物行分门别类，只能在某一门类里面进行判断的，即通过纵向比较断年代先后，并不如何了不起，那是专家。真正的顶级行家，应该称为通人，还能有个横向联系，即在同时代不同部类的百工技艺之间，能够把握统一的——也就是所谓“气象”吧。

再可以举的一个例子，是鲁迅提到的“魏晋风度”。鲁迅喜欢魏晋，欣赏嵇康，但他也一直在解构普通的印象。比如 20 年代的演讲《魏晋风度及文章与药及酒之关系》，谈到那时风流人物之所以宽衣博带，是因为吃药，药物中毒造成皮肤敏感，也不能常洗澡，于是微生物滋生，那就会有“扪虱而谈”的“风度”。鲁迅固然是对普通所以为的轻飘飘的魏晋不以为然，不过他将“文章”“药”“酒”连带而论，涉及文学也涉及行为方式，比如衣着、谈吐等等，从方法论的角度看，不正是论述了一个“跨媒介”的“风度”吗？而事实上，鲁迅也并没有颠覆“魏晋风度”，读了他的文章反而让人觉得更为合理自然，似乎非如此不成其为魏晋了。同样，30 年代，他批判朱光潜的陶渊明论，说渊明并非浑身“静穆”，陶诗还有“刑天舞干戚，猛志固常在”这样怒目圆睁的一面，也是为了还一个完整的陶渊明。其实陶更惊人的是《闲情赋》，说要化为各种物事纠缠女子。还有《形影神》三首，“形赠影”“影答形”意象的使用简直类于《野草》，而这是千八百年前的作品。比他还早的嵇康也有篇奇文叫《声无哀乐论》——声无哀乐，这真是难以想象。在“乐教”一统数千年的中国，能有这样的理论出现，非常非常的现代派，但它就是出现了。不过仔细想想，如果必须要出现，那只能出现在魏晋嵇康的时候，往前一点往后一点都好像不行，都搁不下。这里可以涉及古琴的历史。大家应该知道科举取士始于隋炀帝即位的大业元年，不过可能不知道当时考生的不易，隋朝科举是要考古琴的。具体考的曲目是“九弄”，“弄”是琴曲的量词单位，“九弄”就是九首琴曲。因此这“九弄”在历史上地位非常高。“九弄”其中有五弄是蔡邕，也就是蔡文姬的父亲作的，还有四弄是嵇康作的。我们来看，蔡邕是东汉末年的，他这“蔡氏五弄”叫作《游春》《渌水》《幽思》《坐愁》《秋思》，都是很具象的题材，借此来表达情绪，其意境也是我们很熟悉的。那么，其实过不了多少年，到西晋嵇康的时候，就有“嵇氏四弄”，叫《长清》《短清》《长侧》《短侧》。什么意思呢？宋元的时候就不明白了，后来琴谱的解题其实都是误会，说什么《长清》描写的是白雪。现代顾梅羹的研究搞清楚了，《长清》《短清》这东西和白雪根本没有关系。长清、短清的“清”指的是清调，长侧、短侧的“侧”指的是侧调，都只是表现调性，没有什么主题的。这种抽象在中国传统音乐中实在是超乎想象的异端，但没办法，魏晋时确实有。古琴曲的历史遗存是不少的，但有个不小的问题，即大部分作者都失落了，标明作者的很多也不可靠。不过，“九弄”的作者没有疑问，反而著名的《广陵散》，就我个人的看法，至少存世资料只说嵇康临刑时弹奏，并没有说就是他的创作。而“嵇氏四弄”正应该看作“声无哀乐”的具体实践。将“四弄”、《声无哀乐论》与当时出现的山水诗、山水画，以及田园诗、玄学、王羲之书法、竹林里的长啸、《世说新语》中的隽语异行，乃至于《闲情赋》等等并置，是很和谐的，隐隐然有共通的“风度”。

也就是说，各个时代不同层面的文化门类，或者说不同的“媒介”，其背后有一种共同的，不管说审美也好，或者说广义的语言也好，一种共同的趋向在里头。这种共同性或趋同性的气质该怎么来把握，该怎么描述，其实是一件非常困难的事情。这种东西很难形容，但是它确实存在，是我们能够感觉得到的。或者可以笼统地称它为“媒介间性”，不同媒介之间所共同拥有的气质。这种情况可以说无处不在，在另外的文化地域——比如说我们都读过西方的象征派诗歌，我读到它们的时候就很容易想到印象派绘画。虽然说一个是书写的语言，一个是图像的语言，但总觉得它们背后好像有一套共同的符码，或者称之为“元语言”吧。“元语言”隐性地存在于不同的媒介之中，尽管不同的媒介用各自显性的语言进行表达，但因为都是同一套“元语言”的不同表达方式，因而在本质层面上是一致的。所谓“跨媒介”或者也可以作如是观。

要说起来，其实我们每个人都在“跨媒介”地表达自己的“元语言”。一个人，他的行为方式、衣食住行，穿什么样的衣服，留什么发型，蓄不蓄须以及什么样的胡须，聚会选择什么样的饮食和环境，还有言语方式，都会趋向于统一的表达。就跟鲁迅谈的魏晋人物穿着啊清谈啊药啊酒啊等等一个道理，否则旁人就会觉得不和谐，甚至古怪。我先举一个例子，现在讲所谓“四大俗”，叫作唱昆曲、弹古琴、喝普洱、练瑜伽。（众人笑）

陈平原：过十年就有几个俗。

王风：我这所谓的“四大俗”是最新流行的。

李欧梵：我觉得我一样可以喝普洱。（众人笑）

王风：（笑）我有信心来讲这个话题，主要就是因为这“四大俗”。因为里面有个“俗”是古琴，我先招认了，大家就不会觉得是在炫耀了。这“四大俗”，昆曲是诉诸视觉还包括听觉的，古琴是诉诸听觉的，瑜伽是诉诸触觉的，普洱是诉诸味觉可能还有嗅觉的。那么为什么它们会被放在一块儿，而且似乎我们能感觉到它们确实是一类东西？这几个“俗”是现在白领阶层的文化表达和展示，（众人笑）其实并不是真懂得，也未必真喜欢，但就得掰忽这么些东西。以前的白领有了一定收入，听摇滚，后来是爵士。尽管可能喜欢乒乓，但必须得打网球，当然也不能高尔夫，那是老板的文化符号。拜佛，不过瘾了信喇嘛。跑到三里屯，宁愿挨宰也要喝冒牌的法国红酒。喝着喝着不过瘾了，觉得“四大俗”了，（众人笑）那怎么办呢？那就改成昆曲呀古琴呀瑜伽呀普洱呀搁一块儿了，不幸的是现在又变成新的“四大俗”了。（众人笑）所以以后还得找更新的版本。

我们换个严肃的角度，（笑）就是不管是什么版本的“四大俗”，内部都是统一的。红酒总不能跟昆曲搁一块儿，同样，喝普洱听爵士也是很古怪的。一次古琴的场合，有人问我，你在哪儿工作，我说北大中文系，他说那你具体做什么，我说近现代文学。他非常诧异地看着我，说：“你怎么会是搞现代文学的？”前后说了好几遍，我心想我怎么就不能搞现代了。（众人笑）这种事我不止碰到一回，大体这些问的人总觉得你会古琴，那当然应该跟古代有关系，所以觉得我这样很奇怪。还有个朋友，写了关于我的一篇小文章，也说到古琴，然后就说我一年四季都穿一双布鞋。（众人笑）这当然是想当然，但这种错觉其实有它的道理，也就是对待他人常有一种统一的预想或期待，不符合自然会觉得奇怪。所以类似“四大俗”，其实并不出于精心的设计，是很自然的感觉联系起来的。这也发生在每个人身上，比如你是西装革履，可能就不好留长发扎个大辫子；如果剃个光头，再穿件长衫，那准得要双布鞋；或者干脆套着大棉猴，那你总不能这么吃西餐，总得蹲街边羊肉串配二锅头才像样。所以每个人都在不自觉地塑造自己的一种形象，这种形象是通过所有可能的不同媒介构成的，包括物质的方面和精神的方面，形成一种统一的表达。

“四大俗”为什么老是四个，我想过但没考证过，古代倒有“琴棋书画”，也是四个。（众人笑）“琴棋书画”这个说法是到宋代才有的。为什么是宋代？主要是宋代较以前的朝代有了很大的变化，一方面城市管理的变化使得市民阶层有了勾栏瓦肆这样的文化空间；另一方面科举制度的成熟也造就了士大夫阶层，士大夫阶层的文化很大程度上表现在“文房”这个空间。“文房”当然首先有书，有书架书桌，还要有笔墨纸砚。到了宋代开始出现大量所谓文房清供，后来明清类别就非常之多，比如跟笔有关的笔筒、笔架等等，跟墨有关的墨盒、水丞等等，跟纸有关的镇纸、臂搁等等，跟砚有关的砚滴、砚屏等等，以及与印章相关的。此外如盆景、花插、屏风等等不下数十种，如再考虑其工艺与材质的不同，可说是包罗万象。宋代赵希鹄《洞天清录集》、明代曹昭《格古要论》、张应文《清秘藏》、屠隆《考槃馀事》、陈继儒《妮古录》、高濂《遵生八笺》、文震亨《长物志》，乃至清代李渔《闲情偶寄》等等，都有篇幅谈论这些。琴棋书画更是雅致点的文房所必备，书画不必说，琴也得挂一床，不必一定会弹，但不能没有。琴棋书画有内部美学的统一性，围棋黑白二色，相反相生，书画主要也是黑白，古琴虽不能说成黑白，但琴器的历史解说从来是从天地阴阳立论，因此可以四者并称。而琴棋书画作为文房的构成，又与笔墨纸砚、文房清供等等塑造出美学上的外部统一，后人所谓“书卷气”。因此，类别虽多，媒介各别，但所表达的文化语言是和谐一致的。同时具有排他性，比如在我们现在的分类体系中，围棋象棋均属智力竞技，古琴琵琶都属民族乐器，但古代文房中如以象棋代围棋，或以琵琶代古琴，那简直不可想象。

这些不同媒介背后的统一性看着很神秘，但说开来其实容易理解。给人起初的感觉是怎么扯一块儿了，回头想想，确实就是一回事。那么，现在我反过来说另一个层面的问题，就是同一个媒介是可以分裂的，变成完全不同的两回事。作为例子，还是从古琴举起。我当年刚学琴的时候曾经问过一位知名的琴家，问了一个傻问题。我说古代讲的是“琴棋书画”，现代“琴”被认为是民族乐器的一种。那么我问他：“您认为它跟棋、书、画更接近呢，还是跟二胡、琵琶更接近?”这位先生是音乐学院出身的，他说当然，琴首先是一种乐器。这确实是个傻问题，不过我后来想想，傻问题背后似乎也有些傻道理。为什么呢? 因为这说明同样是“琴”，古代和现代是在完全不同的分类体制里的。到了现代，首先不是“琴棋书画”，围棋是智力竞技，书画是美术，古琴呢，是音乐，然后是民族音乐，然后是民族器乐。音乐学院民族器乐系下面分专业，二胡专业、琵琶专业、古筝专业等等，还有就是古琴专业。而古琴在中国古代的时候，跟琵琶、二胡其实是不大可能碰面的。是什么诗社呀、吟社呀，在那里头出现，“琴棋书画”同时出现，而琵琶可能更多在歌舞场，二胡原来就是茶馆街头的艺术。所以现在的这样一种分类体制已经造成了理解方式的截然不同。比如古人说“琴不入歌舞场中”，它不会在那种场合出现，是文房里的东西。那现在古琴的训练完全是为了上舞台，是民族音乐的表演，完全不是一个东西了。

所以，同样一床古琴，一个单一的媒介就分裂成两种门类。演奏方式、理解琴曲的方式都不一样了。现在还有老先生，民国时代过来的已经没剩几位了，真正传承他们的也非常之少。占绝对主流的是50年代以来音乐学院培养出来的几代专业学生，大量民间习琴的也主要是他们教出来的。当然，老先生们的风格也不大一样，但对琴曲的处理方式是一致的。音乐学院培养出来的就完全不同，闭着眼睛都能听出来，根本无须事先了解他的师承，一听就能听得出来。我原先一直不太明白这是什么道理，后来才发现这其实是语言变了。古琴原来是有谱的，最早文字谱，后来减字谱。这种谱能够显示音位、双手的指法，但是不标明节奏，靠的是口授心传。那么如果师承中断了，谱还在，后世琴家按自己的理解，把节奏重新编订出来，把曲子弹出来，叫作“打谱”。“打谱”的第一项工作是什么，就是断句，标示也是用句读，跟古代文章一样。后来我恍然大悟，哎呀，古人对琴曲的感觉其实是跟文章一样的。听老一辈的录音，就是这种感觉，读文章的感觉。

那么现代呢？现代的比较科学。古琴谱上加五线谱，或者简陋点加简谱，那都有点不好意思。但是你看它小节线出来了，用小节线断，大部分琴曲确实也能这样断得出来。那么，四四拍，强—弱—次强—弱，这种感觉就弹进去了。四三拍，蹦擦擦、蹦擦擦的感觉搞不好就出来了。句子呢，不能说完全没了，但至少也就可有可无。所以你现在一听，哎呀，背后怎么是钢琴的味道。现在音乐学院是怎么训练学生的呢？进去之后，不管你学什么专业，学民族器乐、学古琴，首先都得先学乐理，这个乐理不是宫商角徵羽，是西洋乐理。还有什么？学钢琴，钢琴过了关你才能学别的乐器，或者钢琴过了关才进得了音乐院校。所以，现在的古琴界是一种很分裂的状态。一部分人觉得古琴应该是老先生那样的，另一部分人就认为不该那样，时代发展了，古琴进步了，与世界接轨。在同一个媒介，同一张琴上，它其实已经分裂了，语言完全不同了。这其实是中国进入现代后整体性发生的一个问题，比如水墨画，书画同源，用的都是毛笔，中国画其实是写字写出来的，首先要有书法的功底。那么现在美术学院培养的呢？是从素描入手。过去画仕女画，说要“开脸”，现在是谈比例、解剖学原理。所以同样是水墨画这个媒介也分裂成两种语言。要举例子的话还可以举中医，道理一样，中西医现在在舆论界简直成了动感情的主义之争，这我就不谈了。

其实要说到现代文学，也有同样的问题。文言与白话可以算作两种媒介。我们现在谈“文学革命”，以白话代文言是很主要的一个方面。但是白话宋代就开始有了，凭什么到了 20 世纪才“革命”呢？当然，拿一篇古代白话作品和一篇现代白话作品，我们一眼就能分辨出来，文本的味道就不一样。那么还有一个文言，回头看晚清的文言文，尤其周氏兄弟《域外小说集》之类，会发现要比同时代白话更现代。这样说起来，古代的文言和白话都可以称为古典书写，近现代的白话和文言都可以称为现代书写。文言居然“现代”，听起来有些不可思议，但将周氏兄弟的文言与白话作品笼统观之，在某个层面上性质是一致的。这里的“某个”，在我看来就是书写形式。书写形式的变革造就了汉语现代书写语言，这其中主要包括段落、标点这些我们根本意识不到的“小事体”。在此介绍我的阅读史中受到的一个信心打击。早年读林纾的《春觉斋论文》，其中有一条，他说什么呢，他说唐宋八大家，长文章写得好的是王安石，苏东坡长文章写不好。什么道理呢？王安石的长文章一气呵成，东坡写起来一段一段的。哎呀，我一想，我们现在读苏轼的文章，读古人的文章，绝大多数都是所谓整理本，人家都给分好段了，读的就是一段一段的。我们自以为读了古典作品，也读懂了，但其实跟古人读的根本不是一回事。从这个意义上说，等于什么都没读过。当然古典文本不分段，并不意味着没有段落感，但与现代文本随时随手分段不同，它需要另外的工具，就是词汇手段。比如我们耳熟能详的“一夜无话”“话分两头，各表一枝”等等。忘了后来因为什么事，我专门去统计过《三国演义》。在某个《三国演义》整理本里，真的找到一回，我忘记第几回，所有分段的第一个词都是“却说”。为什么那么多“却说”，就是小说作者追源说书先生，用词汇手段来分段。古典文本没有标点符号，我们现在的“古籍整理”，加问号呀、感叹号呀，在我看来毫无必要。为什么？因为不管问句还是感叹句，无论在白话文本还是文言文本，都用词汇手段标示了。同样，类似唐宋八大家那样的古文，人物对话也不应该加上引号，因为根本不存在直接引语。如果要“整理”，我觉得用老办法，加上“句读”就可以了，那样才不伤害阅读感觉。而现代书写，打个比方，是加了小节线的——我终于将古琴和现代文学联系起来了（众人笑）——段落、标点等等本就存在于写作之中，这是全然不同的表达方式。因而同样以汉字为媒介，古典文本和现代文本，是异质的两种书写的产物。

最后再谈一个对我震动很大的事情。今天谈到很多乱七八糟的东西，琴棋书画讲到琴，讲到书画，我想再谈谈围棋。（众人笑）为什么谈这个？因为前面的内容会让人感觉到，媒介的分裂是因为西方，因为欧美。但是围棋跟西方、跟欧美完全没有关系。我的围棋水平不太高，但跟白种人下，无论对谁都有点信心。（众人笑）所以我得举这个例子。围棋我现在下得少了，但还常看棋谱，作为艺术品来欣赏。顺带着，我对围棋史也有兴趣，读过不少材料。我们知道，围棋发源于中国，后来传到日本去了。大概400年前，在日本发展了起来，一直兴盛到20年前，近来有点不行了。而中国，大概也是400年前的明清之际，开始进入最好的时期，全盛就在康乾。不过当时中日之间是没有交流的，双方都海禁，不允许人员往来。后来中国围棋衰落了，到了20世纪，不但国手没有，次国手一级两级的也没有。现代中国围棋是学日本的，尽弃所有，因为被人让几个子都下不过。晚近崛起的韩国围棋也是学日本的，所以今天围棋的源头都在日本。有一件事，我认为不只是围棋史，包括从文化史的角度都是让人扼腕的。19世纪中叶，日本有一位高手幻庵因硕，是前三位的水平。因为争夺最高荣誉名人棋所失败了，不知道怎么想的，跑到九州劫持一艘渔船想偷渡到中国来，结果没有成功。时间是日本的嘉永六年，在清是咸丰三年，公元1853年。我觉得这真是非常让人惋惜的事，因为那个时期虽然不是中国历史上围棋最好的时候，没有乾隆时范西屏、施襄夏这样棋圣级别的人物，但当时所谓“十八国手”也仅是次一等级。日本的这位同样没达到道策、秀策这样的层次，并败给另一位称“圣”的丈和，但无疑也足够出色。为什么遗憾？因为在我看来，中国的古谱现代人是看不懂的，完全是另一套逻辑、另一种语言。当然也有一些当代高手的解说，但是我能很明显地感觉到，那是以现代日本围棋的思考方式来解说或者欣赏，中国古代的国手并不是这样思考和判断的。这些古谱的水平很高，比如当代棋圣吴清源说过，黄龙士是十三段。康熙时的黄龙士与范、施是中国古代围棋三大顶峰，吴氏是现代围棋的顶峰，这个判断自然够分量。发源于日本古代的现代围棋段位制，最高是九段，说黄龙士十三段，这是什么样的评价？可惜的是，别说生年相差无几、才思可谓天纵的黄龙士和道策，中日像样的高手古时候一局都没对弈过。否则我们可以通过实际的对局，了解中国古代围棋的逻辑和思路。这其中惊人之处在哪儿？在于围棋是个竞技性的东西。如果是书画、音乐或者文学，我们还可以说这是一种选择。但围棋是要分输赢的，所以相对来说，什么审美、喜好、偏向，都要赢了才有资格说，也就是说，要更加不择手段一些。而同样一个媒介、一块棋盘，中国古棋和日本古棋发展起来的现代围棋，居然是如此隔阂的两套逻辑和语言。

总而言之，熟语所谓“历史长河”，我们都是河里的鱼。但在可能的世界里远不止一条河，我们其实不知道其他河里的事情，也不知道其他河里的鱼在想什么。如果真的知道了，那就是跳过龙门的鲤鱼了。

陈平原：下面，乐（黛云）老师您讲讲?

乐黛云：（笑）我没有什么准备。

陈平原：刚才子平说到计算机网络，我讲一个乐老师用电脑的笑话。（众人笑）很多很多年前，严家炎老师到美国讲学，回国时带了一个PC机。那个时候，美国人搞封锁，高科技不能进入中国。所以，当严老师在东京停留几天，然后准备转回北大时，被海关给截住了，说高科技不能进入中国。记得是东京大学的丸山升先生等出证明，保证他不是工业间谍，这东西才可以带回来。（众人笑）带回来后，大家都当宝贝看。后来这东西转给了乐老师，再后来，我们开始用电脑了。乐老师很高兴，说，我早就有电脑了，只是还没用而已。于是，请著名中国哲学史家、我们的电脑老师庞朴过来看看这台从美国带回来的宝贝。庞朴先生看了看说："除了外壳，别的都没有意义了。"（众人笑）

乐黛云：那时286都还没有。

陈平原：记得我们当初开始用电脑时，有很多笑话，包括袁行霈老师、谢冕老师、钱理群老师，都有很好玩的故事。我记得很清楚，那时北京大学还规定：年轻老师晋升职称要考电脑。

李欧梵：考电脑?

陈平原：是的，考电脑的知识及使用。因为我较早评上教授，不用考。像夏晓虹老师，需要IBM的历史，（众人笑）还有DOS系统的使用方法等。我相信，现在的大学生，不如我们那一代了解IBM的历史。（众人笑）

李欧梵：现在考什么，用苹果?

乐黛云：现在不用考了。

陈平原：很难，现在大家都不会的。（笑）好了，下面请乐老师谈谈。

乐黛云：别别别。

陈平原：那我先说几句闲话，预热预热。这些年我同时在香港中文大学教书，好多学生知道我做过晚清画报研究，于是跑来请教。有文化研究系的，有艺术系的，也有历史系的、中文系的，都来跟我谈《点石斋画报》。我发现他们的立场及思路很不一样，因为各自的训练不同，对画报的看法迥异。艺术系的特别强调形式感，历史系的强调历史感，做文化研究的则突出理论性。所以，每个人都在谈同样的媒介，可说出来的话是不一样的。我们都有自己的趣味，那是长期训练出来的眼光决定了的基本判断。刚才欧梵先生说了一句很豪迈的话，我们的文学训练十年二十年后，不管你到哪个地方，都能看得出来。现代大学里每个院系的训练其实是不一样的。比如，同样读一篇文章，有人把它当文本推敲，有人把它当史料使用，这就很不一样了。每个学科训练出来的眼光，将来会影响到你的趣味和视野。同学们看老师在各个不同领域自由驰骋，好像玩得很开心，很想学。我劝他们不要，还是先在具体的学科打基础，等翅膀硬了，再出来自由翱翔。如果没有好的学科训练，今天语言，明天文学，后天艺术，大后天科学史，什么东西都弄，将来连在哪个领域做博士论文都成问题。

黄子平：刘翔不好当！

陈平原：是的，刘翔不好当，跨栏不容易！（众人笑）北大学生聪明，而且志趣高远，很容易被忽悠，就想着天马行空，不愿意脚踏实地。可你没有那个根基，要像欧梵先生那样飞，那是飞不起来的。

李欧梵：那样落地会落得很惨。

陈平原：欧梵先生是从《浪漫的一代》，从《铁屋中的呐喊》，还有《上海摩登》等，一步步走过来的。有了这些知识准备后，你可以天马行空。学生们要是一开始就这么做，做不到，而且很危险。其实，我内心很矛盾，一方面意识到现在的学科设置有很多弊病，但另一方面又担心学生若没有好的学术训练，将来很难在学界“安身立命”。

刚才，欧梵先生还没有谈音乐。大家都期待您谈文学、史学与电影和音乐的关系。您怎么一边玩，一边做学术研究？

李欧梵：刚刚我听你讲了，我发现我真的是个另类了。

陈平原：能成功就好。

李欧梵：我从一开始就是另类的，（笑）可能也是失败的。我觉得自己就是在几个领域里撞来撞去，很难讲我有什么专业成就。我这几本书里面，《浪漫的一代》基本上是一个历史的东西，因为我当时是学历史的，这中间加上很多文学的材料。《鲁迅》（指《铁屋中的呐喊》）是一个四不像，这里一点那里一点，好像是一个介绍性的东西，没有一个地方深入。倒是《上海》（指《上海摩登：一种新都市文化在中国》）这个东西是撞出来的。因为当时在美国大家都研究革命啊、乡村啊，我说你们研究乡村我就研究城市，你们研究进步的我就研究颓废的，我常常有这种逆反的心理，所以就这么撞进来。没想到这一下子搞出来之后竟然有那么多人看，当然也有很多人批评，说为什么不把上海的另外一面写出来。

后来我就觉得很歉疚，觉得上海那个鸳鸯蝴蝶派也应该研究一下，不能总是研究十里洋场、新感觉派之类，就从这里开始，我对晚清的兴趣又回来了。如果研究晚清的话，我就觉得有那么多翻译，值得好好研究。我这个跨学科是由研究的兴趣带出来的。当然你可以说，本专业的训练是非常重要的，我完全赞成。因为我一直说基本功不可废，你有了基本功之后才可以游刃有余。而我的基本功本来就是杂的。我这个人的长处就是非常开放，别人有的我马上吸收过来变成自己的，而不分我的专业是什么。我用自己做例子的话，当然有很大的缺陷，就是什么东西都不精，不像一个专业人士的思维，能将一个问题挖得非常深。我真的是这里一块那里一块的。这个始终是绝对不可以的。各位，此风不可长！这个绝对不可以！（众人笑）

乐黛云：我就提一点，你说“此风不可长”，我觉得此风非长不可。

李欧梵：哦，是吗？（笑）

李欧梵：可是一开始就这样的话，真的很危险。

乐黛云：这个问题就看你怎么看了。当然我自己的经历也是经过很多波折的，一开始回来搞比较文学，就挨了很多骂嘛。

李欧梵：为什么？

乐黛云：他们说中国文学你不懂，西方文学也不懂，投机取巧搞什么比较文学。（众人笑）所以我的老伴给我写了一首诗：“古今中外四不像，摸爬滚打脸红惭。”（众人笑）那个时候，我真的就是那样的。这对我的打击是很大的。可是我这个人吧，虽然有打击，我还是要做下去。我认定了一个路子，我就要往下走。而且我现在越来越感觉到，懂得古今中外，懂得摸爬滚打，是非常重要的，因为我们是生活在 21 世纪。如果说 19 世纪是一个启蒙的世纪，20 世纪是一个战争的世纪，那么，21 世纪它的时代精神应该是什么？我觉得就是跨文化、跨学科、跨媒介，就是回到费孝通先生一再提到的“多元一体”。56 个民族的“多元一体”怎么体现？过去我们是受到了很大的局限，比如说中原中心主义，只关心汉族文化这一小块；然后就是知识分子的文化正统主义，根本对民间文学很少关注，而且也没有很好的整理。现在从比较文学领域分离出来的文学伦理学，就特别强调怎样能够回到少数民族文学、口头文学的研究等等。今天欧梵最早讲的一点，我非常赞同，就是说我们玩这也好，玩那也好，学这也好，学那也好，懂得这个也好，懂得那个也好，归根结底是为了人，是为了人文学科。人文学科对人类的发展有见识，这就是我们最根本的目的。所以，我有时候就觉得有点悲观，我看到中文系好多同学的毕业论文选题，啊哟，我觉得越做越小，越做越封闭，对别的外在的东西知道得很少。（这些选题）在某一点是很专，可是我们如果一早封闭在一个选题里，不知道时代精神，不知道我们追求的到底是什么，那就很容易失掉方向。

欧梵他虽然玩得很广，写得也很多，可是最后归根结底他有一句话，就是说："我是一个人文学者，我必须关心人。"应该抓住他最后总结的这一条。好多人都是这个样子，比如说夏志清先生也是非常会玩的，而且非常会海阔天空地讲话。可是他谈到中国现代文学的根本精神，他认为是"感时忧国"，（对李欧梵）你在你那本书里也特别强调他这一点。所以，总之需要有一个根本的精神，如果没有的话，我们谈什么中国文学？有了这个，不管我们谈小的也好，大的也好，跨也好，不跨也好，都可以随心所欲。而且现在我们这个跨文化、跨学科、跨印刷文化和媒体文化，都是我们必须了解的，可能这个就是21世纪最根本的精神。

最近我看了一篇文章，觉得很有体会，是赵汀阳写的，我觉得他讲得特别好。他说为什么人类经过这么多年，这么多的反复，你谈和谐也好，谈和平也好，可是人类的冲突始终在，而且不断地变厉害，没有解决的希望。他认为根本的一点，就是我们整个思维方式错了，我们总是从个体出发来考虑问题。他认为中国的传统是从关系来考虑的，中国古代文化一直这么下来，如果你不能给别人自由的话，你自己也是不会自由的，如果你不能给别人好处的话，那你自己也不会得到好处。他认为这就像分一块蛋糕，不在于你分得多还是我分得多，而是在于你要考虑到这个蛋糕怎么分才对人更有好处，更能服务人类的需要。我觉得那篇文章讲得非常有意思，如果用这样的一种思维方式来考虑问题，可能人类社会会有一些改进。我最近也特别读了一些西方讲后现代主义的变形和转型的理论，最后从一个支离破碎的、有时候互不相干的后现代主义，转变成为能够互相关联、互相关照的，而且是能够互相起作用的一种后现代主义，这就是所谓的建构性的后现代主义。这个在加州现在好像非常盛行。我最近在山东开一个会，就是讨论这种新型的建构性的后现代主义。有学者特别提倡这个建构性的后现代主义能够从中国的前现代思想里吸取很多东西，认为这个前现代跟他们所提倡的后现代是可以有沟通的。我觉得特别有意思。他在文中举了例子，比如说，以西医为例，就能看出西方的学问一开始就是分类的，一分为二的，分主观客观，分得很清楚，分类然后再分割，分割然后一点一点地越来越小，然后你就能够掌握一个最精通的东西，但中国的文化不是这样，从中医来讲的话……

李欧梵：中医是讲整体的。

乐黛云：对，就是整体的、综合的。比如对癌细胞来说，西医会说这个癌细胞要分离，这个是癌细胞，这个是好细胞，你把它分开以后，你把癌细胞杀掉，那这个人就好了。但是中医就不这样，它认为癌细胞是可以与人和平共处、互相滋养、互相共存的，在这个共存中再慢慢把癌细胞调理好。

李欧梵：我老婆就这个理论，（众人笑）我现在家里就练这个……（众人笑）

乐黛云：那我们真是同道。

李欧梵：（边做动作）整体有效，平衡操，平衡操。（众人笑）

乐黛云：就让你身体整个达到一个平衡。因为没有时间，我就不多讲了。我的意思就说我们现在这个综合的时代，一定要关心整个人类文明命运的发展。往往在这里夸夸其谈，没有谈到一点东西，可是我觉得你做什么，你活着，你总得有一个追求，这个追求并不一定是对每个个体的追求，而是说要广泛地发现你对人类生活、人类发展的追求，而且做对人类有益的事，这一点还是很重要的。

李欧梵：我现在发现一个问题了，我觉得你们两个人（指着乐黛云和陈平原）都很有道理了，那怎么办？（众人笑）

乐黛云：可以结合起来。

李欧梵：有什么可以结合的办法？也许（浦）安迪有办法。

乐黛云：安迪来说一说。（笑）

李欧梵：他这个就太特别了。你现在到底在以色列呢还是在美国？

浦安迪：以色列多一点。

李欧梵：因为我上次见你，你说一半一半吧！

浦安迪：（点头）

李欧梵：现在是一半一半。哦，你感觉美国教育的思考方式或者研究方式和以色列的差别很大，还是差不多？

浦安迪：你这个问题和跨学科或跨文化没有太大关系吧？

李欧梵：对，我是乱讲的。

陈平原：我想，本科教育和研究生教育是有差别的。而今天北大中文系的学生大都看不起基础训练。

李欧梵：哦，看不起啊，这么好的大学还看不起？那我讲我自己一个例子，我突然想起来的。我在哈佛念历史的时候，有两个老师。一个是史华慈，他完全是放任式的，随便你，我讲列宁他跟我谈列宁，讲孔子他就跟我谈孔子，完全不管的。另外一个就是费正清老师，他也跟我说同样的话，说你是个自由精神（free spirit），但他不希望我才华“横溢”。结果在博士考试的时候，他就硬“整”我。他跟俄国史的老师一块儿串通好了。那个俄国老师专问我地理，第一句，叶卡捷琳娜二世的版图北边在哪里？南边在哪里？西边在哪里？我念了一大堆俄国思想史，没有用。（众人笑）其实这位老师是专门研究俄国思想史的，因为这个我才跟他念的。那么费正清问我什么呢？各位猜猜看。他问了我二三十个日期。

陈平原：哦？日期？

李欧梵：太平天国哪一年征服南京的？我说1856还是1857年，忘掉了。他说是哪一个月？（众人笑）然后说容闳哪一年耶鲁大学毕业？这个太过分了，这么无聊的问题。（众人笑）哪一月？这简直是故意整我嘛。……后来结束了之后，他通过秘书跟我说，说我的口试其实已经通过了，可是呢，我们男人没有怀孕的经验，所以我要让你阵痛一下，一辈子都记得。女人有怀孕的经验，还有痛苦，然后才会把孩子生下来。他说我就是故意整你的，让你感觉到这个阵痛。也许我们可以把这个故事变成一个例子，就专业的训练来说，越是有才华的人，你越是要逼着他们，要将基本功打好。这就好像练武功，你不能马上就学飞，要先在腿上绑着两块大石头学走路，等你可以跑的时候，石头一拿走，你就飞起来了。就是说，你要能够让基本功训练和才华的诱惑，有一种创造性的、悖论式的组合。

乐黛云：总的目标不要脱出。

李欧梵：我觉得训练还是很重要。

乐黛云：如果总的目标都没有，那就麻烦了。

李欧梵：我觉得训练还是很重要的。比如说我对古典音乐，只有一个基本的知识，我普通的谱勉强可以看，交响乐谱就不会看。可是有一次我就去指挥了。（众人笑）（对王风说）跟你弹古琴不一样，你真的学了，我没有学。我一辈子都梦想要做指挥，玩玩票，人到 70 岁以后就可以乱玩了嘛。有一次台大交响乐团就请我去，说让我指挥一个序曲，威尔第的《命运之力》序曲。哎呀，我说太好了，我的命运就是在这里了。然后呢，我本来以为开玩笑的，结果真的要去。9 月 7 号还是 8 号演出，他们 9 月 1 号打电话给我，说你准备好了没有啊？我说我根本不知道你真要请我，那怎么办呢？我就在家里把所有的唱片全部听一遍。我觉得心里很虚啊，这个就是我对专业的要求，就是说你指挥的话，乐谱都不会，这怎么行呢？我就请到香港管乐团的一位副指挥，30 多岁。他为什么跟我很合呢？他是耶鲁大学比较文学系出来的，是 Michel Hockx 的学生，因为 Hockx 是我好朋友。我一个电话打过去，我说你非来不可，到我家里教我。他真的来了，带了乐谱。然后他把唱片一开，说好，你这里先深呼吸，这都是基本功。然后他教我拍子，一拍怎么打，两拍怎么打，三拍怎么打，然后这个地方，你看大提琴的谱……大提琴的谱，我也不懂。那么我就开始练习。当然强弱我不懂，音符怎么奏出来我也不懂，可是我大概结构摸出来了。当我去指挥的时候，我就可以唬我那些年轻的学弟学妹。我说你看这段，你们小提琴，奏快点。（众人笑）因为那上面的小节多，我以前拉过小提琴。

所以比如说你本行是文学，你要在音乐上做到专业（水准），那是不可能的。可是你要是能做到基本上可以不出太大的错误，那时你就会觉得安全一点。比如说我做指挥，虽然别人说我指挥得应该很呆板了，可是我觉得我至少到达了一个目标，就是逼我自己在那一个礼拜里面，练了一个指挥家花二三十年的基本功。当然我那是八流指挥。可是我还是可以指挥啊，就那七分钟我就指挥出来了。我太太为我念佛祷告。（众人笑）我常常讲这个故事，我觉得我一辈子，这几十年里很大的成就，就这七分钟！因为我尝试到那个可能一辈子都不会试的领域，因为跟我这研究没有关系。可是后来想想，也不能说完全没有关系。为什么我现在每次讲课这么紧张？因为我是背的，那些资料都要背下来，我记不住，就一遍一遍地看。就像子平刚刚说的，如果我用电脑，用 Power Point 不就行了？我就跟着它念了。所以我就背，忘记了，第二天再背，然后再画，再背。这个我太太老说我，你不是与自己过不去吗，教了 40 年书，还这个样子。

也许这就是专业的细胞在作祟。我为什么这样要求自己呢？因为我以前学的不是文学，在美国念书念的是历史，可是教书之后，我的专业变成了文学。我总觉得面对他们这些伟大的专业人才，我就心虚。那怎么办呢？我就拼命地要求自己研究的专业里，一定要达到他们的水准，这是苦工。理论也是一样，我在芝加哥大学默默读理论的时候，没有人知道，我也不露出来，我觉得我还不够。我很反对有些人根本没有看几句话就开始在那里卖弄，我觉得现在我们面对的这个世界，怎么说，真的很难应付。有时候我觉得很悲观，觉得也许我们每个人已经注定了变成这种人，这里碰一点，那里碰一点。像在香港，他们不停要求你去开会，做这个，做那个，你根本就没有时间自己专心在那里！所以我在香港提倡面壁主义，每个人不管你做什么事，每天面壁一个钟头，就是自己看一本书，或许看一篇陈平原的文章，一个钟头。（众人笑）

黄子平：脖子不动一坐四钟头。

李欧梵：对，思考。外界越是引诱力大，越是要有自我的纪律。我最近还有个兴趣就是建筑，我大言不惭，说 21 世纪是建筑的世纪。我的例子是什么？就是 CCTV 的大楼……（众人笑）建筑花那么多钱，多少亿，比我们写本书影响力大多了，可是危害也大。（众人笑）它整个改变我们的生活，那我作为一个人文主义者，我必须面对这个问题。我要面对它，就要研究它。另外一个关心的问题就是，消费社会里面的伦理问题。因为香港实在太面临（这个问题）了，它那个贪污什么的越来越厉害了。于是我就看关于消费社会的伦理的书，那么真的发现有些后现代名家回来了，就讨论这个。不过今天您（指乐黛云）说的那个我第一次听到。后现代联接，我听了很高兴。因为我做的差不多就是这种东西。

乐黛云：重新建构。

李欧梵：对，我就叫作重新建构。

乐黛云：子平刚才讲到，为什么在美国西欧都没有网络文学？

黄子平：畅销书机制还是比较完整的。

李欧梵：他们不需要了。

黄子平：他们主要是电子书，电子文本。还是遵循原来的那个出版的规则。

乐黛云：他们有他们的那一套系统。

李欧梵：听说那个 Stephen King 做了一个实验？

黄子平：不成功。日本是另外一回事。日本有手机小说，《女性》2009年开始出版了三本。另外，日本动漫很发达，上网还看什么小说，动漫就够你看了。

乐黛云：它的网络小说不如中国的。

陈平原：那么这样，开放给同学们，看有什么问题，好吧？

李欧梵：好，不然我们讲起来，大家讲不完。

陈平原：提问的话，请简洁，同时说明你希望谁回答。

张一帆：我的问题是关于您讲座中的第四讲，就是维柯、萨义德和朱光潜那一讲。您在演讲的最后提出回到语文学，如果我们在中国的语境中找的话，可能会想到训诂，尤其是想到章太炎的很多论述。我们知道，鲁迅受章太炎的影响很深，但是最后其实鲁迅又放弃章太炎的一些东西。比如鲁迅在说到青年必读书的时候说不要读中国书，要多读外国书。我不知道他会不会去国外寻找这样一个回到语文学的传统，但他一定是拒绝中国的语文学传统。所以这就面临一个问题，一方面是学术研究，另一方面学者背后有他的文化关怀。刚才乐老师提到夏志清先生讲感时忧国精神，可是实际上夏先生自己就认为可能就是那种感时忧国精神阻碍着现代作家的写作技巧更进一步的提升。所以我在想，应该怎么平衡学术研究和现实关怀的关系呢？如果彼此冲突该怎么办？其实除了跨国界，还有一个跨学科的问题，比如说现代文学，学科本身还有一个精神性的东西在里面，尤其是鲁迅的精神在里面，那么回到语文学的话，又怎么和这个精神去平衡呢？

李欧梵：你这个问题提得很好。我又要提到我那个学生张历君，他最近在我班里报告，就讲章太炎和鲁迅。因为我那会儿讲鲁迅最失败，没得新意，我就请他帮我讲。其实鲁迅据他研究一直没有离开章太炎。你说到训诂，章太炎训诂的方式对古文的解释，他其实已经超越了传统中国的训诂学的意义，由他从这个里面引发出来，对于中国的古文字本身的一种执着或者是一种象征意义的探寻，甚至于发展到他整个对于革命，对于当时中国种族、中国革命的本质的研究，章太炎都是从那一套训诂里出来的。我最近突然又回到鲁迅，我是在中大一个演讲上讲到，为什么鲁迅讲神鬼讲得那么多，讲古小说讲得比较多，明清反而少一点，而且他的小说里面那么多的鬼气。然后用的那些字眼，很多字眼，特别是《故事新编》《野草》里面那个字，像复仇那个仇字，对吧，是古字吧。他为什么在一个现代文学里用一个古字？他一方面说不要看中国书啊，因为什么拉丁化的，我想他下意识或者上意识里就觉得中国文字本身有它的魔力。他要表达一种非常现代的感觉，你要用中文的话，白话不够的，白话绝对是不够的。可是中国的古文字对我的妙处就是说既是形声又是会意又是那个字形，那个字形出来，甚至有言外之意。所以鲁迅就是抓到了这些东西，使得我们研究他的时候永远是片面的，永远抓不到那个矛盾面。我们看这面，然后矫枉过正又太厉害。所以我提出一个所谓取来外籍，是从萨义德那儿得来的。物质是中国那种训诂学，或者是文字学，就是立意是什么呢？是从中国的那个字意里面引申出它背后的文化背景，或者说它对我们的一些启示，有些字眼，有些什么启示。这些东西我提出来，我自己又没有能力做，所以我就很希望大家研究训诂学的、研究传统中国古典文学的能够做。我觉得你（王风）谈古琴那个，我觉得很有启发的就是我突然想到，我现在搞晚清小说嘛，《老残游记》里有个四重奏，一个磬一个笙，一个什么。我真的想知道它那个音乐是什么，我看那一段的时候，我就想这音乐，我就问当时那个磬是什么样子的？晚清的琴是什么样子的？那个磬，他们说就是某一种像古琴一样的东西。

王风：不是一回事，差得太远了。一个木质的，一个石质的。一个弹拨乐，一个打击乐。

李欧梵：磬，上面一个声音，下面一个石头。

王风：曲尺形的，挂架子上敲击。

李欧梵：是一个老乐器，是吧？

王风：非常古老，也许并不比琴的出现晚多少。礼乐必备，汉墓里画像石必然会出现它的形象的。

李欧梵：可是呢，它的声音是什么样子？是什么样的感受？

王风：叮叮当当石头的声音。

李欧梵：另外还讲了一个东西，我记不清楚了。可是呢，我真的希望能够把宫、商、角、徵、羽注在旁边。因为西洋的小说里边，我最近重看那个《埃尔赛姑娘》，我不知道迷迷糊糊买了个德文本。我不懂德文，就发现里面，当那个裸体的埃尔赛姑娘下来的时候，听到了一首音乐谱，那个乐谱就印在了书上面。我本想跟各位谈谈多媒体。

乔伊斯《尤利西斯》第十七章，那两人在那里有一段唱歌，爱尔兰民歌，乐谱歌词三段摆在那里，那中国文学为什么不可以把乐谱摆进去？就是说多媒体，中间照样可以插出去，可以丰富文本。甚至有人认为，建筑是固体的音乐。我有一个建筑的同事，他就跟我讲一个新的建筑师，他整个的建筑世界的灵感，就像那个柏辽兹（Hector Louis Berlioz）的乐谱，柏辽兹是个德国的，哦，法国的作曲家。不过你碰到这种时候会很危险，会走火入魔，不务正业，你根本忘了你自己在做什么，跟你（看黄子平）上网一样的，（众人笑）你到了那儿，根本忘了你原本在研究什么。这样下去的话，麻烦得很，你的正业怎么办？

黄子平：退休了以后做。

李欧梵：就说我们现在生活在多媒体的刺激世界里，真的很难掌握它。

浦安迪：其实（你上面说的中国小说不印图式），有一个小例外。

李欧梵：啊？

浦安迪：《红楼梦》无论什么版本，在第八回，薛宝钗讲她的金锁时，就一直有那个图。

李欧梵：那个图有，中国小说里插画有。德国小说里面插图或者插画都有，音乐的歌词有，还有曲谱。你看，好厉害！马上把文本拿出来，这就是（专业人士）。（众人笑）

陈平原：再给一个问题。

林峥：我谈两点感想。刚才黄老师谈到网络文学，我想到贺麦晓（Michel Hockx）老师最近在做英美网络诗歌的研究，讲多媒体书写。有意思的是，英文传统是网络诗歌，而我们中国是网络小说。

然后还有一个就是，刚才听王老师讲到古琴，就是您说中央音乐学院现在是先学西方的技法，然后再弹古琴，就让我想到，有一次，我跟一个在中央美术学院学国画专业的同学聊天，我问："你经常出去交流吗？"（他说：）"我学国画能够出去交流的吗？"（我说：）"为什么你不能够出去呢？"（他说：）"那你觉得以前有出去的吗？"我想了想，说，徐悲鸿，他就笑了一下。然后他说，对，就是从徐悲鸿那时候，他们就把西方的这种画法，就是素描的传统传进来以后，其他中国传统的国画是非常式微的，所有的国画专业都已经采用西方的这种画法了。然后他们的老师是潘天寿的学生，是唯一一个还在坚持这种画法的。我当时听了以后就很震撼，因为我以前一直觉得，我们要跨文化，要保持世界的眼光什么，但是同时要怎么去守住我们自己根本的东西，我反而觉得可能是我们这一代人需要想的问题吧。

乐黛云：你如果没有"根"，就跨不了了，你从哪儿跨啊？

李欧梵：对，要先有根。

乐黛云：这个一定是基本功，绝对是最重要。

陈平原：黄老师要不要回应一下？我可以给她做一个补充。网络诗歌是一种文学实验，可网络小说不一样，已经变成商业行为了，可以收费。当它跟商业联系得很密切时，就不可能是一种纯粹的语言或文学试验。

黄子平：我原来寄希望于对抗，因为它背负那种完全非功利的、草根的、直接应和的文学使命。美国很多小型的诗歌俱乐部，是吧？都不是什么专业诗人，就是些平民百姓，每回作诗作完以后跑到酒吧，大家一边喝啤酒一边听你朗诵诗。香港有一些年轻人找到资助，主持街坊的“师奶写作坊”，家庭主妇送孩子上学之后，到这里来念她写的文章，可以是诗歌，也可以是回忆，不是为了出版发表，而是为了“兴观群怨”，为了社群沟通和心理治疗。很多师奶通过写作，找到了欧梵所说的“人的尊严”，越写越来劲。我觉得这些跟印刷出版没有关系的文学，跟大学文学史课堂、跟评奖委员会没有关系的文学才是属于未来的文学。目前看不出有什么苗头，但这才是我的梦。

李欧梵：有没有跟科幻或是后现代科幻有关的那种网络小说？关键是那个故事，看你在按哪一个按钮，你按的按钮不同，故事就不一样。以前后现代小说就有，第一、三、五章是一个故事，二、四、六又是一个故事，有人写过的。那网络更方便了，你根本不需要翻页。

黄子平：好像没有那种实验性很强的小说，它绝对是情节单一的累积，反而很像……

陈平原：很像通俗小说。

黄子平：就是现代印刷进到晚清中国以后，能够出版畅销的就是言情啊、官场啊、黑幕啊，如今多了穿越啊。穿越就是把现代职场政治穿回去变成宫廷政治的那种，一边就是玄幻啊、仙侠啊，它产生很多新的类型。特别类似现代印刷进入中国以后，类型小说都蓬勃发展的历史现象，现代新的技术和新的产业链进来以后，可能更能突显大众文化生产的种种特征。

李欧梵：有没有电脑自己写作的，自动写作？

黄子平：也有，很少，还有一种接力写作，但全部失败。各种实验都有，但是最能够吸引那些人肯一千字掏两分钱出来看的，还是这一类，类型化，类型化得很厉害。而且每一年每一年热点都不一样，因为有一段时间是穿越。最近穿越又被和谐了。（众人笑）有一段竟然是婆媳关系成为这一年的主流，网络小说的“婆媳年”是吧。

乐黛云：电视剧里头也是这样子。

黄子平：然后穿越里面又分为清穿和明穿，大部分是清穿，穿到清朝去的。

王风：宋穿也有。

黄子平：对，宋穿也有，类型化里面已经在细分，各有各的迷，各有各的粉丝群。类型生产它所对应的消费者，这是大众文化的逻辑。实验小说、先锋派，要靠学院派批评的支持，靠网络不行。不过文学教授也都混到网络里去了。如果还有残存的先锋派作家，也真是四顾茫然，荷戟彷徨。

陈平原：好啊，你来。（指向一个举手示意想提问的女生）

刘汭屿：我想请问李老师，刚有听到您的讲座。

李欧梵：请声音大一点。

刘汭屿：各位老师谈到跨媒介、跨文化的研究，老师们的观点给了我们很多学理上的启发，但我更想请教一些方法论上的问题。就是结合您自己这么多年的研究经验，在各个领域、各个课题中进行这种技术操作的时候，有没有一些重要的原则规则，是可以提供给我们遵守、借鉴，或者需要规避的？能不能举一个您以往研究中的经典案例，来让我们学习？比方说我自己想做晚清戏曲研究，我就感觉在文学与艺术（音乐）、文本与舞台演出及观演效应的沟通，戏剧作为这个时代新兴娱乐工业与作为传统教化手段之间，很多问题其实很难整合。好像不像您说的，跨文化可以跳来跳去，利用“通感”的内在性如何如何。这些研究理念落实到具体操作上，比如最直接的，体现在学位论文的组织结构上，这种跨学科跨文化的知识体系和研究理念其实会遇到很多困境……想听您进一步谈谈这方面的问题。

李欧梵：没错，你说得很对，外面跳来跳去是可以，但当你面临实际问题的时候，操作的时候很难，所以我反对那种“大而无当”的理论跨界。我的办法就是，我面临某一个问题的时候，就是用那种非常传统、保守的办法。比如说，讲晚清，特别是文明戏，我就专门看人家研究文明戏，我就摸透文明戏到底是什么样的演出形式，而不会把那个所谓演出理论先拿出来。而文本问题，一个外来文本怎么介绍进来，我不会马上用那个翻译理论——那些刘禾用得非常好——而我就会直接一点一点地看，这很花工夫的。所以说我现在交白卷嘛，我的晚清的研究到现在还没有写出来。晚清其实是一个很难研究的题目，你那个实际上是积攒，它什么都进来了，而且很多物质文化上的东西。我今天这次讲的一点点，灵感就是从王德威的那一句“贾宝玉坐潜水艇”而来。于是我开始就说，那句话绝对是船坚炮利的象征主义。可是下面我就开始好奇了，为什么要把潜水艇放在《后石头记》呢？吴趼人心目中想象的潜水艇是什么样子的呢？我就问这些很奇怪的问题，理论不能解决的问题，自己琢磨。然后就想到那种空间的感觉。我觉得有时候做这种比较细致的研究真的是没有窍门的。说到晚清研究，我这次有幸见到一位博士后的学生，他说你讲的东西（我也是露了一句），就是说鲁迅念的那个地质原理，我说是维多利亚科学史上很重要的一本书。这个同学就说，我的老师就是研究维多利亚科学的。我知道以后，我就向他请教，因为我要研究那方面的东西。为什么鲁迅要看这本书，这本书到底跟他的文学创作有什么关系？……这个东西就是很麻烦的，你就要一直追下去。后来我又发现另外一个我解决不了的问题——《电术奇谈》，就是催眠，用那个电一碰，那个人一碰就那样了，很神奇。后来有人告诉我，在维多利亚科学里面这个很重要。维多利亚心理学认为，人触电之后，就会怎样怎样。所以这就变成当时维多利亚小说里常出现的一种很典型的情景。我们不知道，以为这是很新奇的东西，但晚清的小说家可能不只是觉得好玩而已，他们是认真的。那么这个追寻过程呢，就展现了一个非常有意思的世界。只是中国的学者，比如说上海的一班学者，他们把晚清的一些利器都弄得很清楚，什么时候有电器，什么时候有收音机什么的都有。可是当你们面临周瘦鹃的小说——一个岛上，一个男的爱上那个女的，就把他自己的爱情讲了一大堆，灌成一张录音唱片，送给那个女的；那个女的一天到晚就听听听，把那唱片听坏了，就这么一个故事。那你怎么研究这个留声机呢？这个就是大问题，现在还真有人研究这个东西。我们学术的好处就是，很多同行每个人都研究不同的东西。我还是觉得，如果大家在一起，把各自的专长填起来，一定很过瘾。你研究留音机，我研究电器，有人研究小说，正好碰在一起，一起碰撞。只是有一点我倒不完全同意，如果你碰撞得对的话，那真的很兴奋；可假如碰撞不对的话，就变成各说各话——还真有的就是各说各话。各说各话的不是新人晚辈，反而是大师——我以前见到很多就是，那些理论大师们根本不听你的。我有一次很不好的经验就是关于德里达的。有一次，一个日本学者跟他讨论，非常有名的一个日本学者，德里达却根本不理他，说你把我的书看错了。这种态度根本是帝国主义态度，我非常讨厌他，就是因为这件事。那个日本学者就是写《日本现代文学的兴起》的柄谷行人。我亲眼看到那个情况，我对他说，你怎么用这种态度来讨论学问，难道你不明白“误读”吗？你知道你又懂得多少日本文学？……可他不以为然。他说文学“literature”这个字，本来就欧洲有，其他国家没有。没有这个字，也就不存在什么“文学”。这很过分，但严格来讲，他也有道理。文学“literature”这个字，日本确实没有，日本的“文学”也不完全是欧洲说的“literature”。所以，像这类的“碰撞”就非常麻烦，因为霸权到处都有。但像我们这种细致性的研究，那是我们专业的好处，就是说大家在一起共同讨论，你真的可以学到很多东西。所以这方面我赞成和提倡的就是，你不要躲在家里自己搞自己的东西。特别像研究我们这种比较乱七八糟的题目的话，真的是需要到处去碰撞。比如在台湾就有一批女将，大约十几个人，大家都研究晚清，但每个人都有不同的路数。我把她们组织起来，就说每个月一起喝一次咖啡。后来我自己走掉了，她们也不见面了。（众人笑）

王风：都是为了来看您的。

李欧梵：没有，没有，倒过来，都是为了来看我老婆的。（众人笑）

陈平原：好，今天的对话就到这。谢谢李欧梵教授。（鼓掌）

（初刊《现代中国》第15辑，北京大学出版社，2014年7月）

Humanistic Vistas of Cosmopolitanism

辑六

写在世界之中

文学如何面对暴力

刘剑梅

中国文坛历来不乏敢于描写人性恶和暴力的作家，从鲁迅到余华、莫言、阎连科、贾平凹等，都具有敢于“直面惨淡的人生”和“正视淋漓的鲜血”的勇气。不过，刻意在自己的作品中把暴力变成一种奇观和风景的中国作家，恐怕非余华莫属了，怪不得王德威曾经这样评价道：

> 在以后的十年里，余华要以一系列的作品引导我们进入一个荒唐世界。这是一个充满暴力和疯狂的世界。骨肉相残、人情乖离不过是等闲之事。在那世界的深处，一出出神智迷离、血肉横飞的秘戏正在上演。而余华娓娓告诉我们这也是“现实一种”，也有它的逻辑。他不仅以文字见证暴力，更要读者见识他的文字就是暴力。他恣意切割、凌虐伪美的“毛文体”，其极致处，何曾下于他故事中的残酷情境？也因此，余华在风格上的突破必须成为政治的挑衅。他的现象不但代表“文革”后伤痕写作的突破，也直指天安门事件前、大陆文学、文化界躁动的症候之一端。①

文学中的暴力描写跟充满暴力和残杀的惨烈的中国历史与现实紧密相连，暴力似乎是中国历史中的“常态”，就连沈从文如诗如画的山水描写中，也会时不时冒出关于“砍头”的主题。当然，它也跟作家的文学理念有紧密的关系。对于鲁迅而言，文学是疗治国民性的工具，所以他要在《狂人日记》中振聋发聩地揭示中国传统礼教“吃人”的真

---

① 王德威：《跨世纪风华——当代小说 20 家》，台湾麦田出版股份有限公司，2002 年，第 161－162 页。

相。对于左翼作家而言，文学就是革命的传声筒，于是革命文学让暴力变得合法化，成了推翻旧世界而实现共产主义的必要手段。然而，就像汉娜·阿伦特在《论暴力》一文中所质疑的，暴力革命经常导致手段压过目的的危险，她反对以进步观念为标准来为暴力的合法性辩护："进步观念不能再用作标准，以此评估我们已经无法掌控的灾难性的飞速发展过程。"① 对于早期的余华而言，书写暴力不仅是进行文学形式创新的一个方式，而且是重写历史、反思历史的一个重要角度——展示暴力是如何积淀在中国人的文化心理和日常生活中的。他和同时期的许多作家用荒诞的形式非常有力度地瓦解了革命文学宣扬的暴力与正义的合法关系。近一个世纪以来，中国现当代作家书写暴力、死亡和人性恶，包含着他们对国家民族心理的认知，包含着他们对病态文化的反思及对文学现代化的实践，最重要的是，他们以文学的方式去参与中国的历史，批判现实，解剖人性的黑暗。

同样也书写暴力和人性恶，智利作家罗贝托·波拉尼奥（Roberto Bolaño）去世前完成的巨著《2666》，让我感到非常震撼，因为他所涵盖的暴力范围之广，大大超过了以往的作家。首先，波拉尼奥具有全人类的视野，他是以"全景式"的视角来审视整个人类在20世纪甚至21世纪所犯下的暴行和罪恶，涉及的国家有德国、法国、英国、西班牙、意大利、美国、墨西哥、智利。他所书写的暴力有极权主义产生的暴力，如二战德国纳粹发起的战争及他们对犹太人的屠杀；有历史中存留下来的种族问题，如美国的黑奴问题；也有资本主义自由经济激发个人欲望膨胀后而造成的人性邪恶，如墨西哥的圣特莱莎市成了毒品贸易和残杀女性的恐怖城市。这些暴行有大至极权国家的暴力，也有小至家庭和两性关系的暴力；有人类集体犯下的罪行，也有个人犯下的暴行。其次，波拉尼奥写了大量的知识分子或者说是知识的承载者和制造者，如文学评论家、哲学教授、作家、出版商、新闻记者等，并在小说中提到了无数从古至今的人文书籍，试图探讨在暴力面前，知识的承载者是否能起到任何作用，并试图从人文的角度来关注人类当下的困境，揭示人性的复杂和黑暗。

① ［德］汉娜·阿伦特：《共和的危机》，郑辟瑞译，上海人民出版社，2013年，第99页。

一、敲碎我们内心冰海的冰镐

阅读《2666》的过程中，我总是想起人文主义批评家乔治·斯坦纳（George Steiner）的《语言与沉默——论语言、文学与非人道》（*Language and Silence*：*Essays on Language*，*Literature*，*and the Inhuman*）这本重要的著作，脑海里总是回响着他在书中提出的“大哉问”：

> 我们是大屠杀时代的产物。我们现在知道，一个人晚上可以读歌德和里尔克，可以弹巴赫和舒伯特，早上他会去奥斯维辛集中营上班。要说他读了这些书而不知其意，弹了这些曲而不通其音，这是矫饰之词。这些知识应该以怎样的方式对文学和社会产生影响？应该以怎样的方式对从柏拉图到阿诺德的时代几乎成为定理的希望——希望文化是一种人性化的力量，希望精神力量能够转化为行为力量——产生影响？那些公认的文明传播媒介（大学、艺术、书籍），不但没有对政治暴行进行充分的抵抗，反而经常主动投怀送抱，欢迎礼赞。为什么会这样？在高雅文化的精神心理定势和非人化的诱惑之间，存在着怎样的尚不为人所知的纽带？是不是在文明内部生长出来的那种十分厌倦和过度抽象的观念，为野蛮的肆虐铺就了道路？①

斯坦纳的“大哉问”其实就是：在灾难和暴力面前，文学何为？语言何为？知识何为？在“善”和“恶”面前，他认为，“保持中立的人文主义要么是迂腐的骗局，要么是走向非人性化的序曲”。② 斯坦纳认为，野蛮和政治暴行在人类的各个阶段都存在，没有一个时代可以幸免，但是当野蛮和暴力在文明发达的现代欧洲中心突起，就意味着以往的人文精神的毁灭。他说：“我不认为这类野蛮有任何特权，但它是理性人文主义的危机。”③ 斯坦纳欣赏的文学是卡夫卡的虚构作品中对未来“非人”社会和西方人文主义灾难的预言。用卡夫卡自己的话来说，

①②③ ［美］乔治·斯坦纳：《语言与沉默——论语言、文学与非人道》，李小均译，上海人民出版社，2013 年，第 4 页、第 78 页、第 2 页。

就是："一本书必须是一把冰镐，砍碎我们内心的冰海。"[1] 他认为卡夫卡用最激烈的方式来质问："诗人应该沉默吗?""在这样一个时代，人人都像甲虫或耗子一样，吹出或挤出他们的痛苦之声，万物中最为人道的人文话语，还存在吗？卡夫卡知道，太初有'言'；他问我们：结局会是什么?"斯坦纳也非常欣赏格拉斯的《铁皮鼓》，因为格拉斯的吼声"压倒了令人沉醉麻木的塞壬之声，让德国人直面邪恶的历史，这才是德国作家中前所未有的成就"。[2] 斯坦纳特别指出，"格拉斯知道德国高傲晦涩的哲学话语对德国精神的伤害有多深，对德国人清晰思维和言说的能力的伤害有多深"，[3] 所以他故意用笑声和诙谐来瓦解德语旧词中的谎言，使他自己的文学表述焕然一新。我认为，波拉尼奥的《2666》对全人类范围的暴力的书写，就是一把可以敲碎我们内心冰海的冰镐，非常有力度。他不仅质疑人类文明发展的方向及精神出路的问题，而且通过小说的形式继续探讨斯坦纳提出的"大哉问"，那就是面对人性的野蛮和邪恶，文学和语言是否已经失去了其本来应该具有的人文精神，还是仍然有力量去表现和批评现实中的暴力和谎言，发出呐喊，让麻木的人们为之震颤？那些知识的承载者是否已经全军覆没，对黑暗的世界无能为力？

《2666》既有世界性的格局，又不失对地方政治文化的具体描述，比如，《2666》的第四章专门写发生在墨西哥和美国边境地区的圣特莱莎市的几百起女性奸杀案，而跟这一地区直接或间接有关的几位主人公的生活经历，有作家、文学评论家、教授、记者等，都是处于流动状态的人，常常从一个国家游离到另一个国家，自由地跨越国家和地域的界限。不仅如此，这些人所阅读过的书籍又都是从古至今的世界文化和文学经典，身上所承载的文化遗产是世界主义范围的。或者更准确地说，《2666》是一个产生于全球化时代的小说作品，既有"地方性"——充满毒品交易和残杀女性的恐怖罪行的墨西哥的圣特莱莎市，又有"全球性"——欧美和拉美诸多国家，于是，全球性和地方性展开对话。20世纪以来，人类社会的一系列重大历史浩劫，如战争、种族屠杀、独裁等，和地方性、家庭性、两性的暴力事件，处于同等重要的位置。但是，波拉尼奥对于这些人性恶和暴力事件的书写，总是跟对整个人类的

---

①②③ ［美］乔治·斯坦纳：《语言与沉默——论语言、文学与非人道》，第 79 页、第 125 页、第 132 页。

人文精神和文学的思考连在一起。他像一个预言家，试图通过他的文字来反省文学的意义和价值，反省文学是否已经完全失去感染人心的作用，知识的承载者是否还有能力影响社会，文学是否跟人类的生存状态和未来的命运还能有所关联。

二、毕达哥拉斯文体

波拉尼奥的《2666》分成五章，他临去世前，为了后代的生计问题，嘱咐每章都作为独立的一本书来出版，但是后来他的好友把这五个部分合成一卷本出版，得到欧洲和拉美文坛普遍性的高度评价，有的评论家甚至说《2666》掀起了21世纪文学的新浪潮。这部小说的各章之间有巧妙的联系，围绕着同一个中心，那就是暴力——这个关乎人心的黑洞和人性的深渊的主题，采取的叙事方式是折叠式、流动式和多元式的，既有博尔赫斯般的梦境和现实自然穿梭的讲述，也有写实主义的如新闻报道式的记录，还有后现代主义叙述中常用的元小说元素，完全不同于传统的单一和线性的时间观，而是选取了书中间接或直接有所关联的几位人物生命中的某段经历，随意地把过去、现在和未来拆散、拼接和并置在一起，各章都采取开放式的结尾。甚至可以说，这部小说有斯坦纳提倡的“毕达哥拉斯文体”（The Pythagorean Genre），也就是一种广义的文体。李欧梵非常推崇斯坦纳提出的这一文体：

> 就人文的广泛意义而言，他［斯坦纳］认为文学家不必局限于一隅，而应该打破传统的界限，不再做散文或诗、戏剧或小说、艺术想象或实地报道之分，更应该因时制宜、广采兼收，使得哲学、音乐、数学等不同学科的特长和内涵，可以做文学之用，这样，才能挽救语言的危机，才能表现当代人的“沉默感”，也才能于沉默中寻出一线生机。①

波拉尼奥在他的小说中做了这一“毕达哥拉斯文体”的实验，他

---

① 李欧梵：《语言与沉默——简论人文批评家乔治·斯坦纳（代译序）》，见乔治·斯坦纳《语言与沉默——论语言、文学与非人道》，第8页。

在《2666》中融入历史、哲学、社会学、人类学、心理学、数学、艺术、海洋学、编辑出版、新闻媒体等学科，跨越虚构与非虚构的界限，跨越小说、散文、书信、传记和报道等文体的界限。他的这种写法同样符合扎伊尔德在《知识分子论》中所倡导的，即反对西方工具理性和知识的专门化，认为有机的知识分子应该是“业余者”。因为业余者可以冲破专业的束缚，摆脱专业的有限眼界和学术体制内的权力的压迫，回到单纯的喜爱与关怀中，以漫游者的身份对广博的全人类知识有更加全面的理解。而林语堂在《生活的艺术》中也同样批判西方学院派的专门化和分割知识，认为这种逻辑思维和专门化的过度发展造成了一种扭曲的现象：“一个只有着知识门类而没有知识本身的人类文化梯阶；只是专门化，但没有完成其整体；只有专门家，而没有人类知识的哲学家。”① 无论是斯坦纳还是扎伊尔德，无论是林语堂还是波拉尼奥，他们都希望文学能够融会广义的人类文化，恢复它应有的人文意义，阻止人类的“非人道”和“非人化”的势力，让知识分子能够对这一“非人道”的异化的势力发出有力度的反抗声音。

《2666》的中文译者赵德明认为：“《2666》的叙述艺术既是对20世纪下半叶各类小说技巧的高度概括，又有作者独具匠心的创造。这种理论的说法叫作‘全景式长篇小说’。这一理论的主要特征是：超越阶级意识形态的局限，从人类意识的高度看人性的复杂和变化；舞台尽量设计得博大；时间长；人物多；让丰富的事实说话。叙事的话语是冷峻和白描的。”② 的确，虽然波拉尼奥描写到西方启蒙主义以来的一系列重大观念和话语，如共产主义思潮、法西斯主义、新自由主义思潮、进步的观念、种族问题和性别问题等等，但是他既不偏左，也不偏右，而是冷静地面对“过去的、现在的和未来的死亡的验尸报告”，③ 探讨暴力与这些思潮之间的潜在关系，揭露人类进入现代化进程后的精神危机。

《2666》这部小说一共有1125页，2012年出版了赵德明翻译的中译本，这部小说被法国导演朱利安·戈瑟兰改编成话剧后，2017年在天津

① 林语堂：《生活的艺术》，陕西师范大学出版社，2003年，第303页。

② 赵德明：《〈2666〉的人性悖论与思想喻义》，《解放军艺术学院学报》，2012年第3期，第19页。

③ Marcela Valdes. *Roberto Balano*: *The Last Interview and Other Conversations*. With an Introduction by Andrea Valdes. New York: Melville House Printing, 2009, p. 15.

大剧院演出过，居然长达 12 个小时。小说的第一章“文学评论家”讲述四位来自英国、西班牙、意大利和法国的文学教授，他们都出自学院派，有共同的研究对象——对二战后的一位不为世人注意的德国作家阿琴波尔迪的文学作品感兴趣，因而结成学术和生活的密友，在世界各地一起参加研讨会并宣读论文，四人后来卷入多角恋。由于阿琴波尔迪是一位喜欢隐居独处的作家，这些学者们对他的生平所知甚少，所以后来获悉这位神秘作家的行踪后，他们就一起去墨西哥的圣特莱莎市找寻他的踪迹，在那里认识了一位当地的哲学教授，名字叫阿玛尔菲塔诺，但是他们最后都没有找到那位神秘的德国作家阿琴波尔迪。第二章“阿玛尔菲塔诺”就是以这位智利哲学教授为主人公而展开的故事。因为皮诺切特政变，智利哲学家阿玛尔菲塔诺带领全家到墨西哥避难，他的流亡经历似乎带有某些波拉尼奥的自传因素。阿玛尔菲塔诺的西班牙妻子爱上了一位精神病诗人，离家出走，剩下他单独抚养女儿罗莎。在危机重重的大量少女被奸杀的圣特莱莎市，他一直忧心忡忡、惶恐不安，常常跟家里鬼魂的“声音”对话，非常担心女儿的安危。第三章“法特”讲述一位美国黑人记者法特处理完母亲的丧事后，为服务于黑人的纽约《黑色黎明》杂志前往芝加哥采访一位黑豹党创始人西曼，后来又去墨西哥的圣特莱莎市采访拳击赛。到了这座城市，他发现这个小城大量的女性奸杀案更值得报道，可是杂志领导认为跟黑人没有关系，不准他报道。最后他带着偶然相识的阿玛尔菲塔诺教授的女儿罗莎离开了这个充满暴行的城市。第四章“罪行”用的是客观的新闻报道的方式，不加任何渲染色彩地真实报道了近两百个被奸杀的女子的案例，像是一个个怵目惊心的验尸报告，讲述了这个城市很多女性被残害后，警察和政府无所作为的情况，并且揭露这个国家极其腐败的状态——官员和犯罪集团同流合污，整个文化都是典型的男权中心、蔑视女性的文化。第五章“阿琴波尔迪”则以传记的形式，讲述这位神秘的德国作家复杂曲折的人生故事。他出生于普鲁士家庭，从小就特立独行，年轻时被征兵参加了二战，到过波兰和苏联，无意间发现了一位犹太人的手记，因而了解了斯大林极权统治下苏联作家被迫害的情况，后来又了解到德国人残杀犹太人的惨无人道。战后他开始写小说，受到德国一位出版家的青睐，但是他不喜欢交际，一直在世界各地漂流、居无定所，他的小说的销量也非常低，属于不被当时文坛重视的作家。直到 90 年代才受到一些文学评论家的重视，甚至他得诺贝尔文学奖的呼声突然变得很高，但是他依旧过着简单平静的隐居生活。小说的结尾，他打算出发去墨西哥的圣特莱莎市，因为他的侄子被认为是连环杀手，被关在那里的监狱。小说至此戛然而止，让读者自己去推测，并跟前面几章去做衔接。

我们在《2666》中可以看到一些博尔赫斯小说中的元素，比如人物的梦与现实有神秘的关系，作者自由地徜徉在世界文化的天地里，拥有“百科全书式”的知识量，具有世界主义的“全景”视野，跨越不同文体的界限，让小说、散文、书信、新闻报道等文体相互补充和转换，并把一些人文知识如哲学、历史、人类学、艺术、诗歌、神话、小说等专业知识巧妙地变成小说虚构的一部分，大大延伸了作者的文学想象力。但是波拉尼奥和博尔赫斯又截然不同：一个密切关注社会现实和世界历史；另一个则躲进书本和幻想天地里，热衷于写充满知识性的幻想小说。当马里奥·巴尔加斯·略萨评价博尔赫斯的作品时，他写道：“博尔赫斯世界独一无二的特征在于：在那里，生存、历史、性、心理学、情感、本能等等，都被消解了，都被压缩为仅仅属于精神的天地。生活，这个沸腾和混乱的骚动，是经过博尔赫斯的过滤成为神话，经过升华成为概念之后来到读者面前的。他的过滤属于从逻辑上进行清洁的工作，它是那样地完美和彻底，以至于有时会让人觉得他不是要纯净生活，而是要废除它。”① 即使博尔赫斯写到暴力，它似乎只是传说中的一个元素，给他那些玄学和抽象的题材增加一些神奇的魅力，像一座艺术雕像，让人可以放心地观看，不用担心被匕首或酷刑伤害，他笔下的暴力不沾泥土的气息。然而，波拉尼奥却正相反，他紧紧地抓住政治、现实和历史，把暴力和死亡冷静而赤裸裸地展示给我们，不满足于只是写幻想文学。他对历史和现实中的灾难、浩劫、邪恶充满敏感，迎面而上，绝不妥协，引领读者来到满目疮痍的历史现场，甚至死亡现场，像法医一样冷静地勘察尸体，试图诊断历史与伤痕、暴力与正义、文学与邪恶等的关系。

三、文学可以变成一种隐秘的暴力

文学与邪恶的关系一直都是波拉尼奥喜欢表现的主题。他的小说

① ［秘鲁］马里奥·巴尔加斯·略萨：《博尔赫斯的虚构》，赵德明译，《世界文学》，1997 年第 6 期，第 149－150 页。

《美洲纳粹文学》借用了博尔赫斯的《恶棍列传》的形式，只不过把眼光转向文坛，用天马行空的想象力杜撰了92名文坛恶棍、骗子、怪人、疯子，以讽刺的笔法写了他们的生平和作品简介，跨度长达百年，从20世纪初一直到21世纪，但是在小说中又常常提到历史和文坛中的真实人物，在真实与虚构中自由转换，书的结尾甚至还特别列举了美洲大陆跟“纳粹文学”相关的出版机构，以证明其“真实性”。《纽约时报》的书评对这部小说这样评价：“谁说文学对历史没有真正的影响力？至少对波拉尼奥不是。对他来说，文学是令人不安的变量、是非难辨的力量，拥有自我创造、自我评价、自行塑造神话的可怕力量。纳粹诗歌是一个矛盾语吗？在波尔尼奥的设定中可不是，相反的，它大有可能出现。”

波拉尼奥在《美洲纳粹文学》中写的这些文坛恶棍，有的是骗子和流氓，追逐名利，靠剽窃别人的作品而暴得大名，但是有的居然真的具有文学创作的才华，不缺乏文学想象力，也不缺乏新颖的文学审美形式，比如有的诗人会写意象和韵脚都很出色的诗歌，有的会写先锋派戏剧，有的作家可以在自然主义、现实主义、现代主义、超现实主义等文学形式之间找到自己的路数，有的会设计颇有创意的行为艺术。然而，这些无论是蹩脚的还是有文学才华的作家，都有一个共同点——缺乏质朴和正直的心灵。正因为他们没有慈悲心，他们在文学作品中宣扬的基本上是“垃圾”思想，不是虚伪地附庸风雅，就是公开宣扬纳粹精神，或是歧视犹太人、女性、同性恋，要不然就在作品中堆积低级下流、污浊不堪的内容，而且他们的为人也非常低劣，有的杀过人，蹲过监狱，绑架过人，参与过折磨人，宣扬过暴力和仇恨，有的基本上就是个精神病人，有的是坑蒙拐骗之徒，有的是利欲熏心之徒，所以他们是文坛的恶棍，没有一个人拥有正直和善良的心灵。他们不仅自己生产垃圾，在文坛有一定的地位，而且还有一系列的文化产业，如出版社、杂志、报纸等替他们传播和繁殖这些可怕和有害的思想。比如，有一位文坛恶棍想跻身上流社会，他说只有两个办法：“一是通过公开的暴力手段，这招不行，因为他性格温和，还容易紧张，看见血就恶心；二是通过文学创作，因为文学是一种隐秘的暴力，是获得名望的通行证；在某些新兴国家和敏感地区，它还是那些一心往上爬的人用来伪装出身的画皮。”①

---

① ［智利］罗贝托·波拉尼奥：《美洲纳粹文学》，赵德明译，上海人民出版社，2014年，第137－138页。

在波拉尼奥的眼里，“文学是一种隐秘的暴力”，如果这些文坛恶棍的文字成了社会主流，那么对人类的历史和现实将是怎样的危害啊？

刘再复在《什么是文学——文学常识二十二讲》中，谈到文学的三大要素：一是心灵，二是想象力，三是审美形式。但是他尤其强调第一要素是心灵：“可以说，文学事业就是心灵事业，是心灵通过想象外化成审美形式去感动读者的事业。文学既是心灵的载体，又是想象的载体。凡是不能切入心灵的作品，都不是一流的作品。”① 他还进一步指出：“什么是‘文学的心灵’呢？‘文学的心灵’一定是超功利、大慈悲、合天地的心灵。要当好作家，不是只掌握一些艺术技巧就行，还要有大悲悯的心灵，像基督、释迦牟尼一样，才能写好大文章。”② 波拉尼奥在《美洲纳粹文学》中提出的其实是同样的问题，那就是文学最重要的还是心灵世界，只不过他是从反讽的角度来论证这一论点的。《美洲纳粹文学》里那些卑劣的所谓“作家”和“诗人”，那些华而不实的追求功利之徒，那些内心深处是一名纳粹的人，那些满脑子都是肮脏想法的人，他们一边把文学变成了传播暴力和邪恶的工具，另一边又有能力从事“新小说”和先锋作品的创造。最可怕的是，这些人常常在文坛占据一席之地，拥有一定数量的读者群和市场，一些文化机构又积极地帮助传播他们的垃圾思想。如果在鲁迅的眼里，文学是可以救治国民灵魂的工具，那么波拉尼奥则没有那么乐观，他提醒我们，文学并不像我们想象的那么简单和无辜，因为文坛恶棍也可以用文学来制造暴力和邪恶，可以把人拉进“心灵的地狱”。

四、沙漠中的恐怖的绿洲

波拉尼奥在《2666》中其实继续探讨了文学与暴力、文学与邪恶的问题，只不过这一次，他不是用讽刺的方式来看待“文坛恶棍”，而是用一种悲凉的眼光来观察当下文坛中的文学评论家、大学教育家和文化承载者——这些文明的传播者。虽然这些人并不是《美洲纳粹文学》的“文坛恶棍”，他们只是正常人，大多是职业文化人或学院派出身的文学评论家、大学教育者，但是他们的身上已经丧失了斯坦纳呼唤的人

①② 刘再复：《什么是文学——文学常识二十二讲》，香港三联书店，2015 年，第 82 页、第 17 页。

文精神，在社会的暴力和邪恶面前，完全“沉默”和充满无力感。

《2666》以波德莱尔的一句诗“沉闷的沙漠中的恐怖的绿洲”作为小说开篇的题记。波德莱尔的原句是：“从旅行中获得的知识是多么酸辛！/单调狭小的世界，不论昨今和以后，/永远让我们看到我们自己的面影，/就像沉闷的沙漠中的恐怖的绿洲！”① 这句诗，让我联想起汉娜·阿伦特在《政治的应许》中提到的“荒漠中的绿洲”的意象。她用荒漠来比喻当代世界的具体状况，比喻我们对世界的不断丧失，陷入一个不仅是“无物”，而且是“无人”的虚无主义世界，她说极权主义的风暴会威胁到沙漠中的绿洲，如果没有这些绿洲，人类更是无法生存和呼吸。对于汉娜·阿伦特来说，“绿洲是那些独立于或大体独立于政治环境而存在的生活领域”。② 或者说，能够赋予生命的绿洲，指的是那些遗世独立的艺术家、隐居独处的哲学家、爱情和友谊。然而，汉娜·阿伦特既反对努力调整自己而适应荒漠的生存方式，也反对从荒漠逃亡到绿洲的生存方式。前者只会让我们变得麻木，比如，她说现代心理学是荒漠心理学，帮助我们适应荒漠，而不再感到痛苦，逐渐“变成真正的荒漠居民，在荒漠中觉得像待在家里一样的舒适自在”，不再积极地去改变外在的荒漠；后者则因为“当我们为了逃避而走向绿洲时，我们便破坏了维系生命活力的绿洲。因此，有时看起来似乎是所有东西串通起来要让荒漠环境普遍化”。③ 她反对逃避主义，反对逃避到绿洲里，而是主张我们应该成为“行动的人”，成为“在荒漠环境中仍然保有生命激情的人”，敢于直面那些摧毁世界之恶，在困境和荒漠中积极地开拓公共空间，“唯有我们自然生长出来的根能制造一个新的开端。就像大自然的树木，它们将根扎到大地深处以改造贫瘠的土地，新的开端也能够把荒漠变成一个人类的世界”。④

我不知道波拉尼奥是否曾经读过汉娜·阿伦特的“荒漠中的绿洲”的隐喻，但是《2666》的各章其实一直都贯穿了这个隐喻。那些荒漠的扩张也就是人类邪恶和暴行的扩张，在小说中比比皆是。而绿洲就是那位特立独行的德国作家阿琴波尔迪，他在战后独立于政治，过着隐居

① ［法］波德莱尔：《恶之花》，钱春绮译，人民文学出版社，2011 年，第 316 页。

②③ ［美］汉娜·阿伦特著，［美］杰罗姆·科恩编：《政治的应许》，张琳译，上海人民出版社，2016 年，第 170 页、第 169 – 171 页。

④ ［美］杰罗姆·科恩：“编者导言”，见《政治的应许》，第 19 页。

的生活，专心写自己的小说。绿洲当然也指一种可以逃避到哲学、艺术、爱情和友谊而对外界政治不闻不问的生活。所谓“恐怖的绿洲”则指当下知识分子因为完全丧失了对现实社会的影响，不是完全适应了在荒漠中生活的能力，就是大量逃到了绿洲，破坏了维系生命活力的绿洲，让荒漠化变得更加普遍，而绿洲也面临逐渐干枯、临近消失的危险，所以可以被称作“恐怖的绿洲”——绿洲一旦被破坏，整个世界就会被荒漠占领，我们则无法呼吸。

《2666》写了一批当下的知识分子，尤其是大学体制内的知识分子，他们可以代表“荒漠的恐怖的绿洲”，虽然接受了良好的教育，可是他们的声音是“沉默的”，对荒漠充耳不闻、视而不见。

第二章的智利哲学家阿玛尔菲塔诺有一天发现家里有一本跟他的专业毫不相干的书——拉法埃尔·迭斯特的《几何学遗嘱》，于是他模仿艺术家杜尚，把那本对他来说完全没有用的书挂在了院里晒衣服的绳上，让这本书经历风吹日晒。杜尚当初的意图是：“他因为败坏了‘一本满是原则的书之原则性’而感到快活；他甚至暗示一位记者，那本几何学著作由于经受了风吹雨打而终于明白了生活四件事（衣食住行）。”这本晒在衣服绳子上的几何书，其实是这部小说的一个非常重要的隐喻，在我看来，它意味着那些文明、文化、文学的制造者和承载者，已经变成了一本毫无用处的可以晒在衣服绳上的书，对黑暗和风暴没有什么感觉，沾上了灰尘也无力打掉，对社会已经不能产生任何影响了。就像杜尚一样，“他的全部生活就是一件 ready-made（现成的），这是一种安抚命运又避免警铃的方式”,① 也就是一种不疼不痒、可有可无、只是模拟和戏仿而并无原创力的方式。但是可悲的是，这种生存方式几乎弥漫当代的整个知识界、文化界和教育界。阿玛尔菲塔诺清醒地意识到大学教育和文坛中的种种弊病，所以用这种“行为艺术”来表达他内心的一种深深的悲哀和无奈，他属于无法适应荒漠的人。在小说的第一章里，当他跟欧洲来的研究德国作家阿琴波尔迪的学者们对谈时，他曾经有一段反思墨西哥知识分子与权力关系源远流长的谈话，然后他也延伸到对整个欧美和拉美大学与人文机制的批评，他说那样的机制只能让知识分子闭目塞听，没有兴趣看到真实的世界，只会追求自己的名利，

---

① ［智利］罗贝托·波拉尼奥：《2666》，赵德明译，上海人民出版社，2012 年，第 193 页。

完全失去了对现实的关怀和批判。他说：

> 知识分子的工作，说到底，可怜之极。著述中花言巧语，让人感觉是一场暴风骤雨；高谈阔论，让人感觉十分震怒；写作中严格遵守规范，里面只有沉默，既不震聋也不发聩。知识分子说些“啾啾、喵喵、汪汪”，因为巨型动物或说巨型动物的缺席，他们没法想象。另外，知识分子工作的舞台非常漂亮，非常有想法，非常迷人，但是舞台的体积随着时间的流逝而逐渐缩小。舞台的缩小丝毫没有减弱舞台的效用。仅仅就是舞台越来越小，观众席越来越小，观众数量自然也越来越少罢了。①

阿玛尔菲塔诺的反思很深刻，他说的其实就是斯坦纳提到的“语言的沉默”的问题，是当下知识界已经丧失了人文精神的问题。当今的知识分子，因为大学体制的束缚，只懂得专业的知识，越来越自我封闭，对现实中发生的事情非常冷漠，没有任何社会责任感，没有兴趣对现实的问题发出任何声音，所以他们的观众也就越来越少，舞台也越来越小，越发故步自封在学院的大墙内。阿玛尔菲塔诺说的这些反思的话，那几位欧洲学院派的知识分子居然完全没有听懂，仍旧悠然自得地享受着学院墙内越来越狭小的生活，即使到了充满黑暗的城市，对人性的暴力和邪恶也跟完全没有看见一样，丝毫不关心，只顾纠结在自己的情爱和性爱世界，满足于只有他们自己才听得懂的“小圈子的话语”。

第一章描写的那四位英国、法国、意大利、西班牙的欧洲文学批评家，因为找到了一位富有传奇色彩的德国作家阿琴波尔迪的小说，发现是一个被文学评论界忽视的作家，于是开始做关于他的研究，这位德国作家的小说作品成了他们的“学术资本”，让他们从贫穷的学生时代翻身，顺利找到教职，在他们所任教的大学升等，成了正教授，做了系主任，变成了学界的权威，并满世界开国际会议和旅游，形成一个四人的小圈子，自说自话、自得其乐、名利双收，“漂流在欧洲四所德语教研室舒适的河流里”，② 说着一些只有极少数人听得懂的专业话语，从公共空间完全撤退，失去了以往的知识分子对社会的大关怀。这四个人还卷进无聊的“四角恋”，甚至法国教授和西班牙教授同时跟英国女教授

---

①② ［智利］罗贝托·波拉尼奥：《2666》，第 128 页、第 47 页。

丽兹上床，波拉尼奥以此暗讽他们毫无意义的“小圈子主义”。小说中，波拉尼奥用智利哲学家的话来讽刺他们这种画地为牢的学术生活，讽刺他们对传奇性的德国作家的研究，只是在追逐一个影子，甚至是自己的影子，把自己生活和工作中的一切统统寄托在这个影子上面，直到末日来临也不会醒悟。这些学者的生活只是内行人或专业人的游戏，就像戴维·洛奇在《小世界》中所讽刺的，他们周游世界、参加国际会议只是为了追求权力、荣耀、地位和感官享受，并不追求真正的学术意义，对在现实中开拓公共空间丝毫不感兴趣。

这些当下的学者不像20世纪早期的知识分子，比如本雅明、卢卡奇、威尔逊、利维斯等，具有共同的人文精神，把文学批评当作社会批判，对人类的行为可以产生正面的影响。《2666》第五章描写了一位七十多岁的德国大出版家布比斯先生，他身上就带着以往知识分子的这份人文关怀与社会责任感，让人肃然起敬。他出版过德布林、穆齐尔、卡夫卡、托马斯·曼等名家的著作，当然他出版过的青年作家中也有许多人后来变成纳粹党员或参加过党卫军。他自己统计过这个数字，统计的结果几乎让他想自杀。由于他的太太是犹太人，他只好流亡到伦敦，可是战后，他还是回到德国，继续他的出版事业，希望经历了漫长的纳粹文化荒芜后，他能够为社会发现一批新的作家。一贫如洗的阿琴波尔迪就是他发现的，即使阿琴波尔迪的小说没有什么读者市场，一点都不赚钱，甚至赔钱，他依然坚持出版这位年轻德国作家的小说。他是一位真正的出版人，不为市场考虑，而是有更大的文化关怀和理想，他和他那一代的出版商和书商对书抱着一种纯粹的热爱。比如他的一位老书商朋友敢于冒着违反纳粹黑森林法而被杀的生命危险，像保存圣物一样地藏起布比斯出版社的图书，“这是一种诚实商人的姿态，是掌握了一个几乎可以追溯到欧洲起源秘密的商人们的姿态，是一种神话或者为神话开门的姿态，它的两个主要支柱就是书商和出版商，而不是作家——走异想天开的道路或者痴迷于无法捉摸的幽灵，而是书商、出版家和一位佛兰德斯画派画家笔下弯弯曲曲的道路”。① 可惜，像布比斯这样的文化出版家在我们当下的时代几乎消失殆尽了。他就是属于阿伦特所期待的“行动的人”，用自己的实际行动来重新开拓被纳粹破坏了的荒芜的文化事业。

---

① ［智利］罗贝托·波拉尼奥：《2666》，第772页。

五、无边无尽的荒漠

《2666》之所以分量非常重，跟波拉尼奥大量地写20世纪的暴力有关，他大幅度地展示当代文明可怕的荒漠状态，似乎在测试读者对暴力的接受能力和忍受程度，冷静地揭露人性可怕的深渊和黑洞，让他这部厚重的遗世之作成为关注人类命运的警铃。人性恶有个人基因的因素，有文化环境后天塑造的因素，也有国家极权主义的因素——这些出现在20世纪欧洲和拉美的种种暴力现象，他基本上都涉及了。比如有极权主义风暴下人类集体犯下的罪恶和暴力。波拉尼奥写到的苏维埃政权下的无产阶级作家如鲍里斯，富有新左派的激情，相信革命和暴力的手段，认为革命是创造新世界的力量，会给人类带来进步和幸福，甚至浪漫地认为“革命会最终消灭死亡”，会消灭一切。不过，他和他的作家同伴很快就成了这场暴力革命的牺牲品。当波拉尼奥写到德国军人，他有一大段文字写这些德国高级军官一方面拥有非常丰富的文化知识，可以像知识分子一样探讨哲学、宗教、艺术等话题，可是另一方面他们又可以在战争中残忍地进行屠杀行为。还有一位平常的德国人在波兰担任过一个机构的副主任，只是一个平庸的人，可是当他收到命令要处理掉500名波兰人时，仍然不加思考地去执行这个命令。他手下杀犹太人的人手不够，就让村里的波兰少年也参与杀戮，这完全就是阿伦特批判的“平庸之恶”的表现。

这些关于极权主义与暴力的关系，波拉尼奥大多从侧面描写，可是当他描述墨西哥圣特莱莎市大量年轻女性被奸杀的一系列事件时，他则正面强攻，用了整整一章的篇幅来写令人毛骨悚然的“死亡现场”。王德威在评论余华小说的时候，提到过“暴力的辩证”问题，他说：“余华借写作来祛祓暴力魔魇，但也（不由自主的）‘演出’暴力。他对暴力的辩证姿态几乎使他成为大陆小说界的乩童了。”① 文学中对暴力的表现确实是一把双刃剑，有其复杂的两面性，比如莫言的《檀香刑》也一样陷入这一悖论，一方面作者旨在鞭笞中国古代的酷刑，但是他对暴力的过度书写在不知不觉中变成了一种暴力“演出”。也许正是由于这一辩证关系，波拉尼奥采取了新闻报道式的写法，并且选择写“死亡现场”，以法医的眼光来写女性尸体，不夹杂任何感情的因素。从1993

① 王德威：《跨世纪风华——当代小说20家》，第172页。

年的第一起奸杀案写起，然后如实地记录之后每年每月出现的女尸，一直写到 1997 年的最后一个案件，如同长篇的法医报告。每一位被奸杀的女性的案件都非常雷同，大多数是十几岁的少女，有长长的头发，为了养家糊口，早早就进入工厂工作，她们的尸体都有生前被残忍地强暴和折磨的特征，死后被随意地丢弃在大型的垃圾场、高速公路的绿化带、工厂的空地等公共场地，有的只被埋了半截，有的连埋都没有埋，曝尸荒野。而当地警察司空见惯，只是懒懒地调查几日，常常抓不住凶手，然后就草草结案，把这些尸体葬在城市公墓里。波拉尼奥并不描写这些女性被奸杀的过程，但从对她们尸体的法医鉴定上，我们可以想象她们生前曾经忍受过的凶残的暴力。这种冷静的描述回避了书写对暴力的延伸，也回避了对女性受害者的第二次暴力——书写的暴力。作为读者，我们不由得思考，这些女性的尸体，跟二战中德国法西斯屠杀犹太人及斯大林的暴政有什么关联之处？这一个个残骸是文明被摧毁之后的“遗迹”的延续吗？这些罪恶是人性中的兽性造成的，是文化生成的，还是国家制度造成的？如果法西斯主义和斯大林的专制是关于国家极权主义和人性恶的关系，那么墨西哥女性的大量死亡是关于自由与邪恶的关系吗？在这一章里，波拉尼奥给了我们一些暗示，那就是这些女性的死亡跟墨西哥对女性歧视的文化环境有关，比如墨西哥警察在酒吧谈论到女性时，完全把女性当作没有脑子的“性物品”而已：

> 讲笑话的人说：来啊！伙计们，给女人下个定义吧！无人回答。答案是这样的：就是围绕阴道形成的细胞组织！于是，有人笑了。是个检察员。他说这个笑话很好，就是细胞组织嘛。对呀，先生。又讲了一个，这回有国际意义：为什么自由女神像是女的呢？因为需要一个没脑子的人，好在头上设置了望台。再讲一个：女人的大脑分成多少块？伙计们，这要看情况啊？……看你揍她有多狠。……或者可以这样说：女人如同法律，制定出来就是要破坏的。①

连这些执法者对女性都是如此蔑视的态度，他们面对再多的女性尸体也不会有太多的同情心和怜悯心。在这一章“罪行”中，波拉尼奥

---

① ［智利］罗贝托·波拉尼奥：《2666》，第 531 – 533 页。

将对暴力的思考跟地方文化、国家差异、拉美政治状况和历史传统等联系起来，他非常悲观地告诉我们，不光极权国家有罪恶，民主社会一样有罪恶；专制会产生暴力，自由也一样会产生暴力。

《2666》中也写到个体的暴力。比如第一章中的法国教授和西班牙教授，属于受过高等教育的衣冠楚楚的绅士，可是当一位从巴基斯坦来的司机看不惯他们同英国女教授的三角恋情，说在巴基斯坦把这种女人称为“婊子”，而把他们称为“二流子”的时候，他们居然大打出手，把那位巴基斯坦司机打得昏迷不醒、满脸出血，说是为巴黎的女权主义者出气，并且用暴力手段后，三位教授居然有经历性高潮的感觉。在这段小小的故事里，波拉尼奥不仅揭露人的兽性像冰山下的潜意识一样，无论他受了多少文明熏陶，仍旧隐藏在人性的黑洞里，随时可能爆发，而且对所谓的欧洲知识分子虚伪的“政治正确”也带有反讽的态度。

六、结语

波拉尼奥在小说的最后一章里写的德国作家阿琴波尔迪是这部小说的一个灵魂人物。他从小就跟世界保持距离，有属于自己的想象世界，即使不得不参加二战，他也总是处于一种“游离状态”，属于一种在内心选择“自我放逐”的人。在战争中，他读了苏维埃犹太作家的手记后，被其中关于人性的文学内容深深吸引，早就超越了可怕的战争划出的战友和敌人的界限。二战后，他过着最简朴的生活，他由写小说得到的稿费仅仅够维持最基本的生活，所以他什么底层的工作都做过，但是坚决不肯为自己的作品做任何宣传。他热爱自由，不愿意被战争束缚，不愿意被世俗的名利和金钱束缚。他不想当什么名人，在他看来，“就算不是追名逐利向上爬，成名的态度也会是暧昧的，也会谎话连篇”，“名气和文学创作是不共戴天的敌人”。波拉尼奥非常欣赏这种遗世独立的文学家的态度，当然，这种态度更像以赛尔·柏林定义的“消极自由”，是“荒漠上维系人类生命的绿洲”，追求不被极权或世俗利益所干扰的最起码的私人创作空间，只有在这样自由的空间里，文学家和艺术家才能创造出真正好的作品。不过，虽然波拉尼奥充分肯定这种艺术家独立于世俗名利束缚的生活态度，他还是希望当下的知识分子有拥抱“积极自由”的勇气，不要纷纷逃到这片绿洲里，让人类的荒漠变得更加普遍化。

《2666》从头至尾都流露着波拉尼奥伤感的情绪——深深的、无尽的悲伤，就像智利哲学教授阿玛尔菲塔诺给丽兹的印象："他是个悲伤的人，迈着巨人的步伐向死亡走去。"① 然而，即使对人类的命运抱着绝望和悲观的态度，他仍然期许我们当下有更多类似新闻记者法特、欧洲出版家布比斯那样"行动的人"，那些敢于在人类的无尽的荒漠中开拓公共的政治空间的人，那些敢于面对地狱和摧毁世界之恶的人。可以说，《2666》是警铃，是敲碎人们内心冰海的冰镐，是荒漠中的嚎叫；它不是从世界逃离，而是迎面而上，直面人类灾难和死亡的残骸与遗迹，希望自己的书写可以警醒众人，带来一个新的开端。

（作者单位：香港科技大学）

① ［智利］罗贝托·波拉尼奥：《2666》，第120页。

去冷战批评与中国文学现代性

王晓珏

1949年是中国历史上一个重大的转捩点。在地理上，它导致了多重离散、分隔与动荡；在文化上，它引发了歧义纷呈的政治文化想象。流亡和疏离的经验启发了去地域化（deterritorialized）的自我反思，以及理解历史与文化的新的可能性。1949年之后，中国文学版图呈现出多元的、跨地缘的特点。中国文学、新文学、现代文学、国族文学这些范畴是否依然有效？如何在国族文学的传统分野之外，寻求新的研究视角？1949年也是全球冷战格局形成的一个关键点。冷战开启的地理学，在政治、文化、语言层面上生成了新的边界、中心、路径、网络与交叉点。处于冷战的亚洲与世界的格局之中，中国文学如何重新寻求在兴起的世界文学中的特殊定位？

笔者的《冷战与中国文学现代性》一书动笔于"9·11恐怖袭击事件"不久之后的纽约。当时，美国主流媒体对恐怖主义的描述，动用了许多冷战时期的二元对立的话语和修辞，并宣告新冷战时代的到来。学界对文化冷战的兴趣逐渐增长，越来越多的研究开始关注冷战时期东西方政府如何借助文化的武器竞争意识形态与文化霸权。① 其中翘楚当推桑德斯于1999年出版的专著《文化冷战：中央情报局和文艺世界》（*Cultural Cold War*: *The CIA and the World of Arts and Letters*），仔细钩沉了在美国和欧洲中情局通过对艺术家和知识分子团体的隐秘资助进行的种种反共文化项目；尼古拉斯·卡尔2008年的《冷战与美国新闻署

---

① 参见Frances Stonor Sauders, *Cultural Cold War*: *The CIA and the World of Arts and Letters*, New York: New Press, 1999; Nicolas J. Cull, *The Cold War and the United States Information Agency 1945—1989*. Cambridge: Cambridge University Press, 2008; Andrew N. Rubin, *Archives of Authority*: *Empire*, *Culture*, *and the Cold War*, Princeton, NJ: Princeton University Press, 2012.

1945—1989》(*The Cold War and the United States Information Agency 1945—1989*)一书，对美国新闻署在冷战期间的公共外交方面的参与与介入进行了完整的描述；安德鲁·鲁宾2012年的《权威的档案：帝国、文化和冷战》(*Archives of Authority*: *Empire*, *Culture*, *and the Cold War*)，考察了美国中情局的文化自由大会（The Congress for Cultural Freedom）如何以反共为名推崇某些特定作家，以塑造跨国世界文学的新经典。

笔者的《冷战与中国文学现代性》则从20世纪出现的对中国现代性的多重想象出发，在全球文化冷战的语境中思考1949年对于中国的意义。通过对沈从文、丁玲、冯至、吴浊流和张爱玲在1949年前后的文化活动的考察，探讨文学实践中彼此竞争、融合或冲突的想象现代中国的模式。这些知识分子对艺术与政治、国族与叙述之间的微妙关系的思索，或在祖国大陆，或在台湾、香港，或在海外，跨越地缘政治的隔阂，构成全球文化冷战图景的重要部分。这些未完成的或是被压抑的理念与想象，在后冷战时代的文学与文化实践中重新浮现出来。

在中国文学的研究中，跨越1949年的断裂具有重要的意义。40年代与50年代的中国文学为我们理解中国文学现代性，理解美学与政治、国族与叙述之间的复杂关系提供了一条隐匿的线索。把1949年视为断裂和转机，视为世界冷战格局的一个重要环节，可以帮助我们超越内观式的对民族文学的执着。迄今为止，绝大多数对冷战中国的研究大都集中在国际政治与外交关系的领域。对1949年的社会文化维度的研究很少。在考察冷战盛期——40年代末至60年代初——祖国大陆、台湾、香港，以及海外华语地区的文学活动时，我认为，相比于历史或政治分析，文学研究更能够把握住冷战变化多端的性质。自从中国文学作为一种现代文化机制出现之后，它就始终深切地与民族、民族主义和国家建设缠绕在一起。在整个20世纪的历史中，没有哪个时段的现代中国文学比冷战时期承担了更为深重的政治责任。

我所选择的五位作家为想象现代中国与文学现代性提供了重要的视野，希望能够为现代中国文化思想绘制地形图。对这五位作家的讨论并无意覆盖现代文学的全貌。还有许多同样重要的作家，他们的文化实践同样也具有症候性的意义。但本文只能稍作提及，甚至遗憾略过：钱锺书和他的《围城》、路翎和他的《财主的儿女们》、赵树理和他的长短篇小说、刘以鬯和他的《酒徒》等等。我也无意把这五位作家看作中国知识分子的精神代表，或者政治牺牲品。在那个转折时代，他们和绝大多数中国人一样困惑彷徨。但因为他们的坚持与努力，遭遇了更为深刻的痛苦。本文试图跨越文体、性别、学科、语言和意识形态的界限，考察中国冷战文学中互相竞争的多重想象，考察文化与人类生活的方式。在这些中国作家最出色的作品中，他们创造出了各种沟通、连接与阐释的方法，来揭示、对抗那种将东方对立于西方、将共产主义对立于资本主义、将极权主义对立于民主制的冷战二元论。这些差异与融合、争论与协商的努力，证明了他们的智识能力可以在铁板一块的冷战世界打开缝隙与孔洞。

随着1989年东欧社会主义国家的崩溃，国际冷战对峙告一段落。然而，即便全球化似乎轻而易举地席卷了所有地缘政治疆界，世界的冲突与分隔却并未随冷战而终结。在冷战似乎已成往事之时，冷战思维方式依旧顽固地存在于当下。不论是革命的国家主义话语还是资本主义全球化，不论是新帝国想象还是反恐主义，冷战思维的幽灵飘荡不散。我们如何去建构一种新的思维方式，一种有效的去冷战批评的实践话语，来讨论后冷战时代变动的全球现状？如何去寻找新的知识形式，以打破冷战的二元对立，去接触他人的文化与历史，并重构历史与文学的辩证法？作为表达、再现与传播领域的文学与文学批评，又如何继续存在、发挥效用、获取意义？带着这些问题，本文讨论冷战最后几年里的一些特定时刻发生的叙述与交流的失效、暧昧与沉默的时刻。通过考察这些与文学、人道主义和国际主义等观念相关的实例，我们得以探寻一种去冷战批评的可能性。去冷战批评的目的在于构筑不同人民、文化与思想间新的交流途径，并想象一种新形式的国际主义，或者说是一种新的世界文学的概念，它将更接近于歌德的原初理念——新的传播、沟通与阐述人类经验的模式。

1981年，在恢复政治名誉后，丁玲赴美参加爱荷华大学的国际写作计划（International Writing Program）。在这次访问美国的旅程中，丁玲不断地被问到她在50－70年代经历的磨难。对于她的美国观众来说，丁玲下放北大荒养鸡的经历是极权政治迫害和国家暴力的最好例证。但是丁玲却以一种出人意料的轻快口吻，描述她的农场生活。这不仅使她的观众们感到困惑、失望，甚至愤怒，而且经常被引为证据，批评她在80年代的极左立场。

在一次华府的晚会上，丁玲又一次被中外人士邀请谈谈她的养鸡岁月。丁玲淡淡地说，“养鸡也很有趣味”，震惊全场。这些热心的听众继续追问缘由，并提议丁玲写一部自传，警醒下一代，历史不再重复。面对所有人热切的目光，丁玲冷静地回答，她不在乎记录什么个人历史，“个人的事，没有什么写头”。① 对话在一阵尴尬的沉默中结束了。丁玲后来回忆到，她曾想给这些人上一课，却又找不到合适的词语。因此，她悄悄地走开了。

这是一次典型的冷战式遭遇，是共产主义的集体主义观念和自由民主式的人道主义观念之间的一次失败的沟通。对于丁玲来说，共产主义是所有人类社会的至高理想，尽管它曾经在中国走了一段错误的道路；而对于她的美国观众来说，将一位作家下放去饲养动物无疑是对基本人权的侵犯。将自由主义资本主义关于人道主义或个人主义的观念加诸丁玲的经验的这种冲动，已然将丁玲预先设定为一位共产主义的受害者、目击者，以及幸存者，而这样一种身份恰恰是为丁玲所顽强地拒绝的。

丁玲当然不会对人道主义或个人主义的话语感到陌生，20 世纪 20 年代，她在文坛的亮相之作正是揭露了它们的局限。她的早期作品，包括《莎菲女士的日记》，处理了在半殖民资本主义现代化时期新近获得主体性的中国女性所面临的困境。这些作品在倡导个人主义理念的同时，也清醒质疑了其所标榜的普世主义：普世的个人主义话语的弊病在于遮掩了历史及语境的特殊性，譬如帝国主义和殖民主义的侵蚀力量，更不用说种族和性别的差别。冷战意识形态把世界一分为二地分割为共产主义与自由民主体制，其话语的核心部分恰恰围绕着人道主义与人性的观念。在萨义德写于冷战终结前十年的开创性著作《东方主义》中，他批评了作为一种支配性知识形式的自由主义人道主义，并告诫人们注意这一貌似普世的概念中的帝国主义残留：“自由主义人道主义——东方主义在历史上是它的一个部门——延迟了意义的进一步拓展的过程，而正是经由这一过程，才能达到真正的理解。”②

然而，这种冷战式的失败沟通乃至拒绝沟通之所以令丁玲感到不快，其原因不仅在于复杂的国际社会政治秩序问题被以一种可疑的古典自由主义人道主义所编码，更重要的是，在当时她所身处的时刻，即 80 年代初，恰有一种不同类型的人道主义——马克思主义人道主义——在中国大陆兴起。从王若水的《人是马克思主义的出发点》

① 丁玲：《养鸡与养狗》，《丁玲全集（第 6 卷）》，河北人民出版社，2001 年，第 149 页。
② Edward Said, *Orientalism*, New York: Vintage, 1979, p. 254.

（1980）到周扬的《关于马克思主义的几个理论问题的探讨》（1983），从白桦的电影剧本《苦恋》（1979）到伤痕文学，从李泽厚的康德美学到刘再复的“文学主体性”，有关人道主义、人性和人文主义的讨论，在官方、民间，以及批评领域等各个层面方兴未艾。① 20世纪80年代的马克思主义人道主义论辩和对异化问题的批判，试图回应在“文革”中达到顶峰的社会主义危机。然而，社会主义人道主义这一概念的提出，正是以欧洲启蒙价值为其认识论基础的。在这个意义上，它是50年代中期简短的回归欧洲人道主义的思潮在80年代的延续，而这一思想倾向当时曾遭到冯至这样的学者的严厉谴责。同时，它也是对欧洲启蒙理想的一次迟来的肯定与平反。丁玲后来对伤痕文学及其所彰显的人性理念几近苛责的批评人尽皆知。尽管我与她的文学立场并不相同，但我认为丁玲敏锐地捕捉到了社会主义人道主义作品中逐渐消散的革命激情，而这最终预示了90年代的去政治化与去革命化的思潮。② 由于马克思主义人道主义与自由主义人道主义之间含而不露的亲缘关系，它亦无法真正地解释晚近的中国社会主义历史。正如汪晖所言：“在这一解释模式中，社会主义从来不是一种反资本主义的现代化形式；相反，社会主义历史经验是对欧洲现代性价值的一次彻底的肯定。”③

在冷战日趋缓和之际，丁玲同时遭遇了资本主义人道主义和马克思主义人道主义话语的垂询。而对丁玲而言，这两种人道主义都不能提供理解中国的社会主义经验的有效方式。由于这两种人道主义都局限于极权对立民主、压迫对立自由这样的冷战式的二分逻辑，因而在理解人类历史时，它们其实有自己的偏颇，绝非如各自所标榜的那样包容与普世。在冷战方兴时，奥尔巴赫观察指出，冷战的文化危机源于这样一种倾向：“所有的人类活动，要么被塞进欧美模式，要么被塞进苏联布尔什维克模式。”④ 冷战思维的抹平差异、制造分化的力量严重地戕害了

① 周扬报告中的一部分是由文学理论家王元化撰写的。

② 关于丁玲对伤痕文学的批评，可参考《在中宣部一次文艺座谈会上的发言》，《丁玲全集（第8卷）》，第441－442页。

③ Wang Hui，“Contemporary Chinese Thought”，英译稿发表于 *Social Text* 55（Summer 1998），p. 39. 译者为 Rebecca E. Karl。

④ Erich Auerbach，“Philology and *Weltliteratur*”，*The Centennial Review* XIII（Winter 1969），pp. 1－17.

人类世界及其文化多元性。如果说冷战是一种知识生产的方式，“一种思想的类型，权力借此创造分立、差异与歧视”，① 那么它同时也创造了一种破坏知识的方式，并因此限制了知识的生产。

假如关注人的状况与人的历史的人道主义在后冷战时代尚未穷尽其批判潜能，那么，哪一种人道主义仍然保持活力呢？人道主义作为一种批评实践，如何积极并有效地介入我们当下的生活？何种“新的”人道主义观念能够帮助我们创造一种去冷战的批评意识，以有效地处理冷战遗产，并消除那种依然活跃在我们这个后冷战时代的冷战话语幽灵？

在《哲学与世界文学》中，奥尔巴赫扬弃了德国浪漫派语文学传统，提出一种人道主义语文学，以求建立探索历史与文学之关联的文化批评模式，追溯人类“走向对自身的人类状况的自觉，走向对自身天赋潜能的实现”的过程的阐释实践。② 奥尔巴赫敏锐地意识到冷战文化的危险性，这是一个抹除差异、强化同质性的“猛烈而迅速的过程”，这一过程将同质性强加于丰富多元的人类文化宝库之上。尽管如此，对人道主义实践，他依然抱有希望。奥尔巴赫这种着眼于人文主义的人道主义概念旨在推动不同文化传统间的互相理解与文化交流，同时创造一种知识模式，力求在人性的“多元性中发现统一性”。③

在一系列先在哥伦比亚大学、后在剑桥大学开办的讲座中，爱德华·萨义德最后一次诉诸人道主义。他提出了一种批判性的、世界性的人道主义概念，它将有助于处理以全球化与恐怖主义为代表的后“9·11”世界的种种危机。在奥尔巴赫的世俗人道主义的基础上，萨义德指出，世界性人道主义的任务是将其阐释力量用于抵抗任何支配性的、霸权性的文化。萨义德主张，一种全球性的、世界性的、移动的人道主义，“必须发掘沉默，发掘记忆与流离失所者的世界，发掘被排斥、隐形之处”。④ 因而，人道主义语文学的批判锋芒在于揭示在语言中被掩盖、隐藏、扭曲之物的阐释能力。萨义德总结道：

> 人道主义，我认为是一种手段，或是一种自觉意识。我们用它

---

① Andrew N. Rubin, *Archives of Authority*, p. 103.

②③ Auerbach, “Philology and *Weltliteratur*”, p. 5, p. 7.

④ Said, *Humanism and Democratic Criticism*, New York: Columbia University Press, 2004, p. 81.

> 来提供一种最终是反律法的、或是对抗性的分析，来处理言辞的空间与它的各种来源及其在物理与社会位置中的部署，从文本到实际中的挪用或抵抗的场所，到传播、阅读与阐释，从私人到公众，从沉默到解释与言说，再重新返回。当我们遭遇自身的沉默与无常——所有这些都发生在世界上，有赖于日常生活、历史与希望，对知识与正义，甚或是自由的追寻。①

这样一种人道主义实践提供了文本与其所身处的社会现实之间的反律法的或对抗性的分析，因而可以作为一个去冷战批评的起点。在《冷战与中国文学现代性》一书中，我想要揭示的是知识分子即使在最为深重的冷战局囿之下，仍然努力进行人文主义的实践，探求潜在的能动性，以此来跨越意识形态或其他任何支配性知识形式所施加的限制。去冷战的文化批评质疑冷战话语造成的分裂、隔离与歧视，并抵抗“封闭、化合与固着的意识形态形式”。② 假如人道主义依旧能为今日的文化批评注入任何生机，一种去冷战的人道主义实践必须反抗现代化与全球化的同质化力量，必须挑战隔离与区分的约束，同时要尊重所有人类传统的历史与语境的特殊性。唯其如此，任何文化批判意识才有可能，并且有能力在后冷战时代保有政治能量。

这里，让我们重新审视沈从文在80年代初表达的一种关于文化的深刻观念。访美期间，沈从文在哥伦比亚大学发表了一场演讲。在这场演讲中，他重新思考了自己一生不同阶段的工作，思考了北京何以能够成为中国艺术、文化、人文的博物馆，并且滋养了他的两项彼此相关的热情：写作和历史文物研究。③ 在他对湘西的文学呈现，以及在他的艺术史研究中，沈从文不仅仅是编目、描绘、保存了各种人类活动与文化作品，更重要的是，他将它们当作文本加以处理，厘定它们在人类生活的社会、历史现实中的位置，并因此展现出了过去、现在与未来之间的一种联系，这种联系正是沈从文的同代人奥尔巴赫所称的“人类的自我表达的实现”的“内在历史”。④ 准此而言，沈从文的文化实践非常接

---

① Said, *Humanism and Democratic Criticism*, p. 83.

② Rubin, *Archives of Authority*, p. 107.

③ 沈从文：《二十年代的中国新文学》，《沈从文全集（第12卷）》，北岳文艺出版社，2002年，第374－382页。

④ Auerbach, “Philology and *Weltliteratur*”, p. 6.

近于一种人文主义的语文学批评。在中国的文化危机及其不断扩张的意识形态同质化过程中，沈从文在对文物——不论是语言、丝线、数字、铜器或是音符——的这种文本与历史研究中发现了一种保存人性、获得对我们自身的历史产生自觉的方式。人类与人性构成了他一生工作的根基与信仰，正如他的墓志铭所书：“照我思索，能理解‘我’；照我思索，可认识人。”他在这一时期的文化实践可以被视为是对中国文明之危机的深切的回应。沈从文的文化反思为后冷战时代的批判性知识分子提供了一条重要的线索。去冷战批评必须有能力在任何意识形态操控与压迫之外去阅读文本，去捕捉并保存各种文本、文化、历史中的差异与特殊性。

在苏联解体之后，当国家社会主义似乎已耗尽了其变革与实验潜力时，一种去冷战批评同时意味着想象替代性道路的勇气——一种替代性的生活方式、自我表达方式和国际文化交流方式，以挑战由新自由主义全球化所开启的又一轮忽视个体文化历史差异的同质化过程。当弗朗西斯·福山的“历史终结”论将自由民主制设定为人类历史的终极形态时，它同时也透露了一种不可名状的焦虑，一种“足以与自由民主制对抗的具有吸引力的替代性的生活方式或组织人类集体的方式”的匮乏。① 一种替代新自由主义全球化的国际主义形式是否依旧可能？这种国际主义如何有助于恢复歌德所预示的文化传统间的丰富联结与交流的世界文学之概念的活力？对这些问题，下面的讨论将为我们提供进一步的反思途径。

2003 年，陈映真在马来西亚吉隆坡被授予马华最高文学奖项“花踪世界华文文学奖”。在颁奖仪式上，这个奖项的第一届获奖者王安忆谈起了她 1982 年第一次在爱荷华大学“国际写作计划”上见到陈映真以来，后者给予她的智识上的教益。王安忆感慨道，陈映真是一位孤独的知识分子，“他已经被时代抛在身后，成了落伍者，就好像理想国乌托邦，我们从来没有看见过它，却已经熟极而腻”。②

两年后，陈映真也回顾了一次冷战末期发生在爱荷华大学“国际写作计划”的“英特纳雄耐尔”时刻，一个语言与思想失效的时刻，一

① Jan-Werner Müller, “The Cold War and the Intellectual History of the Late Twentieth Century”, in *Cambridge Histories of the Cold War*, 2010, p. 21.

② 王安忆：《英特纳雄耐尔》，《上海文学》，2004 年第 1 期，第 75 – 77 页。

次社会主义者与国际主义者之间的失败沟通。爱荷华大学“国际写作计划”是美国冷战时期非常重要的一个文化机构，由美国诗人保罗·安格尔与他的太太聂华苓创办于1967年，旨在邀请世界各国的重要作家，为他们提供一个交流、对谈和写作的空间。近些年来，美国文化冷战研究者们开始关注并探讨爱荷华大学的文学写作项目与美国冷战机构之间的联系。2014年，艾瑞克·班尼特（Eric Bennett）在《高等教育纪事报》（The Chronicle of Higher Education）上发表长文《爱荷华如何伤害了文学》，钩沉了20世纪60年代安格尔创建国际写作计划的历史，尤其是其中与美国冷战宣传机构的关系。在爱荷华“作家工作坊”成功的基础之上，安格尔设计提出了颇具雄心、面向世界的国际写作计划。针对苏联在莫斯科大学成立的国际学生招募计划，爱荷华的国际写作计划在冷战文化竞赛上更有创意和想象力，企图凭借文学的润物细无声的魅力来征服冷战全球版图。1967年，安格尔成功地获得法菲尔德基金的资助。桑德斯在1999年的力作《文化冷战：中央情报局和文艺世界》中，已经考证了法菲尔德基金其实是美国中情局秘密设置的文化机构，是文化自由大会的主要资助人。所以，国际写作计划所经营的文学无国界的想象背后与美国冷战意识形态有着千丝万缕的联系。

1968年，陈映真第一次收到安格尔和聂华苓的邀请，参加爱荷华大学的“作家工作坊”，然而却没有成行，因为同年他就因其左派立场被国民党当局投入了监狱。直到1982年，也就是丁玲结束在“国际写作计划”的访问一年之后，陈映真才终于获得准许前往爱荷华。对聂华苓而言，国际性的作家论坛的念头与她自己在冷战中的离散经验密不可分。她的文学生涯始于国共内战期间，在台期间为“《自由中国》”（1949—1960）的文学副刊担任编辑。“《自由中国》”在50年代台湾的反共文学之外占据着一片可观的文学领地。在这份自由派刊物被国民党审查之后，聂华苓离开了白色恐怖下的台湾，在美国继续其文学生命。

一天下午，陈映真和一位来自菲律宾的左翼作家阿奎诺一起去访问他们的东欧同志，共同讨论社会主义和社会主义文学的理念。然而，这场对话意外地搁浅在一场关于美国电影的激烈争执当中。东欧作家赞赏这些电影对人性细腻入微的刻画，而陈映真和阿奎诺却谴责这些电影的意识形态渗透，借助文化的包装对美国的冷战保护国的人民宣扬帝国主义。双方操持着带有外国口音的笨拙英语，试图传达对人性与社会主义的不同观点，在这场争论中无法沟通的是语言还是观念？在僵持中，有人突然开始哼唱一首歌——《国际歌》——于是所有人都用自己的母语，加入了由不同语言演绎的合唱之中。那个下午结束在《国际歌》的旋律里，结束在泪水与彼此的拥抱中。

多年以后，在陈映真反思第三世界论和国际主义时，他依旧困惑于那个下午对《国际歌》的召唤：它是“为了一个过去的革命？为了共有过的火热的信仰？为了被唤醒的、对于红旗和国际主义的乡愁”？[①] 爱荷华“国际写作计划”成立的宗旨之一是为国际作家提供一个交流的场合，让“中国大陆作家见一见东欧作家，以了解他们的社会主义与严格的马克思主义之间的不同”，而在这里爆发的这场貌似不可调和的冲突，似乎在一首由各国语言合唱的《国际歌》中被解决或是取代了。[②] 但事实上，这次搁浅的国际主义联盟揭示出了多层面的冲突：不同的社会主义想象之间的冲突、打着冷战反共主义旗帜的美式新帝国主义和新殖民主义与亚非拉国家的去殖民独立运动之间的冲突、东方与西方的冲突（这两个概念都是交叉的，东方在这里包括亚洲和东欧的社会主义阵营，而西方则指欧洲和资本主义阵营，包括地处亚洲的台湾地区与菲律宾）。更重要的是，这场无法调和的论争揭示了寻求一条替代资本主义的新道路的需求及其困境乃至急迫性。因而，在新自由主义全球化似乎已宣告了历史之终结的20年之后，陈映真重提当年同唱《国际歌》的时刻，因为在他看来，那个时刻揭示了一种不同的国际主义形式的可能。

一种去冷战的批评话语必须建立在这样一种坚韧的信念与承诺之上：它是一种批判意识，抵抗任何忽视和掩盖差异的企图，不论其打着共产主义、普世人道主义、全球化，还是反恐怖主义的旗号；它将文化与传统之间的联结深深地锲入人类状况之中；它在人性的多元性中寻找其共同性。只有这样一种批判立场，才能使我们驱除游荡着的冷战的幽灵，避免滑入一种情绪性的感伤话语和道德立场，这一立场试图以个人英雄对抗国家机器和霸权实体。只有这样一种去冷战批判意识，才能让我们的视界超越冷战二元对立话语的局囿，探索并发现中国现代性中的那些微妙与复杂的地方。

（作者单位：美国罗格斯大学）

---

① 陈映真：《对我而言的“第三世界”》，《读书》，2005年第10期，第17－24页。

② Herbert Mitgang，“Publishing：Chinese Weekend in Iowa”，*New York Times*，August 17，1979，C24.

论世界文学语境下的海外汉学研究

季　进

一、作为关系的"世界文学"

尽管近年来的研究一再揭橥，在西方，所谓的民族文学研究，特别是针对第三世界的文学研究，不可避免地带有东方主义色调，几个世纪以来的文化陈规和学术惯性，潜移默化地侵蚀着知识的透明度和公正性，但是，这丝毫不妨碍人们，尤其是在第三世界内部，积极寻觅文学本土性和民族性的步伐与信心。一方面，我们可以把这种鲜明的反差看成是，东方世界试图在一个以西方为主导的全球框架中去积极实践和生产一种"真"的"个性"或曰"他性"的冒险；另一方面，这无疑也是一种巨大的焦虑，它来自于这些"迟到的国家文学"在进入世界文学体系之时，强烈感受到的自我标榜和吸引他者的需要。换句话说，他们在意的是其所提供的表述和形象，是否足以支撑其进入全球体系，其文学是否符合西方趣味，是否可以被西方快速地识别和定位。

无论我们如何理解这种"民族志"式的文学追求，有一点是可以肯定的，即这种思考模式的背后仍是中西的二元逻辑，或者准确地说，是由中西等级结构所牵制的。"本真"与"原初"虽意在排除西方影响及其宰制，但是，这种或出于地理决定论，或根源于文化本位的思考，从本质上讲同东方主义如出一辙，因此，人们很自然地将之称为"自我东方化"或"自我民族志"（auto-ethnography）。不过，诚如周蕾所指出的，"东方人的东方主义"毕竟不同于"西方人的东方主义"："像转过身来的菊豆将自己'引用'成物恋化了的女人，并向她的偷窥者展览她承负的疤痕和伤痛，这一民族志接受东方主义的历史事实，但却通过上演和滑稽模仿东方主义的视觉性政治来批判（即'评估'）它。以其自我臣属化、自我异国情调化的视觉姿态，东方人的东方主义首先是一种示威——一种策略的展示。”①

当然，周蕾的论述当中有过于理想化的成分，譬如我们可以诘问：这种示威到底是削弱了西方人的东方主义，还是事与愿违地强化了这种趋向，并在某种程度上促使它成为一种可被反复实践的技术（technology），一如离散族群所孜孜镌刻的个人创伤和民族苦难在愈演愈烈之际竟俨然升格为一种写作的“类型学”（typology）？但即使如此，我们仍应该充分意识到这一论说的起点并不在于举证“自我东方化”的合法性，而在于辩证：自我反思，极有可能变成一种自我中心主义；而自我东方化，反而是将文学置入了中西文化交流的关系网络之中予以思考。换句话说，在周蕾的观点中，一种蕴含真实性（authority）的民族文学，并不能换算成它在国际文化市场上的权威性（authenticity），相反，它仅仅只是一种修辞，建构了中西文化交流的起点。

这种自我臣属化（self-subalternization）的看法，作为后殖民论述的重要基调，一方面联系着东方世界的殖民历史，另一方面也牵连着全球语境中无从摆脱的后殖民威胁。主体的焕发，对于曾经被殖民的第三世界而言，无疑意味着重新梳理和整合其与殖民者的关系。在这个意义上，第三世界文学进入全球体系，就被简化和扭曲成了处理中西关系。它的结果是开启了一种张爱玲所说的“包括在外”式的吊诡。第三世界文学，首先被理所当然地排除在了世界文学体系之外，也因此，其努力的方向从来都是如何进入，而不是从中凸显。其次，世界文学被折算成了西方文学。尽管就目前的文化格局而言，这种折算并不见得谬以千里，但是，从理论及其愿景来看，它当然乖离了歌德（Johann Wolfgang Von Goethe）最初提出“世界文学”时的初衷和构想。面对这种“包括在外”的局面，我们或许可以探问，是否存在一种本质上纯净的西方或东方文学？而“世界”又到底是谁的世界？文学甄选的标准又从何而来？

在这些问题的引导下，我们注意到达姆罗什（David Damrosch）有关“世界文学”的思考别有其启发意义。通过重新梳理比较文学的学科史，达姆罗什指出：“当前比较文学向全球或星际视野的扩展与其说意味着我们学科的死亡，毋宁说意味着比较文学学科建立之初就已经存

① 周蕾：《原初的激情：视觉、性欲、民族志与中国当代电影》，孙绍谊译，台北远流出版事业股份有限公司，2001 年，第 248 – 249 页。

在的观念的再生。"[①] 这个简单的结论，至少揭示了如下几个方面的信息：第一，没有必要把"世界文学"看成是一个多么了不起的概念和发明，认为是观念进化和时代进步的结果，会赋予文学发展以革命性的影响；第二，也没有必要把它庸俗化为一个集合概念，认为它只是世界各民族文学的总和或经典文本的大拼盘，相反，它包含着具有历史针对性的文学思考内容；第三，"世界文学"的观念需要被放置在一个"永远历史化"的进程当中被理解和定义，其核心价值和任务不应该是去具体辨认哪些是世界文学，哪些不是世界文学，而是不断承受这个观念所给出的刺激，将之作为对各种复杂的文学关系思辨的起点。

正是基于以上几个层面，达姆罗什提出了关于"世界文学"的一种设计：世界文学应该是一种流通和阅读的模式，并且是那些在翻译中受益的作品。[②] 尽管就定义的完备度而言，这种表述并不严密，甚至问题重重，但是它重要的突破在于，从过去以地理或文学性为内核的坐标中疏离出来，引入了文学物质性的思考，并且特别就其介入当代生活的层面做了充分的论证。无论是阅读，还是传播，甚至翻译，文学的社会构造在其中被展示出来。当然，这里的社会，已经不局限在作品的原语环境，而是注意到其潜在的跨域特征。从某种意义来说，与其说达姆罗什重新结构了一个抽象的"世界文学"，毋宁说，他形塑了一套具体的"关系"谱系，这个谱系不仅勾勒过去，同时更倾向于连接未来。简单地讲，达姆罗什眼中的"世界性"，不是一种先天结构——这个论点试图在一开始就展示出一种巨大的包容力，但是其背后的动力却可能是具有危险的地理决定论，或者绝对多元主义论和文化相对论——而是一种后天的社会组织关系，它允许"世界文学"以一种渐趋融通的方式呈现，步步为营地接纳来自世界各地的文学，将所谓的民族文学以翻译的方式推进到全球文化传播和阅读的流程与空间当中。

严格地讲，达姆罗什的这些理解，不见得有多独特，比如印度庶民研究小组的观点早已指正，像"西方"这样的概念，实际上更多的是

---

① 大卫·达姆罗什：《一个学科的再生：比较文学的全球起源》，大卫·达姆罗什、陈永国、尹星主编：《新方向：比较文学与世界文学读本》，北京大学出版社，2010 年，第 41 页。

② 大卫·丹穆若什：《什么是世界文学》，查明建、宋明炜等译，北京大学出版社，2015 年，第 6 页。

一种象征性建构，不一定要有一个具体的落实。① “世界”同样有它人为建构性的一面，不能看作是美国、中国、日本等等的总和。达姆罗什所谓的通过翻译、阅读、流通来达成的“世界性”，实际上同我们一般所说的“经典化”过程也颇有类似之处。但是，他打破了过去那种想当然地把“民族——世界”做一个等级设置的思路，破除了“世界文学”精英化的迷信。平心而论，建设“世界文学”，不是搞民主政治，把它作一个公平的分配，相反，它应该自成体系，从各种民族、阶级、性别的既定标签中脱离出来，在一个漫长的、广泛的历史淘选机制中去逐步完成自身。达姆罗什的观点，为我们重新审视海外汉学研究提供了新的可能，可以借此对世界文学与海外汉学的得失做出新的解释和清理，并就世界文学的理论建设和具体实践间存在的落差做出探索和思考。

二、反思“西方主义”

依据达姆罗什关于世界文学首先是一种流通模式的解释，我们可以说，至少在中国，过去几个世纪的文化构想中，始终存在一种清晰的单向思维。这种思维热衷于谈论中国文学“走向世界”，而很少注意到“世界文学”的建构也同时包含外国文学和文化进入中国。当然，这种思维的形成和发展有其特定的历史根源、文化个性和政治诉求，特别是进入19世纪中叶以后，社稷的颓唐、家国的不振，很容易让时人做出“中不如西”的判断或者假定。在这个层面上，外洋事物和理念的引入，在很大程度上是要疗救时弊，进而与西方同步，而非建设世界文学或文化。归根结蒂，拿来主义是内政，而非外交。这种观念，从陈小眉的《西方主义》到刘禾的《跨语际实践》，概莫能外。

这两本著作分别对20世纪中国不同时段内，那些出于本土需要而对西方话语进行有价值的扭曲（productive distortions）与戏仿（parodic imitations）的文化行为，进行了细致的考察。在作者看来，这些创造性的误用和发明（trans-creation），或者为中国形塑了一种“翻译的现代性”，或者实践了一种对官方话语的批判，从根本上颠覆了东方主义视

---

① Gyan Prakash, “Subaltern Studies as Postcolonial Critism”, *American Historical Review*, No. 99, 1994, pp. 1475 - 1490.

域下中国作为“沉默他者”的形象，赋予了其主体能动性。不过，针对这种正面、积极的解读，史书美还是反思性地提出了批评。她说，这些研究显然轻易地遮盖了那种同时存在于“西方主义”之中的全球视角，而过于强调了它的地区意识。“西方主义既是在地区层面上对西方的策略性挪用，又是全球语境层面上的文化殖民场所。……地区从来都不会与全球无关，而后者往往制定了地区语境下西方的表现。即便在国内语境下，西方主义话语也不能被简单地看作是只针对某种明确目标的反话语。”它同时也可能是一种凌驾于大众和传统士人的文化霸权。①

尽管“西方主义”也同时包含了一种“东方主义”式的全球视角，但是，史书美也指出，至少在与帝国主义与文化殖民共谋这一点上，西方主义从来都不曾与东方主义同流合污。“的确，二十世纪中国思想界的一个共识是认为‘天下’应该是一个贤人在位的世界，而中国必须是世界核心的一个部分。”② 可以说，无论是近代中国的国家主义，还是天下观念，从来都是以道德框架为前提，而非武力和军事殖民为依托的。一方面，这种和谐的世界观可以上溯到传统的乌托邦思想，③ 而另一方面，也毫无疑问地关切到彼时的中国处境，以及由此而产生的文化反思。尽管我们没有必要将这种反思无限上纲到一种初步的“后殖民”解构思维，但是，至少要承认它对殖民话语做出了最大可能的利用、疏离，甚至超越。

不过，我们需要警惕的是，即使东方主义颇受诟病，但它本身也不会是铁板一块，至少它是一个历史性的产物。在萨义德（Edward Said）的定义中，它首先是一种西方探索东方的学问、知识，其次，才是这种学问背后的意识形态和文化霸权。④ 之所以要强调这一点，我是想说明，西方主义不必因为其善良的道德和民主诉求，就显得高人一等。在探索知识这个起点上，西方主义与东方主义是一样的；而在调用殖民话语这个层面上，它同东方主义也无二致。它们共同致力于强化中西差

① 史书美：《现代的诱惑：书写半殖民地中国的现代主义（1917—1937）》，何恬译，江苏人民出版社，2007 年，第 153 - 154 页。

② 黄克武：《近代中国的思潮与人物》，九州出版社，2012 年，第 194 页。

③ 墨子刻（Thomas A. Metzger）：《序》，黄克武：《自由的所以然：严复对约翰弥尔自由思想的认识与批判》，台北允晨文化有限公司，1998 年，第ⅳ页。

④ 萨义德：《东方学》，王宇根译，生活·读书·新知三联书店，1999 年，特别是“绪论”部分。

异，以及建设一个先进的、文明的西方形象。实际上，顺着这个思路继续追问，我们又会发现，所谓的“西方”也好，“东方”也罢，从来都不是一元整体的，而是复数、零散的。在这个意义上，我们有什么依据可以无条件地辩称中国人对西方的挪用就一定是“误用”？而什么才是真正的西方？又到底存不存在这样一个西方？相信通过对这一系列问题的反思，我们可以说，在“西方主义”的命名当中，不可避免地存在一种研究错位，即研究者以其全知全能的叙事视角，对他研究对象所表现出来的那种限制叙事做出了不恰当的概括或总结。简单地讲，研究者以其理解的某个整一的“西方”，要求和框定着历史中那些各式各样的“西方”，以至于轻易地将这种对比中出现的不对等现象，简单归纳为“扭曲”和“误用”。应该承认，在现代中国历史中，当一代知识人围绕民主、科学等等西方话语做出雄辩时，如果说他们不是全然，至少也部分地坚信，其所掌握和理解的西方是一个真正的西方。

除了全球意识的淡薄，“西方主义”另一个值得检讨的方面是，其深蕴的精英本位，或者说宏大叙事。这一点，从刘禾具有连续性的“跨语际研究”中可以看出来，其关心的焦点不是锚定在一代知识分子再造文明的尝试之中，就是指向帝国间的文化冲撞和政治斗争。这种研究的取径，虽然同整个20世纪中国文化人那种感时忧国的心路历程若合符节，但是也毫无疑问地回避了如下一种认知，即现代性不可能仅仅只是上层社会和知识精英们叠床架屋的文化博弈和政治协商，它也同时指向日常生活和大众实践。之所以要把这个偏失指出来，我相信，不仅仅是出于查漏补缺的需要，同时也有助于揭示在这种偏颇之下所隐匿着的意识形态结构。这种结构因为紧紧围绕着精英事件展开，因此其落脚点往往是历史上的某个大写日期。它们不是被视为时代的分水岭，就是某个具有转折性的文化时刻。这种对时间进行高亮化处理的方式，显然回避了历史事件展开所经历的漫长的动态过程。其后果之一，是将历史的多重缘起化约为其中某种因素的一元决定论。特别是当这个历史事件同中西文化碰撞的大背景结合在一起时，一元论就可能变身为西方决定论，或者说“冲击——回应”论。在针对刘禾“夷/barbarian”这个“衍指符号”所做的话语分析中，方维规清楚地指出，英国人尽管得势不让人地将一个翻译现象写入了国际条约并予以限定，但是这“并不意味着可以无限夸大某些事件的话语效果，更不应该无视甚至否定历史观念在总体上的延续性"。[①] 透过系统地追溯"夷"字的文化传统，以及其与西洋逐渐发生关系的话语历史，方维规指出，语词发生新旧递嬗的"实践史"，绝不能混同于其为某种历史条件所赋予的"文化效应"。简单地讲，结果不能替换过程。

正是在打破"大写日期"和"精英迷恋"这一点上，我认为，对"西方主义"的反思特别有必要引入张真的"白话现代主义"（vernacular modernism）观念。在导师汉森（Miriam Hansen）的启发下，张真将此概念界定在"基于大众媒介的创作和观影模式"层面，认为"在中国语境中的影像白话展现了现代生活的方方面面。并且更重要的是，它找到了某些合适的表达形式，使其能够穿越各种严格的界限——包括文字与视觉、世俗与高雅、物质与想象、上流与底层、政治与美学，最后还有中国与世界的边境线"。[②] 在张真看来，这种具有越界性质的文化景观和产品，切实地展示了一种阿巴斯（Ackbar Abbas）所描绘的"浅表的世界主义"："这种浅表性使得上海更能昭示西方大都市在现代性实践中所经历的矛盾冲突，与此同时，正是这种从'浅表'当中所获得的愉悦——而非通过对世界主义进行精英式和高屋建瓴的投入和建构——开启了大众文化的物质和社会空间。"[③] 与此论述相似，近期叶凯蒂关于画报的讨论也勾勒出"世界"观念的到来，事实上还包含着一种娱乐的轨迹。这个论点，显然拆解或者说平衡了一般认为的世界是经由民族国家或者帝国主义而来的主流见解，揭示出了一种"世界即娱乐"的文化观。她说，印刷媒介，特别是其中的视觉媒体，与其所在的特定城市空间，共同构筑了一个初具规模的跨文化交会区（transcultural contact zone）。在那里，急速增长的环球通讯和娱乐作为一种软实力，展示出了一个不同视野的现代和文明世界。[④] 事实上，回到达姆罗什所谓的流通说，应该看到，这个概念本身即意味着打破藩篱

---

① 方维规：《一个有悖史实的生造"衍指符号"：就〈帝国的话语政治〉中"夷/barbarian"的解读与刘禾商榷》，《文艺研究》，2013年第2期。

②③ 张真：《银幕艳史：都市文化与上海电影1896—1937》，上海书店出版社，2012年，第4页、第70页。

④ Catherine V. Yeh, "Guides to a Global Paradise: Shanghai Entertainment Park Newspapers and the Invention of Chinese Urban Leisure", in Christiane Brosius and Roland Wenzlhuemer eds., *Transcultural Turbulences: Towards a Multi-Sited Reading of Image Flows.* Berlin and Heidelberg: Springer Publisher, 2011, pp. 197 – 131.

和填平沟壑。换句话说，世界文学不能只有板起脸孔的严肃面，它也应该具备这种“世界即娱乐”的大众面貌。

三、松动的“东方主义”

正如上文提及的，“东方主义”虽然历来颇受诟病，但也不见得就是铁板一块、了无变数。特别是随着阿帕杜莱（Arjun Appadurai）所谓的全球景观的急速蔓延，这种西方人的东方想象，已经逐渐演变成了一个“混血西方”对“混杂东方”的建构。① 或许这个观念，从一开始就是一种假设，因为从来没有存在过什么纯净的东方或西方。它们从根本上都是杂处的文化，只不过我们的视线通常会被它们表面的地理界标所吸引。事实上，早于20世纪80年代，西方社会有关其文明起源的论争，就一再泄露所谓的话语中心并不等于文学起源的信息。② 如今，“黑色雅典娜”的观念和比喻，早已深入人心。特别是当亚裔、非裔作家在离散语境下不断发声，甚至牵动西方文化界的神经之时，我们已经没有办法清晰地判别一些有关东方的构思和写作，是否纯然是出于猎奇和巩固文化等级秩序的需要。相反，这些少数族裔的写作一再挑战西方的主流经典，为其注入新的可能。更重要的是，它也有可能松动那种既定的少数与多数的对峙，有望将两者容纳新变为一种更具“世界性”的“本土”体验。

应该说，全球语境下，国家文学和民族文学的观念已经渐渐丧失其权威性和概括力。跨太平洋/大西洋的文化位移，特别是其中的（后）移民/遗民潮，更是见证了多种文化观念在某个具体时空中冲撞、交融的事实。或者我们可以推论说，民族也罢，国家也好，从来都不是什么不容触碰的图腾禁忌，其吐故纳新、延异播散，终有一天会将自身变得面目全非。王德威说，“如果遗民意识总已暗示时空的消逝错置，正统的替换递嬗，后遗民则变本加厉，宁愿更错置那已错置的时空，更追思那从来未必端正的正统”，从而将“无”化“有”，另起炉灶地带出一

---

① 参阅阿帕杜莱《消散的现代性——全球化的文化维度》，刘冉译，上海三联书店，2012年。

② 刘禾：《黑色雅典娜：最近关于西方文明起源的论争》，《读书》，1992年第10期，第3－10页。

种将“错”就“错”的可能。[1] 套用这样的理解，我们不妨说，全球视域下的文化和人口位移，未必要受困于某一具体的政治疆界和时代格局，拥抱非此即彼的土地意识和时间观念。透过不断地勾画同时也拆解那个“想象的共同体”（imaged community），移民和后移民们，在其生活的本地，建筑着一套似幻非真的历史记忆，叙述出一番破碎的文化经验；在记忆与遗忘之间，不断去辩证和超越异乡与母国的伦理限度和情感基调，挑起一种“后忠贞论”（postloyalist）的可能。[2] 正如张英进在分析罗卓瑶的移民电影《秋月》结尾处那未能背全的诗词时所指出的：“这种背诵的努力本身就是一种主动的标志，一种对抗记忆遗失的尝试，一种向其祖先的致敬。另一方面，我们也可以这样认为，慧是有意识地从记忆中抹去了这首诗词的其余部分，……以这种方式解读的话，她的不记得便成了对意识形态质询力量的一种反抗行为：她之所以唤起中国文化的象征只是为了与其断绝关系，将它留在碎片与废墟之中。”[3]

这里，张英进的讨论仅仅揭示了离散族群与其文化母国间欲拒还迎的关系，我们或可进一步说，这种模棱两可的姿态，也同时出没于其与此时此地的关联之中。一方面，被记忆和背诵的诗句，以文化望乡的方式，拒绝着彻底地他者化或西方化；另一面，被遗忘和抹去的诗行，则试图淡化历史的印记，以改头换面的方式融入异地他乡。正是在这样一种欲进入而不完全进入，想超脱又不完全超脱的状态下，后移民在在见证了碎片的价值，强有力地解构着自我、他者、东方、西方、世界的整一架构，呼唤出一种“微弱的本质主义”（weak ontology）。

这个观点，原先是学术界用来反击文化相对主义者的，因为文化相对主义者拒绝承认一切的普遍性，笃信事物都是被绝对差异包裹着的。此种论调，无疑会令比较文学学者难堪，其念兹在兹的“可比性”，甚至整个学科的理论基根，在某种程度上，都建基于不同文学和文化异中有同、可以相证互识互补这种认知的基础上。当然，比较文学学者也不可

---

① 王德威：《后遗民写作：时间与记忆的政治学》，台北麦田出版股份有限公司，2007年，第6页。

② Tsai Chien-hsin（蔡建鑫），“Postloyalist Passages：Migrations，Transitions，and Homelands in Modern Chinese Literature from Taiwan，1895—1945”，Ph. D. dissertation，Cambridge，Mass.：Harvard University，2009.

③ 张英进：《影像中国：当代中国电影的批判重构及跨国想象》，上海三联书店，2008年，第312页。

能天真到以为，一切文化都可以透明地、等值地兑换，所以才提出这种“弱的联系观”来解释文化间存在的近似性和对等性。此外，“弱的本质论”也对那种过于强调历史性和人为建构因素的思潮提出了质疑。无论是历史性，还是人为建构，都是为了强调一种现实的具体性，这种具体性是不能被简单地对接和等同起来的。因此，当全球化带来文化的平面和整一之时，有的理论家们就力主重返时代现场，依托历史记忆，来维持独特的自我。这种观点的潜台词，正是历史的不可替代、不可复制，以及不可比较。但问题是，我们不能将历史同负载历史的媒介，譬如文字、图像、影音等等，混同起来。换句话说，历史不等同于具有历史印记的文化产物。事实上，当刘禾提出语言与语言之间不可能透明地互译和交流之时，她就多少有点混淆了两者。其中的问题在于：一是黄兴涛所讲的夸大了“虚拟对等”和“不可译性”，以不是百分之百的对等来否定基本对等、大体相当的存在之外；① 二是放大了，或者说单一化了历史不可替换的本质，忽略了其表现形态的多样性，以及这些形态本身所具备的跨文化比较的特性。

正是出于对以上观念的修正，近期金雯提出了“多元普世论”（pluralist universalism）的看法。通过建构一种“多元文化虚拟叙事”（fiction of multiculturalism）的框架，她别出心裁地将郭亚力（Alex Kuo）、严歌苓、阿拉米丁（Rabih Alameddine）、张承志这些亚裔和中国作家放到了一个平台上予以讨论，不仅追溯文学翻译和传播的历史，也分析它们与政策性话语和多元文化政治理论间的关联，提出了中美两国在后冷战时期族裔文化政治上的可比性问题。② 这里，我不想过多地复述其观点，而是想特别提出，翻译在这样一种全球政治和文化网络中的价值问题。诚如作者本人所指出的，像严歌苓这样的作家，其作品同时以翻译和原文的方式在国际文化市场上流通，表面上它们各有专属，分别指涉着不同语境中的文化政策，同时也受到不同的评价，但是，这两组信息不是彼此隔绝而是互有影响的。过去我们总是热衷于用安德森（Benedict Anderson）“想象的共同体”的观念来追查民族国家起兴之

① 黄兴涛：《“话语”分析与中国近代思想文化史研究》，《历史研究》，2007 年第 2 期，第 149 - 192 页。

② Jin Wen. *Pluralist Universalism: An Asian Americanist Critique of U. S. and Chinese Multiculturalisms*. Columbus: The Ohio State University Press, 2012.

际，报章媒体及由此而生的文本阅读所带来的一种虚拟的共感和生命连接。如果继续套用这种说法来看待多元文化下的翻译，我们是否可以说，全世界的读者们现在正处于一种以“微弱本质”为特征的文本的引导下，建构着一种世界文学，以及全球共同体？如果这种看法成立，那么是否意味着“世界文学”及其内部构造存在的一种“微弱”的联系？这种联系在什么意义上达成，又在什么情况下消弭？这个全球共同体，同一般的民族国家之间又存在怎样的关联和不同？

当然，在有限的篇幅中，我们根本无法回答这些问题，但是，“多重缘起”的观点显然值得我们重视和参考。提出其多重缘起的可能，其初衷同样在于打破国家文学的封闭结构，尤为重要的是，试图指出西方对东方的改编“不仅仅是迷恋‘他者的象征符号’，而且是以语言的方式来接近可以确知的文化真相”。[①] 这正是黄运特在《跨太平洋位移》一书中提出的，以语言问题作为切入点，来探讨美国对中国文化的调用历史。以语言为中枢进行讨论，首先肯定有其理论上的设计，此即鲍厄斯（Franz Boas）所提的“语言和文化人类学理论”。这个理论，有效质疑了那种认定在种族、语言和文化之间存在天然、生理联系的殖民思维，“即提出没有必要假定每种语言和文化天生对应着某个特定的种族，抑或每个种族及文化必然局限在一种语言之中。简言之，这三个现象随时可能产生紧密关联”。[②] 通过凸显语言的人为构造，而非生物本性，鲍厄斯显然使我们可以快速补充上面提及的刘禾“跨语际分析”的缺陷问题，即尽管过分强调人为性有可能造成翻译文化的虚无主义，但也有力质询了那种不假思索的生物语言学观念，以及渗透其中的对他者文化的蔑视。其次，从语言出发的考察，还有助于揭示跨文化研究的现实性和具体性。过去的跨文化讨论，总是倾向于展示抽象意义和文化层面的交互，即 migrations of cultural meaning，但从具体的语言出发，则有望将这种抽象性落实到更为可感可知的层面，此即黄运特所说的“文化意涵的文本位移”（textual migrations of cultural meaning）。[③] 借着探索汉语的语言模式、汉字构造、语体色彩、语言质料及文字意涵，如何在一种镜像意义、现实挪用和人为创化及翻译删减的层面上，具体地参与和构造美国文学及其文化思维，黄运特实践了他所追求的那个对文本本身及

---

①②③ 黄运特：《跨太平洋位移：20 世纪美国文学中的民族志、翻译和文本间旅行》，陈倩译，江苏人民出版社，2012 年，第 3 页、第 8 页、第 15 页。

其历史灵活性重现的工程。

不过，比起韩瑞（Eric Hayot）以主题学的方式来处理西方对中国及其形象进行想象的研究，① 我们不得不说，黄运特的研究仍有其局限，即，这种挪用对西方而言，意味着迂回进入和重塑自我，但是对中国而言，其价值是什么，作者语焉不详；另外，在方法论上，作者是否还是被某种不自觉的对等性所限制，例如文类的对称和学科的对应等等。韩瑞以“同情”为例，不仅有效证明了一个假象的“中国”观念是如何帮助西方思考和理解众多有关现代生活的重要概念，其中包括世界历史、宗教融合、国家与个人、自然与尚古、身体与自我的关系等等，而且还表明这些观念并非单纯的欧洲式事件，对于理解中国的思想论述，它们同样扮演了重要的角色。对于后者，韩瑞突破了仅从单一历史文献或文学记录中取材提炼的论述方式，熔小说、医案、游记、照片、绘画等材料于一炉，打破了比较文学研究中不成文的对称结构，以及这种结构背后的霸权模式，即以 poet 召唤诗歌，fiction 引导小说，将非英语世界的文字文本进行文类上的强行切分，而无视这些“文学”文本的演变史。

以往的比较文学学者惯于强调人同此心、心同此理的学科情感基础，认为文学的核心和出发点是情感，文学是具备可比性的。但是，需要追问的是，这些情感是否总是平等的，而且能够平滑地、不带任何意识色彩地传递到另一个国家和民族的人民那里？而在那里，人们又是否愿意不怀任何成见地接受它们，并与之产生共鸣呢？也许，情感并不是没有国界的，或者说至少有它的力有不逮之处，那么，在这个意义上，试图通过阅读来达成一种共同体的愿景，是否可能实现呢？世界文学真正的凝结力又在哪里呢？到底该用一种怎样的阅读模式和阅读体验，才足以把星散的民族、国家文学从其旧有的标签中解放出来，变成一种普遍财产呢？无论是有解，还是无解，相信正是对这些问题的不断追问，将有助于我们深化对“世界文学”的认识，把它从一个客体，变成一种刺激、一个意识，不断地回顾、反思中西文学的关系史，也反省后民族、后国家时代新的国际关系和文化交流，从而打开我们认识和解读海外汉学的更大空间。

（作者单位：苏州大学）

① 韩瑞：《假想的“满大人”：同情、现代性与中国疼痛》，袁剑译，江苏人民出版社，2013 年。

在“利”字当先的时代里

——答熊海洋问

王晓明

熊：我注意到国内做文化研究的学者，其实之前一直都有着各自不同的学科背景，当然大多应该是文艺学、美学学科，而您之前一直从事的是中国现代文学这一学科，尤其是鲁迅研究领域。请问这一学科背景对您做文化研究的理论资源和视角的选取、切入问题的路径有什么影响？

王：对，到目前为止，大陆的文化研究者，大部分是出自中文系，不像世界上的其他地区，社会学、人类学、传媒研究、影视研究、性别研究、都市研究，乃至经济学、法学和政治学的领域里，都有许多年轻人转向文化研究。

这不奇怪。单是学术体制和知识生产方面，就有很多原因联手促成这个局面，这里说两个比较明显的。

一是中文学科的庞大。文学研究本是人类知识活动的一个古老的分支，中国又以文字为文化传承的主要形式，有这两点做基础，中文学科自然就成为中国现代学术的第一部首，中国大学里的第一大系。大凡专门的学术领域，只要历史久了、参与者多了、积累厚了，就会不断孕育对自己的既有边界和通行规则的不满，造就越界而出的冲动。20世纪90年代以来，从中文系走出这么多越界者——不仅是转向文化研究，也有不少转向性别、传媒和视觉研究，转向思想史和社会文化史，就说明了古树即使满身瘢痕，也能催发新枝。

二是其他学科太年轻。我上面列出的那些学科中，有一些，例如城市研究、乡村研究和性别研究，至今没有进入教育部的学科目录，[①] 其

① 到目前为止，在中国大陆，绝大部分有完整的文科建制的大学都是官办的。在这种情况下，一种思想和学术活动如果不能被教育部的学科目录确认为一个独立的学科，在争取各种体制性支持（如学位课程、人员编制、学科建制、经费申请等）方面，就会遇到很大的困难。

领域免不了稀薄凌乱；其余的，例如社会学、法学和人类学，虽在20世纪20年代就相继在大学里成形了，50年代以后却几乎全部被消灭，直到80年代才重建：一个在灰烬中重生的学科，全力培固基础都来不及，哪里有反省和越界的冲动？越界者的稀少正是自然的事。倒是最近这几年，它们的一些年轻人开始越界，① 似乎从一个侧面证实了这些学科的快速成长。

如果目前这一份陈旧的学科目录固执不变，像文化研究这样聚焦于激烈复杂的社会巨变、需要汇合多方面力量才能展开的思想和知识活动，就一定会继续召聚大批的越界者，不但从中文、历史那样的老学科，也从社会学、传媒研究乃至经济学这样的“新”学科。当然，这么说的前提是，文化研究能继续保持锐气和胸襟，没有蜕变为一个恭谨偏狭的小学科。

以上这些话越出了提问的范围，但能让我比较简捷地回答你：正是以鲁迅为首席代表的中国现代文学，培固了我的一种心力，令我在被叵测的现实推入了迷惘之后，还能勉力振作，向类似文化研究那样的方向寻找新路。中国的现代文学②是深切领受了发端于19世纪晚期的中国革命③的阔大胸怀，要为这大事业酝酿相配的精神生活的，它虽没有成功地实现这个志向，④ 但却令凡是认真阅读它的学人都不同程度地感染一种胸怀天下的热忱、一种高视阔步的意愿。我熟悉的嗜读鲁迅的友朋可能走入阴郁和偏狂，可能觉得他太沉重而竟至不愿再读，但几乎没有沉溺于奴性和物欲，欣欣然拥抱卑琐的现实的。在我看来，发端于20世纪60年代的英国的文化研究和勃兴于80年代的中国的鲁迅研究，正共享了人类对于自由解放的普遍希望，以及对于一切要把人做小的社会

---

① 当然，不只是参与文化研究类的活动，也参与其他新兴学科的活动。

② 中国的“现代”是很难用“modern”之类欧式概念的通行含义来理解的，它相当特别，并因此超出中国范围的意义。在我看来，中国的“现代”时期的发端大致可以确定在19世纪的中晚期，它目前仍在继续，并没有完全结束。而这里所说的“中国现代文学”，是指以关怀世道人心为大旨，发端于19世纪末20世纪初，在20世纪20年代至40年代达到高峰，其后虽然歧途多出，但仍然延续至今的书面文学。

③ 这里对于“中国革命”的理解是和一般教科书的通行叙述明显不同的，详见《中国现代思想文选》（王晓明、周展安编，上海书店出版社，2013年）的序言。

④ 中国现代文学虽然因这企图的阔大而形成了不俗的态势，但由于各种条件的限制，它在实现初衷方面常常做得很粗糙，没有形成足够丰硕的成果。鲁迅在小说创作上的过早停笔，就是一个突出的例证。

形势的憎恶。要排列鲁迅和中国现代文学对我从事文化研究的影响，这种不肯与现实言欢的执拗心性应该是第一位的吧。

熊：在阅读您的相关文章之后，我感觉您在诊断中国当下的文化问题的时候，有一条与“人文精神讨论”相似的精神倾向，就是认为我们的社会文化中，精神和价值维度的相对缺失，变得实际、功利和“唯物”。与此相关的，中国社会文化中还残存着一定的革命话语资源，以及近30年来的“四个现代化”“小康社会”“中国梦”等话语，您觉得对此，我们应该持怎样的价值立场？

王：这就是鲁迅和中国现代文学给我的第二个重要的影响了。从19世纪早期开始，中国社会的内在危机就在一派歌舞升平的盛世表象下一步步突显出来。在这个复杂形势的激引下，从龚自珍到鲁迅，几代读书人中的佼佼者，共同发展了一种从“人心”来判断世情的思路。①财货盈库并不等于社会健康，军力强大更可能只是意味着野蛮，只有人心普遍向善、精英格局宽大，社会和国家才有前途，人类才是真在进步。鲁迅说，“人”能“立”了，“国”才能“立”。从《阿Q正传》到《边城》，几乎所有优秀的中国现代文学作品，都是以不同的方式体现了这一思路的。

不用说，这些年中国和世界的巨变更让我觉得，这样的衡国论世的眼光在今天尤显深邃。

最近这些年，无论周围的人事，还是远近的世情，似乎都像是在看谁更功利、更小气、更只顾眼前。自私乃人性的第一要义，社会就是由竞争关系组织起来的，富了就能强，有了富强，就什么都有了……类似这样的恐怕连有野心的资本家都不愿膜拜的观念，竟然深入官民之心，甚至成了学人思考的第一逻辑。明明现实中有许多与之相异的状况，却都被摒除在流行视野之外，仿佛都不存在。在这种情况下，恕我直言，中国人难免日益小器。我当然知道“仓廪实而后知礼节”的古训，也了解统治者大都希望人民眼光如豆，种种鄙化人性、做小人格的功夫是历代不绝，并非一地独有的。但是，看多了那些自视为“中产”，却除了“竞争”关系和利害意识，别的依然都不在意、甚至都不大知道的中国人，你还是相当震惊的吧。

---

① 当然，重视人心是中国读书人的一种来历久远的思路，从龚自珍到鲁迅，都是深受这一传统思路的影响的。

因此，我的立场很简单：无论什么口号、主张、理论政策和制度，只要是将人的卑小正当化的，我都反对。当然，身为文化研究的学人，我得全力去做的一件事就是从社会再生产和支配性文化生产机制的角度，尽可能讲清楚是怎样的制度、文化、历史和国际因素，合力将我们治得日渐卑小的。能把这个讲清楚，人心的回转向上、各种正面的社会和文化建设，① 大概也就能有较为可信的方向。就此而言，文化研究的社会责任真是不小的。

熊：我注意到了上海大学文化研究系给研究生列出的书目中，有一些中国现代思想史资料之类的书目，还有鲁迅早年的几本“随感录”，这一安排在国内的文化研究界似乎很特别。请问，中国现代思想史与“文化研究”所面临的“中国问题”有着何种关联？或者说，我们的当下问题与晚清以来的中国的问题史有着何种关联？

王：不单是你说的这个书目，我们还开设了一门硕/博士生的必修课，课名就叫“现代早期思想与中国革命”。八年前，我曾在一篇检讨文化研究的文章中，解释过为什么这样做：

> 中国是在遭受西方帝国主义侵略、几乎要被瓜分的情况下开始自己的现代历史，进而形成自己的现代思想的。因此，中国的现代思想从一开始就迸发出总是从被压迫的角度看待世界、不接受弱肉强食的现代秩序、要创造比现代西方更民主的社会结构的理想的光芒。从 19 世纪晚期到 20 世纪中叶，这个广泛意义上的左翼理想一直占据中国现代思想的主流地位，并催生了波及社会各个层面至少持续半个世纪的社会变革和解放运动：这就是我所说的“中国革命”……这个“中国革命”，无论是作为精神资源，还是作为在现实中并非全然无迹可寻的社会遗产，都是今天中国知识分子最可珍贵的一种传统。最近 20 年来，它好像被压到了地下，但就如鲁迅所说，它其实并未熄灭，而是如同地火一般，依然在暗中燃烧。实际上，今日中国大陆自命为“文化研究”的思想和学术活动，就是这暗火跃出地面的表现。对我们来说，从马克思到“伯明翰学派”的各种西方理论和实践，当然是重要的思想资源，但比较起

① 其中最重要的是如下三项：实现“人民当家作主”的政治理想，建设真正可以持续、有助于培养健康人性的经济系统，发展主要建基于互助而非竞争的人（国）际关系。

来，“中国革命”的传统是更为切实、内在，也更为坚固的精神支柱。

上面这些话是从如何发展文化研究的“中土特质”这个角度来说的。要谈文化研究的“当下问题”与“晚清以来的中国问题史”之间的关系，我还得多说两句。

在中国大陆，几乎一切都在持续变化，这就决定了这片土地上的文化研究不可能只做事后的分析，它势必要介入许多当下的“事”、参与推动社会的良性变革，我们的网站首页的那句标语“改变文化就是改变世界”，就是在强调这一点。什么是文化研究的“当下问题”？这就是。不过，要真正有效地介入，你必须看清方向：什么样的变化是“良性”的？什么才是中国人应该追求的目标？只是“我们也能像富人那样享受”吗？如果不是这个，那是什么呢？如果你在20世纪80年代问我这个问题，我的视线一定是首先投向西方。但今天，目睹了30年匪夷所思的全球巨变，再来考虑这一类问题，我就觉得，现代早期的中国思想和被这个思想所激发、与之一同壮大的中国革命的历史经验，① 是标示了更切身、也更富于启发的方向的。

没有篇幅详细解释，只粗糙地说一点：今天大家——不只是中国人——之所以丧失方向、连明天会怎么样都不敢说了，根本的原因之一，就是错看了资本主义②主导的“现代化”。非但不能洞悉它的来龙去脉，在历史长河的宽大视野中衡估其良弊，在很多时候，我们甚至如洞中惰鼠，因为习惯了“现代”式的衣食、节律和空间，即便感觉到事情不大对头，也没有勇气另寻生路。尽管在20世纪远远近近的有过

① 这里的“经验”一词并非单指正面的可资继承和借鉴的通常用“成功”来描述的部分，也同时指负面的令人反感的因此常被用“失败”和“教训”来定义的部分。在中国革命的历史经验当中，这后一部分是堪称庞大的。

② 特别说明一点：人类生活中实际存在至今的“资本主义”并非如某一类教科书所描述的，只是与“市场经济”和建基于这经济及其法则之上的西方式“民主政体”相伴随，而是如许多历史学家所揭示的，资本主义也完全可以——并且在实际历史上是更多地——与各种看起来明显非西方式的专制政体携手前行。从这个角度看，资本主义并非主要只是存在于最近数百年的经济交往中，它至少同样明显地存在于各种实际上与之配合的政治和文化活动中。在不少情况下，资本主义程度最高的空间不是市场，而是官场。

不少往资本主义之外的方向的努力，但因为眼力不够、缺乏反省，[1] 大多造就了“非典型”的现代集权和资本主义变种，并无多少真正的突破，反而强固了“历史终结”“今后就这么过下去吧”的消极意识。正是在这样的背景下，“现代化”迅速改造了整个世界，将人类推入今天这样四分五裂、在人与人和人与世界的基本关系上都茫然无措的状况。

我们习惯说，物极必反，人撞了南墙就会回头。但是，如果痛点太低，非要脑壳撞出大洞才回头，很可能就来不及了。今天这个世界上，其实已经——有形无形地——血流满地，痛叫的声音此起彼伏，不算少了，为什么还是聚不成冲天的雷霆、激起良性变革的大动静？在我看来，关键之一，就是精英和民众在日渐小器、埋头于“小确幸”[2] 的方向上，已经形成了循环互动之势。在一个看起来衣食逐渐丰裕、普遍的器识却日趋卑小的社会里，实际存在的不公和不义很可能多是激发向上爬的欲望，而非对公义——即消灭底层——的渴求。

因此，我们今天迫切需要的不是更高的 GDP 和更多的条形码，而是大气高远的精神视野，是鄙弃丛林的共同文化，是一切有助于养成这类视野和文化的社会机制。

正是从这个角度，可以看清楚现代早期的中国思想及其革命为什么对我们更富于启发。这思想知道中国不可能置身于“现代”之外，却并不以为这一定就是世界的正道，因此它发展出多种远比“现代”宽大的时空视野，勾勒出多样应对这“现代”的长程方案。其轮廓虽然都相当粗糙，共享的情怀却堪称大气：它们都不只是关乎中国，有一些甚至不只是关乎人类，大千世界的大同圆满才是新的中国人为之奋斗的目标所在！

置身于如此现实，认真的奋斗者当然得不避卑琐、脚踏实地，在许多时候，甚至不得不权衡功利、有所妥协。但是，这么做的时候，能不

---

① 补充一下因为篇幅限制在这里无法展开的两个看法：（1）20 世纪的许多社会主义革命的失败和变质，原因当然很多，并不只是这里所说的“眼力不够”这一点。尽管从本文的论述角度看，这是堪称关键的原因，因此特别强调这一点；（2）“眼力不够”主要不是指人类缺乏足够的认识现代化和资本主义的能力，而是指人类的生活中缺乏让有识之士的声音得到广泛传播、引发公众普遍关注的社会机制。

② 在这个意义上，“新富人”的醉生梦死和“新穷人”的各个层次的模仿性消费（即通过对廉价商品的消费来想象性地、片段地体验“成功人士”的生活感受），都是在追求这样的“小确幸”。

能保持超越功利的宽大视野，坚执高远的价值目标，保有大体不乱的方向感，却至关重要。这样的视野、目标和方向感，正是鲁迅所寄望的“人”之根本，也是孙中山所寄望的“民族”之根本。“现代化”一面急剧缩小狮虎猿兔的丛林，一面却几乎同样急剧地丛林化①人类的生活：唯其如此，现代早期的中国思想和革命，这革命的“立人”和“大同”理想，才格外能有警醒之力，能助人重振大志。

文化研究的“当下问题”是“晚清以来的中国问题史”的一个新环节，它和之前的大部分环节一起，持续凸显出整个问题史的聚焦之点：中国人如何理解和应对这资本主义的“现代”进程？是视其为一道社会和人类的坦途，因此要全力谋占先机，争取更大份额的利益？还是视其为一条长期来看多半是弊大于利的歧途，因此要跳出它所框限的视野，多方探索更可以长程前行的新路？理想的中国人就是一个西式的、在这30年里愈显其短视小器的“现代”人么？如果不是，那如何一面借“现代”之机补治原有的病弱，一面更从其他方面汲取资源，如当年梁启超所言，葆古开新，成就真正阔大的新人格？

由此而言，中国大陆的文化研究的兴起正有几分历史的必然。

熊：在做文化研究的时候，您意识到“都市文化研究”之外，还存在着一块广袤的、沉默的农村。这两个板块之间的差异迅速拉大并凸显成一个巨大的问题，其实是近30年来中国高速现代化、城市化的产物。在这个过程中，伴随金钱、信息与人力的全球化流动，扎根在传统生活中的人被“连根拔起”，失去了身份的内在性与确定性。今天，如何处理性别、阶级、种族，包括中国的地区与文化身份问题，不仅是一个地方性的微观政治问题，而且是一个全球性的宏观政治问题。您同意这种看法吗？

王：好问题！当今世界，危机触目，政治的维度重新凸显，昔日那种“发展”“消费”“去政治”的状态已经不复存在。但另一方面，那些曾经有效的政治分析工具，比如经典的“阶级”和“政治经济学”理论，或者“文化工业”和“意识形态话语”理论，对于我们认识今天的政治问题又都明显不够用了。社会持续剧变，思想却萎靡乏力，二者之间的总体失衡在这些年并无减弱，相反还在增强。

---

① 最近这十年，全球经济的竞争和剥削强度的持续加剧、右翼政治和保守主义思想的广泛勃兴、各种准战争形态的社会动荡的日益普遍，都鲜明地表现了这个丛林化的趋势。

当然有新的建树：在欧美式都市社会里，发展出了从宗教、族裔和性别的角度，去把握新的压迫性社会结构的思想；类似“生命政治”和“生态伦理”这样的论述，也开启了理解人类生活的深层危机的新的角度；在非洲大陆，从殖民主义的角度去分析现代国家、民族和学术体制等等的努力，更促成了自觉冲破这些桎梏的多种思想视野，其中类似“泛非主义”那样的政治理想，还形成了超出非洲的全球影响。

但是，相比于现存政治结构——它正日益狰狞——的高度的全球性，上述这些思想努力显然还未能融聚出一种至少与之旗鼓相当的总体的分量。尽管它们多能从特定的角度提出宏观的批判论述，但这些论述却无力联手——有时候还互相妨碍——勾勒替代性的全球社会蓝图，以招聚各地人心，为人类解放的新时代创造相应的精神条件。倘说被压迫者的四分五裂从来就是恶性政治的基础之一，那在今天，批判性思想的散乱、全球理想的缺失，正彰显了这四分五裂的深刻程度。

不用说，当代中国思想的孱弱也对此负有一份不小的责任。这30年，中国快速地发展为当代世界的一大关键部分，① 但中国的思想界却显然尚未依据这个新状况，向人类贡献解读当代世界的相称的新思路。孱弱的思想后面必然跟着愚昧的行动，有人一开口就是“利益最大化”，各种人我之别：国族、学历、衣领的颜色、房产证的数量……在新规矩的簇拥下日益坚固。

正是在这样的大背景下，我觉得依你所问，从“身份”/“认同”困境的角度去梳理今天的政治状况，是一条值得重视的思路。倘说欧美式都市社会里，“中产阶级”的一度膨胀和“美国梦”式的意识形态，是搞乱民众的身份认识的两大神器，这30年来中国大陆的剧烈变化对此也有相当的贡献，其中第一个就是“城乡关系”的全面改造。

熊：最近这几年，“城乡关系”是你关注较多的一个话题，去年年底，你们还在上海大学组织了一个讨论“城乡文化关系”的研讨会。但我没有看到你从“城乡关系”的角度来讲身份政治的文章，能否在这里就此稍稍展开说一下？

---

① 这当然不是说，20世纪90年代之前，中国不具有全球影响，至少从19世纪初开始，中国就已经逐渐成为能影响全球格局的因素之一。但是，由于资本主义全球化的程度，在20世纪70年代以后加速度地提高，中国又恰在大致同时的时间里，通过改革而快速加入了全球经济体系，由此形成的新的全球影响力，是比此前各个时期中国的全球影响力都明显强得多的。

王：对中国这样人多地广的社会来说，城乡关系从来就是关乎根本的事情。在19世纪之前，中国大体维持了一个比较平衡的城乡关系：权力和财富聚集在城里，经济和文化却扎根在乡村，出自“耕读人家”的“士”阶层更持续往返于城乡之间，维系二者的循环共生。① 但是，进入19世纪以后，内外情况持续大变，这样的城乡循环就难以为继了。作为“现代化”的强势代表的西式都市②日益凌驾于——往往保持了“前现代”结构的——乡村之上。从20世纪初大举展开的资本主义“现代化”，到50年代全面兴起的“社会主义建设”，再到80年代延续至今的新一波“城市化”运动，它们前后相继，不断推高城乡之间力量悬殊的比例。今天，中国大陆的城乡关系的失衡整体上是达到了前所未有的严重地步。

这就造成一种极富中国特色的身份的扰乱。一方面，从标明户籍所在地的身份证、户口本和暂住证，到按照不同的城乡人口比例确定编制的“人民代表”的代表证和公务员的花名册，这些白纸黑字的符号依然共同象征了一套区别城乡人身等级的系统，其清晰和严格的程度是目前这片土地上的其他同类等级系统——譬如“阶级”和“性别”——都比不上的；可另一方面，几十年乡村人进城的大潮又以其形式的日渐多样，③ 赋予无数持乡村户籍的年轻人一种“我可以像他们城里人一样”的强烈的愿望。城里的主流生活越是被改造为只是“赚钱 + 消费”，这愿望似乎还越容易实现：到处都有购物中心，县城和镇上的新楼盘样式也跟大城市里的差不多……

更值得注意的是，上述两种看似矛盾的情形实际却是互相支援、甚至互为因果的。正因为都市户籍的大门通常关得很紧，乡村户籍又总是与贫穷和失教相伴，“城里的生活”才对乡村人有这么大的吸引力。唯其在城里读书就业逛商场，最起码觉得一只脚已经踏进了“城里的生

---

① 说明一下，这是就非战乱状态而言的，如果发生全国性的战乱，这样的城乡循环当然也会被打破。

② 此处的“西式都市”是一个综合的概念，不仅指通常所说的都市空间，还包括首先在这种空间里发展起来的西式的工业、商业、教育和其他文化系统，以及与之配合的政府管制系统。

③ 此处所说的“进城”的形式的“多样”，从人身的角度讲，至少有“大学毕业留城就业”和“进城打工”这两大类；从空间的角度讲，则包括了“从乡村进入都市区域（所谓1–3线城市）就业谋生”和“因县乡两级（所谓4–6级城市）城镇化而在这些多半只达到半都市化程度的区域买房安家”这两大类。

活”，许多人就容易淡忘昔日对城乡失衡的尖锐感受，不去深究这失衡究竟意味着什么。至于那些一出生就有城市户口，觉得自己占了好位置的城里人，更是容易陷入井底蛙式的盲目：“农村有问题？跟我不相干！”

当资本主义式的“现代化”将“只有上升才算人生的成功”塑造为社会的主流意识以后，这社会的多数人是否觉得自己正在上升，就成为决定现实能否延续的关键。这30年，中国除了创造GDP高速发展的奇迹，也创造了社会财富分配的畸形，而这畸形的一大表现正是包括级差地租在内的商品价格体系的城乡不平等。就此而言，城乡关系本来是一个火药桶，很容易激发民众——尤其是占户籍比例大多数的乡村民众——对自己真实的等级身份的体认。可是，这30年巨浪滔天的城市化运动，和在这个过程中形成的上述两方面情形的互相支援、互为因果，却为这大桶包上了一层不薄的毡布：愤恨于剥削太重的都市白领，只要想起遥远故乡的萧条情景，火气不觉就消了一半；老工业区的失业和退休者牢骚满腹，但看看身边那些艰难讨生活的农民工，“我混得不算最差啊”！

我相信，在20世纪才真正凸显其历史重要性的城乡关系，尤其是这个关系在中国和其他类似地区的日益失衡，是呈现了人类政治生活的若干在其他状况中往往被遮蔽的因素，而在这些因素中，“文化”都处于核心的位置。

熊：你提到过“新意识形态”或“新的支配性文化”，并列举了“房产广告”的例子来说明。对于这种“新意识形态”或“新的支配性文化”，您似乎认为这种“新的支配性文化”是“中等收入”阶层的一种自我文化表征？

王：抱歉，可能是我以前对“新的支配性文化”说得不清楚，引起你的误解，现在借这个机会稍稍解释一下。[①] 自20世纪90年代中期到现在，中国大陆的文化状况明显大变：差不多十年时间，一种新的支配性文化迅速成形，它不但跟50至70年代的支配性文化截然不同，也

① 关于20世纪90年代至今中国大陆的支配性文化及其生产机制的变迁，我将另写专文来分析，限于篇幅，这里只能简单介绍一下基本的看法。

跟70年代末80年代初兴起的新的文化潮流①有很大区别。我最初是从意识形态的角度去理解它的，因此称它为“新意识形态”。但很快就意识到，它已经发展出多个层面的内容，除了世界观和价值观这样的理念的层面，人际关系、交往和行动模式这样的比较实际的层面，还有更具“物质性”的社会制度的层面，因此，它不只是一种新的意识形态，而且是一种新的文化，一种强有力地影响多数中国人并为其实际所遵奉的文化。于是，我就改用“支配性文化”这个词了。

一旦注意到这个新文化的社会制度的层面，我很自然会发现90年代初开始勃发的“市场经济改革”，很快就形成了一种与以往明显不同的新的文化生产体制，正是这种社会体制的有效运行，造就了这个新文化迅猛成形和膨胀的势能。因此，与分析这个新文化的内容相比，描述和把握其得以产生和运行的社会体制及其运行机制是更重要的工作。在某种意义上，这个文化的“新”之所在和其“支配”力的来源，大部分都是在它背后的生产体制和运行机制，而非其内容本身。主要因为经由这套体/机制，新的支配性文化形成了与近30年“市场经济改革”的深刻互动：既是这“改革”的产物，也是它的成因。正是这个持续的互动关系，给这个新文化提供了深入人心的宽阔渠道，更为民众安排下这样的人生环境：除了皈依这个文化，别处似乎都无可指望。于是，我在“支配性文化”的后面又添上“生产机制”② 四个字，虽然继续包含指认“支配性文化”的意思，但我更强调的是那个在整个社会文化的再生产结构中占据支配地位，因此持续地发展支配性文化的生产体制及其运行机制。

在语义上，“支配性文化生产机制”是有歧义的，我用这样的词其实说明我还没有透彻地把握今日中国的文化状况，无论对新的支配性文化，还是对新的支配性的文化生产机制，认识都还相当有限。但在这

① 70年代末和80年代初，大陆开始了一个当时被称为“新时期”，以后又被称为“八十年代”的时期，它持续了10年左右，在80年代末和90年代初全面终止。在这段时期里，原有的占支配地位的文化受到很大的冲击，但并未完全消退，新的文化潮流迅猛兴起，但还来不及形成一种在全社会的范围内占据支配地位的大致完整的文化，而只是表现为一种“思想文化的新潮”的形态。也因此，我倾向于将它理解为一种文化巨变的过渡状态。

② 在我的理解里，“文化生产机制”是一种类似不成文法的软性但亦有韧性的规则，它并不等同于有明确物质和符号形式因而刚性较大的“文化生产体制”（“体制”一词也可以换成“制度”），而是在这“体制”——及其他相关因素——的引领和框限下形成实际承担主要的“文化生产”功能的一套规则。

里，我还是想大略地勾画几道目前我所看到的轮廓线，给愿意接着补充和修正的同道充作片段的草图：

第一，与譬如20世纪50至70年代的支配性文化相比，今天的这个支配性文化明显缺乏清晰、系统和权威的观念性表述。当然，它有一些普遍深入人心的观念："生存是第一位的""物质利益最重要""竞争是社会关系的准则""上升才是人生的成功""财富和经济都是应该持续发展的""欧美式的社会是现代化的榜样"，诸如此类。在这些堪称高调的正面判断底下，它更有一些消极低调但似乎更深入人心的观念："理想有什么用？没用的！""将来关我什么事？现在过得好就行了""别去关心那些大的事情，跟我没关系""这世上没好人，都不能相信的"……这些低调观念当中，最核心的一项是："现实太强大，我们不可能改变它，只能去适应它"，即便20来岁血气方刚的大学生，也有一些是明确地服膺此道的。

因此，新的支配性文化——其意识形态部分尤其明显——有很强的复调性质，其中的低调部分正构成其高调部分——至少是其中很大一部分——的基石：唯其丧失了改变世界的信心，看人看世就不免消极，也唯其难以体会理想的魅力，就更觉得只有物质利益才真实。最近一二十年来，这个低调部分的实际影响力明显形成了超过高调部分的趋势，文化的整体的消极和阴暗意蕴是更显触目了。

这似乎从另一面解释了为什么新的支配性文化缺乏称职的核心概念：当社会巨变是往做小人心的方向伸展的时候，这巨变对于支配性文化的首要需求就势必是鼓励人的消极心理，引导人放弃深思，顺利地接受和跟随现实。不用心、不持久，甚至不聚焦，稀里糊涂、不求甚解。这样的疲沓散乱的思维状态，正是滋养上述那些流行观念的合适的温床。只有坚持理想、决意奋斗的人，才不得不展开严肃紧张的思考，随大流、混日子的人，不需要这么做。

第二，倘说20世纪50至70年代的支配性的文化生产体制是以国家机器为中枢的，其运行机制纵横的范围也主要是文化和政治领域，大约在90年代中期开始成形的新的支配性的文化生产体制，它的基本结构和其机制的主要运行领域却都与前者明显不同。90年代社会变动的一大特点是经济生活异常活跃，几乎所有新的事物都是在经济领域里先生成雏形，然后或快或慢地壮大，逐渐被官方认可，进而得到传媒和学校教育的拥戴。整体来说，这样的状态一直延续到今天，而且可能在一段不短的时间里继续存在。正是这个在50至80年代的映衬下显得格外特别的社会态势，给了持续变动的经济系统一种远远超出狭义经济范围的能量，许多新的经济规则、模式和制度常常兼具明显的文化和政治功能，甚至直接发挥巨大的意识形态影响。90年代迅速在全国城市里重建的房地产市场及其广告工业，就是这方面一个突出的例子，在塑造人的价值观、商业头脑、生活方式、婚姻和家庭模式、代际交往关系、空间习性和就业意识……几乎所有这些方面，它的广泛和持久的影响力是今天任何一个文化——甚至政治——系统都比不上的。至于它在改造社会阶层结构和官场政治生态方面的巨大作用，更是众所周知，无须赘述了。

正因为这几十年来，“文化”的事情几乎都是由“经济”来规划的，当勾勒新的支配性文化生产体制的轮廓的时候，类似房地产市场和广告工业这样的系统就理当被置于中心的位置：它们已经不只是经济机器,① 同时也是文化机器了。实际上，类似这样一身兼多任的情形最近20年日益普遍，不仅是经济部门来做文化和政治的事，文化部门也越来越普遍地做经济的事。报纸、杂志、电视台、出版社……实际上不都是首先自视为商业机构的吗?② 在“产学研结合”的旗号下，大学的科研活动不也正日益向“企业研发”转型么？网络世界里各类文化活动的“被商业”,③ 更是时有所见。正是在这样的趋势中，“经济”与“文化”日益全面地互相渗透、深刻融汇，随着其程度的持续提高，“市场经济”——即资本增值——的逻辑④日益压倒“文化”和其他逻辑，成为这类混合系统/机器的主宰。⑤

---

① 此处的“机器”一词借用了阿尔都塞的“意识形态国家机器”这个概念里的“机器”的意思。

② 当“不能违规”的坚持主要是出于具体利益（职位和经济处罚）的计较的时候，这实际上就已经是一种类商业化的意识了。

③ 最明显的例子是文学创作/阅读和一般社会交往（如聊天）的生产资料化。

④ 可以如此概括资本增值的逻辑的基本内涵：(1) 世界上的所有——无论虚实——事物都可以——也应该——被用来赚钱；(2) 兑换成货币财富的数量和直接程度是衡量所有事物之价值高低的第一标准；(3) 投入和产出的比例是人选择做什么事、怎么做事的首要标准。GDP挂帅的社会发展观念、收入第一的人生思路都是这一逻辑的体现。

⑤ 但是否可以由此判定，这类一身兼多任的系统或机器的“混合”性其实只是表层的，是一种看上去具有文化或其他功能和意味，实质却依然是经济性的系统或机器，仍然需要斟酌。这牵涉到如何理解当代全球“经济”本身的成分、性质和功能的蜕变，以及在此大背景下中国大陆的经济状况的特性，在目前研究不足的情况下，不宜骤下判断。

从这个角度看，新的支配性文化生产体制竟然主要由一些以不同的方式日趋混合的系统/机器——从房地产市场到传媒业——所构成是必然的事。这个体制的运行机制也势必以上述那样的混合性为自己最重要的特征。作为支配性的文化生产机制，它当然以生产支配性的文化为主要任务，但它的偏重混合的特性决定了它的这项任务势必与另一项任务日益紧密地结合在一起：促进“文化”和“经济”的混同。当然，这混同并非随意组合，而是像我前面说的，有其不容偏离的方向：依循资本增值的逻辑，将各种昔日自有经络，甚至彼此不大相干的事物重组为一个整体。

这也就可以理解，为什么新的支配性的文化生产机制并不仅仅运行于一般所谓的“文化”领域。在某种意义上，它其实和譬如杠杆化资本博弈那样貌似纯经济的“潜规则”差不多，是主要——因此首先——因为经济领域里的体制重组①而形成其基本轮廓的。倘依文化经济二分的表述习惯，你甚至可以说，在许多时候，它像是跟在新的“市场经济”身后，随着这经济对于其他非经济事务的渗透蚕食，一步步扩大其运行领域的。这方面的典型例子是城市居民的日常生活。由于对历史的承续，这生活本来有极大一个部分是无关经济、不受资本逻辑的统辖的，但随着这些年“中国特色的市场经济”的迅猛扩展，城市居民首当其冲，其日常生活中的消费部分日趋膨胀，大有要一口吞掉其余部分的气势。正是在这个过程中，新的支配性文化生产机制逐步完成了对于城市居民日常生活的改造，将它变成了新的支配性文化的主产区。②

可以说，新的支配性文化生产机制运行得越顺畅，新的文化和经济的混同就越普遍、越深刻，它们非但不再是分立的，也越来越少是携手的，而是从一开始就大多混同一物，难分彼此了。随着这混同之势的日趋强劲，资本逻辑对于社会文化和人民精神生活的全面引领自然日益深刻。在前面的答问中，我屡屡提及人心的日渐卑小，在这里，造成这卑

---

① 说到90年代经济领域里的体制重组，我们首先想到的大概是股市、房市、分税制等等。但我要说，新的支配性文化生产体制同样是这体制重组的重要成果之一。

② 我在《什么是今天中国的住房问题?》（《探索与争鸣》2016年第9期）一文中对此有初步的讨论，刊发于《探索与争鸣》2016年特刊的调查报告《1990年代以来上海都市青年的“居家生活”》（王晓明、罗小茗、郭春林、朱善杰和高明撰稿），则提供了这方面的较为细致的数据分析，可以参看。另外还要说明一点：实际上，城市居民日常生活的这个改变，也在稍后扩展到了越来越广阔的乡村地区，限于篇幅，这里就不展开介绍了。

小之势的一大深层原因是相当清楚了吧。

当然，世界这么大，中国这么大，上面讲的这一股人心卑小的趋势，虽然浊浪蒸腾，毕竟还不能一手遮天。人类到底是有了至少几千年的文明历史，即便现实强有力地逼迫人精神返祖，这逼迫本身也会激起人的反感和忧虑，激发相反的意愿。在中国大陆，昔日那样赤裸裸的物质匮乏的状况正在根本改变，因那匮乏而形成的贪嗜物质享受的冲动势必随之消退。尽管像我前面讲的，支配性的社会力量正利用这个改变营造一个“利”字当先的时代，要把我们继续淹在贪嗜物质的冲动里。尽管整个世界的形势正在造就新式的、更为严酷的物质的匮乏，① 更强有力地逼人返祖。但这毕竟是一盘未定之局，我们向上进步还是向下沉沦，能不能打破这“利”字当先的潮流，至少很大一部分局面是取决于我们自己怎么想、怎么做的。在这个意义上，我觉得文化研究或类似这样的思想和知识活动有很重要的价值，因为它是建立在对人的期盼之上的，它相信人应该有比在猪舍里满意地咂嘴——或者在丛林里惊惧地互相咆哮——体面得多的生活。

2017 年 2 月

（作者单位：上海大学）

---

① 城市里新建的住宅楼密集如同森林，昔日水网密布的地区却普遍缺水，这个对比再清楚不过地说明了目前这样的经济发展是如何一面消除过去那样的物质匮乏，一面又制造新的可能更难消除的物质匮乏的。

夏志清先生纪事

刘再复

一

在香港听到夏志清先生逝世的消息，就想写一篇悼念文章。后来想到与夏先生的来往书信都在美国洛基山下，便决定返回美国后再写。于是，就先发一封哀悼的短简给夏太太王洞嫂夫人。信虽短，但寄托着我的缅怀与评价：

夏太太：

刚才剑梅告知夏先生逝世的消息，我非常震惊，也非常悲痛。

前几天（圣诞节），我打电话给您，想和夏先生说几句话，可是他已经进医院了。想到最后的心声未能向夏先生表达，也永远表达不了，心里非常难过。我想要告诉夏先生，您的一生是幸福的，您找到了许多文学真理和文学知音，您为许多被历史活埋的作家仗义执言，您为中国的汉语白话文学在国际上争得许多光荣；您的正直天性传遍五湖四海；您的才华泽溉了许多学子与赤子，包括我，尽管和您有过争论，但也受到您的启迪与关怀。您将永远活着，永远活在中国文学研究史上，永远活在我和剑梅以及您的所有友人与弟子的心中。安息吧！

夏太太，您为夏先生已尽了自己的全部责任，请您节哀并多多保重！

二〇一三年十二月三十一日于香港

此信由剑梅发给我的表弟叶鸿基先生，然后转发到“再复迷网站”

和新浪“刘再复博客”。几天内，竟有三十多个博客、网站转载，二万五千人次的点击量。可见，国内关注夏先生的读书人还是很多。他的论著在怎样的程度上影响中国现代文学研究，真是无法估量。但有一点是可以肯定的，他是西方当代汉学一位当之无愧的真代表。

2011 年，许子东先生请我到香港岭南大学“客座”三个月，即将结束时，他召开了一个“中西现代文学研究比较”的研讨会。我的发言便是以夏志清先生为例，认定美国现代汉学的一个重要分支——中国现代文学研究，已经历了五代。第一代为夏志清和他的兄长夏济安；第二代为夏济安的入室弟子也可视为夏志清的学生李欧梵、刘绍铭等；第三代为刘绍铭的学生即夏氏兄弟学生的学生王德威等；第四代为王德威的学生刘剑梅、罗鹏、宋伟杰等；第五代为刘剑梅、罗鹏等的更为年轻的博士、助教们。夏志清先生生性坦率，剑梅进入马里兰大学亚洲与东欧语言文学系担任助理教授时，他曾对我说：现代美国东亚系全被大陆占领了，我们台湾地区不行了。夏先生说的是实话，王德威的学生已逐渐大陆化，拥有 13 亿人口的大陆，其生源的分母很大，竞争力自然更强。夏先生敏锐地看到“无可奈何花落去”，但感受到剑梅等大陆留学生对他格外敬重后也自有一番喜悦，也许会觉得“似曾相识燕归来”。

在许子东主持的研讨会上，我的发言着重指出：与大陆的研究相比，夏志清先生所代表的汉学，有一个突出的特点，也是巨大的优点，这就是研究的率性，完全没有“主义障”“知识障”。“率性谓之道”，夏先生的“道”，最宝贵的是没有大陆学人那种“精神创伤”。他敢于面对文学事实、文学真理，该说就说，不情愿说的就不说，但又是很负责任地说。从正面着眼，他先是热烈肯定张爱玲、沈从文等，后又热烈肯定高行健等，都是率性磅礴。他说高行健的《车站》比贝克特的《等待戈多》好，让人意外（见《明报月刊》2000 年 11 月号），但这是他的由衷之言。从负面着眼，他尖锐地批评鲁迅、丁玲、赵树理，我们难以接受，但也是他的由衷之言。我在 1998 年出国之前读了他的《中国现代小说史》，很有保留；而出国之后读了他的《曹禺访哥大纪实》（写于 1980 年，刊于《明报月刊》1984 年第 11 月号），是在《夏志清文学评论集》（台北联合文学杂志社，1987）里读到的，读后则大为钦佩。

夏先生对曹禺的批评与对老舍的批评均毫不含糊、锋芒四射，他敏锐地感到，曹禺这位在青年时代就写出《雷雨》《日出》的杰出剧作家，历经数十年的社会沧桑之后，完全变成一个只有“官腔”的政治传声筒了，不仅只会创作《明朗的天》这种毫无文学价值的宣传品，而且在美国的演讲本身也是宣传品。作为一个率性的文学批评家，夏先生完全不能忍受曹禺的“作秀”，居然喊出了你“骗得了谁”?！我读了这篇“纪实”，被夏先生的率真震撼了。这是多么难得的天真！这是在祖国广阔的土地上多么难以听到的真声音、真批评！曹禺这位著名作家确实“失语”了，确实丧失自身的语言了，确实怀着恐惧（心有余悸）在作秀表演了。读了夏先生的文章，我的心头掠过一阵伤痛。是的，应当想想，为什么一个最善于言语的剧作家会失语？会堕入官腔、八股腔？会被改造成一个只会说套话、说废话甚至说谎话的，只有面具、没有自己的“乖孩子”？这是多么值得质疑、多么值得反省的现象。

作为一个中国文学批评者，我不是没有看到这种现象，而是看到了这种现象之后不敢说出来，写不出来。

大约是在1991年，我才读到夏先生对曹禺、老舍的批评。说实在话，我读后感到痛快，而且对夏先生更为尊敬。然而，这并不等于我完全接受他对整个中国现代小说的整体评价。

二

夏先生对中国现代文学的整体评价，反映在他的评论集《文学的前途》（1974）、《人的文学》（1997）、《爱情·社会·小说》（1980）、《夏志清文学评论集》等书中，但主要是表现在《中国现代小说史》（1957）上。我在80年代读了这部别开生面的小说史，真是开了眼界。这部著作像颗重磅炸弹，在大陆的文学研究界爆炸，直接推动了“重写文学史”的思潮。80年代是大陆思想最开放、最活泼的时期，面对夏先生这样的“反共学者”，也采取接纳的态度。于是，1985年由钱锺书先生提议，经胡乔木认可，邀请了夏先生回大陆做学术访问。此事在国内引发了波澜。我在全国政协的会上，听到丁玲与冯牧两位长者对此进行严厉的谴责：“怎么可以让这样的‘反共学者’到中国?”钱锺书先生虽是政协委员，但他不参加会议，所以我把会议的情况立即向他“汇报”。他笑着说：“要说统战，我们倒真的是帮着统战，丁玲怎么连这个也不懂。”1989 年年初，我应美中学术交流协会（负责人林培瑞）之邀，到五所大学（哥伦比亚大学、哈佛大学、芝加哥大学、斯坦福大学、加州大学圣地亚哥分校）访问，临行前，钱先生请我带两本杨绛先生的《洗澡》，分别送给夏先生与李欧梵先生。钱先生郑重嘱我：“海外政治复杂，出国只能讲公话，不可讲私话。”在这之前，他曾在给我的信中“尖刻”地评说二十多名汉学家，唯独对夏、李二人持有好感。钱先生还告诉我，夏先生早已写了对他的悼念文章，但去年还到大陆和他见面，夏先生路过香港时说：大陆很值得看看。言下之意，是夏先生总不失一份天真天籁。由于我对钱先生衷心敬仰，所以对他的嘱咐总是视一句为一万句（尽管他曾告诫我不可迷信他），所以我也特别敬重夏先生。到美国，我的第一场演讲就在哥伦比亚大学。一到讲厅，就见到夏先生已端坐在厅里的一张长方桌旁。讲毕，夏先生和当时尚在攻读博士学位的唐翼明先生一起请我吃饭。席间仅此三人，所以话很投机，谈论的第一个主题还是钱锺书与杨绛先生的现状。

尽管有钱先生的推崇和夏先生的热情，我对夏先生的《中国现代小说史》仍然很有保留。这种“保留”是从文学价值观和文学史写作着眼，我不赞成他的过于偏激的“褒此贬彼”：在颂扬张爱玲的《金锁记》为“中国现代小说最伟大的中篇”的同时，把另一“伟大中篇”——鲁迅的《阿 Q 正传》说得一无是处，甚至以嘲讽的基调描述鲁迅。除此之外，我的内心深处还觉得夏先生在“开掘”之功里（开掘张爱玲、沈从文、钱锺书、张天翼）也有一半值得商榷。重评张爱玲、沈从文，丰功伟绩；重评钱锺书、张天翼，则可有可无。对于钱锺书先生，我格外崇敬，但认为他的主要成就在于学问（其学术成就可说是“前无古人，后无来者”），并不是他的小说《围城》。《围城》的幽默只是英国绅士的小幽默，整部小说乃属于“愤世嫉俗之作”（郑朝宗语），并非一流巨著，夏先生评为“伟大”，未必精当。而张天翼的讽刺小说则属于现代文学中的二、三流小说，似乎不必大作翻案文章。这些不同看法，我藏在心里，多次产生与夏先生讨论的冲动，但因为 1992 年秋之后，女儿剑梅成了夏先生的学生，而得到夏先生教导与关怀的女儿，一听到我唠叨夏先生的“偏激”时，总是叮咛：“他是我的老师，你们一争辩，我就夹在中间了。”尽管如此，我还是对夏先生的过度褒贬耿耿于怀，于是在 1995 年 8 月的一次访谈中，我还是憋不住心里话，温和地作了一次关于张爱玲的表述：

对张爱玲文学成就的充分发现始于夏志清先生的《中国现代小说史》。这部著作给张爱玲以极高的评价，并奠定了近十几年来张爱玲研究的基础。现在台湾、香港、海外的张爱玲研究十分热烈，大陆某些文章也有精彩见解。但大陆所编撰的中国现代文学史书一直把张爱玲排除在外，新出版的小说史也只是把她作为一般作家放在一小节上轻描淡写，这种政治大于审美评价的教科书显然缺少文学眼光。在重写文学史时，自然应当把张爱玲作为二十世纪新文学史重要的一页。但是，也不应把张爱玲“创造”得过于神奇。一个重要作家，除了自身的创造之外，总是还要被评论者所创造。现在张爱玲已“被创造”到相当精彩但也相当神奇的地步，我们不妨扬弃她的“神奇”，保留她的“卓越”，以使她在地母怀中的灵魂得到安息。

（参见《也谈张爱玲》，此文收入散文集《西寻故乡》，天地图书，1997 年。）

三

写了这篇短文的五年后，我应张信刚校长之邀到香港城市大学担任客座教授（前半年在文学、语言、翻译系，后一年半在郑培凯先生主持的中国文化中心）。2000 年 10 月，香港岭南大学召开张爱玲学术研讨会。此会十分隆重，夏先生亲自从美国飞到香港参加。会议由刘绍铭教授主持，坐在主席台上的除了夏先生还有刘绍铭、王德威、郑树森、温儒敏（北京大学中文系主任）和我。会前，参加筹备会议的许子东（我的年轻朋友，当时是岭南大学助理教授）对我说：“此会大家肯定都在赞颂夏先生，您如果有不同意见，也可以发表。这样，会议更有学术气氛。”子东兄的话正中我的下怀。于是，我便借此机会向夏先生提出几个问题。因受时间的限制，我便纲要性讲述一下我的发言提纲（发言稿大约一万五千字）。我的讲话先是真诚地肯定夏先生的《中国现代小说史》开掘“被历史活埋”的重要作家，让张爱玲、沈从文等“重见天光”的历史功绩，然后郑重地讲明我的几个观点。

（1）“五四”新文化运动进行了一场语言实验，成绩虽不理想，但出现了鲁迅、张爱玲、沈从文、李劼人等卓越小说家。如果需要在这些小说家中投票选出“谁为第一”，那么，我将把票投给鲁迅而不会投给张爱玲，原因是鲁迅的小说具有更巨大的思想深度、更丰富的精神内涵。

（2）张爱玲在青年时代写出了与左翼文学的大思路（表现“革命”“时代”等大话题）完全不同的天才作品《金锁记》与《倾城之恋》。可惜，在1950年前后（以《小艾》为标志）革命大潮的冲击下，张爱玲守持不住自己的文学观，到了香港、美国之后所写的《秧歌》和《赤地之恋》，完全丧失原先的风格——天才夭折了。

（3）出国之后张爱玲的创作悲剧乃是用政治话语取代文学话语的悲剧。中国现代文学中“两玲”（丁玲与张爱玲）的悲剧，其性质是一样的。一个从左的方向把《莎菲女士的日记》《我在霞村的时候》写成《太阳照在桑干河上》；一个从右的方向把《金锁记》《倾城之恋》写成《秧歌》和《赤地之恋》。两人都从“人性”滑向“政治性”，都被政治话语吞食了文学话语。与“二玲”相比，在现代女性作家中，倒是萧红守持了人性立场和文学语言格局。

我发言后，夏先生便开始大家期待已久的讲话。他的讲述虽用英文，但很好听，我大体上听得懂。我感觉到，他虽有些激动，但并没有全盘反驳我，只是在其中有一段说，他除了喜欢张爱玲之外，还喜欢萧红。萧红很了不起，丁玲怎么能与萧红相提并论？更不能与张爱玲相提并论。说到这里，显然是针对我而发了。

夏先生讲完话，开幕式的上午会议也就结束了。散会后，《亚洲周刊》记者江迅拦住了夏先生。而我因为午餐被分配与夏先生夫妇同桌，赴餐厅也被安排坐同一辆小车。于是，我和夏太太只能在会场边等待夏先生，此处隐约可以听到夏先生激动得有些激昂的声音。我听得出来，这些声音全是针对我的：“刚才刘先生说男性鲁迅看上去比张爱玲高，好像男性总比女性高一些。”“鲁迅也是个夭折的天才。完全可以说，从为人和作品看，鲁比张更不如，鲁迅在北京时，与胡适一样，都是不错的文人，但后来却向中共屈服了，做了左联的领袖，你可以说他伟大，但换个角度说，他也成了走狗。”夏先生这些话后来都发表于《亚洲周刊》2000年10月30日至11月5日的访谈录《世纪再现张爱玲的传奇》、《明报月刊》2000年第12期夏先生的文章《我和张爱玲》及许子东的会议报道《张爱玲与现代中国文学国际研讨会侧记》。

那天，我和夏太太站着倾听夏先生对江迅讲了十几分钟。讲完后一起上了小车。一上车，夏太太就批评夏先生说："你刚才讲了些什么话呵。我觉得今天再复的发言很好，他首先肯定你的功劳，然后再和你讨论，你却这么激动。"夏先生听完后连说几个"是吗？是吗？"这之前我从未听过夏太太即剑梅的师母讲过话，那一瞬间她说的一席话，非常通情达理，又贤又慧，真使我感动。这是一个多么明白、多么善良的知识女性呵！然而，这一天我也清楚了，夏先生虽然学识渊博，但还是太脆弱，远比不上我们这些久经磨炼的大陆学者"神经坚韧"。他完全没有我们的锻炼经验，一听到不同的意见就反应过度。我还感到老人也往往像小孩，不可太宠。夏先生在今天的会议上显然太受宠了。我本是理解夏先生的，但因为他无端牵连到鲁迅，让鲁迅又遭到一顿热骂，心里着实有点气闷。所以吃饭时也无心与夏先生说话，而且在会后三四年里，我便赌气断了与他的联系。出了新书不给他寄，过年过节也不再打电话问候了。2004 年春节，首先受不了的是夹在老师与父亲之间的剑梅。那一年，她到香港探亲，就让我和林岗签署一本《罪与文学》由她带回美国寄赠给夏先生。夏先生接到剑梅的信和我的书后，非常高兴，立即给剑梅写了一封长长的信，其中有一段涉及我们关系的话，仍然是一片天真天籁：

> 再复兄一直同我很友善，过年过节会打电话给我，出了书一定送给我，但 2000 年我去香港开了一个张爱玲大会（我是不想去的，被德威、刘绍铭所逼去成的），但未写 paper 的，只当一名"贵宾"在场而已。再复兄是写了 paper 的，把张同鲁相比，当然鲁比张功绩大得多。我对鲁迅亲共，捧苏联文艺一向有意见，不知如何也得罪了再复兄。书也不寄了，电话也不打了……

此信写于 2004 年 5 月 14 日，剑梅把它寄来给我。我读后非常感动，觉得夏先生还在牵挂我，而且那么在乎我，所以立即给他回了一封信。

> 夏先生：
>
> 您好，虽久疏问候，但常常想念您，近日读到您给剑梅的信，非常高兴。剑梅到美国深造，并有幸聆听您的课程和教诲，终于有所长进。在学期间，您一直给她鼓励，现在还继续关怀着她。对此

我们一家都深深感谢您。

我还要感谢您那么认真阅读林岗和我的《罪与文学》，并发现谈列文时书名有误。您的精神这么好，真使我们高兴。

您在大函中提到香港岭南大学评价鲁迅、张爱玲一事。这是我们在不同政治、人文环境中对历史人物的不同感受。评价的差异，其实难以避免，但这纯属学术之争，并不影响我对您一向的敬重（不仅是“友善”）。因此，我在论文中首先对您的贡献作了诚挚的、很高的评价。不过，那次会后，我读了您对《亚洲周刊》记者的谈话，心里确实产生过困惑。您和晚辈的我，都是直肠子，都是性情中人，我应坦率地承认此事之后心里有点继续讨教的疑虑，但确实并不影响我对您的敬意。读了您给剑梅的信，见您童心依旧，我自然就会把疑虑放下。

……

夏先生在给剑梅的信中说，他要给我写一封信，果然，他很快就寄来一信：

再复吾兄：

剑梅寄我大著《罪与文学》不多久，兄即寄弟新书三种《传统与中国人》牛津新版、杨春时为您编集的《书园思绪》、台北九歌出版的散文《精选集》。都是我应读之书，有时间当一一读之。两三年前兄赠我《独语天涯》一书，看出味道，真的看了大半年，再读《漂流手记》此类书，拥有读者，大陆知识分子……还没有第二个像兄这样的不断思索，想问题，对人生、文化、文艺接触也如此之广的。高行健可能也是如此，故兄写文要世界上有识之士都对他重视。行健得奖之后，编者们向我索稿的也有人，可惜我只看过他少数剧本，小说巨著，我至今尚未拜读，精神不够，也无时间，吾兄写大文多篇推崇高君的成就，在中国文学史上也立了大功。我在哥大教了剑梅一门元曲，我已退休两三年，德威弟请我开了门课，因为中国戏曲好多年无人教了。剑梅聪明而用功，已拿到 tenure 可喜可贺。但兄在世副（《世界日报副刊》）上引了欧梵的话说她英文写得也好，其实大陆来的高才生（台湾的也如此）英文程度还不够，剑梅虽已执教多年，在写英文方面还得求进步，写出句子来，简际（洁）可读，没有啰嗦话，这样才会进步。说的每一句话，自己可以负责，也很重要。例如P39第三段首句，她称鲁迅为“the towering literary figure”，把胡适、郁、郭三人都比下去，此语是说不通的。

我退休不一年，即患心脏病，故近三年并无什么研究成果。今年哥大刚为我出了本论文集（*C·T·Hsia on Chinese Literary*）五百多页，集的都是退休前写的英文。着力点仍在小说，但《西厢》、汤显祖也有文章讨论。Part One，三篇文章皆谈论中国文学，第一、三两篇尚无译文，兄有兴可先读。兄能看令嫒的英文著作，拙著当然一定也看得懂，看到不通、不当之处请多多指正。

兄有兴挥毫写了封毛笔纸，吾当珍存。菲亚嫂近况可好。内人王洞也已退休，她身体比我好多了。兄自知保重，写文以外，也得锻炼身体，长保健康。

弟　志清拜上　2004年6月30日

2004年我们恢复了联系之后，便进入关系的“密切期”，经常互通电话，互赠书籍。除了感受到他的关怀之外，我还觉得他的心境愈来愈平静，对现代文学中的左翼作家的评价也愈来愈趋于客观。对于鲁迅，他甚至也在稍稍“纠偏”。2007年12月27日，他寄了一份《文艺报》（2006年6月6日）的文章复印件给我（文章作者段崇轩，题为“用‘平常心’解读文学”）。夏先生对这篇评论他的文章十分满意，而且感到意外。因为1984年《文艺报》曾发表过批判他的文章，把他视为“精神污染”，现在能公平对待，他自然高兴。他郑重地寄一份大陆的剪报给我，此举很不寻常。我仔细阅读这篇文章后，觉得此文此事非常重要。因为文章涉及他对鲁迅与丁玲的评价，说他对鲁迅的论述曾经“多有偏颇”，但因为守持“平常心”和“国际视野”，已消解了“思想的偏见”；而对于丁玲，文章则赞扬夏先生坦率地承认“自己对丁玲的评价有失公允”。为了更准确地把握夏先生晚年的思想和态度，我们不妨读读这篇文章的几个段落：

……

夏志清是一个有着深厚的欧美文学背景和修养的学者，其政治立场也是显而易见的。这使他得出了中国的古典文学、现代文学不及承袭基督教精神的西方文学“丰富”的判断；对倾向于宣传、说教的左翼作家和共产主义作家的作品也没有好感而心存“偏见”。他置身在一定的社会、文化的坐标系中，不可能完全割裂同环境的复杂联系，这自然是他的局限。其实这种“局限”在我们身上表现得更加突出也更加可怕，我们的现当代文学史和作家作品评论，不是一个时期就是一副面孔、甚至有截然相反的评判吗？因此我们不能苛求夏志清。事实上，夏志清在理智上对中国文学和作家作品有“偏见”，但通过他的深入研究，他在感情上则认为中国的文学传统“是极为伟大的”，对绝大部分左翼作家如茅盾、张天翼、丁玲、吴组缃、蒋光慈等都给予了充分的尊重和“实事求是”的评论。

更弥足珍贵的是，夏志清也许意识到了自己的理论背景和政治立场所产生的局限，因此格外珍视自己的“平常心”——即作为一个读者对作家作品的直观体验。坚守严格的艺术尺度，努力不受各种理论和思潮的干扰，对文学发展和作家作品作出了独抒己见的评判。正如他说的：“其实理论未必是好东西，看多了反而没有好处。你在看理论之前，如果没有相当的积累，反而会被理论牵着鼻子走。”用“平常心”阅读文学，用他自己的标尺去衡量文学，使他真正走进了中国现代小说的隧道深处，看到了其他文学史家没有看到和被忽略了的东西，看到了他喜爱的作家身上的缺陷和他不喜爱的作家身上的优点。这倒在一定程度上校正和消解了他的思想“偏见”，使他的评论具有了一种“国际视野”的特质。他又用自己旗帜鲜明、感情充沛的如椽之笔，营造了一部个性鲜明的现代小说史。譬如对鲁迅的论述，他的评价显然不足，且多有偏颇。这也是他最受左翼评论家诟病的地方。他是站在纯粹的文学的角度来解读鲁迅的，却没有看到鲁迅作为一个新文化运动的先驱者，在思想上、文化上乃至政治上对中国文学和一代一代作家产生的巨大而又深远的影响。这是他的失误。但他对鲁迅创作道路和作家作品的解读，却时有真知灼见。如他说：“《呐喊》集中有几篇根本不能称为短篇小说”，《故乡》“颇像一篇个人回忆的散文”，《社戏》“是一篇关于作者儿时的美妙叙述”。他还说，《阿Q正传》在艺术上是有缺陷的：“结构很机械，格调也近似插科打诨。”关于鲁迅后期为什么中断了小说，而专写散文、杂文，夏认为这表明了鲁迅“创作力的衰竭”，是“小说家可悲的没落”。我们对鲁迅确实“神化”了，他的局限和失误我们往往视而不见，仔细想想，夏志清的话是有道理的。譬如对曹禺上世纪三十年代创作的《雷雨》《日出》和《原野》三大剧本，我们的文学史向来是奉为“经典”尊崇的，而夏则认为：“他的剧本一直未能以成熟和朴实的笔法去表现生活，这暴露了他的粗俗。曹禺一本正经地引用命运、遗传律、弱肉强食的自然现象和阶级斗争以增强他剧本的戏剧效果，但是这种拼凑只表示他自己缺乏一种个人的悲剧视景而已。”这一评判未必百分之百的准确，但他的确从一个新的角度击中了这几个剧本的“要害”。夏志清对他偏爱的作家的批评也是不留情面的。譬如他断然地说胡适的白话诗《尝试集》是“索然无味”的，又说他的文学观是“狭窄”的，话虽简单，份量却够重。

……

夏志清远在美国，有关中国现当代文学的作品、资料远不及国内齐全，但他在搜集资料、“细读”文本上下的功夫，实在是值得我们敬佩的。譬如对鲁迅的《狂人日记》，他最初的阅读不够深入，论述时的评价就不够。后来捷克汉学家普实克对他的论述进行了尖锐的批评，夏志清再一次细读了文本，纠正了自己的错误，重下结论认为：“《狂人日记》是鲁迅最成功的作品之一。”譬如对丁玲，夏在《小说史》中也多有指责，评价不足，之后他又作了进一步的研究和反思，坦率地承认“自己对丁玲的评价有失公允”，原因就在自己对她早期和延安时期的短篇小说关注不够，如果当时“细读”了这些作品，他对她的文学成就便会作出“很不一样的描述”。在这里，我们看到的是一个勇于坚持原则，也敢于修正错误的可敬可爱的学者的形象。

（《文艺报》2006年6月6日）

夏先生如此看重段崇轩先生的这篇文章，极为奇特。这显然并不是因为这篇文章的基调是对他的赞扬，而是他认同这篇文章所放射出来的准确的关于鲁迅、关于丁玲、关于“坚持原则，修正错误”等信息。他希望我和剑梅能了解这些信息。果然，我读了这篇文章之后，更觉得晚年的夏先生很了不起，他放下了“左右两极，非此即彼”的思维方式了，放下曾有的“偏颇”了。他把“政治”搁置一边，用更纯粹的文学眼光评价作家，显然认可“校正和消解了思想偏见”这样的评说。读了夏先生推崇的文章和了解了夏先生对此文的态度，我和夏先生的心思更相通了。当然，也觉得夏先生更可敬可爱了。

夏先生把这篇文章寄给我，并写了信。信上说：“我在海外已 60 年了，……大陆对我的态度也大改，很多人对我表示钦佩，这是我在十年前不能预料的。有人在 2006 年《文艺报》写文章讲我，态度极好，我寄一份你们看看。1983 年《文艺报》把我当作精神污染者。”夏先生赞赏段崇轩的文章“态度极好”。可见，他还是在意大陆正直的声音。他和我一样，尽管远离故国，但情感深处总还是保留着那一片养育过自己的山川土地，还有那一脉永远抹不去的母亲语言。

四

说起夏先生和我，许多学界朋友可能只记得香港岭南大学的那一次争论，关于鲁迅与张爱玲评价的那一桩学案，却完全不知道我与夏先生的“私交”，这是更好的故事。至少对于我，私下的忘年之情更值得我珍惜，更值得我记忆。一件一件，全像宝石似的，此刻仍在我的心里闪烁。

当朋友们提起我与夏先生的“分歧”时，我多次引用了清代袁枚《小仓山房尺牍》里的“答洪稚存”书，以说明自己的行为。袁枚在此信件中一开篇就说：“韩魏公与欧公，至交也，论系辞终身不合；温公与范景仁，畏友也，论乐律驳辩千言；杨慈湖亲受业于朱子，而论天命之性，以为不当杂人物而言。古人明辨义理，当仁不让，有何前后辈之分？”这段文字译为白话乃是：韩琦和欧阳修是至交，而讨论起“系辞”，却终身不相合；司马光和范景仁是相互敬畏的朋友，但论起乐律，则彼此辩驳到几千言之多；杨慈湖亲自受教于朱子，但论起天命之性，则批评朱子不应该夹杂人物来论证。古人辩论义理丝毫也不肯退让，之间有什么前辈后辈的分别呢？我认同袁枚，觉得友情归友情，义理归义理。面对真理，应有“当仁不让”的态度，即使是面对自己的尊师，也应该当仁不让。亚里士多德的“吾爱吾师，但更爱真理”，恐怕也是这个意思。我和夏先生辩论鲁迅与张爱玲，面对的是义理。论辩中，我没有一刻忘记夏先生不仅是剑梅的老师，而且也是我的老师；夏先生不仅是大家尊敬的文学史家，而且也是我衷心敬佩的文学批评家。出国24年，我不仅得到他的关怀，而且时时向他学习。我读他的书即向他学习的时间，比起与之论争的时间，恐怕多有一百倍。

他英文那么好，我的英文那么差；他的双脚直接踏进欧美广阔的文学世界，我却只能借助翻译感受这个世界；他的桃李满天下，而我只有女儿没有学生。他对张爱玲、沈从文认识得那么早，我却长期“执迷不悟”；他对鲁迅的认识虽有偏颇，但也可以成为我神化、圣化鲁迅的解毒剂。何况他那一片对于文学的深情，对于批评的率性，更是稀有。那一次岭南大学会议，当天早晨只给我15分钟，时间太短，我无法充分表述自己对他的认识，只顾以锋芒对锋芒、率性对率性。会上只管自我表述，会后只管与他赌气；而他却始终对我念念不忘，并且时时注视我和剑梅的脚步，对我们的著作不仅认真读，而且给予最真诚、最热烈的鼓励。2008年圣诞节前夕，他接到我和剑梅共著的《共悟红楼》，竟写了这么一段情深意长的话：

> 国内外父女一起写书而同享盛名的情形还没有过。班固班昭是兄妹而非父女。二位早已发表过讨论文学的书信，现有《共悟红楼》的专书出版，真是难能可贵。

在此之前，即2007年12月27日，他就在信中满腔热情地鼓励我们，他说：

> 你们父女二人是中国文艺界在美国创新境最有成就的两位，不断写书、信给我。这次圣诞节年卡里都附有照片，我看到了，真觉得你们当我是最好的朋友看待，非常高兴。再复兄要返港任教，比我老是在纽约开心得多。剑梅治学忙，还得管家，照顾两个儿子。现在日子辛苦，以后会有酬报。

夏先生的“创新境”三个字让我高兴了好久。经过千辛万苦得到了思想自由，我知道应把这来之不易的自由用到点子上。这点子，不是功名，不是权力财富，而是“新境”。创造新境界，这正是我朝夕努力的所思所为，夏先生真不愧是我和剑梅的忘年知音。也难怪他在2011

年的信中要说“我们早应该兄弟姐妹相称”。

夏先生这个“早应该”激起我思绪万千，更使我想起夏先生“早”就对我一家的厚爱，也早就把我当作自己的老弟了。细想起来，才想起他对我说过的（直接面对面说与电话中说）一些知心话。例如，他提醒我要向王德威学习，说“我们俩的心理都太紧张，不像王德威那样沉得住气，沉得住气才能做大事”。这句话大约是在六七年前说的，我印象很深，所以记住了，也传达给剑梅。剑梅说：“可不是，你说到底还是太急。”

一句“早应该”还让我想起1993年8月，我刚从瑞典返回美国，先到纽约看望正在哥大深造的剑梅，之后又和剑梅一起去看望夏先生。夏先生非常高兴，他在附近的湖南饭馆请我们一家吃饭，笑谈中一再关心我今后的“饭碗”问题。他知道在美国不能用英文教书，就很难解决吃饭问题。于是他几次提醒我：“你的文学知识已足够用了，缺的是英文。关键是学好口语，能讲就能对付。”此次见面，我给他透露自己的想法，说我虽然还关心几位中国当代作家，但从学问的方向上，我将“返回古典”。他听了拍手叫好，并把他自己珍藏的《中国古典小说导论》从书架里抽出，还马上挥笔题签，写下“转赠再复兄珍藏。一九九三年八月二十一日纽约”。

我接过书后才发现扉页上原本写着“志清自藏，一九八九、三月”，还郑重地盖了藏书印。显然，夏先生此时是“割爱”给我了。那天，我告诉他，对于中国古代经典，我喜欢《红楼梦》与《西游记》，不喜欢《水浒传》与《三国演义》。他指着自己的“导论”说：“你看看我的书，就知道我们的心思彼此相通。《水浒》《三国》全是杀人，杀人。我以前告诉你，你不信，这一回你自己看见了吧？好了，以后我再也不说了，让你们自己说去。”最后这句话，我刚辗转到美国，在纽约见面，他就如此说。

夏先生关心我的“饭碗”问题，更是关心剑梅的“饭碗”。剑梅作为他的听课学生，他除了授予知识之外，最关心的是她的英语表述能否“过关”以找到一个可糊口的工作。他深知美国东亚系僧多粥少，要找到教职很不容易。因此，剑梅在哥大作第一次英文演讲时，他亲自到场，很早就端坐在第一排（参见剑梅文章《缅怀恩师夏志清》），听完除了给剑梅以鼓励之外，还特地为此事写信给我。信上说“上学期我教了一门元曲，令嫒也是我的学生，全班八人都很用功。上星期六剑梅宣讲一篇论文（在研究生大会上），我也出席。她读英文，咬字很清楚，文章也通顺，你们可放心，博士是稳拿的。”（1994 年 3 月 5 日）这一年春节，我们通电话时，他又讲了此事，并说了一句话“剑梅以后的饭碗没问题了”。

剑梅是夏先生的课堂学生，她的博士导师王德威又是夏先生最信赖的学子，因此剑梅算是夏先生的双重学生。2010 年，夏先生 90 华诞庆祝会在纽约举行，剑梅第一次放下恋母情结奇重的小女儿 Grace，直奔大都会。她让我帮助看好 Grace。我陪着小孙女一个夜晚，那一天她宣称不睡觉，哭得很伤心，擦眼泪的手巾纸扔得满地都是。Grace 恋母，剑梅也从不离开她，此次剑梅破例，狠心地让 Grace 啼哭，坚决去赴会，此事让我明白剑梅对老师的情感有多重。她临走前说：“别人的寿辰可以不去，夏先生的寿辰我怎能不去。”剑梅一到，果然夏先生、夏太太特别高兴。她一回到马里兰，就让我观赏她与夏先生合影的照片，照片背后，夏先生特别作了题签。我看了照片，又与剑梅开玩笑说，王德威是你的“教师”，夏先生倒是你的“教父”，剑梅笑而默认。

而夏先生确实“教育有方”。他对剑梅的教育可说是“且温且厉”“不宠不辱”，很让剑梅受益。他给剑梅等八个研究生开元杂剧课，不仅讲述元曲的来龙去脉、精神内涵和艺术形式，而且耐心地教他们怎样翻译为英文，教大学生如教小学生，非常耐心。这是“温”的一面。而“厉”起来则不讲情面，只面对学术。剑梅把自己构思好的论文提纲交给他，他一看到题目是“革命话语与颓废话语的对话”，就直言不讳地批评说：这个题目“大而无当”，当场给剑梅泼了一盆冷水。但有了这盆冷水，剑梅就清醒了，她立即悟到不可把理论概念硬套入研究对象，从根本上改变了思路换了题目，最后才写成《革命与情爱》的英文著作。2004 年，夏先生读到我的文章说李欧梵赞扬剑梅的英文“很优雅”后，便在信中提醒我：

> 剑梅虽已执教多年，在写英文方面还得求进步，写出句子来，简际（洁）可读，没有啰嗦话，这样才会进步。说的每一句话，自己可以负责，也很重要。例如 P39 第三段首句，她称鲁迅为“the towering literary figure”，把胡适、郁、郭三人都比下去，此语是说不通的。

夏先生这一提醒性的批评给我很大的触动，不错，剑梅的英文水平远不足以自鸣得意。以前夏先生的忧虑是剑梅英文水平不足以谋生，所以要求是衣食水平，而现在剑梅当助教了，自然应有新的境界。我当时确实缺少清醒的意识，经夏先生点拨，我立即明白了。因此内心充满感激之情，再也无心计较他最后所说的鲁迅与胡适、郁达夫、郭沫若的高低了。只是过后重读此信时才奇怪，怎么夏先生把鲁迅看得比后三者更低呢？

大约也是这个时间里，夏先生和我在电话里聊天时突然问起：你是不是让刘莲（我的小女儿）学电脑，现在进入 IBM 了？我说是。他立即批评说：你犯错误了，怎么把刘莲这样聪明的孩子送到机器世界里呢？我们这一行多有意思多幸福呵。夏先生见过刘莲，知道她聪明过人，在给我的信中，他特别嘱托："刘莲早慧，八九岁即能模（仿）金庸写武侠小说，真是才女。"现在得知她学工程，便觉得惋惜。听了夏先生一席话，我真觉得自己错了，生在文学之中竟忘了文学是最幸福的地方。而且感到，夏先生的关怀是根本性的关怀。这才觉得夏先生说的我们"早该以兄弟姐妹相称"是多么重要，如果早就如此，我必定会先与夏先生商讨，刘莲也许就走上文学之路了。

五

夏先生远走了，我感到又是一阵虚空。从他去世的那一天起，这一个多月，我几乎每天都在想念他，从香港飞回美国的途中，也在想念他。一个人，不管学问有多大，地位有多高，最后总得保持一点天真天籁才好。对于夏先生的理念，中国学人过去会有争论，今后还会有争论，但对于他的率直、率真、率性几乎是看法一致，这就够了，真性情毕竟是一种很高的价值。在世界愈来愈世故、愈来愈圆滑的时代里，真性情是多么的稀少，多么的宝贵。夏先生离开之后，我感觉到新的空缺，后悔自己还是向他讨教得不够。唯一可自慰的是在夏先生九十寿辰之际，我郑重地用毛笔写了一封贺信，他读了之后非常高兴也非常珍惜，特嘱嫂夫人王洞好好保存。这封信是我对他的总评价，现再抄一遍以作缅怀：

亲爱的夏先生：

正值您九十华诞之际，剑梅前去参加喜庆盛会，也代表我们一家向您表达衷心的祝贺。祝您生日快乐！万寿无疆！

去年病痛挑战您时，我和剑梅都很牵挂，但您终于征服疾病，身体更加强健，这说明您内心很有力量。渡过这一关卡，您将走进21世纪20年代。我们祝您生命前程辉煌无量。

您的一生是幸福的。您赢得了人生两个最美好的字眼：一是“自由”，二是“创造”。前者使您没有任何“精神奴役的创伤”(胡风语)，独立山顶，直言无忌，该说的话就说，不情愿说的话就不说，从而又赢得率真与快乐，并使您的文学批评也赢得透明的力度。后者（“创造”）则是您的天分与勤奋所成就。您和先兄夏济安先生因为业绩非凡而成了中国现代文学研究著名的“兄弟双子星座”。在中国新文学史上，最著名的“创作双子星座”，毫无疑问是周氏兄弟（周树人鲁迅与周作人），而最著名的“研究双子星座”则是夏氏兄弟了。可惜夏济安先生英年早逝，而您却精神愈来愈好，思想愈来愈活泼。您的《中国现代小说史》拨云驱雾，让张爱玲、沈从文、钱锺书等被历史活埋的一流作家重见天光，功劳大矣！您的《中国古典小说》又别开生面，把中国文学经典与西方文学经典的血脉打通，实际上开创了中西小说比较的先河。您对《红楼梦》的评说，极有见地，给了我很大的启迪。您融汇古今中外于一身，自由驰骋于心爱的广阔文学天地之中，所以赢得了庄子所说的“至乐”，真可喜可贺！

2002年在香港岭南大学张爱玲学术讨论会上，我曾向您讨教过一些问题，这完全是在充分敬重您的前提下所进行的讨论。“因为我敬重，所以我才质疑”——这是我一向的学术脾气。对于我的叩问，您先是激动，以至让我吓了一跳。但过后您却是冷静谦和，表现出一个大学者的宽厚气度。对于这种气度，世人可能还了解甚少，而我却深有感受。

我已出国21年。在海外漂流期间，我和剑梅自始至终得到您的关怀与厚爱。1989年3月，我在美国做第一场演讲（在哥伦比亚大学），您就亲临支持。之后21年，您对我说了许多鼓励的话，特别是许多贺年卡上所写的那些温馨之语，真让我永远难忘。您对我说：“因为我们自身强大，所以就不必讲假话”。这一明心见性之论，一直给我力量。

今天，在您九十华诞喜庆之日，我要郑重向您和嫂夫人王洞表示衷心的感谢，并颂身体的健康和思想的快乐永远伴随着您们。

晚　刘再复　敬贺

二〇一〇年十月二十一日　于马里兰

二〇一四年二月二十五日

美国　科罗拉多

（作者单位：香港科技大学赛马会高等研究院）

编后记

季　进

说起来，认识李欧梵老师快20年了。20年的时间转瞬即逝，而与李老师在一起的点点滴滴却萦绕于心，无法忘怀。我从一开始就是喊李老师、师母的，其实这么多年来，我们的关系早已不是单纯的师生关系，更多的是怡然美好的朋友和家人的感觉。2004年，李老师邀请我以合作研究教授的身份访学哈佛大学，在剑桥度过了一段十分美好的时光。那段时间，我们常常到哈佛广场附近的咖啡馆聊天喝咖啡，偶尔也喝点啤酒。那里的咖啡馆不少，我们一家家轮流去，有时一坐就是半天，看小鸟在室外的光影中飞来跑去地觅食，有时还会有小松鼠来凑热闹。我们随兴而谈，没有什么中心，主要是听李老师评点国内外学界的动态和热点，看似琐碎的闲话，其实都渗透着李老师深厚的学养，透露着无限的话语机锋，让我如沐春风、受益匪浅。我后来的学术发展跟那一年的访学，跟李老师的“闲聊”，实在关系深远。现在想来，真是好怀念那样的场景，那样的时光！

这些年来，几乎每年都会跟李老师和师母见面相聚，或者他们来苏州，或者陪他们出游，或者一起参加学术活动，还有机会延续我们的神聊，聊的内容还是不外乎与学术相关的种种话题，谈得比较多的是他关于人文主义、全球化、晚清文化、音乐建筑等方面的思考。年近八旬的李老师迸发出来的思想灵感，依然是如此的先锋与尖锐。当然，李老师也经常会笑谈他各种各样的梦想，比如演员梦、指挥梦、建筑梦、创作梦等等。他说他当了一辈子好人，不要做好人了，要在电影里演三分钟的坏蛋，可惜一直没有机会。不过，前两年他在几部香港电影中跑了龙套，还主演了以他为原型的电影短片，大呼过瘾；台大交响乐团的校庆，也特邀他客串指挥，总算圆了他的两个梦。这些年，李老师对建筑产生了浓厚的兴趣，甚至远赴意大利参观威尼斯建筑双年展。有一次，我还特地陪他到杭州的中国美院象山校区参观。这个校区是著名建筑师王澍的得意之作，它摒弃了通常的建筑设计的概念，重新发现自然，回归自然，把建筑、空间、园林、自然熔于一炉，依据原来的地理条件和环境特点整山理水，再造了一个自然场景，生动体现了“天人合一”的人文思想。我想，李老师显然不是真的想去做个建筑师，设计某座建筑，可能他感兴趣的只是建筑背后的哲学理念。从这个角度来说，他的建筑梦其实早已实现。至于创作梦，早在 1998 年，他就出版了长篇小说《范柳原忏情录》，后来又出版了一部长篇《东方猎手》。可能是哈佛教授的光环太过耀眼，完全掩盖了他在创作方面的大胆尝试，两部小说一直没有大红大紫。在我看来，这两部小说倒真是很有意思的，有不少值得深入讨论的话题。《范柳原忏情录》续写半个世纪之后范柳原、白流苏的故事，是当代长篇小说中颇为罕见的典型的后现代文本，充满了“元小说”“戏仿”的叙事特征；而《东方猎手》熔间谍、解码、历史、战争于一炉，匠心独运、扣人心弦，还不时可以见到与纳博科夫、博尔赫斯（《东方猎手》的一些构思似乎有着《小径分叉的花园》的影子）等西方大家的互文。我一直觉得这两部长篇的价值被低估了，李老师也时常自嘲是个失败的作家，所以不再写长篇，更多致力于专栏写作。2015 年的香港书展将最重要的“年度作家”的荣誉颁发给李老师，实在是对其创作的最大肯定。

李老师自称有三重身份：学者、文化人和业余爱好者。其实，李老师是典型的狐狸型学者，对人文学科的各个领域都有着很大的兴趣，从一个领域跳到另一个领域，从一个话题跳到另一个话题，总是但开风气不为师，不断变化，不断探求，是很难用什么身份标签来加以界定的。李老师最初到美国学的是历史，后来转到文学，以《中国现代作家的浪漫一代》一举成名。他弃写实而究浪漫，以断代问题为主，梳理现代中国文学“浪漫”的另一面向，让我们看到苏曼殊、林纾、郁达夫、徐志摩、郭沫若、萧军、蒋光慈几位，或飞扬或沉郁，或传统或先锋，且笑且涕，人言人殊，但都与西方文学传统息息相通，大大丰富了我们对中国现代文学史复杂面向的认知。此后，李老师为《剑桥中国史》撰写《追寻现代性（1895—1927）》和《走上革命之路（1927—1949）》两部分，以“现代”和“革命”为名，将“现代性”作为现代文学演进的主轴，探究了晚清迄于新中国成立这 50 余年的中国文学历程，几乎就是一部简明版的“中国现代文学史”。从此以后，中国现代文学的

"现代性"问题成为海内外学界议论不绝的热点话题。80 年代中期，李欧梵连续推出了两本有关鲁迅研究的具有里程碑意义的著作，一本是其主编的《鲁迅及其遗泽》，一本则是他自己的《铁屋中的呐喊》。他凭借深厚的史学素养与文学训练，解构了其时鲁迅研究中的"历史当下主义"和"线性时间观念"，重塑了一个复杂而深刻的、在绝望中抗争的鲁迅形象。这不仅为我们唤醒了一个全新的鲁迅，更深刻影响了后来大陆的鲁迅研究。到了 1999 年出版的《上海摩登》，李老师又独辟蹊径，从日常生活和印刷文化的角度，发掘二三十年代上海两种都市文本样式——"城市空间的具体文本"和"关于城市的话语写作"，开创了现代都市文化研究之风。就在都市文化研究越演越烈之际，李老师又飘然抽身而去，回到香港，专事文化批评，华丽转身成为著名的文化评论家。比较起来，国内的学者囿于学科或课题，往往只是局限于某一领域，而李老师的这种治学方法、人生态度实在值得我们借鉴。在李老师不断变化的身份、不断转换的领域背后，也有始终不变的方面，那就是他一直是一个"人文主义者"和"世界主义者"。

李老师前些年出版的演讲集《人文今朝》，比较集中地阐述了他关于人文、人文精神、人文主义的思考。随着科技的不断发展，我们越来越深刻地感受到全球化对日常生活的影响。大家都被全球化的洪流所裹挟，满足于快餐化的文化消费，根本无法坐下来静静地阅读经典了。人文学科的地位也越来越边缘，空间越来越狭小，"文学已死""艺术无用"之类的声音不绝于耳。作为人文学科的研究者或者人文学者，李老师对此有着深刻的思考。他认为，全球化给人文主义者带来的挑战，已经远远超过了后现代主义的挑战，我们对全球化无能为力、无可奈何，仿佛我们的学科（文学、哲学、艺术）和现代的社会完全不相干。但是另一方面，面对挑战，恰恰只有人文主义者可以做出自我调节、自我反思，用自己的方式来应对全球化，回归我们做人的意义。李老师特别鼓励我们每个人都要做好"个人"，要自我繁荣（Self-Flourishing），让内心充满丰富的感觉。如何做好个人，丰富内心呢？李老师开出的良方就是放慢节奏，用文学、电影和音乐来重塑已经被日益边缘化的人文传统和人文精神。也许，这些东西对于很多人来说，依然毫无感觉，但至少为我们在全球化的浮躁时代，如何安适自我的心灵，张扬人的价值，提供了一种可能性。李老师不知疲倦地写了那么多专栏文字，某种意义上，也是以一个人文知识分子的方式在参与公共空间的建设。真正成为一个公共领域的文化人，是他对自己角色的明确定位。

李老师对“世界主义”的话题情有独钟，不仅有比较深入的理论思考，而且也一直自觉践行。他是从文学进入世界主义的思考的，早在《上海摩登》中，就以此讨论上海作为国际大都会的独特性。李老师发现，当年上海的那些人都是从里面往外面看，接受世界各地的思潮，可是他们都没有失去中国文化的本体性，他们是真正能进入西方文学、西方文化的人，可说到底还是中国的现代作家。他们为了一种民族国家的想象，比较好地把民族主义和世界主义结合在了一起。可是，李老师不无忧虑地发现，现在世界主义和全球主义越来越像了，有全球主义压倒一切的感觉，每个人都在讲全球主义，很少有人讲世界主义。每个人提出理论的出发点都是从他自己关照的一些事物、一些理论开始，却缺少真正的世界主义的视野。对他来说，世界主义更多的是一种跨文化研究，这是一种最好的模式。所谓跨文化，就是我们讲的多元文化，一种国际性的多元文化，就是一个人真的能够面向国际，对于不同的文化有一种对话的关系，有一种深入的了解，对话和了解之后再彼此参照。如果你心里能够拥有好几个参照系统，那你的视野自然就开阔了，这就是一种世界主义。李老师特别指出，在当下全球化或全球主义日益泛滥的情况下，至少从一个人文的立场上来看，世界主义正是一个很好的对抗方案。全球化是会走向均质性的大一统的资本主义的东西，它的文化是媒体、电脑一体化的机械的文化，而世界主义则是要开辟对话的可能，拓展共同的空间。李老师的这些敏锐卓识对于这个浮躁的全球化席卷一切的时代而言，不啻是醍醐灌顶。

我想，人文主义者与世界主义者，也许不仅仅是李老师的身份定位，丰沛内心、抵抗浮躁、面向世界、多元对话，也应该是当下每个人文学者的自觉追求。

2018 年 5 月底，我到香港岭南大学参加刘绍铭先生召集的“夏氏昆仲异路功名：夏志清与夏济安对中国文学的另类解读”圆桌论坛。那天晚上和王德威在海边散步时，不约而同地聊到，2019 年正好是李欧梵老师的 80 华诞，于是相约为李老师编一本祝寿文集，以志庆贺，以表敬意。《约稿函》发出后，得到李老师朋友、同事、门生的热烈响应，陆续收到了 30 余篇文章，但由于种种原因，最终个别文章不得不割爱，我们在深表谢忱的同时，也对此深致歉意。此外，苏州大学文学院提供了宝贵的出版资助，孙连五博士和宋奇论博士帮忙校对文稿，在此一并致谢。最后，特别感谢江苏大学出版社芮月英总编辑的精心安排，感谢责任编辑顾正彤老师的细心编辑，使这本文集能以比较完美的形式呈现于大家面前。

2019 年 8 月 24 日